Marie Brennan

DER ONYXPALAST

FEUER UND SCHATTEN

Ins Deutsche übersetzt von
Andrea Blendl

cross cult

Die deutsche Ausgabe von DER ONYXPALAST: FEUER UND SCHATTEN
wird herausgegeben von Cross Cult, Teinacher Straße 72, 71634 Ludwigsburg.
Herausgeber: Andreas Mergenthaler; Übersetzung: Andrea Blendl;
verantwortlicher Redakteur und Lektorat: Markus Rohde;
Lektorat: Kerstin Feuersänger; Korrektorat: Peter Schild;
Satz: Rowan Rüster/Cross Cult; Coverillustration: Martin Frei;
Printausgabe gedruckt von CPI Moravia Books s.r.o., CZ-69123 Pohořelice.
Printed in the Czech Republic.

Titel der Originalausgabe: ONYX COURT 2: IN ASHES LIE

Print ISBN 978-3-95981-401-0 (November 2019)
E-Book ISBN 978-3-96658-002-1 (November 2019)

WWW.CROSS-CULT.DE

DRAMATIS PERSONAE

Die englische Königsfamilie

Karl Stuart, der Erste dieses Namens –
König von England, Schottland, Frankreich und Irland
Henrietta Maria – *Königin und Gemahlin von Karl I.*
Karl Stuart, der Zweite dieses Namens –
Prinz von Wales und später König von England, Schottland, Frankreich und Irland
Katharina von Braganza – *Königin und Gemahlin von Karl II.*
Jakob Stuart – *Herzog von York und Bruder von Karl II.*
Jakob Stuart – *verstorbener König von England, Schottland, Frankreich und Irland und Vater von Karl I.*
Maria Stuart – *verstorbene Königin der Schotten und Mutter von König Jakob*

Das Oberhaus

William Laud – *Erzbischof von Canterbury*
Thomas Wentworth – *Lord-Statthalter von Irland, zum Grafen von Strafford erhoben*
Thomas Grey – *Lord Grey von Groby*

John Mordaunt – *Viscount Mordaunt von Avalon und ein royalistischer Verschwörer*
Edward Hyde – *später Graf von Clarendon und ein royalistischer Verschwörer*
William Craven – *Graf von Craven*
Maxwell – *Gentleman Usher of the Black Rod (vertritt den britischen Monarchen im Oberhaus)*

Das Unterhaus

John Glanville – *Sprecher des Unterhauses*
William Lenthall – *Sprecher des Unterhauses*
Sir Antony Ware – *adliger Ratsherr und Abgeordneter für London*
Thomas Soame – *adliger Ratsherr und Abgeordneter für London*
Isaac Penington – *adliger Ratsherr und Abgeordneter für London*
John Pym – *ein parlamentarischer Anführer*
John Hampden – *Verbündeter von John Pym*
Denzil Holles – *Verbündeter von John Pym*
Arthur Hesilrige – *Verbündeter von John Pym*
William Strode – *Verbündeter von John Pym*
Sir Francis Seymour – *Ritter und Parlamentsabgeordneter*
William Prynne – *Parlamentsabgeordneter*

Die New Model Army

Oliver Cromwell – *General und Parlamentsabgeordneter, später Lordprotektor von England*
Henry Ireton – *General und Parlamentsabgeordneter*
Thomas Fairfax – *Lord Fairfax von Cameron, ebenfalls General*

Thomas Pride – *Oberst*
Edmund Ludlow – *Offizier*
Richard Cromwell – *Sohn von Oliver Cromwell und zweiter Lordprotektor*
George Monck – *General der Armee in Schottland*

Londoner

Sir Morris Abbot – *Oberbürgermeister von London*
Thomas Alleyn – *Oberbürgermeister von London*
Sir Thomas Bludworth – *Oberbürgermeister von London*
Sir William Turner – *ein Ratsherr von London*
Katherine Ware – *Frau von Sir Antony Ware*
Burnett – *Bediensteter von Sir Antony Ware*
Thomas Farynor – *ein Bäcker*
Humphrey Taylor – *ein Puritaner*
Benjamin Hipley – *ein Geheimdienstleiter*
John Lilburne – *Anführer der Leveller-Bewegung*
Marchamont Nedham – *Nachrichtendrucker*
John Bradshaw – *Lord-Präsident des Obersten Zivilgerichts*
Elizabeth Murray – *aus eigenem Recht Gräfin von Dysart und royalistische Verschwörerin*
John Ellin – *ein Arzt*
Samuel Pepys – *ein Tagebuchschreiber*
Robert Hubert – *ein Verräter*
Michael Deven – *ein Sterblicher, jetzt tot*

Der Onyxhof

Lune – *Königin des Onyxhofs*
Valentin Aspell – *Großsiegelbewahrer*

Amadea Shirrell – *Kammerherrin*
Nianna Chrysanthe – *Oberhofmeisterin*
Sir Prigurd Nellt – *ein Riese und Hauptmann der Onyxwache*
Sir Cerenel – *Ritter der Onyxwache*
Sir Essain – *Ritter der Onyxwache*
Sir Mellehan – *Ritter der Onyxwache*
Sir Peregrin Thorne – *Ritter der Onyxwache*
Dame Segraine – *Ritterin der Onyxwache*
Gertrude Goodemeade – *Hauselfe aus Islington*
Rosamund Goodemeade – *ihre Schwester und ebenfalls Hauselfe*
Sir Leslic – *ein Elfenritter*
Lewan Erle – *ein Elfenlord*
Carline – *eine Elfenlady*
Angrisla – *ein Nachtmahr*
Tom Toggin – *ein Kobold*
Knochenbrecher – *ein Schwarzer Hund*
Schwarzzähnige Meg – *die Hexe aus dem Fluss Fleet*

Ausländer, Exilierte und verstorbene Fae

Fiacha – *Ard-Rithe, Hochkönig von Irland*
Nuada – *Ard-Rithe, Hochkönig von Irland*
Der Dagda – *Ard-Rithe, Hochkönig von Irland*
Conchobar – *König von Ulster*
Eochu Airt – *Ollamh und Botschafter von Temair*
Ailill – *König von Connacht*
Medb – *Königin von Connacht*
Feidelm vom Weitsehenden Auge – *Dichterin und Botschafterin von Temair*
Nicneven – *Gyre-Carling von Fife*

Kentigern Nellt – *ein exilierter Riese und Bruder von Sir Prigurd Nellt*
Halgresta Nellt – *deren Schwester, ebenfalls eine Riesin, nun tot*
Cunobel – *ein exilierter Ritter und Bruder von Sir Cerenel*
Ifarren Vidar – *ein exilierter Lord*
Orgat – *ein Zwerg aus dem Grenzland*
Cailleach Bheur – *die Blaue Hexe des Winters*
Wayland, der Schmied – *König über das Tal des Weißen Pferdes*
Irrith – *ein Irrwisch aus Berkshire*
Invidiana – *verstorbene Königin des Onyxhofs*

PROLOG

DER FUNKE

PUDDING LANE, LONDON
Sonntag, 2. September 1666

In der Bäckerei herrschten in den frühen Morgenstunden Stille und Finsternis. Sie wurde nur vom schwachen Schein der Glut im Ofen erleuchtet. Holzscheite lagen unter der bienenstockförmigen Kuppel des Ofens und erwarteten die Last des Morgens: Brotlaibe, Töpfe mit gebackenem Fleisch. Sonntag war ein Ruhetag, aber kein Fastentag, und so musste der Bäcker an die Arbeit.

Die Glut flammte auf und legte sich wieder. Nach dem Gesetz musste ein Bäcker seinen Ofen und das Kaminfeuer jeden Abend löschen, denn in einer aus Holz gebauten Stadt war Feuer ein immerwährendes Risiko. Doch die Flammen jeden Morgen neu zu entfachen, war eine mühsame Arbeit, und so ließen die meisten Leute ihre Öfen über Nacht abkühlen, schürten aber dic Kohlen auf dem offenen Feuer, damit sie leicht wieder entfacht werden konnten.

Ein kirschrotes Bruchstück stürzte mit einem Seufzen in sich zusammen, und Funken flogen frei.

Im Haus darüber schlief Thomas Farynor friedlich. Die Geschäfte liefen gut. Er lieferte Schiffszwieback an die königliche Marine, und in diesen Zeiten des Kriegs mit den

Holländern mangelte es ihm nicht an Arbeit. Seine Tochter Hanna und er hatten sowohl ein Dienstmädchen als auch einen Diener, die sich um sie kümmerten und beim Betrieb der Bäckerei halfen.

Funken waren schon früher aus dem Ofen geflogen. Sie erstarben kurz danach, wurden zu schwarzem Zunder, der die Balken, die Wände und den gepflasterten Boden befleckte. Doch in dieser Nacht schwebte einer weiter als die meisten und tanzte auf den unsichtbaren Luftzügen, bis er auf dem Brennstoff, der am Ofen aufgestapelt war, einen ruhigen Platz fand.

Eine winzige Flamme züngelte aus einem Holzspan.

Später würde Farynor behaupten, dass er sein Feuer sicher gelöscht habe, als das Tagesgeschäft erledigt war. Er habe seinen Ofen sauber gemacht und die Briketts vom Boden gekehrt – und das hatte er, jedoch nachlässig. Seine Tochter Hanna, die die Küche inspiziert hatte, ehe sie um Mitternacht schlafen gegangen war, hatte nichts Beunruhigendes gesehen.

Doch nun, eine Stunde später, glühte im Raum neues Licht.

Rauch kräuselte sich um die rußigen Deckenbalken. Der Diener der Farynors, der im Erdgeschoss schlief, runzelte die Stirn und warf sich unter seiner Decke herum. Sein Atem wurde schwer. Er hustete einmal, dann noch einmal, bis er schließlich aufwachte und die Gefahr erkannte.

Mit einem heiseren Schrei wühlte er sich aus seinem Bettzeug. Die Küche stand mittlerweile in Flammen, offenes Feuer und Ofen brannten fröhlich, der Schutt auf dem Boden, die vorbereiteten Holzstapel. Die Holzwände, von einem langen, dürren Sommer ausgetrocknet, rauchten und fühlten sich heiß an. Er suchte sich taumelnd und tastend seinen Weg zur Treppe, weil er in der erstickenden Düsternis kaum sehen konnte.

Die Wolke folgte ihm nach oben. Schreiend hämmerte der Diener an die Tür seines Herrn. »Feuer! In Gottes Namen, wacht auf – das Haus steht in Flammen!«

Die Tür wurde aufgerissen. Farynor, der sich den Schlaf aus den Augen rieb, schien ihn nicht zu verstehen. Doch als er zum Treppenabsatz ging und selbst die Szenerie unten sah, war er plötzlich hellwach. »Allmächtiger Gott«, flüsterte er und rannte zurück durch sein Zimmer zur Tür zum Nebenraum.

Hanna wachte nur langsam auf, und ihr Dienstmädchen noch langsamer. Sobald sie aufgewacht waren, zogen sie hastig ihre Schuhe an, während Farynor seinem Diener ein Paar lieh. So schnell sie sich jedoch auch bewegten, sie warteten zu lange: Die Flammen hatten das untere Ende der Treppe erreicht.

Das Dienstmädchen kreischte und klammerte sich an seine Herrin, während sie wegen der verrauchten Luft würgte. »Wir müssen es versuchen«, rief Hanna und raffte den Rock ihres Nachthemds hoch. Mit einem Ärmel vor dem Gesicht, um die Luft zu filtern, erzwang sie sich ihren Weg gegen die sengende Hitze, hinunter in die Hölle im Erdgeschoss.

»Hanna!« Ihr Vater stürzte ihr hinterher. Schon war sie im dichten Rauch verloren, aber einen Augenblick später hörte er einen Schrei. Ein stürzender Körper prallte gegen ihn, Feuer züngelte an der Seite ihres Nachthemds hoch. Sie fielen hart auf die Holztreppe, und seine Hände flogen ohne nachzudenken und schlugen die Flammen aus. Hanna schluchzte vor Schmerzen, als er sie mühsam wieder hochzog, in die illusorische Sicherheit der Kammer im Obergeschoss.

»Die Fenster«, sagte sein Diener, während Hannas Beine unter ihr nachgaben. »Wir müssen versuchen hinauszuklettern.«

In einer gewöhnlichen Nacht hätte Farynor dies Wahnsinn genannt. Doch wenn die einzige Alternative der Tod war … »Wir können aber nicht nach unten klettern.«

Sein Diener öffnete bereits das Fenster. »Dann klettern wir zum Nachbarhaus. Auf das Dach – wenn Ihr zuerst geht, helfe ich Eurer Tochter.«

Anbauten hatten vor Jahren das Obergeschoss nach außen erweitert, sodass es über die Straße ragte. Farynor japste an der frischen Luft, dann zwang er seinen gealterten Körper durch die schmale Öffnung und griff nach dem Sims darüber. Seine Finger rutschten ab, und er stürzte beinahe auf die Straße unter ihm, doch sein Diener erwischte seinen Fuß und gab ihm den nötigen Schub, um ihn sicher über die Kante zu heben. Hanna war die Nächste. Sie biss sich auf die Lippen, als der Diener ihre verbrannten Beine anfasste.

»Hilfe!«, rief sie, sobald sie ihre Stimme wiederfand. »Feuer! Wacht auf, steht auf – Feuer in der Pudding Lane!« Lichter flackerten in anderen Fenstern auf. Ihr Haus war nicht das einzige, dessen obere Stockwerke sich über die Grenze seines Grundstücks streckten. Sie konnte die Fenster gegenüber beinahe berühren, wo sich kurz Gesichter ans Glas drückten und dann verschwanden.

Schmerzen und Rauch zwangen sie zum Husten, doch mittlerweile hatte Farynor in den Ruf eingestimmt. So war Hanna diejenige, die sah, wie sich ihr Diener über die Dachkante hievte – aber wo war das Dienstmädchen?

»Sie wird nicht kommen«, sagte er mit wildem und düsterem Blick. »Sie fürchtet die Höhe zu sehr. Ich habe es versucht …«

Hanna bückte sich und schrie zum offenen Fenster, doch es kam keine Antwort.

Sie konnten nicht bleiben. Mit vorsichtigen Bewegungen suchten die drei sich ihren Weg an der Dachkante entlang zu den Fensterläden am Nachbarhaus. Farynor trat gegen diese und brüllte. Gestalten erschienen auf der Straße unter ihnen, die meisten im Nachthemd, einige mit Hosen und Stiefeln. Sie wussten, was nötig wäre.

Die Fensterläden wurden plötzlich geöffnet und kratzten über Farynors nacktes Bein. Ausgestreckte Hände halfen seiner Tochter hinein in Sicherheit, dann dem Bäcker und seinem Diener. Hitze strahlte von der Wand zwischen den Wohnhäusern, doch bisher war dort kein Feuer, und man hatte die Ledereimer des Hauses schon bereitgestellt, um die Balken und den Putz dazwischen zu befeuchten.

In der Pudding Lane machten sich die Gemeindemitglieder von St. Margaret's Fish Street an ihre Pflicht, organisierten Eimerketten, schleuderten Erde und Mist, Milchkannen, alles, was ihnen in die Hände kam. An diesem Tag, dem Ruhetag des Herrn, bereiteten sie sich auf eine Schlacht vor, um sich selbst und ihre Häuser vor dem Feuer zu retten.

TEIL EINS

Vertrauen in Fürsten
1639–1642

»Bedenkt ehrlich, ob der Beginn des Glücks eines Volkes in blutigen Lettern geschrieben werden sollte ...«

THOMAS WENTWORTH
Erster Graf von Strafford
12. Mai 1641

DIE KÖNIGLICHE BÖRSE, LONDON
3. *Juni* 1639

Das schlagende Herz von Londons Handel glühte wie ein Ofen in der Frühlingshitze, befeuchtete Unterhemden und Leinenkrägen und dämpfte die Stimmen, die an den Mauern hallten. Auf der freien Steinfläche des Innenhofs brannte die Sonne sengend auf die Hüte und Mützen der prächtig gekleideten Händler und Kunden, die sich trafen, um Geschäfte abzuschließen oder Neuigkeiten auszutauschen. Einige suchten in der Galerie Zuflucht, die den Platz einrahmte, wo der Schatten eine gewisse Erleichterung verschaffte.

In den winzigen, abgetrennten Läden im Obergeschoss war die stehende Luft stickig. Sir Antony Ware fächelte nutzlos mit einem Stapel Papiere vor seinem triefenden Gesicht – einer Petition, die ein Mann ihm draußen aufgedrängt hatte. Vielleicht würde er sie später lesen, aber vorerst diente sie einem besseren Zweck. Die Finger seiner freien Hand strichen über eine Flasche aus Kobaltglas, während ihn der Ladenbesitzer von hinter dem Tresen ermutigend anlächelte. Jene, die an der königlichen Börse einkauften, gehörten eher zur besseren Klasse von Männern, aber dennoch würde es diesem Kerl ein gewisses

Prestige schenken, wenn er einen Baron und adligen Ratsherrn von London als Kunden beanspruchen konnte.

Was Antony betraf, so kümmerte er sich eher um die Frage, ob die Flasche Kate gefallen würde oder ob sie darüber lachen würde, wenn er ihr noch ein Geschenk präsentierte. Weil er darüber grübelte, hörte er die Stimme zu spät, die seinen Namen rief. Der Mann, der versuchte, sich von draußen durch ein Gedränge von Menschen zu kämpfen, stolperte und stürzte auf ihn. Antony fing sich an der Tischkante ab, ließ die Petition fallen und brachte die Flaschen gefährlich ins Schwanken.

Er wirbelte herum, um den Mann zu verfluchen, der ihn ins Stolpern gebracht hatte, schluckte das aber im letzten Moment hinunter. »Entschuldigung«, sagte Thomas Soame und fand sein Gleichgewicht wieder. »Bei Gottes Blut – jeder Kerl und sein Bruder drängt sich hier drinnen. Mein Fuß verfing sich an dem eines anderen Kerls, fürchte ich.«

»Nichts passiert«, sagte Antony, während er den Glashändler mit einer beruhigenden Geste beschwichtigte. »Ich habe dich nicht gesehen.«

»Oder gehört, wie es scheint. Komm, lass uns gehen, ehe mich ein anderer schubst und eine Katastrophe geschieht. Was ist das?«

Antony seufzte, als er die verstreuten Papiere einsammelte, die feuchte Flecken hatten, wo er sie in seiner schwitzenden Hand gehalten hatte. »Eine Petition.«

»Wofür?«

»Keine Ahnung. Ich habe sie noch nicht gelesen.«

»Wäre vielleicht klüger, es dabei zu belassen. Wir könnten die Wände in der Guildhall mit den Petitionen tapezieren, die uns zugeschoben werden.« Soame verschwendete keine Zeit, sondern drehte sich um und drängte sich vorsichtig durch den

Korridor nach draußen. Antony folgte in der Spur, die seine breiten Schultern freiräumten, und hoffte, dass sein Freund nicht vorhatte, sich in den Innenhof zu stellen und sich zu unterhalten.

Das hatte er nicht. Sie stiegen die Treppe hinunter und hinaus in den Lärm von Cornhill. Soame blieb stehen und ließ einen mit Fässern beladenen Karren vorbeiholpern, und Antony holte ihn ein. Nachdem er seinen Hut bequemer auf seinem Kopf zurechtgeschoben hatte, fragte Antony den jüngeren Mann: »Wohin führst du mich?«

»In ein Wirtshaus«, sagte Soame mitfühlend. »Aus dieser verfluchten Sonne hinaus und an einen Ort, wo ich dir die Neuigkeiten erzählen kann.«

Neuigkeiten? Antony wurde aufmerksamer. Eine Taverne würde Schatten und Getränke anbieten – und eine gewisse Privatsphäre, die man in dem tratschenden Durcheinander an der Börse nicht finden konnte. Sie gingen den labyrinthartigen Hang von Cornhill hinunter und weiter nach Cheapside, wo das *Nag's Head* stand, Soames liebste Gaststätte. Sein Freund gab einem Dienstmädchen einen vertrauten Kuss und besorgte ihnen einen Tisch in einer kühlen Ecke, mit Weinkrügen, um ihre Kehlen zu befeuchten. »Pass besser auf, dass deine Frau nicht davon erfährt, Tom«, sagte Antony mit einem Lächeln, um die Warnung abzumildern. Mary Soame gehörte zur puritanischen Sorte und würde bei solchem Geplänkel wahrscheinlich kein Auge zudrücken.

Soame winkte mit einer Hand ab. »Ein harmloses Küsschen auf die Wange, das ist alles. Nichts dabei.«

Eher auf die Lippen, aber das Verhalten des jungen Mannes war sein eigenes Problem. Antony ließ es darauf beruhen. »Was hat dich auf die Suche nach mir gebracht? Es ist recht heißes Wetter, um irgendetwas Wichtiges zu bedenken.«

Die breiten Gesichtszüge wurden finster. »Und es wird wahrscheinlich noch heißer«, sagte Soame, wobei er nicht das Wetter meinte. »Hast du von Abbots neuestem Problem gehört? *Unserem* Problem, sollte ich sagen.«

Was es politisch, nicht persönlich machte. Soame war ein Ratsherr für Vintry Ward, wie Antony es für Langbourn war, und während die Liste an Dingen, die Abbot, dem Oberbürgermeister von London und seinem Stadtrat Probleme bereiten konnten, lang war, fühlte Antony sich unangenehm befähigt, sie einzugrenzen. »Zögere es nicht hinaus, Mann. Sag es einfach.«

»Ein Kredit.«

»*Schon wieder?*«

»Bist du überrascht? Der König verprasst Geld genau wie sein Vater – obwohl er zumindest den Anstand hat, es für den Krieg zu verprassen statt für Trunkenheit und Lustknaben.«

Antony zuckte bei den offenen Worten zusammen. »Pass auf, was du sagst! Und wenn du dich nicht um dich selbst sorgst, dann denk wenigstens an mich. Ich werde noch dafür gehängt, weil ich mir deine Aufwiegelungen anhöre, genau wie du dafür gehängt wirst, sie auszusprechen.«

Soame grinste und zog eine Rolle Tabak und seine Pfeife heraus. »Ich tue nicht mehr, als unseren Oberbürgermeister zu zitieren. Aber gut, ich werde deine zarte Empfindsamkeit verschonen. Um wieder auf den Punkt zu kommen: Wie es scheint, waren die fünftausend Pfund, die der Stadtrat unserem guten König Karl im März gab ...«

»Damals eine Beleidigung, und keine, die er vergessen hat, wie ich mir vorstellen kann.« Antony zwickte sich in die Nasenwurzel, als er nach seinem Wein fasste. »Worum hat er gebeten?«

»Hunderttausend.«

Antony verschluckte sich am Wein und kramte nach seinem Taschentuch, um sich die Spucke aus dem Bart zu wischen. »Gott im Himmel. Nicht schon wieder.«

»Auch du zitierst Abbot.« Soame zündete an der Kerze ein Hölzchen an und hielt es an seine Pfeife, dann zog er, bis der Tabak zu seiner Zufriedenheit rauchte. Nachdem er den duftenden Rauch ausgeatmet hatte, fuhr er fort. »Wir sind immerhin die Schatzkammer des Königs, oder nicht? Das Juwel in seiner Krone, die herausragende Stadt in seinem Reich. Eine Auszeichnung, für die wir ordentlich zahlen – und zahlen und wieder zahlen.«

Gegen eine Entschädigung natürlich – doch nur, wenn sie diese aus der königlichen Börse pressen konnten. Was nicht oft genug passierte, als dass irgendjemand beruhigt war. Die Krone war ständig in Geldnot und zahlte ihre Schulden langsam zurück. »Sind die Sicherheiten gut?«

»Die sind Schweinefutter. Aber wir haben einen Krieg im Rücken. Wenn wir von den Schotten nicht in den Arsch gepimpert werden wollen, wird Seine Majestät Geld brauchen.«

Antony seufzte. »Und nur daran zu denken – ein Herrscher auf beiden Thronen sollte dieses Problem eigentlich *lösen.*«

»Genau wie er das mit den Iren getan hat, hm?« Soame ließ sich wieder auf die Sitzbank sinken und drückte seine Schultern in die Zimmerecke. »Das muss sein, als würde man versuchen, ein Gespann mit drei Pferden zu fahren, wenn alle von ihnen sich gegenseitig beißen wollen.«

Eine passende Analogie. Der alte Jakob, Karls Vater, hatte davon geträumt, seine Reiche unter einer einzigen Krone zu vereinen und sich selbst nicht zu drei Königen in einem zu machen, sondern zu einem König, der über ein vereintes Land herrschte.

Oder zumindest über ein geeintes Schottland und England. Antony war sich nicht sicher, ob er vorgehabt hatte, Irland in diese fröhliche Harmonie mit aufzunehmen. Auf jeden Fall war sie nie eingetroffen. Die Engländer waren schon skeptisch gewesen, als ein Schotte ihren Thron bestiegen hatte, und neigten nicht dazu, sich einer derartigen Veränderung zu unterwerfen.

Mit getrennten Reichen kam jedoch eine Vielzahl an unvermeidlichen Problemen, und Karl zeigte wenig Geschick darin, sie zu lösen – wie dieses Schlamassel mit den schottischen Covenanters demonstrierte. Antony hegte einiges an Mitgefühl für ihre Weigerung, das anglikanische Gebetsbuch anzunehmen. Die Versuche des Königs, es den Presbyterianern im Norden aufzuzwingen, waren so schlecht durchdacht und ausgeführt wie dieser ganze verdammte Krieg. Als sie allerdings die anglikanischen Bischöfe vertrieben hatten, hatte es die Meinung des Königs gegen sie nur verhärtet.

Antony fing an, seine Finger einen nach dem anderen auf der befleckten Tischplatte zu platzieren und in Gedanken die politische Landschaft nachzuzeichnen. Die adligen Ratsherren von London verweigerten der Krone selten etwas, doch der allgemeine Stadtrat war in letzter Zeit aufmüpfig geworden. *Deren* Reaktion war gewiss: Sie hatten sich im März gegen einen Kredit gewehrt und würden das wieder tun.

Konnte die Stadt das Geld aufbringen? Zweifellos. Viele Ratsherren und wohlhabende Bürger waren mit der Ostindischen Kompanie, der Providence-Kompanie und anderen großen Handelsgesellschaften verbunden. Antony selbst war ein Mann der Ostindischen Kompanie, genau wie der Oberbürgermeister Abbot. Die Gesellschaften hatten der Krone schon früher Geld geliehen. Ihr Widerwillen wuchs jedoch, als immer mehr jener Kredite ungetilgt blieben.

Und die Religion spielte auch im Süden eine Rolle. London beherbergte mehr als nur ein paar Männer mit Sympathie für die presbyterianische Sache in Schottland. Antony wusste sehr genau, dass viele seiner Mitratsherren gerne gesehen hätten, dass die Kirche von England Bischöfe und andere papistische Rückstände abgelegt hätte. Sie würden den Versuch, den schottischen Widerstand zu unterdrücken, nicht gutheißen.

Was war stärker: Religion oder Nation? Ideologie oder Wirtschaft?

»Wie geht es der Armee?«, fragte er. »Ist der Bedarf des Königs gerechtfertigt?«

Daraufhin winkte Soame nach mehr Wein und wartete, bis dieser kam, ehe er antwortete. »Ich trinke auf die armen Seelen oben in Berwick.« Er prostete feierlich den abwesenden Soldaten zu. »Die Hälfte kann ihren rechten Fuß nicht vom linken unterscheiden, und nach dem, was ich höre, sind sie mit Mistgabeln und Flüchen bewaffnet. Hunger, Pocken, eine Infektion mit Läusen ... Ich würde für alle Huren der Christenheit nicht dort sein wollen.«

»Und keine Chance auf Frieden?« Antony winkte seine eigene Frage ab, bevor Soame sie beantworten konnte. »Immer eine Chance, ja, ich weiß. Aber dafür braucht man Diplomatie, die auszuüben Seine Majestät wohl nicht geneigt ist.« Falls man mit *Diplomatie* eine Bereitschaft zum Einlenken meinte. Und Karl war nicht für seine entgegenkommende Art bekannt, besonders in den Zwillingsthemen der Religion und des Königsrechts. Die Schotten hatten beides mit Füßen getreten, mit genagelten Stiefeln.

Soame zog wieder an seiner Pfeife und starrte traurig in die Suppenschüssel hinunter. »Sei fröhlich. Seine Majestät der König hat nicht beschlossen, ein weiteres Monopol – Verzeihung,

Patent – zu verkaufen oder eine weitere dreihundert Jahre alte Steuer zu finden, die er uns stattdessen wieder auferlegen kann. Ein Kredit wird wenigstens *vielleicht* zurückgezahlt.«

»Wenn Gott will«, murmelte Antony. »Frieden ist wohl wahrscheinlicher. Glaubst du, dass diese Covenanters in Schottland es akzeptieren, falls ihnen der König ein Parlament verspricht?«

»Wenn er *uns* in zehn Jahren keines gegeben hat? Wie stehen die Chancen darauf?«

»Eine Verzögerungstaktik«, sagte Antony. »Sie erlaubt dem König, die Armee aufzulösen, zumindest vorerst, und sich gründlicher auf seinen nächsten Zug vorzubereiten.«

Der andere Mann grübelte darüber nach, wobei er das Kinn auf seine Faust lehnte. »Das könnte funktionieren. Aber wenn er dort ein Parlament einberuft, *weißt* du, dass das Volk hier eines verlangen wird. Das ist die Büchse der Pandora, die er nicht öffnen wollen wird.«

Sehr wahr. Parlamente traten auf Wunsch des Königs zusammen, und Karl hatte vor zehn Jahren überaus deutlich gemacht, dass er mit ihnen fertig war. Sie stritten zu viel mit ihm, und so wollte er allein über England herrschen, ohne auf diese streitsüchtige Körperschaft zurückzugreifen. Es war sein Recht, aber das machte es nicht populär – oder, was das betraf, erfolgreich.

Soame hob eine Augenbraue auf Antonys nachdenkliche Miene hin. »Du hast eine Idee.«

Keine, die Antony teilen wollte. Er trank den letzten Schluck Wein und schüttelte den Kopf. »Der Krieg mit Schottland ist kein Problem, das wir lösen können. Danke für die Vorwarnung. Ich werde die normalen Ratsmitglieder und unsere Kameraden aushorchen und sehen, ob sich seit März deren Meinung geändert hat. Willst du dich uns heute Abend anschließen? Kate hat sich ausreichend erholt, um auszugehen. Sie will zum Abendessen zum Covent Garden reiten und würde sich über die Gesellschaft freuen.«

»Vielleicht komme ich heute Abend zumindest bei euch zu Hause vorbei.«

Lächelnd stand Antony auf und verabschiedete sich. Doch sobald er aus dem *Nag's Head* getreten war, führten ihn seine Schritte nicht nach Norden, zur Guildhall und den Kammern der Regierung von London. Nein, wenn er irgendeine Veränderung bewirken wollte, würde er dies an einem anderen Ort tun müssen.

DER ONYXPALAST, LONDON
3. *Juni* 1639

Der kleinere Thronsaal hätte wohl ein Porträt von wohlgeborenen Höflingen in deren Freizeit sein können. In einer Ecke schäkerte ein Gentleman mit einer Lady. Andere saßen an einem kleinen Tisch und spielten Karten. Aber die Lady trug einen Unterrock, der seit den Tagen der alten Elisabeth nicht mehr in Mode gewesen war, während ihr Geliebter aus lebendigem Stein geformt zu sein schien. Am Kartentisch waren die Wetteinsätze die vergessenen Erinnerungen eines Silberschmieds und einer Hebamme, eines Tischlers und eines Dienstmädchens. Der einzige Sterbliche im Saal wurde so gut wie ignoriert, ein Musiker, dessen Flöte sich mühte, über dem Geplauder der Fae-Höflinge gehört zu werden.

Seine Melodie wurde höher und noch höher, ihr Ton immer schriller. Lune, die ein kleines Stück entfernt auf ihrem Thron saß, verbarg ein Zusammenzucken hinter ihrem Fächer. *Das ist nicht gut genug.*

Sie hob eine Hand, deren Ringe im kühlen Licht glitzerten. Der Flötenspieler bemerkte das nicht, doch ein Lord in der Nähe hastete beflissen hinüber und ließ ihn mit wenig Bemühung um Taktgefühl verstummen.

»Wir haben genug von der Musik«, sagte Lune diplomatischer, als sie vorgehabt hatte. Das Gesicht des Mannes hatte sich bei der Unterbrechung zornig verzogen, aber auf ihre Worte hin erschlaffte es enttäuscht. »Wir danken Euch für Eure Zeit. Sir Cerenel, wenn Ihr ihn nach draußen führen würdet?« Nicht Lewan Erle, der ihn zum Schweigen gebracht hatte. Der hätte den sterblichen Musiker ohne Umschweife auf die Straßen von London geworfen, verloren und verwirrt nach seiner Zeit bei den Fae. Der Mann hatte gut gespielt – bis zum Ende. »Mit einer angemessenen Belohnung für seine Dienste.«

Der Ritter, den sie genannt hatte, verbeugte sich mit einer Hand auf seinem Herzen und eskortierte den Musiker aus dem Saal. Hinter ihm erhob sich das Geplauder von Höflingen und Ladys wieder.

Lune seufzte und legte ihren Fächer an die Lippen, um ihre Langeweile zu verbergen. In Wahrheit konnte man dem Flötenspieler keine Schuld geben. Sie war heute missmutig, und kleine Dinge ärgerten sie.

Von der Saaltür verkündete der Kobold, der als Saaldiener arbeitete: »Lord Eochu Airt!«

Oder große Dinge.

Die drei, die eintraten, stachen lebhaft aus den Höflingen hervor, die den Saal füllten. Während die Fae in ihrem Reich hauptsächlich der Mode des menschlichen Hofs folgten, mit solchen Änderungen, wie sie sie für angemessen hielten, kleideten die Iren sich im barbarischen Stil. Die Krieger, die hinter dem Botschafter aus Temair gingen, trugen knallblaue

Umhänge, die mit einer Brosche an einer Schulter befestigt waren, doch ihre Brust darunter war nackt, mit Bronzestulpen um ihren Waffenarm. Eochu Airt selbst trug eine prächtige Robe, die mit Federn und kleinen, glitzernden Medaillons verziert war, und hielt einen goldenen Zweig in der Hand.

»Mein Lord«, grüßte Lune ihn, stand von ihrem Thron auf und stieg hinunter, um dem Sidhe entgegenzutreten.

»Eure Majestät.« Eochu Airt antwortete ihr mit einer förmlichen Verbeugung und einem Handkuss, während seine Leibwächter hinter ihm knieten. »Ich hoffe, Ihr fühlt Euch wohl.«

»Gelangweilt. Wie hat Euch das Stück gefallen?«

Der irische Elf runzelte die Stirn. Sein kupferfarbenes Haar, lang wie das einer Frau und glatt, fiel über ein Auge, als er sich aus seiner Verbeugung aufrichtete. Er mochte zwar ein Ollamh sein, der höchste Rang eines Dichters, aber die Iren erwarteten, dass ihre Dichter auch Krieger waren. Sein Starren war feurig. »Sehr wenig. Die Kunst der Sterblichen ist fein genug, und wir erweisen ihr die Gunst, die sie verdient. Doch Kunst, Madam, ist nicht das, was mich interessiert.«

Hatte sie erwartet, dass er etwas anderes antworten würde? Eochu Airt war nicht lange nach Allerheiligen am Onyxhof angekommen und hatte einen Botschafter ersetzt, der seit Jahren bei ihnen gewesen war – ein sicheres Anzeichen, dass Fiacha von Temair eine Veränderung beabsichtigte. Wenn sie bis November durchhalten konnte, würde sie den Neuankömmling vielleicht loswerden. Der jährliche Zyklus an Hochkönigen in Irland bedeutete, dass eine Veränderung kurzlebig sein konnte.

Aber nicht immer. Diese Ungeduld war schon jahrelang gewachsen. Sollte Eochu Airt ersetzt werden, würde sie an seiner Stelle vielleicht jemand Schlimmeren finden.

Wenn es einen Streit geben würde, wollte Lune diesen lieber nicht im öffentlichen Raum des Thronsaals haben. »Kommt, mein Lord Ollamh«, sagte sie und nahm ihn am Arm. Federn kitzelten ihre Handfläche, doch sie verbarg die Irritation, die diese auslösten. »Ziehen wir uns zurück und sprechen weiter darüber.«

Die Elfenritter an der gegenüberliegenden Tür zogen die Paneele auf, damit die beiden durchgehen konnten, wobei sie die irischen Krieger zurückließen. Einige ihrer Hofdamen machten Anstalten, ihnen zu folgen, bis Lune sie mit einem Schnippen ihrer Fingerspitzen zurückwinkte. Sie wollte nicht, dass diese aufmerksam ihrer Konversation lauschten, doch wenn sie müßig mit Stickereien oder Karten dasaßen, hatte Eochu Airt unweigerlich das Gefühl, dass sie seine Argumente nicht so ernst betrachtete, wie sie es sollte.

Feenlichter erwachten in der privaten Kammer, und irgendein vorausschauender Wicht hatte zwei Stühle auf dem verzierten türkischen Teppich aufgestellt. Lune deutete an, dass der Sidhe einen nehmen solle. »Ihr scheint Euren Nachmittag als Beleidigung aufgefasst zu haben«, sagte sie, als sie sich auf den anderen setzte. »Ich versichere Euch, eine solche Beleidigung hatte ich nicht vor. Ich dachte nur, dass Ihr als Dichter die Kunstfertigkeit schätzen würdet.«

»Es war gut geschrieben«, gab er zu und legte den goldenen Zweig, der seinen Rang anzeigte, in dieser weniger formellen Atmosphäre beiseite. »Aber der Ausflug roch nach einer Ablenkung.«

Was er gewesen war – oder zumindest war das der Grundgedanke gewesen. Lune hatte gehofft, dass er sich in das Theater verlieben und mehr von seiner Zeit dort verbringen würde. Das würde bedeuten, dass sie ihn mit Schutz gegen das Eisen und den Glauben der sterblichen Welt ausstatten musste, doch das hätte sie als sinnvolle Ausgaben betrachtet, wenn sie ihn dafür aus ihrem Saal gehabt hätte.

Sie sah ihn stirnrunzelnd an. »Ich würde Eure Intelligenz nicht auf eine solche Weise herabwürdigen, Euch für so leicht abzulenken zu halten. Ich weiß, dass Ihr Eure Pflichten hier mit all der Ehrfurcht und Ergebenheit behandelt, die diese verdienen.«

»Schöne Worte, Madam. Muss ich Euch jedoch erinnern – ich bin nicht für Worte hergekommen, sondern für Taten. Die ›gründliche‹ Politik von Eurem Wentworth ist ein Skandal.«

Nicht mein *Wentworth,* wollte sie sagen. *Ich hatte mit seiner Ernennung zum Lord-Statthalter von Irland nichts zu tun.* Doch das würde Eochu Airt nur in die Hände spielen und genau den Punkt ansprechen, den sie vermeiden wollte. »Einige von Wentworths Ideen für Irland könnten für Euch vorteilhaft sein, wenn Ihr sie anerkennen würdet. Katholische Rituale enthalten sehr viel Macht gegen unser Volk. Ihre Abschaffung ist wohl eine gute Sache. Die heißere Art des Protestantismus birgt ihre eigene Gefahr, das ist wahr – aber das, was Wentworth einführen würde, ist nicht mehr als lauwarm.« In Wahrheit war es halb papistisch, wie die Schotten ständig schrien. Aber nicht auf eine Weise, die für Fae viel Unterschied machte.

Eochu Airts Miene verfinsterte sich. »Was er einführt, ist eine *Ansiedlung.*« Er spuckte das Wort wie eine Obszönität, als die er es zweifellos betrachtete.

Hatte sie wirklich erwartet, dass sie ihn von diesem Thema ablenken konnte? Lune stand von ihrem Stuhl auf und klingelte mit einem Glöckchen. »Etwas Wein, denke ich, würde die Diskussion geschmierter laufen lassen.« Die Tür öffnete sich, und ihre Kammerherrin Amadea Shirrell kam mit einem Tablett, einer Karaffe und Kelchen herein. *Effizient wie immer.* Lune winkte sie hinaus, schenkte selbst den Wein ein und wartete, bis sich die Tür wieder geschlossen hatte, sodass das leise Geplauder aus dem Thronsaal gedämpft wurde. »Ich verstehe Eure Sorge. Die neuen Engländer …«

»Neue Engländer, alte Engländer – für mich sind sie alle dieselben. Sie sind *Engländer,* in Irland.« Eochu Airt nahm den Wein aus ihrer Hand, lief jedoch wütend auf und ab, während er sprach. »Sie beanspruchen unser Land für sich selbst und vertreiben jene, deren Familien dort wohnen, schon seit wir Fae außerhalb unserer Hügel lebten. Unsere Hauselfen weinen ohne Unterlass, wenn sie sehen, wie ihr uralter Dienst zu einem schändlichen Ende kommt.«

Die Stimme des Ollamh floss melodiös, sogar dann, wenn sie von Wut unterlaufen war. Lune antwortete ihm ruhig und versuchte, ihren eigenen Zorn nicht zu zeigen. »Ich kann Englands Eroberung von Irland nicht ungeschehen machen, mein Lord Botschafter.«

»Aber Ihr *könntet* gegen Wentworth und seine Verbündeten handeln. Macht dieser Vergewaltigung unseres Landes ein Ende.«

Die Figuren, die an der Außenseite des Weinkelchs ins Silber gestanzt waren, gruben sich in Lunes Finger. »Ich *habe* gehandelt. Karl hat den Titel des Grafen von Clanricarde gegen Wentworths Protest bestätigt. Seine Ländereien werden nicht von Siedlern beansprucht werden.«

Das brachte ihr nur ein finsteres Starren ein. »Was Galway hilft. Aber was ist mit dem Rest von Irland, Madam, der immer noch unter dem englischen Joch leidet?« Er kam selbst aus Ulster. Sie hatte ihre Verteidigungslinie schlecht gewählt. Mit sichtlicher Anstrengung mäßigte der Sidhe seinen Tonfall.

»Wir verlangen keine Unterstützung ohne Gegenleistung. Alle von den Ard-Ríthe und jeder von den kleineren Königen unter ihnen würden gerne im Gegenzug Zugeständnisse gewähren. Wir haben Informationen, die Ihr sehr nützlich finden würdet.«

Keiner von ihnen hatte einen Schluck Wein getrunken. So viel zur Schmierung. Lune stellte ihren weg, unterdrückte ein Seufzen und faltete die Hände vor ihrem Rock. »Was Ihr erstrebt, ist eine direktere Manipulation, und das ist nicht die Politik dieses Hofes.«

»Einst war sie es.«

Sie erstarrte völlig. Hier kam sie schließlich: die offene Erinnerung. Sie hatte sich gefragt, wie lange es dauern würde, schon seit seiner Ankunft. Dieser Botschafter war gewillt, mehr Waffen zu nutzen als sein Vorgänger. »Niemals unter unserer Herrschaft. Wir wären dankbar, wenn Ihr Euch daran erinnert.«

Der Wechsel zum förmlichen Pluralpronomen traf ihn wie eine Ohrfeige. Eochu Airt strich sich das Haar aus dem Gesicht, dann stellte er seinen eigenen Wein ab und ging zurück zu den Stühlen, wo er seinen goldenen Amtszweig wieder nahm. »Wie Ihr wünscht, Madam. Aber ich fürchte, der Ard-Rí wird das nicht gerne hören.«

»Erzählt Eurem Cousin Fiacha«, sagte Lune, »dass wir einer Zusammenarbeit nicht abgeneigt sind. Doch ich werde keine Fäden um den sterblichen Hof spinnen und ihn wie meine Marionette tanzen lassen. Ich arbeite mit subtileren Mitteln für die Harmonie zwischen Menschen und Fae.«

»Eure Hoheit.« Eochu Airt antwortete ihr mit einer steifen Verbeugung und ging hinaus, sodass Lune allein im Nebenraum zurückblieb.

Lune legte eine Hand an das silberbeschlagene Leder, das die Wand überzog, und biss die Zähne zusammen. Nicht gut gemacht. Überhaupt nicht gut. Aber was konnte sie tun? Die Iren waren wahrscheinlich die einzigen Fae in Europa, die die Tage vermissten, als ihre Vorgängerin regiert hatte, als die Königin des Onyxhofs nicht davor zurückgeschreckt hatte, irgendjemanden zu manipulieren, Mensch oder nicht.

Nein, nicht die einzigen. Aber die anstrengendsten.

Sie hegte einige Sympathie für deren Wünsche. Wenn ihr eigenes Land von Ausländern überrannt würde, die jene mit geerbten Ansprüchen vertrieben, würde auch sie mit Zähnen und Klauen kämpfen, um es zu verteidigen. Aber dies war nicht ihr Kampf, und sie würde ihre Prinzipien nicht aufweichen, um ihn für die Iren zu gewinnen. Sterbliche waren keine Bauern, die man nach Belieben über ein Schachbrett schob.

Lune bekam ihre Miene unter Kontrolle und ging zurück hinaus in den Thronsaal. Ihre Höflinge murmelten einander zu. Niemand konnte den Aufbruch von Eochu Airt und seinen Kriegern übersehen haben. Einige von ihnen hatten sogar Geschenke angenommen, um bei ihr ein gutes Wort für die Iren einzulegen. Nianna, die dämliche Närrin, bändelte sogar mit einem Gancanagh an, den der Botschafter mitzubringen gewagt hatte, und setzte ihre Stellung als Haushofmeisterin ein. Wenn Lune ihnen nur eine winzige Gelegenheit gab, würden sie ihr alle in den Ohren liegen.

Sie hatte keine Geduld dafür, nicht jetzt. Es gab Badezimmer im Onyxpalast, deren Wasser von Salamandern erhitzt wurde. Vielleicht würde sie sich in einem von diesen entspannen und versuchen, sich einen Plan auszudenken, wie sie den Hohen Hof von Temair besänftigen konnte.

Aber sie bewegte sich nicht schnell genug. Während sie neben ihrem Stuhl zögerte, öffnete sich die Tür wieder und enthüllte einen Mann, der sogar noch mehr fehl am Platz wirkte als die Iren. Er hatte sandfarbenes Haar, war kräftig gebaut und so gewöhnlich wie ein Laib Brot – und trug eine entschlossene Miene, die überhaupt nicht zu den lockeren Amüsements im Saal passte. Der Saaldiener hob wieder seine Stimme. »Der Prinz vom Stein!«

LONDON, OBEN UND UNTEN
3. *Juni* 1639

Die Threadneedle Street war ein unbeweglicher Stau aus Karren, Kutschen, Pferden und Fußgängern, also bog Antony nach Süden ab und suchte sich einen Weg durch das geringere Gedränge der Walbrook Street und dann die viel kleinere Cloak Lane, wo die mit Erkern versehenen Obergeschosse der Häuser über den Matsch der Straße ragten. Im Schatten der Cutler's Hall legte er eine Hand auf den dicken, mit Harz überzogenen Balken, der zwei Häuser trennte, und breitete seine Finger weit aus.

Hinter ihm gingen die Menschen von London weiter ihrer Wege und bemerkten ihn nicht – und auch nicht die schattenhafte Lücke, die erschien, wo zuvor keine gewesen war, in dem nicht existierenden Raum zwischen den Häusern. In diese schmale Öffnung trat Antony und drehte sich seitlich, sodass seine Schultern nicht an den Wänden entlangschabten.

Als sie sich hinter ihm schloss, stand er am oberen Ende einer ebenso schmalen Wendeltreppe, die nach unten führte und nur schwach beleuchtet war, um ihn zu leiten. Antony stieg hinunter, wobei er sorgfältig auf seine Schritte auf den Stufen achtete – kein Schiefer, kein Kalkstein und auch kein Kieselsandstein aus Kent, sondern eine glatte Schwärze, die man nirgends in den gewöhnlichen Bauwerken von London fand.

Denn das Reich, in das er eintrat, war kein gewöhnliches Bauwerk. Es fühlte sich wie eine andere Welt an, und das war es auf gewisse Weise: Londons Schatten, der in der Erde Form angenommen hatte und in seiner Unzahl an Kammern und Gängen einen gesamten Feenhof verbarg, weder sichtbar noch vermutet.

Außer von wenigen.

Eine Galerie mit gewölbter Decke führte vom unteren Ende des Treppenhauses weg. Kühle Lichter schienen unter den Rippen hervor, die die Decke stützten, von denen einige aus eigenem Willen sanft wanderten, sodass die Schatten flackerten und tanzten. Dieser Ort spiegelte die Welt oben wider, aber nicht direkt. Der Eingang von Threadneedle lag nicht weit von ihm, aber doch ein Stück weiter entfernt, als er gelaufen war. Falls Antony richtig vermutete, war er nahe der Stelle – und der Person –, die er suchte.

Ein uniformierter Kobold stand an einer nahen Tür und bestätigte seine Vermutung. Die Kreatur verbeugte sich tief, riss die Tür auf und verkündete in einer viel lauteren Stimme, als ihr Körper vermuten ließ: »Der Prinz vom Stein!«

Der Anblick, der ihn im Saal begrüßte, war blendend, eine Menagerie aus vor Juwelen glitzernder Seide und fantastischen Körpern, die in sorgfältig posierender Lockerheit dasaßen oder standen. Eine lange Eingewöhnung hatte ihn mit der Pracht vertraut gemacht – doch nicht mit ihrem Mittelpunkt, der Achse, um die sich alles drehte.

Lune stand mit der wachsamen, misstrauischen Haltung eines Hirsches neben ihrem Thron. Die herrlichen Locken ihres silbernen Haars schaukelten noch an ihrer Wange, denn sie hatte gerade vor dem Ruf des Saaldieners den Kopf schnell gedreht. Sie überstrahlten den silbernen Stoff ihres Unterrocks und ließen im Vergleich die Lautensaiten-Seide ihres Korsetts und gerafften Überrocks wie ein tieferes Mitternachtsblau wirken. Saphire blitzten in ihrem Halsreif, von denen jeder das Lösegeld für einen Lord wert war.

Ihre Blicke trafen sich. Dann blinzelte er und brach den Zauber. Eine Feenkönigin war ein mächtiger Anblick, egal wie oft man sie sah. Und er war für einige Zeit fort gewesen.

Lune trat vor, um ihn zu begrüßen. Eine kleine Furche zog sich über ihre glatte Stirn. Sie musste einen viel größeren Frust verbergen. »Antony«, sagte die Königin. Ihre Stimme klang nach dem harschen Lärm der Straßen über ihm rein, und sie lächelte, als sie ihn sah, doch dies erreichte ihren beunruhigten Blick nicht. »Ich freue mich über deine Rückkehr. Willst du mit mir im Garten spazieren?«

Das passte ihm sehr gut. Antony verbeugte sich, dann bot er ihr seinen Arm an. Zusammen verließen sie den Saal, wobei ihnen eine kleine Herde ihrer engsten Hofdamen folgte.

Die Fae, denen sie auf dem Weg begegneten, verbeugten sich, traten aus ihrem Pfad und boten sowohl der Königin als auch ihrem sterblichen Prinzen Ehrerbietung dar. Antony hatte sich nie ganz daran gewöhnt. Sein wohlhabender Vater hatte sich eine Baronie gekauft, als der alte König Jakob diesen Rang eingeführt und Titel veräußert hatte, um die maroden Finanzen der Krone aufzubessern, aber ein erblicher Ritterstand brachte nicht die Art Höflichkeitserweisungen ein, die man einem Prinzen anbot. Er war lange darin geübt, zwischen den beiden zu wechseln, hörte jedoch nie ganz auf, die Ehrerbietung seltsam zu finden.

Sie kamen durch einen kunstvollen Bogen in den Nachtgarten. Hier sprießten gegen jede Natur grüne Pflanzen. Die Mühen hingebungsvoller Feengärtner brachten fantastische

Beete voll Blüten und Früchte außerhalb ihrer Saison hervor. Seine Nähe war ein Grund, warum Lune den kleineren Thronsaal seinem imposanteren Gegenstück vorzog, wo ihr eigentlicher Thron stand. Sie wanderte oft seine verschlungenen Pfade entlang, in Begleitung oder allein, und lauschte Musikern oder den plätschernden Melodien des Walbrook. Antony selbst fand bedauernswert wenig Zeit, ihn zu genießen.

Eine Strömung verwirbelte die Sterne über ihnen, als sie in die kalte, duftende Luft traten. Das Sternbild aus Feenlichtern gruppierte sich neu zu einer dichten Masse, einem künstlichen Mond. »Ich nehme an, etwas macht dir Sorgen«, sagte Antony und spürte, wie sich Lunes Finger um seinen Arm anspannten.

»Nicht etwas – *jemand*. Möchtest du gerne raten?«

Er lächelte verschmitzt. »Es gibt nur zwei wahrscheinliche Verdächtige. Ich tippe auf Nicneven.«

»Ich wünschte beinahe, sie wäre es.«

Die missmutige Antwort überraschte ihn. Feenschottland war kein einzelnes Königreich, nicht mehr, als es Feenengland war, und Lune hatte gelegentlich Schwierigkeiten mit den Monarchen im Norden. Die Gyre-Carling von Fife allerdings war ihr ein ständiger Dorn im Auge. Nicneven machte kein Geheimnis aus ihrem Hass für diesen Hof und alles, wofür er stand, die einträchtige Harmonie von Sterblichen und Fae. Sie hatte zu mehr als einer Gelegenheit damit gedroht, Antony zu töten oder seine Familie für neun Generationen zu verfluchen.

Insgesamt zog er irische Probleme vor. »Dann kann ich es mir in Grundzügen denken«, sagte er.

Lune ließ seinen Arm los und ging an den Rand des Pfads, wo eine Lilie in einem Topf blühte. Ihre reinweißen Blütenblätter verdunkelten sich zu einem blutigen Zentrum, und sie strich mit einer Fingerspitze darüber. »Eines Tages wird sich irgendein kluger Bursche dort drüben in den Kopf setzen, Wentworth zu ermorden.«

»Sie wissen es besser, als das zu tun«, sagte Antony alarmiert. »Wenn der Vertreter des Königs in Irland stirbt, wird es viel schlimmer für sie.«

»Oh, in der Tat – *einige* von ihnen wissen das. Aber alles, was es braucht, ist ein hitzköpfiger Krieger, ein Goblin, der darauf aus ist, Chaos anzurichten ...« Hinter ihnen scharte sich die Herde Damen wie Vögel mit juwelenbesetzten Federn und eleganten kleinen Masken. Lune seufzte und ging weiter den Pfad entlang zu einem Springbrunnen, wo sie sich auf eine Bank niederließ, und ihre Damen setzten sich nahe genug hin, um diskret zu lauschen. »Eochu Airt hat gesagt, dass seine Herren in Temair Informationen hätten, die ich haben möchte. Ich werde etwas anderes finden müssen, das er im Tausch haben will.«

Antony lehnte sich rückwärts gegen die Einfassung des Brunnens, die Handflächen flach auf dem kühlen Marmor. Das Wasser spritzte ihm auf den Rücken, doch sein rosafarbenes Wams war aus einfacher Sarsche. Es konnte eine Dusche aushalten. Er hatte sich nicht elegant gekleidet. »Wentworth ist bei Hof nicht beliebt. Seine Beziehung zum König ist unausgeglichen. Karl traut ihm nicht völlig, unterstützt ihn aber trotzdem, denn er ist einer der wenigen tatkräftigen Männer, die der Krone dienen. Es hat sogar Gerede davon gegeben, Wentworth zu einem Hochadligen zu machen. Aber der Statthalter hat reichlich Feinde, nicht nur in Irland, sondern auch in England, denen sein Einfluss auf den König nicht gefällt. Sein Sturz könnte kurz bevorstehen.«

»Wird das für Irland irgendetwas verändern?« Lunes Frage war eindeutig rhetorisch. Sie starrte für einen Augenblick die bestickte Spitze ihres Schuhs finster an, dann richtete sie ihre

Aufmerksamkeit wieder auf Antony. »Was hat dich also nach unten geführt? Als du zuletzt hier warst, hast du gesagt, dass du mehr Zeit mit Lady Ware und deinem jüngsten Sohn verbringen möchtest. Wie geht es ihm? Wächst er schnell?«

Ihr Ablenkungsmanöver war bezaubernd. Fae bekamen so selten Kinder. Sie fanden den Nachwuchs von Sterblichen faszinierend. »Robin wächst, ist gesund und kräftig – ohne Zweifel dank deines Segens.« Drei Kinder, und keines von ihnen an eine Kinderkrankheit verloren. Antony wusste, dass frömmere Persönlichkeiten gesagt hätten, er hätte seine Seele für diesen Segen verkauft, weil er sich mit Feen herumtrieb. Er hielt es für einen angemessenen Preis, um seine Familie gedeihen zu sehen.

Lunes Augen wurden schmaler. »Aber du bist, wie es scheint, nicht gekommen, um über deinen Sohn zu sprechen. Was dann? Du bist mit einem Ziel in den Thronsaal getreten.«

»Mit einer Chance«, gab Antony zu. »Einer, die deine Laune vielleicht verbessert.«

Die Damen drückten sich näher, um mitzuhören, als er fortfuhr. »Der Krieg mit Schottland läuft nicht gut. Karl hat eine Armee nach dort oben marschieren lassen, um die Covenanters niederzuschlagen, aber diese Armee fällt an den Nähten auseinander, weil das Geld fehlt, um sie zusammenzuhalten. Und so hat er die Stadt um einen Kredit gebeten.«

»Schon wieder?«, fragte Lune und wiederholte seine eigene Reaktion auf Soame. »Diese Bettelei ist zur Gewohnheit geworden und unpassend für einen König.« Er konnte die Wahrheit darin nicht bestreiten. »Aber warum bringst du das zu mir? Es würde in der Angelegenheit nicht helfen, den Kredit in Feengold auszuzahlen.«

»Natürlich nicht. Mein Vorhaben ist, ihn überhaupt nicht auszuzahlen.«

Die Königin starrte ihn an. Ihre silbernen Augen blinzelten nicht. Ihr gesamtes Bildnis hätte aus Silber und in dunkelsten Lapis gekleidet geschmiedet sein können. Er wartete, während sie die Auswirkungen abwägte. »Ich bin sicher, dass du deine Gründe hast«, sagte sie schließlich, und die Statue wurde wieder lebendig. »Du kennst die Finanzen der Stadt besser als ich. Aber ich sehe das Gesamtbild: Ein Scheitern, die Covenanters jetzt niederzuschlagen, wird bedeuten, dass sie in Zukunft eine stärkere Präsenz zeigen. Zu viel von London sympathisiert schon mit ihnen, und *sie* sind *uns* feindlich gesinnt.«

Uns hatte viele mögliche Bedeutungen, die vom Anlass abhingen. Manchmal war es das königliche Pronomen. Manchmal bedeutete es die Londoner, oben und unten. Diesmal hatte es unverwechselbar die Bedeutung dazwischen: die Fae vom Onyxhof. Nirgendwo auf der Welt gab es, soweit Antony wusste, eine Feenstadt neben einer sterblichen. Die anderen Feenkönigreiche hielten ihre Sitze an Orten, die von menschlichen Wohnorten weit entfernt lagen.

Der Onyxpalast ermöglichte es. Dieses gewaltige Bauwerk, das in seinem Inneren Kammern und Gänge enthielt, wie London Gebäude und Straßen hatte, schützte sie vor den Kirchenglocken und dem Eisen der Welt über ihnen. Doch seine Bewohner wagten sich auch nach droben und zogen es vor, die Welt, die sie besuchten, wenn schon nicht freundlich, dann zumindest neutral vorzufinden.

Die hitzköpfigeren Protestanten – Presbyterianer und die unabhängig gesinnten »Frommen«, deren Feinde sie Puritaner nannten – waren bei Weitem nicht neutral. Für solche Menschen waren alle Fae Teufel, und Schottland war unter ihrer Herrschaft ein freudloser und ernster Ort. Falls ihr Einfluss in England wachsen sollte, würden die Fae darunter leiden.

Antony sagte: »Dessen bin ich mir bewusst. Es gibt allerdings eine andere Betrachtungsweise.

Der König braucht unbedingt Geld. Seine Richter und Anwälte haben schon jede Gesetzeslücke gefunden, jedes obskure und nicht angewendete Statut, das ihm vielleicht irgendein Einkommen bringt – Schiffsgeld, Verkauf von Ritterschlägen. Er sammelt sogar weiterhin ohne das gesetzliche Recht Tonnengeld und Pfundzoll. Und trotzdem reicht es nicht.«

Lunes Kinn hob sich, und er fragte sich, ob sie sah, worauf er abzielte. Obwohl ihr Gesicht kein identifizierbares Alter zeigte, regierte sie schon länger, als er lebte, und war noch länger im politischen Spiel aktiv.

»Wenn er kein Geld von der Stadt bekommt«, sagte Antony, »dann wird er gezwungen sein, ein Parlament einzuberufen.«

Eine Nachtigall sang in einer nahen Weide. Die Damen waren zu gut erzogen, um miteinander zu tuscheln, während ihre Königin schweigend und nachdenklich dasaß, aber sie tauschten Blicke. Lune behielt niemanden in ihrem Umfeld, der nicht zumindest die Grundlagen sterblicher Politik verstand.

Schließlich sagte sie: »Warum bringst du das zu mir?«

»Um Hilfe zu bekommen«, sagte Antony. Sie hatte die Idee nicht sofort verworfen. Das ermutigte ihn. »Als ich sagte, dass ich vorhätte, nicht zu bezahlen, sprach ich von dem Ausgang, den ich mir erhoffe. Aber ich glaube, es wird eine knappe Entscheidung. Der allgemeine Stadtrat wird dagegen stimmen, aber ich würde gerne sicherstellen, dass die adligen Ratsherren ebenfalls gegen den König entscheiden. Penington und andere hegen wenig Liebe für diesen Krieg.«

»Dann arrangiere es selbst.« Lune stieß die Worte wie das Knistern eines entfalteten Fächers hervor. »Sicher hast du die Mittel, um deine Kameraden zu überzeugen.«

Ihre scharfe Erwiderung verblüffte ihn. Antony richtete sich aus seiner lockeren Haltung am Springbrunnen auf und sagte in einem sanften Tonfall: »Wenn ich genug Zeit hätte, vielleicht. Aber ich kann nicht gleichzeitig schnell und subtil vorgehen, und der König ist sich nicht zu schade dafür, jene ins Gefängnis zu werfen, die ihm trotzen.«

Auch Lune stand von ihrem Platz auf der Bank auf. »Du bittest mich darum – indem ich ihre Träume beeinflusse, nehme ich an?« Das war die sachteste Methode der Einflussnahme, doch Antony hatte keine Gelegenheit, dies zu sagen, ehe sie fortfuhr. »Um eine Weigerung zu bekommen, die sie andernfalls vielleicht nicht aussprechen würden. Aber ich bin von deinem Vorgehen nicht überzeugt.«

Warum sträubte sie sich, ohne darüber nachzudenken? Furcht vor den Covenanters und deren Religion konnte das nicht alles erklären. Lune schützte ihre Fae-Untertanen, ja, aber sie beschützte auch England …

Ah. England und die Monarchie. Die zu verteidigen sie einst geschworen hatte, vor vielen Jahren, als noch eine Engländerin auf dem Thron gesessen hatte. Solch eine Rebellion gegen den Willen der Krone würde ihr nicht besonders zusagen. Aber Lune mochte den Mann nicht, der diese Krone trug. Sie kannte Karls Schwächen so gut, wie Antony es tat. Was sie übersah, war, wie eine Weigerung England besser dienen würde als Gehorsam. »Seit zehn Jahren herrscht Karl jetzt ohne den Rat des Parlaments«, erinnerte er sie.

Ein Schnauben kam aus der Traube an Zuhörerinnen. Mutig bemerkte Lady Nianna: »Ihre Majestät herrscht ohne Bedarf an einem Parlament.«

»Ihre Majestät herrscht über ein Reich mit weniger Untertanen als mein Wahlbezirk«, fauchte Antony zurück, weil er über die Unterbrechung wütend wurde. Er verzog das Gesicht und verbeugte sich schnell entschuldigend vor Lune. »England hat viele Tausend Einwohner – Hunderttausende allein in der Umgebung von London. Ein Mann kann, selbst mithilfe von Ratgebern, so viele nicht gerecht überblicken. Und das Parlament, besonders das Unterhaus, war lange das Mittel, über das das Volk spricht und dem Herrscher seine Bedürfnisse mitteilt. Doch er hat diese Tradition abgeschafft, als sie unangenehm für ihn wurde.«

Die Königin hatte sich bei seiner Antwort an Nianna angespannt. Nun beobachtete sie ihn abwartend. Antony zögerte, dann spielte er eine gefährliche Karte aus. »Er will herrschen wie deine Vorgängerin – sein Wille absolut und ohne Widerspruch gegen ihn.«

Zorn flammte in jenen silbernen Augen auf. »Ziehe keinen Vergleich, wo du unwissend bist«, sagte Lune in einem eiskalten Tonfall. »Du weißt nichts über diesen Hof zu jener Zeit.«

»Ich weiß, was du mir erzählt hast«, antwortete Antony und sah sie furchtlos an. »Und ich weiß, warum du mich gebeten hast, an deiner Seite zu herrschen, und mir den Titel verliehen hast, den ich trage. Damit wir zum Wohl aller arbeiten konnten, sowohl Sterblicher als auch Fae. Nun gut: Ich trete vor dich als Prinz vom Stein und erkläre dir, dass London dies braucht. *England* braucht dies.«

Es war leicht, sich von der Präsenz einer Feenkönigin überwältigen zu lassen. Der Prinz war jedoch der Gefährte der Königin und hatte an diesem Hof seine eigene Autorität. Sie hatten schon früher Meinungsverschiedenheiten gehabt, wenn Antony das Gefühl gehabt hatte, dass seine Pflicht es verlangte. Lune hatte ihn aus diesem Grund ausgewählt, weil er stur die sterblichen Sorgen verteidigte, die sie ansonsten vielleicht vergessen würde. Weil sie darauf vertrauen konnte, dass er das nur tat, wenn es notwendig war.

Er entgegnete ihr Starren und wich nicht zurück.

Ein kleiner Schatten erschien an ihrem Kinn, wo sich ein Muskel anspannte und dann locker ließ. Diese Konfrontation war vielleicht unvermeidlich, doch er hätte sie zumindest unter vier Augen arrangieren können. Es fühlte sich zu sehr wie Erpressung an, seinen Rang vor ihren Hofdamen geltend zu machen und sie zu zwingen, sein Recht, um diesen Gefallen zu bitten, anzuerkennen. Er würde sich später dafür entschuldigen.

»Also gut«, sagte Lune letztlich mit zusammengebissenen Zähnen. »Wir werden dafür sorgen, dass jene, die unsicher sind, gegen den Kredit beeinflusst werden.«

Das königliche *Wir* oder das Feen-Wir? So oder so, er hatte, was er wollte, wenn auch nicht auf elegante Weise. Antony machte eine aufrichtige Verbeugung vor ihr. »Vielen Dank. Im Gegenzug werde ich ebenfalls tun, was ich kann, um die öffentliche Meinung gegen die Covenanters zu wenden.«

Er sah ein Funkeln in Lunes Augen, das er nicht interpretieren konnte – Zorn, der Platz für etwas wie Amüsiertheit machte. »In der Tat wirst du das. Wenn das hier funktioniert, wie du hoffst, und Karl ein neues Parlament einberuft, dann erwarten wir, dass du dort bist.«

Er blinzelte. »Im Parlament?«

»Du bist kein Hochadliger und hast wenige Verbindungen auf dem Land. Du wirst um einen der Sitze für London im Unterhaus kämpfen müssen. Aber das ist angemessen: Du wirst für Londons Feenbewohner dort sitzen, wie die anderen für die Sterblichen sitzen.«

Antony hatte nicht so weit gedacht. Es gab zugegebenermaßen keinen Grund, warum er nicht tun konnte, worum sie gebeten hatte. Außer dass die lange Zeit seit dem letzten Parlament ihm wenig Verständnis für diese Welt gelassen hatte – wie man hineinkam und was man tun musste, wenn man erst einmal dort war.

Es konnte nicht so anders als die Versammlung der Ratsherren sein. Und obwohl er daran gewöhnt war, sich als den Gesandten der Sterblichen bei den Fae zu betrachten, konnte er diese Grenze auch in die andere Richtung überqueren. Es waren derartige Dinge, die der Prinz vom Stein tun *sollte*.

Er machte eine zweite Verbeugung vor Lune. »Wie du befiehlst, Madam.«

KETTON STREET, LONDON
2. *April* 1640

Der Mann, der auf dem Kellerboden vor Lune auf die Knie gezwungen wurde, war sicher geknebelt und hatte die Hände hinter dem Rücken gefesselt. Über dem Knebel, der ihn zum Schweigen brachte, brannten die Blicke des Sterblichen vor Hass, der sie zu Asche versengt hätte, wenn er gekonnt hätte.

Hätte er seine Zunge frei gehabt, um sprechen zu können, hätte er sie zwar nicht verbrennen können, ihr jedoch großen Schaden zufügen. Sie war natürlich geschützt. Lune kam nie nach oben, ohne Milch oder Brot zu sich zu nehmen, die den Fae geopfert worden waren und sie gegen Glauben, Eisen und andere feindliche Zauber schützten. Ausreichend starker Glaube allerdings konnte viel überwinden, wie eine Axt, die durch eine Rüstung krachte.

Sie wollte den Glauben dieses Mannes nicht prüfen. Er konnte sie anfunkeln, so viel er wollte, solange er keine göttlichen Namen anrief, und der Knebel war die sanfteste Art, ihn zum Schweigen zu bringen.

»Wo habt Ihr ihn gefunden?«, fragte sie Sir Prigurd Nellt.

Der Riese ragte hinter dem knienden Mann auf, obwohl der Zauber, der seine Natur verbarg, ihn auf ungefähr menschliche Größe schrumpfte. Der Hauptmann der Onyxwache fühlte sich mit solchen Tarnungen unwohl und trug sie schlecht. »In der Nähe des Aldersgate«, grollte er, sodass seine tiefe Stimme in ihrem Körper vibrierte. »Hat Zunder an den Wurzeln des Baums aufgestapelt und hatte Feuerstein und Stahl in der Hand.«

Lune überspielte ihr Schaudern. Prigurd war in der Ausführung seiner Pflicht, sie zu schützen, unerschütterlich. Wenn sie zeigte, wie sehr ihr dieser Mann Angst machte, würde der Riese vielleicht einfach seinen Kopf zerschmettern und fertig.

Was hätte dieses Feuer anrichten können? Sie wusste es ehrlich gesagt nicht. Der Onyxpalast war eine vertraute Präsenz in ihrem Kopf, wie eine zweite Haut, die sich über ihr Fleisch gelegt hatte, als sie die Herrschaft beansprucht hatte. Aber sie hatte nicht all seine Geheimnisse enthüllt und konnte nur spekulieren, was passieren würde, falls jemand versuchte, einen der versteckten Eingänge zu zerstören, die den Feenpalast mit der sterblichen Struktur von London verbanden.

Die Frage war einer Untersuchung wert, aber nicht jetzt. »Wer ist er?«

Der Gefangene riss an seinen Fesseln. Hinter ihm zuckten Prigurds Finger, und ein leises Knurren verriet, wie sehr der Riese sein Temperament zügelte.

Der Mann, der vortrat, um zu antworten, passte besser in ihre heruntergekommene Umgebung als Lune oder Prigurd. Er kleidete sich wie ein einfacher Arbeiter – obwohl seine

Ausbildung, wenn nicht seine Geburt, ihn zu Besserem berechtigten – und kannte Orte wie die Taverne über ihren Köpfen gut genug, um ihnen diesen Keller für die Befragung zu sichern, immer dann, wenn Lune nicht riskieren wollte, einen Gefangenen in den Onyxpalast zu bringen. Wäre da nicht der ungetarnte Kobold gewesen, der auf seiner Schulter saß und eine Feder und ein Tintenfass hielt, hätte er jeder gewöhnliche, nicht bemerkenswerte Mann sein können.

Was ihm für seine Rolle perfekt passte. Ein Geheimdienstleiter sollte nicht in Erinnerung bleiben.

Sterbliche, die Umgang mit dem Onyxhof hatten und ihn kannten, gab es immer noch wenige an der Zahl, trotz Mühen von sowohl Lune als auch Antony. Sie hatten jetzt über ein Dutzend, was eine Verbesserung war, aber die ständig präsente Bedrohung durch die Frommen und die Notwendigkeit, den Onyxpalast in Sicherheit zu behalten, machten es im besten Fall zu einer riskanten Unternehmung, Fremde einzuweihen. Die meisten waren dort, weil sie Beziehungen zu irgendeinem Höfling hatten – gewöhnlich ein Liebhaber oder der künstlerische Klient eines Feengönners. Von ihnen allen war nur Benjamin Hipley zu einer einflussreichen Stellung aufgestiegen und führte gewisse verdeckte Aufträge aus, die Antony nicht übernehmen konnte oder wollte.

»Humphrey Taylor«, las er von einem Fetzen Papier vor, den ihm der Kobold hinunterreichte. »Seine Gemeinde ist St. Botolph Aldersgate, außerhalb der Stadtmauern, wo er dafür bekannt ist, eine oder auch zwölf puritanische Predigten zu halten.«

Sie war nicht im Geringsten überrascht. Humphrey Taylors zerrissene und löchrige Kleidung war vom Stoff, der Farbe und dem Schnitt her einfach, eine Stellungnahme gegen die eitle

Pracht des Königshofs. Das hätte ihn identifiziert, selbst wenn es der Eifer in seinem Blick nicht getan hätte.

Lune wünschte, sie könnte ihm den Knebel aus dem Mund nehmen und ihn selbst befragen. Doch selbst falls sie ihn dazu verleiten könnte, Feenwein anzunehmen und so die Frömmigkeit seiner Zunge aufzuhalten, wollte Lune nicht, dass der Mann für den Rest seines Lebens herumkroch und sich nach der Feenwelt, die er verloren hatte, sehnte.

Nein. Ein Kerl wie dieser würde keine Sehnsucht hegen. Er würde Selbstmord begehen, jene endgültige Verdammnis akzeptieren, um dieser gegenwärtigen zu entkommen, oder er würde einen Weg finden, um sich zum Märtyrer zu machen, indem er versuchte, ihren Hof zu vernichten.

So wie bei seinem ersten Versuch.

»Ihr sagt, er habe versucht, die Erle abzubrennen«, sagte sie und umkreiste ihren Gefangenen, gerade weit genug entfernt, dass ihre Röcke ihn nicht streiften. Prigurd verlagerte sein Gewicht, eindeutig nicht erfreut darüber, zu sehen, dass seine Königin so nahe an den Mann trat, ließ sie jedoch ungehindert vorbeigehen. »Wie hat er davon erfahren? Wusste er, was es war, das er zu zerstören versuchte?«

Hipley gab dem Kobold den Papierfetzen zurück und scheuchte diesen von seinem Platz auf seiner Schulter. »Er hatte zumindest eine gewisse Ahnung, dass es mit den Fae zu tun hatte. Wie viel darüber hinaus kann ich nicht sicher sagen. Aber er erfuhr durch Träume davon.«

»Träume?« Lune blieb abrupt stehen. »Von wem?«

Ihr sterblicher Geheimdienstleiter zuckte entschuldigend mit den Schultern. »Was im Kopf eines Mannes ist, lässt sich leider nicht nachvollziehen. Aber ich habe seinen Nachbarn Fragen gestellt – er hat keine Familie in London – und erfahren, dass seine Träume nach dem Besuch eines schottischen Presbyterianers diesen Winter anfingen.«

»Eines echten?«

»Wenn ich den Schotten finden könnte«, antwortete Hipley, »könnte ich das vielleicht sagen. Taylor hielt ihn jedenfalls für echt.«

Lune zwickte sich in die Nasenwurzel, dann zwang sie sich, ihre Hand zu senken. Ob der Presbyterianer ein getarnter Fae gewesen war oder nicht, er verband diesen Angriff mit Schottland – und dem Hof von Nicneven, der Gyre-Carling von Fife.

Es hatte keinen Sinn zu protestieren, dass Nicnevens Hass auf sie fehlgeleitet war. Lune hatte keinen Anteil an den Intrigen gehabt, die fünfzig Jahre zuvor die sterbliche Königin der Schotten getötet hatten, doch das war egal. Die Einflussnahme des Onyxhofs hatte zur Hinrichtung von Maria Stuart beigetragen. Die meisten schottischen Fae hatten dies vergessen – solche menschlichen Angelegenheiten verschwanden schnell aus ihrem Gedächtnis –, doch Nicneven hegte immer noch Groll.

Bis jetzt allerdings war die Opposition der Gyre-Carling subtil gewesen. Eine beträchtliche Fraktion an Lunes Hof, die von Nicnevens Verbündeten und Agenten ermutigt wurde, hielt Fae für den Menschen überlegen. Menschen waren bestenfalls Spielzeuge, schlimmstenfalls schwächten sie die Fae, minderten sie herab von den großartigen Wesen, die sie einst gewesen waren, in der entfernten Vergangenheit, an die sich niemand klar erinnern konnte. Eine Zusammenarbeit mit ihnen – die Harmonie, die Lune vertrat – konnte nur zum Nachteil der Fae verlaufen.

Der Onyxpalast war das Werkzeug für diese Zusammenarbeit, der Schutz, der ihre Koexistenz erlaubte. Wie es schien, hatte Nicneven, die mit ihren Fortschritten unzufrieden war, beschlossen, direkter gegen ihn zuzuschlagen.

Selbst nun, wo Taylor aufgehalten worden war, konnte wohl immer noch Gefahr lauern. Lune schreckte aus ihren Gedanken hoch und sprach erneut Hipley an: »Was hat er zu seinen Nachbarn gesagt?«

Er verstand die eigentliche Frage. »Sie halten ihn für verrückt. Ein Fieber im Gehirn vielleicht – obwohl der Mann, mit dem er seine Wohnung teilt, glaubt, dass es irgendein kryptischer Protest gegen die Korruption am Hof ist. Eine Art Metapher. Er hat gefragt, ob ich ein Agent des Kronrats sei. Ich glaube, er hat sich eine Belohnung erhofft.«

Dann waren sie in Sicherheit – für den Augenblick. Als die einzigen Sterblichen, die in den Onyxpalast gebracht wurden, die Haustiere und Spielzeuge der Höflinge gewesen waren, entsorgt, wenn sie kaputt waren, war es leichter gewesen, versteckt zu bleiben. Aber mit der steigenden Flut des puritanischen Glaubens würde sie vorsichtiger sein müssen. Falls jemals jemand zu glauben begann, dass es Feen unter London gab – jemand, der ihnen feindlich gesinnt war …

»Spürt den Schotten auf«, sagte sie. »Habt Ihr seinen Namen? Findet heraus, wer ihn geschickt hat, ob es irgendeine Macht in Schottland war oder eine andere, die mit Täuschung arbeitet.« Der Cour du Lys in Frankreich hegte nach einigen verworrenen Geschäften in der Vergangenheit keine Liebe für sie. Und die französische Verbindung mit Schottland war immer noch stark genug, dass sie das für eine nützliche Tarnung für ihr Handeln halten konnten.

Taylor sprang ohne Vorwarnung auf die Beine und stürzte in Richtung der Tür zur Taverne über ihnen. Der Kobold war dort, ehe der Rest von ihnen reagieren konnte, stellte dem

Gefangenen ein Bein und ließ ihn Kopf voraus auf den Lehmboden fallen. Prigurd zwang den Mann zurück auf die Knie, und diesmal hielt er ihn mit einer schweren Hand dort. Hipley ging zur Treppe, um nachzusehen, ob der Lärm irgendeine unerwünschte Aufmerksamkeit erregt hatte. Als alles ruhig blieb, wandte er sich wieder an Lune. »Was sollen wir mit ihm tun, Madam?«

Humphrey Taylor kannte einen Eingang zum Onyxpalast. Mit dieser Information in seinem Kopf konnte man ihn nicht zurück in seine Gemeinde gehen und auch nicht mit jenen, die seine Fäden zogen, kommunizieren lassen. Selbst wenn sie sein Gedächtnis auslöschten, wäre dies in Anbetracht der Stärke seines Glaubens zu riskant.

»Er gehört Lord Antony, der ihn entsorgen kann«, erinnerte Lune Hipley. Alles, was Sterbliche betraf, benötigte die Zustimmung des Prinzen. »Ihr könnt ihm sagen, dass unsere Empfehlung ist, ein Abbild an einem Ort zu hinterlassen, wo es entdeckt wird, und es so zu verzaubern und zu stärken, dass man es für seine Leiche halten und begraben wird. Was den Mann selbst betrifft ...«

Sie schaute auf Humphrey Taylor und seinen brennenden, hasserfüllten Blick hinunter. Es wäre am einfachsten, ihn zu töten – am einfachsten, aber falsch. Der Onyxhof verhielt sich nicht mehr so. Wohin sie ihn jedoch schicken würde, würde am Ende vielleicht auf dasselbe hinauslaufen.

»Steckt ihn auf ein Schiff in die Kolonien«, sagte sie. »Soll er sich dort selbst ein neues Leben aufbauen, wo er uns nicht bedrohen kann.«

GUILDHALL, LONDON
14. *April* 1640

Trotz der Kopfschmerzen und des verdorbenen Magens, die als Erinnerung an die Feierlichkeiten der vorhergehenden Nacht dienten, wärmte ein stetiges Lächeln Antonys Gesicht, als er auf die verrußte Vorderseite von Londons Guildhall zuging. Soame und andere Freunde hatten letzte Nacht mit seiner Familie zu Abend gegessen, und gemeinsam hatten sie auf die Eröffnung von Karls viertem Parlament getrunken. Es hatte länger gedauert, als Antony erwartet hatte, aber das Oberhaus und das Unterhaus traten wieder in ihren Kammern im Palast von Westminster zusammen.

Tatsächlich tagte das Unterhaus genau in diesem Moment, und Antony bedauerte seine Abwesenheit. Als Lune und er sich geeinigt hatten, dass er sich einen der vier Sitze für London sichern sollte, war ihm nicht bewusst gewesen, wie viel Zeit das wahrscheinlich verschlingen würde. Ein dummes Versehen von seiner Seite. Es würde ihn noch umbringen, fürchtete er, seine Verantwortlichkeiten in der Stadtregierung mit jenen im Parlament zu balancieren und zu versuchen, seine Handelsinteressen ebenfalls zu wahren.

Ganz zu schweigen, flüsterte sein schlechtes Gewissen, *von deinen Pflichten weiter unten.*

Aber er konnte recht wenig tun, um Lunes Probleme anzugehen, besonders weil ihn Eochu Airt leidenschaftlich hasste. Antony hatte wenig oder nichts mit Londons Verträgen zu tun, um Irland mit englischen Siedlern zu füllen – viele von jenen Vereinbarungen waren geschlossen worden, als er ein Kind gewesen war, das noch nicht einmal Hosen getragen hatte –, aber was die Sidhe betraf, so befleckte ihn sein Platz in der Stadtregierung mit jener Schuld.

Das Parlament jedoch war ein ganz anderes Schlachtfeld, und eines, wo er große Hoffnungen auf einen Sieg hegte. Jetzt, wo Karl einen Rückzieher von seiner Verkündung der Alleinherrschaft gemacht hatte, konnte man das alte Gleichgewicht wiederherstellen. Antony hastete durch die Tür und hoffte, dass er diese Geschäfte schnell erledigen und dann nach Westminster laufen konnte. Die Kammer, wo das Unterhaus tagte, war zu klein. Er würde um diese Uhrzeit wahrscheinlich keinen Sitzplatz finden. Aber selbst wenn es bedeutete, dass er stehen musste, wollte er gerne teilnehmen.

Im Inneren wirkte der Große Saal wie ein Ameisenhügel voller Ratsmitglieder, Sekretäre, Bittsteller mit Petitionen und noch mehr. Er hätte eine bessere Zeit wählen sollen, wenn wahrscheinlich weniger Menschen mit Problemen warteten und lauerten. Antony zog den Kopf ein, ließ seine Hutkrempe sein Gesicht verbergen, drückte sich durch das Gedränge und hastete durch den Saal nach oben.

Sobald er aus der Menschenmasse war, stellte er fest, dass er nicht die einzige Person war, die an jenem Morgen im Unterhaus fehlte. Isaac Penington begrüßte ihn mit einem Grad an Fröhlichkeit, der von ihrer gewöhnlichen Beziehung nicht gestützt wurde. Der Ratsherr für Bridge Without war sowohl in Angelegenheiten der Politik als auch der Religion ein wesentlich feurigerer Charakter als Antony, und so waren sie zu mehreren Gelegenheiten aneinandergeraten.

»Nicht in Westminster?«, fragte der andere Mann betont jovial. »Ich hoffe, Ihr seid das Parlament nicht bereits leid.«

Antony setzte ein gleichfalls betontes Lächeln auf. »Überhaupt nicht. Kümmere mich nur um einige Geschäfte.«

»Gut, gut! Wir haben einige große Pläne für diese nächsten paar Wochen, wisst Ihr. Ich würde nicht wollen, dass Ihr sie verpasst.«

Große Pläne? Das klang ominös. Und Antony vermutete, dass *wir* eine eher spezifische Bedeutung als das gesamte Unterhaus hatte. Er ordnete hastig die Namen in seinem Kopf und versuchte, sich zu erinnern, wer von den Hunderten Parlamentsmitgliedern mit Penington verbündet sein konnte. Antonys eigener Vater hatte im letzten Parlament Karls gesessen, und obwohl die meisten Anführer aus jener Zeit gestorben waren oder sich zurückgezogen hatten, war zumindest einer wieder dabei. Der Mann hatte den Versuch angeführt, den alten obersten Ratgeber des Königs, den Herzog von Buckingham, abzusetzen, und sein politischer Ehrgeiz endete nicht damit. »Ihr selbst und John Pym?«, vermutete Antony.

Peningtons Lächeln wurde aufrichtiger. »Mehr als nur wir. Hampden, Holles – tatsächlich eine ganze Menge. Wir haben endlich eine Gelegenheit, Stellung gegen die Vergehen des Königs zu beziehen, und wir werden sie nicht verstreichen lassen.«

Antonys Nervosität wuchs. In der Eröffnungsansprache des Königs am Vortag war die sehr echte Sorge vor einem bevorstehenden zweiten Krieg mit den Schotten verborgen gewesen. Karl hatte sie in einem Morast aus Plattitüden über die begeisterte und bescheidene Zuneigung, die das Unterhaus zweifellos für seinen Herrscher empfand, vergraben, doch die simple Wahrheit war, dass er sie einberufen hatte, weil er Geld brauchte, um die rebellischen Covenanters niederzuschlagen, womit er im vorherigen Jahr gescheitert war. »Welche Vergehen?«

»Na, alle von ihnen, Mann!«, lachte Penington. »Zuerst die Religion, würde ich meinen – Erzbischof Lauds papistische

Änderungen an der Kirche, Chorhemden, Altargitter, all jene römischen Gotteslästerungen. Wir werden die Bischöfe rauswerfen, bevor wir fertig sind, das schwöre ich. Oder diese Politik der Freundschaft mit Roms Lakaien. Schlimm genug, eine katholische Königin zu haben, aber der König toleriert Priester sogar jenseits ihres Haushalts. Er würde England an Spanien verkaufen, wenn es ihm irgendeinen Vorteil einbringen würde. Oder vielleicht eine andere Herangehensweise. Wir könnten zuerst über seine Vergehen gegen die Freiheiten des Parlaments sprechen.«

»Der König«, sagte Antony und wählte seine Worte sorgfältig, »würde zweifellos eher dazu neigen, jene Themen zu bedenken, sobald der Feldzug gegen Schottland bezahlt wäre.«

Nun hatte das Lächeln einen wölfischen Unterton. »Oh, der König wird seinen Zuschuss bekommen – aber erst nachdem wir unsere Stimme bekommen haben.«

Das widersprach direkt Karls Anweisungen. Antony verschluckte diese Worte jedoch, ehe sie seinen Mund verließen. Penington konnte diese Ansprache kaum vergessen haben. Er ignorierte sie wissentlich.

In einem gewissen Ausmaß konnte er das Argument des Mannes verstehen. Sobald Karl sein Geld hatte, bestand ein sehr realistisches Risiko, dass sich der König dazu bemächtigt fühlen würde, sein Parlament zu ignorieren oder es sogar gänzlich aufzulösen, weil er dessen Geschäfte als erledigt betrachtete. Diese Zahlungen waren der einzige Vorteil, den sie in der Hand hielten.

Und die Vergehen, das musste er zugeben, waren echt. Zehn Jahre ohne Parlament – eher elf mittlerweile – waren nur ein äußerliches Anzeichen des Problems. Die eigentliche

Schwierigkeit war Karls Philosophie, von seinen Richtern und Ratgebern unterstützt, dass die einzige Grundlage jedes Rechts der königliche Wille und sein Wohlgefallen seien und dass jenes Recht diesen Willen keinesfalls band. Ungerechte Besteuerung und der ganze Rest folgten daraus, denn wie konnte es ungerecht sein, wenn der König es für notwendig erklärte?

Penington beobachtete ihn genau. »Wir werden Euch Redezeit schaffen, wenn Ihr wollt«, sagte er. »Es muss sicherlich einige Debatten geben, obwohl wir hoffen, binnen kurzer Zeit Gesetze zur Abstimmung bereit zu haben. Sie werden natürlich im Oberhaus stocken, aber es ist ein Anfang.«

Die unausgesprochenen Worte hingen hinter den gesagten, mit mehr als nur geringer Bedrohlichkeit: *Ihr seid auf unserer Seite, oder nicht?*

Antony wusste es nicht. Er war kein Schoßhund des Königs, doch was er über Pym und die anderen wusste, die Penington genannt hatte, besorgte ihn. Puritanische Eiferer, die meisten von ihnen, und viel zu begierig darauf, den König in der Verfolgung ihrer eigenen Ziele zu untergraben. Ziele, die nicht unbedingt mit Antonys übereinstimmten. Zum Glück sah er über Peningtons Schulter den Sekretär, mit dem er sprechen musste. Mit falschem Humor sagte er: »Wenn ich meine Arbeit hier nicht beende, werde ich es niemals rechtzeitig nach Westminster schaffen, um irgendetwas zu tun. Wenn Ihr mich entschuldigt?«

»Natürlich«, sagte Penington und ließ ihn vorbei – doch Antony spürte den Blick des Mannes auf dem Rücken, als er weiterging.

DAS *ANGEL INN*, ISLINGTON
23. *April* 1640

Lune nahm mit einem dankbaren Lächeln eine Tasse Met an und sagte: »Ich weiß, dass ihr beide euch informiert haltet. Zweifellos könnt ihr erraten, was mich heute hierhergeführt hat.«

Rosamund Goodemeade blinzelte sie mit unschuldigem Blick an und sagte knicksend: »Aber Majestät, wir dachten, du wolltest nur unsere Gesellschaft!«

»Und unseren Met«, fügte ihre Schwester Gertrude hinzu. »Und unser Essen, vermute ich – wir haben Brot, frisch aus dem Ofen, einige ausgezeichnete Kirschen und gegrillten Fasan, wenn du Appetit auf einen Bissen zu essen hast.« Sie wartete kaum überhaupt auf Lunes antwortendes Nicken, sondern trippelte davon, um dies und zweifellos noch mehr darüber hinaus zu holen.

So sehr Lune ihren verborgenen Palast liebte, sie musste zugeben, dass kein Teil von ihm der Bequemlichkeit und Wärme im Heim der Goodemeades gleichkam. Versteckt unter dem *Angel*, einer Herberge mit Postkutschenstation nördlich der Stadt, war es eine beliebte Zuflucht für Höflinge, die eine Pause vom Onyxpalast und seinen Intrigen brauchten. Die Hauselfenschwestern, die es unterhielten, hatten immer eine Mahlzeit und ein Lächeln für jeden Freund parat, der vorbeikam, und sie zählten mehr Fae zu ihren Freunden, als Lune für möglich gehalten hätte.

Rosamund steckte eine honigbraune Locke unter ihrer Leinenkappe hoch und setzte sich auf einen der Stühle in Kindergröße, die sie für sich selbst und andere kleine Gäste bereithielten. Jede Förmlichkeit zwischen ihnen war schon lange dahingeschmolzen, zumindest unter vier Augen. Sie brauchte keine Erlaubnis, um sich zu setzen, selbst vor ihrer Königin. »Ich vermute, es ist Nicneven«, sagte sie und kam auf den Zweck dieses Besuchs zurück.

Lune seufzte. So gerne sie auch ihren Nachmittag damit verbracht hätte, einfach die Gesellschaft der Goodemeades zu genießen, sie konnte die Zeit nicht entbehren. Wie Rosamund sich eindeutig gedacht hatte. »Ihr seid ursprünglich aus dem Grenzland gekommen, wie ich weiß. Ich nehme an, es war nicht die schottische Seite?«

Sie war nicht überrascht, als die Hauselfe den Kopf schüttelte. »Und die Leute in Fife sind noch einmal anders als die Leute im Grenzland, sogar auf der schottischen Seite«, sagte Rosamund. »Wir werden dir natürlich auf jede Weise helfen, wie wir können, aber wir wissen wenig über die Gyre-Carling und ihr Volk.«

Gertrude war zurückgekehrt und balancierte ein Tablett, das beinahe so groß war wie sie selbst und auf das mehr Essen gestapelt war, als Lune jemals verzehren konnte. Nach der Art zu urteilen, wie Gertrude an den Kirschen knabberte, während sie Schüsseln verteilte, hatten Rosamund und sie allerdings vor, mitzuessen. »Worauf hattest du gehofft?«, fragte sie und leckte sich den Saft von den Fingern.

»Eine Art Agenten«, gab Lune zu. »Einen Freund, den ihr vielleicht in Fife hättet, oder jemanden, den ihr an einem der anderen schottischen Höfe kennt, der dorthin gehen und nicht fehl am Platze wirken könnte. Meine Höflinge sind beinahe alle englische Fae oder noch fremdländischer als das.«

»Einen Spion?«, fragte Rosamund.

Wie Ben Hipley die verdeckte Arbeit des Onyxpalasts unter Sterblichen ausführte, so kümmerte sich Valentin Aspell, ihr

Großsiegelbewahrer, um das, was Fae betraf. Doch für gewisse Angelegenheiten – die heikleren – waren die Goodemeades Lunes beste und am wenigsten verdächtige Ressource. Sie sagte: »Ihr wisst von dem Angriff auf die Erle. So sehr ich mir auch wünsche, dass ich glauben könnte, dass Taylor von einem Verräter an meinem eigenen Hof auf seine Mission geschickt wurde – so seltsam es auch ist, sich so etwas zu wünschen –, ich habe Grund zur Annahme, dass Nicneven dahintersteckt. Was bedeutet, dass sich im Norden etwas verändert hat. Ich muss herausfinden, was.«

Gertrude machte eine Geste, mit der sie sie zum Essen aufforderte, und Lune fing gehorsam an, sich Butter auf ein Stück frisches Brot zu streichen. *Dieses schlichte Essen würde Eochu Airt vielleicht gefallen,* dachte sie, als sie sich an seine verächtlichen Bemerkungen über die ausgefalleneren Mahlzeiten an ihrem Hof erinnerte. Die Iren feierten, wie sie erfahren hatte, auf einfachere Weise. *Vielleicht versuche ich das und sehe, ob es seine Laune hebt.*

Sie gestattete sich, sich ablenken zu lassen. Das momentane Problem war Schottland, nicht Irland. Indem sie mit Blicken und gelegentlich einem halb ausgesprochenen Wort kommunizierten, hatten die Goodemeades bereits eine vollständige Konversation geführt. Nun sagte Rosamund: »Vielleicht ist es nicht die Gyre-Carling. Du weißt, wer an ihrem Hof ist.«

Das Brot blieb Lune im Hals stecken. Sie spülte es mit Met hinunter. »Ja«, sagte sie schweren Herzens. »Kentigern Nellt. Und ja, ich habe in Betracht gezogen, dass das hier nichts mehr und nichts weniger als Rache für Halgresta sein könnte.«

Der Riese hatte seine Schwester nicht geliebt. Lune bezweifelte ehrlich, ob er zu Liebe fähig war. Aber Kentigern war zutiefst beleidigt gewesen, als Halgresta in der Schlacht gefallen war, und er hatte Grund, Lune die Schuld zu geben, denn jene Schlacht war durch ihr Zutun entstanden. Sie hatte ihn genau deshalb ins Exil geschickt, um jeden Racheversuch zu ersticken. Hätte er es versucht, wäre sie gezwungen gewesen, ihn hinrichten zu lassen, und das wollte sie nicht tun. Doch im Exil war er in seine alte Heimat im Norden zurückgekehrt und hatte einen Platz im Dienst der Unseligen Königin von Fife gefunden.

Zurückgelassen hatte er seinen Bruder Prigurd. Der wiederum als Einziger unter den brutalen Nelltgeschwistern aus Treue statt aus brennendem Ehrgeiz diente und willens war, jene Treue auf Lune zu übertragen. Einige hatten argumentiert, dass sie ihm nicht vertrauen sollte, zumindest nicht so weit, ihm Halgrestas alte Stellung als Hauptmann anzubieten – doch die Onyxwache war alles, was Prigurd kannte. Und obwohl er nicht klug war, war er zumindest seiner Pflicht treu.

»Wenn es Rache ist«, sagte Gertrude, »dann könnte man das *vielleicht* ausräumen, indem du Prigurd in den Norden schickst.«

Rosamund und Lune starrten sie beide verblüfft an. »Prigurd als Diplomat?«, fragte die andere Hauselfe ungläubig. »Mab möge ihn lieben, aber er hat keine drei eigenen Gedanken im Kopf. Kentigern würde ihn häuten, zerstückeln und Nicneven roh vorsetzen.«

»Ich bezweifle, ob ihn irgendjemand allein mit Worten von seiner Rache abbringen könnte«, sagte Lune. Gertrudes Optimismus war bewundernswert, doch manchmal resultierte er in Naivität. »Aber ich bezweifle auch, ob dies einfach nur Kentigerns Tun ist. Wenn er auf sich gestellt wäre, würde er eines Nachts mit einer Axt in der Hand in den Onyxpalast stürmen und nach meinem Blut trachten. Wenn überhaupt, dann hält Nicneven ihn zurück und wird nicht von ihm getrieben.«

Kentigern war nicht der einzige Höfling, der bei ihrer Thronbesteigung fortgegangen war, und nicht einmal der einzige, der ein Heim in Fife gefunden hatte. Die anderen allerdings waren friedlich gegangen – oder waren ansonsten so weit geflohen, dass sie sie nicht länger fürchtete. Und ...

Lune stöhnte laut, als ihr etwas einfiel. Die Schwestern sahen sie beide erschrocken an. »Eochu Airt«, sagte sie. »Er behauptet, dass er Informationen hat, die nützlich für mich sind. Es hat schon früher Kontakte zwischen Ulster und Schottland gegeben. Vielleicht weiß König Conchobar oder ein anderer in Ulster etwas über diese neue Feindseligkeit von Nicneven.«

»Was wollen sie im Gegenzug?«, fragte Gertrude.

Dass Irland von allen englischen Siedlern befreit wird und keinen englischen König über sich hat.

»Die Entfernung von Wentworth«, sagte Lune. »Die zu erreichen ich keinen eleganten Weg habe. Ich habe ihm alles angeboten, was ich kann, aber nichts davon genügt. Ich *muss* eine Möglichkeit finden, meinen eigenen Agenten nach Fife zu bekommen.«

Die Hauselfen sahen sich zweifelnd an. »Wir werden es versuchen«, sagte Rosamund ohne viel Hoffnung. »Wir haben einige Freunde entlang der Grenze, die nützlich sein könnten.«

»Ich wäre höchst dankbar«, antwortete Lune.

»Gut«, sagte Gertrude. »Jetzt wäre *ich* dankbar, wenn du diesen Fasan nicht verkommen lässt. Lang zu, allerhöchste Majestät. Du kannst nicht alle Probleme dieser Insel lösen, wenn du nicht isst.«

ST.-STEPHENS-KAPELLE, WESTMINSTER
5. Mai 1640

Drei Wochen von diesem Chaos, und nichts vorzuweisen.

Der Refrain hallte ununterbrochen in Antonys Kopf, als er durch die Lobby vor der St.-Stephens-Kapelle ging, wo das Unterhaus tagte. Drei Wochen an immer hitzigeren Diskussionen, in denen Pym und seine Unterstützer auf ihrem Standpunkt beharrten, obwohl die Feindseligkeiten mit Schottland erneut ausgebrochen waren. Von Religion bis zur Kontrolle über das Militär wuchs die Liste der Veränderungen, die sie verlangten, ständig weiter.

Antony hatte ebenfalls seine Ressourcen, doch diese führten nur bis zu einem gewissen Punkt. Lunes Fae-Spione und Ben Hipleys sterbliche Agenten hielten ihre Finger am Puls des Unterhauses und von Karls Kronrat, aber er hatte keine Kontrolle über jene Körperschaften. Er kannte nur die allgemeine Richtung ihrer Diskussionen. Und was er hörte, klang nicht gut. Karl glaubte wie schon zuvor, dass die Opposition im Unterhaus das Werk einiger unzufriedener Persönlichkeiten sei, während die Mehrheit eine friedlichere Haltung habe. Doch dies war derselbe Mann, der unweigerlich erwartete, dass die Dinge ungeachtet der Umstände seinen Wünschen entsprechend liefen, derselbe Mann, der seine Ohren bei jeder Andeutung verschloss, dass die Realität vielleicht schlimmer war, als er dachte. Seine Ratgeber waren schwache Männer, und jene wenigen, die stark waren – Wentworth und Erzbischof Laud – wurden ebenfalls gehasst. Die Fäulnis in Englands Regierung ging weit über einen Mann hinaus.

Selbst zu dieser frühen Stunde war die Lobby gut mit Sekretären, Dienern und Männer gefüllt, die hofften, dem Unterhaus ihre Angelegenheiten vorlegen zu können. Es war schlimmer als die Guildhall. Antony musste Bittsteller aus drei unterschiedlichen Grafschaften abwehren, ehe er an der Schranke vorbeikam, die den Eingang zur Kapelle markierte. Beschwerden über Schiffsgeld, alle drei von ihnen, und das war keine Überraschung. Es war die verhassteste Steuer in ganz England.

Das Problem – seine Gedanken kehrten immer wieder zum Unterhaus zurück – war die fehlende Führung. Wentworth, der vor elf Jahren einer der fähigsten Männer im Haus gewesen war, war kürzlich zum Grafen von Strafford erhoben worden und hatte als solcher einen Sitz im Oberhaus. Auf seine eigene Weise war der Mann so blind wie Karl und weit geschickter darin, sich Feinde zu machen, doch zumindest war er effektiv. In seiner Abwesenheit zögerten die Männer des Königs, während John Pym und seine Kameraden eine starke Opposition organisierten.

Antonys Vorbehalte gegenüber Pym waren von einem nagenden Verdacht zu offenem Misstrauen gewachsen. Es wäre schlimm genug gewesen, wenn der Mann einfach ein Vorkämpfer der frommen Reformer gewesen wäre, doch sein Ehrgeiz endete nicht damit. Pym schien das Parlament nicht als Unterstützer des Königs, sondern als dessen Leine zu sehen. Er wollte Kontrolle über Angelegenheiten, die auf jeden Fall Vorrecht des Königs waren, und das konnte Antony nicht mittragen.

Was ihn zwischen den Stühlen zurückließ. Als er auf dem Parkett der Kapelle stand, wo sich die Sitzreihen hufeisenförmig über ihm erhoben, fühlte Antony sich kurz wie ein Bär, der als Köder angekettet war. Dann nahm er seinen Sitz bei den anderen Abgeordneten für London nahe dem Platz des Sprechers ein. Er spürte keine Verbundenheit mit ihnen: Penington und Craddock gehörten fest zu Pyms Lager, und Soame war immer mehr ihrer Meinung. Doch Sir Francis Seymour saß hinter ihnen – ein alter Freund von Antonys Vater, mit diesem im letzten Parlament verbündet, und eine tröstliche Präsenz in diesem Labyrinth, das zu durchlaufen Antony noch nicht gelernt hatte.

Als er auf die Bank vor dem Ritter glitt und einen Gruß murmelte, fand Antony seine Entschlossenheit wieder. *Es sind erst drei Wochen. Ich* werde *diesen Tanz meistern.* Weder nach den Wünschen des Königs noch nach Pyms turbulenten Reformen, sondern auf einem moderaten Kurs zwischen den beiden. Es würde nicht einfach, doch mit der Zeit wäre es machbar.

Dann fiel ihm etwas Seltsames ins Auge. »Wo ist Glanville?«, flüsterte er Seymour ins Ohr. Der Stuhl des Sprechers blieb leer, obwohl es beinahe Zeit für den Beginn des Eröffnungsgebets war.

Seymour schüttelte den Kopf. »Ich weiß es nicht. Mir gefällt auch nicht, wie das aussieht.«

Genauso wenig gefiel es Antony. Glanville hatte am Vortag mit einigem Nachdruck gesprochen, was ihn beim König nicht beliebt gemacht haben konnte. Würde Karl so weit gehen, den Sprecher des Unterhauses abzusetzen? Pym erklärte alles überaus gern zu einem Verstoß gegen die Privilegien des Parlaments, aber in diesem Punkt hätte Antony keine andere Wahl, als ihm zuzustimmen. Sicher würde der König keinen solch offensichtlichen Verstoß begehen – nicht, wenn das Haus bereits im Konflikt mit ihm stand. Es würde jede Hoffnung auf Versöhnung zunichtemachen.

Er machte sich Sorgen darüber, als er den Kopf zum Gebet beugte. Was würde passieren, falls man Glanville abgesetzt hatte? Sprecher, das wusste er, hatten schon früher ein schlimmes Ende gefunden. Es gab einen Grund, warum der gewählte Mann traditionell zu seinem Stuhl gezerrt wurde. Aber Antony hatte gedacht, dass all das Vergangenheit wäre.

»Amen«, sagten die versammelten Abgeordneten, einige eifriger als andere. Und dann schwangen ohne Vorwarnungen die Türen zur Kapelle auf.

Ein Mann, der ein schwarzes Amtszepter trug, trat ein und stellte sich vor den Tisch des Sprechers. Die Sekretäre, die an einem Ende saßen, hielten mit den Federn in der Luft inne und starrten ihn überrascht an. Maxwell, der Gentleman Usher of the Black Rod für das Oberhaus, hatte die Pflicht, das Unterhaus für jede Vollversammlung des gesamten Parlaments herbeizuzitieren. In Anbetracht von Glanvilles Abwesenheit war dies kein vielversprechendes Anzeichen.

Mit lauter Stimme verkündete Maxwell: »Es ist der Wunsch Seiner Majestät, dass Ihr Ritter, Bürger und Abgeordnete seines Unterhauses sofort zu Seiner Majestät kommt, um in einer Versammlung mit dem Oberhaus zu sitzen.«

Antonys eigener Fluch wurde von lauteren um ihn herum übertönt. Einige Männer sprangen auf und riefen Fragen, aber Maxwell ignorierte sie alle. Er wartete einfach untätig darauf, sie alle in den größeren Saal zu führen, wo das Oberhaus tagte.

»Ihr habt mehr Erfahrung hiermit als ich«, sagte Antony unter der Deckung des Gebrülls zu Seymour. »Erklärt mir – gibt es irgendeinen guten Grund, aus dem uns Seine Majestät jetzt zusammenrufen könnte?«

Ins Gesicht des älteren Mannes standen Sorgenfalten geschrieben, und sein Blick hatte den düsteren Ausdruck von Hoffnung am Rand des Todes. »Wenn Ihr etwas meint, das gut für uns wäre ... unwahrscheinlich. Eine schreckliche Niederlage in Schottland vielleicht. Oder eine Rebellion in Irland.

Diese Pläne, die Iren gegen die Schotten zu bewaffnen, ernten vielleicht ihre erwartete Belohnung. Oder irgendeine andere Katastrophe.«

Und das ist das Beste, worauf wir hoffen können. Antony biss die Zähne zusammen, dann hob er seine Stimme über den Lärm. »Es bringt uns nichts, hier zu streiten! Wir werden ins Oberhaus gerufen. Unsere Antworten liegen dort. Lasst uns gehen und fertig.«

Immer noch verwirrt und zornig tuschelnd formierten sie sich und ließen sich vom Black Rod durch den Palast von Westminster führen. Antonys Blut gefror, als er in den Saal der Lords trat und Glanville am anderen Ende sah. Die dunklen Ringe unter den Augen des Sprechers stachen hervor wie Prellungen.

Neben ihm, auf einem prächtig gepolsterten Stuhl, saß Karl Stuart, Erster dieses Namens, von Gottes Gnaden König von England, Schottland, Frankreich und Irland, Verteidiger des Glaubens et cetera. Die Plattform, auf welcher der Stuhl stand, hob ihn auf eine herausragende Position, konnte aber nicht über die kleine Gestalt des Königs hinwegtäuschen. Antony fragte sich manchmal, ob nicht etwas von seinem Starrsinn von diesem Makel herrührte, der ihm einen ständigen Nachteil gegen größere, stärkere Männer einbrachte.

Starrsinn stand ihm jedenfalls deutlich ins Gesicht geschrieben. Die Mitglieder des Oberhauses waren auf ihren Plätzen. Die Mitglieder des Unterhauses, die hineinströmten, standen auf der Fläche zwischen den Hochadligen und den Bischöfen. Antony hatte einen schlechten Blick, der von den Männern versperrt wurde, die sich vor ihn gedrängt hatten, doch indem er sein Gewicht auf den linken Fuß verlagerte, konnte er gerade das Gesicht des Königs sehen. Hinter seinem üppigen

Schnauzbart und Spitzbart waren Karls Lippen zu einer dünnen, ungeduldigen Linie zusammengepresst.

Als sich die Türen hinter dem letzten Mann schlossen, sprach der König.

»Es kann keine Gelegenheit, zu der ich in dieses Haus komme«, sagte er und verkündete die Worte in einem gemessenen Tempo, das dazu gedacht war, sein unvorteilhaftes Stottern zu verringern, »so unangenehm für mich sein wie dieses Mal.«

Antonys Magen verkrampfte sich. Und die Übelkeit, die in ihm aufstieg, steigerte sich nur, als Karl weitersprach und den Lords aus dem Oberhaus für ihre Mühen dankte. »Wenn es irgendein Mittel gegeben hätte, um ein glückliches Ende dieses Parlaments zu erreichen«, sagte der König, »wäre es nicht die Schuld Eurer Lordschaften, dass es kein solches Ende gibt.«

Jegliche Hoffnung, an die sich der alte Seymour geklammert haben mochte, dass sie herbeigerufen worden waren, damit man ihnen mitteilen konnte, dass die Iren rebellierten und die Schotten den Norden überrannt hatten, die Holländer all ihre Schiffe versenkt und Karl England an Spanien verkauft hatte, sie musste in diesem Augenblick gestorben sein. Was Antony selbst betraf, so war er nicht überrascht. Nicht, seit er Glanville gesehen hatte.

Glanville, der das Haus anführte, dem Karl eindeutig die Schuld zuschob.

Oh, der König machte eine kurze Bemerkung über den Anteil des Oberhauses daran, ihm Beschwerden vorzulegen, als er fortfuhr. »Außerhalb des Parlaments«, fügte der König überhaupt nicht überzeugend an, »werde ich so bereit – wenn nicht *noch* williger – sein, jede Beschwerde anzuhören und die gerechtfertigten zu begleichen, wie im Parlament.«

Nein, das wirst du nicht, dachte Antony, in dessen Inneren Zorn und enttäuschte Wut brodelten. *Wenn du das wärst, wären wir nie zu diesem Moment gekommen.*

Karl konnte behaupten, so viel er wollte, dass er die Reinheit der Religion, die nun in der Kirche von England etabliert war, bewahren würde. Er konnte sie erinnern, dass eine Verzögerung in der Finanzierung seines Krieges gefährlicher war als eine Weigerung. Nichts davon machte den geringsten Unterschied, denn jeder hörte die Worte, selbst ehe Karl dem Großsiegelbewahrer befahl, sie auszusprechen.

Die Worte, die alle von Antonys Siegen zu schwarzem Zunder verbrannten und damit all seine Hoffnungen für die Zukunft.

»Es ist der Wunsch Seiner Majestät«, sagte der Großsiegelbewahrer, sodass seine Stimme an den Wänden des Saals hallte, wo sie weniger als einen Monat zuvor die Eröffnungszeremonien durchgeführt hatte, »dass dieses Parlament aufgelöst wird, und er gibt all seinen Rittern, Bürgern und Abgeordneten die Erlaubnis, nach Belieben aufzubrechen. Und hiermit, Gott schütze den König!«

DER ONYXPALAST, LONDON
5. Mai 1640

Lune tippte mit ihrem Fächer im Rhythmus der Allemande an die Armlehne ihres Stuhls und beobachtete, wie die Fae ihres Hofstaats in ihrer prächtigen Kleidung an ihr vorbeiwirbelten. Diesmal kam die Musik von einer ganzen Gruppe Sterblicher, die man Gerüchten zufolge aus einem der feinen Häuser am Themseufer entführt hatte, wo der ein oder andere Hochadlige sie zu seiner eigenen Unterhaltung angestellt hatte.

Doch die Musiker wirkten nicht unglücklich darüber, dass sie hier waren, und so ließ sie die Angelegenheit auf sich beruhen. Solange niemand misshandelt wurde, störte ein gelegentlicher, zeitweiliger Diebstahl Lune nicht. Sie würden ohne Schaden zurückgebracht und mit der Zeit vielleicht sogar diesen Hof häufiger besuchen. Das würde Lune immens freuen.

Was ihre Höflinge wussten. Sie war deshalb nicht überrascht, als sie den schwarzen Kopf von Sir Cerenel mit einem Mann im Schlepptau auf sich zukommen sah. Der Fremde, ein Mensch in zerfetzter Kleidung, starrte alles um ihn herum mit offenem Mund an und widmete seine Aufmerksamkeit unparteiisch Goblins und Schuhen, ihrem Elfenbeinstuhl und den scharfen Spitzbögen an der Decke im Saal, wo die Fae tanzten. Cerenel hielt ihn kräftig, aber nicht unfreundlich fest und überzeugte den Mann mit sanftem Druck, sich mit ihm vor Lune hinzuknien.

»Eure Majestät«, sagte der Ritter, »ich bitte um Eure Erlaubnis, zu diesem Anlass einen Gast mitzubringen.«

In Antonys Abwesenheit sah Lune sich um und gab Benjamin Hipley einen Wink, dass er nähertreten sollte. »Wer ist er?«

Cerenel warf einen Seitenblick auf den ungewaschenen Fremden, dann sah er zu ihr hoch. »Ich habe ihn in London gefunden, Madam, wo ich hingegangen war, um eine Dame zu besuchen. Obwohl ich gut mit einem Zauber getarnt und gegen dessen Versagen geschützt war, sah dieser Kerl mein wahres Gesicht durch jene Tarnung.«

»Ein Wahnsinniger«, sagte sie und richtete sich auf ihrem Stuhl auf. Seit geraumer Zeit hatte niemand mehr einen derartigen Sterblichen nach unten gebracht, obwohl sie früher sehr in Mode gewesen waren. »Aus Bedlam entkommen?«

»Wahrscheinlicher, dass man ihm erlaubt hat zu gehen«, sagte Hipley, als sie ihn fragend anblickte. Mit ihrer Erlaubnis näherte er sich dem Mann, der zurückzuckte, aber nicht weglief. »Die Gewalttätigen werden angekettet und entkommen eher nicht. Hatte er eine kleine Schüssel?« Letzteres war an Cerenel gerichtet, der nickte. »Dann hatte er eine Lizenz zum Betteln.«

Er wirkte nicht glücklich über die Anwesenheit des Wahnsinnigen im Onyxpalast, aber ob das wegen des Status des Fremden war oder wegen Cerenels Sinn für Amüsement, konnte Lune nicht sagen. Sie selbst mochte Wahnsinnige nicht gern. Sie erinnerte sich zu gut daran, wie dieser Hof jene einst missbraucht hatte. Doch dieser hier würde jetzt nicht misshandelt – und vielleicht war es nützlich, ihn willkommen zu heißen. Sollten ihre Untertanen sehen, dass sie denen, die freundlich mit den Verrückten umgingen, Gunst erwies. »Hat er einen Namen?«, fragte sie.

»Keinen, den ich aus ihm herausbekomme«, sagte Cerenel. Sie glaubte ihm auch. Er hatte sich nicht immer mit Sterblichen als Persönlichkeiten befasst, aber er war einer von Lunes besseren Konvertiten. Über die Jahre seit ihrer Thronbesteigung hatte Cerenel angefangen, ihre Denkweise mehr oder weniger zu teilen. Nicht ganz mit solchem Eifer, doch sie wertete das als Sieg.

Die Allemande war zu ihrem Ende gekommen, und die Musiker spielten ihre letzten Takte, lange nachdem die meisten Tänzer aufgehört hatten, sich zu bewegen. Höflinge rangen um Plätze und versuchten, den Fremden zu sehen.

»Er ist unter uns willkommen«, erklärte Lune laut genug, dass alle es hören konnten. »Als geehrter Gast. Essen und Wein für ihn, aus Lord Antonys Vorräten.« Zu dem Wahnsinnigen sagte sie: »Sei fröhlich. Heute Abend musst du nicht um dein Abendessen betteln.«

Sie musste Hipley nicht sagen, dass er den Mann bewachen sollte. Außerdem tat er das, wie sie erfreut sah, nicht allein. Während mehrere Damen mit Cerenel schäkerten und an dem kleineren Statusgewinn teilhaben wollten, der ihm gerade gelungen war, widmete Lady Amadea ihre Aufmerksamkeit dem Wahnsinnigen und hielt ihn in Sicherheit vor den räuberischeren Höflingen. Was den Wahnsinnigen betraf, so labte er sich glücklich am Zuckerbrot und den gezuckerten Früchten, die man für ihn gebracht hatte, obwohl er den Raum mit misstrauischen Blicken beobachtete.

Ihre Überwachung wurde unterbrochen, als der Saaldiener an der Tür die Ankunft des Prinzen vom Stein verkündete. Alle blieben an ihren Plätzen stehen und verbeugten sich vor Antony, als er eintrat, doch niemand näherte sich ihm. Die düstere Miene, die er machte, verbot es.

Er kam direkt zu Lune und sprach, ehe sie auch nur fragen konnte, was nicht stimmte: »Er hat das Parlament aufgelöst.«

Es traf sie wie ein Schlag, weniger wegen ihrer eigenen Enttäuschung und Wut als wegen seiner. Antony hatte so hart gearbeitet, um dies zu erreichen, und nun wurde es ihm nach wenigen kurzen, verschwendeten Wochen weggenommen. »Wir haben Gesetze über Nadelspitzen verabschiedet«, sagte er mit zusammengebissenen Zähnen, »während Pym und seine Männer uns Angelegenheiten aufgezwungen haben, die, wie sie *wussten*, uns den König zum Feind machen würden. Tatsächlich *wollten* sie das! Die Puritaner unter ihnen verspüren nicht den Wunsch, dass die Covenanters niedergeschlagen werden.«

Der Gedanke, dass sie den König absichtlich untergraben wollten, war erschreckend. »Das«, sagte Lune, »ist kurz vor Hochverrat.«

»Oder darüber hinaus.« Antony setzte sich, ohne den Stuhl anzusehen, den ein Hauself hastig hinter ihn schob, und vertrieb mit einem finsteren Starren die Fae, die unverhohlen lauschten.

Lune erkannte die düstere Härte in seinem Blick. Sie war über die Jahre gewachsen, seit sie ihn kennengelernt hatte, als er als junger Mann mit kaum genug Flaum, um es einen Bart zu nennen, zum ersten Mal an diesen Hof gekommen war. Sie hatte ihn zu ihrem Gefährten gemacht, weil sie seine starrköpfige Loyalität zur sterblichen Welt brauchte. Er hatte angenommen, weil er davon träumte, jene Welt mit Feenhilfe zum Besseren zu verändern. Doch er war ein einzelner Mann, egal welche Hilfe er hatte, und allzu oft hatten seine Mühen in einem Scheitern geendet.

Es machte sie traurig, ihn so zu sehen, wie er von Jahr zu Jahr älter und verbitterter wurde. Wie alt war er jetzt? Wie viel länger würde er durchhalten?

Eines Tages werde ich ihn verlieren. So, wie ich den Mann vor ihm verloren habe.

Sie lächelte, eine geübte Maske, um die unvermeidliche Trauer zu verbergen. »Es wird eine andere Gelegenheit geben«, sagte sie. »Karl ist nicht der Herrscher, der sein Vater war. Er hat kein Talent dafür, Fraktionen gegeneinander auszuspielen. Ich hege keinen Zweifel, dass die Umstände ihn zwingen werden, wieder ein Parlament einzuberufen.«

»Aber wie lange wird das dauern?«, murmelte Antony und verfiel in Schweigen.

Sie ließ ihn in Ruhe, weil sie erkannte, dass sie seine Laune verstreichen lassen sollte. Ihr eigener, niedergeschlagener Geist verlangte Ablenkung, nicht Grübeln. Nachdem der nächste Tanz beendet war, verließ sie die Thronplattform und mischte sich in eine temporeiche Courante, sodass ihre Pantoffeln über den Marmorboden schlitterten. Überall um sie herum war ein Gedränge aus Puffärmeln und fliegenden Locken, Höflingen, die makellos die schnellen, rasenden Schritte des Tanzes absolvierten. Für einige Augenblicke schaffte sie es, ihre Gedanken zu verdrängen.

Bis eine Kälte, schärfer als der Winterhauch, ihre Knochen packte.

Ohne Vorwarnung erstarrten die Tänzer. Sie taumelten schwach und schwindlig gegeneinander, und Lunes Fuß verfing sich am Saum ihres Rocks. Sie stolperte und stürzte beinahe.

Schmerz stach in ihrer Schulter und lähmte ihren gesamten Körper, sodass sie nicht einmal aufschreien konnte.

Ein Brüllen hallte von hinter ihr, und dann riss sich die lähmende Spitze los, und sie sackte erschlafft auf dem Boden zusammen. Vor Pein und Schock schluchzend rollte Lune sich herum und sah ihren Angreifer.

Auch er war auf dem Boden, festgehalten unter dem Gewicht des Elfenritters, der ihn niedergerungen hatte. Der Wahnsinnige lachte in einem unverständlichen Triumph, selbst als der Ritter seine Hand auf den Marmor schmetterte, Knochen zersplitterte und sein blutbeflecktes Eisenmesser wegschlug.

Und dann endete das Gelächter, verloren in einem feuchten Gurgeln, als der Ritter seinen eigenen Dolch in die Kehle des Sterblichen bohrte.

Antony drängte sich einen Augenblick später durch die schwindligen Fae und stellte sich selbst zwischen Lune und den Toten. »Was zum Teufel geht hier vor?«

Dann entfuhr ihm ein anderer, schärferer Fluch, als Antony die Eisenklinge sah. Er zögerte nicht. Während sich die

Ritter der Onyxwache formierten, um ihre Königin zu schützen, schnappte er sich die Waffe und warf sie zu Hipley, der Richtung Tür rannte. Lune konnte mit jedem Schritt, den er machte, leichter atmen, obwohl sie die Präsenz der Klinge spüren würde, bis er sie gänzlich aus dem Onyxpalast entfernt hätte.

Sogar dann würde der Makel bleiben und ihren Körper vergiften. Wäre sie nicht gestolpert ... Lune taumelte auf die Füße und versuchte, sich nicht zu offensichtlich an Antony zu lehnen, der sie stützte. »Ich werde einen Arzt holen«, murmelte er ihr ins Ohr.

»Nein«, flüsterte sie zurück und zwang sich, den Rücken zu strecken. Er hatte recht: Das Gift musste herausgesogen werden, und zwar bald. Doch das würde einige Zeit dauern, und weil sie nicht tot war, musste sie sich zwingend zuerst um diese Situation kümmern. Sie wagte es nicht, ihre Schwäche zu zeigen.

Ihr Retter war hinter der schützenden Mauer ihrer Leibwache ebenfalls aufgestanden. Der goldhaarige Elf gehörte nicht zu dieser. Er hieß Sir Leslic und war vor vielleicht fünf Jahren an ihren Hof gekommen, aber bis zu diesem Augenblick hatte sie ihn kaum bemerkt. Blut war in sein Gesicht gespritzt und verdunkelte das Saphirblau seines Wamses. Er wischte gerade seine Haut sauber, als er sie sah, und fiel sofort auf die Knie. Gut drei Schritte um sie herum hatte man abgesehen von der Leibwache, die sie umringte, Freiraum gelassen. »Eure Majestät. Ich bitte um Eure Verzeihung, weil ich in Eurer Anwesenheit eine Waffe gezogen habe.«

Sie würde ihn für dieses Vergehen wohl kaum bestrafen, wenn er ihr Leben gerettet hatte. »Was ist passiert?«, fragte sie und schaffte es, autoritär statt erschüttert zu klingen.

»Ich habe es gesehen, als ich durch den Tanz in die Nähe kam. Er schien sich an unserem Wirbeln zu beteiligen, doch dann stürmte er ohne Vorwarnung auf Euer Gnaden zu und zog jenes Messer heraus. Wäre ich nur einen Augenblick schneller gewesen, hätte ich ... hätte ich ihn vielleicht rechtzeitig aufhalten können.«

Beschämung ließ seine Stimme brechen. Lune sagte: »Ihr habt gut gehandelt, Sir Leslic.« Mit einer Hand schob sie ihre Leibwache zur Seite, sodass sie ein freies Blickfeld auf ihren Möchtegern-Mörder hatte. Er war ein armseliges Ding, schmutzig und in Fetzen auf dem Marmor. Das Glitzern des Steins war gedämpft, wo das Messer hingefallen war, und mit ihrem Blut verschmiert.

Der Ritter bewegte sich plötzlich, trat vor und hielt dann inne, als ihre Leibwache zuckte. Antony ließ seinen schraubstockartigen Griff um Lunes Arme halb locker, doch fasste wieder zu, als sie schwankte. Leslics Aufmerksamkeit flog an Lunes Schulter vorbei wie ein Pfeil. »*Ihr*«, sagte er und spie das Wort aus. »Ihr habt diesen Mörder hierhergebracht.«

Sie Cerenel stand bebend rechts direkt hinter ihr und hatte vor panischem Schrecken den Mund offen. Leslics Fauchen riss ihn aus seiner Starre. »Beschuldigt Ihr mich einer Verschwörung?«

Lunes eigene Gedanken waren noch nicht so weit gekommen. Während sie das Tuch, das ihr Amadea gereicht hatte, auf ihre blutende Schulter drückte, wurde ihr vor plötzlicher Furcht kalt. Hatte sie ihn so falsch eingeschätzt? Konnte Cerenel vorspielen, dass er ihren Idealen zustimmte, während er Nicnevens Agenten hörig war?

Der Zorn des Ritters entsprach ihrem und wuchs. Leslic sagte: »Ich würde das Urteilsvermögen Ihrer Majestät nicht so beleidigen, als dass ich mir vorstellen könnte, dass sie einen solchen Verräter in Ihrer Mitte aufnehmen würde. Aber Ihr habt diesen Mann gefunden. Ihr habt ihn hergebracht. Gehört Ihr nicht zur Onyxwache? Ist es nicht Eure Pflicht, Eure Königin vor Unheil zu bewahren? Welche Maßnahmen habt Ihr ergriffen, um Ihre Sicherheit zu schützen?«

Cerenel wurde blass. »Bei meinem Schwur, Ihr werdet diese Beleidigung meiner Ehre zurücknehmen, Sir.«

»Wegen der Beleidigung unserer gnädigen Herrscherin«, sagte Leslic, »stehe ich zu meinen Worten. Beweist Eure Ehre, Sir, oder es ist bewiesen, dass Ihr sie verloren habt.« Er wirbelte herum und sah Lune an. »Madam, dieser *Ritter* hat meine Worte Lügen genannt. Ich bitte um Eure Erlaubnis, mich ihm im Kampf zu stellen.«

Das war zu viel, zu plötzlich. Lune schwirrte der Kopf, und Schwärze zog am Rand ihres Gesichtsfelds auf. *Ich hätte mich zurückziehen sollen.*

Antonys Hände spannten sich um ihre Arme, und seine Antwort brachte beide Ritter zum Schweigen. »Ihr wollt Ansprüche an Eure Königin stellen? Direkt nach einer solchen Ungeheuerlichkeit? Eure *Ehre*, meine Herren, ist keinen Kupferpfennig wert!«

Doch wenn sie gegangen wäre, hätten sie trotzdem diese Konfrontation gehabt. So hatte sie zumindest einige Hoffnung, diese zu kontrollieren. Lune hatte das Duellieren nie verboten, denn ihr Volk kämpfte selten bis zum Tod, und ein wenig Blutvergießen um der Ehre willen war recht verständlich. Aber für das hier würde ein privates Duell nicht reichen. Es kam *ihrer* königlichen Ehre zu nahe. Die Beilegung dieser Frage musste öffentlich stattfinden.

Cerenel war immer noch bleich und sah Lune mit verzweifeltem Blick an. Dass er das hier nicht geplant hatte, da war sie sich sicher. Doch seine Ehre und sein Ruf *waren* geschädigt, und man musste ihm die Erlaubnis geben, diese zu verteidigen.

Nicht in dieser Nacht. »Die Angelegenheit soll auf ehrbare Weise beigelegt werden«, sagte sie und krallte sich mit den Fingernägeln an ihre letzte Kraft. »Wenn wir uns erholt haben, werden wir dies persönlich überwachen. Bis zu jenem Zeitpunkt verbieten wir Euch, einander Gewalt anzutun oder auch nur davon zu sprechen. Ebenfalls dürft Ihr Euren Verbündeten nicht gestatten, dasselbe zu tun, außer um die Bedingungen des Duells zu arrangieren.« Sie starrte beide Ritter nieder, als könnte sie sie allein durch Willenskraft aufhalten. Was sie hoffte. »Denkt nicht einmal daran, uns nicht zu gehorchen.«

DER ONYXPALAST, LONDON
5. Mai 1640

Später ging Antony zu ihrem Schlafzimmer, nachdem sie all ihre Hofdamen und Kobolde weggeschickt hatte, dasaß und eine Kerzenflamme anstarrte. »Was ist mit der Klinge?«, fragte sie, ohne sich umzudrehen und ihn anzusehen.

Sie klang viel ruhiger, als er erwartet hatte, obwohl er sehen konnte, wo der dicke Verband die Linie ihrer Schulter veränderte. »Sicher fort«, antwortete er. »Es war ein billiges Messer aus Sheffield, wie es jeder Mensch besitzen könnte. Davon war nichts zu erfahren. Wir haben allerdings in seiner Kleidung eine Scheide gefunden – aus Hagedorn gemacht, um die Präsenz der Klinge zu verbergen. Irgendjemand hat das hier vorbereitet.« Zweifellos Nicneven. Sie hatte schon früher mit Gewalt gedroht.

Doch immer gegen ihn. Nie gegen Lune. Zorn, wie er ihn selten spürte, ließ Antonys Blut brodeln. Mord war eine abscheuliche Sache. Königsmord war noch viel abscheulicher.

Lune kommentierte die Scheide nicht, obwohl er wusste, dass sie ihn gehört hatte. Antony schluckte seinen Zorn hinunter und räusperte sich. »Wirst du ...« Er zögerte damit, die Frage auszusprechen. Niemand war bisher während seiner Zeit hier mit Eisen verwundet worden. Ihm wurde jetzt klar, dass er nicht wusste, was passieren würde. »Wirst du dich erholen?«

»Teilweise.« Lunes Atem zischte zwischen ihren Zähnen heraus, ehe sie fortfuhr. »Das Gift wurde herausgesogen. Aber Wunden, die so zugefügt werden, heilen niemals völlig.«

Und sie war unsterblich. Niemals würde für sie eine sehr lange Zeit dauern.

Das folgende Schweigen dauerte so lange, dass er den Mund aufmachte, um sich zu verabschieden. Sie musste sich ausruhen und würde das vielleicht tun, wenn er fort wäre. Doch dann sprach sie wieder. »Hast du gesehen, wie Leslic sich auf den Mann gestürzt hat?«

Er hatte den Vorfall von der Thronplattform aus beobachtet – alles davon war zu schnell vorbei gewesen, als dass er viel gesehen hätte. Oder das hatte er zumindest gedacht. Aber jetzt, als er sich an die Szene erinnerte, fiel ihm auf, was er in jenem Augenblick übersehen hatte. Wie konnte Lune, die blutend auf dem Boden lag, eine solche Kleinigkeit gesehen haben?

Ganz einfach. Sie wusste viel besser als er, wie sich die Präsenz von Eisen anfühlte. »Er hat sich nicht erschreckt.«

»Nein«, sagte Lune.

Wieder Schweigen, diesmal, weil sie beide über dessen Bedeutung nachdachten. Antony blieb an der Tür, weil er vermutete, dass sie in ihrer Schwäche keine Gesellschaft wollte. Das tat sie selten. Stattdessen fragte er: »Möchtest du, dass ich herausfinde, wo er das Brot herhatte?«

Sie schüttelte den Kopf, dann hielt sie inne, als würde die Bewegung in ihrer Schulter schmerzen. »Der Handel damit ist so rege, dass ich bezweifle, ob du ihm folgen könntest. Die bessere Frage ist, warum er vor so kurzer Zeit davon gegessen hatte und so vorteilhaft gegen das Eisen geschützt war.«

Er kannte den goldhaarigen Ritter nicht gut, aber er erinnerte sich an die Gesellschaft, in der man Leslic gesehen hatte. Fae, die über Sterbliche als minderwertige Wesen spotteten und selten einen Fuß vor den Onyxpalast setzten. Das Brot, das sie besaßen, wurde gewöhnlich gegen politische Gefallen eingetauscht, nicht für ihren eigenen Nutzen behalten.

Antony sagte: »Ich werde nach der Antwort suchen.«

»Nein.« Lune drehte sich endlich um, um ihn anzusehen. »Du hast genug eigene Sorgen. Ich habe andere, die das effizienter herausfinden können.«

Sorgen. Geschäfte und seine Familie und die alltägliche Verwaltung seines Viertels. Er würde reichlich Ruhe bekommen, jetzt, wo er sich nicht mehr mit dem Parlament befassen musste. Doch Lune hatte recht. Es gab andere, die diese Aufgabe besser erledigen konnten. »Dann sag ihnen, dass sie sich auch um ihre eigene Sicherheit kümmern sollen«, merkte er an. »Jene, die dich töten wollen, würden nicht zögern, andere zu ermorden.«

DER ONYXPALAST, LONDON
11. *Mai* 1640

Eochu Airt wischte sich den Mund an einer Serviette ab und sagte: »Ich freue mich zu sehen, dass Ihr Euch so schnell erholt habt, Madam. Bitte nehmt außerdem die Genesungswünsche des Ard-Rí an, der höchst erzürnt über ein solch abscheuliches, ehrloses Vergehen ist.«

Lune war nicht ganz so genesen, wie sie sich angestrengt gab, doch die Wunde von jenem Messer hatte sie schon seit beinahe einer Woche lahmgelegt. Sie konnte sich keine längere Abwesenheit vom Geschehen erlauben. Immerhin freute sie sich, als sie sah, dass ihr Gedanke über Eochu Airt Früchte getragen hatte. Er war viel freundlicher, wenn man ihm Wild und Wildschwein zum Zulangen vorsetzte anstatt eingelegtem Bachneunauge. Die ruhige Mahlzeit, die sie nun teilten, war immer noch nichts gegen die krawallartigen Bankette, die die Könige und Königinnen seines Lands veranstalteten, doch es half und war um diesen Preis ein Schnäppchen.

Sie nippte an einem Kelch Wein, der gut mit stärkenden Kräutern versetzt war, und sagte: »Der Verbrecher hat mit seinem Leben bezahlt.«

Der Botschafter lächelte auf eine Art, die besagte, dass er die Chance erkannte, die sie ihm gewährte. Lunes Körper mochte noch geschwächt sein, aber sie hatte die Implikationen seiner Formulierung nicht übersehen: dass der Angriff des Wahnsinnigen mehr als ein unglücklicher Zufall gewesen war. »Aber was ist mit demjenigen, der dahintersteckt?«

Lune antwortete mit nicht mehr als einer höflich hochgezogenen Augenbraue und wartete ab, wie er fortfahren würde.

»Ihr erinnert Euch vielleicht, Madam«, sagte er, während er an einem Knochen auf seinem Teller herumspielte, »dass ich Euch vor beinahe einem Jahr Informationen angeboten habe. Ich versichere Euch, deren Wert ist mit der Zeit nicht gesunken.«

»Doch ist ihr Preis das? Was Ihr anbietet, mein Lord Ollamh, ist vielleicht nicht so wertvoll, wie Ihr denkt. Zweifellos bietet Ihr mir irgendwelche Erkenntnisse über die Gyre-Carling von Fife an. Oh ja«, sagte Lune, »ich verkenne das Muster hier nicht. Dies ist der einzige Anschlag, der sich so direkt gegen meine Person richtete, doch es hat andere Angriffe gegeben, und ich kenne deren Quelle. Zugegeben, ich weiß deren Grund noch nicht – was sich in Fife verändert hat und deshalb Nicneven eine andere Taktik wählen lässt. Aber Ihr seid wohl kaum mein einziges Mittel, um *das* zu erfahren, mein Lord.«

»Ja, Ihr habt andere Mittel – doch wie lange werden diese brauchen? Und wie viele weitere Bedrohungen wird es inzwischen geben?« Der Sidhe hatte jeden Anschein eines beiläufigen Gesprächs aufgegeben. Nun betrachtete er sie mit einer Offenheit, die knapp vor einer Beleidigung stand. »Ihr kennt Euren Preis. Er hat sich nicht geändert. Stürzt Wentworth, und Ihr werdet den Namen und noch mehr bekommen.«

Hinter ihm öffnete sich die Tür. Sir Peregrin kam herein, der sich verbeugte und wartete. »Wir werden das im Kopf behalten, mein Lord«, sagte Lune, stand auf und streckte eine Hand aus. »Inzwischen rufen mich, wie ich fürchte, meine Verpflichtungen fort. Ihr dürft gerne beiwohnen, wenn Ihr das wünscht.«

»Danke, Madam. Das mache ich vielleicht.« Eochu Airt küsste ihre Hand und ging hinaus.

Lune, die mit dem Leutnant ihrer Leibgarde zurückblieb, sagte: »Ich komme gleich.«

»Wenn es Eurer Majestät passt«, antwortete er, »bitten die Goodemeadeschwestern um einen Augenblick Eurer Zeit.«

»Lasst sie herein.« Die Hauselfen sanken in einen respektvollen Knicks und richteten sich auf, sobald Peregrin fort war. »Ich werde im Amphitheater erwartet«, sagte Lune. »Bitte sagt, dass ihr etwas für mich habt.«

Rosamund antwortete lebhaft, unangebracht für jemanden, der trotz Jahren an Verbindung zum Hof immer noch so sehr ländlich wirkte. Die Goodemeades zogen sich für ihre Besuche im Onyxpalast fast nie prächtige Kleidung an. »Sir Leslic ist seit

März nicht mehr nach oben gegangen, und soweit wir beurteilen können, hatte er keine Pläne, das zu tun.«

Das bestätigte ihren Verdacht. Was sie damit anfangen sollte, hing davon ab, was an diesem Abend passieren würde. »Danke«, sagte Lune und überprüfte die Nadeln, die ihre üppigen Locken hielten. »Ich brauche euch vielleicht bald. Werdet ihr zum Duell bleiben?«

Gertrude verzog angeekelt ihr rundes Gesicht, nickte jedoch. Lune klopfte ihr kurz dankbar auf die Schulter, dann trat sie aus der Kammer.

Das Amphitheater lag in einer der entfernteren Ecken des Onyxpalasts. Seine uralten, bröckelnden Steine reichten zu den Römern zurück. Schon lange war es unter dem veränderten Antlitz der Stadt begraben und fand sich nun in den Feenpalast darunter eingearbeitet wieder. Wenn der Raum ruhig war, konnte man immer noch schwach die Rufe und Schreie der Männer und Tiere hören, die in seinem Ring gestorben waren.

Doch jetzt war es überhaupt nicht ruhig. Lune schritt auf den weißen Sand hinaus und stellte fest, dass offenbar jedes Mitglied ihres Hofstaats sich auf die Stufen gesetzt hatte, mit Kissen und Weinbechern, bereit für das Amüsement. Ein Thronbaldachin bedeckte die Empore, wo sie ihren Platz einnahm, knapp hinter der niedrigen Mauer, die den Sand eingrenzte. Als sie nickte, bliesen zwei Trompeter an den Eingängen Fanfaren, und Sir Cerenel und Sir Leslic traten von ihren Sekundanten gefolgt ein.

Der schwarzhaarige Ritter und der goldhaarige. Wenn sie ihre Herzen richtig einschätzte, standen sie gegeneinander, was Sterbliche betraf. Dieses Duell würde als Kampf zwischen jenen beiden Perspektiven betrachtet, und leider konnte sie nichts tun, um das zu verhindern.

Sie verbeugten sich vor ihr, und Lune hob ihre Stimme, um gehört zu werden. »Sir Leslic. Aus welchem Grund kommt Ihr heute zur Verteidigung Eurer Ehre hierher?«

Cerenel herauszufordern, war sein Recht gewesen, obwohl das Vergehen ursprünglich seines gewesen war, weil Cerenels Verteidigung die Wahrheit von Leslics Worten in Zweifel gezogen hatte und damit seine Ehrlichkeit. Entsprechend der Formalitäten solcher Dinge hatte dies nichts mit dem Anschlag auf Lunes Leben zu tun. Es war ausschließlich eine Frage dessen, ob Leslic die Wahrheit gesagt hatte, als er Cerenel nachlässig genannt hatte. Der goldhaarige Ritter erzählte die Geschichte mit einfachen, aber wirksamen Sätzen, als könne es vielleicht eine Maus in einer Ecke geben, die den Klatsch noch nicht gehört hatte.

»Sir Cerenel«, sagte Lune, als er fertig war. »Als der Herausgeforderte, welche Waffen wählt Ihr für dieses Duell?«

Er verbeugte sich wieder. »Wenn es Eurer Majestät gefällt, Degen und Dolch.«

»Wir begrüßen diese Wahl.« Eine Formalität. Die gesamte Frage war am Vortag von ihren Sekundanten geklärt worden.

Als Beschuldiger sprach Leslic den Eid zuerst, dann Cerenel, während beide von ihnen im Sand knieten. »Im Namen der uralten Mab und vor dem Herrscherthron von Euer Gnaden schwöre ich hiermit, dass ich an diesem Tag weder gegessen noch getrunken habe und an mir weder Knochen oder Stein noch Gras oder irgendeinen Zauber, Fluch oder Hexenwerk habe, wodurch die Ehre des Feenlands erniedrigt oder die Unehrenhaftigkeit gesteigert werden könnte.«

Doch als Cerenel fertig war, blieb Leslic auf den Knien. »Madam«, sagte er, »obwohl ich kämpfe, um meine Ehre zu verteidigen, tue ich dies zu Eurem Ruhm und niemals zu meinem eigenen. Darf ich Euch bitten, mir Eure Gunst zu gewähren?«

Lune verschluckte einen Fluch. Natürlich bat er darum. Sie hätte es erwarten müssen. Er war immerhin ihr Retter, der Ritter, den anzufeuern der Großteil ihres Hofstaats gekommen war. Wenn sie sich geweigert hätte, hätte dies ihren Verdacht verraten. Dennoch ärgerte es sie, wenn sie einer solchen Schlange Zuneigung erweisen musste.

Es war die einzige Möglichkeit, um herauszufinden, was er gewinnen wollte und wer an seinen Fäden zog. Für den Augenblick musste sie sein Spiel mitspielen. Lune zog ihren Handschuh aus schwarzer Spitze aus und bückte sich, um ihn zu überreichen. Leslic steckte ihn an seinen schneeweißen Ärmel, und die Menge applaudierte ihm.

Dann nahmen sie endlich ihre Plätze auf dem festgetrampelten Sand ein, wo silberne Degen und Dolche in ihren Händen aufblitzten. Das Amphitheater verstummte.

»Beginnt«, sagte Lune.

Cerenel wartete kaum, bis das Wort aus ihrem Mund war. Schnell wie eine Schlange sprang er vorwärts, und Leslic wich zurück. Mit einem blitzartigen Wirbel aus Hieben überquerten sie den Sand, sodass Leslic sich vor einem Schlag zur Seite ducken musste, um nicht an der niedrigen Mauer in die Enge getrieben zu werden. Es bestand keine Frage: Cerenel war ein ausgezeichneter Schwertkämpfer.

Doch Leslic war im letzten Jahr von Il Veloce, einem italienischen Faun, der im Onyxpalast lebte, unterrichtet worden. Er hatte eine kluge Dolchhand und nutzte schnell Cerenels Schwung gegen ihn. Erst einmal, dann zweimal fand der dunkle Ritter seinen Ankläger unerwartet innerhalb seiner Deckung und rettete sich nur mit einer verzweifelten Drehung.

Das Schweigen, das ihren Beginn markiert hatte, war schon lange gebrochen, und Fae schrien demjenigen, den sie favorisierten, Anfeuerungen zu. Cerenels Name erklang nur selten. Leslic war der Held der Stunde, aber das war nicht alles. Während sie lauschte, identifizierte Lune mehr von seinen Verbündeten, mehr Fae, die seine Sichtweise auf Sterbliche teilten. Ihre Zustimmung hörte nicht mit einem toten Mörder auf.

Unter ihr führten die Klingen ihren glitzernden Tanz fort. Ob auf der Oberfläche oder hier unten, der springende Punkt bei einem Duell war es, sich gewillt zu zeigen, die eigene Ehre zu verteidigen. Der Ausgang war beinahe unerheblich. Beinahe, aber nicht völlig: Letzten Endes *war* Cerenel nachlässig gewesen. Leslics Worte waren wahr. Und so wussten alle, wie es enden würde, auch wenn das Publikum in der Hoffnung auf gute Unterhaltung gekommen war.

Leslic drängte seinen Gegner an die Mauer zurück und setzte seinen Degen dort fest. Der schnelle Stoß seines Dolchs hätte Cerenels Hand verstümmelt, hätte der andere Ritter nicht seinen Degen fallen gelassen und sie weggezogen. Doch so verzweifelt er sich auch duckend und springend zurückzog, er konnte sich mit nur einem Dolch nicht lange verteidigen, und Leslic kam immer näher, um ihm den Todesstoß zu versetzen.

»Halt!«, rief Lune, kurz bevor die Klinge ihr Ziel gefunden hätte.

Cerenel war auf die Knie gesunken. Die Spitze von Leslics Degen erstarrte nur eine Fingerbreite vor seiner Kehle. Duelle gingen selten bis zum Tod, aber in einer Angelegenheit, die so nahe an die Ehre der Königin rührte, hätte niemand Leslic dafür verurteilt. Zu stolz, um als Feigling zu gelten und so sein Leben zu retten, wäre Cerenel gestorben.

Aber Lune hatte andere Pläne für ihn.

»Das Blut eines Fae zu vergießen, ist eine abscheuliche Sache«, sagte sie. »Ein solches Schicksal müssen wir wahren

Verrätern an unserem Reich vorbehalten. Die Nachlässigkeit von Cerenel ist bewiesen. Seine Strafe soll die Folgende sein: dass er für ein Jahr und einen Tag vom Onyxhof und dessen gesamtem Herrschaftsgebiet verstoßen wird und seinen Platz in der Garde verliert. Doch wenn diese Zeit endet, wird er wieder in unseren Hallen willkommen geheißen und kann mit der Zeit vielleicht die Ehren, die er einst hatte, wiedergewinnen.«

Bildete sie sich das kurze Aufblitzen von Zorn in Leslics Blick ein? Es wurde ohnehin schnell verborgen. Er steckte seinen Degen und Dolch in die Scheide und sagte: »Die Weisheit und Gnade Eurer Majestät sind ein großartiges Geschenk für dieses Reich.«

Lune sah über den Sand und erhaschte die Blicke der Goodemeades, die unmerklich nickten.

»Geht«, sagte sie zu Cerenel, wo er immer noch im Sand kniete. »Euer Exil beginnt sofort.«

DAS *ANGEL INN*, ISLINGTON
11. *Mai* 1640

»Hättet Ihr gerne mehr Privatsphäre, Madam?«

»Nein«, sagte Lune. »Das wird nicht notwendig sein.«

Sie *hoffte*, dass es das nicht würde. Falls die Lage so schlimm war, dass sie umständliche Maßnahmen ergreifen musste, um ihre Geheimnisse zu schützen, war sie in einer schlimmeren Situation, als sie glaubte. Aber Lune bezweifelte, dass irgendjemand ihre Bewegungen genau genug verfolgte, um an der komfortablen Kammer, in der sie nun saß, zu lauschen.

Zumindest noch nicht.

Cerenel stand steif am offenen Kamin, die Hände hinter dem Rücken verschränkt. Er hatte das Angebot der Goodemeades, ihm einen Unterschlupf zu gewähren, angenommen. Ihr Heim lag innerhalb der Grenzen von Lunes Reich, doch Rosamund hatte ihm versichert, dass die Königin es ihm nicht übel nehmen würde, wenn er dort eine einzige Nacht verbringen würde. Lune hatte beobachtet, wie sich seine Miene zu harten, verstehenden Linien verzogen hatte, als sie die Treppe hinunterging und die Kapuze ihres schützenden Mantels zurückschob.

Sie war heimlich hergekommen und hatte nicht einmal Sir Prigurd über ihr Fortgehen informiert. Es war einfach genug, sicherzustellen, dass man sie in ihrer Kammer nicht stören würde – alles, was dazu nötig war, war ihre Müdigkeit nach der Aufregung des Duells zu beteuern –, und das Tragen einer Krone hatte sie nicht vergessen lassen, wie man wegschlich.

Lune setzte sich auf den Stuhl, den Gertrude hinschob, und überlegte, ob sie Cerenel einen Platz anbieten sollte oder nicht. Nein – er war vor Zorn zu steif und würde sich vielleicht weigern.

»Ich werde mich kurz fassen«, sagte sie. »Denn ich vermute, dass Ihr mich gerade jetzt nicht sehen wollt.«

Ein Anspannen seiner Halsmuskeln war ihre einzige Antwort, als er die Zähne zusammenbiss.

»Ihr wart nachlässig«, fuhr sie fort und sah ihn zusammenzucken. »Es war schon vor dem Duell offensichtlich und wurde damit bewiesen. Aber ich sage Euch jetzt, was *nicht* offensichtlich ist: dass der Sterbliche, den Ihr nach unten gebracht habt, ein Köder war, für eine Falle, in die Ihr unwissentlich getappt seid.«

Cerenel war bei Weitem nicht der dümmste ihrer Ritter. Er wurde vor Zorn blass und sprach zum ersten Mal, seit er sich bei ihrer Ankunft hingekniet hatte. »*Leslic.*« Seine Hände kamen hinter seinem Rücken hervor und streckten sich, wünschten sich den Griff des Schwerts, das er beiseitegelegt hatte. »Madam, lasst mich nur einen Augenblick bleiben, um ihn herauszufordern …«

Lune fiel ihm ins Wort. »Das dürft Ihr nicht. Würde ich wünschen, dass Leslic enttarnt wird, hätte ich das selbst getan. Es gibt keine Beweise, nichts Direktes. Und obwohl Ihr erneut gegen ihn kämpfen könntet, diesmal mit dem Recht auf Eurer Seite, würde ihn das einfach aus dem Spiel nehmen, und nichts wäre gewonnen. Leslic kümmert mich nicht. Mich kümmern jene, die ihm Befehle erteilt haben.

Dieser Mörder war Teil eines Musters. Es hat schon zuvor Angriffe auf den Onyxpalast gegeben – subtile, nicht mit Armeen. Subtil genug, dass ich sie bis jetzt geheim gehalten habe. Ich muss mehr über ihre Quelle erfahren.« Sie erwiderte sein Starren. »Den Unseligen Hof von Fife.«

Der Körper des Ritters erstarrte. Lune beobachtete sein Gesicht und versuchte, seine Miene durch die Schatten, die vom flackernden Licht des Feuers auf es geworfen wurden, zu deuten. Er leckte sich über die Lippen, ehe er sprach. »Ihr verdächtigt meinen Bruder?«

Ein schiefes Lächeln zupfte an ihrem Mundwinkel, aus bitterer Belustigung geboren. »Nicht mehr als andere am Hof der Gyre-Carling. Cunobel empfindet keine Liebe zu mir, das weiß ich. Aber er ist in Frieden von hier fortgegangen – was ich nicht über einen anderen sagen kann, der einst diesen Hof sein Heim nannte. Vermutlich hat er Euch mitgeteilt, dass Kentigern Nellt ebenfalls dort ist.«

Er sagte mit einem Hauch Bitterkeit: »Ein weiterer Exilierter. Wie ich.«

»Nicht wie Ihr.« Rosamunds Stimme kam aus der Ecke. Dem Zucken von Cerenels Schulter nach zu urteilen, hatte er vergessen, dass die Goodemeades leise wie Mäuschen lauschten. »Ihre Gnaden hat ihn dauerhaft ins Exil geschickt.«

»Und aus einem besseren Grund«, fügte Lune an. »Ihr habt einen Fehler gemacht, Cerenel – einen dummen, für den Ihr entsprechend in Ungnade gefallen seid. Aber ich betrachte Euch nicht als meinen Feind.«

Seine Erleichterung sprach offen aus ihm: »Dann verdächtigt Ihr Kentigern.«

Lune lachte. »Bei Subtilität und Intrigen? Er ist dazu nicht eher fähig als ein Gewitter. Nein. Jemand anderer ist der Architekt dieser neuen Probleme.

Schon seit das Bündnis im Norden zerbrochen ist, fehlt Nicneven die militärische Macht, direkt gegen uns zuzuschlagen, und sie hatte nie das subtile Geschick für hinterhältigere Angriffe. Das Schlimmste, was sie tun konnte, war es, die niedrigeren Elemente meines Hofs zu ermutigen – Fae wie Leslic. Ich glaube, jemand anderer muss zu ihr gekommen sein, jemand mit sowohl dem Verstand als auch dem Willen, diese neue Böswilligkeit heranzuzüchten. Ich möchte wissen, wer.«

Nur ein blinder Mann hätte nicht gesehen, worauf sie abzielte. »Ihr wollt, dass ich spioniere.«

»Ihr habt die Rechtfertigung, die Ihr braucht. Aus London exiliert, von Eurem eigenen Hof verstoßen – wer könnte sagen, ob Ihr nicht nach Norden nach Fife reisen würdet und Euer Glück bei Nicneven und Eurem Bruder suchen wolltet?«

Cerenels Augen funkelten im Feuerschein. Er fragte ruhig: »Woher wisst Ihr, dass ich das nicht tun würde?«

Weil du diese Frage stellst. Lune stand von ihrem Stuhl auf und nahm eine seiner Hände in ihre eigene. Seine Finger waren sehr kalt. »Ich weiß, dass Ihr beinahe Eurem Bruder gefolgt seid«, sagte sie. »Ihr seid geblieben, weil Ihr sehen wolltet, welche Art von Königin ich sein würde, und mit der Zeit habt Ihr angefangen, an meine Ideale zu glauben. Ich zweifle nicht an Eurer Ehre, und wenn das Jahr und der Tag vergangen sind, werden wir Euch mit offenen Armen wieder willkommen heißen. Wenn Ihr uns die Informationen bringen könnt, die wir brauchen … dann werdet Ihr reich belohnt.«

Er kniete sich hin und drückte seine Lippen auf ihre Hand. »Ich werde tun, was Ihr verlangt, Eure Majestät.«

Ausgezeichnet. Cerenel war nicht das Werkzeug, das Lune für diese Aufgabe ausgewählt hätte, aber er hatte den Vorwand, den sie brauchte, um jemanden in die Nähe der Gyre-Carling zu bringen. Trotzdem musste sie vorsichtig sein.

Sie legte ihm ihre freie Hand auf den Kopf und sagte: »Dann schwört es.«

Seine Finger spannten sich unwillentlich um ihre. Das düstere Licht verdunkelte seine Augen zu tiefstem Amethyst. In diesem Augenblick waren sie arglos und sprachen wortgewandt von seiner Überraschung.

»Wenn Ihr es schwört«, sagte Lune, »dann muss ich keinen Fehltritt von Eurer Seite fürchten. Ihr werdet nicht aus Versehen ein Wort fallen lassen, das Euch vielleicht in Gefahr bringt, oder uns hier in London. Gebt mir Euren Eid, und ich werde ohne Zweifel wissen, dass wir in Sicherheit sind.«

Die Überraschung machte Platz für Zorn, der mit jedem Wort von ihr wuchs. Lune hatte gewusst, dass es ihn beleidigen würde, aber sie konnte sich nicht erlauben, etwas anderes zu tun. Cerenel war kein geübter Spion, und obwohl sie zuversichtlich war, dass er *jetzt* nicht zum Verräter würde, konnte sie nicht darauf vertrauen, was nach einem Jahr und einem Tag, die er unter jenen verbrachte, die sie hassten, passieren würde.

Hätte er sich geweigert, hätte das seine Loyalität in Zweifel gezogen. Er konnte sich die Konsequenzen daraus selbst vorstellen. Sie beobachtete, wie er damit rang und seinen Zorn hinunterschluckte, und bewegte sich nicht.

Schließlich senkte der Ritter den Kopf und wiederholte mit gelähmter Stimme die Worte, die sie vorsprach. »Ich schwöre Euch im Namen der uralten Mab, dass ich die Böswilligkeit in Fife suchen werde, die sich gegen den Onyxhof stellt, und weder durch Worte noch durch Taten den Zweck meines Aufenthalts dort einem anderen verraten werde.« Seine Finger lockerten kein einziges Mal ihren steinharten Griff an Lunes Hand.

»Findet heraus, was Ihr könnt«, sagte Lune, als er fertig war, und machte ihren Tonfall so sanft, wie sie konnte. »Dann kehrt zu uns zurück und holt Euch Eure Belohnung.«

ST.-STEPHENS-KAPELLE, WESTMINSTER
11. *November* 1640

Falls es eine Entscheidung gab, die die Auflösung des Parlaments im Mai als einen noch schlimmeren Fehler erscheinen lassen konnte, dann war es der Beschluss, es sechs Monate später wieder einzuberufen.

Diesmal herrschte wenig Freude, außer von einer entschlossenen und kampfbereiten Art. Überall in England gingen die Unterstützer der Krone in deutlichen Niederlagen unter. Und obwohl Antony sich nicht als Mann des Königs betrachtete, war er nicht fromm und engagiert genug in Pyms Sache, um locker wiedergewählt zu werden. Öffentlich sagte er, dass er seinen Sitz durch die Gnade Gottes wiedergewonnen hatte. In

Wahrheit verdankte er es den Fae. Lune hatte sich mit keinem Wort beschwert, als er sie um Hilfe gebeten hatte. Es war die einzige Möglichkeit, um dafür zu sorgen, dass der Onyxhof weiter im Unterhaus vertreten war.

So versammelten sie sich in den düsteren Novembertagen erneut im Palast von Westminster, um um die Regierung Englands zu kämpfen. Unangenehm feuchte Winde bliesen durch die gebrochenen Fenster der Kapelle herein und ließen die Männer, die sich versammelten, schaudern und die Mäntel enger um die Schultern ziehen. Die Fenster waren im vorhergehenden Frühling in einem ebenso schlechten Zustand gewesen – Opfer der langen Jahre, in denen das Unterhaus aufgelöst gewesen war –, doch niemand hatte sich damals daran gestört. Jetzt, im kühlen Griff eines frühen Winters, gaben sie einen grimmigen Hauch zu grimmigeren Vorgängen.

An einer Wand entlang waren die Gegner des Königs und deren Offiziere alle in einer Sitzreihe aufgereiht. Antony bezweifelte, ob irgendjemand John Pym nicht als General in diesem politischen Krieg betrachtete, der Hampden, St. John, Strode und Holles, Hesilrige und den fanatischen Sohn von Sekretär Vane gegen die unorganisierten Streitmächte der Krone anführte. Sie würden den König lähmen, wenn sie konnten, ihm Stück für Stück Macht abnehmen, bis diese ganz in ihren Händen lag. Tatsächlich hatten sie bereits angefangen. Jetzt bereiteten sie sich auf ihren nächsten Zug vor.

Antony beobachtete Pym, ohne zu blinzeln, von dem Augenblick an, als die Gebete endeten. *Ohne Frage, er weiß, was passiert ist. Seine Geheiminformationen sind mindestens so gut wie meine.*

Und wenn Antony in den dreieinhalb desaströsen Wochen im letzten Frühling etwas über Pym gelernt hatte, dann dass der Mann ein Meister des Timings war. Anders als seine Untergebenen ließ er sich von der Leidenschaft seines Glaubens nie vom Kurs effektiven Handelns ablenken. Obwohl Penington an der Leine zerrte, um die Bischöfe anzugreifen und deren Herrschaft bis auf die Wurzeln zu zerstören, hielt Pym ihn zurück, damit solch puritanischer Eifer nicht die gemäßigteren Mitglieder des Hauses entfremdete. Doch wenn der richtige Moment kam …

Antony, der nicht im Geringsten auf die Debatte achtete, die gerade lief, sah, wie Pym eine Nachricht erhielt und ohne seinen Hut aufstand.

Er muss seinen Sitz eingenommen haben.

Thomas Wentworth, der Graf von Strafford, war am Vorabend in London angekommen. Das Parlament tagte schon seit beinahe einer Woche, aber Pym hatte seinen Angriff verzögert und wartete darauf, dass sein Feind ankam und seinen Platz im Oberhaus einnahm. Nun konnte Pym endlich gegen den »teuflischen Ratgeber« des Königs vorgehen – den Mann, den er zum Sündenbock für all die Probleme sowohl in Schottland als auch in Irland und ebenfalls in England machen würde. Pym konnte nicht direkt gegen Karl zuschlagen, aber er konnte den König ärgern, wie ein Hund einen Bären, ihm hundert kleine blutende Wunden zufügen und seine Macht schwächen.

Lenthall, der willensschwache Mann, der Glanville als Sprecher gefolgt war, gab Pym die Erlaubnis zu sprechen. »Ich habe etwas von höchster Wichtigkeit zu sagen«, erklärte Pym ihnen allen, »und so rufe ich den Saalmeister an, das Vorzimmer zu leeren und alle Türen aus diesem Gebäude abzusperren.« Er wartete, während dies getan wurde, während die Gerüchte an den Bänken auf und ab brandeten, und begann dann seinen Angriff.

Von Tyrannei zu sexuellen Untaten legte er Strafford eine ganze Reihe an Verbrechen zur Last. Damit blieb er außerdem nicht allein: Sein Lakai Clotworthy folgte ihm mit einer weiteren Rede, weit weniger zusammenhängend, aber weit mehr aufwieglerisch, und dann nach ihm weitere. Alle drängten schwer auf dasselbe Ende: die Absetzung des Grafen von Strafford unter der Anklage des Hochverrats.

Pym hatte das vor Jahren mit dem Herzog von Buckingham versucht. Karl hatte das Parlament aufgelöst, statt seinen damaligen obersten Ratgeber den Angriff erleiden zu lassen. Nun zielte der Anführer des Parlaments wieder, und Karl konnte nicht ausweichen. Diesmal würde der Angriff vielleicht treffen.

Doch zuerst brauchte es ein Komitee. Kaum irgendetwas wurde noch getan, ohne dass es vorher von einem Komitee durchgekaut worden war. Die Zusammensetzung dieser Körperschaft war ebenfalls keine Überraschung. Pym hatte das geplant, wie er alles plante, und das Komitee kehrte nach bemerkenswert kurzer Zeit zurück und eröffnete die allgemeine Debatte. Antony ergriff die Gelegenheit, selbst zu sprechen.

»Mit Sicherheit hat Lord Strafford viele Taten sowohl hier als auch in Irland begangen, die eine genauere Untersuchung verdienen«, sagte er und erwiderte die Blicke seiner Mitparlamentarier. »Ob diese Taten Hochverrat darstellen, ist eine Angelegenheit, die das Gesetz entscheiden muss. Aber wir dürfen sie nicht unkommentiert stehen lassen, aus Furcht, dass andere dann vielleicht versuchen, diese Freiheiten über die Grenzen dessen, was gerecht und richtig ist, hinauszutreiben. Auf jeden Fall, Gentlemen – lasst uns dem Oberhaus eine Nachricht über seine Absetzung schicken.«

Er hatte perverses Vergnügen, als er das Erstaunen in Pyms Miene sah, während er sich wieder setzte. *Du glaubst, ich unterstütze dich und deine Bande. Aber ich tue das nicht für dich. Ich tue es für Lune.*

Sie hatten noch keine Nachricht von Cerenel, obwohl sie wussten, dass er in Fife angekommen war. Und auch wenn kein weiterer Wahnsinniger mit einem Messer aufgetaucht war, hatten die Störungen am Hof nicht geendet. Sie brauchten die Informationen, die Eochu Airt hatte – und das bedeutete, dass sie Thomas Wentworth, den Grafen von Strafford, loswerden mussten.

Ausnahmsweise freute Antony sich über Pyms Angriff. Er verachtete die Bande dieses Mannes immer noch und viele von den Dingen, für die sie kämpfte, aber in dieser einen Sache waren sie zeitweise Verbündete.

Die Nachricht rief Antony hinaus in den alten Palasthof, wo er feststellte, dass auf den Pflastersteinen Ben Hipley auf ihn wartete.

»Haben sie den Grafen abgesetzt?«, fragte Hipley und hielt kaum inne, um ihn zu grüßen.

»Ja«, sagte Antony. »Sie haben die Botschaft zum Oberhaus hineingebracht – Pym und die anderen.«

Hipley fluchte giftig. »Und Strafford ist gerade zurückgekommen. Er ist heute Morgen nach Whitehall aufgebrochen, um mit dem König zu sprechen, aber ich habe ihn vor weniger als fünf Minuten zurückkehren sehen. Verdammt!«

Die Flüche zogen viel zu viel Aufmerksamkeit an. Sie waren kaum die einzigen Leute auf dem Hof. Das Parlament tagte selten, doch draußen war eine Menschenmenge und verstopfte die Straßen von Westminster. Dies waren dieselben Lehrlinge und Arbeiter, Seeleute und Hafenarbeiter, die früher im Jahr den Palast von Erzbischof Laud angegriffen hatten. Aufstände waren ein alltägliches Element des Lebens in London geworden, zweifellos angestachelt von Pym und den anderen. Antony zog Hipley zur Seite und senkte seine Stimme. »Temair will ihn loswerden. Lune hat mir gesagt, ich soll es tun, wenn ich kann. Warum jetzt zurückziehen?«

»Weil Strafford vorhatte, Pym und die anderen abzusetzen«, presste sein Geheimdienstleiter zwischen den Zähnen hervor. »Für verräterische Kontakte zu den Covenanters. Er hätte ihre Stärke vielleicht gebrochen – also sind sie fest entschlossen, seine zuerst zu brechen.«

Das brachte Antony wieder auf Trab. Dass Pym tief mit den Covenanters verbündet war, bezweifelte er nicht. Aber ihm war nicht bewusst gewesen, dass eine solch gute Gelegenheit existierte, um die Macht der Opposition zu beschneiden.

Er wirbelte ohne ein Wort herum und hastete zurück in den Palast, Ben dicht hinter sich, doch schon als er sich dem Saal der Lords näherte, sagte ihm das Gebrüll der Menge dort, dass er zu spät war – sogar vorausgesetzt, dass er irgendetwas hätte tun können, um es aufzuhalten. Er konnte nur einen Blick auf Strafford erhaschen, der aus dem Saal trat. Juwelen funkelten im Licht, als der Graf sein Schwert abnahm und es Maxwell übergab.

Eine Krankheit hatte verheerende Auswirkungen auf Wentworth gehabt. Sein Gesicht war blass, seine Haut hing in losen Falten. Er wirkte kaum wie die schreckliche Gestalt, als die ihn die öffentliche Meinung darstellte. Doch die gaffende Menge zeigte keinen Respekt. Antony hörte viele schneidende Bemerkungen und sah keinen einzigen Mann den Hut vor dem Grafen mit blankem Haupt ziehen.

»Was ist das Problem?«, rief eine spöttische Stimme, als sich Strafford erschöpft dem Spießrutenlauf stellte, den er machen musste.

Strafford antwortete so selbstbewusst, wie er konnte, aber seine Stimme klang schwach und heiser. »Ein kleines Problem, das garantiere ich Euch.«

»Ja, tatsächlich«, schrie irgendein anderer. »Hochverrat ist ein kleines Problem!«

Unter der Deckung des folgenden Gelächters sagte Antony zu Ben: »Die Anklagepunkte sind schwach. Es kann gut sein, dass er sie besiegen kann.«

»Das hoffe ich«, antwortete sein Begleiter und beobachtete, wie die Menge Strafford auf den Fersen blieb, als er zur äußeren Tür ging. »Um unser aller willen. Pyms Macht bereitet mir Sorgen.«

Mir auch, gestand Antony sich insgeheim ein. Er hatte gehofft, etwas Gutes für Lune zu tun, doch wie es schien, musste das Gute für England zuerst kommen.

DER ONYXPALAST, LONDON
28. *Dezember* 1640

Von allen Praktiken, die sich Fae von Sterblichen abgeschaut hatten, verwirrte das Verteilen von Weihnachtsgeschenken Lune am meisten. Sie wurden natürlich nie bei diesem Namen genannt, aber Geschenktausch zu Mittwinter hatte sich eingebürgert und diente im höfischen Leben einem bestimmten Zweck.

Woran sie zynisch erinnert wurde, als eines Tages Sir Leslic erschien, dem ein Hund bei Fuß folgte.

Die Kreatur war ein Idealbild ihrer Art, mit einem langen, schlanken Körper mit cremefarbenem Fell und rotbraunen Ohren. Ein Feenhund, kein Fae in Hundeform, und eine Rasse, die von den Tylwyth Teg in Wales gezüchtet wurde, wenn sie sich nicht irrte. Sie fragte sich, was er ausgegeben hatte, um ihn zu bekommen.

Leslic verbeugte sich, zog ausladend seinen Hut und lenkte alle Blicke im Saal auf sich. Natürlich suchte er sich einen Moment der Freizeit aus und einen, der gut von Lunes müßigen Höflingen besucht war. »Euer strahlende Gnaden – ich kann in der Nacht nicht schlafen, weil ich so um Eure Sicherheit fürchte. Ich bitte Euch, mir zu erlauben, Euch dieses bescheidene Geschenk zu machen, einen treuen Begleiter, der über Euren Schlaf wachen möge.«

Lune übersah die Verärgerung bei einigen ihrer Höflinge nicht. Leslics einziger Fehler, wenn er ihre Gunst suchte, war seine vorschnelle Bemühung, die Rettung in Erinnerung zu rufen, die ihn aus relativer Obskurität in eine Stellung in der Onyxwache katapultiert hatte und dadurch nah an ihre Seite. Doch er korrigierte den Fehler schnell genug. Er lugte gewitzt aus seiner Verbeugung nach oben und fügte an: »Oder zumindest den Fuchs für Euch verfolgt, wenn Ihr das nächste Mal zur Jagd reitet.«

Er hatte ein charmantes Lächeln, das gestand sie ihm zu. Lune zwang sich, ein ebenso charmantes zu erwidern, oder eher ein bezaubertes. Als sie eine Hand ausstreckte, kam der Hund, ohne gedrängt zu werden. Es bestand kein Bedarf an Leinen und Prügeln, wie die Menschen sie nutzten, um ihre Tiere zu dressieren. Das Tier schnüffelte vorsichtig an ihren Fingern, dann schmiegte es den Kopf in ihr freundliches Kraulen hinter seinen Ohren.

Leslic seufzte theatralisch und legte eine Hand auf sein Herz. »Glücklicher Hund, der zur Berührung seiner Herrin nach Hause kommt. Ich werde heute Nacht voll Neid statt

Furcht schlafen und mir wünschen, ich hätte seinen Platz am Fuß Eures Bettes.«

Sie hatten ein kleines Publikum um sich versammelt, Höflinge, die von seinem aufsteigenden Stern angezogen wurden. Sicher nicht alle von ihnen. Fae waren zu gewaltigen Ozeanen aus eifersüchtiger Missgunst fähig. Lewan Erle schmollte ununterbrochen, weil er sich vernachlässigt fühlte. Lune war enttäuscht, als sie sah, dass sich Valentin Aspell in der Nähe hielt. Sie wünschte, sie könnte glauben, dass ihr Feengeheimdienstleiter einfach den Ritter unter genauer Beobachtung hielt, doch die Wahrheit war, dass er Leslics Meinung sympathisch fand.

Was sollte sie mit dem Hund tun? Sie war sich überhaupt nicht sicher, ob sie dem Tier am Fuß ihres Betts vertrauen konnte. Nicht aus Angst um ihre Sicherheit. Wenn Leslic sie tot wollte, hätte er den Wahnsinnigen sie einfach töten lassen können. So weit er auch aufgestiegen war, es konnte noch viel weiter gehen, und dafür brauchte er sie lebendig. Aber die Hunde der Tylwyth Teg waren intelligente Kreaturen, zu viel mehr fähig als ein normaler Hund. Das Geschenk diente dazu, Gunst zu gewinnen. All diese Mittwintergeschenke waren einfach ein weiterer Weg, um Vorteile bei Hof zu erlangen. Das bedeutete allerdings nicht, dass Leslic keinen weiteren Zweck im Sinn hatte.

Sie musste ihn aushorchen. »Dann wollt Ihr am Fuß meines Betts schlafen?«, fragte sie neckisch und hob eine Augenbraue. »Ist das der Platz, den Ihr Euch ersehnt?«

»Ich würde den kalten Stein dort als feineres Bett zählen als jedes, das weiter von Euch weg steht«, antwortete er weniger spöttisch als zuvor. Eine Spur Verlangen hing in seiner Antwort und prickelte in der Luft zwischen ihnen.

Lune ließ ihn näherkommen. Die Zuseher verstanden diesen Hinweis, traten zurück und widmeten sich wieder ihren Beschäftigungen. So hatten sie zumindest die Illusion von Privatsphäre. »Aber Ihr träumt von einem wärmeren Bett.«

»Welcher Mann würde das nicht?«

Sie konnte sich keinesfalls etwas vormachen. Der Hunger in Leslics Herz galt nicht ihr. Ihrem Körper vielleicht ein wenig, aber nicht ihrem Geist. Es war Macht, die er suchte, und einen näheren Platz als ihr Ratgeber. Alles andere war nur vorgespielt, eine Maske für die Wahrheit.

Jeder Atemzug in ihren Begegnungen war ein Schauspiel. Amadea war so mutig gewesen, Lune zu fragen, warum sie einem Ritter solche Gunst erwies, der kein Geheimnis aus seiner Verachtung für Sterbliche machte. Lune hatte sein Verhalten als Besorgnis wegen der Bedrohung, die sie darstellten, entschuldigt, obwohl sie wusste, dass es viel tiefer ging und schlimmer war als das. Die Fae, die Sterbliche als geringerwertige Kreaturen verachteten, nannten sich selbst jetzt die Aufsteigenden und betrachteten Leslic als ihren Anführer. So, wie die Frommen oben lauter wurden, wurden die Aufsteigenden unten zahlreicher.

Doch die wahre Wurzel dieser Bedrohung lag nicht hier, sondern in Schottland. Lune konnte ihrer Kammerherrin nicht die Wahrheit sagen: dass es sie mehr über seine Ziele lehren würde, wenn sie diese Schlange an ihre Brust zog. Je näher sie ihn kommen ließ, desto mehr erfuhr sie über seine Verbindungen zu Nicneven.

Leslic zu geben, was er wollte, würde ihr vielleicht sehr viel einbringen. Männer sagten über einem Kissen Dinge, die sie ansonsten vielleicht nicht herausrücken würden.

Aber bei dem Gedanken stieg ihr die Galle hoch. Sie hatte einst geliebt, mit ihrem Herzen ebenso wie mit ihrem Körper, und wenn sie einmal verschenkt war, verblasste die Liebe einer Fee nicht. Auch wenn sie jetzt gelegentlich einen Gentleman mit in ihr Bett nahm, so waren diese selten und nie aus ihrem eigenen Hofstaat. Die Gunst, die sie damit erwiese, würde das empfindliche Gleichgewicht stören, das zu halten sie sich mühte. Und wenn sie diese Regel brechen würde, dann nicht für diesen goldhaarigen Teufel, diesen lächelnden Verräter, der sie bis zum Tod betrügen würde, wenn es seinem Ehrgeiz half.

Nicht einmal für die Sicherheit ihrer Krone und ihres Hofs würde sie Leslic mit ins Bett nehmen.

Ihr Zögern hatte zu lang gedauert. Lune zwang sich ein Lächeln aufs Gesicht, zwang ein Versprechen in dieses Lächeln. »Ihr seid kein Mann, sondern ein Elfenritter. Doch Träume kommen zu unserem Volk, selbst in unseren wachen Stunden, und einige Träume sind, wie man sagt, Prophezeiungen.«

Er nahm ihre Hand und küsste sie federleicht. Sie kämpfte darum, bei seiner Berührung nicht zu erschaudern. »Dann werde ich das Schicksal bitten, mich zu einem Seher zu machen, und bis zu jenem Tag in Hoffnung leben.«

ST.-STEPHENS-KAPELLE, WESTMINSTER
21. *April* 1641

»Betrachtet das Gesetz«, sagte Antony und versuchte, stärker und selbstbewusster zu klingen, als er sich fühlte. »Seit Wochen sehen wir, wie sich der Graf von Strafford gegen die Anklagepunkte, die man gegen ihn vorgebracht hat, verteidigt. Er hat über jeden Zweifel hinaus festgestellt, dass seine Taten, so sehr wir auch mit seinen Entscheidungen hadern mögen, *nicht* die

Grenze zum Verrat überschritten haben. Was sind die stärksten Beweise gegen ihn?« Eine rhetorische Frage, doch er hatte etwas von der Theatralik der Redner gelernt. Obwohl er es an Eloquenz nicht mit Strode oder Holles aufnehmen konnte, musste er es versuchen. Antony hielt ein Blatt Papier hoch. »Eine Kopie einer Kopie einer Notiz, ohne Sekretär Vanes Wissen angefertigt.« Auf einer Bank gegenüber funkelte Vanes Sohn ihn an, nicht im Geringsten peinlich berührt über seinen Diebstahl. »Und Sekretär Vanes Aussage über das Treffen des Kronrats, in dem diese Notiz angefertigt wurde. Dasselbe Beweisstück, doppelt verwendet, wird nicht doppelt so stark.

Lord Strafford schlug vor, dass man die irische Armee verwenden solle, um ›dieses Königreich‹ zu unterwerfen. Hätte er England gemeint, wäre das tatsächlich Hochverrat – aber er sagte nicht England. Andere, die bei jenem Treffen anwesend waren, hegen keinen Zweifel daran, dass er Schottland meinte, das immerhin das rebellische Land war, welches damals debattiert wurde. Es gibt hier keinen Verrat.«

Er schleuderte das Papier verächtlich weg und verschränkte die Hände hinter dem Rücken, um deren Zittern zu verbergen. »Der Versuch einer Amtsenthebung ist gescheitert. Diese Parlamentsverurteilung versucht, jenes Scheitern zu umgehen – zu erklären, dass Strafford *vorhatte*, das Gesetz dieses Landes zu untergraben, und dass ein solches Vorhaben, unbewiesen und nicht in die Tat umgesetzt, dennoch Hochverrat darstellt. Im Prinzip erklärt dieses Gesetz, dass Strafford zum Wohle Englands sterben muss, *weil wir sagen, dass es so ist.*«

Eine Pause, um das wirken zu lassen. Aber die Bänke um ihn herum waren viel zu leer. Wo waren die Männer, die sich für eine solch wichtige Abstimmung in die Gänge hätten drängen sollen? Kaum die Hälfte des Unterhauses war heute gekommen, trotz der Strafen für Abwesenheit. Sie hatten Angst, sich festzulegen.

Angst, sich in die Schusslinie von Pyms gnadenlosem Angriff zu bringen, der nicht nur auf diesen einen Mann zielte, sondern auf die Wurzeln der Herrschaft selbst. Laud saß mit Strafford im Tower. Andere Diener der Krone waren ins Ausland geflohen. Das Parlament – was heißen sollte, das Unterhaus – nahm sich das Recht heraus, die Ratgeber des Königs zu befragen und zu überwachen, die Kirche zu verändern, wie es das für angemessen hielt, und die Einnahmen des Staats zu kontrollieren. Sie wollten, dass die Autorität über das Militär in ihre Hände gelegt würde. Das Einzige, was schon als geltendes Recht verabschiedet war, war ein Gesetz, dass das Parlament nicht seltener als alle drei Jahre einberufen werden musste – aber falls Antony seine Gelegenheit verpasste, die Opposition aufzuhalten, wer wusste dann, wo diese Lawine enden würde?

»Lasst uns nicht uns selbst zu einem tyrannischen Mob machen«, sagte er ruhig in das aufmerksame Schweigen hinein. »Das Gesetz hat gesprochen, dass Strafford nicht des Verrats schuldig ist. Wir müssen seiner Stimme gehorchen.«

Dann setzte er sich, ehe seine Knie nachgeben konnten.

»Die Frage«, sagte Sprecher Lenthall, »ist die Parlamentsverurteilung von Thomas Wentworth, Graf von Strafford. Das Haus wird abstimmen.«

Der Vorraum der Kapelle wurde von all seinem üblichen Chaos leer geräumt. Sir Gilbert Gerard und Sir Thomas Barrington standen an der Tür bereit, um die Namen jener aufzuschreiben, die gegen das Gesetz stimmten.

Antony war der Erste, der sich erhob und aus dem Saal ging. In jenem Augenblick hasste er dieses Arrangement, das die Faulen und Furchtsamen ermutigte, auf ihren Plätzen zu bleiben, während jene, die sich dagegen stellten, gezwungen waren, unter den Blicken ihrer Feinde nach draußen zu gehen.

Schon bevor er sich im Vorraum umdrehte, wusste er, dass es nicht reichen würde.

Ein Dutzend. Zwei Dutzend. Beobachtend und betend endete sein Zählen bei neunundfünfzig. Die Gegenstimmen wurden in den Saal zurückgerufen, und Lenthall las das Ergebnis vor: Die Befürworter hatten zweihundertvier Stimmen.

Es bestand noch eine Chance. Das Oberhaus hatte das Gesetz noch nicht verabschiedet, und der König hatte nicht unterschrieben. Und Karl hatte Strafford wiederholt versprochen, dass er keine solch undankbare Entlohnung für seine Dienste erleiden müsste.

Doch was auch immer das Ergebnis für Wentworths Leben wäre, der Graf war besiegt. Pym hatte gewonnen.

TOWER HILL, LONDON
12. *Mai* 1641

Die Menschenmenge erstreckte sich in allen Richtungen, so weit das Auge sehen konnte: Auf Dächern, aus Fenstern gebeugt, überfluteten sie Petty Wales, die Tower Street und die Woodroffe Lane, drängten sich auf die Freiflächen am Tower Hill, bis es kaum mehr Raum zum Atmen gab. *Wie viele sind hier?*, fragte Antony sich.

Wie viele Tausend sind gekommen, um ihn sterben zu sehen?

Katherine war keine von ihnen. Antony hatte sie an jenem Morgen zögerlich gefragt, ob sie ihn begleiten wolle. Andere Ehefrauen standen bei seinen Mitratsherren, genauso begierig wie ihre Ehemänner, den Schwarzen Tyrannen Tom sein Ende finden zu sehen. Doch obwohl Kate ein ebenso starkes Herz wie alle anderen für die meisten Dinge hatte, konnte sie kein Blut sehen. Sie war für den Tag nach Covent Garden gegangen, weit weg von dem tausendköpfigen Monster, das nun mit unseliger Freude wartete.

Das Monster machte Antony ehrlich Angst. Einige Tage nach der Abstimmung im Unterhaus hatte er bereits vor einer wütenden Menge fliehen müssen und erst dann festgestellt, dass die Stimmen veröffentlicht worden waren und er als Strafford-Anhänger abgestempelt wurde. Und so schlimm, wie die Aufstände in letzter Zeit geworden waren, die Feier heute Nacht würde schlimmer. London war zu einer Bestie geworden, die auf keines Menschen Befehl hörte.

Es war beinahe Mittag. Sonnenlicht vergoldete die Zinnen am Weißen Tower und das Gerüst, wo der Henker wartete. Der Wind vom Fluss war kühl, doch weil sich so viele Körper so dicht drängten, war die Luft schwül und stank. Trotzdem wanderten Händler unermüdlich durch die Menge und verkauften Bier, Zwiebeln und Käse. Einige unternehmerische Persönlichkeiten schienen sogar Nachttöpfe mitgebracht zu haben, sodass sie nicht riskieren mussten, ihren Platz zu verlieren.

Antony betete darum, dass es bald vorbei wäre, und wurde mit einem tierischen Gebrüll erhört. Rüstungen und Lanzenspitzen glitzerten entlang der Mauer des Towers: Sie brachten Strafford jetzt heraus.

Thomas Wentworth, der in eine wohlhabende Familie aus Yorkshire geboren worden war, hielt sich so stolz wie jeglicher Herzog. Krankheit und Gefangenschaft hatten seinen Körper geschwächt, doch sein Geist war immer noch stark. Er hatte sogar dem König geschrieben und ihn gebeten, die Parlamentsverurteilung zum Wohl Englands zu unterschreiben. Antony vermutete, dass es ein politisches Wagnis von Straffords Seite gewesen war, ein Plan, um durch seine noble Selbstopferung Sympathie im Oberhaus zu heischen, doch falls ja, war er spektakulär gescheitert. Alles, was ihm das eingebracht hatte, war der Tod.

Aus dem Augenwinkel sah er eine Bewegung in einem Fenster der Festung. Antony verrenkte den Hals und sah Laud, der aus seiner eigenen Zelle blickte. Der Erzbischof hob seine Hände zu einem Segen, als sein Freund vorbeiging. Dann taumelte er schluchzend und verzweifelt außer Sicht.

Nachdem er die Stufen zum Gerüst hinaufgestiegen war, sammelte Wentworth sich und sprach zur Menge. Nur kurze Fetzen von der letzten Rede des Mannes drangen an Antonys Ohren. »Ich vergebe frei der ganzen Welt …«

Sogar seinem König, dachte Antony und verlagerte nervös sein Gewicht. Alle Versprechen von Karl an Strafford waren ins Leere gelaufen. Der König hatte sogar einen letzten, panischen Versuch unternommen, den Grafen mit Gewalt zu befreien, und Soldaten geschickt, um ihm beim Ausbruch aus dem Tower von London zu helfen, doch das hatte gar nichts erreicht. Nein, noch mehr, und schlimmer: Es hatte die hysterischen Gerüchte über Schwarzpulveranschläge und eine Invasion aus dem Ausland genährt und Pyms Position gestärkt. Wer konnte dem König jetzt noch vertrauen?

Nachdem seine Rede beendet war, betete Wentworth jetzt. Das Raunen der Menge verstummte. Und in dieser Stille hörte Antony eine Stimme, die giftige Worte zischte.

»Setzt Euer Vertrauen nicht in Fürsten und auch nicht in die Söhne von Menschen, denn in ihnen liegt kein Heil.«

Er dachte zuerst, dass es einer seiner Mitratsherren sei. Doch diese beobachteten alle das Gerüst, wo Strafford eine

Augenbinde verweigerte. Kaum atmend sah Antony sich um und versuchte, die Quelle der Stimme zu finden. Überall um ihn herum standen Händler und Gentlemen, gewöhnliche Ratsmitglieder ...

Dort. Ein Mann, den er nicht kannte, stand ein kleines Stück links vor ihm. Er war respektabel gekleidet und hatte nichts an sich, um Aufmerksamkeit anzuziehen – außer einer undefinierbaren Ausstrahlung, irgendeinen wilden Hauch in seiner Haltung, den die meisten nicht bemerkt hätten. Aber Antony hatte ihn schon früher gesehen.

Wentworth kniete sich hin und streckte die Arme aus.

Unruhe breitete sich um den Fremden herum aus, hässliches Murmeln, Männer, die zornig und hasserfüllt starrten. Der Henker hob seine Axt, und als sie herabzischte, verzogen sich die Lippen des Fremden zu einem teuflischen Grinsen.

Antony war in Bewegung, beinahe ehe das Gebrüll anfing, lange bevor der abgetrennte Kopf hochgehoben wurde, damit ihn alle sehen konnten. Nicht in Richtung des Fremden. Alles, was er in dieser Menge zu tun versuchte, würde ihn umbringen. Er war als Strafford-Anhänger bekannt, und das Jaulen, das aus dieser Gruppe Männer ertönte, klang eher wie das Geheul von Wölfen als das von zivilisierten Engländern. Es *würde* einen Aufstand geben, wenn er irgendetwas tat, das einen provozierte.

Vielleicht würde es ohnehin einen geben.

Hufschläge hallten an den entfernten Rändern der Menge. Männer ritten los, um die frohe Nachricht in den Rest des Landes zu bringen. Ellbogen stießen Antony und rissen ihn beinahe von den Füßen. *Wenn ich stürze, werde ich zertrampelt.* Er packte einen nahen Mann am Ärmel und fand sein Gleichgewicht wieder, während der Kerl ihm einen Fluch ins Gesicht spie. *Ich muss hier weg!*

Endlich frische Luft, als er auf eine freiere Fläche durchbrach. Die Ränder der Menge, die sich bis weit außer Sicht drängte, von denen man noch irgendeinen Blick auf das Gerüst hatte, lösten sich jetzt auf, riefen und sangen fröhliche Melodien. Antony schloss sich ihrer Bewegungsrichtung, aber nicht ihrem Gesang an, und ging ins Reich weiter unten.

DER ONYXPALAST, LONDON
12. *Mai* 1641

»Es ist jetzt ein Jahr und ein Tag«, sagte Lune zu Gertrude und lief in der kleinen, bemalten Kammer in einer hinteren Ecke des Onyxpalasts auf und ab. Jemand hatte sie vor Jahrzehnten für seinen sterblichen Liebhaber dekoriert. Nun lag sie leer, ungenutzt, vergessen da. Was sie für private Audienzen sehr passend machte. »Wo ist er?«

»Nun«, sagte die kleine Hauselfe philosophisch, »die Zeiten sind nicht mehr so wie früher. Man kann nicht mehr einfach auf einem Strohhalm durch die Luft fliegen. Jemand könnte einen sehen. Vielleicht ging es auf den Straßen schlecht voran.«

Vielleicht. Lune war allerdings nervös. Hatte der Eid gereicht? Oder hatte der Ritter irgendeine Möglichkeit gefunden, sie zu betrügen?

Oder war er enttarnt und getötet worden?

Sie machte sich grundlos Sorgen. Schottland war weit weg. Cerenel hatte vielleicht, wie Gertrude vermutet hatte, falsch beurteilt, wie lange die Reise dauern würde. Oder vielleicht konnte er nicht so einfach wegschleichen. Sie nahmen ohnehin an, dass er zuerst zum *Angel* kommen würde, und von dort aus würde Rosamund ihn führen. Vielleicht plante Cerenel eine öffentlichere Rückkehr und wollte Lunes Versprechen, dass man ihn wieder willkommen heißen würde, vor dem Hofstaat auf die Probe stellen.

Ein Jahr und ein Tag. Ein Jahr und ein Tag, in denen die Aufsteigenden an Macht gewonnen hatten und voller Kämpfen zwischen Höflingen über die angemessenen Beziehungen zwischen Sterblichen und Fae. Keine so offenen Angriffe wie der Mörder oder Taylors Anschlag auf die Erle, aber einer ihrer idealistischeren Ritter – einer, der nach ihrer Thronbesteigung an den Onyxhof gekommen war, von ihren Worten über Harmonie angezogen – war tot auf der Straße gefunden worden, während er in einer sterblichen Tarnung unterwegs gewesen war. Zufälliger Unfall? Oder eine absichtliche Schwächung ihrer Unterstützer?

Sie hoffte, dies heute herauszufinden. Lune atmete auf, als sich die Tür öffnete und Rosamund mit einem Knicks Sir Cerenel in den Raum führte.

Er sah genauso aus wie früher. Sie waren keine Sterblichen, die alterten und von ihren Mühen ausgezehrt wurden. Zugegeben, er trug barbarische Mode – eine lose Tunika mit Gürtel, die am Hals und den Ärmeln mit Lederbändern verschnürt wurde –, aber andererseits hatte er nichts ins Exil mitgenommen außer den Kleidern und dem Schwert, die er getragen hatte. Als Lune ihn jedoch betrachtete, sah sie seine steife Haltung. Was auch immer noch passiert war, diese Verbannung hatte für immer verändert, wie er ihr dienen würde.

Ich hoffe, es war nicht vergeblich.

Cerenel kniete sich hin, sodass sein schwarzes Haar wie ein Vorhang vor sein Gesicht fiel. Als Lune ihre Hand anbot, küsste er sie mit trockenen Lippen. »Erhebt Euch«, sagte sie. »Und erzählt uns, was Ihr erfahren habt.«

Sie setzte sich auf ihren Stuhl, als er mit hinter dem Rücken verschränkten Händen anfing. »Wie befohlen, Eure Majestät, war ich am Hof der Gyre-Carling in Fife. Ihr habt ihr Herz auf die Unze genau geschätzt: Ihre Animosität gegen Euch und die Euren ist unübertroffen.«

Sonne und Mond wussten, wohin die Goodemeades verschwunden waren, doch Lune war sicher, dass sie bereitstünden, falls sie sie brauchte. Cerenel hatte ihre Anwesenheit zuvor nicht geschätzt.

»Alles davon ist bekannt«, sagte Lune und versuchte, ihre Ungeduld nicht zu offen zu zeigen. »Wer ist der Urheber unserer Schwierigkeiten?«

»Ich vermute jemanden, den sie den Schattenlord nennen«, sagte Cerenel. Lunes Mund zuckte bei diesem überheblichen Titel. »Er ist frisch zu Nicneven gekommen, obwohl seine Ankunft dort den Angriffen um eine gewisse Zeit vorausgegangen zu sein scheint.«

Kaum ein Argument gegen ihn. Sofern Nicneven keine Närrin war – und wenn sie doch nur eine wäre –, würde sie den Wert jedes Neuankömmlings abwägen, ehe sie beschloss, seinem Rat zu folgen.

»Welchen Stand hat er bei Hof? Wer sind seine Verbündeten?«

»Kentigern Nellt«, antwortete Cerenel, was Lune überhaupt nicht überraschte. »Der Riese wütet gegen die Subtilität und langsamen Fortschritte, zu denen der Schattenlord rät, doch ihre Ziele gleichen sich. Mein Bruder hält mehr Abstand von ihm, weil er jegliche Politik aus seinem Leben fernhalten will. Aber andere, die von diesem Hof geflohen sind, sind dort, und viele erklären sich zu seinen Gefolgsleuten.«

Lune krallte die Finger in die Spitzen ihrer Manschetten. Untertrieb Cerenel gerade bei der Beteiligung seines Bruders, um ihn zu schützen? Es machte kaum einen Unterschied. Wenn sie der Schlange den Kopf abschlagen konnte, würde der Körper, wenn nicht tot, zumindest seiner Giftzähne beraubt. »Und was könnt Ihr mir über ihn erzählen? Seinen Namen, wo er hergekommen ist …«

Aber Cerenel schüttelte bereits den Kopf. »Madam, ich weiß es nicht. Er wird nie bei Hof gesehen. Nicneven hat viele Grotten und Täler, die ihr Reich bilden. Einige sind allein ihr privater Rückzugsort, und dort hält sie ihn. Ihre engsten Ratgeber haben ihn getroffen – Sir Kentigern befehligt jetzt ihre Leibwache –, aber sie hat ihn für sich beansprucht und hält ihn an der kurzen Leine.«

»Ist er ihr Liebhaber?«

»Der einzige, den sie sich derzeit hält.«

Ein weiterer Grund für sie, mich zu hassen, wenn ich sie seiner beraube. Doch wie sollte sie das tun? Lune konnte nicht einfach in Fife einmarschieren. Ihre militärische Stärke mochte zwar der von Nicneven überlegen sein, aber erst einmal musste sie diese dorthin bringen. Und jeder, der subtil genug vorging, um angeheuerte Mörder auf sie zu hetzen, wäre gegen so etwas auf der Hut.

Sie wurde in dieser Planung unterbrochen, als Rosamund plötzlich die Tür aufriss. »Madam«, sagte diese. »Der Pr…«

Die Hauselfe schaffte es nicht, den Titel auszusprechen, ehe Antony an ihr vorbei war. »Wer aus deinem Volk ist nach oben gegangen, um die Hinrichtung anzusehen?«, wollte er wissen.

Lune war verblüfft auf den Beinen. Aus dem Augenwinkel sah sie, wie Cerenel ein Messer wieder in seinem Ärmel verschwinden ließ. Er war bewaffnet gekommen und nervös genug, um es zu ziehen, als er überrascht worden war: Beides bereitete ihr Sorgen. Aber zuerst Antony: »Ich weiß es nicht«, sagte sie. »Ohne Zweifel mehrere, ich habe es ihnen nicht verboten. Warum?«

»Ich erkenne eine getarnte Fee, wenn ich eine sehe.« Antony atmete schwer, und seine Amtskette hing schief. »Eine war in der Menge und hat volksverhetzende Dinge gesagt.«

»*Volksverhetzend?*«

»Straffords eigene Worte, als er hörte, dass Karl sein Todesurteil unterschrieben hatte. ›*Setzt Euer Vertrauen nicht in Fürsten und auch nicht in die Söhne von Menschen, denn in ihnen liegt kein Heil.*‹« Antony spie die Worte aus.

Lunes Blut gefror ihr in den Adern. Menschen sagten solche Dinge, ja, von Zeit zu Zeit – aber nicht in der Öffentlichkeit. Was ein Mann, der zum Tode verurteilt worden war, vielleicht sagen würde, konnte ein Mann auf der Straße nicht sagen. Oder *sollte* es nicht. »Bist du sicher, dass es ein Fae war?«

Antony lief ruhelos in der kleinen Kammer auf und ab. Er sprach offener, als sie sich in Anbetracht von Cerenels Anwesenheit vielleicht gewünscht hätte, aber welcher Gedanke auch immer von ihm Besitz ergriffen hatte, würde ihn nicht loslassen, und den Ritter wegzuschicken, hätte diesen nur beleidigt. »Ich hatte eine Idee«, sagte ihr Gefährte. »Diese Mobs, diese Kontroverse und Blutgier, die den Kampf gegen den König befeuert – was, wenn das kein Zufall ist?«

Alarmiert sagte Lune: »Niemand könnte das alles irgendwie erschaffen haben.«

»Nein«, sagte er mit zuckendem Mund. »Unsere Konflikte sind unsere eigenen, aus einer Geschichte von schlechter Behandlung und geteilten Meinungen geboren. Aber welchen Bedarf gibt es, dies zu erschaffen? Alles, was es braucht, ist einen Funken. Jemanden, der es anheizt. Etwas gemurmelte Volksverhetzung hier, eine Anschuldigung der Papsttreue dort.

Gerüchte, die sich verbreiten oder deren Verbreitung unterstützt wird, um in der ganzen Stadt Chaos und Zwietracht zu säen. Ich hielt es für Pyms Werk, und vielleicht war es das – aber nicht allein.«

Cerenel verlagerte sein Gewicht. Lune konfrontierte ihn mit wehenden Röcken. »Habt Ihr davon gewusst?«

»Madam«, sagte er und hielt beschwichtigend die Hände hoch. »Ich wollte darauf kommen. Ich ...«

»Schlägt dieser Schattenlord ebenso gegen London zu wie gegen den Onyxhof?«

Bei ihrem harten Tonfall zuckte er zusammen. »Ich halte es für wahrscheinlich, ja. Aber es war nur ein Gerücht. Ich kann nicht sicher sein.«

Sie hätte es vermuten sollen. Aber Lune war es gewöhnt, ihren Hof als den einzigen zu betrachten, der in zwei Welten gleichzeitig funktionierte. Dies war genau die Art von Einmischung, die Nicneven gehasst hatte, als diese die Königin der Schotten das Leben gekostet hatte. Sie hatte angenommen, das bedeutete, dass die Gyre-Carling dies selbst vermeiden würde.

Und vielleicht tat sie das. Aber der Schattenlord tat es nicht.

Wenn Nicneven Lune verletzen wollte, dann konnte sie London verletzen – und dadurch ganz England. Karl Stuart, von seinem eigenen Parlament gelähmt, aus Rache für Maria Stuarts Tod. Sie waren schon halb am Ziel.

»Wer ist der Schattenlord?«, fragte Antony. Die Verwirrung lenkte ihn kurz von seinem eigenen Zorn ab.

Lune war jetzt dankbarer denn je für den Eid. Er würde dies hier einfacher machen, wenn auch nicht angenehmer. »Das weiß ich noch nicht. Aber Sir Cerenel wird nach Norden zurückkehren, um das herauszufinden.«

Der Ritter trat zurück, die violetten Augen aufgerissen. »Madam – mein Exil ist beendet.«

»Aber Ihr seid unter dem Vorwand an Nicnevens Hof gegangen, dass Ihr hier unzufrieden seid. Sie werden nicht überrascht sein, wenn Ihr zurückkehrt.«

»Sie haben mich zurückgeschickt, um *Euch* auszuspionieren!«

Schweigen folgte, das im Nachklang seines Schreis hallte. Alle im Raum standen erstarrt da, wie Statuen, bis Cerenel leichenblass auf die Knie fiel. »Euer Gnaden – Lord Antony – der Befehl kam von Nicneven selbst zu mir. Sie befahl mir, an Euren Hof zurückzukehren und weiterzugeben, was ich hier erfahre.«

Antony stellte sich an Lunes Seite. »Mit welchen Mitteln? Wie werdet Ihr kommunizieren?«

Der Ritter schüttelte den Kopf. »Sie sagte, ein Bote würde kommen. Ich weiß sonst nichts.«

Um diesen Boten abzufangen, würden sie Cerenel hier behalten müssen. Lune tauschte schnell einen Blick mit Antony, dann sagte sie: »Nein. Ich hege keine Zweifel, dass Eure Befehle von diesem Schattenlord ausgehen. Um ihn aufzuhalten, müssen wir mehr über ihn erfahren, und das können wir nur in Fife tun. Erzählt Nicneven, dass ich Euch verdächtigt habe oder dass meine Gunst sich gewandelt hat. Erzählt ihr, was immer Ihr wollt. Aber Ihr *werdet* zurückgehen.«

Tränen, die zu vergießen er zu stolz war, sammelten sich an Cerenels Wimpern. »Madam«, flüsterte er, als er vor ihr kniete, »dies ist meine *Heimat.*«

»Dann helft uns, sie zu bewahren«, sagte Lune. »Findet diesen Schattenlord für uns.«

GUILDHALL, LONDON

3. *Januar* 1642

»Sie sind zu weit gegangen«, sagte Antony, in dessen Worten wütende Genugtuung lag. »Im Unterhaus kam es beinahe zu einer Rauferei, als sie zum ersten Mal vorgeschlagen haben, die Große Remonstranz zu drucken. Schlimm genug, dem König eine Liste an Beschwerden vorzulegen, die lang genug ist, um als fünftes Evangelium in der Bibel durchzugehen, aber sie zu veröffentlichen, damit alle sie lesen können ...«

Er übertrieb nicht. Die Tage, als das Parlament Themen ruhig diskutiert hatte und Abgeordnete auf ihren Bänken eingenickt waren, waren lange vorbei. Am Ende hatte kaum ein Mann dort nicht sein Schwert gezogen. Es brauchte keine Einmischung von Feen, um ihren Zorn anzustacheln – vorausgesetzt, ein Fae konnte auf zwanzig Fuß an jene frommen Eiferer herankommen –, ihr eigenes böses Blut war genug. Sie konnten Akte verabschieden, um mit den Tumulten außerhalb ihrer Kammern umzugehen, aber was war mit jenen im Inneren?

Doch dieser Sieg, die öffentliche Kriegserklärung des Unterhauses gegen seinen eigenen Herrscher, war fehlgeschlagen, genau wie Antony es gehofft hatte. Kurz vor Weihnachten gedruckt, hatte die Große Remonstranz – Gott sei Dank – loyalistische Mobs auf die Straßen getrieben, die gegen die Puritaner und Leveller und andere unzufriedene Fanatiker kämpften, die die Anführer des Parlaments unterstützten. Pym und seine Freunde waren an ihrer eigenen Macht und ihren Idealen trunken geworden und würden die Konsequenzen ernten.

Und das auch gerade noch rechtzeitig. Irland stand in offener Rebellion und kämpfte darum, das englische Joch gänzlich abzuwerfen. Und Eochu Airt, der wutentbrannt über Antonys Kehrtwende bei Strafford war, zeigte keine Bereitschaft, das Blutvergießen zu beenden. Es wurde Zeit, dass England seine eigenen Angelegenheiten in Ordnung brachte und diese internen Kämpfe beendete, die drohten, seine gesamte Stärke aufzufressen.

Aber Ben Hipley schien seine fröhliche Einschätzung nicht zu teilen. »Ich fürchte, der König wird bald den guten Willen, den er verdient hat, wieder verlieren.«

»Was? Warum?«

Die uralten Steine der Guildhall ließen jedes ihrer Worte zu möglichen Lauschern hallen, und weil sich die öffentliche Meinung in der Stadt hitzig den Puritanern zugewandt hatte, hatte Antony Grund, sie zu fürchten. Er hätte jedoch wissen müssen, dass Ben keine guten Nachrichten brachte. Der Geheimdienstleiter wäre nicht hierhergekommen, wenn der Grund nicht dringend gewesen wäre.

Hipley trat näher und senkte seine Stimme. »Pym und die anderen haben die Ratgeber des Königs attackiert und waren erfolgreich. Jetzt zielen sie mit ihren Pfeilen auf die Königin.«

Henrietta Maria. In England kaum beliebt, denn sie war sowohl Französin als auch Katholikin, Letzteres eine ständige Quelle von Unzufriedenheit. »Aber gegen sie zuzuschlagen – das wird das Volk nur noch mehr gegen sie aufwiegeln. Wir lieben sie vielleicht nicht, aber wer würde sehen wollen, wie sie durch den Schlamm gezogen wird, wie Strafford es wurde?«

»Der König nicht«, sagte Hipley. »Er hat heute Morgen Sir Edward Herbert ins Oberhaus geschickt, um Lord Mandeville abzusetzen, und fünf aus dem Unterhaus. Pym, Hampden, Holles, Hesilrige und Strode.«

Antonys Herz blieb stehen. »Wird das Oberhaus …«

Ben schüttelte den Kopf. »Ich weiß es nicht. Aber du solltest nach Westminster kommen.«

ST.-STEPHENS-KAPELLE, WESTMINSTER
4. *Januar* 1642

Er ging nach Westminster, so wenig es auch nützte. Pym wusste bereits, was kommen würde. Die Lakaien des Königs hätten die angeklagten Männer sofort festnehmen sollen, doch sie ließen den Moment verstreichen. Antony, der es vielleicht für sie tun hätte können, war nicht vorbereitet. Er kam gerade rechtzeitig an, um zu hören, wie die Absetzungserklärung verlesen wurde. Und so kam nichts dabei heraus, noch nicht, außer einer bedeutungslosen Resolution, dass das Unterhaus die Angelegenheit debattieren würde.

Was auch immer jetzt passiert, dachte er auf seinem Weg zurück nach Westminster spät am folgenden Vormittag, *der Schaden ist angerichtet. Wenn man seinen Feinden droht, muss man es durchziehen und gewinnen. Der König hat weder das eine noch das andere getan.*

Erst nach der Mittagspause wurde ihm bewusst, dass die Katastrophe noch nicht beendet war.

Der Saaldiener riss die Türen der Kapelle weit auf und brüllte mit lauter Stimme: »Der König!«

Ein schreckliches Schweigen folgte. Browne hatte gerade über eine Delegation berichtet, die man zu den Anwaltskammern gesandt hatte. Er verstummte mitten im Satz. Lenthall starrte mit offenem Mund vom Sprecherplatz. Antony, der gerade dabei war, eine Notiz zu kritzeln, saß wie gelähmt da, während die Tinte tropfte und Flecken auf sein Papier machte.

In dieses Schweigen trat Karl. Er nahm seinen Hut schnell mit einer eleganten Geste ab und marschierte durch den Gang der Kapelle, während die Mitglieder des Unterhauses in einer unordentlichen Welle auf die Füße kamen und ihre eigenen Hüte vom Kopf rissen. Karls Neffe ging einen Schritt hinter ihm. Ihr Gleichschritt wirkte in der Stille absichtlich.

Der Mann hinter Antony flüsterte: »Lieber verdammter Heiland.«

»Herr Sprecher«, sagte der König in einem sanften Tonfall, »ich muss mir für eine Weile Euren Platz ausleihen.«

Lenthall stolperte verspätet aus dem Weg. Als er sich auf seinem Platz eingerichtet hatte, überblickte Karl die Kapelle und ihre Benutzer neugierig. Antony konnte es ihm nicht verdenken: Kein englischer Monarch hatte sich je in die Debatten im Unterhaus eingemischt. Diese waren unberührbar – oder waren es gewesen.

Karl hatte sich für sein Eindringen sehr prächtig gekleidet, in ein Wams aus gut geschneidertem Taft und einen breiten Kragen aus feinstem Linon, der mit Spitze gestärkt war. Das verlieh seinem Körper Masse, aber keine Größe, und auf Lenthalls Stuhl wirkte er klein.

Doch seine Präsenz war größer als er. »Keine Person«, sagte er in das Schweigen, »hat Privilegien, wenn sie des Hochverrats beschuldigt wird. Ich komme zu Euch, um herauszufinden, ob einer von jenen, die dessen bezichtigt werden, anwesend ist.« Er wartete, aber niemand sprach. »Ist Mr. Pym hier?«

Nicht eine Seele atmete als Reaktion.

Irritiert wandte er sich an Lenthall. »Sind irgendwelche von jenen Personen im Gebäude, die des Hochverrats beschuldigt werden? Seht Ihr sie hier? Zeigt sie mir!«

Dem Sprecher fehlte ein eigenes Rückgrat. Er war ein Lakai der größten Autorität in seiner Nähe. In jenem Augenblick zeigte sich, wie sich die Windrichtung wirklich geändert hatte. Lenthall schluckte krampfhaft, dann fiel er auf die Knie. »Bitte, Eure Majestät, ich habe an diesem Ort weder Augen zum Sehen noch eine Zunge zum Sprechen, außer wie das Unterhaus mich anweist, dessen Diener ich hier bin, und ich bitte Eure Majestät untertänigst um Verzeihung, dass ich keine andere Antwort als diese geben kann auf das, was Eure Majestät von mir zu verlangen gedenkt.«

Einige Männer japsten. Einige andere kicherten vor bösartigem Vergnügen. Antony tat weder das eine noch das andere. Weil er spät gekommen war, saß er in der Nähe des Kapelleneingangs. Nun drehte er sich um, als er Lärm aus dem Vorraum hörte, und sah zwischen den Bänken durch. Der Graf von Roxburgh lehnte am Eingang und hielt die Türen auf, sodass Antony und jeder sonst, der sich umdrehte, sehen konnte, was sie erwartete.

Bewaffnete Männer füllten den Vorraum. Elegante Höflinge, viele von ihnen Männer der Königin, alle sicherlich geschickt in der Benutzung der Pistolen, die sie hielten. Einer erwiderte Antonys Blick und grinste unverschämt, während er seine Waffe spannte und auf ihn zielte – was klar und deutlich sagte: *Ich warte nur auf den Befehl des Königs.*

Das Blut gefror ihm in den Adern, und zum ersten Mal fiel ihm auf, dass er nicht die Auflösung des Parlaments fürchten musste, sondern dessen Massakrierung.

»Das macht nichts«, sagte der König, dessen lockerer Tonfall durch das Gift, das dahintersteckte, Lügen gestraft wurde. »Ich glaube, meine Augen sind so gut wie die eines jeden anderen.«

Er hob das Kinn und überblickte die Reihen an stehenden Männern. Er musste nicht genau hinsehen. Keine zehn Minuten zuvor war ein Bote zu Pym gekommen, woraufhin dieser sich und andere entschuldigt hatte und hinausgegangen war. Lenthall hatte sie nicht festnehmen lassen, obwohl sich das Unterhaus am Tag zuvor geeinigt hatte, dass die beschuldigten Abgeordneten sich stellen und auf die Anschuldigungen antworten sollten. Nur Strode hatte für eine Verzögerung gesorgt, als er darauf bestanden hatte, dass er für die Konfrontation bleiben wollte. Pym und die anderen hatten ihn am Mantel aus der Kapelle gezerrt.

Das Einzige, was schlimmer war, als Parlamentsmitglieder zu verhaften, war es, zu kommen, um sie festzunehmen, und zu scheitern.

»Ich sehe, dass all meine Vögelchen ausgeflogen sind«, sagte Karl schließlich. Die selbstgerechte Überheblichkeit, mit der er hereingekommen war, war verschwunden. An ihrer Stelle regierte verärgerter Zorn. »Ich kann nicht tun, wofür ich gekommen bin.« Und mit einem Knurren stand er vom Sprecherstuhl auf und stürmte aus dem Unterhaus, gefolgt von einem Gewirr aus Stimmen, die die Verletzung der Parlamentsprivilegien verkündeten.

DER ONYXPALAST, LONDON
10. *Januar* 1642

Lunes schwere Röcke bauschten sich jedes Mal auf, wenn sie das Ende ihres Gemachs erreichte und sich umdrehte, um weiter auf und ab zu laufen. Der Onyxpalast war ein guter Palast mit vielen Kammern und Galerien, reichlich

Vergnügungen, um sie zu amüsieren, doch trotz allem war er ein Käfig. Sie vermisste die Sonne und den Wind in ihrem Gesicht.

London war jedoch nicht sicher. Sterbliches Brot mochte sie gegen die Gebete und Anrufungen der puritanischen Mobs auf seinen Straßen abschirmen, doch es würde nicht dabei helfen, sie vor einem Stein gegen den Kopf zu retten. Die Barrikaden aus Bänken, die man aus Tavernen gerissen hatte, von den Lehrlingen aufgestellt, ehe ihre Weihnachtsferien an Heiligdreikönig endeten, waren weggeräumt worden, doch an ihrer Stelle waren die Milizen von London. Sie stellten Kanonen an den Ecken auf und spannten Ketten über die Straßen, alles als Vorbereitung für den Angriff, den sie befürchteten.

Sie wagte es nicht, nach oben zu gehen. Sie wünschte, Antony würde das ebenfalls nicht tun. Er hatte sich seit jenem aufgelösten Parlament vor zwei Jahren gemüht, ein unmögliches Gleichgewicht zu bewahren: für Mäßigung zu kämpfen, aber gleichzeitig niemals dem König zu vertrauen, sich gegen Pyms Bande zu stellen, sie sich jedoch nie zu offensichtlich zum Feind zu machen. Man nannte ihn einen Strafford-Anhänger, weil er gegen die Parlamentsverurteilung gestimmt hatte, und es konnte noch schlimmer kommen. Parlamentsabgeordnete waren für ihre Opposition von ihren Sitzen gejagt worden. Einige hatte man in den Tower geschickt.

Doch Antony saß sogar jetzt noch mit dem Unterhaus in der Guildhall, das sich zu seiner eigenen Sicherheit aus Westminster zurückgezogen hatte. Auf seine Bitte hin hatte sie einige ihrer verlässlicheren Goblins ausgeschickt und erfahren, dass die fünf verräterischen Abgeordneten sich in der Coleman Street versteckten, doch was würde das nützen? Der König konnte jetzt nicht gegen sie zuschlagen. Er hatte bereits das Scheitern erlitten, das er sich nicht leisten konnte, und die Bevölkerung über jede Grenze hinaus erzürnt.

Und Lune, die geschworen hatte, England vor solchen Schwierigkeiten zu schützen, konnte nur auf eine Botschaft warten: den Namen und die Art des Schattenlords, der diese Gewalt gegen den König auf Nicnevens Anordnung hin nährte.

Das Flattern von Flügeln ließ sie stehen bleiben. Ein Falke schoss durch die offene Gitterkonstruktion der Kammerwand und setzte sich auf die Rückenlehne eines Stuhls. Er schüttelte seine Schwingen, dann noch einmal, und mit dem dritten Schütteln streckte er sich nach oben und unten, bis ein hakennasiger Powrie dastand und den Stuhl mit knochigen Fingern gepackt hielt. Wo er den Falkenmantel herhatte, fragte Lune nie. Es war nicht das übliche Gewand der Goblinart. Doch es machte ihn nützlich.

Er hatte keine Kappe, die er ziehen konnte, keine Kleidung außer dem Mantel, den er um sich schlang, als er sich hinkniete. Lune bot ihm kurz ihre Hand an, bat ihn, sich zu erheben, und fragte: »Welche Neuigkeiten hast du?«

Orgat war kein Onyxhöfling. Sein Heim war ein unbenutzter Wachturm an der Grenze. Aber die Goodemeades kannten ihn aus ihrer Zeit im Norden vor vielen Jahren, und sie hatten ihn beauftragt, Botschaften von Cerenel zu überbringen. Sie war nun dankbar für ihre Entscheidung, Valentin Aspell bei diesen Plänen außen vor zu lassen. Er verbrachte in diesen Tagen zu viel Zeit in Gesellschaft der Aufsteigenden.

»Hab sie hier«, sagte der Powrie und fing an, mit der einen Hand in den Federn seines Mantels zu wühlen, während die andere Hand diesen vor seine Lenden hielt, um den Anstand zu wahren. »Flinker kleiner Bastard – hoffe, Ihr könnt darin einen

Sinn erkennen, Euer Gnaden – jetzt *komm* schon – ah! Hab ihn nicht einmal zerquetscht.«

Der Spion zog triumphierend etwas Kleines, sich Windendes hervor. Dass Cerenel keine schriftliche Botschaft oder auch nur eine mündliche senden würde, hatte Lune erwartet. Das war nicht sicher. Aber … »Eine Spinne?«

»Hat mir gesagt, ich soll sie selbst holen«, sagte Orgat. »Aus meinem Turm, heißt das. Das da ist eine Falsche Witwe, wie wir sie nennen. Hat darauf bestanden, dass es ein Männchen sein muss.« Er ließ sie auf die Hand fallen, die Lune reflexartig hochhielt. Sie schauderte, als die Spinnenbeine über ihre Haut krabbelten. »Vorsichtig mit ihm jetzt. Sollte auch lebendig sein.«

Eine Spinne. Eine lebende, männliche Falsche Witwe aus Orgats Wachturm.

Dies war die Botschaft, die Cerenel ihr geschickt hatte.

Findet mir diesen Schattenlord.

Sie hatte einst jemanden gekannt, der ihr Bilder von Spinnen in den Kopf rief. Ihre herzlose, verdorbene Vorgängerin, die Königin des Onyxhofs. Invidiana.

Aber Invidiana war tot.

Eine lebende, *männliche* Spinne.

Lune flüsterte: »Ifarren Vidar.«

DREI-KRÄNE-WERFT, LONDON
11. *Januar* 1642

Trommelschläge hallten von den Lagerhäusern, die sich am Nordufer der Themse aufreihten, und wurden nur vom Gebrüll der Menge übertönt. Die Milizen hielten die Ordnung, aber sie waren fröhlich. Sie waren nicht dort, um Gewalt zu verhindern – denn es gab keine –, sondern um die Menge davon abzuhalten, die Gruppe zu überrennen, die auf der Werft stand.

Die Barke wurde von denselben Schiffern ans Ufer gezogen und vertäut, die am Tag zuvor auf den Straßen marschiert waren und ihr Leben zur Verteidigung des Parlaments angeboten hatten. Nun streckten sie die Hände zu den fünf Männern, die darauf warteten, an Bord zu gehen.

John Pym stand in der kalten Luft, sein Blick zu Gott erhoben, sein Dankesgebet vom Lärm der Zuschauer übertönt. Dann trat er an Bord, gefolgt von Hampden, Holles, Hesilrige und Strode. Kein Versteck mehr für sie: Sie winkten ihren Unterstützern zu und bekamen im Gegenzug Jubel und Gebete.

Der Rest des Unterhauses suchte sich seinen Weg auf die Barke. Antony stellte sich in die Mitte, ein falsches Lächeln im Gesicht. In diesem Augenblick konnte er es sich am allerwenigsten erlauben, seinen Schock über die Neuigkeiten zu zeigen.

Der König war geflohen. Dass sich die Königsfamilie nach Hampton Court zurückzog, kam oft genug vor. Dass sie mitten in der Nacht aufbrachen, ohne Vorwarnung an den Palast, dass sie kamen, war es nicht. Doch es war nur ein Eingeständnis des Offensichtlichen: dass Karls Versuch, die Führer des Parlaments zu verhaften, ihn unwiderruflich den guten Willen seiner Stadt gekostet hatte.

London hatte einen Angriff befürchtet und sich darauf vorbereitet. Stattdessen siegte es ohne Kampf.

Die Schiffer lösten die Taue und steuerten die Barke auf den Fluss. Sie kamen auf der Themse langsam voran, an allen Seiten von bunt dekorierten Schiffen umgeben, die bis an die Reling mit feiernden Männern vollgestopft waren. Vom Ufer konnte

Antony die Milizen hören, die ihre Reise mit Trommeln und Gesang begleiteten, und die spöttischen Rufe, die sie machten, als sie am verlassenen Palast von Whitehall vorbeizogen.

»*Wo sind der König und seine Ritter?*«

Antony klammerte sich an sein Lächeln, als ginge es um sein Leben, und dachte: *Sie sind fort, um sich auf einen Krieg vorzubereiten.*

SONNTAG
2. September 1666

DIE SCHLACHT UM DEN FLUSS

Ein Feuersturm wogte überall am Ufer entlang
und erleuchtete den ganzen Fluss mit seinem Schein.
Die erwachten Fluten begannen wieder zu dröhnen,
und verwunderte Fische starrten in erleuchtetes Wasser.
Der alte Vater Themse hob sein ehrwürdiges Haupt,
doch befürchtete, dass das Schicksal
von Simois wiederkehren würde:
Tief in seinem Tal suchte er sein schlammiges Bett
und schrumpfte seine Wasser zurück in seine Urne.

JOHN DRYDEN
Annus Mirabilis

Das Haus des Bäckers brennt wie eine Kerze, eine Flammensäule in der schmalen, nachtdunklen Straße. Die Bevölkerung der Pudding Lane ist erwacht, vom dumpfen Läuten der Gemeindeglocke aus dem Bett gerissen, die ein Feuer verkündet. Die Ledereimer wurden aus der Kirche geholt, ihr Inhalt in nutzlosen Mengen verspritzt; Wasser, Bier, sogar Urin oder Sand – alles, was die Feuersbrunst vielleicht ersticken könnte.

Doch immer weiter brennt sie, stur von einem seltsamen Wind angefacht, der aus Osten weht. Funken tanzen auf der Brise, eine elegante Courante in der Dunkelheit, bis einer sich nach Westen wagt, zum Star Inn *am Fish Street Hill. Das Gasthaus mit dem Balkon, dessen Rückseite an das Grundstück des Bäckers grenzt, lagert Heu in seinem Hof.*

Ein einziger Funke reicht.

Männer brüllen auf der Straße, verdammt sei die Nachtruhe ihrer Nachbarn. Jeder, der noch schläft, soll *geweckt werden. Während jene in der Nähe als Vorsichtsmaßnahme hastig ihre Besitztümer aus den Häusern schaffen, nach Norden oder Süden in Sicherheit, rufen die Wohltätigeren nach den Feuerhaken, um die benachbarten Gebäude niederzureißen, ehe auch diese Feuer fangen können.*

Aber die Vermieter, die diese Gebäude besitzen, sind nicht hier. Jene, die in der Pudding Lane wohnen, sind ärmere Leute, die von reicheren mieten. Und so tut der Oberbürgermeister von London, nachdem man ihn aus dem Bett gezerrt hat, um auf diese Bedrohung zu reagieren, den Vorschlag ab, aus Furcht vor den Konsequenzen, sollte er solchen Besitz zerstören. Dann geht er wieder nach Hause.

»Blödsinn – eine Frau könnte das auspinkeln.«

London hat schon früher Feuer überlebt.

DER ONYXPALAST, LONDON

fünf Uhr früh

Der Hauch der Cailleach Bheur heulte durch die steinernen Galerien, das hoch gewölbte Gitterwerk der Saaldecken und ließ keine Ecke in Frieden. Drei Tage wehte er schon, über dem Boden und darunter, der neueste Angriff der Gyre-Carling von Fife – und der schlimmste. Spione konnte man vertreiben, Krieger konnte man bekämpfen. Die Cailleach war unaufhaltsam.

Und die Fae am Onyxhof waren verstört und hohlwangig unter ihrer Berührung. Denn der Wind brachte mehr als die eisige Kälte der Blauen Hexe: Geisterhaft auf ihren Schwingen waren Stimmen, unhörbares Flüstern, das Winter versprach. Alter. Sterblichkeit. Tod.

Kein Wunder, dass wir verrückt werden.

Lune schauderte in ihrem pelzbesetzten Mantel. Jahre des Kampfes gegen Nicneven – Jahrzehnte seit jenem ersten Versuch, die Erle anzuzünden –, und alles, was sie vorzuweisen hatte, war Krieg.

Nein. Dies war kein Krieg. Lune hatte auf ihrer Reise zu diesem Punkt Kriege gekämpft. Das hier war etwas anderes: keine saubere Konfrontation in der Schlacht, nicht einmal die hinterhältige Messerarbeit von Spionage und Betrug. Die Cailleach konnte sie alle töten, ohne sich selbst je einer Attacke auszusetzen. Was Nicneven getan hatte, um solche Hilfe zu bekommen, konnte Lune nicht einmal vermuten. Die Blaue Hexe war etwas Älteres und Mächtigeres als alle von ihnen. Doch nach all ihren Versuchen und Fehlschlägen hatte die Unselige Königin von Fife endlich etwas gefunden, das mächtig genug war, um den Onyxhof wirklich zu bedrohen.

Solche Furcht spielte der Macht der Cailleach nur in die Hände. Lune biss die Zähne zusammen und beugte sich über die improvisierte Karte, die sie aus verfügbaren Gegenständen gebaut hatte. Lady Amadeas Fächer diente als Modell für London. Sein geschwungener Rand stellte die Stadtmauer dar, seine äußeren Stäbchen markierten den Lauf des Flusses im Süden. Zur Linken stand ein silbernes Tabakkästchen – die St.-Pauls-Kathedrale –, und zur Rechten lag eine Obsidianbrosche für den Tower von London. Eine lange Nadel fixierte den Fächer am Tisch darunter, als Annäherung an den Londonstein.

Lune tippte mit ihrem behandschuhten Finger an den oberen Rand des Fächers. »Die Cailleach Bheur ist die Hexe des Winters. Ihre Macht kommt deshalb aus dem Norden. Doch hier sind wir geschützt. Die Mauer schirmt uns nicht nur oben, sondern auch unten ab. Sie blockiert den Zugang zu unserem Reich. Also dreht die Cailleach nach Osten.«

»Warum nicht nach Westen?«, fragte Sir Peregrin Thorne. Der Hauptmann der Onyxwache besaß nicht zu viel Würde, um seine Hände unter die Arme zu stecken, was seine Finger wärmte und deren Zittern verbarg. Lune hatte ihn früher in der Nacht nach oben geschickt. Der Wind blies draußen ebenfalls, aber im sterblichen Reich wurde er zu nichts weiter als Luft. Die kurze Erholung, die ihm das verschafft hatte, wich allerdings schon wieder aus ihm, und sein panischer Blick zuckte ruhelos über die Karte. »Der Westen ist der Tod – ebenfalls das Reich der Cailleach.«

»Deshalb.« Lunes Finger wanderte nach Südosten zu der Obsidianbrosche. »Der Tower ist unser Schwachpunkt. Der Eingang zu unserem Reich liegt im Bergfried in der Mitte, das stimmt – aber man muss die Festung als Ganzes betrachten.

Weil sich die Stadtmauer an ihre östlichen Schanzen anschließt, kann man sagen, dass dieser Eingang auf einer Grenze liegt. Und das macht ihn verwundbar.«

»Ihr habt diese Grube geschlossen, ja?«

Die Frage kam von Irrith, und so verzieh ihr Lune das unverschämte Fehlen von Unterwürfigkeit. Die schlanke Elfe hatte ihr in den vergangenen Jahren viele gute Dienste geleistet und war dafür mit einem Ritterschlag belohnt worden, doch sie war wenig in Höflichkeit geübt. Der Hof ihrer Heimat in Berkshire war wesentlich grobschlächtiger, mit weniger Zeremoniell, und Irrith war noch nicht lange unter Lunes Volk. Außerdem wusste sie weniger über Sterblichkeit als alle von ihnen und hielt sich unter dem fürchterlichen Schrecken des Windes schlecht.

Nicht, dass es Lune selbst viel besser erging. Sie litt nicht nur für sich selbst, sondern für den Feenpalast, der mit jeder Stunde, die verstrich, kälter und spröder wurde. »Natürlich«, sagte sie und mühte sich, um den angespannten Zustand ihrer eigenen Nerven nicht zu verraten. *Wie leben Sterbliche so – mit dem Wissen, dass jeder Augenblick sie dem Tod einen Schritt näher bringt?* »Sie ist geschlossen und so gut versiegelt, wie es mir möglich ist – aber das reicht nicht.«

»Was ist mit …«, beharrte Irrith, doch die Frage endete in einem Jaulen, als die Tür zum Ratszimmer aufgeschleudert wurde. Sie konnten keine Türen mehr geschlossen halten. Alles wurde früher oder später aufgeweht und versetzte alle in blinde Panik.

Doch diesmal hatte die Bewegung eine menschliche Ursache. Jack Ellin zerrte am Rand der Tür und mühte sich vergeblich, sie zu schließen, ehe er fluchte und aufgab. Lunes Ratgeber zuckten vor dem großen Mann zurück, als er zum Tisch kam.

Die Anwesenheit eines Sterblichen spiegelte das Versprechen des Winds. Lune zwang sich, stillzuhalten, als er eine Hand ausstreckte und an ihre Wange legte.

Die Geste war nicht leidenschaftlich, sondern die Berührung eines Arztes. Sie hatten das durch Zufall entdeckt, als ein unabsichtliches Streifen seiner Finger etwas von der Finsternis von Lunes Geist genommen hatte. Für Jack Ellin waren wie für jeden Sterblichen die Versprechen der Cailleach unvermeidlicher Natur. Er trug ohne nachzudenken eine Last, die Lune zu zerdrücken drohte. Und dank der Verbindung, die sie eingegangen waren, konnte sie diese Last mit ihm teilen und selbst ein gewisses Maß an Klarheit erlangen.

Sie erlaubte sich einen dankbaren Blick, aber kein Lächeln, als der Prinz vom Stein seine Hand senkte und sie allein stehen ließ. Es war eine kurzzeitige Linderung, nicht mehr. Doch es schenkte ihr Hoffnung.

Dann sagte Jack in einem täuschend lockeren Tonfall: »Madam – war dir bewusst, dass euer Dach in Flammen steht?«

Lunes Aufmerksamkeit wandte sich nach oben, ehe sie sie aufhalten konnte, begleitet von dem beschämenden Gedanken, dass sie es vielleicht beinahe gutheißen würde, wenn der Onyxpalast in Flammen aufging, und sei es nur, um diese unerträgliche Kälte zu beenden. Doch der Stein war von Frost überzogen und schwarz.

»Pudding Lane«, sagte Jack und ignorierte höflich ihren närrischen Impuls. »Und jetzt auch Fish Street Hill.«

Wärme. Licht. Sie musste sich anstrengen, um sich in Erinnerung zu rufen, dass er von Zerstörung sprach, nicht Erlösung. »Feuer kommen vor, Jack.« Und sie hatte eine Menge anderer Probleme, die sie beschäftigten.

»Also willst du es brennen lassen?«

Seine Miene sagte alles, was seine Stimme unausgesprochen ließ. Die klugen Augenbrauen hatten sich überrascht gehoben, und seine Lippen waren zynisch verzogen. *Er ist in der Erwartung hergekommen, dass wir ihm helfen.*

Dazu hatte er jedes Recht. Und Lune hatte eine Verpflichtung, dem Ruf des Prinzen zu antworten.

In Mabs Namen, ich schwöre Euch, dass ich alles tun werde, was ich kann, um London und sein Volk vor Katastrophen zu schützen – und möge Furcht mich nicht länger hindern.

Ihre eigenen Worte hallten in ihren Ohren, nur ein Jahr zuvor ausgesprochen. Dies war genau der Zweck, für den sie Jack ausgewählt hatte. Der Arzt war kein Höfling, sondern er hatte sich der Sicherheit und dem Wohlergehen von London verschrieben. Sie konnte ihn schlecht bitten, für diese Sache zu kämpfen, und ihn dann ignorieren, wenn er das tat. Sogar *ohne* einen Eid, der sie verpflichtete.

Der Teil ihres Verstands, der sich wie ein Mäuschen vor einem Falken duckte, protestierte schrill, dass es nicht Furcht war, die sie hinderte, sondern kühle Berechnung. Welche Unterstützung konnte sie für Jack entbehren, wenn die Cailleach den Tod in ihre Ohren heulte?

Sehr viel. Lune hatte bereits das gesamte Brot im Onyxpalast konfisziert, sobald ihr bewusst geworden war, dass ihr Volk wahrscheinlich vor dem Angriff fliehen würde. Genau das wollte Nicneven, genau deshalb hatte sie die Blaue Hexe gegen sie geschickt: den Palast leerzufegen und ihn gegen einen tätlichen Angriff ungeschützt zu lassen. Aber Lune konnte einigen aus ihrem Volk eine Pause gönnen und sie losschicken, um Jack zu helfen.

Sie streckte ihre Sinne nach oben und fühlte die Hitze, die den Stein und die Erde jener beiden Straßen versengte. Dort gab es keinen Trost. Ihr gesamter Körper erschauderte, gefangen zwischen Feuer und Eis. Doch nun kannte sie die Form und die Richtung.

»Billingsgate ist frei«, sagte sie. »Nimm ein halbes Dutzend von denen, die du für nützlich hältst – alle, bei denen du darauf vertrauen kannst, dass sie nicht weglaufen. Mehr, wenn du sie brauchst. Du hast das Brot.« Sie sah sich am Tisch um und heftete ihre Blicke auf Irrith. Der Irrwisch aus Berkshire kannte London überhaupt nicht gut, doch noch etwas mehr von diesem Wind, und sie würde zerbrechen. »Geht mit dem Prinzen. Seid unsere Botin für den Fall, dass er irgendetwas anderes braucht.«

Irrith verbeugte sich vor ihr und Jack. Er lächelte den Irrwisch beruhigend an, streckte aber nicht seine Hand aus. Ohne die Verbindung, die er zu Lune hatte, Prinz zur Königin, verursachte seine Berührung mehr Schaden, als dass sie half. Amadea hatte geschrien, als er es zuvor versucht hatte, und geschluchzt, dass sie den Verfall in seinem Fleisch fühlen konnte.

»Ich werde tun, was ich kann«, versprach er, ehe er zur Tür hinaushastete. »Vielleicht können wir dies zu unserem Vorteil gegen die Hexe machen.«

FLUSS THEMSE, LONDON
sechs Uhr früh

Jack Ellin war kein graubärtiger Doktor, aber er hatte durch Fieber und Seuchen gearbeitet, im Angesicht des grausigen Todes selbst. Er kannte den Wert einer tröstlichen Lüge. Glaube an eine hoffnungsvolle Zukunft, egal wie unbegründet, konnte einem Patienten Kraft schenken, und gerade jetzt brauchte Lune Kraft.

Doch die Wahrheit war, dass er keine Ahnung hatte, wie er die Hitze oben nutzen sollte, um die Kälte unten zu bekämpfen. Jack war ein neugieriger Mann, den es immer nach Wissen dürstete. Als offensichtlich wurde, dass der unnatürliche Wind der Hauch der Cailleach Bheur war, fing er an, Fragen über die schottische Hexe zu stellen. Seine Neugier blieb größtenteils ungestillt: Die Fae aus London wussten kaum etwas über sie und waren zu sehr von ungewohnten Gedanken an den Tod abgelenkt. Das gab ihm wenig, mit dem er arbeiten konnte.

Ich tendiere eher dazu, in die andere Richtung zu gehen, gestand er sich reumütig ein, als er sich aus einem Schacht in den winzigen Innenhof eines Hauses in Billingsgate hievte. Wenn er das Feuer mit Kälte ersticken konnte, würde er es tun. Großbrände waren in einer Stadt, die zu einem solch großen Teil aus Holz gebaut war, schreckliche Ereignisse. Und weil der Sommer so trocken gewesen war …

Hier oben allerdings trug der Wind keine besondere Kühle in sich, auch wenn er aus dem Osten wehte, anders als in der Region üblich. *All jene feinen Gentlemen in ihren Häusern am Covent Garden werden den Gestank der Stadt riechen,* dachte er und blinzelte im morgendlichen Zwielicht. Es amüsierte ihn nicht so sehr, wie er gehofft hatte.

Hinter ihm folgte ihm seine Truppe aus Feenhelfern aus dem Eingang. Jack hoffte, dass sie etwas bewirken konnten. Er war sich immer noch nicht ganz sicher, wozu Fae fähig waren. Bestimmt hätten ihre Künste jedoch einen Nutzen. Und er hatte die Höflinge beiseitegelassen und Lunes bescheidenere Untertanen ausgesucht. Die Goblins und Kobolde, die er ausgewählt hatte, waren härter und eher an körperliche Arbeit gewöhnt. Brände zu bekämpfen, war wahrlich harte, erschöpfende, schmutzige körperliche Arbeit – sogar, wie er sich vorstellte, mit magischer Hilfe.

Drei Goblins, zwei Kobolde und eine Elfe, alle mit Tarnzaubern geschützt. Sie mussten nicht genau hinsehen, um das Feuer zu entdecken. Sein gedämpftes Glühen schuf über den Dächern im Nordwesten eine falsche Dämmerung, überhaupt nicht weit entfernt. »Zum Fluss«, sagte Jack nach kurzem Nachdenken zu seinen Begleitern.

»Wir können nicht in dieser Richtung gehen?«, wollte Mungle wissen und deutete auf den Rauch. Dem Schmutz nach zu urteilen, der seinen Körper überzog, war der Goblin schon länger, als Jack am Leben war, nicht mehr in die Nähe von Wasser gekommen. »Mein Herr«, fügte er im Nachhinein an.

»Nicht schnell«, antwortete Jack dem Goblin. »Und hier bin ich weder ›mein Herr‹ noch der Prinz vom Stein. Wir werden genug zu tun haben, ohne dass jemand fragt, wann ich geadelt wurde und ob ich ihm bei Hof helfen kann. Was deine Frage betrifft: Das Feuer erstreckt sich nach Süden und Westen. Wir werden auf der anderen Seite nützlicher sein. Aber die Straßen sind mit Leuten vollgestopft, die ihre Besitztümer in Sicherheit bringen, also nehmen wir eine Jolle und kommen vom Fluss her darauf zu.«

Mit nur wenig Murren – Mungle wollte einen Kampf und schien nicht zu verstehen, dass sein Gegner keiner war, dem man sich mit den Fäusten entgegenstellte – suchten sie die nächste Treppe zum Fluss. Zahlreiche Jollenschiffer hielten sich in Rufweite. Die meisten starrten mit offenem Mund den Rauch an, und der Rest ruderte Passagiere, die an ihrer Stelle starrten.

Jack bekam ein Boot, das groß genug für sie alle war, und gab ihrem Schiffer die Anweisung, sie zwischen den Brückenpfeilern hindurchzubringen und auf der anderen Seite anzulegen.

Wo sie … irgendetwas tun würden. *Feuerwehr war nicht das, was ich erwartet habe, als ich mich einem Feenhof angeschlossen habe.* Aber es wäre eine feine Gelegenheit, um zu sehen, wozu Fae fähig waren.

Es herrschte Ebbe, und das Wasser war ruhig, und so fuhr die Jolle auf den Fluss hinaus. Der Steuermann musste sich jedoch seinen Weg zwischen den anderen Booten hindurch suchen, weshalb sie langsam vorankamen. Und ehe sie das steinerne Pier der Brücke erreichten, wirbelten ihre Köpfe bei einem plötzlichen Lichtblitz alle herum.

Mit einem Brüllen wie das einer schreckliche Bestie entbrannte eines der vielen Lagerhäuser, die sich am Flussufer aufreihten, in Orange und Gold. Hitze versengte ihre Gesichter, und Irrith zuckte so heftig zurück, dass sie beinahe über die Reling stürzte. Der Jollenschiffer, ein Mitglied der Klasse von London, die am bekanntesten für ihre Beherrschung von Flüchen war, benutzte all seine Schimpfwörter, als er bei der plötzlichen Explosion des Feuers erschrak.

»Pech und Teer«, sagte der Kobold Tom Toggin, als der Schiffer fertig war. Er fluchte nicht, wie Jack nach einem Augenblick klar wurde. »Oder Öl. Oder Hanf. Wahrscheinlich Pech, wenn es so hochgeht.«

Und dann war Jack mit dem Fluchen an der Reihe. Er packte den Steuermann an der Schulter und fragte: »Ihr kennt die Werften gut, ja? Wie viele von den Lagerhäusern enthalten solche Materialien?«

Der Mann schien die Fähigkeit zu blinzeln verloren zu haben. »Äh … ich weiß nicht so richtig …«

»*Wie viele?*«

Das Boot trieb ziellos auf der Strömung, als der Mann mit den Schultern zuckte. »Die meisten von ihnen?«

Wieder ein Dröhnen, wieder eine Hitzewelle. Das nächste Lagerhaus in der Reihe hatte Feuer gefangen.

Und im Herzen der Flammen regte sich etwas. Es hätte vielleicht nicht mehr als eine sich kräuselnde Zunge aus Licht sein können, ein Flackern von Feuer entlang eines einstürzenden Dachs. Doch die Fae auf dem Boot sahen mit anderen Augen als vielleicht ein Sterblicher, und Tom Toggin packte Jacks Ärmel und deutete mit einem Finger, der vor reiner Panik zitterte.

Salamander, dachte Jack, trotz seiner Besorgnis neugierig. Es gab einige im Onyxpalast, Kreaturen aus elementarem Feuer. Er hatte sich vorgenommen, diese zu erforschen. Doch nach dem, was er wusste, waren sie kaum etwas, das solche Furcht hervorrief.

Dann sah er genauer hin und riss die Augen auf.

Er hatte so etwas schon früher gesehen, ja – aber viel, viel kleiner.

Im heißesten Teil des Flammenmeers rollte sich eine gewundene Form aus und ließ ihre neu gefundene Macht spielen. Kein Salamander, keine bloße Echse, die aus dem Feuerlicht geboren wurde. Im Leib des Infernos gezeugt und von den brennbaren Schätzen an Londons Werften genährt, war es weitaus größer, weitaus stärker und eines größeren Namens würdig.

Jesus, dachte Jack und starrte es völlig entsetzt an. *Es ist riesig.*

Der Drache des Feuers brüllte.

DER ONYXPALAST, LONDON
acht Uhr früh

Die Nachricht verbreitete sich im Onyxpalast schneller als die Flammen darüber. *Ein Drache ist geboren.*

Ein Drache. So etwas hatte man in England seit vielen vergessenen Zeitaltern nicht mehr gesehen.

Das war eine Quelle großer Aufregung, beinahe genug, um die Fae von der Cailleach Bheur abzulenken. Dies waren nicht die fernen Tiefen des Feenlands, weit weg von der sterblichen Welt. Wenige Kreaturen von solcher Macht existierten hier noch, und diese wenigen, die es gab, schliefen meistens. Wenn sie sich den Drachen vorstellten, sahen sie nur seine Pracht und dachten nicht an London.

Aber Lune tat das, sogar bevor Irrith kam, um ihr mitzuteilen, dass eine weitere Kirche in Flammen stand.

»Ich habe den Namen vergessen«, sagte die Elfe und wischte sich Ruß aus dem Gesicht, der zurückgeblieben war, als der eisige Wind ihren Schweiß getrocknet hatte. »Am Nordende der Brücke. Jack – Lord John, heißt das – sagt, sie hatte einen Wasserturm.«

Sogar trotz der bleiernen Müdigkeit, die ihr die Cailleach zugefügt hatte, die Erschöpfung des hohen Alters, erkannte Lune, was sie meinte. Die Kirche von St. Magnus dem Märtyrer am Fuß der Brücke von London.

Wo dank der Erfindung eines klugen Holländers Wasserräder in den nördlichsten Rinnen die Themse aufwärts trieben, durch Bleirohre, die sich über den Kirchturm bogen, von wo aus ihr Gefälle dem Wasser ausreichend Schwung verlieh, um es durch einen Großteil des Stadtdistrikts am Fluss zu pumpen.

So wurden die Häuser versorgt – und die Männer, die das Feuer bekämpften.

»Er weiß es«, flüsterte sie und drückte die Handballen auf ihre Augen. *Der Drache weiß, wie wir gegen ihn kämpfen, und er wehrt sich.*

Wir. Aber der Onyxhof war bereits in eine Schlacht verstrickt, gegen die Cailleach Bheur – falls man es eine Schlacht nennen konnte, wenn ihre Späher den Aufenthaltsort der Hexe nicht finden konnten und auch ihre Ratgeber kein Mittel herbeizaubern konnten, um den tödlichen Wind zu blockieren. Wie konnten sie eine zweite auf den Straßen über ihnen bekämpfen? Furcht waberte am Rand ihres Gesichtsfelds, hundert Varianten des Todes verknüpften sich zu einem furchteinflößenden Ganzen. Tod durch Feuer, durch Eis, durch das Verwittern im Alter oder die Vereiterung der Pest, er kroch mit jedem Augenblick, der verstrich, näher ...

Nein. Lune scheuchte ihn weg. Dies waren ihr Eid und ihre Bürde. Sie konnte nicht eher das sterbliche London dem Feuer überlassen, als dass sie ihren Hof der Hexe überlassen konnte. Wenn Jack tapfer genug war, sich einem Drachen zu stellen, musste sie ihm jede erdenkliche Hilfe schenken.

Sie zwang sich zum Nachdenken. Die Kirche wurde angegriffen. Die Brücke selbst würde nicht mehr lange sicher sein. Die Steine konnten nicht brennen, doch Häuser und Läden drängten sich schon seit Jahrhunderten über ihre Länge und erstickten die Straße mit Holz und Gips. Und wo Menschen reisten, da konnte es auch das Feuer: die Brücke entlang in die dicht bebaute Vorstadt von Southwark. Dann würden sie jede Hoffnung verlieren, seine Ausbreitung unter Kontrolle zu halten.

Ihre Fingernägel hatten sich tief genug in ihre Handflächen gegraben, um sie aufzureißen. Lune entkrampfte mühsam ihre

Fäuste und sagte: »Findet Dame Segraine. Sagt Ihr, dass sie jede Wassernymphe, jeden Asrai und Draca an diesem Hof herbeirufen und sie zum Eingang in Queenhithe bringen soll. Wenn ein Fae *schwimmen* kann, schickt ihn zum Kämpfen hinaus. Wir müssen den Drachen davon abhalten, den Fluss zu überqueren.«

CANNON STREET, LONDON
elf Uhr vormittags

Beinahe eine Viertelmeile des Flussufers stand nun nach Jacks bester Schätzung in Flammen. Die billigen Mietshäuser mit ihren verwitterten Brettern, die sich an den Docks drängten, brannten wie trockener Zunder. Der Großbrand hatte durch die Stockfishmonger Row, Churchyard Alley und Red Cross Alley gewütet. Männer standen in Reihen, reichten volle Eimer vom Fluss herauf und leere wieder hinunter, doch sie hätten ebenso gut auf die Feuersbrunst pinkeln können, bei allem, was das half. Die wenigen Feuerkutschen der Stadt konnten es nicht einmal in dieses Labyrinth schaffen und auch nicht nahe genug an den Fluss, um ihre Tanks zu füllen. Der Feuerwagen aus Clerkenwell war hineingefallen.

Jack ließ sich an die Außenwand eines Ladens in der Cannon Street sinken und atmete angenehm saubere Luft ein. Die Straße war von einer Mauer bis zur anderen mit Karren und Fußgängern vollgestopft. Jegliche Besitztümer, die man transportieren konnte, waren hierhergebracht worden. Die Handwerkszünfte retteten Aufzeichnungen und Wappen aus ihren Zunfthallen, während die ärmere Bevölkerung der Mietshäuser von Coldharbour mit allem, was sie auf dem Rücken tragen konnten, rannten. Sie konnten sich den steigenden Preis einer Jolle oder eines Karrens nicht leisten.

Nicht jeder dort draußen war jedoch ein Hafenarbeiter. Ein fein gekleideter Gentleman, der sich ein Taschentuch über die Nase hielt, um den treibenden Rauch fernzuhalten, blieb an Jacks Seite stehen. »Wo ist der Oberbürgermeister?«

Jack wischte sich die tränenden Augen und streckte sich, wobei er seinen Größenvorteil nutzte, um über die brüllenden Massen zu blicken. »Ich glaube, ich sehe ihn – hier, lasst mich Euch führen.«

Der Kerl hielt sich dicht auf Jacks Fersen und zwang sich zwischen zwei stehende Kutschen, deren Fahrer einander nutzlos beschimpften. Sir Thomas Bludworth bot, als sie ihn fanden, einen üblen Anblick. Der Oberbürgermeister von London wischte sich mit seinem Halstuch das Gesicht, starrte verloren drein und versuchte erfolglos, die Männer in seinem Umfeld anzuleiten.

»Mein Lord«, sagte der Gentleman laut genug, um Bludworths Aufmerksamkeit zu erregen, »ich habe die Neuigkeiten über die Probleme hier zu seiner Majestät nach Whitehall gebracht, und er bittet mich, Euch zu sagen, dass Ihr keine Häuser verschonen, sondern sie in jeder Richtung vor dem Feuer abreißen sollt.«

Es war das Einzige, was vielleicht funktionieren würde. Sie hatten keine Hoffnung, die Flammen zu löschen. Aber falls sie ausreichend breite Schneisen schaffen konnten, zu breit, als dass Funken überspringen konnten, dann würden sie sie vielleicht wenigstens eingrenzen. Bludworth blinzelte und schien weder die Worte zu verstehen noch den Mann vor ihm zu erkennen. »Samuel Pepys«, sagte der Gentleman im Tonfall von jemandem, der einen Kerl an etwas erinnert, den er immer schon für einen Idioten gehalten hat. »Herr Oberbürgermeister, der König befiehlt …«

Bludworth schreckte auf, als würde er erwachen. »Gott«, rief er, »was kann ich tun? Ich bin am Ende. Die Leute wollen mir nicht gehorchen. Ich habe Häuser abreißen lassen, aber das Feuer überholt uns schneller, als wir das tun können.«

Pepys verbeugte sich – wobei er, wie Jack dachte, eine mitleidslose Miene verbarg. Dann trat er näher an den Oberbürgermeister heran, damit er seine nächste Nachricht nicht in die ganze Welt hinausrufen musste. »Seine Majestät hat Befehle gegeben, seine Leibgarde oder vielleicht einige von der Coldstreamgarde herzuschicken, außerdem den Herzog von York und Lord Arlington. Ihr sollt sie sofort benachrichtigen, wenn Ihr mehr Soldaten braucht, um den Frieden zu wahren oder die Abrisse durchzuführen.«

»Oh, nein, nein«, sagte Bludworth sofort und ruderte mit den Armen. »Ich brauche keine weiteren Soldaten, nein, wir haben die Milizen – aber ich selbst, ich muss gehen und mich erfrischen. Ich war die ganze Nacht wach.« Immer noch plappernd machte er sich davon, während Pepys ihm hinterherstarrte.

»Er hat *keine* Häuser abreißen lassen«, sagte Jack, als er fort war. »Er hat Angst davor, das ohne die Erlaubnis der Männer zu tun, denen sie gehören – und es besteht keine Chance, diese rechtzeitig zu bekommen. Aber ich werde Euch helfen, die Nachricht zu verbreiten.« *Man hätte vor Stunden damit anfangen sollen. Ehe ein einfaches Feuer sich zu einem gottverdammten Drachen verwandelt hat.*

Einst hätte er sich über die Gelegenheit gefreut, einen Drachen zu sehen, seine Eigenschaften zu beobachten und vielleicht etwas über seine Natur zu erfahren. Jetzt nicht mehr. Die

Kreatur war Zerstörung. Das war alles, was er wissen musste. Das, und wie er sie aufhalten konnte.

Pepys sah den Drachen nicht, genau wie jeder andere Mann, der das Feuer bekämpfte. Sie sprachen davon, als hätte es einen Willen, als ob es hungerte und plante und danach trachtete, ihre Verteidigung zu überrennen, doch der Wahrheitsgehalt jener Worte war ihnen nicht bewusst. Dennoch war der Gentleman klug genug, um zu sehen, dass entschiedenes Handeln nötig war. Er packte dankbar Jacks Hand. »Ein Kontingent der Leibgarde ist in Cornhill. Wollt Ihr zu ihnen gehen?«

Nickend holte Jack Luft und sprintete, so schnell er konnte, eine Seitengasse hinunter. Er kam aber kein Dutzend Schritte von der Cannon Street weg, ehe ein Mann mit wildem Blick ihn am Ärmel packte, mit der Hand, mit der er kein rostiges Schwert schwenkte. »Bewaffne dich, Mann!«

»Mich bewaffnen? Wofür?«

»Die haben St. Laurence Pountney angezündet!«

»Die?« Sein schwerttragender Freund hatte weitere Freunde, die sich hinter ihm drängten, alle gleichfalls schlecht bewaffnet. Jack, der nur ein Messer zum Essen dabeihatte, fing an, darüber nachzudenken, ob er erneut in der Menge in Cannon untertauchen sollte.

Einer der Männer rief: »Die Papisten natürlich! Tausende von ihnen! Französische Papisten zünden Häuser und Kirchen an – einer von ihnen hat einen Feuerball in den Turm von St. Laurence geschleudert!«

Das Letzte, was Jack tun wollte, war Lachen, aber er gab sich größte Mühe, sie leicht zu verspotten. »Dann muss er einen richtig langen Arm haben. Das ist einer der höchsten Kirchtürme in der Stadt. Ich habe die Kirche brennen sehen, meine Freunde. Es war nichts weiter als ein Funke, der durch die

Bleiplombe in das Holz darunter geschmolzen ist.« Ein Funke, der mit Absicht geschleudert worden war. Aber nicht von etwas Menschlichem oder etwas, das ihre Schwerter berühren konnten.

»Aber die Papisten …«

»*Da sind keine Papisten.* Alles, was ihr dort finden werdet, sind Männer, die sich mit Körper und Geist opfern, um das Feuer *aufzuhalten.*« Männer und Fae. Himmel, er sollte auf der Cannon Street auf Irrith warten, bis sie ihn mit Neuigkeiten über die Anstrengungen der Flussfae finden würde. Er kämpfte gegen den Drang an, die Idioten, die vor ihm standen, zu schütteln. »Wenn ihr euch nützlich machen wollt, legt diese Waffen weg und geht einen Feuerhaken aus eurer Gemeindekirche holen. Der König hat Befehle gegeben. Die Häuser sollen abgerissen werden.«

Sie starrten ihn an. Jack war kein geborener Befehlshaber, doch sie hatten sein letztes bisschen Geduld aufgebraucht, und die rohe Kraft, die zurückblieb, reichte. »*Los!*«

Sie liefen los.

DER ONYXPALAST, LONDON
mittags

Bei Jacks erneuter Berührung verflog das Schlimmste von der Kälte der Cailleach und ließ Lune ausgezehrt und zitternd zurück. *Sonne und Mond. Das ist also die Konsequenz davon, mit meinem Reich verbunden zu sein. Ich leide so sehr wie es. Und schlimmer als meine Untertanen.*

»Der König ist in Queenhithe«, sagte er, sobald sie wieder Luft bekam, »mit dem Herzog von York, um dem Volk Mut zu schenken. Sie hoffen, dass sie das Feuer an der Drei-Kräne-Werft im Westen und bei der St.-Botolphs-Werft im Osten aufhalten können. Es herrscht große Angst, dass es den Tower und die Munition, die dort gelagert wird, erreicht.«

Der bloße Gedanke ließ sie so schlimm erschaudern wie der Wind. Zweifellos hatten die Arbeiten, um den Tower zu räumen, bereits begonnen, doch wie lange würde es dauern, um all das Pulver aus der Festung zu holen? Eine solche Explosion konnte die Stadt zerstören.

Jack war unter dem Schmutz, der sein Gesicht überzog, blass und hatte sich schon lange sein Leinenhemd in der Hitze des Feuers ausgezogen. Nun zitterte er wie verrückt, trotz des Mantels, den er übergeworfen hatte. »Der Wind bremst die Ausbreitung nach Osten natürlich, aber das ist kein großer Segen, denn er nährt die Flammen auch nach Westen. Unsere Mühen verlangsamen die Ausbreitung des Feuers, aber sie halten sie nicht auf. Wenn wir eine Schneise geschlagen hatten, wurden wir zurückgetrieben, ehe wir den Schutt wegräumen konnten. Wir hätten dem verdammten Ding ebenso gut einen Pfad bauen können. Wenn ...«

Er zögerte und sah zu ihr hinunter, dann sprach er den Gedanken fertig aus. »Wenn wir nicht mit dem Wind kämpfen müssten, hätten wir vielleicht eine Chance.«

Sie hatte den ganzen Vormittag gehabt, um darüber nachzudenken. Ein Wind hatte keine Quelle, nicht wie ein Fluss. Die Cailleach hockte nicht vor der östlichen Mauer und blies auf London. Doch Lune hatte eine andere Methode versucht, um sie aufzuhalten. »Ich habe einen Boten geschickt und um einen kurzen Waffenstillstand gebeten«, sagte sie. »Nicnevens Zorn gilt mir und meinem Hof, nicht den Sterblichen von London.«

»Und?«

Jack konnte die Antwort an ihrem Blick ablesen und ersparte es ihr, sie auszusprechen. Er biss die Zähne zusammen, holte tief Luft und sagte: »Es kümmert sie nicht.«

Oder zumindest kümmerte es ihren Befehlshaber hier nicht. Es gab irgendwo außerhalb der Stadt ein Lager von schottischen Fae, die auf ihre Gelegenheit für einen Angriff warteten. Sobald der Hof ausreichend geschwächt oder geflohen wäre, würden sie einmarschieren und das beanspruchen, wofür sie gekommen waren.

Als könne er ihre Gedanken lesen, sagte Jack: »Warum es ihr nicht geben?«

Lune wandte sich ab und schlang ihren eigenen Mantel enger um sich. »Nein. Nicneven wird Ifarren Vidar nicht von mir bekommen.«

Schwache Geräusche sagten ihr, dass Jack drei Antworten begann und verwarf, ehe er deutlich sprach. »Das hast du schon gesagt, und ich bin mir sicher, dass du deine Gründe hast – und vielleicht wirst du es, wenn wir ein wenig Zeit haben, für angemessen halten, sie mir mitzuteilen. Aber Lune ... was wird das für London bedeuten?«

Das Feuer versengte immer noch ihre Gedanken und breitete sich stetig weiter aus. Die Stadt hatte seit Ewigkeiten keine so große Katastrophe mehr gesehen, und sie zeigte keine Anzeichen eines Endes. Doch das wahre Problem waren nicht Nicneven und die Cailleach Bheur, nicht für das Volk oben. Für sie war der Hauch der Cailleach bloßer Wind. Das Problem war der Drache, die elementare, gierige Kraft, die alles auf ihrem Weg verschlang. Genau dagegen mussten sie zuschlagen.

Doch welche Macht konnte dagegen bestehen, wenn ihm das halbe Flussufer schon gehörte?

Der Fluss.

»Komm mit.« Lune rannte aus dem Zimmer, ohne nachzusehen, ob Jack ihr folgen würde.

Der Onyxpalast wirkte halb leer. Einige ihrer Leute waren geflohen, selbst ohne Schutz. Andere kauerten sich in vergeblicher Abwehr gegen den Wind hin. Nianna taumelte vor Lune über eine Kreuzung und riss sich ihr Haar in Strähnen aus. Es verwitterte in ihren Händen zu Grau, und die Lady wimmerte panisch. Lune packte sie und fauchte: »Geh nach oben. Mach dir keine Sorgen über Brot. Komm wieder nach unten, wenn die Glocken dich vertreiben, aber bei Sonne und Mond, *verschwinde von hier.*«

Nianna starrte sie an. Lune war sich nicht sicher, ob die Hofdame sie überhaupt hörte. Doch sie konnte die Zeit nicht entbehren, um sicherzugehen. Sie lief weiter durch ihren halb verlassenen Palast und suchte einen Eingang, den sie nie benutzte.

Wasser leckte in einem kleinen Hof am Stein, in einer ansonsten undekorierten Kammer. Dies war kein Teil des Onyxpalasts, in dem irgendjemand lebte, und wenige ihrer Untertanen kamen hierher. Er hatte wenig Nutzen für jene, die nicht aus Wasser geboren waren. Doch er war der eine Ort in ihrem gesamten Reich, wo der Palast direkt mit der Themse verbunden war, durch den winzigen Hafen von Queenhithe.

Lune kniete sich am Rand des Wassers hin und gab Jack einen Wink, dasselbe zu tun. »Der König ist fast direkt über deinem Kopf«, erklärte er ihr und verrenkte den Hals.

»Es ist nicht der König, den ich kontaktieren will. Wir brauchen Vater Themse.«

Er blinzelte. Als sie ihm nicht sagte, dass es ein Scherz war, blieb ihm der Mund offenstehen. »Du redest mit dem Fluss?«

»Gelegentlich.« *Einmal. Vor Ewigkeiten.* Vater Themse kümmerte sich wenig um die Politik des Onyxpalasts. Selbst jene Fae, die seine Kinder waren, hörten beinahe nie seine Stimme. Eine der Nymphen hatte Lune erzählt, dass sie glaubte, der große Flussgeist schliefe, vom Gewicht der Stadt an seinen Ufern niedergedrückt.

Wenn es je einen Zeitpunkt gab, an dem er erwachen sollte, dann war dieser jetzt gekommen.

Lune streckte ihre linke Hand zu Jack, der immer noch mit offenem Mund starrte. »Vielleicht antwortet er uns, wenn wir ihn gemeinsam rufen.« *Oder vielleicht nicht.* Sie hatte nicht die Zeit für die Art von Ritual, die sie damals zelebriert hatte. Doch sie war an London gebunden, und Jack mit ihr. Sie hoffte, dass das etwas zählen würde. Der Fluss hatte schon früher den Stimmen von Sterblichen und Fae geantwortet.

»Ich habe keine Ahnung, wie ich das machen soll«, warnte er sie, als er ihre Hand nahm.

»Ruf ihn einfach.« Sie streckte ihre verbundenen Finger ins Wasser hinunter. »Bitte ihn, zu erwachen und gegen den Drachen zu kämpfen, der an seinem Ufer brüllt. Ansonsten wird dieser binnen kurzer Zeit nach Southwark herüberkommen und noch mehr von London verschlingen. Ein gewaltiges Feuer ist in unserer Stadt geboren worden. Nur ein gewaltiger Fluss kann es ersticken.«

Ihre Worte wurden ebenso sehr zum Wasser wie zum Prinzen gesprochen. Seine Augen waren zugefallen, während er ihrem Wortschwall gelauscht hatte. Als sie verstummte, fuhr er auf seine eigene, weniger formelle Art fort. »Wir hoffen, dich stört der ... äh ... Diebstahl deines Wassers nicht – ich bin mir sicher, du verstehst den Bedarf. Aber egal wie viele Eimer wir verspritzen, sie reichen nicht. Wir brauchen *dich.* Hilf deinen Kindern gegen diese Bedrohung.«

Lunes linke Hand war bis auf die Knochen kalt, aber nicht vom Wind der Cailleach. Weil Jack sie festhielt, war sie für den Augenblick vor jener Attacke sicher. Was sie stattdessen fühlte, war eine Gewaltigkeit, die sich von der Quelle weit im Westen bis zum Meer weit im Osten erstreckte und in den Gezeiten dem Mond hinterher strömte. Ewigkeiten bevor London nur ein Traum gewesen war, hatte der Alte Vater Themse schon existiert, und er würde noch existieren, lange nachdem sie fort waren. Gegen ihn waren sogar Fae jung.

Und diese riesige, gealterte Gewaltigkeit schlief und ließ die Jahre unbemerkt verstreichen.

»*Erwache*«, flüsterte Lune – oder Jack tat das, oder sie beide mit einer Stimme. »*Erwache, Alter Vater, für die Schlacht.*«

FLUSS THEMSE, LONDON

ein Uhr nachmittags

Von Southwark wirkte die Stadt wie eine Mauer aus Feuer und Rauch, wo erstickende Wolken den Wald aus Kirchtürmen verdeckten, die Teile, die noch unverbrannt waren. Die Hälfte des Nordufers war verschlungen, und trotz der panischen Anstrengungen der Menschen rollte die Feuersbrunst die Brücke hinunter, eine Phalanx aus Flammen, die keine Verteidigung aufhalten konnte.

Die Brücke hatte kaum dreißig Jahre zuvor gebrannt. Ihr Nordende war zerstört worden, der Rest nur von einer Lücke zwischen den Häusern gerettet worden, die zu breit war, als dass Funken sie überqueren konnten. Nun stand das Feuer erneut vor dieser Schneise und mühte sich, sie zu überspringen, um die unberührten Weiten von Southwark zu erreichen und zu verwüsten. Rauch kräuselte sich um die abgeschlagenen Köpfe von Verrätern und Königsmördern, die am südlichen Ende aufgespießt waren, wie Finger, die nach einem Halt tasteten.

Mit einem schauerlichen Krachen brach ein aufragendes, schiefes Gebäude zusammen, sodass die Hälfte seiner Masse auf die Straße auf der Brücke stürzte, ein höllischer Tunnel, den keine Kreatur durchqueren konnte. Die andere Hälfte fiel in die Fluten, zischte, wo immer sie auf die Wasser schlug, sodass sich rauchender Schutt zu den Trümmern gesellte, die dort bereits trieben, die Besitztümer, die von jenen ins Wasser geschleudert worden waren, die unfähig gewesen waren, sie sicherer zu transportieren. Der Ruin von London würde noch einige Tage lang flussabwärts angespült werden.

Eine Asrai tauchte auf, die sich hektisch in Sicherheit gebracht hatte, als die Holztrümmer heruntergekracht gekommen waren. Der Fluss auf jeder Seite der Brücke war mit Jollen und Barken vollgestopft, die Menschen und ihren Besitz nach Westminster oder nach Southwark hinübertransportierten, doch alle Aufmerksamkeit galt der Stadt. Niemand achtete auf die schlanken Gestalten, die durch die Dunkelheit glitten und ihre Hilfe leisteten, wo sie konnten. Wenn Wassertropfen gelegentlich himmelwärts stiegen und Funken löschten, die durch die Luft trieben, war es kaum bemerkenswert, weil so große Schrecken alle Blicke auf sich zogen. Doch diese kleinen Kinder des Flusses konnten nicht gegen die Bestie bestehen, die ihre Kraft jetzt im tobenden Inferno auf der Brücke sammelte. Der Drache war all das Feuer, von den tanzenden Funken auf der Drei-Kräne-Werft bis zu den Zungen, die stur nach Osten gegen den

Wind leckten, doch seine Böswilligkeit war hier, bereitete sich darauf vor, die Verteidigungslinien auf der Brücke von London zu erobern und ein zweites Opfer im Süden zu beanspruchen.

Unter seinem Schein, mitten in den turbulenten Wassern zwischen den Brückenpfeilern, sammelte sich eine andere Macht.

Hätte es irgendjemand geschafft, sich den nördlichsten Bögen zu nähern, hätte er ein wahres Wunder gesehen. Ein Gesicht bildete sich auf den höchsten Fluten, wabernd und grau. Sein Mund entstand um ein Pier herum, das hinunter in den weichen Flussschlamm stieß. Seine Augen waren zwei Strudel auf jeder Seite der Brücke. Trümmer verschwanden darunter und machten die Gesichtszüge scharf und klar.

Eine Stimme, die zu tief war, um sie zu hören, sagte: »*Kommt zu mir, meine Kinder.*«

Und die Fae des Flusses antworteten. Springend, schlängelnd, wie Quecksilber zwischen den Jollen und dem Schutt hindurchgleitend kamen sie von flussaufwärts und flussabwärts und sammelten sich auf den Ruf ihres Alten Vaters wie ein unordentlicher Fischschwarm. Um sein Gesicht schwammen sie, zwischen den Pieren der Brücke ein und aus, flitzten hoch an die Holzverschläge, die den Stein schützten, und spritzten Gischt in die Luft.

Sie verdampfte mit einem wütenden Zischen, als sie auf die Hitze des Feuers traf. Kein bloßes Wasser konnte den Drachen aufhalten. Doch die wahre Schlacht war, wenn auch für das Auge unsichtbar, viel tief greifender, und die Kinder der Themse spürten sie in ihren Seelen. Sie *waren* ihr Vater, wie die Blätter der Baum sind, der sie verstreut, und in ihnen war seine Stärke. Er sammelte sie jetzt und schickte sie nach oben gegen ihren Feind.

Feuer und Wasser. Trockene Hitze gegen kühle Feuchte, alchemische und elementare Gegenstücke. Die Luft schimmerte und teilte sich, wo sie aufeinandertrafen. Die Steine der Brücke wackelten an ihren uralten Sitzen, expandierten und kontrahierten sich, verloren unter der Belastung an Stabilität – doch sie hielten. Die Brücke von London war kein solch zerbrechliches Ding.

Der Drache brüllte und schlug Flammen gen Himmel. Leise, unaufhaltsam antwortete Vater Themse ihm. Ihre Kräfte waren hier, an diesem Ort, gleich stark, und der Fluss sprach seinen Willen aus, den das Feuer nicht ignorieren konnte. *Hier kommst du nicht vorbei.*

Knurrend, sein Zorn gehemmt, zog sich der Drache zurück. Die Häuser brannten immer noch, sodass ihre Ruinen hinabstürzten, doch die Schneise selbst hielt und blockierte das Überspringen von Funken. Der Rest der Brücke und Southwark, das sie verteidigte, waren sicher.

Erschöpft, seine Kraft aufgebraucht, sank Vater Themse zurück. Die Wasser strömten vom Nordufer weg und hinterließen Schlamm, der vom Toben des Feuers trocken gebacken würde. Männer schöpften panisch Wasser und füllten Fässer und Tanks, die näher ans Feuer gebracht wurden, auf dass die Schlacht andauern konnte.

Das Feuer konnte den Fluss nicht überqueren – doch im Norden lag die ganze Stadt, die Vater Themse nicht verteidigen konnte.

Als die Nacht anbricht, sehen Männer, die von den Mauern des Towers Ausschau halten, die Gestalt der Bestie, gegen die sie kämpfen. Im Osten bewegt sie sich nur langsam, kämpft um jeden Zoll Boden, den sie einnimmt. Im Westen hat sie bereits das halbe Ufer beansprucht. Aber der Wind, der erst nach Norden, dann nach Süden gedreht hat, hat die Flammen von den Docks nach oben getrieben, auf jungfräuliches Terrain weit vom Wasser weg.

Ein großer Bogen aus Feuer erstreckt sich durch die Stadt und überstrahlt mit seiner Helligkeit den Mond. Hinter seiner vordringenden Front ein glühendes, bösartiges Herz: die zerstörten Ruinen von Kirchen, Häusern, Zunfthallen. Hunderte verbrannt und Tausende heimatlos.

Und kein Anzeichen für ein Ende.

Der Drache knurrt vergnügt und streckt sich über die finsteren Gassen. In den unberührten Teilen der Stadt brennen immer noch Kerzen und Laternen in Folge von Gesetzen, die bestimmen, dass gewisse Straßen zur Sicherheit und für den Komfort der Bürger nachts beleuchtet sein müssen. Jene winzigen Flammen rufen für die Bestie ein Versprechen, dass bald auch sie sich ihrer Macht anschließen und ihren Zorn weiter nähren werden.

Denn je mehr sie verschlingt, desto mehr hungert sie – und desto stärker wird sie noch.

TEIL ZWEI

Dieser Mann aus Blut
1648–1649

Der König:
Zeigt mir jene Gerichtsbarkeit, wo die Vernunft nicht gehört wird.

Lordpräsident:
Sir, wir zeigen sie Euch hier, im Unterhaus von England.

PROZESS GEGEN KÖNIG KARL
AM OBERSTEN GERICHTSHOF

DER ONYXPALAST, LONDON

3. Oktober 1648

Im ganzen Nachtgarten war das einzige Geräusch das leise Plätschern des Walbrook – eines Flusses, der schon lange von der Stadt London begraben und halb vergessen und nun ein Teil des Onyxpalasts war.

Keine Lords und Ladys schlenderten über diesen Pfad und unterhielten sich leise. Keine Musiker spielten. Die Feenlichter, die den Garten erleuchteten, bildeten über ihr einen Fluss aus Sternen, als würden sie Lune an ihr Ziel führen wollen.

Sie brauchte keinen Führer. Dies war ein Weg, den sie viele Male zuvor gegangen war, jedes Jahr an diesem Tag.

Sie trug ein einfaches, fließendes Kleid, ein Relikt einer früheren Zeit. Der weiße Stoff war schwerer Samt, doch nicht mit Juwelen oder Stickereien verziert, und sie trat barfuß auf die Pfade im Gras. Heute Nacht gehörte der Garten ihr allein. Niemand würde sie stören.

Der Ort, den sie suchte, lag nicht im Zentrum des Gartens, sondern in einer geschützten Ecke. Lune machte sich keine Illusionen. Niemand an ihrem Hof trauerte wie sie, denn Feenherzen waren flatterhafte Dinger – die meiste Zeit.

Wenn sie jedoch einmal verschenkt waren, dann ließ ihre Leidenschaft nie nach.

Der Obelisk stand unter einem Blätterdach aus immer blühenden Apfelbäumen, deren Blütenblätter das Gras um seinen Fuß bedeckten. Sie hätte eine Statue meißeln lassen können, aber das wäre ein Messerstich zu viel in ihrem Herzen gewesen. Sein Gesicht würde ohnehin in ihrer Erinnerung nie verblassen.

Lune kniete sich ans Grab von Michael Deven, dem sterblichen Mann, den sie einst geliebt hatte – und immer noch liebte.

Sie küsste ihre Fingerspitzen, dann legte sie sie an den kühlen Marmor. Schmerz stieg aus einer Quelle tief in ihr hoch. Sie schöpfte selten aus ihr oder erlaubte sich, an ihre Existenz zu denken. Es anders zu halten, bedeutete, sich auf das hier zu reduzieren, eine Hülle, die nichts als Trauer enthielt. Ihr Schmerz war jetzt so stechend wie in der Nacht, als er gestorben war. Dies war der Preis, den sie dafür bezahlte, dass sie sich entschieden hatte, ihn zu lieben.

»Ich vermisse dich, mein Liebster«, flüsterte sie dem Stein zu – einen Refrain, den sie viel zu oft wiederholt hatte. »Es gibt Nächte, in denen ich glaube, dass ich alles geben würde, um dich wiederzusehen ... deine Stimme zu hören. Deine Berührung zu spüren.«

Ihre Haut schmerzte über den Verlust. Seine Arme nicht mehr um sie zu haben, seine Wärme an ihrer Seite. Und er war niemals zu ersetzen: Antony war nicht Michael Deven und würde es nie sein. Sie hatte das gewusst, als sie sich geschworen hatte, immer einen Sterblichen an ihrer Seite zu behalten, der den Onyxhof mit ihr regierte. Sie hatte den Titel Prinz vom Stein geschaffen, um den Schlag der Veränderung abzumildern, sodass sie es vielleicht als politische Position sehen konnte, ein Amt, das jeder Mann ausfüllen konnte. Nicht ihr Gefährte, mit allem, was dazugehörte.

Antony verstand es. Genau wie Michael. Er hatte gewusst, dass er nicht ewig leben konnte. Zu lange unter den Fae zu wohnen, hätte selbst den stärksten Verstand gebrochen. Die Zeit, die ihre Prinzen im Onyxpalast verbrachten, die Berührung des Zaubers, den sie in sich trugen, verlangsamte das Leben für sie. Antony wirkte mit vierzig ein Jahrzehnt jünger. Doch trotzdem alterten sie unvermeidlich und starben.

Das Gras kitzelte sie durch den Stoff ihres Kleids, und sie grub die Finger in den kühlen Boden. »Wir hätten mehr Zeit gebraucht«, murmelte sie. »Zeit, um den Pfad vorzuzeichnen, den ich jetzt blind entlangstolpere. Es ist eine feine Sache zu sagen, dass dieser Ort für die Harmonie zwischen Sterblichen und Fae steht, die Möglichkeit, eine Brücke zwischen beiden Welten zu schlagen. Aber *wie*? Wie kann ich ihnen helfen, ohne ihnen die Wahl zu nehmen? Wie können *sie uns* helfen, wenn sie nicht einmal wissen, dass wir hier sind?«

Es war einfacher gewesen, als es in Worten wie *Benutzen* statt *Helfen* ausgedrückt wurde. Dieser Gedanke florierte an ihrem Hof immer noch zu sehr, und nicht nur wegen Nicnevens Einmischung. Lune selbst hatte immer noch Mühe, eine Veränderung zu bewirken, ohne diese Grenze zu überschreiten.

Und sie war bereits gescheitert.

Sechs Jahre Bürgerkrieg. Royalistische Kavaliere gegen Parlamentsanhänger, ein Konflikt, der sich in jede Ecke des Reichs erstreckte. Bruder gegen Bruder. Vater gegen Sohn. Schottland im Krieg mit England, in Irland tobte eine Rebellion. Der König im Gefängnis, von seinen eigenen Untertanen für dreißig Silberstücke an die parlamentarische Armee verkauft. Das Land, das zu verteidigen sie geschworen hatte, hatte sich selbst zerrissen … und sie war machtlos, es zu heilen.

»Wir haben ihnen Maria Stuart genommen«, sagte sie und schmeckte die Verbitterung in den Worten. »Also haben sie uns ihren Enkel genommen.«

Nicnevens Groll, dem Ifarren Vidar Raum und Macht schenkte: ein alter Feind, und einer, den Lune von Anfang an hätte verdächtigen sollen. Doch Geheimdienstinformationen zufolge war er in Frankreich gewesen, am Cour du Lys, nachdem er festgestellt hatte, dass ihn kein Feenkönigreich in England willkommen heißen wollte. Lune hatte gedacht, dass er sicher weit weg wäre. Nicneven allerdings hatte ihm ein Heim gegeben. Darin lag bittere Ironie. Vidar hatte auf Invidianas Befehl der Königin der Schotten auf ihrem Weg zum Henker geholfen. Lune hatte jedoch keine Beweise, und Nicneven würde ihr ohne diese nicht glauben.

So erntete Lune nun die Konsequenzen, dass sie ihn hatte entkommen lassen, als sie ihren Thron bestiegen hatte.

Die Jahre lasteten schwer auf ihr, ein Gewicht, das sie selten spürte. Doch durch ihr Band aus Liebe schmeckte sie Sterblichkeit, und in Augenblicken wie diesem drohte es, sie zu zerdrücken. Die Erschöpfung eines Zeitalters fraß an ihrer Kraft, und doch wollte ihr Geist nicht ruhen. Selbst jetzt, hier, zerrten die Ketten ihrer Pflicht und ihres Scheiterns an ihr.

Sie musste es beiseiteschieben. Für diese eine Nacht jedes Jahr war sie nicht die Königin des Onyxhofs, sie war einfach Lune und frei zu trauern, nicht um England, sondern um einen einzigen Mann.

Sie zog ihre Beine unter sich, lehnte sich an den Stein, der Michael Devens Grab markierte, und gab sich ihrer Trauer hin.

LOMBARD STREET, LONDON

4. Oktober 1648

Das Haus zeigte keine physischen Narben eines sechsjährigen Kampfes. Die Verteidigung, die man für London aufgebaut hatte, hatte keine Armee gesehen, ganz zu schweigen davon, dass sie durchbrochen worden wäre. Doch die Zeichen waren dort, wenn auch subtiler: im Fehlen von Wandteppichen, Kerzenhaltern, viel vom Silbergeschirr. Die ständigen Abgaben zum Erhalt der parlamentarischen Armeen, die wiederholten Kredite der Stadt, hatten Antony knapp bei Kasse gemacht, während die royalistische Streitmacht in Oxfordshire sein Gut dort so geplündert hatte, dass er gezwungen gewesen war, es zu verkaufen.

Das ist der Preis des Mittelwegs.

Es hätte schlimmer sein können. Weil sie gerechtfertigt seine Zuwendung zur Sache der Parlamentarier anzweifelten, hatten die Beamten, die ernannt worden waren, um das Geld einzusammeln, ihn höher als die meisten eingruppiert, doch zumindest hatten sie ihn nicht aus seinem Heim vertrieben. Und als die Dinge am schlimmsten gestanden hatten, hatten ihn sorgfältig geplante Geschenke aus Feengold davor bewahrt, alles zu verlieren.

Antony saß am Tisch, die Hände flach auf der Tischplatte, und starrte mit leerem Blick das Holz zwischen seinen Fingern an. Das Haus war ruhig. Seine Söhne und Tochter waren weggeschickt worden, um bei einem Vetter von Kate in Norfolk zu wohnen – einem Mann von solch unauffälliger Neutralität, dass er es beinahe unbeschadet durch einen Konflikt geschafft hatte, der nicht nur ganz England, sondern auch Schottland und Irland in den Krieg gezogen hatte. Antonys Leibdiener hatte sich, von sektiererischem Eifer angetrieben, der New

Model Army von Fairfax angeschlossen, die für das Parlament gegen den König kämpfte, und war nicht zurückgekehrt. Die Köchin, die festgestellt hatte, dass sie viel weniger Arbeit hatte, trank – aber zumindest war sie dabei ruhig.

Er hörte eine Tür aufgehen und Schritte auf der Treppe. Leichte Schritte, und so regte Antony sich nicht. Bald darauf kam Kate ins Zimmer und hielt inne, als sie ihn sah.

Sie rollte den Schal fertig auf, der sie gegen die kühle Luft geschützt hatte, und legte ihn auf das andere Ende des Tischs. »Kohle ist teuer«, sagte sie, »aber nicht so schlimm, wie es schon mal war. Wir holen morgen neue.«

»Danke«, sagte Antony, stand auf und nahm die Hände seiner Frau. Sie hatte in den bitteren Wintern des Kriegs mehr gelitten als er, als der König oder die Schotten Newcastle kontrolliert hatten und wenig Kohle nach London gekommen war. Das war der andere Grund gewesen, die Kinder wegzuschicken: Der Vetter hatte Holz und Torf zu verbrennen, um sein Haus zu heizen.

Sie packte seine Finger mit gesenktem Kopf. Dann machte sie einen undeutbaren Ton und wandte sich ab. »Was ist?«, fragte er, von ihrer plötzlichen Abneigung verwirrt.

Kate nahm die sittsame Leinenkappe ab, die ihr Haar bedeckte, und knüllte sie zusammen, ehe sie sich zu ihm drehte, so abrupt, wie sie geflohen war. »Glaubst du, ich sehe die Tintenflecke an deinen Fingern nicht? Glaubst du, ich weiß nicht, was sie bedeuten?«

Antony starrte seine Hände an. Er hatte darüber nicht viel nachgedacht. Seine Aufmerksamkeit galt anderem – tausend anderen Dingen. Mehr, als er schaffen konnte.

»Sag mir«, fragte sie verbittert, »arbeitest du mit Lilburne? Oder jemand anderem? Welche Ideen verbreitest du, die so subversiv sind, dass sie heimlich gedruckt werden müssen? Erzähl mir nicht, dass das hier von einer Feder kommt. Ich kann das eine vom anderen unterscheiden.«

Ihre Tirade machte ihn sprachlos. Konnte sie ehrlich glauben, dass er sich mit Lilburnes hanebüchenen Levellern zusammentun würde, jenen Männern, die sich wünschten, dass England vom gemeinen Pöbel beherrscht würde? Lilburne sprach aufrichtig über die Korruption im Parlament, dessen Anführer durch ihre neu gewonnene Macht wahnsinnig geworden waren, doch damit endete Antonys Übereinstimmung mit dem Mann.

Außer, dass das nicht Kates Argument war. Wenn sie ein Problem mit den Ideen hätte, für die er kämpfte, hätte sie sie mit ihm diskutiert. Das hier war etwas anderes.

Sie hatte ein Problem mit Geheimnissen.

»Nicht Lilburne«, gestand er leise und senkte die Hände. »Aber ja – es ist eine Druckerpresse.«

Kates Kiefer spannte sich an, ehe sie antwortete. »Und was genau hältst du für so wichtig, dass du es riskieren würdest, in den Tower gezerrt oder auf der Straße an den Pranger gestellt zu werden?«

Antony seufzte und ging wieder zu seinem Stuhl. Nach einem kurzen Zögern gesellte sie sich zu ihm. »Was sonst habe ich deines Wissens beworben? Mäßigung und die Hoffnung auf Frieden. Enthüllungen darüber, was im Unterhaus vorgeht, was die Armee plant, bei denen es die Anführer vorziehen würden, wenn das Volk nicht davon wüsste.«

Diese Worte kamen locker und verbargen eine Welt an Verwirrung hinter sich. Mäßigung, ja – aber wie? Es gab keine zwei Seiten oder einen klaren Kurs zwischen ihnen. Die Welt war in einem solch chaotischen Zustand, dass er keinen sicheren Pfad zurück zur Vernunft sehen konnte, ganz zu schweigen davon, irgendjemand anderen dorthin zu lenken.

Seine Frau nahm dies ruhig auf. Sie hatte ihm nicht verziehen. Er hatte gerade offen eingestanden, dass er sich selbst und seine Familie in diesen höchst gefährlichen Zeiten in Gefahr gebracht hatte. Doch das anfängliche Aufflammen von Zorn hatte sich zu einer brodelnden Hitze zurückgebildet. »Als sie diese unvollständigen Berichte von General Cromwell veröffentlicht haben«, sagte sie. »War es dein Zutun, dass die vollständigen Texte auch herausgekommen sind?«

»Einer. Der andere war ein Fehler – ehrlich oder absichtlich – vonseiten des Oberhauses.«

Kate hielt immer noch ihre Kappe in den Fäusten. Sie glättete die Falten und legte sie auf den Tisch. »Antony ... sie kennen dich als das, was du bist. Glaubst du, du hast sie in die Irre geführt, indem du dir die Haare wie ein Parlamentarier geschnitten hast?« Er legte verunsichert eine Hand an seinen kaum bedeckten Kragen. »Wie viele Mitglieder des Unterhauses sind vertrieben worden, weil sie sich ihnen entgegengestellt haben? Falls sie nicht von dieser geheimen Presse von dir erfahren, dann werden sie dich für deine Politik in den Tower werfen, und das eine macht es wahrscheinlicher, dass sie das andere entdecken werden.«

Sie wusste nicht – noch nicht –, wie nahe er dem bereits gekommen war. Die Fae waren in diesen Tagen vorsichtig mit ihrer Hilfe. London wurde von Männern geplagt, die überzeugt waren, dass sie die fromme Reformation durchziehen konnten, der sie so nahegekommen waren und die sie in den Tagen der alten Elisabeth verfehlt hatten. Das ergab eine unangenehme Welt für jene, die weiter unten lebten. Doch sie waren eingesprungen, wenn er sie gebraucht hatte, um ihn aus dem Tower fernzuhalten.

»Antony«, sagte Kate, ihre Stimme kaum mehr als ein Flüstern, »willst du es nicht in Betracht ziehen, fortzugehen?«

Er zuckte zusammen. Dieser flehende Unterton ... Sie war kein Feigling, seine Kate. Doch sie sah wenig Vorteil darin, in der Stadt zu bleiben, und viel Risiko. Damit lag sie auch nicht falsch.

Aber Lune hatte ihn gebeten zu bleiben.

Öffentlich hatte er im Unterhaus wenig Nutzen. Wenn er sagte, was er dachte, wäre er draußen, ehe er zu Ende gesprochen hätte. Doch er beobachtete und berichtete und arbeitete verdeckt, um das Gleichgewicht zu verändern, wenn er konnte. Sogar jetzt noch saßen Kommissare im Gefängnis des Königs auf der Insel Wight und bemühten sich, einen Vertrag zu erreichen, der in England vielleicht noch etwas, das normalem Leben ähnelte, wiederherstellen würde.

Er streckte einen Arm aus und nahm wieder Kates Hände, die auf der Leinenkappe ruhten. »Ich kann nicht zurückweichen«, sagte er. »Die Armee hat im Parlament zu viele Unterstützer, als dass irgendjemand beruhigt sein kann. Wir sind eine Haaresbreite davon entfernt, dass sie sich selbst zur Herrscherin von England erklärt und die Herrschaft des Gesetzes der Herrschaft des Schwerts Platz macht.«

»Sind wir da nicht schon seit sechs Jahren?«, fragte sie, wieder verbittert.

»Nicht so schlimm, wie es vielleicht sein könnte. Es gibt immer noch einige im Unterhaus, die die Anführer der Armee fürchten und unsere alte Lebensart wiederhergestellt sehen wollen, mit dem König auf seinem Thron statt im Gefängnis. Aber die hitzköpfigeren unter ihnen wollen all die Strukturen und Regeln abschaffen, nach denen Gott möchte, dass die Menschen regiert werden, und uns der Gnade eines Parlaments unterwerfen, ohne Grundlage dafür außer der, die durch bewaffnete Macht entsteht.«

Sie standen bereits vor diesem Abgrund, angefangen mit Pyms blödsinnigen Argumenten: dass die Autorität des Königs separat von der Person des Königs sei und dass solche Autorität beim Parlament läge, solange Karl nicht das täte, was er sollte – in anderen Worten, solange das Parlament es wünschte. Doch so sehr er auch solche Spitzfindigkeiten, solche Rechtfertigungen für diese Kriege gegen die Krone verachtete, Antony wünschte, dass Pym noch am Leben wäre. Der Mann war wenigstens Politiker, kein sturer Revolutionär gewesen. Die Männer, die ihm gefolgt waren, waren schlimmer.

Seine Frau holte tief Luft und stand auf, sodass sie ihn auf seinem Stuhl überragte. »Antony«, sagte sie, »ich werde nicht zulassen, dass du diese Familie zerstörst.«

Sein Herz setzte aus. »Kate ...«

»Sie wissen, wie du sprichst. Sie wissen, wie du schreibst. Wenn nicht das, dann wird dich irgendjemand sehen, wie du zu deiner Druckerpresse gehst.« Sie glättete unnötig ihren Rock. »Von jetzt an werde ich mich um diese Flugblätter von dir kümmern.«

Jetzt war er auf den Beinen, ohne Erinnerung, dass er sich bewegt hatte. »Kate ...«

»Glaubst du, ich bin mit dieser Welt irgendwie zufriedener als du?«, wollte sie wissen und plusterte sich auf. »Schottische Streitkräfte, die auf englischen Boden gebracht werden, um den König von beiden zu bekämpfen, und dann jenen König an seine Feinde verkaufen – diese ›New Model Army‹ des Parlaments, die das Land erpresst – all die Regeln aus Höflichkeit und Respekt, die uns einst zusammenhielten, gebrochen, vielleicht nie mehr zu reparieren ...« Sie verstummte schwer atmend. Nachdem sie ihren Zorn mühevoll unter Kontrolle gebracht hatte, sagte Kate in einem leisen Knurren: »Ich kann so gut schreiben wie du. Ich weiß nicht, *was* ich schreiben soll, aber das kannst du mir sagen.«

Seine Zunge schien geflohen zu sein. Als sie zurückkam, sagte Antony das Erste, was ihm in den Sinn kam – was bei Weitem nicht der wichtigste Einwand war. »Aber ich kann dich nicht schicken, um sie zu drucken.«

»Warum nicht?«

Weil die Druckerpresse im Onyxpalast liegt. Er hatte sich in dieses Desaster manövriert, indem er die Sünde gebüßt hatte, ein Geheimnis zu wahren. Nun brachte er sie direkt zu einem anderen. Und dieses konnte er *nicht* beichten.

»Wenn sie dich sehen würden«, sagte er, »glaube nicht, dass sie zögern würden, dich zu bestrafen, weil du eine Frau bist.«

Kate schnaubte. »Wenn du mich so beschützen musst – sicher arbeitest du nicht allein? Nein. Dann schick irgendeinen Mann oder Jungen, der die Papiere in unserem Haus abholt. Das ist weniger verdächtig, als wenn du ständig zu dem Ding wegrennst, von dem du nicht willst, dass sie es finden.«

Gegen seinen Willen ertappte er sich, wie er das in Betracht zog. Die Boten konnten Fae sein, unter einer Vielzahl von Zaubern getarnt, um jeden Verdacht zu vermeiden. Und es wäre eine Sache weniger, mit der er sich erschöpfen müsste …

»Ich kenne diesen Blick«, sagte Kate trocken. »Du dachtest gerade daran, zuzustimmen, dann hast du dich erschrocken gefragt, wie du so etwas nur überhaupt in Betracht ziehen konntest. Falls es dein Gewissen irgendwie schont, sag dir, dass das sicherer ist, als mich meine eigene Möglichkeit finden zu lassen, um mich nützlich zu machen. Ansonsten wirst du feststellen, dass ich mit so vielen bewaffneten Männern, wie ich aufbringen kann, durch die Landschaft ziehe und mich ›Ihre Weibliche Majestät Generalissima‹ nenne wie die Königin.«

Er brach gegen seinen Willen in Gelächter aus. Sie würde das auch tun. Viele hochadlige und landadlige Frauen hatten während des Kriegs ihr Heim gegen Belagerungen verteidigt oder Botschaften hinter feindliche Linien geschmuggelt. Kate litt unter dem spartanischen Leben in London in diesen Tagen, ohne Spiele und Vergnügungen an Sonntagen.

Um die Wahrheit zu sagen, litt er auch. Und *er* hatte die Zuflucht im Onyxpalast, der der puritanischen Frömmigkeit eine lange Nase drehte.

»Ich werde dein Schweigen als ein ›Ja‹ deuten«, sagte Kate, fröhlicher als sie seit Tagen geklungen hatte. »Keine Angst – du darfst lesen, was ich schreibe, und mir sagen, ob es gut genug ist. Jetzt lass uns die Köchin aus ihrem Rausch wecken gehen und irgendein Abendessen einnehmen.«

DER ONYXPALAST, LONDON
8. *Oktober* 1648

Eine Mischung aus Fae war im Zimmer aufgereiht, die untereinander flüsterten, von Elfen über Goblins, Pucks bis zu Hauselfen. Sie waren gekommen, um selbst zu sehen, ob die Gerüchte stimmten.

Hinter den verzierten Samtvorhängen, die das Bett umgaben, drangen harte, panische Atemzüge hervor. Lune gab einen Wink, und ein Kobold zog sie zur Seite.

Lady Carline zuckte bei der Bewegung zusammen. Ihr hübsches, rundes Gesicht glänzte vom Schweiß, der die Betttücher tränkte, und ihre bleichen Finger gruben sich verkrampft in den Stoff.

»Was ist passiert?«

Die Hofdame richtete sich mühsam auf. »Majestät ... der Mann hat gesungen ...«

»Halt. Fangt früher an.« Besorgnis machte den Befehl schärfer. Lune mühte sich um einen sanfteren Tonfall. »Warum wart Ihr nach oben gegangen?«

»Um ... um einen Mann zu besuchen.«

Sie hätte gar nicht fragen müssen. Soweit Carline betroffen war, waren Spiele im Bett der Zweck, zu dem sterbliche Männer auf die Erde gebracht worden waren. Männer jeder Art eigentlich. »Wen?«

Carline wischte sich feuchte Strähnen aus dem Gesicht, eine instinktive Geste, als würde die Frage nach ihrem Liebhaber ihr ihren ungekämmten und unattraktiven Zustand bewusst machen, und die Zuschauer, die da waren, um ihn zu bezeugen. »Einen Kavalier«, sagte sie. »Einen, der für den König zu den Waffen gegriffen und bei Naseby gekämpft hat. Er lebt versteckt im Keller eines Freunds, und ich ... ich leiste ihm Gesellschaft.«

Ein winziger Hauch von Leslic an Lunes linker Schulter – sardonische Amüsiertheit über die vorsichtige Formulierung. Oder vielleicht Verärgerung, dass er nach all diesen Jahren das Amt des Hundemeisters, aber nicht das königliche Bett gewonnen hatte. Lune ignorierte ihn. »Weiter. Lasst nichts weg.«

Der Schönheitsfleck aus sternförmigem Taft, den sich Carline an die Wange geklebt hatte, löste sich ab. Seine losen Ränder tanzten, als sie schwer schluckte und sagte: »Ich ging nach oben – durch den Brunnen in der Threadneedle Street. Mit einem Tarnzauber natürlich. Er ist in der Finch Lane. Es war nicht weit. Aber als ich um die Ecke bog, war da ein Mann – ich weiß nicht, wer er war –, er fing an, einen Psalm zu singen ...«

Flüstern erhob sich an den Wänden. Mit einem finsteren Starren machte Lune einen scharfen Wink. Amadea begann, Leute zu verscheuchen, und bald hatte die Kammerherrin alle außer Lune, Carline, Leslic und sich selbst aus dem Raum getrieben.

Carline wandte ihr tränenüberströmtes Gesicht zu Lune nach oben. »Eure Majestät – mein Tarnzauber fiel ab.«

Das hatte Lune gehört. Die Hofdame war eine Närrin, wenn sie an einem Sonntag für ein nachmittägliches Techtelmechtel nach oben gegangen war. Was andere zum Stoff von Gerüchten und Panik machten, wies Lune jedoch einer gewöhnlicheren Quelle zu. »Ihr hattet Brot gegessen?« Carline nickte. »Wie lange davor?«

»Kaum eine halbe Stunde, Madam.«

Was sicher hätte sein sollen. Ein einziger Bissen schützte einen für einen Tag. Lunes Blick fiel auf ein verziertes Kästchen, das aus verwobenen Birkenzweigen gewachsen statt geschnitzt war. Als sie den Deckel hob, fand sie locker zwei Wochen Vorrat an Brot darin, das in passende Stücke gerissen war. Sie fragte sich, welche Gefallen Carline eingetauscht hatte, um so viel zur Verfügung zu haben. Drei schlechte Ernten nacheinander hatten Brot für alle knapp gemacht, und Sterbliche opferten nicht für die Fae, wenn sie kaum ihre eigenen Leute ernähren konnten.

Sie nahm ein Stück: grob gemahlener Weizen, unten etwas angebrannt. »Habt Ihr das hier gegessen?«

»Nein, Madam. Ich habe Haferbrot gegessen.«

Haferbrot. Minderwertiges Zeug, aber nicht überraschend. Die Wohlhabenden in London waren viel stärker puritanisch gesinnt als die Ärmeren und verschwendeten wenige Gedanken an die Fae, außer um sie getarnte Teufel zu nennen. Wenn sich das Muster fortsetzte, würde sie andere Lösungen für diesen chronischen Mangel finden müssen.

Hinter ihr flüsterte Carline: »Euer Gnaden – was, wenn es nicht länger funktioniert?«

Lune drehte sich um und sah die Hofdame auf den Beinen. Das dunkle Haar fiel in einer Wolke um ihr Gesicht und rahmte ihre leichenblasse Haut ein. »Was ... was, wenn ihr Glaube so stark geworden ist ...«

»Das bezweifle ich«, fiel Lune ihr kühl ins Wort, ehe sie weitersprechen konnte. Ehe sie der Panik, die sich bereits vor der Zimmertür ausbreitete, Kraft verleihen konnte. »Wahrscheinlicher ein Fehler vonseiten der guten Hausfrau, die es hinausgestellt hat. Vielleicht kam der örtliche Priester vorbei und hat das Haus gesegnet. Lady Amadea ...« Ihr Kammerherrin knickste. »Fragt im Hofstaat herum. Findet heraus, wer sonst noch dieses Brot hat, und konfisziert es.«

»Sie werden sich beschweren, Madam.«

Und wenn sie es *nicht* konfiszieren würde, würden sie sich beschweren, dass sie sie nicht beschützte. »Ersetzt es aus meinen eigenen Vorräten. Und bringt mir das, was Ihr findet.«

Leslic stand aufmerksam am Fußende von Carlines Bett. Er drängte sich nicht vor, er bot seine Hilfe nicht an. Er hatte gelernt, dass ihm Drängen wenig einbrachte. Doch er war immer hilfsbereit, ja.

Genau deshalb hatte Lune die Aufgabe Amadea zugewiesen.

Ich habe nichts als Instinkt – doch dieser hat mir in der Vergangenheit gut genug gedient. Und mein Instinkt sagt mir, dass dieses Problem Leslics Werk ist.

Sicherlich waren andere Probleme das auch. Lune widerstand dem Drang, eine Hand auf ihre Schulter zu drücken, wo die Eisenwunde schmerzte. Sie war immer noch nicht völlig geheilt und würde es nie sein. Der Schmerz war eine nützliche Erinnerung.

Leider konnte sie Leslic nicht völlig ignorieren. Die Beleidigung würde sich vor der nächsten Mahlzeit am gesamten Hof herumsprechen. Während sie ihn beiseitenahm, murmelte sie: »Bleibt bei Carline und tröstet sie. Ansonsten werden ihre Gedanken um diesen Vorfall kreisen, und sie wird vor Sorge krank.«

Der Ritter beugte seinen schimmernden Kopf. *Trost* würde wahrscheinlich das Bett involvieren, auf dem Carline wieder ruhte, aber umso besser. Vielleicht würde das seine Avancen für Lune selbst abschwächen, zumindest für eine Weile.

Sie konnte keinerlei Wärme in ihre Miene legen, als Leslic galant an Carlines Seite trat. Seine Aufsteigenden hatten puritanische Konventikel auf eine Weise gestört, die die Schuld Sympathisanten der Royalisten zuschob. Sie fanden es sehr lustig zu beobachten, wie Sterbliche gegeneinander kämpften. Lune hielt an allen Eingängen zum Onyxpalast Wachen, um jede Wiederholung von Taylors Zerstörungsversuch zu verhindern, und ließ Antony strenger bewachen, als der Prinz wusste, doch einigen von Leslics Plänen gestattete sie, sich zu entwickeln, während sie sich vor der Notwendigkeit dessen ekelte, weil sie die Fäden des Netzes, in dem er saß, enthüllten.

Doch vielleicht war es Zeit, das zu beenden. Sie kannte seine Verbündeten, seine Ressourcen, seine Kommunikationsmethoden mit Nicneven und Vidar. Diese bereiteten sich auf irgendeinen finalen Zug vor, da hegte sie keinen Zweifel, um den Vertrag mit Karl zu vereiteln. Ein Bürgerkrieg reichte nicht, wenn sie den König gänzlich absetzen konnten. Leslics

Unruhestifter waren für deren Pläne entscheidend. Welchen Nutzen hatte es noch, ihn an ihrer Seite zu halten?

Sehr wenig. Vielleicht keinen. Und das bedeutete, dass endlich der Zeitpunkt gekommen war, um den goldenen Sir Leslic loszuwerden.

DAS *ANGEL INN*, ISLINGTON
11. *Oktober* 1648

Antonys Schultern schmerzten vor Anspannung, als er nach Norden aus der Stadt ritt. Der Friede war so nahe, dass er ihn schmecken konnte. Alles, was sie brauchten, war dieser Vertrag mit dem König, der ihn an seinen angestammten Platz zurückbrachte. Doch falls die Armee und ihre Levellerunterstützer irgendeine Rebellion veranstalteten, würde vielleicht noch alles erneut zerfallen.

Um dies zu verhindern, arbeitete er mit einer Hand in jeder Welt. Tagsüber aß, atmete und schlief er parlamentarische Angelegenheiten und mühte sich neben anderen, ein ausreichend starkes Bündnis zu erhalten, um sich im Unterhaus den Offizieren der Armee entgegenzustellen: Henry Ireton, Oliver Cromwell und dem ganzen Rest.

Nachts wandte er sich um Hilfe an das Feenvolk. Und heute Nacht bedeutete dies, nach Islington zu reiten.

Zu Pferde dauerte es nur Minuten, das *Angel Inn* zu erreichen. Er musste eine Wache bestechen, damit er durch das Cripplegate gelassen wurde. Die Sperrstunde in der Stadt war viel strenger als üblich. Bei Tagesanbruch jedoch musste er wieder in Westminster sein. Er verpasste ohnehin eine Debatte, weil das Unterhaus erneut bis tief in die Nacht tagte.

Sein Ziel war nicht das *Angel*, sondern ein riesiger, verzweigter Rosenstrauch, der dahinter wuchs und selbst dem Gedanken, ihn zu stutzen, widerstand. Antony versteckte sein Pferd in einem Gehölz und ging zu dem Strauch hinüber, der trotz der beißenden Herbstkälte eine dickköpfige Blüte aufbot. »Antony Ware«, murmelte er in diese hinein und fasste in die Lederbörse, die er an der Schulter hängen hatte.

Während er ein Stoffbündel herauszog, bewegten sich die Zweige und woben sich zu einem dornenbesetzten Durchgang über einer Reihe an ausgetretenen Stufen, die nach unten führten. Antony trat vorsichtig in die Mulden, die von unzähligen Füßen vor seinen ausgetreten worden waren, und stieg ins Heim der Goodemeades hinab.

Rosamund erwartete ihn in der bequemen Kammer darunter. »Wir haben deine Taube gehört, mein Herr«, sagte sie und machte vor ihm einen Knicks. »Ich würde mir gerne ansehen, was du hast.«

Fae hatten mehrere Vorteile gegenüber Sterblichen, wenn es zu geheimer Kommunikation kam, darunter die Nützlichkeit von Tauben. Antony brauchte keine Nachricht an ihre Beine zu binden. Die Schwestern konnten sich mit Vögeln so leicht unterhalten wie mit ihm.

Er löste sein Bündel und hielt einen kleinen Laib Roggenbrot vor Rosamund. Sie hatte einen Tarnzauber über sich gelegt, sodass sie so groß wie eine kleine Frau statt eines Kindes war. Die Hauselfe riss einen Bissen heraus und kaute ihn nachdenklich. »Schwer zu sagen«, erklärte sie ihm, nachdem sie geschluckt hatte, »aber ich fürchte, du könntest recht haben. Sollen wir es prüfen?«

Sicher nicht im Haus. Sie gingen zurück an die frische Luft und zur Sicherheit in das Wäldchen, wo sein Pferd döste – eine vernünftigere Kreatur als er. Rosamund faltete abwartend die Hände. Antony zögerte. »Wenn unser Verdacht zutrifft …«

»Ich habe schon Schlimmeres erlebt«, erklärte Rosamund ihm entschlossen. »Sing los, mein Herr.«

Er wollte nicht singen. Die Hauselfe hatte sich genug geopfert, ohne seine Unfähigkeit, einen Ton zu halten, erleiden zu müssen. Stattdessen sprach er leise.

Einst, direkt nachdem er sich als Prinz vom Stein an den Onyxhof gebunden hatte, waren die Worte von seiner Zunge geflohen, durch eine Feenberührung erstickt. Selbst jetzt kamen sie nicht so natürlich, wie sie in seiner Kindheit gekommen waren. Er musste seine Willenskraft aufbringen, um zu sagen: »Ehre sei dem Vater und dem Sohn und dem Heiligen Geist. Wie am Anfang, so auch jetzt und alle Zeit und in Ewigkeit. Amen.«

Rosamund war darauf vorbereitet, und so schrie sie nicht auf. Doch sie spannte sich an, und ihr gesamter Körper erzitterte, und als er damit fertig war, war sie wieder so groß wie ein Kind und brach fast in die Knie. Antony fing sie auf und senkte sie sanft auf die kalte Erde. Sein Mantel, den er um ihre Schultern legte, ließ sie noch winziger wirken, doch Rosamund nahm ihn dankbar.

»Nein«, sagte sie in tapferer Nachahmung eines lockeren Tonfalls, »ich glaube nicht, dass es funktioniert.«

Sein Gebet war in der Kirche von England verbreitet, nichts, was aus einem puritanischeren Glauben gezogen war. Doch sie mussten für eine Erklärung nicht nach solch obskuren Gründen suchen. »Dieses Brot«, sagte er grimmig, »wurde von einem von Sir Leslics engsten Vertrauten an Lewan Erle weitergegeben.«

Die gewöhnlich rosigen Wangen der kleinen Hauselfe wirkten wegen mehr als nur dem Mondlicht bleich. »Sie wird ihn niemals einfach nur hinauswerfen. Du warst nicht bei Hof, mein Herr – zu viele Leute bewundern ihn, seit er die Königin gerettet hat. Lune wagt es nicht, für launenhaft gehalten zu werden und ihn zu verstoßen, wenn er so viel Gunst genossen hat. Und sie zögert, eine Intrige gegen ihn zu schmieden. Das erinnert sie zu sehr an Invidiana.«

Die alte Königin. Lune sprach selten von ihr, doch manchmal hatte Antony das Gefühl, als läge ihr schwarzer Schatten immer noch über dem Hof und all seinem Handeln. Sogar über Lune selbst – einfach durch ihre Entschlossenheit, nicht so zu sein wie ihre Vorgängerin. »Sie wird *irgendetwas* tun müssen«, sagte Antony. »Andere haben ihren Schutz versagen sehen. Sie haben Angst, überhaupt auf die Straße zu gehen. Vielleicht hat Nicneven endlich einen Weg gefunden, alles zu zerstören, wofür der Onyxhof steht.«

»Nicht nur Nicneven«, korrigierte Rosamund ihn. »Vidar.«

»Ja, dieser ›Schattenlord‹.« Der Name verzerrte sich in seinem Mund, von Zorn über den Schaden, den diese Kreatur angerichtet hatte, entstellt. Nicht nur am Onyxhof, sondern auch in der Welt darüber. Antony würde nie erfahren, ob man einen Bürgerkrieg hätte vermeiden können, hätte Vidar nicht jede Möglichkeit genutzt, die Verbitterung und den Hass zu vertiefen, die England entzweiten. »Lune spricht nur wenig von ihm. Warum solcher Hass zwischen ihnen?«

»Ich werde es dir erzählen«, sagte Rosamund, »aber nicht hier.«

Instinktiv sah sich Antony um und suchte den nächtlichen Wald ab. »Beobachtet uns jemand?«

Die Hauselfe grinste fast wieder so fröhlich wie üblich. »Nein, aber ich friere mir den Hintern ab. Komm nach drinnen.«

Er half ihr auf die Füße und freute sich, ihr Lächeln zurückkehren zu sehen, und sie gingen zurück in die schützende Wärme hinunter. Gertrude kümmerte sich bei Hof um Lune, sodass sie das komfortable Heim für sich hatten. Rosamund gab Antony mit einem Danke seinen Mantel zurück und stellte sich ans Feuer, wo sie ihre Hände wärmte. »Vidar«, erklärte sie ihm, »war am alten Hof ein Lord.«

»Einer, der Invidiana treu war?«

»Nicht im Geringsten! Er hat ständig nach Möglichkeiten gesucht, um sie an ihre Feinde zu verkaufen und den Thron für sich zu beanspruchen.«

Antony zog seine Handschuhe aus und rieb mit den Händen über seine kurzen Haare. »Also beneidet er sie, weil sie geschafft hat, was er nicht konnte.«

Rosamund runzelte die Stirn. »Das, aber auch andere Dinge. Wir ... äh ... haben ihn am Ende *benutzt*, als der Sturz kam. Und deshalb war er bei den anderen Feenkönigen von England überhaupt nicht willkommen. Zuletzt hatten wir gehört, dass er über den Ärmelkanal gezogen und eine Stellung am Cour du Lys gefunden hätte, wo man Lune ebenfalls nicht liebt.«

Doch nun war er in Schottland und half dabei, das zu zerstören, was er nicht haben konnte. Immer Schottland: Die Zusammenstöße dort waren Karls Krise vor beinahe einem Jahrzehnt vorausgegangen, und nun versuchte die Armee fanatisch, die presbyterianischen Bedingungen zu verhindern, die die Schotten im Vertrag mit dem König wollten. Obwohl Irland, um fair zu sein, eine ebenso fruchtbare Quelle von Problemen war.

Seufzend stand Antony auf und sagte: »Und dieser Trick mit dem Brot ist sein neuester Verrat mittels Sir Leslic. Klug. Ich kann nur hoffen, dass Lune sich, wenn ich es ihr bestätige, von dieser Schlange befreit, ehe er uns weiter schaden kann.«

»Ach, mach dir keine Sorgen. Ich werde ihr eine Maus schicken.« Rosamund betrachtete ihn kritisch. »Du siehst völlig erschöpft aus, mein Herr. Setz dich hin und nimm ein erfrischendes Getränk ein, bevor du gehst.«

Das *erfrischende Getränk* würde Met sein – es war immer Met, egal, was einen Mann quälte –, doch Antony widersprach nicht. »Danke«, sagte er. Er würde seine Ruhe nehmen, wo und wann er sie finden konnte.

DER ONYXPALAST, LONDON
31. *Oktober* 1648

Die Gruppe, die sich im Vorzimmer versammelte, war nicht fröhlich. Das war sie selten, selbst in glücklicheren Zeiten. Der Vorabend von Allerheiligen rief nicht das Gelächter oder beiläufige Schäkern hervor, die viele Fae beschäftigten. Doch dieses Jahr war schlimmer als alle anderen Jahre, denn London war mit frommem Eifer gefüllt, und der traditionelle Schutz schien zu versagen.

Was es umso wichtiger machte, hinauszugehen. Die alten Praktiken für jene Nacht waren seit der Reformation so gut wie ausgestorben, doch das Feenvolk hielt seine eigenen Zeremonien ab. Jene Seelen, die nach dem Tod verweilten, statt in den Himmel oder die Hölle zu fliehen, besetzten ein Reich, das von jenem der Fae nicht weit entfernt lag, und jedes Jahr in dieser Nacht berührten sich die beiden Welten. Die Rituale zu unterlassen, hätte die Furcht nur gesteigert.

Dreizehn standen in der Kammer, die im Rang von Lune und ihren Rittern der Onyxwache zu einem Trio mutiger Goblins reichten – einer Mara, einem Hobyah und einem Geist.

Sie zeigten keinerlei Nervosität und grinsten jene an, die es taten. Goblins waren bei Weitem nicht die elegantesten Fae und wurden deshalb bei Hof oft verspottet, doch Lune war sich zumindest ihrer Loyalität sicher.

Genau, wie sie sich der Illoyalität anderer sicher war.

Sie spürte ein Schaudern in ihren Knochen, als die Kirchen der Stadt über ihnen die Mitternachtsstunde einläuteten, während der Schall ihrer Glocken harmlos über die Zauber strömte, die den Palast in Sicherheit hielten. An einem Ende der Kammer ragte der dunkle Torbogen auf, der sie zu einem Innenhof an der Fish Street führen würde. Einige ihrer ängstlicheren Höflinge warfen panische Blicke in dessen Richtung.

Feierlich, als hätte sie keinerlei Furcht auf der Welt, sagte Lune: »Kommt, Sir Leslic. Die Glocken haben geläutet.«

Der goldhaarige Ritter verbeugte sich und nahm ein Kästchen aus geschliffenem Amethyst. Kniend präsentierte er es Lune und hob den Deckel, um die sorgfältig portionierten Brotstücke darin zu zeigen.

Die Glocken waren verstummt. Alles war still, drinnen und draußen. Lune streckte die Hand aus und nahm ein Stück. Aber sie hob es nicht an ihre Lippen. Stattdessen betrachtete sie es neugierig, dann wandte sie ihre Aufmerksamkeit dem immer noch knienden Ritter zu. »Ist der Plan bloß, dass wir die Konsequenzen dafür erleiden, unmaskiert ins sterbliche Reich zu gehen – oder plant Ihr noch mehr? Erwarten uns oben puritanische Prediger, um unsere Seelen zu Staub zerfallen zu lassen?« Ihre Stimme wurde schärfer und hallte unter der gewölbten Decke der Kammer wider. »Zu welchem Zweck bietet Ihr uns ungeopfertes Brot an?«

Er ließ das Kästchen beinahe fallen. Leslics Kopf zuckte abrupt hoch, und für den winzigsten Moment sah sie seinen unverfälschten Blick. Dort wohnte die Wahrheit, die sie sich die ganze Zeit gedacht hatte, und ihr Bauch verkrampfte sich in plötzlicher Panik. Wenn er so handelte ...

Doch Leslic war ein geübter Schauspieler. »Ungeopfertes Brot, Eure Majestät? Was ...« Nun fiel das Kästchen und krachte hart auf den Steinboden, als er auf die Füße sprang. Eine Hand packte sein Schwert, doch er behielt einen ausreichend kühlen Kopf, um es nicht in ihrer Anwesenheit zu ziehen – nicht ohne einen besseren Grund, als er hatte. »Wachen! Jemand hat versucht, Ihre Gnaden die Königin zu täuschen!«

Lune hielt die Ritter mit einer scharfen Handbewegung auf. »Ihr sprecht gut«, sagte sie, »und wir würden Euch vielleicht sogar glauben – hätten wir keine Beweise. *Ihr* seid der Urheber dieser Täuschung, Leslic. Wir haben Beweise im Überfluss. Und weil Ihr nicht mit der Panik zufrieden wart, die Ihr unter unseren Untertanen verbreitet habt, schlagt Ihr jetzt direkt gegen unser Herz zu.«

Ein Schnippen ihrer Finger, und die Goblins waren da. Die Mara hatte den Gürtel von Leslics Taille in ihren knochigen Fingern gepackt, ehe er sich versah, sein Schwert immer noch in der Scheide. Der Geist grinste ihm bösartig ins Gesicht. Es war nur für Sterbliche ein tödliches Omen, doch sogar ein Fae erschauderte wohl, wenn er ein solches Grinsen sah.

Sie hatten ihre Befehle am Vortag von ihr bekommen. Lune hatte die Goblins mitgebracht, weil sie ihrer Leibgarde nicht vertrauen konnte. Sie durfte nicht riskieren, dass diese bei der Festnahme zögerte. Selbst jetzt noch zauderten die Ritter verwirrt, drückten sich herum, wollten sich bewegen, wussten aber nicht wohin. Leslic richtete sich nobel auf. »Majestät«, schwor er, »ich hatte keine Intention, Euch ungeopfertes Brot zu geben.«

Was ehrlich war, wie es sein früherer Protest nicht gewesen war. Leslic mochte zwar den Hof mit gewöhnlichem Brot versorgen, das nie als Gabe an die Fae geopfert worden war, doch er war nicht dumm genug, es der Königin zu geben. Einige seiner Gefolgsleute andererseits brauchten wenig, um sich in ihrer Narrheit ermutigen zu lassen. Lune weigerte sich, einen vorgespielten Vorfall zu erfinden, um Leslics Sturz einzuleiten, egal, wie sehr er es verdiente. Doch sie konnte und würde ihn sich in den Ausläufern seiner eigenen Pläne verfangen lassen. Und sie brauchte das, ein offenes Vergehen, etwas, das erschreckend genug war, dass ihr Volk Leslic aus eigenem Antrieb verstoßen würde, was ihn und seine gesamte Fraktion des Einflusses beraubte, dessen sie sich erfreuten.

»Wenn Ihr es wünscht«, sagte sie vor Höflichkeit triefend, »dürft Ihr Euch in einem fairen Kampf verteidigen. Wenn Ihr unschuldig seid, geopfertes gegen ungeopfertes Brot ausgetauscht zu haben, um Panik und Zwietracht zu säen, dann, Sir – beweist es gerne mit Eurer Klinge.«

Röte stieg von seinem Kragen auf. Dies war eine Anschuldigung, gegen die er sich nicht verteidigen konnte. Genau wie Cerenels Nachlässigkeit dafür gesorgt hatte, dass er das Duell um seine Ehre verloren hatte, so würde Leslics Schuld ihn verdammen, wenn er für seine Unschuld kämpfte. Sie waren keine Sterblichen, die durch ihr Geschick mit einer Klinge aufstiegen oder abstürzten.

Schließlich riss sie ihr Starren von ihm los und überblickte das Vorzimmer. Ihre Ritter, Höflinge und Hofdamen waren alle angemessen schockiert – selbst jene, die in der Vergangenheit freundlich über Leslic gesprochen hatten. »Er steht da und schweigt«, sagte sie, als müsste sie es herausstellen. »Und wir haben reichlich Beweise für seine Schuld. Seine … und die von anderen.«

Die Aufsteigenden in ihrer Gesamtheit auszumerzen, hätte ihren Hofstaat gelähmt, doch das musste sie nicht. Die vier Hauptübeltäter würden reichen. Ohne sie würde der Rest sich wieder unterordnen. Gerade jetzt sollten die anderen drei von ihren Getreuen festgenommen werden.

Sie gab den Goblins, die Leslic immer noch festhielten, einen Wink und sagte: »Bringt ihn in den Tower. Wir werden ihn dort zu den Herren, denen er dient, befragen – sobald wir heute Nacht unsere Pflicht erfüllt haben.« Auf ein weiteres Schnippen ihrer Finger kam ein Kobold aus den Schatten, der sicheres Brot hielt. »Kommt. Der Vorabend von Allerheiligen erwartet uns.«

DIE KÖNIGLICHE BÖRSE, LONDON
7. November 1648

»Du schickst mich *fort*?«

Der Innenhof der königlichen Börse war ein schlechter Ort für ein vertrauliches Gespräch, doch Benjamin Hipley hatte Antony dort gefunden und schien nicht gewillt, ihn in Ruhe zu lassen. Antony sah sich um und zog ihn in eine Ecke der Säulengalerie, wo ein Stück der Bank, die sie umgab, leer war. »Du redest, als seist du der Erste, der gebeten wird, dem Onyxhof anderswo zu dienen.«

Bens angestammte Diskretion versagte nicht. Er hielt seine Stimme leise, wenn auch dringlich. »Es geht nicht darum, London zu verlassen. Ich kann *dich* nicht verlassen. Nicht in einer solchen Zeit.«

Die feuchte Kühle der Luft dämpfte die Geschäfte, sodass der Innenhof nur halb mit dem üblichen Landadel gefüllt war. Die bunte Mischung aus Farben, die einst dominiert hatte, hatte den traurigen Schattierungen Platz gemacht, die die Frommen vorzogen. Obwohl die Stoffe immer noch teuer waren, war ein gedämpftes Grün das Bunteste, was zu sehen war. So sehr die Fae auch den Geschmack der Welt über ihnen widerspiegelten, manchmal taten sie das Gegenteil. Der Hof war heutzutage genug, um einem Mann die Augen bluten zu lassen.

Antony deutete auf sein eigenes Wams in seriösem Rotbraun. »Ich bin ein respektierter Baron, ein Ratsherr und ein Mitglied des Parlaments. Zwar um Haaresbreite, aber das reicht. Ich bin in Sicherheit.«

Ben schüttelte den Kopf. »Du brauchst mich hier. Die Intrigen im Parlament über diesen Vertrag mit dem König …«

»Ich brauche dich *dort* dringender. Das Parlament kann ich allein beobachten, aber ich kann nicht ein Auge auf Westminster und eins auf Hertfordshire werfen. Henry Ireton hat eine ›Generalratsversammlung der Armee‹ in St. Albans einberufen, und diese hat das Potenzial, alles zu zerstören. Er hasst den Vertrag wie Gift. Seine Vorstellung von einem Frieden ist es, den König bestrafen zu lassen wie jeden anderen Mann.«

Das Blut wich aus Hipleys Gesicht. »Er geht so weit?«

Es war die logische Fortsetzung von allem, was zuvor geschehen war, doch es hatte trotzdem die Macht, ihn zu erschrecken. Pym hatte die Grundfeste der Herrschaft selbst untergraben, bis Männer wie Ireton den König anschauen und einen gewöhnlichen Kriminellen sehen konnten.

Doch nicht alle empfanden so, Gott sei Dank. »Du bist nicht der Einzige, der zurückschreckt«, sagte Antony grimmig. »General Cromwell verharrt im Norden. Ich glaube, er zögert, sich offen gegen einen Offizierskameraden zu stellen, aber er möchte uns einem anderen Kurs folgen sehen. Fairfax argumentiert ebenfalls dagegen. Diese beiden sind in der Armee sehr beliebt, und ohne sie erreicht Ireton wohl nichts – doch ich kann es mir nicht erlauben, ihn unbeobachtet zu lassen.«

Die Wahrheit war, dass sie Agenten in der Armee brauchten, Männer oder getarnte Fae, die nahe genug an den Generälen und niedrigeren Offizieren waren, dass sie sowohl Informationen liefern als auch handeln konnten, wenn nötig. Aber die Armee war jenseits ihrer Reichweite: Aus dem desaströsen Chaos der frühen Parlamentsarmeen geschmiedet war sie zu einer fein abgestimmten Waffe geworden, die die Royalisten an jeder Ecke zerschmetterte. Und mit ihren gewöhnlichen Soldaten, denen die Argumente der Leveller gefielen, dass *sie* England regieren sollten, und ihren fanatisch puritanischen Offizieren hatte es nie irgendeine gute Gelegenheit gegeben, solche Agenten zu platzieren. Antony hatte in all jenen Kriegsjahren in Westminster gesessen und hatte jede Macht, die er hatte, im Parlament genutzt, doch die Belagerungen und Schlachten, die Gefangennahmen und der Schmuggel von Information waren an Hunderten Orten im ganzen Königreich vorgegangen, meilenweit von den Männern entfernt, die glaubten, dass die Macht immer noch in ihren Händen läge.

Bis sie diesen Punkt erreicht hatten. Eine Generalratsversammlung der Armee in St. Albans, und Henry Ireton als ihr selbst ernannter Vorkämpfer, die sich bereit machte, um Englands Wunden noch weiter aufzureißen.

Mit finsterer Miene stand Ben auf und ging ein paar Schritte weg, dann blieb er mit dem Rücken zu Antony stehen. Schließlich fragte der Spion: »Wird der Vertrag rechtzeitig geschlossen?«

Die Frage, die zu beantworten jeder Mann im Parlament sein Vermögen gegeben hätte. Sie hatten die Frist für die Verhandlungen bereits einmal verlängert. England wollte *Frieden*. Es wollte ein Ende des Chaos und der Umwälzungen, die durch die Störung der Regierung und die erzwungene Einquartierung von Soldaten und die fehlende Uniformität in der Religion verursacht wurden.

Einige in England taten das. Aber nicht alle.

»Wir stehen vor einem Abgrund«, sagte Antony, gerade laut genug, dass Ben es hören konnte. »Der König ist fest entschlossen, sich alles zurückzuholen, was er hatte, und macht keine Zugeständnisse, aus denen er sich nicht herauswinden kann, sobald er wieder an der Macht ist. Jene, die um Frieden verhandeln, legen die Hoffnung über ihren Blick wie eine Augenbinde und reden sich ein, dass man ihm vertrauen kann. Aber unsere Alternativen sind die Armee und die Leveller und die Unabhängigkeit in der Religion. Wir wissen das. Unsere Vertragsunterhändler wissen es. Karl weiß es, und so sitzt er in seinem Gefängnis auf der Insel Wight und wartet.«

Ben drehte sich zurück, die Hände an den Seiten angespannt, nicht ganz zu Fäusten geballt. »Du hast meine Frage nicht beantwortet.«

Antony zeigte ihm gebleckte Zähne, die vielleicht ein Lächeln ersetzen konnten. »Ob er rechtzeitig geschlossen wird oder nicht, hängt davon ab, was Ireton und die Armee tun. Reite nach St. Albans – erzähl mir, was du dort findest –, und ich werde dann deine Frage beantworten.«

DER ONYXPALAST, LONDON
20. *November* 1648

Der größere Thronsaal war nie Lunes liebster Teil des Onyxpalasts gewesen, weil er zu prächtig war, zu kühl – zu voll mit der Erinnerung an Invidiana. Für formelle Staatsangelegenheiten jedoch konnte sie ihn nicht vermeiden. Alles andere wäre eine Beleidigung der Würdenträger gewesen, die sich für diese Zeremonie versammelt hatten.

So saß sie auf ihrem Silberthron, und eine Auswahl ihrer Höflinge wartete in bunten Reihen auf dem schwarz-weißen Marmorboden. Eochu Airt stand auf einer Seite in voller Pracht in dem, was unter den Iren als Hofkleidung durchging, mit Goldbändern um seinen Hals und die Arme.

Er nickte mit giftiger Höflichkeit auf den leeren Sitz neben ihr auf der Plattform. »Ich sehe, Euer Prinz konnte heute nicht hier sein.«

Lune presste die Lippen zusammen. Antonys Antwort an ihren Boten war so brüsk gewesen, dass sie beinahe unhöflich gewesen war: Er sei in Westminster und könne nicht weg. Die Generalratsversammlung der Armee hatte dem Unterhaus eine Remonstranz vorgelegt, eine Liste ihrer Beschwerden, wie diejenige, die das Unterhaus einst dem König vorgelegt hatte. Lune kannte ihre Forderungen nicht. Ihr Bote war nicht verweilt, sondern mit brennenden Ohren zurückgekommen, um Antonys Worte weiterzugeben. Er sagte jedoch, dass die Remonstranz bereits seit zwei Stunden verlesen wurde und keine Anzeichen zeigte, bald zu enden.

Antonys Weigerung ärgerte sie, aber vielleicht war es gut so. »Er drückt sein Bedauern aus, mein Lord, und wünscht Euch alles Gute.«

Ein Schnauben antwortete darauf. »Im Parlament, ich verstehe. Stimmt er wieder ab, mein Land auszuweiden und zum Trocknen aufzuhängen?«

Ihre Hofdamen flüsterten hinter ihren Fächern. Nur ihre Augen zeigten sich und glitzerten wie Juwelen in den Masken, die sie sich von der sterblichen Mode abgeschaut und verfeinert hatten. Nicht einmal Lune konnte allein daraus ihre Mienen deuten. »Mein Lord Botschafter, nichts passiert isoliert. Lord Antony wünscht sich so sehr wie Ihr, dass die Armee aufgelöst wird. Weil den Soldaten jedoch Sold geschuldet wird und sie für ihr Handeln im Krieg Rache befürchten, würde es die Stabilität hier bedrohen, sie ziehen zu lassen.«

»Und so stimmt er dafür, sie nach Irland zu senden. Wo England all seinen Abschaum hinschickt.«

Jetzt waren es nicht Lippen, sondern Zähne, die sie zusammenbiss. »Hätten sich die Sterblichen Eures Landes nicht zu einer Rebellion erhoben ...«

»Hätten sie das nicht getan, hätten wir jetzt kein freies Irland!«

»Das werdet Ihr nicht lange haben.« So sehr sie auch versuchte, wütend auf Eochu Airt zu sein, in Wahrheit empfand Lune Trauer. Die Iren, Sterbliche und Fae gleichsam, waren von ihrem Erfolg und der Hoffnung, die er brachte, so geblendet, dass sie den Hammer nicht sahen, der über ihnen hing.

Sie versuchte, die Worte zu finden, um es wenigstens diesen einen Sidhe einsehen zu lassen. »Hätten sie sich während des Kriegs mit Karl geeinigt, hätten sie vielleicht etwas gewonnen.« *Und im Gegenzug dem König den Sieg gebracht.* »Aber der Botschafter des Vatikans ermunterte sie, es zu übertreiben, und jetzt, wo sie ihre ganze Freiheit wollen, werden sie stattdessen alles verlieren. Ihre katholische Konföderation wird nur so lange überleben, wie Englands Aufmerksamkeit geteilt ist. Sobald wir hier Frieden haben, wird *irgendjemand* – Karl oder das Parlament – sie niederschlagen.«

»Mit genau der Armee, die zu senden Euer Prinz abgestimmt hat. Genau wie er dafür stimmte, Straffords Leben zu retten.«

Gegen Lunes Wünsche, in beiden Fällen. Hätte sie den Prinzen überzeugen können, dagegenzustimmen, dass Regimenter dort hinübergeschickt wurden, hätte das vielleicht dabei geholfen, diese Wunde zu heilen. Doch Antony kümmerte sich – verständlicherweise, verdammt sei er – mehr um das Wohlergehen von England als das von Irland. Am Ende war der Vorschlag an einer einzigen Stimme gescheitert … aber nicht seiner.

»Der Hammer ist noch nicht gefallen«, sagte Lune und tat das wenige, was sie konnte, um den Sidhe zu besänftigen. »Ich werde alles in meiner Macht Stehende tun, um ihn aufzuhalten.«

Welche Antwort auch immer Eochu Airt vielleicht gegeben hätte, er schluckte sie hinunter, als sich das große Portal am anderen Ende des Saals öffnete. Lunes Lordherold sprach in einer Stimme, die an der Decke widerhallte: »Vom Hof von Temair in Irland, die Botschafterin von Nuada Ard-Rí, Lady Feidelm vom Weitsehenden Auge!«

Eine imposante Sidhefrau erschien in der offenen Tür. Ihre grüne Seidentunika, an den Schultern mit Silber und Gold befestigt, war steif vor rotgoldenen Stickereien. Ihr Mantel, der zurückgeworfen war, zeigte kräftige weiße Schultern. Der Zweig, den sie hielt, war jedoch im Vergleich zu Eochu Airts Gold bloßes Silber. Sie kniete sich kurz hin, dann stand sie auf und kam näher, bis sie am Fuß der Thronplattform stand, wo sie sich erneut hinkniete.

»Lady Feidelm«, sagte Lune, »wir heißen Euch am Onyxhof willkommen und erbieten unserem königlichen Vetter Nuada unseren Dank.«

Die Stimme der neuen Botschafterin war sonor und gut ausgebildet. »Seine Majestät schickt seine Grüße und bittet um Eure freundliche Verzeihung, weil er Lord Eochu Airt fortruft, dessen Dienste in Emain Macha im Dienst von König Conchobar von Ulster benötigt werden.«

Lune lächelte den alten Botschafter freundlich an, der stumm und undeutbar dastand. »Wir werden seine Anwesenheit am Hof schmerzlich vermissen, denn er war ein unerschütterlicher Fürsprecher für Temairs Sache und mit Poesie und Gesang eine Zierde für unsere Tage.«

Eine liebenswerte Maske aus höflichen Reden über die simple Wahrheit gelegt, dass Eochu Airt darum gebeten hatte, gehen zu dürfen. Er konnte sie nicht bald genug verlassen. Was noch zu sehen blieb, war, was Feidelms Berufung signalisierte. Falls die Lady dazu geneigt war, hoffte Lune, um Hilfe gegen Nicneven verhandeln zu können.

Aber das würde warten müssen. Lune gab Lord Valentin einen Wink, der mit einem bereits präparierten Pergament vortrat. Wenn der Widerruf von Eochu Airts diplomatischem Status erledigt und Feidelm an seiner Stelle eingesetzt wäre – *dann* würde sie den Tanz sehen, dem Temair jetzt folgte.

DER ONYXPALAST, LONDON
21. *November* 1648

Das Fest und die Übergabe von Geschenken dauerten die ganze Nacht, mit Musik und Tänzen und einem Dichterwettstreit zwischen dem alten und der neuen Botschafterin. Eochu Airt bat allerdings um Erlaubnis, sich zurückzuziehen, als dieser erledigt war, und kurz danach entschuldigte sich Lune, um mit Feidelm im Garten zu spazieren.

Die Sidhe stammte aus Connacht und sprach so offen über König Aihill und Königin Medb, wie sie es über die Hochkönige von Temair tat. Die unterschiedliche Perspektive war nach Jahren an Eochu Airts aus Ulster gezogenen Eindrücken für Lune nützlich. Noch nützlicher war die fehlende Feindseligkeit. Feidelm mochte zwar keine Verbündete sein, doch sie hatte eindeutig vor, sich ihre eigene Meinung über Lune zu bilden, statt die ihres Vorgängers zu übernehmen. Es war so nahe an einer Tabula Rasa, wie Lune kommen würde, und weil Nicneven durch den Sturz von Sir Leslic einen temporären Rückschlag erlitten hatte, hatte Lune genug Zeit für den Versuch, ihre Beziehungen mit Temair zu reparieren.

»Lady Feidelm«, sagte sie, als sie über die Pfade schlenderten, »ich sehe an dem Zweig, den Ihr tragt, dass Ihr eine Dichterin seid. Doch dass Ihr ›das Weitsehende Auge‹ genannt werdet – sind solche Angelegenheiten nicht das Vorrecht Eurer Druiden?«

»Das *imbas forosnai* ist das Vorrecht der Dichter«, antwortete die Sidhe in ihrem melodiösen Dialekt, während sie mit den Fingern über die Flanke eines Marmorhirsches strich, der neben dem Pfad stand. »Für meine Fähigkeit darin werde ich so genannt.«

»Wir haben an diesem Hof keinen Seher«, sagte Lune und musste das Bedauern in ihrem Tonfall nicht vortäuschen. »Und wir leben in höchst unvorhersehbaren Zeiten, wenn die ganze Welt auf den Kopf gestellt scheint. Dürfte ich Euch bitten, für uns zu sehen und uns einen Eindruck zu geben, was vor uns liegt?«

Feidelm schürzte die vollen Lippen. »Madam, Visionen kommen nicht auf einen einfachen Befehl. Man braucht etwas, um sie zu rufen, um die Tore der Zeit dazu zu bringen, sich zu öffnen.«

Sie hatte gehört, dass die Iren ihre Prophezeiungen mit barbarischen Ritualen einleiteten. »Was braucht Ihr?«

Bei ihrer Antwort fragte Lune sich, ob dies irgendein bösartiger Streich war, den man ihr als kleingeistige Rache für ihre verschlechterten Beziehungen mit Temair spielte. Doch Feidelms Diener wirkten überhaupt nicht überrascht, als ihre Herrin danach verlangte, dass ein Bulle geschlachtet würde. Am Ende schickte Lune ein Paar Goblins los, um einen von einem Hof über ihnen zu stehlen, den Sir Prigurd nach unten tragen sollte, und eine Bezahlung für das fehlende Tier dort zu lassen. Dann machten die Iren sich an die Arbeit und präsentierten der Botschafterin bald Fleisch, Brühe und eine stinkende, blutige Haut. Dort im Nachtgarten zog Feidelm ohne jegliche Scham ihre feine Kleidung aus und umwickelte sich mit der Haut, dann legte sie sich unter einen Haselnussstrauch.

Die Diener verbeugten sich und zogen sich zurück, sodass Lune mit der Dichterin allein war.

Sie hatte keine Ahnung, was sie erwarten sollte, außer dass Feidelm ihr Antworten auf drei Fragen versprochen hatte. Lune grübelte über ihre Wahl nach, während die Sidhe still in der

Trance des *imbas forosnai* dalag. Als die smaragdgrünen Augen der Fee sich wieder öffneten, zuckte sie überrascht.

Feidelm sagte: »Sprecht.«

Die Worte kamen trotz ihrer Vorbereitung stockend. Die seltsame Atmosphäre dieser ganzen Sache brachte Lune aus dem Gleichgewicht. »Was … was seht Ihr für mein Volk?«

»Ich sehe es blutig. Ich sehe es rot.«

Ihr Herz setzte einen Schlag aus. Krieg oder Morden. Waren die Vorsichtsmaßnahmen, die sie getroffen hatte, nicht ausreichend? Leslic und seine Verbündeten zu töten, war ein zu drastischer Zug. Fae pflanzten sich so selten fort. Sie zurück zu Vidar zu schicken, war keine Option. Also hatte sie sie in Zellen unter dem Tower von London geworfen – aber vielleicht musste sie mehr tun.

Lune schwor sich, ihre Bewacher zu verdoppeln, sobald sie den Garten verließ, und versuchte es erneut. »Was ist mit meinem Heim?«

»Ich sehe es äschern. Ich sehe es golden.«

Weniger klar – außer die Männer, die darauf beharrten, dass die Herrschaft ihres Christus in achtzehn Jahren beginnen würde, hatten recht und London würde als das neue Jerusalem, das fünfte Königreich des Himmels aufsteigen. Aber würde er die Stadt erst vernichten? Feidelms Antworten waren wahnsinnig kryptisch und viel zu kurz.

Ihre dritte Frage war am schwierigsten von allen auszusprechen. Dies war die Antwort, die Antony wollte, die Antwort, bei der sie Angst hatte, sie für ihn zu bekommen. »Was seht Ihr für England?«

Feidelm holte langsam, bebend Luft. Dann strömten die Worte aus ihr heraus wie ein Fluss, als hätte diese eine Frage all die Beredtheit freigesetzt, die zuvor eingedämmt gewesen war.

»Ich sehe einen breitschultrigen Mann, der den Kopf nimmt und der Kopf wird, obwohl er die Krone unter seinem Stiefel zerdrückt. In seinen Händen hält er die Tinte, die den Tod bringt: sowohl für jene, die es geschrieben haben, als auch für ihn, für den es geschrieben ist. Ich sehe die Kirchen abgerissen und aufgebaut, und das Volk weint aus Trauer und Freude. Zahlreich sind die Wunden, die dieses Land erlitten hat und erleiden wird, und dennoch wird es vorwärts gehen. Ich sehe es überdauern, und doch sehe ich sein Ende, das sowohl nahe als auch fern liegt. Das Königreich England wird binnen kurzer Zeit zweimal sterben, und Ihr werdet diese Tode sehen.«

Hoffnung und Furcht rangen in Lunes Herz miteinander, und die Furcht hatte die Überhand. Nichts überdauerte ewig, nicht einmal Fae. Sie konnten getötet werden oder wurden das Leben leid und verblichen. Das große Reich von Rom hatte sich über die Welt erstreckt, aber wo war es jetzt? Zerbrochen und verschwunden, während sein italienisches Kernland unter spanischer Herrschaft darbte. Sie wusste, wenn sie ehrlich war, dass eines Tages auch England vergehen würde. Aber wann? Was war *bald* für eine Fee?

Feidelm erschauderte, und Lune dachte, dass die Trance beendet sei. Doch der Blick der Sidhe wanderte auf Lune, unscharf und doch durchdringend, als könne sie durch ihr Fleisch auf den Geist darunter blicken, und ihre Stimme enthielt immer noch das Echo des *imbas forosnai.* »Was ist ein König oder eine Königin? Für wen herrscht ein solcher und mit welchem Recht? Was soll das Schicksal der Herrschaft sein? Dies sind die Fragen, die das Land stellt, das Volk, das Herz. Aber Ihr habt nicht gefragt, und so müsst Ihr sie selbst beantworten.«

Ihre Augenlider sanken herab, sodass die bleichen Wimpern ihre Haut streiften. Als Feidelm die Augen wieder öffnete, hatte sich der Nebel ihrer Trance aus diesen verzogen, doch sie schien die Worte, die sie gerade gesprochen hatte, nicht zu wissen. Für einen Augenblick erwiderte Lune diesen smaragdgrünen Blick und grübelte.

Hat sie ihre Antworten als List erfunden, um irgendeinen Vorteil zu gewinnen?

Das wünschte sie sich vielleicht, doch sie glaubte es nicht. Die irische Seherin hatte die Wahrheit gesagt.

Was hinter ihren Worten verborgen lag – das würde Lune selbst entdecken müssen.

PALASTHOF, WESTMINSTER
5. Dezember 1648

Die Sonne kroch hinter einem Schleier aus dichten Wolken und böigem Wind verborgen über den Horizont. Das einzige Anzeichen für ihre Präsenz war eine gedämpfte Dämmerung, ein grauer Schatten, der die Schwärze der Nacht ersetzte.

Die Portale zum Palast von Westminster schwangen auf, und heraus kam eine Reihe erschöpfter Männer: die etwa zweihundert Parlamentsabgeordneten, die stur durchgehalten hatten, in einer Sitzung, die den ganzen Tag und die ganze Nacht hindurch gedauert hatte, um die Hindernisse aus Feindseligkeit und Furcht zu überwinden und die Frage, die man ihnen vorlegte, zu beantworten.

Die Männer, die für die unverschämten Wünsche der Armee agitierten, hatten gewollt, dass die Frage so gestellt würde: ob die Antworten des Königs auf den Vertrag, die man ihnen endlich gebracht hatte, zufriedenstellend waren. Doch jeder Mann, der der königlichen Sache ausreichend zugetan war, um Ja zu sagen, war schon lange aus dem Unterhaus vertrieben worden. Diese Abstimmung war zum Scheitern verurteilt, und so hatten jene, die Frieden wollten, sie abgelenkt. Zufriedenstellung war nicht nötig. Nach den langen Mühen, den knappen Fehlschlägen und vernichteten Hoffnungen auf Versöhnung war alles, was das Unterhaus wissen wollte, dies: ob die Zugeständnisse des Königs ausreichten, um damit weiterzumachen.

Die Frage wurde ohne Abstimmung verabschiedet. Sie würden den Vertrag annehmen und fortfahren, den Frieden in England wiederherzustellen. Die Kriege waren endlich beendet.

Antony ignorierte die Beschimpfungen vonseiten der Armeeoffiziere, die die Abgeordneten die Treppe hinunter und aus dem Palast verfolgten. Er konnte sie über seinem ausgiebigen Gähnen kaum hören. Soame an seiner Seite hatte verkündet, dass es die Anstrengung nicht wert war, normal zu laufen. Er taumelte wie betrunken. »Irgendwo in der Hölle«, sagte der jüngere Mann, während er sich die Handballen gegen die Augen drückte, »gibt es einen Zirkel, wo Männer gezwungen werden zu lauschen, wie Prynne drei Stunden ohne Pause labert. Und wenn ich dorthin geschickt werde, werde ich dem Teufel erklären, dass ich da schon war, und um etwas Neues bitten.«

Das rief ein müdes Lachen mit einem Hauch erschöpfter Erleichterung hervor. »Und im Himmel ist eine Federmatratze, gut gepolstert und warm. Ich will nach Hause«, sagte Antony. »Wir sehen uns morgen.«

PALAST VON WESTMINSTER, WESTMINSTER

6. Dezember 1648

Er schlief ein wie ein Mann, der einen Schlag auf den Kopf bekommen hatte, und erwachte erst zum Abendessen. »Ist es verabschiedet?«, fragte Kate. Sie hatte die ganze Nacht auf ihn gewartet, weil sie wusste, dass er Englands Schicksal diskutiert hatte. Und Antony sagte: »Bete zu Gott, dass wir jetzt etwas Frieden finden.«

Der Wettlauf, der der Abstimmung vorangegangen war, hatte ihn ebenso schlimm ausgelaugt wie die unendliche Debatte. Von St. Albans war die Armee heranmarschiert und jeden Tag nähergekommen, nach Westminster selbst, bis die Furcht, dass Ireton und seine Soldaten das Parlament unter Zwang auflösen würden, die Nerven jedes Mannes zum Zerreißen gespannt hatte. Dies zu tun, hätte die letzten Fetzen an zerrissener Glaubwürdigkeit des Unterhauses zerstört. Alles danach hätte keinen Anspruch auf Legitimierung mehr gehabt. Aber vielleicht hätten sie es getan.

Seiner Erleichterung zum Opfer zu fallen, wäre einfach. Ihre Abstimmung am Vortag jedoch hatte ihre Probleme nicht in Rauch aufgehen lassen. Die Armee war immer noch überall in Westminster einquartiert und immer noch fähig, Schwierigkeiten zu machen. Antony hatte seit Tagen nichts von Ben Hipley gehört, nicht seit die Soldaten St. Albans verlassen hatten. Am nächsten Morgen fuhr er in einer Kutsche und hörte das gleichmäßige Auftreten von Stiefeln auf Pflastersteinen. Als er die Gardine aufzog, sah er, dass Soldaten auf den Straßen patrouillierten – nicht die Milizen der Stadt, sondern Männer von der New Model Army, die Henry Ireton treu ergeben waren.

Dann stieg er im Palasthof aus seiner Kutsche und sah, dass es noch schlimmer war.

Zwei Kompanien, eine zu Pferde, eine zu Fuß, waren am Rand des Innenhofs aufmarschiert. Sie verharrten im Stillgestanden und bedrohten niemanden – doch erneut, wo waren die Milizen, deren Aufgabe es war, diesen Ort zu bewachen? Antony stand da und starrte, ohne zu blinzeln, bis er von oben ein Flüstern seines Kutschers hörte. »Sir …«

Als er aufblickte, sah er Furcht in den Augen des Mannes. »Fahrt«, sagte er, als läge nichts im Argen. »Ich komme zurecht.«

Oder falls nicht, kannst du nichts tun, um mir zu helfen.

Als seine Kutsche hinter ihm davonrumpelte, glättete er seinen Mantel und trat vor. Die Soldaten ließen ihn kommentarlos durch, und er atmete auf – doch seine Furcht verflog nicht. Ihre Anwesenheit musste *irgendetwas* Schlimmes bedeuten. Er grübelte besorgt über diese Frage nach, während er durch die gewölbten, vollgestopften Gänge im Palast von Westminster hastete, an den Gerichtshöfen vorbei, die dort tagten, in den Court of Wards, der in einer Reihe Kammern an seinem südlichen Ende lag. Er war beinahe an der Treppe, die zur Lobby des Unterhauses führte, als er einen Aufruhr hörte.

»Mr. Prynne«, sagte eine unvertraute Stimme, »Ihr dürft nicht ins Haus gehen, sondern müsst mit mir kommen.«

Ungeachtet der Blicke von Männern, die um ihn herum ihren Geschäften nachgingen, blieb Antony kurz vor der Tür stehen und lauschte.

Von der Treppe kam William Prynnes trotzige Stimme. »Ich bin ein Mitglied des Hauses und gehe dort hinein, um meine Pflicht zu erfüllen.«

Schritte, dann ein plötzliches Handgemenge. Obwohl er es besser wusste, lugte Antony um die Ecke – und das, was er sah, ließ sein Blut zu Eis erstarren.

Soldaten, weitere Männer von der New Model Army, blockierten die Treppe zum Unterhaus. Antony erkannte einen Kerl, einen grinsenden Zwerg von einem Mann, der Lord Grey of Groby hieß, aber der Rest war ihm nicht bekannt, und unter ihnen war ein Oberst, der seine Männer anwies, den sich wehrenden Prynne mit Gewalt wieder die Treppe herunterzuzerren. Prynne kämpfte gegen sie an, sein hässliches, vernarbtes Gesicht rot vor Anstrengung, doch er hatte keine Chance. Als er dies erkannte, setzte er seine Lieblingswaffe ein, die ihm während der Debatte so treu gedient hatte. »Das ist ein *schlimmer* Verstoß gegen die Privilegien des Parlaments! Und ein Affront gegen das Unterhaus, dessen Diener ich bin!« Antony sprang zurück, als die Soldaten den Mann durch die Tür zerrten. Jeder Anschein der Geschäftigkeit im Court of Wards hatte aufgehört, und Prynnes Gebrüll hallte an den Mauern wider. Er wusste, wie er seine Stimme nutzen konnte. »Diese Männer, die zahlreicher und kräftiger sind als ich, und alle bewaffnet, mögen mich mit Gewalt dorthin tragen, wo sie wollen – aber aus eigenem Antrieb von hier wegbewegen *werde ich mich nicht!*«

Sein eigener Antrieb machte nicht den geringsten Unterschied. Ob er wollte oder nicht, sie zwangen ihn weiter in den Court of Requests und kamen einen Augenblick später schwer atmend heraus, doch einige der Männer lachten.

Mittlerweile hatte Antony sich zwischen die Umstehenden gedrückt, wo sie ihn vielleicht nicht sehen würden. Er konnte seinen eigenen Puls schmecken, so stark hämmerte sein Herz. Welche Kriterien diese Liste bildeten, das wusste er nicht, doch nach jedem Standard, den die Armee nutzte, würde man ihn nicht durchlassen.

Wenn das Unterhaus nicht gegen den König stimmen will, wie es die Armee wünscht – nun, dann wird sie es säubern, bis es das tut.

Er hatte seit Monaten – Jahren – gewusst, dass sich die Macht in England erneut verlagert hatte, in die Hände von Offizieren der Armee, sowohl im Parlament als auch außerhalb. Doch er hätte sich nie vorstellen können, dass sie diese so offen ausüben würden, gegen alle Gesetze und Traditionen des Landes.

Furcht ließ ihm das Blut in den Adern gefrieren.

Solange die aufmüpfigen Mitglieder nicht tagten, würde ihnen das vielleicht reichen. Es mochte genug sein, wenn er nach Hause zurückkehrte und nicht versuchte, das Unterhaus zu betreten. Doch was, wenn nicht? Wenn sie ihn verfolgten ...

Sie verhafteten Parlamentsmitglieder. Sie würden wohl *alles* tun.

Er konnte in die Sicherheit des Onyxpalasts fliehen, wenn er genug Vorwarnung hatte, und kein Soldat würde ihn dort finden.

Aber er konnte Kate nicht mitnehmen.

Ob Lune sie hineinlassen würde, war nicht die Frage. Antony konnte seiner Frau nicht so plötzlich die Geheimnisse all dieser Jahre enthüllen. Aber ... *Zur Hölle,* fauchte er innerlich und verfluchte seine abschweifenden Gedanken, die vor der eigentlichen Frage zurückschreckten: ob er voranpreschen oder sich zurückziehen sollte.

Voranpreschen, und er würde sich mit Prynne im Court of Requests eingesperrt wiederfinden – und zweifellos mit anderen aus dem Unterhaus. Zurückziehen ...

Antony dachte an Kate. Die entschlossene Linie ihres Kinns, als sie darauf bestanden hatte, dass er ihr erlaubte, beim Schreiben geheimer Flugblätter zu helfen. Ihre Abscheu für seine nüchterne Kleidung und sein gestutztes Haar, mit denen er seinen Körper tarnte, wie er seine Prinzipien getarnt hatte – alles, um seine Stellung im Unterhaus und der Guildhall zu erhalten, wo er vielleicht etwas Gutes tun konnte.

Aber das habe ich nicht, wurde ihm klar. *Nicht genug. Nicht, um diese Katastrophe zu verhindern.*

Ein Sekretär stand immer noch mit offenem Mund in der Nähe. Mit kaum einem Wort nahm Antony dem Mann eine Feder und ein Stück Papier ab und kritzelte eine kurze Notiz, wobei er in seiner Eile Tinte verspritzte. Der Sekretär übergab ihm Siegelwachs, ohne darum gebeten zu werden, und nachdem Antony sein Siegel in die weiche Masse gedrückt hatte, gab er das Papier zurück, von der ersten Münze gefolgt, die ihm in die Finger kam – einem Schilling, was mehr als genug war. »Bringt diese Notiz in die Lombard Street – das Haus unter dem Schild des *White Hart*. Versteht Ihr mich?« Der Sekretär nickte. »Los.«

Als der Mann fort war, nahm sich Antony einen Moment, um sein Wams zu glätten und sich den Mantel über die Schultern zu hängen, ehe er sich umdrehte und die Treppe hinaufstieg.

Groby flüsterte dem Oberst etwas ins Ohr und deutete auf die Liste. Als Antony sie erreichte, nahm der Offizier seinen Hut ab und grüßte ihn mit heuchlerischer Höflichkeit. »Sir Antony Ware. Ich bin Oberst Thomas Pride, und meine Befehle besagen, dass ich Euch nicht ins Haus lassen darf, sondern festnehmen muss.«

Antony erwiderte seinen Blick, dann den von Groby und hoffte, dort zumindest einen kleinen Zweifel zu sehen. Doch er fand keinen. »Ihr habt keine Autorität außer derjenigen, die Euch Eure Schwerter und Pistolen verleihen. Indem Ihr mir meinen rechtmäßigen Platz verwehrt, zertrampelt Ihr genau die Freiheiten, die zu schützen Ihr geschworen habt.«

Groby sagte: »Wir befreien das Parlament von einer selbstgerechten und korrupten Fraktion, die die Gläubigen und Vertrauenswürdigen beim Ausführen ihrer Pflichten hindert.«

Er klang beinahe, als würde er das glauben, und vielleicht tat er das. Wenn es eines gab, was Antony aus all diesen Kämpfen gelernt hatte, dann, dass Männer anfangen konnten, alles zu glauben, egal wie absurd.

Pride sagte bloß: »Weigert Ihr Euch zu gehen?«

Die beflissenen Soldaten wollten einen weiteren Kampf, aber Antony wollte ihnen keinen geben. Er würde sich von seiner Wahl leiten lassen, nicht von einem Schwert. »Ihr werdet Eure Waffen nicht brauchen«, sagte er. »Unter Protest werde ich gehen.«

DER ONYXPALAST, LONDON
6. Dezember 1648

Lune spielte gerade mit ihren Hofdamen Karten, als Ben Hipley durch die Tür stürmte, gefolgt von einem beleidigten Saaldiener. »Sie haben ihn festgenommen.«

Sie starrte den Mann an. Wo war er die letzte Woche gewesen? Sie hatte mit Antony darüber gestritten, ob sie Hipley nach St. Albans schicken sollten. Sie hatte eine andere Verwendung für ihren sterblichen Spion. Doch sie war geneigt gewesen, Antonys Entscheidung zu akzeptieren, solange Hipley nützliche Informationen schickte. Seit Tagen jedoch, nichts – und jetzt tauchte er völlig ohne Vorwarnung auf, ungewaschen und vor unrasierten Stoppeln strotzend.

Dann drangen seine Worte durch. »Was? Wen?«

»Antony«, sagte Hipley und bestätigte die Befürchtung, die sich in ihrem Kopf schon gebildet hatte. »Die Armee. Sie haben ihn in Westminster erwartet. Sie haben Antony in die *Hölle* gebracht.«

Die Karten glitten Lune aus den gelähmten Fingern und fielen auf den Teppich. Sie war aufgestanden, ohne es zu bemerken. Ihr Körper fühlte sich sehr weit entfernt an. Alles, was sie hören konnte, war jenes vorletzte Wort, das dröhnte wie Donner.

»Es ist ein Gasthaus!«, rief Hipley und hielt die Hände hoch. Lune kehrte mit dem Knacken eines Knochens, der wieder in sein Gelenk springt, zu sich selbst zurück. »In Westminster. Es gibt drei davon – *Himmel*, *Fegefeuer* und *Hölle*. Jemand mit einem irrwitzigen Sinn für Humor hat sie in die *Hölle* gesteckt. Lord Antony und ungefähr vierzig andere.«

Nianna drängte sich mit einem Fächer in der Hand an Lunes Seite, als glaube sie, dass ihre Königin in Ohnmacht fallen könnte. Lune winkte sie weg, verärgert, jetzt wo die Furcht verflogen war – oder zumindest verringert. Ihr Zittern war, wie sie hoffte, kaum merklich. »Mitglieder des Parlaments?«

Er nickte. »Jeder, der früher schon gegen die Interessen der Armee abgestimmt hat, wurde aus dem Unterhaus ausgeschlossen. Die schlimmsten Oppositionellen wurden verhaftet. Aber da ist noch mehr, Madam. Sie haben den König nach Hurst Castle verlegt, unter strenger Bewachung. Sie werden ihn vor Gericht stellen.«

Deshalb die Verhaftung jener Oppositionellen. Obwohl man nun die unverhohlenen Royalisten in den vergangenen paar Jahren vertrieben und Rekrutierer gewählt hatte, um deren

Plätze zu füllen, würde das volle Unterhaus nicht für die erstrebten Ziele der Armee stimmen – nicht in dem Ausmaß, dass sie ihren gesalbten Herrscher wie einen gewöhnlichen Kriminellen vor Gericht stellen würden.

Und welches Urteil würden sie fällen?

Dies war eine Sorge, aber nicht die erste. Lune hatte keine unmittelbare Möglichkeit, um diesen Coup aufzuhalten. Sie musste sich darauf konzentrieren, Antony zu befreien. Sie verfluchte die Wahl von Westminster. Der Onyxpalast erstreckte sich nicht über die Stadtmauern hinaus. Doch die Armee hatte London schon einmal besetzt, gegen Ende des Kriegs, und viel Unmut geschaffen. Sie wären nicht so dumm, ihre Gegner unter ihren Feinden gefangen zu setzen.

Die Karten waren lang vergessen. All ihre Hofdamen waren auf den Beinen und trödelten nutzlos herum. *Ich habe mich hier untätig festsetzen lassen, während sich die Welt draußen unwiderruflich verändert hat.* »Raus mit euch!«, fauchte Lune und schleuderte ihnen ihren Zorn entgegen. Sofort knicksten und flohen sie.

Zurück blieben nur Lune und Hipley. Sie lief in der Kammer auf und ab, während sie die Finger um den Rand ihres Korsetts krampfte. »Kommt Ihr hinein, um ihn zu sehen?«

Der Plan, der in ihrem Kopf Form annahm, stürzte in sich zusammen, als er den Kopf schüttelte. »Ich bin schon erwischt worden, als ich in St. Albans zu viele Fragen gestellt habe.«

Er gab keine darüber hinausgehende Erklärung ab, aber das Geheimnis seiner Abwesenheit war gelöst. Kein Wunder, dass sie keine Vorwarnung bekommen hatten. Knurrend drehte sich Lune zum nächsten Tisch um und packte eine Maske, die Nianna zurückgelassen hatte, weil sie sie durch den Raum schleudern wollte. Dann hielt sie inne.

»Ihr könnt immer noch gehen«, sagte sie, betastete die Maske und warf Hipley ein dünnes Lächeln zu. »Ihr braucht nur ein anderes Gesicht.«

HÖLLE UND WHITEHALL, WESTMINSTER
7. Dezember 1648

»Wallingford House, mein lilienweißer Arsch.«

Soame murmelte die Worte leise, eine profane Entgegnung der Psalmen, die einige andere Männer gerade sangen. Die heilige Musik ging Antony auf die Nerven, doch es gab wenig sonst zu tun. Mehr als zwei Dutzend Männer waren in ein paar Kammern im Obergeschoss eingepfercht, wo sie nirgends schlafen konnten, außer auf Bänken oder dem Boden. Wenige lasen im Licht der paar Kerzen, die man ihnen murrend zugewiesen hatte. Andere unterhielten sich leise in den Ecken. Prynne lief auf und ab und suchte sich vorsichtig seinen Weg zwischen jenen, die versuchten, sich auszuruhen.

Antony fragte sich, ob es ein Missverständnis oder eine absichtliche Lüge gewesen war, als Hugh Peter versprochen hatte, dass man sie vom Palast von Westminster in eine angemessene Unterkunft in Wallingford bringen würde. Stattdessen hatten die Kutschen sie kaum eine Straße weiter abgesetzt, in der passend benannten *Hölle.* Einer Handvoll Gefangenen hatte man Bewährung angeboten und wollte sie nach Hause gehen lassen, doch diese hatten sich bis zum letzten Mann geweigert. Er war nicht der Einzige, der sich mit dem Vergnügen eines Märtyrers dieser Ungeheuerlichkeit stellte.

Morgenlicht fiel durch die Fensterläden und schenkte der ansonsten düsteren Kammer helle Strahlen. Antony war vom

Mangel an Essen und Schlaf schwindlig. Dennoch durchquerte er den Raum und riss die Tür auf.

Das Soldatenpaar draußen wirbelte herum, die Hände an den Pistolen, als seien sie begierig zu schießen. Antony blieb sorgsam innerhalb der Schwelle und machte keine bedrohliche Bewegung. »Ihr haltet uns seit gestern Vormittag ohne Nahrung und mit wenig zu trinken fest. Wenn es nicht die Intention Eurer Offiziere ist, uns verhungern zu lassen, brauchen wir Frühstück.«

»Und wenn es Eure Intention *ist*, uns verhungern zu lassen, habt wenigstens den Anstand, es zuzugeben, damit wir anfangen können, Tauben und Ratten zu fangen.« Thomas Soame hatte sich hinter seine rechte Schulter gestellt, und als Untermalung knurrte sein Magen laut.

Die Soldaten funkelten sie nur finster an. »Geht zurück hinein.«

Die Feindseligkeit war nichts Neues. Wer das Gerücht verbreitet hatte, wusste Antony nicht, doch ihre Bewacher glaubten, dass sie das Geld, das den ausstehenden Lohn der Armee hätte abdecken sollen, in ihre eigene Tasche gesteckt hatten. *Ich kann nicht einmal mehr sagen, was vielleicht die Einmischung von Feen sein könnte und was einfach der Wahnsinn unserer eigenen Welt ist.*

»Einige von diesen Männern sind krank«, sagte Antony. Wie um dies zu demonstrieren, nieste Sir Robert Harley unglücklich, zusammengekauert auf seiner Bank. Er war einer von denen, die nach Hause hätten gehen können, sich aber geweigert hatten. »Ich kann mir nicht vorstellen, dass Euer Kerkermeister gerne hören würde, dass irgendjemand großen Schaden nahm, während er unter Eurer Bewachung stand.«

Ein Soldat höhnte, doch der andere sagte: »Wir werden fragen«, und warf die Tür ins Schloss.

Der Kerkermeister willigte ein, Essen zu bestellen, blieb aber stundenlang weg, und als er zurückkam, war das nicht, um ihnen Frühstück zu bringen. Stattdessen wurden die verhafteten Abgeordneten wieder in Kutschen geschoben und nach Whitehall gebracht. Auch dort erwartete sie am anderen Ende nichts als ein kalter Raum mit einem Feuer, wo sie noch Stunden länger warteten. Angeblich hatte die Generalratsversammlung vor, sie zu befragen, doch Antony vermutete, dass diese Botschaft nichts weiter als eine Verzögerungstaktik war, etwas, um den Männern Hoffnung zu schenken, die immer noch glaubten, dass die Offiziere zur Vernunft kommen würden, wenn sie nur laut genug über die Illegalität ihrer Behandlung protestierten.

Schließlich kam ein Mann mit warmem Wein und Keksen herein. Die Gefangenen stürzten sich darauf, als sei es ein Festmahl, und verteilten sich mit ihrer Mahlzeit im Raum wie Hunde, die die Knochen schützten, auf denen sie kauten. Antony wartete ab und ließ erst die anderen ihren Anteil nehmen, bis der Mann letztlich zu ihm kam.

»Lord Antony«, sagte der Kerl mit einem seltsamen Unterton, »Ihre Majestät hat mich geschickt. Ich soll versuchen, dich hier rauszuholen.«

Antony blinzelte. Er hatte den Soldaten nie zuvor gesehen, doch das hatte nichts zu bedeuten. Er konnte einfach nicht glauben, dass sie es riskieren würde, einen Fae in die puritanischen Klauen der Armee zu schicken.

Und das hatte sie nicht. »Ben«, flüsterte der Mann und deutete wiederholt mit dem Daumen auf sich selbst.

Es gab keinen Grund, warum man keinen Tarnzauber über einen Sterblichen legen konnte. Antony hatte nur nie daran gedacht, das zu tun. Er warf schnell einen Blick auf seine Umgebung. Nur eine Wache sah in seine Richtung, doch das war bereits zu viel. Sie konnten nicht lange sprechen. »Wir wurden in der *Hölle* festgehalten.«

»Ich weiß.«

»Hier und dort zu streng bewacht. Du wirst niemals eine Rettung hinkriegen. Mach es auf politischem Weg.«

Das war alles, was er sich zu sagen traute. Ben musste mit seinem Weinkrug weitergehen. Antony sprach aus Hoffnung. Er wusste nicht, ob es irgendeine Möglichkeit gab, ihn mit juristischen Anstrengungen zu befreien. Doch jeder Versuch, dies mit obskureren Mitteln zu erreichen, hätte zu viel Aufmerksamkeit erregt, wenn auch nur durch seine plötzliche Abwesenheit.

Also saß er mit seinen Mitgefangenen bis lange nach Sonnenuntergang in dem Raum, als ein Offizier hereinkam und sagte, dass die Generalratsversammlung zu beschäftigt sei, um sie vor dem nächsten Tag zu sehen. »Zurück in die *Hölle* mit uns«, murmelte Soame, aber nein. Eine Truppe Musketiere nahm sie in Gewahrsam und marschierte mit ihnen zum Themseufer. Antony erduldete, dass er am Arm mitgezerrt wurde, ignorierte die Beleidigungen durch die Soldaten und dachte: *Also gut. Ich bin ein Gefangener, wie ich es mir ausgesucht habe. Doch was kann ich von hier aus erreichen?*

Ich kann sagen, was ich denke.

DER ONYXPALAST, LONDON
11. *Dezember* 1648

»Was *tut* er da?«, explodierte Lune und schleuderte die Papiere weg, die sie hielt.

Benjamin Hipley war so klug, abzuwarten, bis die raschelnden Blätter gelandet waren, ehe er sagte: »Sein Argument anbringen, Madam.«

»Er *nützt* uns dort *überhaupt nichts.* Cromwell hat seine Lakaien, die überall herumrennen und wer weiß was gegen Ireton planen – *ich* weiß es jedenfalls nicht. Und warum nicht? Weil Sir Antony Ware, der mir *helfen* sollte, beschlossen hat, ins Gefängnis zu gehen!«

Es war unfair, Hipley anzubrüllen, der alles tat, was er konnte. Aber der Mann war der Sohn eines Böttchers. Seine Kontakte waren Lehrlinge und Tagelöhner und Hafenarbeiter auf den Straßen von London, nicht die Landadligen und Offiziere, die über das Schicksal des Königreichs entscheiden würden. Antony war ihre Augen und Ohren, was solche Dinge betraf, und er stand im *King's Head* unter Bewachung, einem von zwei Gasthöfen, in die man die separierten Mitglieder des Parlaments verlegt hatte.

Hipley hustete diskret und übergab ihr mit einer Verbeugung einen dünnen Stapel Papiere.

Sie betrachtete sie mit tiefstem Misstrauen. »Was ist das?«

»Was der gute Lord Antony gerade tut«, sagte Hipley. »Nicht allein. Man gibt mir zu verstehen, dass ein gewisser William Prynne viel von der Schreibarbeit erledigt hat. Doch der Prinz wünscht, dass es veröffentlicht wird, sobald es geht.«

Lune nahm den Stapel an. Ganz oben stand in einer breiten Handschrift, die sie nicht erkannte, ein Titel: *Ein ernster Protest der gefangenen und isolierten Abgeordneten.* Der Rest war weniger deutlich zu lesen, doch sie überflog ihn und bemerkte viele Aufrufe zu Handlungen gegen die Armee, die so schwer gegen die Freiheit des Parlaments gesündigt hatte.

»Wird das irgendetwas nützen?«, fragte sie, halb zu sich selbst.

Hipley hielt inne, ehe er antwortete, unsicher, ob sie ihn angesprochen hatte. »Vielleicht, Madam. Abgesehen von einer bewaffneten Revolte im *King's Head* oder einer direkten Entführung von ihm mittels Feenmagie sehe ich wenig, was wir sonst tun können.«

Zorn gegen die Armee anstacheln. Es würde *vielleicht* funktionieren. Die Offiziere verloren schon die Unterstützung der Männer, die sie unter sich hatten und die unverschämte Reformen wollten, vor denen selbst Ireton zurückschreckte. Das gemeine Volk hasste sie, sogar vor der Säuberungsaktion im Unterhaus. General Fairfax, der beliebte Held der New Model Army, war kein Narr. Er hatte getan, was er konnte, um seine Soldaten in Lagerhäusern und anderen leer stehenden Gebäuden einzuquartieren. Doch nichts konnte verdecken, dass London unter militärischer Besatzung stand. Es waren sogar Soldaten in der St.-Pauls-Kathedrale selbst. Lune kümmerten die Häuser des Allmächtigen wenig, aber die Kathedrale bot einen armseligen Anblick, ihrer Pracht beraubt, ihr Chorstuhl und ihre Holzpaneele zu Feuerholz für die Soldaten zerhackt.

Die Gegner der Armee waren zahlreich. Was sie *nicht* waren, das war vereint. Wenn man sie jedoch unter dieser Sache einen konnte, egal wie kurz …

Vielleicht würde das zumindest Antony befreien. Und Lune brauchte ihn zurück, wenn sie irgendetwas wegen des Rests davon unternehmen sollte.

Lune gab Hipley den *Ernsten Protest* zurück. »Lasst eine gute Kopie machen. Dann bringt das zu Lady Ware. Dieser Protest sollte oben gedruckt werden, wo das Volk davon hören kann. Und sprecht mit Marchamont Nedham. Sein *Mercurius Pragmaticus* ist für meinen Geschmack zu parlamentarisch, aber er ist die wirksamste Zeitung in London. Wir können ihn ebenso gut nutzen.«

Hipley verbeugte sich. »Und was ist mit Lord Antony?«

Sie biss die Zähne zusammen. »Wenn seine Stimme alles ist, was er selbst noch hat, dann sagt ihm, er soll sie gut nutzen.«

WESTMINSTER UND LONDON
25. Dezember 1648

Die bewachten Räume im *Swan* und im *King's Head* waren ein angenehmeres Gefängnis als die *Hölle*, selbst wenn über vierzig Männer in sie hineingepfercht waren. Jetzt, wo die Hälfte dieser Zahl befreit worden war, gingen sie beinahe als komfortabel durch.

Prynne saß am Tisch und kritzelte noch eine weitere juristische Verdammung des Handelns der Armee. »Welches andere Wort kann ich für *schurkenhaft* benutzen?«, fragte er und runzelte über seinem Blatt die Stirn.

»Immer noch am Arbeiten?«, fragte Antony, der mit einem Stiefel an die Wand gestemmt dasaß. »Heute ist Weihnachten, wisst Ihr.«

»Was ist damit?«

Antony seufzte. *Warum müssen so viele unabhängige Puritaner einer Vision von Gott folgen, die keinen Platz für Schönheit oder Feste lässt?*

Prynne kaute am mitgenommenen Ende seiner Feder, dann kritzelte er einige weitere Worte. »Es ist Wahnsinn«, murmelte er vor sich hin, als sei das nicht tausendmal zuvor gesagt worden, von jedem Mann hier. »Wenn sie einfach das Parlament aufgelöst hätten …«

»Das wäre immer noch eine Ungeheuerlichkeit gewesen.« Antony nahm seinen Stiefel nach unten und schüttelte den Kopf. »Das Parlament kann nur mit seiner eigenen Zustimmung aufgelöst werden. Wir haben dieses Gesetz vor Jahren verabschiedet.« Aber Prynne hatte recht: Es hätte einen gewissen Anschein der Legitimität gehabt, wenn ein neues Parlament gewählt worden wäre, um es zu ersetzen. Die oppositionellen Mitglieder verhaften zu lassen, war möglicherweise der schlimmste Plan, den Ireton befolgen konnte, vergleichbar mit Karls kleinerem, gescheitertem Versuch vor Kriegsausbruch.

Ein unangenehmer Gedanke kam ihm, der ihn auf die Beine springen ließ. »Prynne – Ihr hört Dinge, wie ich. Hat Ireton diese Säuberungsaktion geplant?«

»Was?« Prynne blinzelte zu ihm hoch. Das Feuerlicht war nicht freundlich zu ihm und betonte die Narben, wo seine Ohren gewesen waren, und die Verbrennung an seiner Wange. Ehe er seine Energie dafür aufgewendet hatte, gegen die Armee zu argumentieren, waren es die Presbyterianer gewesen und davor die frommen Unabhängigen, denen er sich später angeschlossen hatte, doch es war seine Opposition zum König, die ihm wiederholte Verurteilungen am Court of Star Chamber eingebracht hatte. »Nein, er wollte ein neues Parlament. Edmund Ludlow bestand auf der Säuberungsaktion.«

Und wo hatte Ludlow diese Idee hergehabt? Antony wurde erst bewusst, dass er das laut ausgesprochen hatte, als Prynne mit den Schultern zuckte und sagte: »Schurkerei, egal wer ihr Urheber ist. Doch ich benutze ständig dieses Wort. Sicher muss es da andere geben. Zur Abwechslung, versteht Ihr.«

»Versucht es unten bei Harley«, sagte Antony geistesabwesend. »Er hat ein Talent für Worte.«

Prynne murrte und stand auf, dann sammelte er seine Papiere und die Feder ein. Antony lief auf und ab, als er hinausging, und kratzte sich den wild gewachsenen Bart.

Das Unterhaus säubern: das Empörendste, Unversöhnlichste, *Zerstörerischste*, was die Armee tun konnte, abgesehen davon, sich zur einzigen Autorität über England zu erklären und dem König, dem Unterhaus und allen anderen zu trotzen. Und obwohl Antony nicht bezweifelte, dass Ludlow und die anderen wahnsinnig genug waren, das zu tun …

Böse Gedanken, die zum richtigen Zeitpunkt in die richtigen Ohren geflüstert worden waren, hatten schon früher Gewaltausbrüche in London befeuert.

Hatten Ifarren Vidars Lakaien jene Ratsversammlung in St. Albans besucht?

Lune und Antony hatten erwartet, dass der nächste Zug von Sir Leslics Aufsteigenden früher oder später kommen würde, die sich so positioniert zu haben schienen, dass sie mehr Zorn gegen die Royalisten anheizen konnten, was der Sache der Armee helfen würde. Aber was, wenn Vidar direkt zur Armee selbst gegangen war? Das Unterhaus hatte dafür gestimmt, den König wieder einzusetzen. Ein neues Parlament, wenn das alte aufgelöst würde, täte vielleicht dasselbe. Diese Säuberungsaktion war die einzige Möglichkeit, sicherzustellen, dass das Unterhaus sich nur aus Männern zusammensetzte, die gegen Karl Stuart vorgehen würden.

Was Nicneven sehr gut passen würde.

Und Antonys eigene Verhaftung würde Lune zu diesem höchst entscheidenden Zeitpunkt ablenken.

Eine Bewegung im Schatten ließ ihn beinahe aus der Haut fahren. Doch die Gestalt, die Antony sah, war ihm vertraut und hätte das Näherkommen seiner puritanischen Mitgefangenen wohl kaum gutgeheißen. Er schluckte den Aufschrei gerade rechtzeitig hinunter.

Die Mara Angrisla war nicht viel hübscher als Prynne, da sie ein personifizierter Albtraum war. Doch Antony hatte Lunes geheime Boten schon früher gesehen, die eher für ihre Tarnfähigkeit als für ihre sozialen Fähigkeiten ausgewählt wurden. »Lord Antony«, sagte die Mara oberflächlich. »Ihr werdet heute freigelassen. Ihre Majestät schickt mich, um Euch das mitzuteilen.«

So viel zu seinem großartigen Märtyrertum. Aber Antony hatte sich von seinen Schuldgefühlen über frühere Fehler in einen größeren treiben lassen: Er hatte sich von Lunes Seite reißen lassen, als sie ihn am meisten gebraucht hatte. Und vielleicht hatte Vidar auch das vorausgesehen.

Jedenfalls hatte Antony hier nicht das geschafft, was er sich erhofft hatte. Die Überraschung über die Verhaftung hatte am Ende nicht viel erreicht. Die Gefangenen waren in kleinen Gruppen mit wenig Aufhebens freigelassen worden, während einige Unruhestifter zu strengerer Bewachung in den St.-James-Palast überstellt wurden. Jene, die immer noch hier festgehalten wurden, konnten wenig mehr tun, als ein Flugblatt nach dem anderen zu schreiben, vom *Ernsten Protest* ausgehend – die meisten von ihnen hätten sie jedoch genauso gut verbrennen können, nach allem, was Antony über ihre Wirkung wusste.

Draußen würde er vielleicht ebenfalls nicht sehr nützlich sein. Er würde der Abstimmung über den Vertrag am Fünften nicht abschwören – der Abstimmung, die eine Woche später vom gesäuberten Unterhaus überstimmt worden war –, und so würde man ihn nicht wieder auf seinen Sitz lassen. Doch vielleicht konnte er in der Guildhall etwas bewirken. Und falls sein Verdacht zutraf, musste er im Onyxpalast sein und die Sache mit Vidar verfolgen. »Überbringt Ihrer Majestät meinen Dank«, sagte er zur Mara und lief wieder auf und ab, in Gedanken versunken wie ein Hund mit einem Knochen.

Bald schon kam ein Bote, um ihn und einige andere nach Whitehall zu bringen. Fairfax war natürlich »zu beschäftigt«, um sie zu sehen. Antony konnte sich vorstellen, dass der Mann wirklich beschäftigt war, mit dem Versuch, seine Waffenbrüder im Zaum zu halten. Nach einiger Zeit jedoch sagte ein niederrangigerer Offizier zu ihnen, dass sie gehen durften.

Als er auf die frostige Straße hinaustrat, stellte Antony fest, dass ihn eine vertraute Kutsche erwartete. Der Kutscher öffnete die Tür, und eine Stimme rief heraus: »Wie lange haben sie dich hingehalten?«

Antony stieg ein und setzte sich gegenüber von Thomas Soame hin. Der andere Mann war fünf Tage zuvor mit vielen ihrer Kameraden freigelassen worden und wirkte um Welten fröhlicher. »Einige Stunden.«

»Ungefähr, was ich erwartet habe. Ich habe mir die Zeit mit Trinken vertrieben.« Soame lehnte sich aus dem Fenster und rief dem Kutscher zu: »Lombard Street.«

Nach Hause. Und zu Kate. Doch Antony sagte: »Nein – bring mich zur Guildhall.«

Soame schüttelte den Kopf. »Da willst du nicht hin. Hast du es nicht gehört?« Auf Antonys alarmierten Blick hin erklärte er: »Die Wahlen zum allgemeinen Rat waren vor vier Tagen. Das Parlament hat eine Anordnung verabschiedet, die jeden ausgeschlossen hat, der dem Vertrag mit dem König zugeneigt war. Wir haben vielleicht gerade einen königstreuen Oberbürgermeister, aber seine Ratsmitglieder sind ein Rudel aus fanatischen Levellern.«

Selbst wenn man Soames Tendenz zur Übertreibung miteinbezog, waren dies erschreckende Neuigkeiten. »Sind *wir* ausgeschlossen?«

»Du vielleicht.« Soame tastete sich auf dem Kutschboden entlang und holte hinter seinen Füßen einen kleinen Krug hervor. Antony nahm einen Schluck an, erwartete Wein und verschluckte sich an Schnaps. »Kommt darauf an, ob sie wissen, dass du beim Verfassen des *Ernsten Protests* geholfen hast.«

Was heißen sollte, eine weitere verdammenswerte Anordnung. Die Nachricht darüber hatte sie natürlich im Gefängnis erreicht: Niemand, der mit dem *Protest* zu tun hatte, konnte je wieder ein öffentliches Amt oder einen Sitz im Parlament innehaben. »Sie haben nicht den winzigsten Funken Autorität, der dahintersteht«, sagte Antony. Zorn wärmte seinen Körper in der eisigen Luft. »Das Unterhaus eine freie und repräsentative Körperschaft zu nennen, nach dem, was sie mit uns gemacht haben …«

»Nicht zu erwähnen, dass sie an den meisten Tagen kaum ein Quorum erreichen«, stimmte Soame ein. »Zur Hölle, nicht einmal Vane kommt, und er ist jetzt wie lange der Anführer der Unabhängigen? Einige Männer haben Angst, ihre Gesichter dort zu zeigen, andere bleiben aus Protest fern. Das Oberhaus kommt an einem guten Tag auf sechs Mitglieder. Es ist eine Farce.«

»Mir ist nicht nach Lachen zumute«, sagte Antony schärfer, als Soame es verdiente. »Dann sag mir also – welche Reaktion ist geplant?«

Sein Freund blinzelte verwirrt über den pelzbesetzten Saum seines Mantels hinweg. »Reaktion?«

»Welcher Protest? Du kannst mir nicht erklären, dass das Volk das hier schweigend hinnimmt.«

»Oh, das tut es nicht. Ich habe einige Petitionen – nicht, dass das Unterhaus oder die Generalratsversammlung sie überhaupt annehmen werden – und genug argumentierende Flugblätter gesehen, um die St.-Pauls-Kathedrale zu tapezieren. Veröffentlichungen sind die neueste Mode, weißt du.«

In der Tat. Was für Männer im Gefängnis schön und gut war, war für Männer, die ihre Freiheit hatten, jedoch kaum genug. »Welche *Aktion*?«, wollte Antony frustriert wissen.

Das bittere Lachen verschwand aus Soames Gesicht. »Keine, die ich gesehen hätte.«

Keine? Das war unvorstellbar. »Aber die Londoner Presbyterianer hassen die Armee.«

»Und predigen bei jeder Gelegenheit gegen sie. Mehr Worte. Es sind alles Worte, Antony, von der Themse bis zur Stadtmauer.«

Er schüttelte den Kopf und ballte die von der Kälte taub gewordenen Finger an seiner Seite zu Fäusten. »Dann werde ich das ändern.«

»Wie? Mann, es steht Artillerie in Blackfriars, und Soldaten sind drei Türen von deinem Haus entfernt einquartiert. Die Armee lässt Leute reden, aber jeder, der sich rührt, wird wie eine Ameise zerdrückt.«

»Willst du mir sagen, dass die Bürger von London Angst haben, ihre Freiheit zu verteidigen?«

»Ich sage dir, dass sie *müde* sind«, antwortete Soame unverblümt. »Sechs Jahre an Unruhen, Bürgerkrieg von einem Ende des Landes zum anderen – der Handel darbt, wir hatten drei schlechte Ernten nacheinander, und es ist bereits Eis auf der Themse. Sie neigen dazu, das festzuhalten, was sie haben, statt zu riskieren, den Rest zu verlieren.«

Aber so werden sie durch ihre Gleichgültigkeit auch diesen Rest verlieren. Außer dass Antony, sogar während er das dachte, wusste, dass er falsch lag. Die Armee würde ihre Freiheiten verhöhnen, das Parlament aushöhlen, den König durch die Ungeheuerlichkeit eines Prozesses zwingen und ansonsten die Hälfte der Dinge zerstören, um die zu verteidigen der Krieg angeblich gekämpft worden war, doch der durchschnittliche Mann konnte immer noch erwarten, in seinem Beruf zu arbeiten und abends nach Hause zu seiner Familie zu gehen. Und solange er das hatte, war es möglich, über die Dinge, die er verloren hatte, hinwegzusehen.

Jene verlorenen Dinge waren wichtig. Aber wenn Flugblätter und Prediger Männer nicht zum Handeln anstacheln konnten, was dann? Wann würde sich das Volk von London erheben?

Die Kutsche war die gefrorenen Straßen hinuntergerumpelt, während Soame und er diskutiert hatten, über den Graben des Fleet, durch das Ludgate und die Stadt bis zu seinem Heim. Nun kam sie zum Stehen, und einen Augenblick später machte der Kutscher ihm die Tür auf. Soame streckte eine Hand aus, ehe Antony sich bewegen konnte, und packte ihn am Arm. »Ich verstehe dich«, sagte sein Mitratsherr und ehemaliges Parlamentsmitglied ruhig und ernst. »Aber ich glaube, sie haben vor, den König durch diesen Prozess so zu erschrecken, dass er echte Zugeständnisse macht. Sobald das erledigt ist, herrscht wieder Vernunft.«

»Ich hoffe, du hast recht«, antwortete Antony. »Aber ich werde nicht nur auf Hoffnung vertrauen.«

Dann stieg er aus der Kutsche und drehte sich zu seinem Haus. Kate stand in der Tür, warm in einen Mantel gewickelt, doch sie riss ihn weit auf, um ihn fest in die Arme zu nehmen. »Willkommen daheim«, sagte sie an seiner Schulter, »und frohe Weihnachten.«

DER ONYXPALAST, LONDON
9. Januar 1649

»Sechs Trompeter«, sagte Antony mit zusammengebissenen Zähnen, »und zwei Reitertruppen, um Dendy zu schützen, während er die Verkündigung verlas. Der *Akt*, den sie vor drei Tagen verabschiedet haben, war kein Bluff.« Er spie das Wort aus, voll Verachtung über seine angebliche Autorität. Akte waren Dinge, die von Königen, dem Oberhaus und dem Unterhaus verabschiedet wurden – nicht vom Unterhaus in der Abwesenheit des Oberhauses oder Königs.

Nicht vom Unterhaus *gegen* den König.

»Also werden sie es tun«, murmelte Lune, die sich die Hände am Feuer wärmte. »Sie werden ihn vor Gericht stellen.«

»Sie werden es spielen, wie im Theater. Dieser sogenannte Oberste Gerichtshof ist nichts weiter als ein Haufen Schurken und selbstgerechter Kerle. Keiner von ihren ursprünglichen obersten Richtern wollte etwas damit zu tun haben – ein winziges Aufblitzen von Prinzipien und Vernunft. Das Unterhaus hat keine Jurisdiktion, um den König vor Gericht zu stellen.«

Niemand tat das. Lune wusste wenig über das Gewohnheitsrecht von England, doch das wusste sie. Ein souveräner Monarch *war* die Autorität. Sterbliche leiteten sie vom Allmächtigen ab. Fae legten dafür das Reich selbst zugrunde, das nur auf seinen rechtmäßigen Herrn reagierte. Keine Quelle erlaubte es Untertanen, ihre eigene Vorherrschaft zu erklären und sie dann gegen jene zu nutzen, die sie regierten.

Sie erkannte den Hauch an Heuchelei in ihren eigenen Gedanken. Invidiana hatte Lune nicht zu ihrer Erbin erklärt und die Krone an sie weitergegeben. Der Wechsel der Königin war aus einer Rebellion entstanden. Einer zufälligen, auf gewisse Weise – Lune hatte nicht geplant, den Thron zu beanspruchen –, und man konnte über die Illegitimität von Invidianas eigener Macht diskutieren. Doch auf sehr reale Weise war Lune des Verrats mehr schuldig als die Fae, die jetzt unter dem Tower im Kerker saßen.

Vielleicht machte das sie von allen Leuten am besten qualifiziert, um es in anderen zu erkennen.

Sie wandte sich vom Feuer ab und ließ sich auf einen Stuhl sinken. Antony brauchte keine Erlaubnis, um sich hinzusetzen, doch er blieb absichtlich auf den Beinen, während ihn sein angestauter Zorn dazu trieb, auf und ab zu laufen, bis er sich zum Stillstehen zwang. Dieser Zorn hatte hell in ihm gebrannt, seit Hipley seinen Verdacht bestätigt hatte: Es *hatte* in St. Albans Unruhestifter gegeben, besonders um Edmund Ludlow, der für die Säuberungsaktion eingetreten war. Lune hatte keine Nachricht von Cerenel, seit er ihren letzten Befehl erfüllt und Vidars Anwesenheit in Fife entdeckt hatte, doch sie konnte sich leicht genug vorstellen, was Nicneven ihrem Schattenlord aufgetragen hatte. Karl war erniedrigt, nun musste er abgesetzt werden.

Lune fragte sich, wie lange es her war, dass Antony eine ganze Nacht durchgeschlafen hatte. Doch sie konnte ihn nicht beruhigen, damit er sich ausruhen konnte. Es gab nichts Beruhigendes. »Jurisdiktion oder nicht, sie werden es tun«, sagte sie. »Ich glaube, du hast recht: Das hier ist kein Bluff. Und sie werden ihn schuldig sprechen.«

»Nein, das werden sie nicht.« Antony presste die Worte heraus. »Wir werden sie aufhalten.«

»Wie?« Sie konnte nicht anders, als ihn für den Frust, der in ihm tobte, zu bemitleiden. »Wir haben versucht, die Bevölkerung von London anzustacheln – vergebens. Ihre Angst und Erschöpfung sind zu groß.«

»Dann werden wir etwas anderes versuchen!«, rief er und wirbelte vor ihr herum wie vor einem Feind. »Du bist eine Fee, gottverdammt. Nutze eure Künste!«

Der Fluch traf sie wie ein Tritt in den Bauch, raubte ihr den Atem aus den Lungen, das Licht vor den Augen. Das Feuer flackerte niedrig, und ein Beben ließ die Mauern erzittern. Nur ein schwaches. Es war nur ein einziges Wort, in blasphemischer Wut gesprochen, nicht als Gebet.

Doch es erschütterte sie bis ins Mark.

Als Lune wieder klarer sehen konnte, sah sie Antonys weißes Gesicht nur Zentimeter entfernt. Er hielt sie an den Schultern und richtete sie auf. Die Eisenwunde pochte unter seiner Hand. Dann wurde die Tür aufgerissen, und ein Paar Diener stürmte herein, erschrocken und bereit, jeglichen Angreifer zu vertreiben. Als sie nur den Prinzen vorfanden, zögerten sie.

Lune nahm sich zusammen und hielt eine zitternde Hand hoch. »Seid beruhigt – es war nur ein Versprecher. Ihr braucht nicht besorgt zu sein.«

Sie zogen sich verunsichert zurück und ließen sie mit Antony allein. »Verzeih mir«, hauchte er. »Ich habe mich vergessen.«

Dass er dies getan hatte, zeigte das Ausmaß seiner Verzweiflung. Lune nahm seine Hände von ihren Schultern und hielt sie in ihren, während sie auf ihn hinabblickte, wo er vor ihr auf dem Teppich hockte. »Du hast recht«, sagte sie, und ihre Stimme kam wie aus großer Entfernung an ihre Ohren. »Ich könnte den König retten.«

Seine Augen weiteten sich. Der Samt um seine Schultern spannte sich, und er packte ihre Finger fest. »Ich könnte«, fuhr Lune fort, »jedes Stück Brot im Onyxpalast beschlagnahmen und eine Streitmacht aus Fae gegen die Welt oben bewaffnen. Ich könnte sie zum Gefängnis des Königs im Schloss von Windsor schicken. Sie könnten sich maskieren, die Wachen verzaubern und Karl fortbringen. Mit einem freundlichen Kapitän bekämen wir ihn vielleicht nach Frankreich. Und dann würden weitere Zauber vielleicht das derzeitige Chaos dort beenden und Henrietta Maria dabei helfen, den französischen Hof zu überreden, ihm die Soldaten zu gewähren, die sie ihm zuvor verweigert haben. Diese könnten – mit ausreichender Hilfe auf See – vielleicht bis England durchkommen und einen dritten Aufstand anzetteln, erfolgreicher als die ersten beiden. Und so würden die Armee und dieses falsche Unterhaus gestürzt und Karl wieder auf seinen Thron eingesetzt.

Und wenn du mich darum bittest, werde ich es tun.«

Ihre Worte hingen in der stillen Luft.

Antony starrte sie mit vor Schreck offenstehendem Mund an. So lief es nicht: Sie diskutierten, während jeder von ihnen für seine eigene Art sprach, widerstanden einem Kompromiss, doch fanden am Ende einen. *So* regierten sie, als Königin und Prinz.

Niemals hatte sie ihn vor eine solche Wahl gestellt.

»Diese Entscheidung ist nicht meine«, sagte Antony kaum hörbar.

»Doch, ist sie«, erklärte Lune ihm. »Du bist der Prinz vom Stein. Es ist deine Aufgabe zu sagen, wann die Fae dieses Landes helfen können. Solche Dinge sind deine Entscheidung und sollten es immer sein. Ich habe das gelegentlich vergessen, aber nicht jetzt. Wenn du willst, dass der König gerettet wird, dann sag es.«

Sie sprach es leichter aus, als sie sich fühlte. Schon als sie die Möglichkeiten erörtert hatte, hatte ihr Kopf die Konsequenzen angefügt. Doch Prinzipien, an die man sich nur hielt, wenn es einfach war, waren überhaupt keine Prinzipien.

Wenn das Wohlergehen des sterblichen Englands davon abhing, dann würde sie es tun.

Antony stand auf, zog seine Hände aus ihrem Griff und trat einige Schritte zurück, wobei er mit den Spitzen seiner Stiefel den Boden abtastete, als würde er einen Blinden führen. »Wenn wir vor Jahren nur etwas entschiedener gehandelt hätten«, sagte er, »dann hätten wir das hier vielleicht mit weniger extremen Maßnahmen verhindern können.«

Lune nickte, während sich ihre Eingeweide vor Bedauern verkrampften. »Hätten wir vorausgesehen, wo es enden würde. Aber ich glaube, dass niemand – vielleicht nicht einmal ein Seher – damals hätte vorhersagen können, dass die unzähligen, sich verzweigenden Pfade unserer Entscheidungen uns zu dieser Situation führen würden.«

Unsere Entscheidungen im weitesten Sinne. Antony und sie waren kaum die Einzigen, die einen Unterschied machten, oder auch nur die Wichtigsten. Pym hatte dieses Ende nicht vorausgesehen, als er vor Jahren sein Unruhestiften im Parlament angefangen hatte. Genauso wenig hatte Karl das, als er die so entstandene Bedrohung kleingeredet hatte. Ebenso wenig die Armeeoffiziere, die nun nach einem Prozess brüllten. Keine einzelne Person, Sterblicher oder Fae, hatte die Katastrophe herbeigeführt, die ihnen nun bevorstand. Sie hatten es gemeinsam getan. Und nun würde es nur noch durch gewaltsames Handeln beendet.

Ihr Gefährte hatte nachdenklich die Augen geschlossen. »Deinen Untertanen«, setzte Antony an, dann korrigierte er sich: »*Unseren* Untertanen würde die Zwangsabtretung ihres wenigen Brots missfallen. Und der Cour du Lys würde über eine solche Einmischung in Frankreich vor Empörung zetern.«

Lune sagte gar nichts.

»Solch eine auffällige Einmischung wäre außerdem ein Risiko für deine Sicherheit«, fuhr er fort. »Denn du kannst nicht so viele Männer so komplett bezaubern, ohne dass es bemerkt wird. Es würde vielleicht Aufmerksamkeit auf genau diesen Palast lenken, und selbst wenn nicht, würden Anschuldigungen der Hexerei den König bis ans Ende seiner Tage verfolgen.«

Dann öffnete er die Augen, und sie sah die Qualen, die er vor ihr zu verbergen versucht hatte. »Und am Ende«, sagte er, »würde es nur Karls unumstößliche Sicherheit bestätigen, dass der Himmel auf seiner Seite ist. Der Allmächtige, nicht das Volk von England, hat ihn zum König gemacht, und keine geringere Macht darf ihm das verweigern. Er glaubt, dass sein Scheitern im Krieg die Strafe des Himmels ist, weil er gegen sein eigenes Wort Straffords Tod zugelassen hat. Eine Rettung von solch übernatürlicher Art in letzter Minute wäre ein Zeichen, dass seine Buße verrichtet ist. Sobald er wieder eingesetzt wäre, würde er danach in absoluter Sicherheit regieren, dass seine Macht von Gott verliehen ist. Und er wäre schlimmer als je zuvor.«

Lune legte ruhig die Hände auf ihren Rock und fragte: »Was wünschst du dir?«

Überrascht lachte er bitter auf. »Was ich mir wünsche? Dass Vernunft und Normalität in dieses Land zurückkehren. Einen König, der auf seine Untertanen ebenso wie auf den einen über ihm hört. Und dass diese vergangenen sechs Jahre gelöscht werden, als hätte es sie nie gegeben. Aber das kannst du mir nicht anbieten, du kannst nur dies hier anbieten. Und so großzügig das auch ist …« Sein Atem kam in einem gequälten Grunzen heraus. »Nein. Wir können den König nicht retten.«

Tränen stiegen ihr unerwartet in die Augen. Es war die vernünftige Wahl, die realistische. Der Preis ihres Handelns wäre zu hoch. Doch ein Teil von Antony war gestorben, als er diese Entscheidung getroffen hatte, und sie vermutete, es war der Träumer in ihm gewesen, der Mann, der geglaubt hatte, dass die Zusammenarbeit mit den Fae ihm helfen würde, seine eigene Welt zum Besseren zu verändern.

Sie regierten nicht immer harmonisch, aber sie nannte ihn einen Freund – und sie trauerte, als sie sah, wie er sich veränderte.

Sie stand von ihrem Stuhl auf und hätte wieder nach seinen Händen gegriffen, doch er trat weg und flüchtete sich in schützenden Stoizismus. »Wir werden weiterhin beobachten«, sagte sie. »Falls sich eine Gelegenheit bietet …«

»In der Tat«, sagte Antony, aber in seinem Tonfall lag nicht viel Hoffnung. »Falls das passiert, sind wir bereit.«

PALAST VON WESTMINSTER, WESTMINSTER

20. Januar 1649

Sie hätten es im Palast von Windsor halten können, in weit größerer Sicherheit. Doch Männer, die glaubten, dass sie Gottes Willen in die Tat umsetzten, waren mit einer heimlichen Ausführung der Gerechtigkeit, fern vom Blickfeld der Öffentlichkeit, nicht zufrieden. Stattdessen brachten sie den größten Delinquenten des Königreichs genau zum Sitz seiner Macht. In der beißenden Kälte eines Samstagmorgens nahmen Antony, Kate und Soame eine Kutsche flussaufwärts zum Palast von Westminster, um den Prozess gegen den König zu verfolgen.

Soldaten standen auf den Dächern Wache und trieben jene zurück, die hochklettern wollten, um durch Fenster zu lugen oder diese sogar einzuschlagen. Eine gewaltige Menschenmenge wartete auf Einlass zum Palastsaal, doch Antony leitete seinen Kutscher zu einem Haus, das an die Ostfassade angrenzte. Dort bezahlte er, damit er und die anderen beiden durch eine der hastig aufgebauten Galerien in den Saal selbst gelassen wurden.

Im Inneren des Gebäudes hatte man die Abtrennungen, die gewöhnlich die verschiedenen Gerichte unterteilten, die dort tagten, weggerissen. Statt die Mitte des Saals zu beanspruchen, war diese große Angelegenheit an das südliche Ende verlegt, das normal vom Court of King's Bench und dem Court of Chancery eingenommen wurde. Das schwächte das Spektakel ab – das gemeine Volk, das sich hinter den hölzernen Absperrungen drängte, würde wenig hören und noch weniger sehen –, doch Antony, der auf mögliche Gefahren achtete, verstand dies. Iretons Männer hatten die Sicherheit von Windsor aufgegeben, kontrollierten hier allerdings, was sie konnten. Wenige Galerien bedeuteten weniger Gelegenheit, auf die Teilnehmer zu schießen.

Dennoch schien heute niemand über dieses Risiko nachzugrübeln. Die Soldaten wussten sicher, wo die Eingänge zur Galerie waren, doch sie machten keine Anstalten, jene zu durchsuchen, die hereinkamen. *Ich könnte eine Pistole hier heraufschmuggeln – sogar eine Muskete –, und niemand würde es bemerken.*

Wenn er geglaubt hätte, dass es irgendetwas nützen würde, hätte er vielleicht eine mitgebracht.

Sie waren früh gekommen, um sicher einen Platz zu bekommen. Nun warteten sie, den ganzen Vormittag bis in den Nachmittag hinein. Kate beteiligte sich mit bleichem Gesicht wenig am Gespräch. Soames Versuche zu scherzen scheiterten. Was Antony betraf, so ertappte er sich beim Beten – aber worum, das wusste er nicht. Unartikuliertes Flehen füllte seinen Kopf.

Die Glocken hatten gerade zwei Uhr geläutet, als schließlich die Türen weit aufgerissen wurden und zwanzig Hellebardiere und Offiziere, die das zeremonielle Schwert und Zepter trugen, hereinließen. Hinter ihnen …

Kaum die Hälfte der Kommissionsmitglieder war überhaupt gekommen. Antony zählte insgesamt achtundsechzig, obwohl es schwierig war, sicherzugehen. Sie reihten sich auf Bänken unter dem großen Südfenster auf, und einer, in der schwarzen Anwaltsrobe, nahm den erhöhten Stuhl des Lordpräsidenten in der ersten Reihe ein. »Bradshaw«, murmelte Soame, und Antony nickte, als er ihn erkannte. Der Mann war früher Richter in London gewesen, doch er gehörte kaum zu den großen Leuchten im englischen Rechtswesen. Jedes Detail betonte den minderwertigen Charakter dieses Prozesses.

Er hörte kaum zu, als die Eröffnungsrituale durchgeführt wurden. Während die Hellebardiere den König holen gingen, stand einer der Sekretäre auf und verlas die Anwesenheitsliste für die Kommissionsmitglieder. Jene, die anwesend waren, standen auf. Doch als der Mann verkündete: »Thomas Fairfax, Lord Fairfax of Cameron«, kam eine Bewegung, nicht von den Bänken der Kommissionsmitglieder, sondern von der Galerie, auf der Antony saß. Eine maskierte Dame erhob sich und rief mit wütender Stimme zurück: »Er hat mehr Hirn, als hier zu sein!«

Schockiertes Gemurmel breitete sich aus. Im Plenarsaal hatte man sie anscheinend kaum gehört. Der Sekretär fuhr mit den Namen fort. Die Dame drängte sich durch die Menge und verschwand. »Lady Newburgh, glaube ich«, sagte Soame leise.

Antony schüttelte den Kopf. Lady Newburgh war tatsächlich eine unverbesserliche Royalistin, doch er kannte diese Stimme. Er war zwei Wochen zuvor an sie herangetreten, weil er gehofft hatte, über sie ihren Gatten zu überzeugen, das Handeln seiner Armee zu verurteilen. Die Sprecherin war Lady Fairfax selbst, die Ehefrau des Generals.

Und dann verstummte der Saal – so sehr eine solche Menge verstummen konnte – für den Einzug des Königs.

Er kam nicht durch den ganzen Saal. Sie brachten ihn durch eine Seitentür, sicher hinter den Absperrungen. Von oben konnte Antony wenig mehr als seinen schwarzen Mantel und Hut und den strahlenden Stern sehen, der das Abzeichen des Hosenbandordens war. Man hatte einen roten Samtstuhl für ihn aufgestellt, den er mit würdevoller Ruhe einnahm, sodass er sein Gesicht zu seinen Anklägern und den Zuschauern auf den Galerien drehte.

Die Jahre des Kampfes waren zu Karl nicht freundlicher als zu allen anderen gewesen. Sein Haar und Bart waren durchgehend grau, und seine Augen hatten die Ringe eines Mannes, der nicht geschlafen hatte. Doch er zeigte keine Müdigkeit, als Bradshaw seine selbstbewusst formelle Anklage verlas. »Karl Stuart, König von England! Das Unterhaus von England, versammelt im Parlament, das sich der großen Unglücke, die Ihr über diese Nation gebracht habt, und des unschuldigen Bluts, das in dieser Nation vergossen wurde, als deren Urheber Ihr bezichtigt werdet, bewusst ist, hat entsprechend der Pflicht, die es Gott, der Nation und sich selbst schuldet, und entsprechend jener Macht und des fundamentalen Vertrauens, das das Volk in es setzt, dieses Oberste Gericht konstituiert, vor das Ihr nun gebracht werdet, und Ihr sollt Eure Anklage hören, über die das Gericht verhandeln wird.«

An Antonys Seite schauderte Kate. Er setzte dazu an, einen Arm um sie zu legen, doch sie schüttelte ihn mit steifem Stolz ab.

Unten verlasen sie die Anklagepunkte. Karl sei ein Tyrann und Mörder und habe die fundamentalen Gesetze des Reichs untergraben. Er habe Verrat gegen sein eigenes Volk begangen, alles um seinen eigenen Willen zu verherrlichen und durchzusetzen.

Woraufhin der König von England nur lachte.

Der Grund für seine gute Laune war offensichtlich. Als man ihm endlich die Erlaubnis zu sprechen gab, antwortete er deutlich, ohne einen Hauch des Stotterns, das ihn normalerweise behinderte. Und mit seinen ersten Worten kam er direkt zum Herz der Sache. »Ich möchte wissen, mit welcher Macht ich hierher gerufen werde«, sagte er. »Ich möchte wissen, mit welcher Autorität – ich meine welcher *gesetzlichen.* Es gibt viele ungesetzliche Autoritäten auf der Welt, Diebe und Räuber auf der Landstraße …«

Was er danach sagte, konnte Antony nicht verstehen. Im Saal unten gab es Lärm und Unruhe. Sein Herz schlug ihm bis zum Hals, und ihm wurde zum ersten Mal bewusst, wie verängstigt er wirklich war. Es schien unmöglich, dass solche Ereignisse wie dieses ablaufen konnten, ohne zu reiner Anarchie und Blutvergießen zu werden.

Doch dies war kein hitzköpfiger Versuch, den König zu retten oder zu töten. Rufe nach »Gerechtigkeit!« erhoben sich in der Menge, wie durch Zufall. »Das haben sie geplant«, murmelte Antony Soame ins Ohr, und sein Freund brummte zustimmend. Die Puritaner verabscheuten Theater, aber was war das hier, wenn nicht ein Theaterstück?

Der König jedoch weigerte sich, dem Skript zu folgen. Indem er Bradshaws schwache Entgegnungen beiseite wischte, beharrte er immer wieder auf seinem Punkt, stellte die Autorität des Gerichts infrage und erstritt sich sein Recht, diese Frage zu stellen.

Tom starrte finster drein. »Warum bettelt er nicht?«, wollte er flüsternd wissen. »Jedes Mal, wenn Bradshaw nach seiner Antwort fragt, lenkt er ihn mit weiteren Argumenten ab – aber ein Mann, der nicht seine Unschuld beteuert, wird für schuldig gehalten!«

»Weil es bedeuten würde, die Legitimität dieses Gerichts anzuerkennen, wenn er sich unschuldig *oder* schuldig bekennen würde«, sagte Antony.

»Aber das besiegelt sein Schicksal. Er könnte durch Feinheiten im Gesetz gewinnen, wenn er sich nur verteidigen würde!«

Kates bitteres Lachen antwortete ihm von Antonys anderer Seite. »Glaubst du, das Gesetz kümmert diese Männer? Sie hören nur auf Gott und niemand anderen. Keine Verteidigung würde ihn retten.«

Soames antwortender Ton war purer, unartikulierter Frust. »Wenigstens würde es zeigen, wie unsinnig diese Anklagepunkte sind!«

Nichts, was Antony an jenem Tag gesehen hatte, führte ihm die Ungerechtigkeit des Prozesses mehr vor Augen, als zu hören, wie Soame – kein Freund des Königs – dessen Ausführung verurteilte. Karl war in vielen der Punkte, die sie nannten, schuldig, allerdings vielleicht nicht in einem solch übertriebenen Ausmaß. Dennoch konnte man es unter der Struktur des englischen Rechts nicht kriminell nennen. Indem sie seine Vergehen anklagten, begingen diese Männer ihre eigenen.

Kate hatte recht: Es hatte mit dem Gesetz wenig oder gar nichts zu tun. »Das Volk würde es nicht verstehen«, sagte Antony. »Wenn Karl seine Unschuld beteuern würde, würden sie die nächsten drei Tage damit verbringen, all seine Sünden in exquisiten Details zu beschreiben. Genau *daran* würde sich die Masse erinnern. Er wird ihnen diese Gelegenheit nicht gewähren.«

Woran sie sich stattdessen erinnern würden, war die unerschütterliche Eloquenz des Königs, nicht zu seiner eigenen Verteidigung, sondern zur Demontage jener, die ihm gegenüberstanden. Als Bradshaw ihn »gewählten König« nannte, erinnerte Karl ihn an die Erbfolge der englischen Monarchie. Als er die Autorität des Unterhauses betonte, stellte der König die Abwesenheit des Oberhauses heraus, das für die Konstitution eines Parlaments entscheidend war. »Ihr habt keine gesetzliche Autorität gezeigt, die irgendeinen vernünftigen Mann zufriedenstellen würde«, sagte er, und das war die Wahrheit.

Ein fester Kloß bildete sich in Antonys Kehle, als er zuhörte. Er sah Karl mit klarem Blick. Die Ereignisse im Krieg hatten allzu deutlich die Hinterhältigkeit und Arroganz des Mannes vorgeführt. Wenn er behauptete, die Freiheiten des Volks zu verteidigen, war das lächerlich – und doch konnte er wohl größeren Anspruch auf jene Verteidigung erheben als die Männer, die England nun mit ihrer Schwertspitze beherrschten. Ein winziger Funke Respekt brannte in Antonys Herz, und er verabscheute sich selbst dafür. Doch da war er: Der Mann stellte sich seinen Richtern und überging deren Versuche, ihn zu unterbrechen und zum Schweigen zu bringen, mit all dem unerschütterlichen Selbstbewusstsein des Märtyrers, der sich in sein Schicksal ergeben hatte.

Er wird es nicht verhindern, wurde Antony klar, als Bradshaw schließlich die Geduld verlor und den Soldaten befahl, den König wegzubringen. *Und das weiß er. Aber er wird sich allein mit Worten teuer verkaufen.*

Als der Gefangene fort war, war das Tagwerk beendet. Die Zuschauer brachen auf. Kate stand unbewegt an seiner Seite, die Lippen fest zusammengepresst, die Augen vor Zorn brennend. »Es ist eine Schande«, sagte sie, als sie Antonys Blick auf sich sah.

»Ja«, stimmte er zu und nahm sanft ihren Arm. »Und noch eine größere Schande für uns, dass wir in einen solchen Zustand verfallen sind.«

DER ONYXPALAST, LONDON
26. Januar 1649

Niedergeschlagenheit lastete auf Lunes Geist wie Eisenketten, zerrte an ihren Schritten, als sie ruhelos von einer Seite der Bibliothek zur anderen lief. Die Fae, die diesen Raum nutzten – gelehrte Individuen, die sich nicht für die aktiven Vergnügungen der meisten Höflinge interessierten –, waren verblüfft gewesen, als sie ihre Königin hatten erscheinen sehen, und hatten ihr ohne Zögern den Raum überlassen. Lune selbst kam selten her, und genau deshalb hatte sie ihn jetzt aufgesucht: wegen seiner Unvertrautheit, wegen der Umgebung, der all ihr üblicher Komfort fehlte.

Ich habe sie enttäuscht.

Antony enttäuscht, England enttäuscht. Das Versprechen an eine alte Frau vor Jahrzehnten enttäuscht. Keinen Eid, der auf einen uralten Namen des Feenlands geschworen worden war, doch Lune hatte versucht, sich zu verhalten, als sei er das. Dennoch war es besser, dass sie es nicht so geschworen hatte: Sie konnte England nicht vor sich selbst verteidigen. Vor einem König, der seines Volks so unwürdig war. Vor Untertanen, die ihres Lands so unwürdig waren. Oder vor den Feenfeinden, die jene Risse fanden und ausnutzten, auf sie einhämmerten, bis der gesamte Staat zersprang.

In beinahe sechzig Jahren auf ihrem Thron hatte sie nie vor einer Prüfung wie dieser gestanden. Und jetzt, im Angesicht dieser Prüfung, war sie gescheitert.

So kam sie hierher, um mit ihren Schuldgefühlen allein zu sein. Sie konnte sie nicht mit Antony teilen, der selbst eine so große Bürde trug. Michael Deven, der sie getröstet hätte, war tot – und ein Teil von ihr war dankbar, dass er nicht hier war, um diesen Niedergang zu sehen.

Ein Klopfen an der Tür brachte ein Fauchen auf ihre Lippen. Fae wurden nicht müde wie Sterbliche. Sie hatte jeglichen Versuch, ihr Essen zu bringen oder sie zum Schlafen zu überreden, abgeschmettert, bis ihre Hofdamen und Ratgeber verstanden hatten, dass alles, wonach sie sich sehnte, Einsamkeit war. »Lasst mich in Ruhe!«

Trotz ihres Befehls schwang die schwere Eichentür auf und ließ Lord Valentin Aspell und Sir Prigurd Nellt herein. Sie sanken beide sofort auf die Knie, und ihr Großsiegelbewahrer sagte: »Euer Gnaden, ich bitte untertänigst um Eure Verzeihung für diese Störung.«

»Die sollt Ihr nicht haben«, schimpfte sie und wischte sich Feuchte von den Wangen, ehe man diese sehen konnte. »Wir wünschen, allein gelassen zu werden.«

»Madam, es betrifft die Sicherheit Eures Reichs.«

Das hätte genauso gut eine Schlinge sein können, die sich um ihren Hals zusammenzog. Lunes Körper zuckte, gefangen zwischen einem Drang, ihn zu schlagen, und dem Impuls, zu fliehen. Irgendwohin zu gehen, wo sie sie nicht finden und mit solchen Nachrichten belasten konnten.

Doch die Pflicht war eine Fessel, die sie sich selbst auferlegt hatte. Sie konnte sie nicht ablegen. Lune grub ihre Fingernägel in ihre Handflächen und sagte: »Erzählt es mir.«

Aspell atmete sichtlich erleichtert auf. »Ein Lubberkin aus Islington hat eine Nachricht von einem Eichenmann nördlich der Stadt überbracht. Dort waren letzte Nacht Fae in seinem Hain – Ausländer. Vielleicht bis zu einem Dutzend.«

So erschreckend die Worte waren, sie brachten ihren Verstand wunderbar dazu, sich zu konzentrieren. »Die Schotten.«

»Das glaube ich nicht, Madam. Der Eichenmann sagte, dass sie rote Rüstungen trugen.«

»*Alle* von ihnen?«

»Ja, Madam.«

Feenritter bemalten und lackierten ihre Rüstungen, aber ganz nach ihrem eigenen Geschmack – für gewöhnlich. Rote Rüstungen in einer Gruppe deuteten unweigerlich auf einen einzigen Ursprung hin. »Ritter vom Roten Zweig«, flüsterte Lune.

Keine Schotten, sondern Iren. Aus Ulster. Die Elite von König Conchobars Kriegern, wie es die Onyxwache unter Lunes Kriegern war. Ulster – der Ort, an den Eochu Airt so plötzlich zurückgekehrt war, vor nicht allzu langer Zeit. Sie bezweifelte, dass diese beiden Ereignisse nicht miteinander verbunden waren.

Doch auf welchen Zweck zielten sie ab? Lunes Blick war so fest auf Schottland geheftet gewesen, dass sie in letzter Zeit wenig an Irland gedacht hatte. Konnte es sein …

Ihr Herz setzte für einen kurzen, närrischen Augenblick aus. *Konnte es sein, dass sie kamen, um den König zu retten?*

Karl war willens gewesen, den sterblichen Iren viele Dinge zu versprechen, um im Krieg ihre Hilfe zu gewinnen. Wie viel mehr würde er wohl aus Dankbarkeit für seine Befreiung geben?

Doch ihre Vernunft kam wie ein Bleigewicht zurück und erinnerte sie an die Hindernisse, die den Roten Zweig blockierten, genau wie sie sie selber blockierten. Und sicher wusste Conchobar ebenso gut wie sie, wie wenig man den Versprechen des Königs trauen konnte. Und …

Und du hast die Hunde vor ihre Beute gesetzt, sodass sie wie wahnsinnig ins Nirgendwo rennen. Sie hatte keinen Grund, ihre Intentionen für gut zu halten, und mehr als genug Misstrauen, um das Gegenteil zu befürchten.

Aspell und Prigurd warteten schweigend, doch atmeten jetzt erleichtert auf, als sie nicht zornig gegen sie auskeilte. Seltsamerweise hatte sich ihre Niedergeschlagenheit gelegt. Diese wartete auch auf sie, doch konnte nicht mit den Gedanken Schritt halten, die ihr jetzt durch den Kopf schossen. *Ich muss versuchen herauszufinden, was der Rote Zweig in London vorhat – und mich inzwischen auf das Schlimmste vorbereiten.*

»Lord Valentin«, sagte sie. »Bittet Lady Feidelm, mich in meinem Privatgemach aufzusuchen. Sagt allerdings nichts über die Nachricht vom Eichenmann zu ihr. Sir Prigurd …« Der Riese zuckte mit immer noch gesenktem Kopf. »Stellt sicher, dass alle Eingänge von Rittern, denen Ihr vertrauen könnt, bewacht werden. Falls der Rote Zweig irgendeinen Angriff auf unser Reich oder eine Unterwanderung dessen plant, werden wir es verteidigen, wenn nötig. Aber greift nicht als Erster an. Vielleicht können wir das noch friedlich beilegen.«

Frieden war unwahrscheinlich, wenn die Fae aus Ulster heimlich kamen, ohne die Botschafterin von Temair über ihr Kommen zu informieren. Doch Conchobar war nicht Nicneven, und Lune wollte vermeiden, zwei solche Feinde zu haben, wenn sie konnte.

PALAST VON WESTMINSTER, WESTMINSTER
27. Januar 1649

Sonntag war ein Ruhetag. Montag und Dienstag brachten wieder dasselbe Theater wie zuvor. Bradshaw konnte sich anscheinend nicht dazu durchringen zu glauben, dass Karl so stur an seiner Position festhalten und sich wie immer weigern würde, sich zu bekennen. Immer wieder entfernten sie ihn mit Gewalt aus dem Saal, und mit jeder Wiederholung bewies dies deutlicher das Argument des Königs, dass ihre einzige Autorität in der Waffengewalt lag.

Antonys Worte an Soame stellten sich als prophetisch heraus. Am Mittwoch rief der Gerichtshof Zeugen auf, um vor einem Komitee auszusagen und alle Sünden des Königs aufzuzählen, und am nächsten Tag wurden deren Aussagen veröffentlicht – doch in der kleineren Kammer, wo sich die Kommission zum Debattieren traf, nicht im Saal von Westminster. Sie konnten den Prozess nicht als Prozess durchführen. Diese Tür hatte der König versperrt.

Kate ging nicht mit Antony, um sich die Sitzung in der kleineren Kammer anzuhören. *Ich hätte ihr nie Zugang zur Druckerpresse gewähren sollen*, dachte er reumütig. In wenigen kurzen Monaten war sie zu einer produktiveren Autorin von Flugblättern geworden, als er es je gewesen war. London war mit wettstreitenden Veröffentlichungen eingedeckt, viele davon offen gegen den Prozess. Dennoch waren sie immer noch nichts weiter als Worte, und sie hatten nicht mehr Macht als die Tinte, die benutzt wurde, um sie zu drucken.

Am Samstag trat das Oberste Gericht wieder zusammen, um ein Urteil über den uneinsichtigen König zu sprechen.

Antony sah Lady Fairfax auf die Galerie schlüpfen, wieder maskiert und mit einer Freundin an ihrer Seite. Die Erklärung gegen Störungen, die man am zweiten Tag verlesen hatte, schien sie nicht abgeschreckt zu haben. Als Bradshaw erneut behauptete, im Namen des englischen Volks zu sprechen, rief sie wieder aus: »Nicht der Hälfte, nicht eines *Viertels* des englischen Volks. Oliver Cromwell ist ein Verräter!«

»Runter!«, zischte Antony Kate zu, beinahe ehe er die plötzliche Bewegung der Soldaten erfasste. Die halbe Galerie fuhr zusammen, als die Männer von der Armee mit ihren Musketen zielten. Selbst halb in der Hocke erzwang er sich seinen Weg an die Seite der Sprecherin. »Lady Fairfax ...«

Sie fauchte einen Fluch, der nie die Lippen einer Lady hätte beflecken sollen, und er packte sie verzweifelt am Arm. »Die *werden* schießen!«

Lady Fairfax kam mit ihm, aber nicht willentlich. Draußen reckte sie ihr Kinn vor und beharrte: »Mich kümmern ihre Waffen nicht – aber ich wollte jene in meiner Umgebung nicht in Gefahr bringen.«

»Ich wünschte, Euer Gatte hätte Eure Prinzipien und Courage«, sagte Antony und sah ihr in die Augen, die wie Feuer unter der Maske brannten. »Hätte England mehr Menschen wie Euch, würde es nachts viel besser ruhen.«

Der Mund der Dame zuckte. »Mein Gatte ist ein guter Mann.«

Doch durch Kräfte, die jeder Kontrolle entflohen waren, machtlos geworden. Die Armee hörte nicht länger auf ihn. Antony hatte Lady Fairfax keinen Trost anzubieten, und sich selbst auch nicht.

Als er nach drinnen zurückkehrte, fand er Verwirrung vor. Die Kommissionsmitglieder liefen weniger geordnet als gewöhnlich nach draußen, und die Zuschauer murmelten untereinander. »Was geht hier vor?«

Tom zuckte mit den Schultern. »Der König hat eine Anhörung vor dem Ober- und Unterhaus verlangt. Behauptet, dass er etwas hätte, das vielleicht Frieden bringen würde. Bradshaw hat das verweigert, und dann haben die Kommissionsmitglieder angefangen zu streiten. Cromwell selbst ist auf den Mann losgegangen, der damit begonnen hat. Hab aber nicht gehört, was sie gesagt haben. Und jetzt hat Bradshaw eine Unterbrechung verkündet.«

Diese dauerte eine halbe Stunde – eine nervöse Zeit. Antony hatte aus dem Unterhaus einige Erfahrung mit Oliver Cromwell. Der Mann war gut im Einschüchtern. Und obwohl er sich Ireton bei der Säuberungsaktion im Parlament nicht angeschlossen hatte, war seine Unterstützung, sobald Cromwell zugestimmt hatte, sich an diesem Prozess zu beteiligen, unerschütterlich gewesen. Egal welchen Einwand seine Mitkommissionsmitglieder vielleicht erhoben hatten, Antony bezweifelte, dass Ireton die Konfrontation, die jetzt im Geheimen ablaufen würde, überleben würde.

Er hatte recht. Als die Versammlung wieder begann, murmelte Tom, dass der Abweichler fehlte, und Bradshaw verweigerte Karls Anspruch auf eine Anhörung.

Seine Ansprache an den Gefangenen dauerte unendlich lang, durch ein Dickicht an juristischen Argumenten und historischen Beispielen, von denen Antony die meisten binnen eines Augenblicks hätte zerlegen können. Nur eines, was Bradshaw sagte, erschütterte ihn.

»Zwischen einem König und seinem Volk werden ein Abkommen und ein Vertrag gemacht«, sagte der Kommissar in seiner roten Robe. »Diese eine Verbindung, dieses eine Band, ist das Band der Unterwerfung, die der Untertan schuldet. Sir, wenn dieses Band einmal gerissen ist, lebe wohl, Souveränität!«

Solch eine Welt hat einst existiert, dachte Antony traurig. *Aber sie ist tatsächlich zerstört.*

Karl versuchte, ihn zu unterbrechen, zu reagieren und auf die Anschuldigungen zu antworten, die Bradshaw auflistete. Nach drei schmerzhaften Tagen voller Angriffe jedoch würde Bradshaw den Fehler nicht wiederholen, den König Fuß fassen zu lassen. Er hastete durch seine letzten Punkte und sprach den Gefangenen schuldig. Ein Sekretär stand auf, um das Urteil von einem schon vorbereiteten Blatt Papier zu verlesen.

»Besagter Karl Stuart soll als Tyrann, Verräter, Mörder und Volksfeind hingerichtet werden, indem sein Kopf von seinem Körper abgetrennt wird.«

In einer feierlichen Welle standen die Kommissionsmitglieder auf und erklärten schweigend ihre Zustimmung.

Die Worte sanken wie Bleitropfen in Antonys Herz. *Keine Absetzung. Keine Gefangenschaft.*

Sie werden ihn hinrichten.

Von seinem Platz im Plenarsaal fragte der König von England sanft: »Wollt Ihr mir das Wort erteilen, Sir?«

Aber Bradshaw wollte nicht. Weil Karl zum Tode verurteilt war, war er in den Augen des Gesetzes bereits tot. Ein toter Mann konnte nicht sprechen. Schweren Herzens sah Antony das wachsende Entsetzen im Gesicht des Königs, als ihm klar wurde, dass er sich verkalkuliert hatte. Er hatte erwartet, noch eine weitere Chance zu bekommen – nicht, um sein Urteil zu verändern, sondern um eine letzte Aussage zu machen. Seine Stimme hob sich, lauter und verzweifelter, als sich die Wachen wie ein eiserner Handschuh um ihn schlossen und die Kommissionsmitglieder seine Schreie ignorierten.

Grimmig bekam Karl in dieser schändlichen Niederlage für ihn seine letzten Worte. »Man lässt mich nicht sprechen: Seht, welche Gerechtigkeit andere Leute haben werden.«

DER ONYXHOF, LONDON
30. *Januar* 1649

»Du kannst nicht gehen«, sagte Antony mit leiser und müder Stimme. »Du *kannst nicht.*«

Lunes Hofdamen waren völlig still, als sie die Aufgabe ausführten, ihre Herrin anzukleiden. Sie wurden nicht alle benötigt – nicht für das einfache Kleid, das sie Lune auf deren Befehl anzogen –, aber sie blieben alle, um ihre Missbilligung besser gemeinsam mit dem Prinzen auszudrücken. »Deine Autorität, Lord Antony, erstreckt sich auf sterbliche Angelegenheiten – nicht jene der Fae. Wohin zu gehen wir beschließen, ist unsere eigene Entscheidung.«

Sie hätte ihn nicht so förmlich ansprechen sollen, doch ihre eigene Laune war so angespannt, dass keine Chance auf Höflichkeit bestand. Wie zweifellos seine eigene. Antony sagte mit zusammengebissenen Zähnen: »Ich erteile keine Befehle, Madam. Ich rate dir nur, dass es extrem unklug ist, dein Reich zu verlassen und dich in solche Gefahr zu bringen.«

»Einst hat man mich für ziemlich gut darin gehalten«, sagte sie verbittert und versuchte, scherzhaft zu klingen. »Du brauchst nicht zu befürchten, dass ich enttarnt werde.«

»Gut oder nicht, du schlägst vor, dich dem auszusetzen, was dir verfeindet ist, und es gibt dabei *nichts* zu gewinnen!«

Ein Funken Zorn entbrannte in ihrem Herzen. Hielt er sie für völlig von Gewinn motiviert? Unfähig, sich um Dinge jenseits der Verbesserung ihres Hofs zu sorgen? Amadea betrat den Raum mit einem Kristallkästchen, schreckte aber vor dem finsteren Starren zurück, das Lune auf sie heftete. Als sie für den Moment von ihren Bediensteten befreit war, wandte Lune sich an ihren Gefährten.

»Ich habe versprochen«, sagte sie und formulierte jedes Wort präzise, »England zu schützen. Stattdessen habe ich es einer militanten Fraktion in die Hände fallen lassen, die in der Verfolgung ihrer eigenen Interessen sein Wohlergehen vernachlässigt. Und sie werden heute seinem König den Kopf abschlagen – einem *regierenden Monarchen*, der von seinen Untertanen verurteilt und getötet wird.« Worte waren unzureichend, um ihr Entsetzen zu vermitteln. Könige und Königinnen waren schon früher gestorben – abgesetzt, abgedankt, ohne

Vorwarnung ermordet –, doch nie zuvor so. Niemals, während sie noch auf ihrem Thron saßen und unter dem Vorwand der Rechtsprechung.

Zu verbergen, was sie empfand, war unmöglich. Stattdessen nutzte sie es als Waffe und ließ es Antony sehen. »Ich werde dies nicht unbezeugt geschehen lassen.«

Er streitet, um dieses Reich zu bewahren – aus Angst, dass mir etwas passieren könnte und so beide Reiche gemeinsam im Chaos versinken. Seines Sitzes im Parlament, seiner Stellung als Ratsherr, seines Einflusses auf seine eigene Welt beraubt, kämpfte Antony umso härter, um seine andere Herrscherin zu schützen. Sie verstand das.

Aber ich muss das tun.

Schließlich senkte Antony den Kopf. »Dann komm mit. Die Zeit wird knapp.«

PALAST VON WHITEHALL, WESTMINSTER
30. *Januar* 1649

Schweigen herrschte auf der King Street. Hier und dort erhob sich von zögerlichen Lippen ein tränenerfüllt gemurmeltes Gebet, aber die Hunderte von Menschen, die sich auf der Straße drängten, aus Fenstern lehnten, auf Dächern hockten, warteten in grimmigem und unnatürlichem Schweigen.

Das Banketthaus im italienischen Stil bildete den Hintergrund der Szenerie, eine klassische Kalksteininsel inmitten von Tudor-Ziegelgebäuden. Schwarzer Stoff umhüllte die Geländer der Plattform davor und verbarg vor den Menschen auf der Straße den niedrigen Block in seiner Mitte und die Ösen, die man in die Bretter um ihn herum gehämmert hatte. Sollte es sich als notwendig erweisen, würde man den König an sein Schafott ketten wie einen Hund.

Tower Hill und Tyburn waren beide zu groß und offen, zu schwierig zu kontrollieren. Ein gewaltiger Mob hatte sich damals versammelt, um über Straffords Tod zu frohlocken. Die Männer, die jetzt die Zügel von England hielten, konnten es nicht riskieren, dass sich ein ähnlicher Mob gegen sie wandte. Das Gelände des Palasts von Whitehall konnte man kontrollieren, wo das Banketthaus eine Seite der King Street markierte, der Tilt-Yard die andere und das Holbein Gate das südliche Ende begrenzte. Eine Artillerieplattform, die aus den Kriegen übrig geblieben und in die Ecke beim Schafott gestellt war, hielt finster Wache über der Straße, und berittene Soldaten umringten das Schafott, gerüstet und bewaffnet. Sie würden Karl außerhalb seines Monuments an die Schönheit töten, vor Inigo Jones' eleganter Architektur und Rubens' himmlischer Decke darin: ein zusätzlicher Messerstich.

Die hagere, asketische Frau an Antonys Seite zeigte ihre Jahre in ihrem grauen Haar und den tiefen Falten in ihrem Gesicht, und ein Hauch Steife in ihren Gelenken verriet das zunehmende Alter. Lune hatte nicht übertrieben. Sie ahmte die Menschheit so gut nach, dass er sie nicht als Fae erkannt hätte. Die drei, die sie begleiteten, waren leichter zu identifizieren: Sir Prigurd Nellt war der riesige Kerl mit Schultern, die so breit waren wie ein Axtstiel, und die anderen beiden dienten in der Onyxwache. Sogar jetzt, als bescheidene Handwerker gekleidet, hielten sie sich wie Ritter – und zwar Elfenritter. Die nüchterne, puritanische Kleidung, die sie alle trugen, war eine dünne Maske. Doch heute würden keine Blicke auf ihnen ruhen.

Kate hatte Antony ein Monster genannt, weil er teilnahm, als sei das grausige Spektakel sein Grund. In Wahrheit konnte er Lune nicht allein kommen lassen.

Es war einfach zu glauben, dass die Elfenfrau sorglos, sogar herzlos war. Gemeinsam hatten sie das Spiel der Politik so lange gespielt, dass er die Wahrheit aus den Augen verloren hatte: dass Lune sich wirklich sorgte, so tief wie er. Und dieser Tag würde sie vielleicht sogar noch mehr verletzen, denn ihre Hingabe an die Monarchie stammte aus einer Zeit, als die Monarchie die Liebe ihrer Untertanen verdient hatte.

Nun würden sie vielleicht nicht einmal mehr einen unverdienten Monarchen haben. Zuvor hatte einer von Ben Hipleys Bettelkinderinformanten Antony aufgesucht, wo er mit den anderen auf dem steilen Dach über der Artillerieplattform gewartet und das Schafott überblickt hatte. Die Hinrichtung wurde verzögert, weil das Unterhaus hastig ein neues Gesetz verabschiedete, das es für alle illegal machte, einen neuen König auszurufen. Es war eine defensive Taktik, ein sinnloser Versuch, sich gegen Karl, den Prinzen von Wales, zu schützen, der jung, energisch und nicht so verhasst wie sein Vater war und der frei auf dem Kontinent umherzog. Doch Antony befürchtete, dass sie etwas Permanenteres vorhatten.

Eine Bewegung zog seinen Blick an. Männer marschierten auf das Schafott: Soldaten, einige Kerle mit Tintenfässchen und Papier, und der Scharfrichter, der zusammen mit seinem Assistenten völlig maskiert war. Die noblen Fenster des Banketthauses waren zum größten Teil verblendet worden, doch eines im Anbau an der Nordseite war herausgerissen und vergrößert worden, und genau durch dieses kamen sie.

Flüstern erhob sich in der Menge, raschelte mit tödlicher Spannung. Und dann ein Japsen, als der König ins Blickfeld trat.

Er war einfach gekleidet, sein einziger Schmuck der George, die Insignien des Hosenbandordens. Er wirkte gefasst, fragte aber einen der Soldaten etwas mit einem Nicken auf den Block hin. Obwohl die Menge furchtsam still war, blies ein starker Wind, der den beißenden Winter brachte und Karls Stimme wegtrug. Sogar aus seiner nahen Position konnte Antony nur einzelne Worte erhaschen. Den restlichen Zuschauern, vom dichten Ring an berittenen Soldaten zurückgehalten, würde es wenig besser ergehen. Als Karl ein kleines Stück Papier aus der Tasche zog, richtete er seine letzte Ansprache an die Männer auf dem Schafott, die Einzigen, die ihn hören konnten. Doch die Männer mit den Tintenfässchen machten Notizen, und es würde nicht lange dauern, ehe die letzten Worte des Königs überall in London veröffentlicht würden.

Ich muss an ihre Notizen kommen, dachte Antony und biss sich auf die Lippen. *Wenn sie irgendetwas zensieren ... das Volk muss die Wahrheit erfahren.*

Mithilfe des Bischofs, der ihn aus dem Banketthaus begleitet hatte, zog Karl eine Nachthaube über und steckte sein Haar hinein, sodass sein Hals nackt war. Was der Bischof zu Karl sagte, war unhörbar, doch die Antwort des Königs kam in einer kräftigeren Stimme und hallte über die nun beinahe völlig stille Menge. »Ich gehe von einer verderblichen zu einer unverderblichen Krone, wo es keine Beeinträchtigung geben kann – keine Beeinträchtigung auf der Welt.«

Antonys Magen verkrampfte sich quälend, als der König den George abnahm und dem Bischof überreichte. »Erinnert Euch«, sagte Karl, und Antony dachte: *Ja. Ich werde mich immer an diesen Augenblick erinnern – wenn ein Mann, der überzeugt ist, dass Gott ihm seine Autorität verliehen hat, von Männern ermordet wird, die überzeugt sind, dass Gott ihnen* ihre *verliehen hat.*

Immer legten sie es dem Allmächtigen zu Füßen. Karl glaubte, dass seine Niederlage ein Beweis für die Strafe Gottes war. Die Anführer des Parlaments hielten ihren Sieg für einen Beweis der Gnade Gottes.

Oder war es einfach ein Beweis für Cromwells militärisches Genie und die Effektivität der New Model Army? Was, wenn alles hiervon, jedes bisschen davon, allein das Werk von Menschen war – ihre Entscheidungen und Fehler, ihre Träume und Ideale – und Gott beobachtete, wie sich alles abspielte, und sie ohne Hilfe oder Einmischung aufsteigen und fallen ließ?

Irgendjemand musste falsch liegen. Gott konnte nicht auf beiden Seiten stehen. Und als er beobachtete, wie Karl sein Wams und seinen Mantel abnahm, als er beobachtete, wie er seine Hände zum Gebet hob und sich dann mit dem Kopf über dem niedrigen Block flach hinlegte, spürte Antony mit kühler Sicherheit, dass *beide Seiten* falsch lagen. Gott beobachtete, nichts weiter. Seine Hand war nirgends an diesem Tag – oder irgendeinem anderen.

Dies ist die Tat von Menschen.

Ein erstarrter, stiller Augenblick – dann streckte Karl die Arme aus.

Die Axt blitzte durch die Luft, und ein Stöhnen riss sich aus der Menge los, der Schreck zu gewaltig für Worte.

Der verhüllte Scharfrichter hob den abgetrennten Kopf des Königs an den Haaren hoch, während die Nachtmütze auf die Bretter fiel. Schluchzen und Gebete füllten die Luft, als die Soldaten die Leiche wegzerrten und in einen mit schwarzem Samt ausgelegten Sarg hoben.

Noch ehe sie fertig waren, durchbrach Hufgeklapper die Trauer. Reiter kamen vom anderen Ende der King Street und der inneren Seite des Holbein Gate hervor, nicht zu schnell, aber ausreichend überlegt bedrohlich, um ihr Ziel zu erreichen: Die Menschen trennten und verteilten sich, so gut sie konnten. Einige wenige Tapfere duckten sich unter das Schafott, um ihre Taschentücher in das Blut zu tunken – ein paar forderten sogar die Soldaten heraus, indem sie über die Geländer sprangen –, doch die meisten flohen.

Sogar die Dächer waren nicht sicher. Gebrüll hallte vom Tor. Als er sich umdrehte, sah Antony Soldaten über die Dächer klettern. Sie schenkten jedoch den Leuten um sie herum wenig Beachtung, sondern drangen gezielt vor.

Seine Hand bewegte sich, ohne dass er nachdachte, und schloss sich wie Stahl um Lunes Arm. Dann wurde ihm bewusst, dass sie in die andere Richtung sah, auf die Gebäude, die vor dem Privatgarten hinter ihnen standen – auf eine zweite Soldatentruppe, die aus der anderen Richtung näherkam. Und sie erwiderten wie die anderen seinen Blick auf eine Art, die er zu erkennen gelernt hatte.

Schon bevor einer von ihnen deutete und seinen Männern etwas zurief, kannte Antony ihr Ziel.

»Sie …«, setzte Lune an, doch er fiel ihr ins Wort.

»*Lauft.*«

Das Banketthaus erhob sich zu ihrer Rechten, doch dort hätten sie nur auf den Dächern in der Falle gesessen. Lune legte jeden Anstand und ihr vorgespieltes Alter ab, hob ihre Röcke und rannte los. Antony ließ sich nicht nachdenken. Er folgte ihr einfach. Für einen Moment fühlte er sich schwerelos. Dann rauschte die Artillerieplattform unter ihnen mit furchterregendem Tempo nach oben. Ein stechender Schmerz pochte durch sein rechtes Knie, als er aufkam und auf die Seite rollte. Eher durch Zufall als geplant trug ihn sein Schwung von den

Brettern und auf die Straße, ehe die Soldaten sich von ihrer Überraschung erholen konnten.

Lune hörte seinen Schmerzensschrei und machte Ansätze, ihm zu helfen. Antony schob sie vorwärts. »Los!« Sie brauchte keine zweite Ermunterung. Unter dem Schafott entlang, durch die sich auflösende Menge – ein Pferd versperrte ihnen den Weg, und sie duckten sich nach rechts unter den Bogen des Court Gate und in den Palasthof dahinter.

»Sir Prigurd ...«, sagte Lune und drehte sich, um zurückzublicken.

»Wird uns Zeit zur Flucht erkaufen. Das waren Fae, Lune, und ich glaube nicht, dass es deine waren.«

Der Palasthof war nicht leer. Genau so wenig waren Lune und er die Ersten, die durchkamen. Vor ihnen sahen sie, wie andere Zuschauer von den Soldaten, die dort stationiert waren, zur Seite geschubst wurden. Antony fluchte leidenschaftlich und warf sich nach links, in einen schmalen Durchgang, der an den Räumen des Rechnungsprüfers vorbeiführte. Der Palast von Whitehall war ein gottverdammtes Labyrinth. Als der Gang endete, mussten sie nach rechts auf einen weiteren Innenhof laufen.

Ein Blick auf Lune sagte ihm, dass es zu lange her war, seit sie zuletzt hergekommen war. Sie kannte sich noch weniger aus als er. Antony betete, dass ihn sein Gedächtnis nicht im Stich ließ, und bog wieder nach links ab, durch einen noch schmaleren Gang, der sich beinahe im Kreis drehte, ehe er auf einem weiteren Innenhof endete.

Doch dieser öffnete sich zurück auf die King Street. Sie waren jetzt weit genug vom Schafott entfernt, dass ihnen die Soldaten wenig Beachtung schenkten, und die gewundenen Gänge von Whitehall leisteten ihnen einen Dienst. Ihre Feenverfolger hatten sie vorerst verloren.

Er wollte sie jedoch nicht als sicher werten, bis sie den Onyxpalast erreichten. »Der Fluss«, sagte Antony.

Lune schüttelte den Kopf. »Eine Barke würde uns zu einem leichten Ziel machen. Sie werden darauf warten. Kannst du weiterlaufen?«

»Das werde ich«, sagte Antony grimmig und humpelte Richtung Charing Cross.

WESTMINSTER UND LONDON
30. *Januar* 1649

Etwas schmerzte unter Lunes Brustbein, tiefer als Trauer oder Verzweiflung. Sie fühlte sich, als würde jeden Moment der Boden unter ihr nachgeben, als hätte die Welt irgendeine fundamentale Festigkeit verloren.

Der König ist tot.

Sie hastete mit Antony an ihrer Seite durch die Straßen, und ihre Augen brannten, trocken und ohne Blinzeln.

Der König ist tot.

Es erschütterte sie bis ins Mark. *Der König ist tot. Lang lebe der König* – aber nein. Durch einen Beschluss des Parlaments folgte der junge Karl noch nicht an den Platz seines Vaters nach. Der Thron war leer. Er war schon früher leer gewesen, zwischen dem Tod eines Herrschers und der Krönung eines anderen, aber jene war eine andere Wartezeit gewesen – das Zögern zwischen einem Atemzug und dem nächsten. Dies hier war das Fegefeuer ohne ein verheißenes Ende.

Es bedeutete gar nichts. Die Nachricht würde den Prinzen, den neuen König, bald genug erreichen. Das Volk würde ihn ohnehin zum König ausrufen. Er war König von Gottes

Gnaden, nicht von Parlaments Gnaden. Dessen Gesetze bedeuteten gar nichts.

Und doch bedeuteten sie viel zu viel.

England hatte keinen König. Und auf irgendeiner tiefgründigen Ebene, auf den spirituellen Grundfesten des Landes, dröhnte diese Abwesenheit wie eine schreckliche Bronzeglocke.

Sie konnte es sich nicht erlauben, darüber nachzudenken, nicht bevor sie in Sicherheit waren, und das waren sie noch nicht. Trotz der beißenden Kälte standen Antony Schweißperlen im Gesicht. Sie hatte nicht nachgedacht, ehe sie vom Dach gesprungen war. Er war ein Mensch und nicht mehr jung. Sein Humpeln wurde mit jedem Schritt schlimmer, aber er zwang sich weiter – jetzt, wo sie klargestellt hatte, dass sie ihn nicht zurücklassen würde.

Der nächste Eingang war der einzige, der die Stadtgrenzen durchbrach. Der Tunnel öffnete sich innerhalb der Mauern, führte aber in den Dreck des Flusses Fleet hinaus. Selbst wenn sie willens gewesen wäre, sich in dieses Abwasser zu wagen, hätte die Hexe des Fleet sie vielleicht nicht durchgelassen. Sie würden durch das Ludgate zum Torbogen in der Fish Street laufen müssen …

Nein. Feidelm hatte sich den Zweck nicht vorstellen können, zu welchem der Rote Zweig nach London gesandt worden war, doch es schien klar, dass sie vorhatten, entweder gegen Lune oder Antony zuzuschlagen. Oder gegen beide. Was bedeutete, dass sie, wenn sie klug waren, eine Truppe am Ludgate platzieren würden, wo die Königin und der Prinz am wahrscheinlichsten durchkommen würden.

Wie viele Ritter hatte Conchobar geschickt? In der King Street waren acht gewesen. Aber der Eichenmann hatte vielleicht nur eine Gruppe gesehen. Es konnten weitere hier sein.

Sicherlich jedoch konnten es nicht genug sein, um alle Eingänge oder die Stadttore zu bewachen.

Sie waren bereits auf der Fleet Street. Sie musste eine Entscheidung treffen. Als sie einen Seitenblick auf Antony warf und seine zusammengebissenen Zähne sah, wurde Lune bewusst, dass er es nicht nach Islington bis zu den Goodemeades schaffen konnte. Sie würden es riskieren müssen.

»Folge mir«, sagte sie und bog nach Norden auf die Fetter Lane. Nachdem sie an den niedriger gestellten Gerichtshöfen vorbeigelaufen waren, überquerten sie den Fleet an der Turnagain Lane und kamen durch das Newgate in die Stadt. Die Haut zwischen ihren Schulterblättern kribbelte, weil sie jeden Moment einen Pfeil erwartete, doch es kam keiner. Sie erreichten die Metzgergasse, und Lune half Antony die Treppe in einen Keller hinunter, der aufhörte, ein Keller zu sein, als sie ihn durchquerten.

Sie atmete mit einem tiefen, erleichterten Japsen auf, als sie die Sicherheit ihres Heims erreichten. Die Eisenwunde pochte voll neuem Schmerz, und sie hatte die Stäbchen ihres Korsetts beim Sprung zerbrochen. Deren spitze Enden bohrten sich in ihren Bauch. Antony ließ sich an die Mauer sinken, bis auf das erhitzte Rot seiner Wangen leichenblass, und schaffte es nicht einmal, sich aufzurichten, als die Tür aufsprang und zwei bewaffnete Ritter hereinstürmten.

Lune sprang vor ihn und legte ihre sterbliche Tarnung ab. Das Paar, das ihr gegenüberstand, starrte sie verblüfft an. Sie sprach, ehe die beiden sich davon erholen konnten. »Kommt. Lord Antony braucht Hilfe, und wir werden angegriffen.«

Sie pries Valentin Aspell dafür, dass er sie mit der Nachricht über den Roten Zweig gestört hatte. Die Onyxwache war vorbereitet. Diese beiden, Essain und Mellehan, waren frisch in ihre Reihen rekrutiert, aber sie reagierten blitzschnell. Mellehan half Antony hoch und stützte die verletzte Seite des sterblichen Manns. »Wir haben von Unruhen gehört, Eure Majestät«, sagte Essain. »Eure Ritter sammeln sich in Eurem größeren Thronsaal …«

Lune fluchte ausgiebig. »Nicht auf ihren Posten? Ich habe befohlen, die Eingänge zu bewachen! Sir Prigurd ist noch draußen …« Sie boten eine armselige Prozession, als sie durch das Labyrinth aus Galerien eilten, das zu ihrem Thronsaal führte, doch es machte wenig Unterschied. Es waren keine Höflinge unterwegs, die sie gesehen hätten. Vor ihnen lag die Doppeltür, bereits für sie geöffnet. »Ich weiß nicht, was unsere Verfolger vorhaben …«

Die Antwort erwartete sie drinnen.

»Hallo Lune«, sagte Ifarren Vidar von seinem bequemen Platz auf ihrem Thron aus.

DER ONYXPALAST, LONDON
30. *Januar* 1649

Der knochige, langbeinige Fae wirkte wie eine Spinne und hatte einen Arm und ein Bein über gegenüberliegende Seiten des silbernen Throns gelegt. Er saß ohne die kühle Eleganz der früheren Besitzerin, doch seine bleiche Haut und das schwarze Haar waren allzu ähnlich. Für einen fürchterlichen Augenblick sah Lune Invidiana.

Sie konnte ihr Zusammenzucken nicht kontrollieren, und es machte Vidars Grinsen breiter. Gelächter kam von der rechten Seite des Feenlords und brach den Bann. Lune bemerkte, dass Sir Leslic mit gezogenem Schwert dastand und ein Lächeln zeigte, das eher wie ein Knurren war. Antonys Stuhl war umgeworfen und auf die Seite geschoben worden, sein Kissen entzweigehackt. Leslics Mitgefangene standen ebenfalls frei da und liefen auf der Thronplattform herum.

So viel sah Lune, ehe sie herumwirbelte. Doch die Türen schwangen bereits zu, und Essain war da, sein Schwert auf ihre Brust gerichtet. »Tut das nicht, Eure Majestät.«

Mellehan stützte immer noch Antony, aber mit einem Dolch an dessen Kehle, während ein Goblin einen Knebel um seinen Mund band. Lune sah dem Prinzen kurz in die Augen und erkannte die Verwirrung und entsetzte Ungläubigkeit darin. Sie konnte ihm nicht antworten. Stattdessen drehte sie sich zurück und sah Ifarren Vidar an.

Als sie das tat, bemerkte sie zum ersten Mal die Fae, die entlang der Wände des Thronsaals standen, unter den silbernen Verzierungen und Kristallpaneelen der gewölbten Decke. Einige – zu viele – waren Ritter aus ihrer eigenen Onyxwache. Aber andere …

Vidars schmales Gesicht weitete sich zu einem gnadenlosen Lächeln. »Hattet Ihr die Schotten für meine einzigen Verbündeten gehalten? Ihr habt die Iren schrecklich enttäuscht, Lune. So viele gebrochene Versprechen, so viele verpasste Chancen. Sie ersehnen einen Onyxhof, der nicht zögert, jedes Werkzeug zu nutzen, das ihm zur Verfügung steht.«

Nicneven mangelte es an Macht für einen Angriff. Doch anderen mangelte es nicht. Ritter vom Roten Zweig: Männer aus Ulster, angeführt von Eochu Airt. Der ehemalige Botschafter war da und stand weit von den gezogenen Schwertern entfernt, außerhalb von möglicher Gefahr. Nun verstand sie, warum er ihren Hof verlassen hatte. Das hier war seit mindestens zwei Monaten geplant worden, und wahrscheinlich noch länger.

Doch von Temair selbst oder nur von König Conchobar von Ulster?

Von Schwertern umzingelt, und doch ist Politik alles, woran ich denke. Weil das die einzige Waffe war, die sie hatte. Lune richtete sich auf, als würden sie die Klingen überall um sie herum nicht im Geringsten kümmern, und zwang sich, Vidars Blick zu erwidern.

Sie hatte nie erfahren, woher er stammte. Lune war nicht sicher, ob er überhaupt aus England kam. Doch es gab ein Gerücht, dass er von seinem angestammten Hof geflohen war, nachdem ihm sein Ehrgeiz den Zorn seines Herrn eingebracht hatte, und sie glaubte es. Ifarren Vidar würde alles tun, um Macht zu erlangen. Dies war nur der neueste Versuch – und, wie sie befürchtete, der am besten geplante.

»Habt Ihr Irland genau das versprochen?«, fragte Lune. »Dass Ihr mich zu größerer Unterstützung zwingen werdet?« Sie schürzte die Lippen. »Natürlich nicht. Ihr wollt das, was Ihr immer gewollt habt: den Thron, auf dem Ihr nun sitzt. Aber Ihr seid nicht Invidiana, Vidar. Ihr werdet nie die Kontrolle haben, die sie hatte.«

Er wirkte ungerührt. »Ich werde es besser machen als Ihr, die Ihr nicht einmal Euren eigenen Hof kontrollieren könnt.«

Die Türen schwangen wieder auf. Lune drehte sich nicht um. Sie würde diese Panik nicht zeigen. Aber sie spürte das Beben, als schwere Stiefel auf den Marmor hinter ihr prallten, und dann wanderte all ihre Aufmerksamkeit auf eine schattige Ecke zu Vidars Linker, wo sich eine gewaltige Gestalt aufrichtete und nach vorne ins Licht kam.

Kentigern Nellt, der seine gewaltige Figur nur gerade genug im Zaum hielt, um in den Thronsaal zu passen, blieb stehen, während sich ein bösartiges Grinsen über sein hässliches Gesicht ausbreitete. »Gut gemacht, Bruder.«

Eine Pause – und dann ging Sir Prigurd weiter, an Lune vorbei, und stellte sich an die Seite seines Verwandten.

Schmerz stach in ihr Herz. Ein volles Dutzend ihrer Ritter stand neben den Schotten und Iren, Verräter, die endlich ihre wahren Farben zeigten, doch keiner von jenen machte sie so traurig wie dieser eine, der sie alle erklärte. Neue Rekruten, die in den Jahrzehnten, seit sie den Thron bestiegen hatte, gesammelt worden waren, und alle von ihnen von ihrem Hauptmann, Sir Prigurd Nellt, mitgebracht.

Ich hätte ihm nie vertrauen dürfen.

Der Riese, den sie für treu gehalten hatte, wollte ihr nicht ins Gesicht sehen. Er starrte mit beschämter Miene auf die schwarz-weißen Muster auf dem Boden. Doch er stand neben seinem Bruder, und Lune wusste nicht, ob sie schluchzen oder ihm wutentbrannt die Kehle herausreißen wollte.

Sie würde keine Chance haben, irgendetwas davon zu tun.

»Kentigern will Blut«, sagte Vidar beiläufig und stand auf. Er hatte die menschliche Mode abgelegt, die einem am Onyxhof Gunst einbrachte, doch nicht das Schwarz und Silber, das er während Invidianas Herrschaft getragen hatte. Eine glitzernde, langfingrige Hand glättete den Samt seiner Tunika. »Und das soll er haben – angefangen mit diesem sterblichen Haustier an Eurer Seite. Wir haben noch nicht entschieden, was wir mit Euch tun sollen. Vielleicht wird Ihre gnädigste Majestät, die Gyre-Carling von Fife, das Recht beanspruchen, Euch loszuwerden. Ein englischer Herrscher ist heute gestorben. Vielleicht kommt sie auf den Geschmack. Aber all das soll warten, bis wir diesen Palast ganz eingenommen haben. Für den Augenblick …« Vidar hielt inne und genoss die Worte ausgiebig. »Bringt sie beide in den Tower.«

Während Prigurd Lune vor dem Thronsaal die Hände hinter dem Rücken fesselte, betrachtete Kentigern Antony mit kühlem, berechnendem Blick. »Er ist verletzt.«

»Sie sind uns in Whitehall entkommen«, sagte Prigurd, seine Stimme ein weicherer, höherer Bass als der seines Bruders. »Sind vom Dach gesprungen.«

Antony starrte stur an Kentigern vorbei, ein harter Blick über dem Knebel, der seinen Mund verstopfte. Falls er Furcht empfand, zeigte er sie nicht. »Vielleicht warten wir«, sagte Kentigern. »Bis er geheilt ist. Sonst ist es kein Spaß.«

Das Amphitheater. Es hatte in römischen Zeiten blutige Unterhaltung gesehen und würde das wieder tun. Antony würde gegen den Riesen keinen einzigen Waffengang überdauern – aber Lune hatte nicht vor, diesen Kampf geschehen zu lassen. *Sie bringen uns zum Tower. Wie gut kennen sie ihn?* Falls ihre Bewacher sie auf den richtigen Weg bringen würden ... falls sie sich auch nur einen Augenblick der Freiheit für sie selbst und Antony erkaufen konnte ...

Sie erhaschte den düsteren Blick in seinen Augen und schüttelte unmerklich den Kopf. Vor einem Jahr hätte sie nie ein überstürztes Handeln von seiner Seite befürchtet. Antony war kein hitzköpfiger Mann. Allerdings hatte sich etwas in ihm verändert. Ein Teil von ihm war zerbrochen, und zwar mehr als nur seine alten Träume. *Ich kann nicht vorhersehen, was er tun wird.*

Ob er ihre Warnung erkannte und erst recht, ob er sie akzeptierte, konnte sie nicht sagen.

Vidar rief etwas aus dem Thronsaal, und Kentigern grunzte. Er klopfte seinem Bruder auf die Schulter und ging zurück hinein, sodass Prigurd, Essain und Mellehan zurückblieben, um die Gefangenen zu den Zellen unter dem Tower von London zu eskortieren. Gefesselt und in der Unterzahl, während Antony verletzt und Lune keine Kriegerin war, stellten sie eine recht kleine Bedrohung dar – aber trotzdem verriet ihr die magere Eskorte etwas. Vidar mochte zwar Schotten von Nicnevens Hof und Ritter vom Roten Zweig von dem von Conchobar haben, aber er hatte nicht genug, um Prigurd eine größere Garde mitzuschicken.

Der Riese wusste das und verschwendete keine Zeit. Lunes Röcke verfingen sich um ihre Beine, als sie hastig versuchte, Schritt zu halten, weil sie diese nicht anheben konnte. Essains Dolch piekte sie jedes Mal in den Rücken, wenn sie stolperte. Antony, der versuchte, sein verletztes Knie zu schonen, erging es schlimmer. Selbst falls sie sich von dieser Eskorte befreien *konnte* …

Die Galerie, die sie durchquerten, öffnete sich in einen der kleineren Gärten, wo irgendein Höfling ein herrliches Tulpenbeet gezogen hatte. Aus dem leuchtenden, vielfarbigen Teppich ihrer Blütenblätter kam eine Stimme, die unharmonisch, aber kräftig sang, in einem Tonfall, der die Mauern beben und die Tulpen in ihren Töpfen verwelken ließ. »Herr, hadere mit meinen Haderern; streite wider meine Bestreiter. Ergreife Schild und Waffen und mache dich auf, mir zu helfen!«

Der Psalm schallte harmlos über Lune, vom geopferten Brot abgelenkt, doch die anderen Fae schrien auf. Als sie herumwirbelte, sah sie, wie Mellehan seinen Dolch fallen ließ und Essain taumelte. Lune stieß ihre Hüfte gegen seine, und er stolperte gegen seinen Kameraden. Benjamin Hipley, der immer noch sang, erschien von hinter einem sterbenden Busch. »Zücke den Spieß und schütze mich gegen meine Verfolger …« Er hatte keine Geduld für die Taktiken von Gentlemen. Seine Faust, die seinen Schwertgriff umklammert hielt, zerschmetterte

Mellehans Schädel, dann entwaffnete er Essain und schlug ihm den Griff seines eigenen Schwerts in den Nacken.

Ein tiefes Knurren ließ Lune sich verzweifelt herumwerfen. Prigurd war auf die Knie gesunken, eine breite Hand gegen eine Säule gestemmt, doch ehe er sich wieder hochziehen konnte, war Antony dort. Er stützte sein Gewicht irgendwie auf sein verletztes Bein und trat mit genug Wucht aus, um den Riesen seitwärts zu schleudern. Dann taumelte er vorwärts und ließ denselben Stiefel herunterkrachen.

Sein Knie gab unter ihm nach, doch das Werk war vollbracht. Prigurd lag bewusstlos am Boden. Hipley ließ seinen Psalm verstummen. »Eure Majestät … Lord Antony …«

»Helft ihm«, sagte Lune und deutete mit dem Kinn auf den gestürzten Mann, und Hipley entfesselte hastig seine Hände und seinen Mund. Erst jetzt holte die plötzliche Aufregung ihr Herz ein, das heftig genug pochte, um sie zum Zittern zu bringen. *Ich sollte diese Ritter töten.*

Es war ein Gedanke, der Invidianas würdig gewesen wäre. Vidar zwang sie zurück zu diesen finsteren Gewohnheiten, den Tagen, als blutige Grausamkeit der einzige Weg gewesen war, bei Hof zu überleben. Lune verwarf den Gedanken angeekelt. Doch der halbe Onyxpalast musste die Wucht von Bens heiligem Lied gespürt haben. Sie mussten schnell handeln.

Hipley kam und entfesselte ihre Hände. Antony, der sich an einer Säule abstützte, sah Lune wieder in die Augen. Sie regierten jetzt seit mehr als zwanzig Jahren gemeinsam. Es gab viele Dinge, die sie nicht aussprechen mussten. »Geh«, sagte Lune zu ihm. »Bevor sie daran denken.«

»Was ist mit dir?«, fragte Antony.

Ihre Hände lösten sich, und sie rieb das Blut zurück in ihre Finger. »Werdet Ihr bei mir bleiben?«, fragte sie ihren sterblichen Spion, und Hipley nickte. »Vidar hat vor, sich selbst den Onyxpalast zu sichern. Wir müssen dafür sorgen, dass er das nicht schafft.«

LOMBARD STREET, LONDON
30. Januar 1649

Antonys schweißgetränkte Kleidung gefror in dem Augenblick an seiner Haut, als er sich aus dem mit einer Steinplatte abgedeckten Schacht zog. Er dankte Gott – oder eher der Macht des Feenlandes – für die Zauber, die jeden verbargen, der einen der Gänge zum Onyxpalast betrat oder aus einem kam, schob die Steinplatte zurück und stolperte grimmig von dem Gebäude in Billingsgate weg in Richtung Lombard Street.

Wenn die Königin und der Prinz gefangen waren, würde Vidar immer noch eine Truppe aufbringen, um getarnt auf den Straßen zu patrouillieren? Vielleicht, abhängig davon, wie viele er noch in Schach halten musste. Und falls er vermutete, dass sie entkommen waren, dann bestimmt.

Er humpelte schneller.

Oh Herr, allmächtiger Vater – ich flehe dich an, schütze die, die ich liebe. Wenn dieser Thronräuber gegen mehr als nur den Onyxpalast zugeschlagen hat … wenn sie ihr etwas getan haben, während ich fort war …

Das Haus war still, doch Kerzen brannten gegen die einbrechende Winternacht. Antony quälte sich durch das Sekretariat im Erdgeschoss und die Treppe hinauf, während er japste: »Kate? Kate!«

Keine Antwort. Antony atmete schwerer und lief ins nächste Geschoss. *Sie konnte unterwegs sein …*

»Antony?«

Ihre klare, helle Stimme kam von der Oberseite des Treppenhauses. Dann ein plötzliches Klappern, als sie heruntereilte, unter seinen Arm schlüpfte und sein Gewicht stützte. »Was ist passiert? Ich habe gewartet …«

»Kate«, sagte er und riss sich von ihr los, sodass er ihr Gesicht in seinen tauben Händen halten konnte. »Wir müssen fliehen. *Jetzt.*«

Sie erstarrte und wurde völlig still. Hundert Fragen schossen durch ihren Blick – was stimmte nicht? Wer war hinter ihnen her? Was hatte er getan? Doch ihr Verstand arbeitete schnell genug, um zu erkennen, dass es, falls sie in Gefahr schwebten, diese nur steigern würde, wenn sie innehielt, um den Grund herauszufinden. Er liebte seine Frau unendlich für den gesunden Menschenverstand, der sie nur fragen ließ: »Habe ich Zeit zum Packen?«

Ich weiß es nicht. Doch ein Hauch Pragmatismus setzte sich durch. Wenn sie ohne jegliche Vorbereitung flohen, würde die bitterkalte Januarnacht sie ebenso sicher töten wie die Fae. »Nur das Nötigste. Warme Kleidung und Geld. Wir werden den Rest später holen.«

Ich bete nur, dass wir das können.

DER ONYXPALAST, LONDON
30. *Januar* 1649

Gebrüll und gelegentlich ein weiblicher Aufschrei hallten durch die steinernen Gänge des Onyxpalasts. Auf perverse Weise schenkten sie Lune Hoffnung. Wie viele ihrer Höflinge treu blieben, wusste sie nicht, doch es klang, als müsste Vidar mehr als nur ein paar unterwerfen.

Was bedeutete, dass er noch nicht die Freiheit hatte, die Beute seiner Eroberung zu genießen.

Sie kannte den Feenpalast so gut wie ihren eigenen Körper. Jeder Gang und jede Geheimtür waren ihr so vertraut wie ihre Hände. Hipley hatte, den leisen Aufschreien nach zu urteilen, die ihm entfuhren, nie auch nur vermutet, dass die Hälfte der Pfade, die sie nahmen, existierten. Doch ansonsten folgte er ihr schweigend, bis Lune bei etwas stehen blieb, das wie eine Sackgasse wirkte.

Sie lauschte konzentriert, hörte aber von der anderen Seite nichts. *Leer? Oder eine Falle?*

Abwarten würde ihre Chancen nicht verbessern. Lune hielt die Luft an und drückte gegen die Wand. Diese glitt zur Seite, lautlos, wie es nur verzauberter Stein tun konnte.

Die Kammer dahinter wurde von Feenlichtern erhellt, die die gesammelten Schätze des Onyxhofs erleuchteten. Juwelen und Kisten und seltsamere Dinge, die meisten davon während Invidianas Herrschaft geschenkt. Die Hälfte von ihnen war Lune unbekannt. Sie war widerwillig, diese zu berühren, und hatte sich deshalb nie die Zeit genommen, ihre unterschiedlichen Zwecke herauszufinden. Aber jetzt hatte sie keinen Blick für sie übrig. Alles, was sie sah, war die Gestalt mitten im Raum, die etwas an ihren Körper drückte.

Amadea Shirell japste, als sie ihre Königin in der geöffneten Geheimtür stehen sah. Sie hatte nur Zeit für ein wenig würdevolles Quieken, ehe Hipley da war und ihr eine Hand über den Mund drückte. Die andere packte den Griff des Schwerts, das sie in den Armen hielt.

Die Haupttür zu dieser innersten Schatzkammer war bereits geschlossen. Lune trat vor und sprach leise: »Lady Amadea. Erzählt uns – was hattet Ihr mit dem Londonschwert vor?«

Misstrauisch lockerte Hipley seine Hand. Die oberste Kammerherrin schluckte und flüsterte: »Euer Gnaden – man sagt, dass die Schotten den Onyxpalast überrannt haben. Wenn es so ist – ich konnte es ihnen nicht in die Hände fallen lassen!«

Sie löste sich aus Hipleys Griff und kniete sich hin. Dann bot sie Lune das Schwert an, das sie an der Scheide hochhielt. Amadea leistete keinen Widerstand, als Lune es ihr abnahm. Hipleys Blick war voller Zweifel, doch Lune kannte Vidar, wie er es nicht tat. Amadea war nicht die Art von Bauernopfer, die er aussuchte.

»Bringt Euch in Sicherheit«, befahl sie ihrer Kammerherrin. »Der Onyxpalast ist im Moment nicht sicher – aber wir werden das in Ordnung bringen, keine Angst.«

Amadea stand auf, knickste, floh durch die Geheimtür, durch die sie gekommen waren, und schloss sie hinter sich.

»War das klug?«, fragte Hipley, dann fügte er im Nachhinein an: »Madam.«

»Bewacht die Tür«, war alles, was Lune sagte. Dann wandte sie sich zu der Vitrine, aus der Amadea das Schwert genommen hatte.

Die Waffe lag gewöhnlich in einer Kiste mit Glasfront an der Wand, in blauen Samt gehüllt. Lune zeigte nichts von der Sorgfalt, die sie zuvor an den Tag gelegt hatte, ließ das Schwert, das sie hielt, fallen und strich mit den Fingern über die eichene Seite der Vitrine, während sie das Schlüsselwort flüsterte.

Die gesamte Struktur schwang nach außen, Glas, Samt und alles, und enthüllte eine Nische, die in den Stein dahinter gehauen war. In diesem Versteck hing ein weiteres Schwert: auf jede Art eine exakte Kopie desjenigen, das zu retten Amadea gekommen war.

Lune atmete erleichtert auf und nahm das echte Londonschwert aus seinem Versteck.

Der Onyxhof hatte noch andere Kronjuwelen, doch nichts mit gleichwertiger Bedeutung. Dies war die Klinge, die sie aus dem Londonstein gezogen und sie damit zur Königin gemacht hatte. Mit ihr in ihren Händen verschwand etwas von der schrecklichen Verunsicherung, die sie seit Karls Tod empfunden hatte. *Der Onyxpalast gehört immer noch mir.* Ob der einfache Besitz des Schwerts Vidar die Herrschaft verliehen hätte, wusste Lune nicht, aber sie hatte nicht vor, es herauszufinden. Sollte er die Kopie nehmen und sich für den Sieger halten.

Das werde ich ihm bald genug austreiben.

Über ihr Kleid gegürtet wirkte das Schwert weniger würdevoll, doch man hätte es ihr zu leicht aus den Händen reißen können. Nachdem es gesichert war, schwang sie die Vitrine zurück an ihren Platz, dann legte sie die falsche Klinge zurück in ihr Samtnest.

Hinter ihr hörte sie ein schwaches, ersticktes Gurgeln.

Nichts weiter. Kein Geräusch von der Tür, keinen Schrei von Hipley. Doch als Lune herumwirbelte, stellte sie fest, dass Sir Leslic auf der Schwelle stand und den Spion mit einem Messer durch dessen Kehle an die Wand gespießt hatte.

»Hut ab vor Euch, Madam«, sagte der goldhaarige Elfenritter ironisch, wobei er seine Samtkappe nicht einmal berührte. »Ich bin schnell, doch wie es scheint, seid Ihr mir zuvorgekommen.« Er zog den Dolch heraus, und Hipley sank zu Boden. »Zwei Schwerter? Sehr schlau. Vielleicht lasse ich Vidar das an der Wand haben und behalte das, was Ihr habt, für mich selbst.«

Er wäre bei ihr, ehe sie die Geheimtür erreichen konnte, ganz zu schweigen davon, sie hinter sich zu schließen. Hipley zuckte und hustete erstickt Blut. Durch ihn würde sie keine zweite Rettung finden.

Lune zog das Londonschwert und sagte: »Ihr wisst, was man dazu braucht.«

»Oh ja.« Leslic zog sein eigenes Schwert aus der Scheide und grinste sie mordlüstern an. Schmerz flammte in ihrer Eisenwunde auf. »Glaubt mir, Madam – es wird mir ein Vergnügen sein.«

Dann stach ein Fuß blutiges Silber durch die Vorderseite seines Wamses. »Nein«, sagte Cerenel hinter ihm. »Das wird es nicht. Das hier, *cur*, ist für die Erniedrigung, die du mir aufgezwungen hast.«

Leslic machte den Mund auf – um zu antworten, um zu schreien –, hatte jedoch nie eine Chance. Cerenels Dolchhand schoss blitzschnell herum, und Blut strömte aus der Kehle des Verräters.

Die Spitze des Londonschwerts drohte zu sinken, als der Ritter seinen Dolch losriss und Leslics Leiche fallen ließ. Lune hatte nicht mehr Ahnung vom Fechten als davon, eine katholische Messe zu feiern: Sie hatte gesehen, wie man es machte, doch selbst hatte sie keinerlei Fähigkeit. *Vielleicht ist es Zeit, dass ich das lerne.*

Kein guter Wille wärmte Cerenels Blick, als er hochsah. Der Eid zwang ihn, doch dieser konnte sein Herz nicht beherrschen. *Ich hätte ihn nicht zwingen dürfen,* dachte Lune. *Ich habe ihn mir auch zum Feind gemacht – allerdings zu einem, der für mich kämpfen muss.*

Sie wollte sich für die Notwendigkeit entschuldigen, die ihn all diese langen Jahre in Schottland in der Falle hatte sitzen lassen. Sie wollte ihn von seinem Eid entbinden. Aber Letzteres hätte es ihm freigestellt, sich gegen sie zu wenden. Sie konnte sich solche Gnade nicht erlauben. Und Ersteres allein wäre reiner Hohn.

»Ihr solltet gehen, Madam«, sagte er mit kühler Förmlichkeit. »Vidars Streitkräfte machen Anstalten, die Eingänge zu kontrollieren. Bald werdet Ihr nicht mehr hinauskönnen.«

Nur jene, von denen er weiß. Lune betete, dass sie richtig lag, dass drei ein Geheimnis blieben, das nur wenigen bekannt war. Trotzdem sollte sie sich beeilen.

Sie trat an Cerenel vorbei und legte die Finger an Hipleys Hals, doch kannte die Antwort, ehe sie sie fühlte. »Um einen Gefallen bitte ich Euch noch«, sagte sie zu dem durch seinen Eid gebundenen Ritter. Sie wollte es ihm nicht befehlen, aber er war das einzige Werkzeug, das sie jetzt noch zur Verfügung hatte. »Sorgt dafür, dass dieser Mann ein ordentliches Begräbnis erhält. Lasst Vidars Leute ihn nicht haben.«

»Wie Ihr befehlt, Euer Gnaden.« Er presste die Worte heraus.

Sie wollte seine Loyalität nicht weiter erzwingen. Lune wartete, bis er mit Hipleys Leiche fort war, dann schlich sie zurück in den Geheimgang, das Londonschwert an der Taille.

DAS *ANGEL INN*, ISLINGTON
31. *Januar* 1649

Die Gruppe, die sich vor dem offenen Kamin versammelt hatte, war klein und armselig. Lady Ware wartete oben, ohne zu wissen, dass ihr Mann in einem Feenhaus unter ihr saß. Die notwendigen Geschichten waren erzählt. Nun saß Lune erschöpft und mit leerer Miene da, als ihr das Ausmaß der Katastrophe bewusstwurde.

Karl tot. Sie selbst entthront. Diese beiden Dinge sollten nicht verbunden sein. Jenes Band war damals in Elisabeths Tagen durchtrennt worden. Aber die Hinrichtung des Königs ging viel tiefer als jeder Feenpakt, in das Herz von England selbst. Sie konnte die Konsequenzen nur vermuten.

Vermuten und versuchen, einen Weg nach vorn zu finden. Doch ihr Verstand weigerte sich, sich zu bewegen.

»Es muss andere geben«, sagte Rosamund nach einem schmerzhaft langen Schweigen vorher. »Die dir treu sind, heißt das, nicht …« Sie hielt inne, blinzelte Tränen um Ben Hipley weg, dann fuhr sie fort. »Lady Amadea zum Beispiel. Sie werden wissen, dass sie hierherkommen sollen, genau wie du.«

»Umso schlimmer«, sagte Antony. Seine Stimme war vor Erschöpfung und unterdrückter Trauer hart. »Jeder weiß, dass das hier ein sicherer Ort ist. Es wird nicht lange dauern, bis Vidar darauf kommt, hier nachzusehen.«

»Wir können ihn abweisen …«

Lune schüttelte den Kopf, dann fand sie die Energie, erneut zu sprechen. »Nein, Rosamund. Eure vorgespielte Unschuld wird nicht reichen, nicht dieses Mal. Selbst falls Vidar euch außerhalb der höfischen Politik glaubt, weiß er, dass meine Leute zu euch kommen werden. Die einzige Sicherheit gibt es, wenn er hier niemanden findet.«

Wieder Schweigen. Sogar das Knistern des Feuers wirkte gedämpft. Gertrude rang unter der Schürze ihre Hände und sagte: »Wir können dich verstecken – aber das meinst du damit nicht, oder?«

Lune starrte in die Flammen. Das Londonschwert lag über ihren Knien, eine schwere Erinnerung. *Es darf Vidar nicht in die Hände fallen.*

Sie hatte, seit sie aus Westminster geflohen war, nur kurzfristig gedacht. Verfolgern entkommen, aus Vidars Falle fliehen, das Londonschwert schützen. Doch die unmittelbare Gefahr war vorüber, und sie konnte die Wahrheit nicht länger vermeiden.

»Welche Höflinge auch immer entkommen«, sagte sie, »wer auch immer noch loyal ist – sie werden nicht reichen. Wie es aussieht … können wir den Onyxpalast nicht zurückerobern.«

Zurückerobern. Eine kühle Erkenntnis: Sie hatte den Palast verloren.

Gertrude hielt die Luft an. Aus dem Augenwinkel sah Lune, wie Rosamund die Hand ihrer Schwester berührte. Es gab nichts, was sie sagen konnten. An einem desaströsen Tag hatten sie einen Krieg an zwei Fronten verloren. Sie war als Königin in jeder Hinsicht gescheitert. Sie konnte niemanden schützen, nicht Karl, nicht ihre Untertanen – nicht einmal ihren Prinzen.

Gegen ihren Willen hob sie ihren Blick und erwiderte den von Antony.

Die Belastung zeichnete ihn, nicht nur aus dieser Nacht, sondern aus den Jahren, die sie hierhergeführt hatten. Was sterbliche Kriege und Verhaftungen durch die Armee nicht geschafft hatten, hatte die Feeninvasion in einer einzigen Nacht erreicht: Sie hatte Antony aus seinem Heim vertrieben. Und sie hatte ihn beinahe getötet.

Einst hätte Lune ihr Leben auf seine Loyalität verwettet. Aber jetzt …

Wenn er fortgeht, werde ich ihn nicht aufhalten.

Er holte tief Luft, und sie sah, wie er seine Erschöpfung beiseite zwang und die Pflicht annahm, die vor ihm lag. »Dann müssen wir Verbündete für dich finden.«

MONTAG
3. *September* 1666

DIE SCHLACHT UM DEN STEIN

»*Alle schönen Dinge, zerbrochen, verloren und fort, wenig von London heil, außer dem Londonstein.*«

JOHN CROUCH
Londinenses Lacrymae:
Londons zweite Tränen,
mit seiner Asche vermischt

Die ganze Nacht hindurch liegt Londons Flussufer schon unter dem Leuchten einer falschen Dämmerung. Treibender Rauch verdeckt die Sterne und verbirgt für eine Weile die echte Annäherung der Sonne an den Horizont. Doch am Ende erblüht der Tag prächtig hell, und das Firmament wölbt sich in perfektem Blau über die Hölle darunter.

In Queenhithe wimmeln Männer umher wie Ameisen und räumen hektisch den Marktplatz frei, der am Nordrand des Hafens liegt. Ihre Verteidigung bei den Drei Kränen ist in der Nacht gefallen, doch nun haben sie eine zweite Hoffnung. Hier müssen sie keine Häuser abreißen, um Freiraum zu schaffen. Hier haben sie eine Chance, das Vordringen des Feuers aufzuhalten.

Der Drache beobachtet ihre Mühen und lacht.

Er hat nun Kinder, hunderttausend Söhne und Töchter, Salamander, die die Wände hochlaufen, während sie brennen. Sie kriechen unter die Dachziegel von Häusern, suchen die Dachbalken darunter, die trocken wie Zunder sind, und hängen sich an die steilen Giebel. Sie graben sich in Keller und schaffen Nester aus Kohle, in denen ihre Geschwister geboren werden. Die Männer von London kämpfen nicht gegen eine Bestie, sondern gegen viele, alle getrieben vom selben gemeinsamen Zweck. Sie sind eine Heerschar.

Nun sammelt das Feuer seine Kinder für den Angriff.

Brennende Späne tanzen auf dem nie nachlassenden Wind. Die meisten verlöschen, aber nicht alle. Und zwanzig Häuser entfernt, die ganze noch unverbrannte Thames Street entlang hinunter, sendet ein weiteres Gebäude eine Rauchfahne hoch.

Die Männer schluchzen verzweifelt, als die Schneise von Queenhithe überbrückt ist, und der Drache brüllt triumphierend.

DER ONYXPALAST, LONDON
zehn Uhr vormittags

In ihren Mantel gehüllt, während rote Filzunterröcke wie bei einer Londoner Hausfrau im Winter unter ihrem Rock hervorschauten, sammelte Lune ihre Leutnants, um ihnen Befehle zu erteilen.

»Auf nur eine einzige Weise«, sagte sie und versuchte, nicht mit den Zähnen zu klappern, »kann sich dieses Feuer noch als Segen erweisen. Selbst Nicnevens Leute können nicht durch dieses Inferno marschieren.« *Sonne und Mond, ich hoffe, dass sie das nicht können.* »Wenn es sich weiter ausbreitet – wie wir annehmen müssen –, dann werden wir die Eingänge, über denen es brennt, nicht bewachen müssen.«

Sir Peregrins elegante Gesichtszüge hatten viel von ihrem gutaussehenden Strahlen an erschöpfte Auszehrung verloren, doch der Ritter hatte im Kern noch Kraft. Er hielt sich unter dem Ansturm der Cailleach besser, als Lune erwartet hatte. Er war immer noch wachsam genug, um ein Problem vorherzusehen. »Wenn es diese Punkte erreicht – was dann? Wird es zu uns hier unten durchbrechen?«

Genau diese Furcht hatte Lune in der Nacht gelähmt, ehe das Feuer selbst die Antwort geliefert hatte. »Cloak Lane ist bereits dahin«, sagte sie. Dazu Cutlers' Hall, das Postbüro und alles andere in seiner Nachbarschaft. Der Einsturz von Kirchen war ein weiterer unerwarteter Segen für die Fae, aber keiner, über den sie sich freute. »Wie Ihr seht, Sir Peregrin, sind wir immer noch hier.«

Ihre Ratgeber atmeten auf. Lune selbst war nicht so erleichtert. Würde der Eingang noch funktionieren, wenn die Gebäude, die ihn gebildet hatten, ersetzt wurden? Die Männer über ihnen verlangsamten das Vordringen des Drachen, aber sie befürchtete, dass der Onyxpalast noch mehr Zugänge verlieren würde, ehe das Feuer gelöscht wäre.

»Wir müssen alle Eingänge beobachten«, wiederholte sie und versuchte, nicht an das letzte Mal zu denken, als sie einen derartigen Befehl erteilt hatte. Wenn sie ihrer Garde jetzt nicht vertrauen konnte, dann war sie tatsächlich verloren. »Von unten. Meine vorherigen Befehle bleiben gültig.« Es gab ohnehin wenig Brot zu stehlen, aber im Palast herrschte Verzweiflung. Wenn sie nicht irgendein Mittel fand, um ihr Volk zu schützen, würden sie bald fliehen, ungeachtet der Kirchenglocken, des Eisens und des Feuers.

Der Hauptmann verbeugte sich und brach im Laufschritt auf. »Amadea«, sagte Lune, und ihre Kammerherrin schreckte hoch. Während Peregrin der Kälte und dem Schrecken widerstand, konnte die zarte Hofdame es nicht. Sie war mehr als nur ausgemergelt und wirkte nun wie eine wandelnde Leiche. »Versammelt alle. Ich überlasse Euch, wo. An irgendeinem Ort, der groß genug ist. Aber nicht im großen Thronsaal.« Sie würden irgendeinen Widerstand leisten, falls Nicnevens Leute in den Palast eindringen sollten, aber Lune weigerte sich, so weit zu gehen. *Wenn es zu einer derartigen Situation kommt, gebe ich der Gyre-Carling, was sie ersehnt, egal welche Konsequenzen das für mich selbst oder sogar den Onyxpalast hat. Ich werde nicht das Leben all meiner Untertanen wegwerfen.*

»Zu welchem Zweck, Madam?«, fragte Amadea, ein verunsichertes Murmeln aus Lippen, die vor Angst zitterten. Lune blinzelte überrascht. Sie hatte das für offensichtlich gehalten – aber eindeutig nicht für die Kammerherrin. Nicht in ihrem Zustand.

»Um sie zu wärmen«, sagte Lune sanft. »Das sollte einigen helfen. Wir tun uns selbst keinen Gefallen, wenn wir uns so wie momentan im Palast verteilen.« Und sie allein auf ihren Gedanken ans Sterben beharren ließen.

Eine stille Träne strömte an der Wange der Hofdame herunter. »Das wird uns nicht retten.«

Nein, wird es nicht. Aber Lune konnte wohl kaum die Wahrheit zugeben: dass es eine taktische Verzögerung war, etwas, um die Gedanken ihres Volks vom Tod abzulenken, während sie verzweifelt nach einer Möglichkeit suchte, sowohl die Cailleach als auch den Drachen aufzuhalten.

Sanftheit war nicht das, was Amadea brauchte. Lune funkelte sie finster an, bis sie die Aufmerksamkeit der Kammerherrin hatte. Dann bellte sie ohne zu blinzeln ihren Befehl. »Wir haben nicht nach Eurer Meinung gefragt, und sie darzustellen, verschwendet unsere Zeit – die besser dafür aufgewendet werden sollte, unsere nächsten Pläne auszuführen. *Versammelt sie.* Wir werden uns um das Besiegen unseres Feindes kümmern.«

Das brachte die Hofdame auf die Beine und zur Tür hinaus, was reichte. Dass Amadea vergessen hatte zu knicksen, war eine Unhöflichkeit, die Lune für unbeabsichtigt hielt. Amadeas Schuhe schlurften über den Boden, als sie hinauslief, als könne sie kaum die Willenskraft aufbringen, sie zu heben. *Mir ist lieber, sie gehorcht, als ihre Kraft für Knickse zu verbrauchen.*

Sie entledigte sich ihrer verbliebenen Ratgeber und gab weitere wenig nützliche Befehle. Diese waren Ablenkungsmanöver, nichts weiter – nicht nur für die Ratgeber, sondern auch für sie selbst.

Lune wollte sich der Möglichkeit einer Flucht nicht stellen.

Der Onyxpalast war ihr Blut und ihre Knochen, die zweite Haut, die ihr Geist trug. Sie war einst aus ihm geflohen, und die bittere Erinnerung würde sie bis ans Ende ihrer Tage quälen.

Ich werde kein zweites Mal fliehen.

Lune streckte ihre Sinne in den Palast hinaus, ohne vor der beißenden Kälte zurückzuschrecken. Frost überzog die Steine, und an den gewölbten Rippen der Decke wuchsen Eiszapfen. Der Boden schmerzte unter ihren Füßen. Es musste *irgendeine* Möglichkeit geben, den Palast zu schützen, ihn so abzuschotten, dass selbst der Hauch der Cailleach nicht eindringen konnte. Damit sie abwarten konnten, bis Nicneven keine Geduld mehr hatte. Dies war eine Belagerung – eine, bei der die Ressource, die gehortet werden musste, nicht Nahrung oder sauberes Wasser war, sondern Wärme.

Oben gab es reichlich Wärme. Zu viel. Die unentrinnbare Hitze des Feuers, das sich seinen Weg die Cannon Street entlangfraß ...

Ein Dorn aus durchdringendem Schmerz stach in ihre Seele.

Als sie wieder klar sehen konnte, rannte sie, taumelte wie eine Betrunkene gegen die eisigen Wände, während sich ihre Beine in ihren Schichten aus Unterröcken verfingen. Sie stürzte und schürfte sich die Hände auf, stand aber wieder, ehe der Schmerz durchdrang, schluchzte, japste, versuchte verzweifelt, rechtzeitig ihr Ziel zu erreichen.

Ich bin eine Närrin.

Durch den ganzen großen Thronsaal, dann zwang sie sich, ihren Thron mit einer Kraft beiseitezuschieben, von der sie nicht wusste, dass sie sie hatte, stürzte sich in den Alkoven dahinter, und dann berührte ihre Hand die raue Oberfläche des Londonsteins.

All das Wüten des Feuers rauschte in ihren Körper. Sie roch verbranntes Fleisch, doch die versengte Haut auf ihrer Handfläche war ein winziger Aufschrei gegen das Brüllen des Onyxpalasts.

Der Drache konnte die Eingänge verbrennen und es wäre egal, weil diese Dinge sekundär waren, unbedeutend für den Palast selbst. Aber das hier, der Londonstein, der mitten in den Flammen in der Cannon Street über ihr stand – dies war die Achse, das Herz des Palasts, der Schlüssel zu allem, was darunter lag.

Stein konnte nicht brennen. Aber er konnte brechen und zersplittern, und er konnte Hitze von einer Welt in die andere leiten. Das war sein *Zweck*: wie oben, so unten.

Lune biss die Zähne zusammen, um nicht zu schreien, und hielt sich daran fest.

ALDERSGATE, LONDON
elf Uhr vormittags

Vor Erschöpfung und Hitze halb blind schlurfte Jack um einen Karren herum, der mitten auf der St. Martin's Lane angehalten hatte, um mit den weltlichen Besitztümern eines panischen Kaufmanns beladen zu werden. *Verdammter Narr. Das Feuer ist noch nicht hier.* Aber vielleicht war der Mann einfach klüger als die meisten. Das Chaos auf Londons Straßen hatte praktisch jede Fortbewegung zum Erliegen gebracht. Vielleicht würde der Karren den halben Tag brauchen, um die kurze Strecke bis zum Aldersgate zurückzulegen, und den Rest des Tages, um hindurchzufahren. Wer wusste, wo das Feuer bis dahin sein würde?

Als er in die Mitte der Straße auswich, stolperte er über ein Hindernis und blieb nur auf den Beinen, weil es keinen Platz zum Stürzen gab. Jack fluchte und sah nach unten, um zu entdecken, dass jemand den Rinnstein in der Mitte der Gasse herausgerissen und das Ulmenholz des Wasserrohrs darunter freigelegt hatte. Es freigelegt – und hineingehackt.

»Bei Gottes Pest! Hirnrissige, feige Hurensöhne – das Feuer ist nicht einmal *in eurer Nähe*!«, brüllte Jack an niemand Bestimmten gerichtet. Was auch immer für ein panischer Kerl das Rohr aufgehackt hatte, zweifellos, um seinen eigenen Laden schützend zu befeuchten, der Idiot war wahrscheinlich schon lange geflohen. Kein Wunder, dass so wenig Wasser durch die Leitungen weiter unten in der Stadt kam. Jack hegte keinen Zweifel, dass sich dasselbe Verbrechen anderswo wiederholt hatte. Deshalb und wegen der Dürre, die die Brunnen der Stadt ausgetrocknet hatte, hatten sie kaum überhaupt Wasser.

Er versuchte, seinen Zorn im Zaum zu halten. Noch war nicht alles verloren. Der König war wiedergekommen, um sein Volk zu unterstützen, und hatte seinen Bruder, den Herzog von York, hiergelassen, um den Befehl über ihre Mühen zu übernehmen. Unter diesem Kommando kam etwas wie Ordnung in den Krieg.

Der Feuerposten vor ihm war eine Idee des Herzogs und ein Leuchtturm an Vernunft mitten im wimmelnden Chaos am Tor. Jack erzwang sich seinen Weg dort hinüber. Die Soldaten ließen ihn durch, als sie ihn als einen der Männer erkannten, die von den Gemeindebeamten versammelt worden waren. Dahinter sank er ohne jegliche Würde an einer Mauer zu Boden, und bald drückte ihm jemand einen Zinnkrug in die Hand. Als Jack aufblickte, stellte er fest, dass er dem Grafen von Craven zu Füßen saß.

Er richtete sich hastig wieder auf, oder versuchte es zumindest. Der Graf drückte ihn wieder nach unten. »Ruht Euch aus, Junge«, riet Craven ihm. »Das braucht Ihr.«

Ich bin sechsundzwanzig, wollte Jack sagen, doch man stritt nicht mit einem Hochadligen, besonders nicht mit einem, für den er *wirklich* ein Junge war. Stattdessen blieb er gehorsam, wo er war, und verschluckte sich an seinem ersten Schluck Bier. *Ich kenne diesen Geschmack.* Anscheinend belieferte das *Angel Inn* zumindest einen Feuerposten. Stärke kam zurück in seinen müden Körper, von seinem Bauch aus. Die Goodemeades wussten, was sie taten.

Von dort aus, wo er saß, sah das Feuer nicht nach viel aus. Eine dichte Rauchsäule strömte unter dem Druck des Windes nach Osten, aber darunter sah man kaum ein Leuchten. Gott hatte ihnen in seiner Ironie einen völlig klaren Tag geschenkt, an dem die Sonne all das Wüten des Feuers in den Schatten stellte.

Jack ließ sich nicht täuschen, und genauso wenig tat das jeder andere Mann, der genug Verstand zum Atmen hatte. Die Feuersbrunst am Flussufer war schlimm genug gewesen, doch sie breitete sich immer weiter nach Norden aus. Und mit jedem Meter, den sie in diese Richtung zog, gewann sie eine breitere Front: mehr Fläche, auf der sie kämpfen mussten, und mehr Ränder, an denen der Wind Angriffspunkte finden konnte. Für jeden Meter nach Norden gewann das Feuer drei nach Westen. Gott allein wusste, wie viel von London es verschlingen würde, ehe es fertig war.

Wenn wir nur den Wind nicht hätten …

Wie weit würde er es wagen, Lune zu drängen? Er wusste in Grundzügen, was Ifarren Vidar getan hatte. Der Feenlord war zweifellos der Feind der Königin. Doch sie bestand darauf, ihn vor der Gyre-Carling zu bewahren, selbst im Würgegriff der Cailleach Bheur. Sie musste *irgendeinen* Grund dafür haben.

So weit verstand Jack es. Was er nicht verstand, war, welcher Grund es wert sein konnte, London dafür zu opfern.

Er bemerkte Stimmen zu seiner Rechten, die etwas über die Lombard Street sagten. Jack leerte den Rest vom Bier der Goodemeades und schob sich hoch. *Habe nicht einmal die Hilfe der Mauer gebraucht.* Wie lange die Kraft aus diesem Getränk anhalten würde, wusste er nicht, doch vorerst würde sie reichen. »Mein Herr«, sagte er und trat zum Grafen und einem Paar weiterer Männer, »kann ich zu Diensten sein?«

Craven betrachtete ihn. »Das Feuer zieht durch St. Clement's, Nicholas und Abchurch Lane«, sagte er schließlich. »Ein Ausläufer davon zumindest.«

In Richtung der Lombard Street und der Häuser, die wohlhabenden Kaufleuten und Bankiers gehörten. Die es nicht schätzen würden, wenn ihre Häuser niederbrannten, aber gleich zornig würden, wenn sie von deren absichtlicher Zerstörung hörten. Es wäre nach den Geschehnissen leicht zu glauben, dass man das Feuer vielleicht vor diesem Punkt hätte aufhalten und ihre Besitztümer hätte retten können. Jack strich sich mit einer schmutzigen Hand durchs Haar und grübelte. So, wie der Wind stand ... »Mein Herr«, sagte er, »ich glaube nicht, dass wir es dort irgendwie aufhalten können. Aber an der Südseite von Cornhill gibt es zwei Steinkirchen, die vielleicht als Bollwerk dienen könnten. Wenn wir dort eine Schneise schaffen, haben wir wohl eine Chance.«

Einer der anderen sagte: »Das würde es dem Feuer erlauben, zu nahe an die Börse zu kommen.«

»Erlauben?«, fragte Craven mit einem Schnauben, das nicht ganz ein Lachen war. »Wenn wir die Macht haben, diese Feuersbrunst zu befehligen, dann können wir davon reden, ihm Dinge zu erlauben. Jetzt aber ... Dr. Ellin hat recht. Schickt dem

Herzog eine Nachricht, aber ich glaube, wir müssen unsere Verteidigung in Cornhill organisieren.«

Jack erschrak bei diesen Worten. Auf Cravens erschöpftes Lächeln hin sagte er: »Ich dachte nicht, dass Ihr Euch an meinen Namen erinnern würdet, mein Herr.«

»Ich erinnere mich an alle Männer, die zur Verteidigung von Londons Bevölkerung aufstehen«, sagte der Graf. Was nobel klang, selbst wenn es eine Übertreibung war. Craven war einer der wenigen Hochadligen gewesen, die im letzten Jahr nicht vor der Pest geflohen waren, sondern war geblieben, um den Kampf dagegen zu organisieren. Obwohl er damals schon Jacks ewige Dankbarkeit und seinen Respekt verdient hatte, wurde dies jetzt bestärkt, als sich der alte Mann erneut gegen eine Katastrophe stemmte.

Craven klopfte ihm auf die Schulter. »Überanstrengt Euch nicht«, sagte er mit einem schiefen Grinsen, das auch besagte, dass er sich erinnerte, welch schwachen Eindruck ein derartiger Ratschlag bei Jack hinterließ. »Wir haben noch Stunden zu kämpfen, ehe wir an einen Sieg denken können, und wir brauchen jeden Mann, den wir aufbringen können.«

Jack nickte, aber Craven war kaum außer Sicht, als der Arzt ihm schon auf den Fersen war. Wenn die Schneise in Cornhill rechtzeitig geschaffen werden sollte, würden sie jede Hand brauchen, die sie bekommen konnten.

DER ONYXPALAST, LONDON
mittags

Echte Hitze hätte Lunes Körper mittlerweile zu Asche verbrannt. Dessen war sie sich bewusst, obwohl sie keine Ahnung hatte, wie viel Zeit verstrichen war. So aber traf die Macht des Feuers nicht ihr physisches Fleisch, sondern ihren Geist, der sich mühte, um es zu begrenzen: um es davon abzuhalten, in den Onyxpalast herüberzuschwappen. Zwischen eisiger Kälte und schmelzenden Flammen gefangen würde der Palast zerstört.

Die bittere Ironie darin erstickte sie, in dem einen winzigen Teil ihres Kopfes, der an irgendetwas anderes denken konnte als daran, die Hitze zurückzudrängen. Der Drache war keine Kreatur von Nicneven, doch in seinem Eifer, die Stadt zu verschlingen, würde er das Werk der Gyre-Carling tun.

Außer, sie hielt ihn auf. Mit einer Hand auf dem Schlüsselstein des Onyxpalasts konnte Lune die Verwüstung von oben daran hindern, nach unten zu gelangen. Aber für wie lange? Konnte sie durchhalten, bis die Cannon Street zu Asche verbrannt war und nichts mehr übrig blieb, was brennen konnte? Das herankriechende Welken des Alters, das ihr die Cailleach ins Herz flüsterte, wurde erstickt, in einen tosenden Tod verwandelt, ein schnelles Verbrennen, das trotz seiner Geschwindigkeit nicht weniger schrecklich war. Sie hatte sich selbst in seinen Pfad gestellt. Nun konnte sie nicht zurückweichen, und vielleicht würde es sie töten.

Nein. Lunes Gelenke schmerzten vor Anstrengung, doch sie hielt stand. Zu sterben, hätte niemanden gerettet. Sie brauchten ihr Leben. Ihre Präsenz hier, mit einer Hand am Stein, die das Inferno zurückhielt. Was auch immer der Preis an Schmerzen und Blut wäre, sie würde ihn bezahlen. *Ich würde mein Leben für mein Reich geben. Ich kann auch dies geben.*

Es war nichts weiter als Natur, einfache Flammen, während der Londonstein oben wie ein Altar in einer Kathedrale aus Glut stand. Die Flammen konnte Lune zurückhalten.

Doch gerade als der Rand des Feuers weiterzog, veränderte sich etwas in seinem Herzen, und ein schreckliches Bewusstsein erfasste Lune.

Sie würgte an ihrem eigenen Atem und wand sich unter diesem höllischen Blick. Bis jetzt war die Aufmerksamkeit des Drachen hierhin und dorthin gezuckt, von jedem frischen Opfer, jeder Herausforderung, die die Verteidiger der Stadt aufbrachten, abgelenkt. Er sah nur, was er verschlang und was noch auf seinem Weg lag.

Er hatte noch nicht nach unten geblickt.

Die verhängnisvolle Macht wandte sich nach innen. Sogar während Flammen nach draußen leckten, deren unaufhaltsames Vordringen von den Mühen der Menschen gebremst, aber nie gestoppt wurde, warf der Drache selbst einen neugierigen Blick auf den Londonstein. Dieser bescheidene Kalksteinblock enthielt etwas anderes, etwas *Größeres*, das die Bestie nicht bemerkt hatte, als sie die Cannon Street ins Maul genommen hatte.

Lunes steifer Körper zuckte. Sie kämpfte verzweifelt, um sich irgendwie zu verbergen und mit ihr den Onyxpalast. Das war nicht zu schaffen. Eine prüfende Ranke des Bewusstseins schlängelte sich durch den Stein herunter und fand sie auf ihrem Weg.

Neugier wurde zu Neid und alles verschlingendem Hunger.

Hier gab es einen prächtigeren Preis als den, den Vater Themse blockiert hatte, einen Spiegel für das Reich, das bereits unter den Klauen des Feuers lag. Hier gab es einen Platz voll Macht. Wenn der Teer und das Öl von Londons Werften den Drachen geboren hatten, konnten die Zauber des Onyxpalasts ihn zu einem Gott machen, gegen den all die Mühen bloßer Menschen wie nichts wären.

In einer geschmolzenen Stimme, die alles Blut in Lunes Adern kochen ließ, knurrte das Feuer: *Dies wird mein sein.*

Seine Klauen spreizten sich in ihren Eingeweiden, und er begann zu zerren.

DER ONYXPALAST, LONDON
ein Uhr nachmittags

Irrith zögerte mehrere Minuten vor dem Torbogen in der Fish Street, ehe sie sich hindurchzwang. Vertrautheit machte die eisige Berührung der Cailleach überhaupt nicht einfacher zu ertragen. Sie fürchtete sie mit jeder Begegnung mehr. Vielleicht waren einige der Londoner Fae, die Jack Ellin gerade halfen, dort, weil sie ihre Stadt liebten. Alles, was Irrith kümmerte, war, zu entkommen.

Aber das stimmte nicht. Sie strafte es in dem Moment Lügen, als sie durch die Finsternis im Torbogen ging, wie sie es jedes Mal tat, wenn sie eine Nachricht zwischen der Königin und dem Prinzen überbrachte, jedes Mal, wenn sie ihre Gedanken und Mühen wieder dem Kampf gegen das Feuer zuwandte, statt nach Hause nach Berkshire zu fliehen. Sie wagte es nicht, ihre Gründe zu genau zu untersuchen, aus Angst, dass sich diese zu sinnloser Panik auflösen würden, aber sie trieben sie dennoch an.

Trotzdem japste sie erschrocken, als der kalte Hauch der Hexe ihr Fleisch durchdrang. Der gesamte, essenzielle Funke ihres unsterblichen Lebens wurde gedämpft und zu etwas Zerbrechlichem und Verletzlichem. Sie dachte an die Katastrophe über ihr: einstürzende Häuser, erstickender Rauch, trampelnde Sterbliche, die wie Ratten rannten, um ihr winziges Leben zu retten. Tausendundeine Arten zu sterben. Schnell oder langsam, in Schmerzen oder schwarzer Bewusstlosigkeit, es machte keinen Unterschied. Am Ende würden sie ausgeblasen, so einfach wie eine Kerze.

Irrith schmeckte Blut. Sie hatte ihren Schrei mit einer Faust erstickt und so fest zugebissen, dass sie die Haut aufgerissen hatte. Sie spuckte aus und zwang sich, sich aus ihrer instinktiven Hocke auszustrecken. Die Fae oben – jetzt mehr als sechs von ihnen, andere waren gekommen, um sich dem Kampf anzuschließen oder zumindest dem Wind zu entkommen – brauchten Anweisungen von der Königin. Angrisla verschreckte Leute aus ihren Häusern, wenn sie länger bleiben wollten, als sicher war. Tom Toggin hütete Kinder, die von ihren Eltern getrennt worden waren. Sie halfen alle auf ihre eigene Art. Doch es war, als würden sie Wasser in einem Sieb tragen: Die wenigen Tropfen, die sie bewegten, machten kaum einen Unterschied gegen die Gesamtheit.

Der weibliche Irrwisch senkte den Kopf und trieb sich weiter. Viel vom Onyxpalast war immer noch ein Labyrinth für sie, ein Labyrinth voll dunkler Geheimnisse, doch sie kannte die Hauptwege gut genug, um die Richtung zu halten, ohne aufblicken zu müssen. Als sie jedoch im Ratszimmer ankam, fand sie es hallend und leer vor. Es enthielt nur den durchbohrten Bogen von Amadeas Fächer. Irrith starrte die improvisierte Landkarte düster an und versuchte, sich nicht vorzustellen, wie ihr eigener Körper von einer Klinge durchbohrt wurde. Auf den Straßen oben waren wilde Frauenbanden unterwegs, einige davon bewaffnet, die jeden konfrontierten, der seltsame Kleidung trug oder schlechtes Englisch sprach. Überall waren Ausländer angegriffen worden. Einige waren jetzt im Gefängnis. Andere waren tot.

Der Tod kam so leicht, mit so wenig Vorwarnung.

Während ihr der Atem in der Brust rasselte, grub Irrith ihre abgebrochenen Nägel in ihre Kopfhaut. »Hör auf damit«, flüsterte sie und biss die Zähne zusammen, bis ihre Kiefer schmerzten. »Finde die Königin.«

Nicht nur konnte sie Lune nicht finden. Sie konnte *niemanden* finden. Der Onyxpalast hätte ebenso gut ein unbewohntes Grab sein können. Waren sie alle geflohen, ohne es ihr mitzuteilen? Der Zorn über diesen Gedanken gab Irrith eine kleine Verteidigung gegen die Kälte – solange sie nicht darüber nachdachte, hier allein zu sterben. Sie versuchte es vergebens im Schlafgemach der Königin und im Nachtgarten. All die Blumen dort waren zu schwarzen, spröden Stängeln verwelkt, und totes Laub bedeckte den Boden. Es war der eine Ort, der für Irrith wie eine Heimat gewesen war, und sie rannte schluchzend davon weg.

Ihre Schulter krachte gegen eine Mauer und beendete ihre Flucht. Sie war jetzt in der Nähe des größeren Thronsaals und hatte immer noch niemanden gesehen. Doch sie hörte einen gequälten Schrei.

Irriths Herz machte einen Sprung. Gesellschaft, jegliche Gesellschaft, wäre ein Segen, ein winziger Trost, dass die Welt nicht untergegangen war. Zitternd duckte sie sich durch die große Tür.

Der Saal war leer, und seine schwarzen Höhen schenkten ihr keinen Trost. Die Kristallpaneele, die sich zwischen den Bögen an der Decke erstreckten, leuchteten voll dunklem Eis. Frost überzog den Silberthron am anderen Ende, und so brauchte Irrith einen Moment, um zu erkennen, dass der große Sitz zur Seite geschoben worden war.

Sie lief auf taub gewordenen Füßen über den gemusterten Boden und fürchtete jetzt, was sie vielleicht vorfinden würde.

Die Geräusche, die von hinter dem Thron ertönten, schmerzten schon beim Hören. Sie musste allerdings nachsehen. Sie musste es wissen.

Irrith krümmte ihre Finger um das eiskalte Metall und schaute in den Raum dahinter.

Hoffnung stieg beim Anblick von Lune in ihr auf. Warum die Königin hier war, hinter ihrem Thron versteckt, und mit einer Hand an einem behauenen Kalksteinblock auf einer Art Plattform stand, konnte sich Irrith überhaupt nicht denken, aber wenigstens war sie *hier*. Nicht alle waren verschwunden.

Dann spürte sie die Hitze, die den Alkoven durchflutete.

Es lag kein Trost darin. Früher an jenem Morgen hatte sich Irrith zwischen zwei Ausläufern des Feuers gefangen wiedergefunden, zwischen einem Paar brennender Häuser in der Falle, wo die heiße Luft ihre Lungen versengte. Dies hier war schlimmer. Diese Zerstörung hatte ein *Bewusstsein*.

Ein weiteres ersticktes Stöhnen entfloh Lune, und ihre Finger wurden am Stein weiß. Ihr Silberhaar hing schlaff um ihr Gesicht, alle Locken herausgebrannt, und ihr Kopf wackelte, als könne sie ihn nicht hochhalten. Etwas fiel hinter diesem Vorhang herab, zischte, wo es die Holzbretter traf, und hinterließ auf deren Oberfläche einen Brandfleck.

Sie weinte Tränen aus Feuer.

Ein neues Geräusch drang an Irriths Ohren: ein hohes Jaulen, ein wortloser Schreckensschrei. Erst als Lune zuckte, wurde Irrith bewusst, dass es aus ihrem eigenen Hals kam. Die andere Hand der Königin schoss nach oben und tastete blind. Sie wusste, dass noch jemand hier war. Irrith fasste beinahe nach ihr, dann hielt sie sich zurück. Die Macht, die Lune erfüllte, würde jeden zerstören, der sie berührte.

»Was kann ich tun?«, wimmerte sie und rang mit sich, um nicht zu fliehen.

Die Antwort kam als trockenes Flüstern, aus den Tiefen von Lunes Körper gerissen.

»*Findet. Jack.*«

LOMBARD STREET, LONDON
zwei Uhr nachmittags

Sein eigenes Husten weckte ihn. Asche überzog Jacks Mund und Kehle. Er hustete, während sein Körper sich verkrampfte, um sie auszustoßen und saubere Luft einzuatmen.

Doch saubere Luft war nirgends zu finden. Mit jedem Atemzug drangen weitere Asche und Rauch ein, und austrocknende Hitze versengte seine Lungen. Der Staub unter ihm war gebacken, die Kiesel wie ein Gitter, auf dem er geröstet wurde. Jack hievte sich hoch, schaffte es aber nur halb, ehe seine Knie und Ellbogen nachgaben und ihn wieder fallen ließen. Die Anstrengung hatte ihn jedoch ein oder zwei Fuß vorwärtsgebracht, und so versuchte er es weiter, krabbelte auf diese ungelenke Weise von der Gefahr weg, die ihm drohte.

Denn er war in einer schmalen Gasse zwischen zwei Häusern aufgewacht, die beide brannten. Als Jack es in die zweifelhafte Sicherheit auf der Straße schaffte, stellte er fest, dass ein Großteil der Lombard Street in Flammen stand und ihre Verteidiger geflohen waren. Die Zeichen, die die Häuser der Wohlhabenden markierten, brannten wie Hexen auf ihren Scheiterhaufen: das *Golden Fleece*, das *Fox*, das *White Hart*. Jack hätte auch in einem Gemälde über den Jüngsten Tag sein können, das das Schicksal weltlichen Reichtums zeigte.

Ein Schicksal, das bald seines würde, wenn er sich nicht bewegte. Furcht und ein gelegentlicher Hauch kühlerer Luft halfen ihm, auf die Füße zu kommen, und er taumelte halb im Laufschritt auf den unberührten Teil der Straße zu. Wie war er in diese Gasse gekommen? Nein – er war gestürzt, er erinnerte sich, wie seine Knie nachgegeben hatten …

Trotz des Feuers überall um ihn herum bemerkte er, dass er zitterte. Hohes Fieber wie von der Pest hatte seinen Körper im Griff. Er hatte gerade genug Verstand übrig, um dies zu erkennen. Sein Gesichtsfeld verschwamm. Erschöpfung durch die Hitze – Craven hatte recht, er hatte sich überanstrengt. Bis zum Zusammenbruch. Er musste einen Feuerposten erreichen – am Cripplegate war der nächste – und sich fernab von der Schlacht etwas ausruhen. Er hatte in der vorherigen Nacht nicht geschlafen, und die Bewusstlosigkeit zählte nicht.

Eine Bewegung im Augenwinkel. Eine schlanke Gestalt schoss durch den Rauch, geisterhaft und klein. Jack erkannte Lunes Hund an seinen roten Ohren. Ein Feenhund, hier in der Stadt, und nicht getarnt. Seinem Verhalten nach zu urteilen, suchte er nach ihm.

Der Hund rannte schnell einmal im Kreis um den Prinzen herum. Als Jack sich drehte, um seinem Lauf zu folgen, brach er beinahe wieder zusammen. *Ich bin im Delirium. Oder tot, und der Hund ist gekommen, um mich in die Hölle zu bringen.* Dann war er fort, und Jack war sich sicher, dass er überhaupt nie da gewesen war.

»Mein Lord!« Der Ruf kam von vor ihm. Das hier bildete er sich nicht ein. Eine geschmeidige Gestalt stürmte in seine Richtung und brüllte seinen Feentitel, dass ihn die ganze Welt hören konnte. Irrith war als seltsam aussehender Junge getarnt, aber sie konnte kaum als Mädchen herumlaufen, und Gott im Himmel, der Hund führte sie.

Kann nicht einmal richtig denken. Jack versuchte, seine Gedanken zu ordnen, und die Anstrengung lenkte ihn von seinen Füßen ab. Er wäre der Länge nach auf die Pflastersteine gefallen, wenn Irrith ihn nicht aufgefangen hätte.

»Wo *wart* Ihr nur?«, wollte der Irrwisch wissen, immer noch im Brüllton, als sei sie nicht sechs Zentimeter von seinem Ohr entfernt. »Ich suche schon …«

Das Fieber brachte seinen gesamten Körper zum Schaudern. *Mehr als Erschöpfung. Ich kann nicht die Pest haben, oder?* Der Gedanke versetzte ihn in Panik. Aber er hätte sicher auch die anderen Anzeichen bemerkt – oder nicht? Irgendeine andere Krankheit vielleicht, wobei wenige so schnell anfingen …

»Jack!« Sein Name riss ihn in die Gegenwart zurück. Irrith packte ihn am Kinn und zwang ihn, sie anzusehen. »Ihr müsst mitkommen. Vielleicht ist es schon zu spät.«

»Zu spät?« Kaum überhaupt ein Flüstern. Wie lange hatte er dort gelegen, während das Feuer immer näher gekommen war?

»Es geht um die Königin«, sagte Irrith. »Sie braucht Euch. *Jetzt.*«

DER ONYXPALAST, LONDON
zwei Uhr nachmittags

Um den Brunnen in der Threadneedle Street herrschte Gedränge. Er war von Karren umringt und wurde ständig von Männern benutzt, die gegen das Feuer ankämpften. Jack und Irrith mussten sich stattdessen ihren Weg in die Ketton Street und zum dortigen Eingang erkämpfen. Die Kälte traf ihn wie ein Hammerschlag, als er nach unten ging, und zum ersten Mal erfasste er ein Stück weit ihren Schrecken für die Fae. Die bloße Berührung der Cailleach erinnerte ihn, wie nahe er dem Tod gekommen war, und setzte einen Schüttelfrost frei, der ihn beinahe zusammenbrechen ließ. »Keine *Zeit* für so was!«, beharrte Irrith und zerrte ihn mit Gewalt weiter. Nun, wo sie wieder in Reichweite der Hexe waren, vermied sie es, seine Haut zu berühren, doch sie war deshalb nicht weniger effektiv. »Es hat schon zu lange gedauert – ich konnte Euch nicht finden. Wäre der Hund der Königin nicht gewesen …«

»Lune«, presste Jack zwischen klappernden Zähnen hervor. »Was?«

»Ich weiß nicht. Aber sie hat mir befohlen, Euch zu holen.«

Der Irrwisch zog ihn in den größeren Thronsaal. Jack konnte sich denken, wohin sie liefen, schon bevor er den Thron sah, der von seinem Platz geschoben war. Die Cannon Street war dem Feuer vor Stunden zum Opfer gefallen. Und jetzt, wo er seine Gedanken dem Londonstein zuwandte …

»*Hoch!*«, schrie Irrith ihn an. Eis versengte seine Wange mit Kälte. Er war zu Boden gestürzt. *Kein Fieber. Keine Krankheit.* Es war Lune. Sie waren durch den Stein aneinandergebunden, und obwohl sie alles zurückhielt, was sie konnte, um seine zerbrechliche Sterblichkeit zu schützen, überflutete es ihn. Während der Drache sich nach unten zwängte, zehrte er auch an ihr, zehrte am Onyxpalast selbst, nährte sich an der Macht, die er dort fand, und ihre Stärke, um gegenzuhalten, wich schnell aus ihr.

Irrith musste ihn nicht hochziehen. Jack suchte Lune so unbeirrbar, wie der Hund ihn gesucht hatte – und was er vorfand, ließ ihn auf der Schwelle erstarren.

Sogar die Luft knisterte und schlug Funken. Lunes Haar schwebte in einem strahlenden Schein um ihren Körper, trieb auf Hitzeströmen, sein Silber brennendes Gold. Flammen tanzten um ihren Rocksaum bis zu den Stickereien an ihren Ärmeln hoch. Er konnte nicht näher als zwei Schritte herantreten. Das Inferno, das sie festhielt, trieb ihn zurück.

»Lune«, flüsterte er, und ihr Kopf zuckte hoch.

Die silbernen Augen waren geschmolzene Flammen, Fenster zu dem Feuer im Inneren. Jede sterbliche Kreatur wäre von der Macht, die sie festhielt, vernichtet worden. Selbst unsterbliches Fleisch konnte ihr nicht ewig widerstehen. »Jack«, antwortete sie ihm, und ihr Mund hätte der Eingang zu einer Schmiede mit den Kohlen der Hölle im Inneren sein können.

Er betete beinahe und schluckte es gerade noch rechtzeitig hinunter.

»Die Macht«, sagte sie, während ihre Stimme zitterte und brach. Jeder Luftstrom versuchte, ihn aus dem Alkoven, der den Stein beherbergte, zurückzutreiben. Er konnte nicht einmal ihre Hand sehen, die im glänzenden Licht, das den Stein oben umgab, begraben war. »Des Drachen. In mir. Sie muss ... anderswohin ... geschickt werden.«

Allmächtiger Gott, *ja.* Bevor sie sie zerstörte. Jack gestattete es sich nicht einmal, die Möglichkeit in Betracht zu ziehen, dass es dafür schon zu spät war.

Aber wohin? Nicht in die Stadt oben. Genau dort kam sie ja *her.* Er glaubte nicht, dass sie die Macht in die Gegenden zwingen konnten, die bereits verschlungen waren, und wenn sie es versuchten, würde sie vielleicht einfach nach außen in noch unberührte Distrikte explodieren. Und der Tower war so nah ... man hatte noch nicht das gesamte Schwarzpulver wegtransportiert. Das *würde* die Stadt zerstören.

Nirgendwohin, wo Menschen lebten. Die Themse? Der Geist des Flusses war bereits erschöpft. Die Macht dorthin zu senden, konnte wohl das gesamte Wasser zum Kochen bringen, und das hätte ihre Situation erneut schlimmer statt besser gemacht.

Er wünschte, es wäre möglich, die Hitze des Feuers ganz bis zum Meer zu schleudern, wo immer noch englische Schiffe gegen die Holländer kämpften, ohne von der Katastrophe daheim zu wissen. Doch selbst wenn er es gekonnt hätte, er hätte es nicht getan. Die Holländer verdienten es nicht, ohne Vorwarnung vernichtet zu werden, einfach für ihr Verbrechen, in der Seefahrt mit den Engländern zu konkurrieren.

Lune schrie auf, und die Luft brannte weiß. Die Sehnen an ihrem Hals ragten hervor, als sie die Zähne zusammenbiss und es niederkämpfte. Der bloße Anblick verletzte Jack, dessen fiebriger Körper als Reaktion schmerzte.

»Schnell«, hauchte Irrith, wo sie zu seinen Füßen hockte.

Denk nach! Jack drückte seine Hände an seinen Kopf, als könnten sie seinen Verstand im Delirium, das ihn lähmte, zusammenhalten. Feuer. Hitze. Zerstörung. Es gab keinen sicheren Ort für so etwas.

Aber Feuer ist mehr als das.

Das Fieber trug ihn vorwärts. Feuer. Prometheisch, erleuchtend. Erschaffend. Feuer war der Lebensfunke ebenso wie die Flammen des Todes. *Es gibt da etwas. Ich weiß es …*

Wenn wir es nur verwandeln könnten.

Jack hatte sich nie mehr als nur flüchtig mit Alchemie beschäftigt. Und dies war weder der richtige Ort noch Zeitpunkt für obskure Experimente mit *Prima Materia* und Alembik. Er brauchte etwas Simpleres. Eine Möglichkeit, das Feuer in Lune in einen sicheren Zustand zu verwandeln.

Er konnte nicht einmal in ihre Nähe kommen. Wenn er sie berührte, würde er vielleicht auf der Stelle in Flammen aufgehen.

Doch er hatte nur diese eine Idee und bezweifelte, dass er genug Zeit hatte, um sich eine andere auszudenken. Lunes Haarspitzen rauchten schon. Es hieß, entweder seine Idee auszuprobieren und zu sterben oder einen Augenblick länger herumzustehen und zu sterben.

»Ich hoffe, das funktioniert«, murmelte Jack und sprang zu Lune auf die Plattform.

Feuer schoss rasend aus Lune heraus, floss mit erschreckender Schnelligkeit zu jemand anderem, dann wurde es wie ein plötzlicher Gezeitenstrom auf sie zurückgeworfen. Als hätte sie ein Blitz getroffen, wurde ihr Körper steif.

Sonne und Mond …

Leidenschaft, wie Lune sie seit Jahrzehnten nicht empfunden hatte, entbrannte in ihrem Körper und ließ sie japsen. Der Schmerz ließ nach, und in seinem Sog kam Verlangen.

Ihre Haut schmerzte davon und überflutete all ihre Sinne. Kein Liebhaber hatte sie so stark erweckt, nicht seit Michael Deven gestorben war. Lune schluchzte, als sie sich an die kostbaren Hände erinnerte, die für immer für sie verloren waren. Ihr Bewusstsein drohte, sich in der erstickenden Flut aus Trauer aufzulösen. Es war so leicht, loszulassen, sich ins Nichts zu befreien … und genau das wollten die Cailleach und der Drache von ihr. Dass sie verging. Dass sie endlich die lange Unsterblichkeit ihres Daseins beendete und sich zerstören ließ.

Aber nein. Als sie von dem Doppelangriff in den Kern ihrer Seele gezwungen wurde, fand sie dort eine kühle Stille vor, frei vom Feuer und der Winterkälte der Hexe. *Genau das bin ich.* Kind des Mondes, zeitlos und ruhig. Sie verlor diese Ruhe jetzt so leicht, wenn sie in der Politik gefangen war und die Menschen so eifrig in deren Intrigen nachahmte. Aber sie war mehr als das – mehr als nur Spionieren und Planen und die Zeit mit frivolen Vergnügungen zu verbringen.

Leslics Aufsteigende hatten recht. Fae *waren* früher mehr gewesen, doch jene, die in den Ritzen der sterblichen Welt lebten, vergaßen das in ihrer Faszination für Menschen. Für diesen einen ewigen Augenblick war Lune so, wie sie einst gewesen war.

Dann stieg sie mit neu gefundener Kraft auf, und als sie an die Oberfläche kam, stellte sie fest, dass ihr die kurze, strahlende Hitze eines anderen antwortete. Nicht das Feuer: ein sterbliches Aufflackern. Ein lebhafter Verstand, ein Intellekt, der von Neugier und Mitleid getrieben wurde, dem Streben, Wissen zu erlangen und es dann nützlich einzusetzen. *Genau das ist er.* Die Sonne zu ihrem Mond. Das Gegenstück, aber kein Gegenspieler. Alchemische Vervollständigungen, die zu einem einzigen, transzendenten Ganzen zusammengefügt waren, das im Feuer des Lebens statt des Todes brannte.

Gedanken verschwanden in Ekstase, die über bloßes Fleisch hinausging.

Sie kamen wieder zu Sinnen und stellten fest, dass die Macht verwandelt war und ihrem formenden Willen gehorchte. Immer noch zu stark, zu viel, um sicher zu sein. Sie würde sie zerschmettern, wenn sie sie festhielten. Die Macht musste an einen sicheren Ort gebracht werden.

Gemeinsam streckten sie sich in ihren zweiten Körper. Den Onyxpalast, der unter der Kälte der Cailleach Bheur gefroren war. Die meisten Teile lagen verlassen da, aber dort – im Amphitheater duckten sich auf dem weißen Sand die verwitternden Überreste ihres Hofstaats zusammen.

Sachte, flüsterte Lune, und Jack und sie hauchten den Fae Leben ein.

Köpfe, die erschöpft hängen gelassen wurden, hoben sich. Augen wurden strahlender. Schultern streckten sich. Langsam und vorsichtig füllten die Königin und der Prinz ihr Volk mit lebenspendendem Feuer und rüsteten es gegen die Kälte der Cailleach. Ein Leuchten breitete sich im Amphitheater aus und warf von den steinernen Sitzen scharfkantige Schatten. Der Sand erhitzte sich, als würde er von der Sonne gewärmt, die er seit Jahrhunderten nicht mehr gesehen hatte. Immer noch ausgemergelt, aber mit neu gefundener Kraft kamen die Fae des Onyxhofs auf die Beine, bereit, um ihre Heimat zu kämpfen.

Denn die gesamte Macht des Drachen war gestohlen. Vom bescheidenen Ursprung der Flammen in Thomas Farynors Bäckerei bis zur Geburt des Drachen in der mächtigen Feuersbrunst auf den Werften setzte sich das Feuer aus gestohlenen Teilen von London zusammen, Bauholz und Gips, der in Flammen aufgegangen war. Nun erweckte diese Essenz, sicher verwandelt, das Feenvolk der Stadt zum Leben – und machte es bereit, sich seinem Feind oben zu stellen.

Das Inferno, das den Onyxpalast bis auf die letzte Ecke versengen wollte, war verschwunden, aber der Drache war immer noch da und zehrte Macht aus dem Palast, um seine tosenden Flammen zu nähren. Der Palast war ein bodenloser Brunnen, aus dem er nur die ersten Tropfen getrunken hatte. Der Drache wurde schon stärker.

Lune hatte es nicht geschafft, das Portal vor ihm zu verschließen, denn der Stein reagierte nicht auf eine Feenberührung allein. Doch nun gesellte sich Jacks Hand zu ihrer auf die raue Oberfläche, und gemeinsam sammelten sie das letzte bisschen des Feuers, das sie für sich selbst behalten hatten.

Nicht hier, sagten sie und versiegelten den Londonstein, sodass der Drache auf der Straße über ihnen frustriert brüllte.

Gefühl kehrte in Lunes Fleisch zurück, und zum ersten Mal seit langer Zeit war dies alles ihr eigenes.

Die kühle Ruhe in ihrem Herzen verflog, dieses perfekte Gefühl, wer sie war. Nicht verschwunden – doch sie hatte vor Ewigkeiten ihre Wahl getroffen, das, was sie gewesen war, das, was sie immer noch werden konnte, abzulegen, wenn sie die sterbliche Welt zurückließ, statt an diesem Ort zu leben. Sie hatte diese Wahl getroffen, als sie zum ersten Mal nach London gekommen war, und erneut, als sie Königin geworden war. Sie traf sie jeden Tag, den sie hierblieb und eine Nachahmung des sterblichen Lebens lebte.

Es war keine Wahl, die Lune bereute. Und die Zeit für die Rückkehr war gekommen.

Sie schlug die Augen auf und stellte fest, dass sie Jacks Ohr anstarrte.

Der Prinz vom Stein schreckte hoch und wich aus dem Kuss zurück. Sein freier Arm lag immer noch um ihre Taille. Die Plattform unter dem Stein war so klein, dass sie ansonsten kaum darauf gepasst hätten. »Ich …«, sagte er und verstummte, als hätte er keine Ahnung, was er sagen wollte. »Äh.«

Die Erinnerung an die Leidenschaft wärmte Lunes Körper immer noch, die brennende Freude, die sie beide überflutet hatte. Diese war eine seltsame Sache, ein Katalysator, um die Macht des Drachen von Tod zu Leben zu verwandeln, aber nun war der Grund, aus dem sie geschaffen worden war, erledigt. *Begehre ich ihn immer noch?*

Nein. Was sie geteilt hatten – die Macht, die sie gezähmt hatten –, fesselte ihr Herz nicht. Lune liebte den Mann vor ihr jetzt nicht mehr als gestern. Aber sie würde die Erinnerung an dieses verwandelnde Feuer in Ewigkeit bewahren.

Genau wie er, vermutete sie. Er wurde tatsächlich *rot.* Jack löste seinen Arm von ihr und trat zurück, während er ihrem Blick auswich. Lune packte mit ihrer eigenen freien Hand seinen Ärmel und sagte: »Du hast mir das Leben gerettet. Du musst dich für nichts entschuldigen.«

Jack sah ihr schüchtern in die Augen – ein Blick, der sich sofort in Besorgnis verwandelte, als sie ihre andere Hand senkte.

Die Haut auf Lunes Handfläche und Fingern war mit Blasen überzogen und verbrannt. Ihre Hand hatte sich in der Position, die sie am Stein gehalten hatte, verkrampft, aber sie spürte keinen Schmerz. Sie spürte überhaupt nichts, als Jack ihre Hand nahm und sie mit der Behutsamkeit eines Arztes abtastete. Das Fleisch hätte jemand anderem gehören können.

»Lune«, flüsterte er, aber sie schnitt ihm das Wort ab.

»Verbinde es, wenn du musst. Das wird wenig Unterschied machen. Die Narben werden bleiben.« Eine gewöhnliche Verbrennung hätte wohl auf eine Behandlung angesprochen, aber keine, die ihr vom Drachen zugefügt worden war.

Er sah sie entsetzt an. Lune zog ihre taube Hand aus seiner und stieg zur Tür hinunter, wo Irrith sie beide mit offenem Mund anstarrte. Die Cailleach hatte als Bedrohung für die Welt unten angefangen und der Drache für die oben, doch nun durchbrachen beide diese Grenze. Was eine Welt berührte, berührte die andere, und Sterbliche und Fae würden sich beiden gemeinsam stellen müssen.

»Kommt«, sagte Lune. »Wir haben eine Stadt zu verteidigen.«

In Leadenhall erkämpfen sie ihren ersten Sieg.

Der Tag war einer mit steigenden Verlusten. Die Statuen von Englands Herrschern, die sich an der Königlichen Börse aufreihten, sind auf den Boden gefallen. Der Pfeffer und die Gewürze, die darunter gelagert wurden, würzen jetzt den Rauch. Die Medikamente der Kaufleute und Apotheker in Bucklersbury sind in der erstickenden Luft aufgegangen. Baynard's Castle hat Feuer gefangen. Die alte Festung der Stadt brennt wie eine Fackel vor dem Nachthimmel, der westliche Fuß eines flammenden Bogens, der sich von Blackfriars bis Threadneedle und wieder hinunter nach Billingsgate erstreckt.

Aber in Leadenhall wird das Feuer aufgehalten. Irgendjemand mit dem Aussehen eines Ratsherrn wirft Münzen auf die Straße und verspricht sie jedem Mann, der bleibt und kämpft. Die westliche Fassade ist beschädigt, doch das Innere, das den unermesslichen Reichtum der Ostindienkompanie enthält, überlebt unbeschadet.

Der Drache faucht, seiner Beute beraubt.

Doch nun hat er den Reichtum darunter probiert. Die Macht, die aus Londons Schatten gestohlen ist, nährt seine Flammen, und ihn hungert nach mehr. Die kleinen Öffnungen, die er verschlingt, sind zu eng und schmal, um mehr als die faszinierendste Kostprobe zu gewähren, aber er spürt zwei andere, beide gewaltig und verwundbar. Eine liegt im Westen.

Er wird auf dem Wind zu jenem Ort reiten und seine Eroberung vollenden.

TEIL DREI

Als der König wieder sein Recht geniesst
1658–1660

»Ich frage mich wirklich, wie der größte Teil des Offiziersrats *sich für ehrlich halten kann, der sich als Erster gegen eine einzelne Person aussprach, dann das* Parlament *verjagte, dann ein* Scheinparlament *einsetzte, dann dieses absetzte, dann seinen* General *zum lebenslangen* Protektor *machte, ihn dann einen* Protektor *erben ließ, dann diese Regierung zerstörte, dann das* Parlament *wieder tagen ließ und es nun wieder verjagt hat. Was kommt als Nächstes? Das, was sie binnen kurzer Zeit wieder zerstören werden.«*

Die grossen Sorgen von England erklärt:
An die Armee, die oberste Autorität von England

TAL DES WEISSEN PFERDES, BERKSHIRE
23. Juni 1658

Der Nachtwind, der über den Hügelkamm peitschte, war kräftig genug, dass sogar das große Mittsommerfeuer flackerte, sich wand und dann dagegen ankämpfte. Die Erdwälle, die von den Einheimischen Uffington Castle genannt wurden, obwohl dort keine Burg stand, gewährten nur einen Hauch Schutz, aber die Fae, die um die Flammen tanzten, schenkten dem Wind wenig Beachtung. Die meisten von ihnen lebten länger in Berkshire, als sie sich erinnern konnten, und für sie waren die Böen alte Freunde.

Für die wenigen Fremden war der Wind nur noch eine Erinnerung daran, dass dieser Ort nicht ihr Heim war. Neun Jahre, seit sie aus London vertrieben worden waren. Bis zu sieben für einige von ihnen, seit sie hierher in dieses Tal gekommen waren, wo sie endlich einen Feenhof gefunden hatten, der ihnen Schutz gewähren wollte. Andere waren ihnen später gefolgt und wieder in die Umlaufbahn ihres exilierten Sterns gefallen.

Heute Nacht jedoch war dieser Stern aus ihrer Beobachtung geflohen und stand nun ein kleines Stück entfernt auf einem zweiten Hügel. Weniger beeindruckend als sein von Erdwällen gekrönter Bruder, doch der verdächtig flache Kamm des Hügels wurde von einer gekalkten Freifläche markiert, die im verblassenden Mondlicht leuchtete. Legenden besagten, dass hier ein Drache getötet worden war, dessen Blut den Boden vergiftet hatte, sodass nichts wachsen wollte. Das passte zu Lunes melancholischer Stimmung.

Sie hätten in jener Nacht auf den Moorfeldern getanzt, wären sie in London gewesen, und Sterbliche hinausgelockt, damit diese in ihr Fest einstimmten. Lune fragte sich, ob Vidar sich die Mühe machte und welchen Empfang diese Sterblichen wohl vorfinden würden, falls er das tat. Fae waren nicht immer freundlich. Jene, die ihm dienten, sehr selten.

Der Wind schlang ihre Röcke um ihre Beine und ließ sie auf einer Seite flattern, zupfte ständig an ihr, sodass sie breitbeinig stehen musste oder riskierte, aus dem Gleichgewicht gebracht zu werden. Hinter ihr fiel der Boden in ein breites Tal ab, das mit Flecken aus Wäldern und Feldern überzogen war. Vor ihr lag der Hang, der zum Uffington Castle und dem Fest führte, dem sie sich nicht anschließen wollte.

Von weiter unten kam eine Stimme, die beiläufig in die Einsamkeit einbrach, die sie suchte. »Armer Kerl – er ist heutzutage zu einem traurigen Anblick geworden.«

Blinzelnd sah Lune nach unten. Ein kleiner, weiblicher Irrwisch namens Irrith stieg den Hang des Drachenhügels herauf mit der Leichtigkeit von jemandem, der das viele Male getan hatte. Die Fee nickte mit dem Kopf auf den gegenüberliegenden Hang, wo im langen Sommergras schwach Linien sichtbar waren. Die schmalen Gräben waren in den Hang gehauen, aber ihre geschmeidigen Kurven wurden von Bewuchs gestört, der stur einen Halt in den Kreidefelsen beanspruchte. Die Figur war selbst von hier aus, dem besten Aussichtspunkt, nicht sehr gut auszumachen. Sie erstreckte sich am Hang entlang, sodass sie nur die Vögel am Himmel gänzlich erfassen konnten. Aber Lune kannte ihre Form. Sie war da gewesen, als sich das Weiße Pferd vom Boden erhoben hatte und hinabgestiegen war, um im dichten Gras der Wiese darunter zu fressen.

»Könnt Ihr das Unkraut nicht selbst entfernen?«, fragte sie und wischte sich ihr Silberhaar mit einer vergeblichen Handbewegung aus dem Gesicht. Der Wind schleuderte es in dem Augenblick zurück, als sie die Hand wegnahm.

Irrith ließ sich beiläufig auf den bloßen Kalk unter ihren Füßen sinken. »Nicht unsere Verantwortung. Es gibt in diesem Tal Familien, deren Aufgabe es ist, das Pferd zu reinigen – aber weil ihnen die Puritaner über die Schulter schauen, haben sie Angst davor, hier heraufzukommen.«

Musik hallte vom Feuer, hoch über ihnen, und tanzte auf dem Sommerwind. Puritaner billigten auch Mittsommerfeuer nicht besonders, doch das hielt die Fae nicht davon ab – und auch nicht einige Sterbliche in der Gegend. Nicht alle waren einer Meinung mit den frommen Reformern. Immer weniger, als die Jahre unter deren strenger Herrschaft verstrichen: erst als Commonwealth von England, und als dieser scheiterte, als Protektorat, vom großen General Oliver Cromwell regiert. Das Königreich England existierte nicht mehr.

Der König ist tot. Es gibt keinen König.

Irrith sagte: »Ihr schaut in die falsche Richtung.«

»Was?«

»London liegt in dieser Richtung.« Der Irrwisch deutete nach links zum östlichen Horizont.

»Ich habe nicht an London gedacht.«

Ein Grinsen antwortete ihr. »Blödsinn.«

Irrith war keine von den Hofdamen, die Lune vor neun Jahren aus dem Onyxpalast gefolgt waren, als Ifarren Vidar sie vertrieben hatte. Sie war überhaupt keine Dame, wie ihre unverfrorenen Manieren bewiesen. Der Irrwisch dachte sich bei seiner Unhöflichkeit nichts. Sie war einfach wild, wie es die Stadtfae nicht waren.

Heute Nacht trug sie für das Mittsommerfest eine Tunika und eine Hose, die seit Jahrhunderten nicht mehr modern waren, und selbst damals nur für Männer und nicht aus Moos gewebt. Lebendem Moos, aus dem hier und dort winzige weiße Blüten hervorblitzten. In dieser Gegend zählte das als feine Hofkleidung.

Lune trug immer noch die Korsetts und Röcke des Onyxhofs, so unpraktisch sie manchmal auch waren. Es war, wie sie sich eingestand, eine Sache der Prinzipien: Wenn sie sich kleidete wie die Fae aus Berkshire, würde sie eines der Bänder verlieren, die sie mit ihrem Reich verbanden.

Ich betrachte es immer noch als mein Reich, trotz dieser langen Jahre.

Wie konnte sie das nicht? Sie brauchte Irriths Erinnerung nicht, um zu wissen, in welcher Richtung London lag. Es rief nach ihren Knochen, eine subtile, magnetische Anziehung. Sie hatte in den frühen Tagen ihres Exils England immer wieder durchquert, als sie die Höfe von anderen Feenmonarchen besucht hatte, und hätte in jedem Augenblick ohne Zögern oder Irrtum genau auf das Herz der Stadt deuten können. Solange dieses Gefühl blieb, blieb sie an ihr Land gebunden. Solange sie an ihr Land gebunden war, war sie dessen Königin. Genau das war die Essenz der Feenherrschaft.

Aber Herrschaft war nicht Politik, und sie hatte ihr Reich seit neun langen Jahren nicht mehr gesehen – neun Jahren, vier Monaten und dreiundzwanzig Tagen, um genau zu sein. *Ich zähle die Zeit ab, als wäre ich ein Mensch.*

Vidar besetzte ihren Palast, und obwohl jeder Feenmonarch von England Lune für ihre Hilfe vor Ewigkeiten etwas schuldete, hatte ihr keiner die Armee geben wollen, die sie brauchte, um den Palast wieder einzunehmen. Sie hatten ihr kurz Unterschlupf gewährt und sie dann ermuntert, weiterzuziehen, bis sie schließlich hier, im Tal des Weißen Pferdes, zur Ruhe gekommen war, wo sie nicht hingehörte und nie hingehören würde.

Lune wurde sich bewusst, dass Irrith sie anstarrte. Der Irrwisch stand auf und sagte: »Darf ich Euch eine Frage stellen?«

Lune wollte Nein sagen. Sie hatte sich aus einem guten Grund vom Fest zurückgezogen. Aber sie wusste allzu gut, wie sehr sie vom Wohlwollen derer abhing, die sie aufgenommen hatten, und so sagte sie: »Natürlich.«

»Ist es wahr, dass Ihr einen Sterblichen liebt?«

Liebt, nicht *geliebt habt.* So viel verstand Irrith zumindest. »Ja.«

»Warum?«

Verblüfft drehte Lune sich um und sah sie an. Irriths rotbraunes Haar, ein ungepflegtes Gewirr aus losen Strähnen und kleinen Zöpfen, wurde aus ihren feinen Gesichtszügen geweht. Sie war, anders als Lune, vernünftig genug, ihr Gesicht *in* den Wind zu halten. In ihrem Blick lag aufrichtige Verwirrung und Verblüffung. »Er ist vor Ewigkeiten gestorben, erzählt man mir, und Ihr werdet bis ans Ende der Zeit um ihn trauern. Ich verstehe nicht, warum sich irgendjemand das aussuchen würde.«

Nicht vor so vielen Ewigkeiten. Aber selbst unendlich viel Zeit würde den Schmerz nicht lindern.

Lune seufzte und drehte den Kopf, sodass ihr Profil im Wind war. »Stellt Euch vor, Ihr würdet all Euer Leben in einem Turm verbringen und nicht mehr von Sonne und Wind, Wald und Gras sehen als das, worauf Ihr durch Euer Fenster einen Blick erhaschen könntet. Und dann hättet Ihr die Chance, aus jenem Turm zu entkommen – im Gras zu wandeln, die Blätter mit Euren Händen zu spüren und die Sonne mit Eurer Haut aufzunehmen. Würdet Ihr Nein sagen?«

»Wenn ich wieder in den Turm gesperrt würde«, sagte Irrith direkt. »Die Gefangenschaft wäre noch schlimmer, wenn ich ihr kurz entkommen wäre.«

Ein trauriges Lächeln umspielte Lunes Lippen. »Ah – aber die Erfahrung ist es wert. Die Welt kommt Euch danach realer vor, weil derjenige, den Ihr liebt, darin gelebt hat. Die Farben sind bunter, die Geräusche süßer, weil Ihr sie mit einem anderen geteilt habt.«

Irrith war so höflich, einen Moment darüber nachzudenken, ehe sie verkündete: »Ich verstehe es immer noch nicht.«

Das habe ich auch nicht erwartet. Vielleicht war es die Berührung der Sterblichkeit, die Lunes Blickfeld überschattete, doch manchmal fühlte sie sich viel älter als die wilde Fee an ihrer Seite. »Wenn Ihr mehr von den Sterblichen sehen würdet, dann würdet Ihr das vielleicht verstehen.«

Sie hatte nicht vorgehabt, die Sorgen anzusprechen, die ihre Gedanken verfinsterten, doch Irrith konnte sich diese ohnehin ausmalen. Sie lagen ihr nie fern. »Ihr werdet zurückkehren, Madam«, sagte sie und starrte zum Weißen Pferd hinüber, als würde London vor ihnen liegen und nicht weit im Osten, wie sie herausgestellt hatte. Der Onyxpalast und Michael Devens Grab, das sie neun Jahre lang nicht gesehen hatte. »Und wenn Ihr das tut, komme ich vielleicht mit Euch.«

ST.-PAULS-KATHEDRALE, LONDON
14. *Juli* 1658

In der Finsternis wieherte ein Pferd leise und stampfte mit einem Huf. Das Geräusch hallte an den dicken Steinsäulen wider und in die gewaltigen Höhen über ihm hinauf, weit luftiger als jeder Stall.

Antony erstarrte und atmete leise durch den Mund. Erst als er hörte, dass sich niemand rührte, schlich er weiter, ertastete sich vorsichtig seinen Weg über den vermüllten Boden, über die zersplitterten Bänke und den Chorstuhl, um die Pflöcke mit schlafenden Armeepferden herum, das Schiff der entweihten St.-Pauls-Kathedrale hinunter.

Die Kathedrale, das Relikt der Papsttreue, hatte zehn Jahre an schweren Misshandlungen durch die frommen Reformer gesehen, die jede Spur des Katholizismus aus ihrer physischen ebenso wie aus ihrer geistlichen Welt auslöschen wollten. Regen tropfte durch das zerstörte Dach im südlichen Querschiff und anderswo, und Wind blies durch die zerbrochenen Fenster, deren Buntglas als götzenverherrlichend zerschmettert worden war. Näherinnen schliefen in der Säulenhalle draußen in Bretterbuden, die zwischen den Säulen der klassischen Front aufgestellt worden waren, die Inigo Jones errichtet hatte, um das westliche Ende des alternden und zerbröckelnden Bauwerks zu verschönern. Dreck überzog den Boden von einem Ende bis zum anderen.

Doch solche Vernachlässigung half Antony jetzt. Wenn er erwischt würde, würde er sich einfach als Bettler ausgeben, der Schutz vor dem Regen suchte, der auf das mit Blei gedeckte Dach trommelte. Niemand würde das infrage stellen. Die Soldaten, die hier einquartiert waren, würden ihn vielleicht einen Landstreicher nennen und ihn in jegliche Gemeinde zurückpeitschen, die er seine Heimat nannte, doch niemand würde in ihm den wohlhabenden Baron aus der Lombard Street erkennen, der einst in der Guildhall und im Parlament gedient hatte.

Dieser Mann war lange fort. An seiner Stelle stand ein Mann, der in Wahrheit wenig mehr als ein Landstreicher und Bettler war.

Seine Hände zitterten, als er sich in der Mitte des Kirchenschiffs hinkniete. Seine Hände, seine Knie, als hätte er seit zwei Wochen nichts gegessen. Verzweiflung nagte an seinen Eingeweiden, als wäre er ein Säufer, dem man den Wein entzogen hatte, und sein Kopf enthielt nur einen Gedanken. *Ich kann das nicht viel länger tun. Ich kann nicht.*

Derselbe Refrain, schon seit Jahren. Und irgendwie machte er weiter.

Tonlos formten seine bebenden Lippen die Worte und beteten spontan nach der Art der Unabhängigen. *Allmächtiger Vater, habe Mitleid mit deinem bescheidenen Sohn. Vielleicht ist dies die Strafe für meine Sünden – aber lass mich durch, ich flehe dich an, sonst sterbe ich.*

So schmutzig, befleckt, zerbrochen sie auch waren, die Steine schoben sich geräuschlos weg und öffneten ein Loch im Boden der Kathedrale. Kein Licht kam von unten, doch Antonys Füße kannten den Weg. Er stürzte sich beinahe die Treppe hinunter und ließ die Öffnung hinter ihm zugehen.

Auf der letzten Stufe brach er japsend zusammen und mühte sich, sein schweres Atmen leise zu halten. Die Luft war angenehm kühl, doch sie hätte ebenso lebensrettende Wärme sein können, die nach zu langer Zeit in einem Wintersturm in seine Knochen eindrang. Er drückte sich an die Mauer, schluchzte gegen seinen Willen und ergab sich der Umarmung des Onyxpalasts.

Wie viel länger kann ich es aushalten?

Weder Lune noch ihm war bewusst gewesen, was die Konsequenzen sein würden, als ihre Höflinge und sie aus London geflohen waren. Als Königin und Prinz waren sie an den Palast gebunden. Wenn beide von ihnen diesen verlassen hätten ... ob dies Vidar eine Chance gegeben hätte, das Reich als sein Eigentum zu beanspruchen, erfuhren sie nie.

Lune konnte außerhalb ihres Palasts überleben, obwohl sie vielleicht mit der Zeit die Herrschaft verlieren würde. Antony konnte das nicht.

Das Zittern wurde schlimmer, nicht besser, als er sich an das Gestein drängte, und er schluchzte leise und wartete darauf, dass es verging. Zeit, die er in anderen Feenreichen verbrachte, half. Er trieb dies so weit, wie er konnte, und brachte sich an die Grenze seiner Belastbarkeit. Der Onyxpalast war für ihn nicht sicher. Aber am Ende war es *dieser* Palast, an den er sich gebunden hatte, als er Prinz vom Stein geworden war. Dieser Palast und kein anderer. Und Menschen, die vom Feenland so berührt worden waren, starben, wenn sie es hinter sich ließen.

Wenn er starb, würde Vidar vielleicht gewinnen.

Deshalb konnte er nicht zulassen, dass er starb.

Doch Gott stehe ihm bei – manchmal wollte er. Wenn das Verlangen zu schlimm wurde und er an die Gefahren dachte, die unten warteten. Dieser Eingang war einer von dreien, von denen Vidar nicht zu wissen schien, und der sicherste für Antony. Weil er unter der Kathedrale lag, war der Ort für Fae unangenehm. St. Paul war außerdem zugänglicher als der befestigte Tower von London, und was den dritten betraf ...

Vidar wusste, dass der Londonstein essenziell für den Onyxpalast war, aber nicht warum. Sehr wenige Fae verstanden die grundlegende Struktur des Palasts und deshalb die Platzierung seiner ursprünglichen Eingänge. Ebenso wenige kannten die Lage des Steins, der Achse des Palasts. Seine sterbliche Hälfte stand in der Cannon Street über ihnen, doch die Feenreflexion war verborgen, genau hinter dem Thron, den Vidar für sich selbst beanspruchte. Und Antony würde nichts tun, was sein Versteck dem Thronräuber verraten konnte.

Also hockte er hier, wie eine Ratte in ihrem Loch, kämpfte darum, leise zu bleiben, und betete, dass ihn kein vorbeikommender Fae hören würde.

Schließlich schlief er ein, immer noch auf der letzten Stufe, und erwachte schmerzhaft steif. Als er die Mauer berührte, spürte er, dass er den ganzen Tag verschlafen hatte und die Nacht wieder angebrochen war. Er konnte sich sicher bewegen – so sicher, wie es jemals wurde.

Aufzustehen, war das Schwierigste, was er je getan hatte, und es wurde jedes Mal schwieriger. Aber Antony zwang sich auf die Füße, humpelte durch die Schwärze nach oben und ließ den Onyxpalast hinter sich.

WAYLANDS SCHMIEDE, BERKSHIRE
6. *August* 1658

Der Sonnenuntergang warf Flecken aus schemenhafter Wärme auf die grauen Birkenstämme, und Holunder und Myrrhenkerbel tränkten die Luft mit Honigduft. Lune stand vor dem langen, niedrigen Grabhügel, der im Schutz des Baumrings lag, und beobachtete, wie Teyrngar, der Feenhund, den Leslic ihr geschenkt hatte, auf der müßigen Suche nach etwas, das er jagen konnte, am Waldrand entlang schnüffelte. *Er* hatte sich als treu herausgestellt, obwohl sein Schenker das nicht getan hatte, und Lune hatte mit der Zeit gelernt, nicht jedes Mal, wenn sie ihn betrachtete, das Gesicht jenes Verräters zu sehen.

Sie schätzte es, dass sie hier im Tal nach Belieben unter freiem Himmel spazieren konnte. Sie stand vor den grauen Hinkelsteinen, die das südliche Ende des Grabhügels markierten, ohne dass irgendein Zauber sie tarnte und ohne jegliche Furcht, gesehen zu werden. Es war eine Freiheit, die sie so lange nicht mehr gekannt hatte, dass sie sich nicht einmal daran erinnern konnte, und die in der Stadt, die sie ihr Heim nannte, unvorstellbar gewesen war.

Doch die Ruhe nagte an ihr. Bauern lebten im Tal des Weißen Pferdes, und es gab ein Dorf, das leicht zu erreichen war, doch sie fühlte sich hier draußen, wo sie nur die Fae aus Berkshire und die Überreste ihres eigenen kleinen Hofstaats als Gesellschaft hatte, schrecklich isoliert. Sie hatte wenig Umgang mit Sterblichen. Selbst ein Tarnzauber half nur in gewissem Ausmaß, wenn die Gesetze gegen Landstreicherei bedeuteten, dass jeder Reisende misstrauisch beäugt wurde. Und so hatte sie zusammen mit ihrer Freiheit Unwissen bekommen: Sie war völlig davon abhängig, dass andere sie informiert hielten, während die Welt an ihr vorbeizog.

Die Stille in der Luft wurde von Hufgetrappel durchbrochen, das einen dumpfen Rhythmus auf den Pfad aus Kalk- und Feuerstein schlug, der in der Nähe des Grabhügels und der Bäume, die ihn verbargen, vorbeiführte. Wenn es nicht der war, den Lune erwartete, würde er vorbeireiten – oder falls er das nicht tat, kümmerte es sie kaum. Die Menschen kannten die Geschichten über diesen Ort. Doch die Gestalt, die unter den

Armen der Birken ritt, war ihr vertraut, so sehr sie sich auch verändert hatte.

Der Anblick von Antony Ware brachte unerwarteten Schmerz. Wo seine Verbindung mit der Feenart einst sein Altern verlangsamt hatte, schien sie es nun zu beschleunigen. So gut wie aus dem Onyxpalast exiliert hatte er mindestens zehn Kilo und den Großteil der Farbe aus seinem Haar und Bart verloren. Die Schultern unter seinem dicken Mantel waren Haut und Knochen, und nach zwei harten Tagesritten zitterten seine Hände an den Zügeln.

Sie würde ihn allerdings nicht beleidigen, indem sie das Offensichtliche ansprach. Lune nahm die Zügel und hielt seine Stute, während er abstieg – eine echte Stute, keine verwandelte Fae. »Leg eine Silbermünze hin«, sagte sie und versuchte, witzig zu sein, »und du wirst feststellen, dass sie frisch beschlagen ist, ehe wir fertig sind.«

»Selbst ich kann keine zwei Aufgaben gleichzeitig erledigen.« Die Stimme kam von hinter ihr, ein tiefes, freundliches Brummen. Für einen solch riesigen Mann bewegte Wayland sich viel zu leise.

Der König des Tals wirkte nicht offensichtlich wie ein Fae. Auf den ersten Blick sah er wie nichts weiter als ein kräftiger Hufschmied aus, dessen Muskeln seine Arme strotzen und seine einfache Ledertunika an der Brust spannen ließen. Aber Lune erwies ihm einen respektvollen Gruß, weil sie nie vergaß, dass sie diesem königlichen Vetter ihren derzeitigen Unterschlupf verdankte.

Wayland antwortete ihr mit einem Nicken und packte vertraut Antonys Arm, dann bückte er sich, um Teyrngar zwischen den Ohren zu kraulen. »Wir haben drinnen Nahrung für Euch«, sagte er zum exilierten Prinzen, »die Ihr sicher essen könnt.« Was bedeutete, dass irgendein Puck sie von einem nahen Bauernhof gestohlen hatte. Doch die Fae hier, die nie von der alten Lebensweise des Onyxhofs abgehärtet worden waren, waren sehr bereitwillig, im Gegenzug Gutes zu tun. Lune war sich sicher, dass der Bauer, als er erwacht war, festgestellt hatte, dass sein Haus sauber gefegt und seine Kühe gefüttert und gemolken waren.

Dies war der alte Lauf der Dinge, simpel und vertraut, obwohl Lune selbst seit einer Ewigkeit nicht mehr auf dem Land gelebt hatte. Wayland nutzte seinen Hammer für jeden Sterblichen, der tapfer genug war, zu kommen und seine Gebühr zu bezahlen, und obwohl diese mit jedem Jahrhundert, das verstrich, weniger wurden, erinnerte man sich noch an seinen Namen. *Wer erinnert sich an mich?*

Zum Glück hatte sie Grund genug, solche selbstmitleidigen Gedanken beiseitezuschieben. »Eure Ratgeber haben sich versammelt«, erklärte Wayland ihnen ungeachtet jeglicher Überlegung, dass ein König nicht den Boten spielen sollte. Gesellschaftliche Unterschiede waren noch etwas, das hier draußen einfacher war. »Sie warten auf Euch.«

»Wir sind gleich dort.« Sie musste Antony jedoch eine Sache fragen, ehe sie hineingingen. Als Wayland sie allein gelassen hatte, während Teyrngar ihm auf den Fersen blieb, fragte sie: »Was hat sich verändert?«

In allen Angelegenheiten außer dieser hätte sie nicht gezögert, sie vor ihren Ratgebern anzusprechen. Aber sie hatten in der Vergangenheit einen eingeschleusten Spion und einen besessenen Puck entdeckt und wollten nicht riskieren, dass dieses Detail zu Vidar durchdrang. »Er ist immer noch blind«, sagte Antony, band seine Stute an, wo sie grasen konnte, und zog ihr mit einem Ächzen den Sattel vom Rücken. »Er nimmt auf der

Suche nach dem Londonstein den Palast auseinander, hat ihn aber noch nicht gefunden, und er weiß nicht, was den Stein dazu bringen wird, ihm zu antworten, wenn er ihn findet. Er glaubt, diese sterbliche Partnerschaft von dir sei nichts weiter als eine närrische Laune.«

Winzige, punktuelle Verspannungen lösten sich in Lunes Rücken. Der Onyxpalast verdankte seine Existenz sowohl den Händen von Sterblichen als auch von Fae, und niemand hatte je die Herrschaft darüber ohne sterbliche Hilfe beansprucht. Sie glaubte nicht, dass es allein zu schaffen war. Und solange Vidar das nicht erfuhr, würde sie sich keine Sorgen machen müssen, ob er seine Arroganz und seinen Stolz überwinden und eine menschliche Gefährtin suchen würde.

Solange sie diesen Vorteil und das Londonschwert behielt, konnte sie Vidar in Schach halten.

Aber sie wollte mehr. Sie wollte ihr Reich zurück. »Lass jemand anderen dein Pferd versorgen«, sagte sie. »Wir haben Nachrichten aus Irland und Schottland, die vielleicht endlich von Nutzen sind.«

Vier aufrechte Hinkelsteine schützten das vordere Ende des Hügelgrabs wie Türme, die den schmalen, steinernen Gang flankierten, der in den Boden gehauen war. Die kreuzförmige Kammer an seinem Ende war klein. Lune musste sich ducken, um sie zu betreten. Drinnen glitt die Mauer mit einem leisen Mahlen weg, das sie hätte hören sollen, als Wayland herausgekommen war – und wie *er* je hier durchpasste, konnte sie sich nicht denken. Sie streckte sich erleichtert in dem Raum dahinter.

Waylands Reich hätte keinen stärkeren Kontrast zu ihrem bilden können, wenn er es versucht hätte. Warmes Fackellicht erleuchtete die hohe, gewölbte Decke der Höhle, in der sie standen, und trockenes Laub in Scharlachrot und Gold bedeckte den Lehmboden. Fae versammelten sich hier, aber nicht um ihren König, der in einer Ecke stand und sich mit einem pferdeförmigen Goblin unterhielt. Hauselfen drängten sich um mehrere Töpfe, die über offenem Feuer hingen, und ein Trio Pucks spielte ein kompliziertes Spiel, das einst mit Messerwerfen verwandt gewesen sein mochte, indem sie ein komplexes Muster aus Dolchen in den Dreck schleuderten.

Die Fae vom Onyxhof stachen heraus wie Adlige aus London, die man unter Bauern geworfen hatte, sogar jene, die die steife, prächtige Kleidung des Hofstaats aufgegeben hatten. Sir Peregrin Thorne, einst Leutnant, jetzt Hauptmann der verbliebenen Onyxwache, demonstrierte seiner Begleiterin Dame Segraine eine komplizierte Fechtsequenz, während sie einen Dolch um ihre Finger tanzen ließ, als sie zusah. Tom Toggin, der im Exil ihrem Haushalt vorstand, legte letzte Hand an ein ausgefallenes Marzipankunstwerk, wobei seine Zunge zwischen seinen schiefen Zähnen hervorstand. Andere verteilten sich an anderen Orten im Grabhügel, wo sie zweifellos ihren eigenen Gewohnheiten folgten, so gut sie konnten.

Lune kannte alle von ihnen, weit besser, als sie sie gekannt hatte, als sie noch bloß einige unter vielen gewesen waren. Dame Segraine zum Beispiel: In London hatte die Ritterin sich oft als Mann verkleidet, um von den großen Fechtmeistern in deren Schulen zu lernen. Sir Peregrin erzählte, wenn er genug Wein getrunken hatte, erschreckende Geschichten über die Hexe Schwarze Annis in Leicestershire, unter deren Herrschaft er früher gelebt hatte. Tom kreierte gewaltige Süßigkeiten für Lunes Tisch, weil er wusste, dass sie nicht mehr als einen Bruchteil essen würde, sodass er den Rest ohne Schuldgefühle verputzen konnte.

Sie verbeugten sich, als Lune und Antony vorbeigingen, wobei sie immer noch den Sitten des höfischen Lebens gehorchten, und Peregrin reihte sich hinter ihnen ein. Die Fae aus Berkshire nickten bloß, wenn sie sich überhaupt die Mühe machten, aufzublicken. Gemeinsam durchquerten die exilierte Königin und ihr Prinz den Großen Saal und gingen durch einen der Tunnel mit Wurzeldecke hinaus.

Ihre Ratgeber warteten in einer kleineren Kammer auf Stühlen, die aus Birkenholz geschnitzt waren, um einen Eichentisch, der vielleicht die Tage von Wilhelm dem Eroberer gesehen hatte. Der Boden unter ihnen war mit wilden Erdbeeren bedeckt, die außerhalb ihrer Saison blühten. Die kleine Gruppe stand auf und fiel auf die Knie, als Lune und Antony eintraten, nahm die Kopfbedeckungen ab und setzte sich, als Lune einen Wink gab. Peregrin nahm eine Position hinter ihnen ein, indem er ebenso Wache stand wie teilnahm. »Danke für Euer Kommen«, sagte Lune. »Die Reise war für einige von Euch lang. Ich hoffe, Ihr bringt mir gute Nachrichten.«

Ihr Rat hier war ein zusammengewürfelter Haufen, dessen Mitglieder Fae einschlossen, die keine Untertanen von ihr waren – eine war nicht einmal Engländerin. Lady Feidelms Kleidung sah hier sogar fremder aus als Antonys dicker Mantel, doch sie wirkte in diesen Höhlen zu Hause. Obwohl sie theoretisch immer noch Botschafterin war, hatte ihr das Entsetzen über Eochu Airts Verrat jegliche Hemmungen genommen, dem Hofstaat im Exil ihre Hilfe zukommen zu lassen.

Die Sidhe wirkte jedoch wenig hoffnungsvoll, als Lune ihr zunickte. »Ich fürchte, es hat sich wenig verändert. Wenige von den anderen Königreichen billigen Conchobars Bündnis mit Nicneven, aber sie missbilligen es nicht so heftig, dass sie gegen ihn handeln würden.«

Die Unentschlossenheit war unerträglich. Lune sagte: »Vidar erlangte Conchobars Hilfe mit dem Versprechen, dass er England zum Wohl Irlands kontrollieren würde. Stattdessen zermalmt Lordprotektor Cromwell Euer Volk unter dem Absatz seiner Stiefel. Wie können sie nach einem solchen Scheitern noch zu ihm stehen?«

Feidelm breitete in einer hilflosen Geste ihre weißen Hände aus. »Er ist gescheitert, ja – aber wenn Conchobar sich von ihm abwendet, was wird das nützen? Vidars Erfolg ist seine einzige Hoffnung, denn *Ihr* werdet ihn sicherlich nicht wohlwollend betrachten, solltet Ihr Euren Thron zurückgewinnen.« *Und Vidar hat nicht Eure Skrupel gegen eine Einmischung*, war das, was sie unausgesprochen ließ.

»Wir hätten vielleicht etwas für Irland tun können, wären wir nicht vertrieben worden«, sagte Antony. »Es ist mehr als Vidars Stümperei. Es ist der Verlust des Guten, das wir vielleicht hätten tun können.«

Er übertrieb nach Lunes Meinung in diesem Fall etwas. Sie war sich überhaupt nicht sicher, ob sie die Wucht von Cromwells Invasion hätten aufhalten oder auch nur abmildern können. Aber solche Ehrlichkeit hatte in der Politik keinen Platz. »Und der Ard-Rí?«

Feidelm seufzte. »Versteht Ihr, unsere Hochkönige herrschen nicht so, wie es ein König tut. Sie erteilen keine Befehle, und der Dagda kann Conchobar nicht unter Kontrolle bringen. Aber er verspricht, dass kein anderer Ulster gegen Euch unterstützen wird.«

In friedlicheren Zeiten hatte Lune diesen Hochkönig mit wohlwollendem Amüsement betrachtet. Er war ein komischer Kerl, außerordentlich mächtig, aber sehr mit weltlichen Vergnügungen beschäftigt. Seine siebenjährliche Thronbesteigung in Temair allerdings schenkte ihr nicht viel Hoffnung auf entschiedenes Handeln: Dem Dagda ging es viel besser, wie die Dinge standen. Doch das Versprechen war nicht wertlos. Verstärkung aus Irland würde diese Angelegenheit in einen langwierigen Krieg verwandeln, und Lune musste noch herausbekommen, wie sie auch nur eine einzelne Schlacht gewinnen konnte.

Was, wenn die Schuld daran nicht bei mir liegt? Die Frage quälte sie, ob sie wach war oder schlief. Die Monarchie in England war durch einen Parlamentsbeschluss abgeschafft worden. Lune hatte keine Boten gebraucht, die ihr die Nachricht überbrachten. Sie hatte es in dem Augenblick gewusst, als es passiert war. Dieses Gefühl der Desorientiertheit, das sie empfunden hatte, als Karl getötet worden war, das Beben in den Grundfesten des Reichs, war kurz zu einem Erdbeben geworden.

Und dann Stille.

Wayland hatte es auch gespürt, und jeder weitere Monarch in Feenengland. Sie hatten nicht ihren Thron verloren wie Lune, aber natürlich war auch keiner von ihnen Opfer einer Invasion geworden. Oder lag es daran, dass keine von ihren Kronen je an eine sterbliche gebunden war? Lune war sich nicht sicher, ob es *möglich* war, ihren Thron wiederzugewinnen, während der König von England von seinem vertrieben war, die Kronjuwelen zerstört waren und die sterbliche Souveränität kühl in ihrem Grab lag.

Also tat sie, was sie konnte, um Antony gegen die Militärherrschaft des Protektorats zu helfen, und suchte in ihrem eigenen Kampf weiter nach Hoffnung. Und wenn sie die Männer aus Ulster nicht von Vidar weglocken konnte, würde sie ihre Schläge gegen Schottland richten.

Amadea hatte ein volles Jahr als Botschafterin an den verstreuten schottischen Höfen mit wenig offensichtlichen Ergebnissen verbracht, doch die wahre Ausbeute ihrer Mühen war in Form von Fae gekommen, die willens waren, Informationen nach Süden weiterzuleiten. Zugegeben, die Kammerherrin ergab eine schlechte Spionin, aber Valentin Aspell hatte sich in vorsichtige Neutralität geflüchtet und unterstützte weder Lune noch Vidar, und die Goodemeades hatten andere Sorgen.

Und sie war nicht völlig wirkungslos. »Die Neuigkeit aus Fife«, sagte Amadea, als Lune sich an sie wandte, »ist, dass Nicneven sich jeden Tag mehr von Vidar abwendet.«

Das reichte, dass sich sogar Antony trotz seiner Erschöpfung auf seinem Stuhl aufrichtete. »Wie das?«

Amadea streckte die Hände aus, als würde sie die unterschiedlichen Seiten abwägen. »Er hat Hilfe aus Ulster gewonnen, indem er versprach, dass er die sterbliche Regierung und ihre Irlandpolitik kontrollieren würde. Aber Nicneven …«

»… hasst solche Einmischung«, beendete Lune den Satz für sie. Die Gyre-Carling hatte diese Einmischung aus Rache für Maria Stuart kurz akzeptiert, doch mit Karls Tod war ihr Zweck erledigt. »Warum ihre Leute überhaupt noch in London sind, ist etwas, das wir nicht wissen. Oder, wenn wir schon beim Thema sind, warum sie überhaupt mit Conchobar zusammenarbeitet, wenn ihre Ziele sich so weit unterscheiden.«

Licht tanzte auf den Juwelen in Amadeas Ringen, als sie mit den Schultern zuckte. »Das konnte ich nicht in Erfahrung bringen. Ich glaube, dass Vidar sie bei den Gründen für Conchobars Beteiligung in die Irre geführt hat. Die Hinweise, die ich gesammelt habe, besagen, dass Ulster versprochen hat, Nicneven im Tausch für etwas völlig anderes zu helfen.«

Feidelms Stuhl kratzte über den Boden, und alle Blicke schweiften zu ihr. »*Claíomh Solais*«, flüsterte die Dichterin.

Von weiter unten am Tisch kam eine ironische Stimme: »Und was heißt das auf Englisch?«, fragte Irrith. Sie vertrat Wayland, der wenig Geduld für diese Intrigen hatte, obwohl Lune bezweifelte, dass Irriths Geduld merklich größer war.

»Das Schwert des Lichts«, sagte Feidelm, während ihre Augen ehrfürchtig glänzten. »Das Schwert von Nuada, der einst Ard-Rí war und es wieder sein wird. Einer der Vier Schätze von Ériu.«

Lune schluckte einen unerwarteten Drang zu lachen hinunter, als die Engländer um den Tisch verwirrte Blicke tauschten. Alles, was den Ruf eines Schatzes von Irland verdiente, konnte echte Schwierigkeiten bedeuten. »Was bringt Euch dazu, es zu erwähnen?«

Der Blick der Dichterin wurde wieder scharf, und sie streckte sich, während sie ihren Stuhl zurück an den Tisch schob. »Es ist seit Ewigkeiten verloren, doch es sind wieder Gerüchte über es aufgekommen, und zwar kürzlich. Vielleicht ist das der Grund. Wenn es in Nicnevens Fängen wäre …«

»Mit all den Überfällen zwischen Irland und Schottland«, sagte Antony, »gleichsam von Sterblichen und Fae, ist das möglich. Angenommen, Conchobar hat das Schwert. Welche Gefahr bedeutet das für uns?«

Feidelm zögerte und strich mit den Fingern über den Halsreif an ihrer Kehle. »Ich kann nicht sicher sein. Vielleicht liege ich mit dem Schwert sogar falsch. Eigentlich gehört es Nuada, und Conchobar könnte große Gunst erlangen, indem er es dem Ard-Rí zurückgibt. Vielleicht tut er das, wenn Nuada wieder regiert.«

»Nuada saß vor zwei Jahren auf dem Thron«, sagte Lune. »Conchobar hatte damals seine Gelegenheit – denn wir müssen annehmen, dass er, falls das Schwert seine Bezahlung war, es mittlerweile erhalten hat.«

»In der Tat.« Die Sidhe nickte nachdenklich, und eine Sorgenfalte zog über ihre glatte Stirn. »Was mich annehmen lässt, dass er irgendeine Verwendung dafür hat, ehe er es übergibt. Aber meiner ehrlichen Meinung nach wird diese Verwendung nicht Euch betreffen. Wahrscheinlicher wird er es gegen seine Feinde in Connacht wenden. Ich meine dies nicht beleidigend, Madam, Lord Antony – für Conchobar seid Ihr nicht so wichtig.«

Wenn Irlands interne Konflikte ihn von England ablenkten, umso besser. »Ihr habt gesagt, dass Nicneven desillusioniert sei«, erinnerte Lune Amadea. »Hat sie die Wahrheit über Vidars Versprechen an Conchobar erfahren?«

»Er war damit nicht subtil«, murmelte Antony düster. Sobald sie mit den Berichten aus dem Ausland fertig wären, würde er ihr von Vidars neuesten Versuchen erzählen, die Puritaner und Lordprotektor Cromwells Regierung zu manipulieren. »Ich weiß, Nicneven ist in Fife, nicht in London, aber sicherlich hat sie Kreaturen, die ihr Geschichten über seine Taten erzählen.«

»Die hat sie«, bestätigte Amadea. »Aber sie hat Geduld, weil sie Vidar geglaubt hat, als er ihr erzählt hat, dass er die Iren nur vertröstet, während er daran arbeitet, ihren *anderen* Plan auszuführen.«

Anderen Plan? Es musste einen geben. Das war die einzige Erklärung, warum die schottischen Fae immer noch in London waren, lange nach Karls Tod. Aber etwas daran, wie Amadea das sagte, ließ Lunes Herz vor Entsetzen langsamer schlagen. »Der da wäre?«

In das Schweigen im Ratszimmer hinein sagte Amadea: »Den Onyxpalast zu zerstören.«

Das Blut wich aus Antonys ohnehin bleichem Gesicht. Lune legte ihre Hand auf seine und stellte fest, dass seine Finger kalt wie der Tod waren. *Das würde ihn umbringen.* Diese lange Trennung kam bereits viel zu nahe daran. Sie befürchtete, was passieren würde, falls er starb, ehe sie den Palast zurückerobern konnten. Er wurde mit jedem Monat, der verstrich, zerbrechlicher. Und ohne ihn würde Lune vielleicht feststellen, dass sie gelähmt war.

»Warum?«, flüsterte Peregrin, der entsetzt genug war, um zu sprechen, ohne an der Reihe zu sein. »Das ... aber ... es ist, als würden wir drohen, Fife selbst zu zerstören. Sie führt Krieg, nicht nur gegen Ihre Majestät, sondern gegen ...«

»Die Grundfeste meiner Souveränität«, sagte Lune mit tauben Lippen. Das Band mit London summte in ihren Knochen. Nicnevens Gift gegen sie und ihren ganzen Hof wurde plötzlich so klar wie feines Glas. »Weil sie gegen die Gemeinschaft von Sterblichen und Fae ist und mein Reich selbst die Quelle dieses Problems ist. Die Wurzeln meiner Souveränität liegen im Land – aber sie betrachtet diese als verzerrt, oder nicht?« Aus dem Augenwinkel sah sie Amadea nicken. »Es ist ein sterblicher Ort, kein natürlicher. Ein Ort, der nie für unsere Art gedacht war. An ein solches Land gebunden zu sein, verdirbt mich, und durch mich meine Untertanen. Wenn sie beenden will, was wir tun, muss sie dessen Quelle zerstören.«

Nun verstand sie die Berichte über Zerstörung im Palast, Kammern, die zerschmettert wurden. Vidar suchte nicht einfach nach dem Londonstein. Er versuchte, die Zauber des Palasts selbst zu brechen. Oder zumindest den Anschein davon zu schaffen. Lune hegte keine Zweifel, dass er es vorziehen würde,

Herr des Onyxpalasts zu werden statt dessen Zerstörer – doch wenn es für sein eigenes Überleben jemals vorteilhafter werden sollte, den Palast niederzureißen, dann würde er es tun.

Und falls er den Londonstein fand, hätte er diese Wahl.

Dringlichkeit flammte in Lunes Brust auf. Weil sie ewig lebten, war es für Feen einfach, eine geduldige Sichtweise anzunehmen und in einer Verzögerung um Jahre nichts zu sehen. Das hier beraubte sie solcher Gleichmut. Wenn sie zögerte, hätte sie vielleicht kein Reich mehr, das sie zurückerobern konnte.

Der Onyxhof würde so sicher sterben, wie das Königreich England gestorben war.

Antony hatte seine Hand unter ihrer herausgezogen. Nun sagte er in einem emotionslosen Tonfall: »Dann müssen wir Nicnevens Desillusionierung fördern. Das riskiert, dass sie jemand anderen schickt, um Vidars Aufgabe zu beenden, aber falls sie ihm die Unterstützung entzieht, ist er verwundbar.«

Lune öffnete den Mund, um Irrith eine Frage zu stellen, schluckte sie jedoch hinunter, als ihr bewusst wurde, dass Wayland selbst da war und direkt am Eingang stand. Er war mit seiner üblichen, unnatürlichen Geräuschlosigkeit eingetreten, und nun hörte er, was sie gerade sagen wollte. Wayland schüttelte den Kopf. »Ich verstehe Eure Befürchtungen. Und falls sich die Schotten aus dem Onyxpalast zurückziehen, könnt Ihr den Krieg haben, den Ihr Euch wünscht. Aber bis dahin bleibt meine Antwort unverändert. Meine Leute sind zu wenige, und dies ist nicht ihre Schlacht. Ich werde sie nicht bitten, sich in eine Niederlage zu stürzen.«

»Ich verstehe«, sagte Lune, und das tat sie. Aber die Verzweiflung, die sich ihren Weg hoch in ihre Kehle grub, ließ sie schweigend hinzufügen: *Dann helft mir, einen Weg zu finden, diese Niederlage zu verhindern. Bevor es zu spät ist.*

HAM HOUSE, RICHMOND
3. September 1658

In die Lumpen gekleidet, die er in der Stadt trug, hätte Antony vielleicht Schwierigkeiten bekommen, als er am Südufer der Themse entlangritt, und so hatte er seine Kleidung gegen die nüchterne Respektabilität eines kleineren Handwerkers eingetauscht. Mit gestutztem Haar und Bart, und solange die Stärkung eines kürzlichen Besuchs im Onyxpalast in ihm brannte, wirkte und fühlte er sich mehr wie er selbst.

Er war wachsam genug, um vorsichtig zu reiten und lange vor seinem Ziel von der Straße am Fluss abzubiegen. Indem er sich seinen Weg über kleinere Gassen suchte, kam er von der Hinterseite zum palastartigen Herrenhaus Ham House, durch die Gärten, die auf der vom Wasser abgewandten Seite des Hauses lagen. Nachdem er sein Pferd in einem Dickicht angebunden hatte, schlich er über die breiten Pfade in der Wildnis zur gut gepflegten Wiese unter der Südterrasse und einer knorrigen alten Edelkastanie, die an einer Seite stand.

Antony legte seine Hand an die Rinde und murmelte: »Ich bin hier.«

Der Stamm hatte eine hervorstehende Knolle wie die Nase eines Trunkenbolds und darunter eine Aushöhlung wie einen Mund mit Schnauzbart. Als Antony seine Hand wegnahm, bewegte sich das Holz, und Augen öffneten sich in der Rinde. »Guten Abend«, sagte der Kastanienbaum mit ernster Würde.

Obwohl er kein Untertan von Lune war, hatte sich der Geist des Baums als mehr als willens herausgestellt, Antony zu helfen. Tatsächlich schon seit Kate sich mit der Herrin von Ham House angefreundet hatte. Er fand, der Geist mochte seine Frau ziemlich. »Ist alles ruhig?«

»Ja«, sagte der Baum. »Der Harte war schon lange Zeit nicht mehr hier.«

»Und nie wieder.« Antony spürte aufwallende Erleichterung. »Der Harte, mein Freund, ist tot. Seit heute Nachmittag.«

Nachdem er darüber nachgedacht hatte, sagte der Baum: »Gut.«

»Erwarten sie mich?« Auf die Bestätigung der Kastanie hin berührte er einen Ast und sagte: »Danke. Ich werde dafür sorgen, dass meine Königin Euch für Eure Hilfe belohnt.«

Der alte Baum zog sich nickend in den Schlaf zurück, und Antony stieg die Treppe zur Südterrasse hinauf. Sich leise anzunähern, war unmöglich. Der Kies knirschte unter seinen Füßen, und so war er nicht überrascht, als die Türflügel aufschwangen und den Blick auf eine kleine, vertraute Gestalt freigaben.

Er legte das letzte Stück halb rennend zurück und umfing sie mit seinen Armen. Das Haus in der Lombard Street war ein Haus gewesen, nichts weiter, und der Onyxpalast war einfach der Ort, an den er gehen musste, um zu überleben. *Das hier* war sein Heim, soweit er überhaupt eines hatte: mitten in Kates Umarmung.

Sie vergrub eine Hand in seinem geschorenen Haar, während ihn die andere an der Taille festhielt. Keiner von ihnen sagte irgendetwas. Ihr Kuss verriet alles, was nötig war. Sie hatte Angst um ihn, wenn er sich unter einer Reihe falscher Identitäten in London versteckte, umso mehr, weil sie nicht ganz verstand, warum er es tat. Sogar jetzt noch konnte er ihr nicht den Grund verraten, warum sie vor neun Jahren geflohen waren, oder wer ihn jagte oder warum er ständig zurückging. Seine politischen Sympathien machten ihn verdächtig, aber nicht mehr als andere, die ihre Namen und Häuser behalten hatten.

Dies waren Themen, über die sie schon früher gestritten hatten. Sie sprach sie nicht erneut an. Stattdessen lächelte Kate zu ihm hoch und wischte ihm eine Haarsträhne aus den Augen. Sie wollte gerade etwas sagen, als die Tür an der gegenüberliegenden Mauer knarzend aufging und ein junger Mann hinzutrat.

Antonys Herz schmerzte ohne Vorwarnung. Er hätte ebenso seinen eigenen älteren Bruder ansehen können, der direkt aus vergangenen Jahrzehnten getreten war, so sehr ähnelte sein Sohn dem Mann, nach dem er benannt war. *Ist es so lange her, seit ich ihn gesehen habe?*

Das war es. Tatsächlich jedes seiner Kinder. Das letzte Mal, dass er seine Tochter Alice gesehen hatte, war zu ihrer Hochzeit gewesen, und Robin fuhr mit der Ostindienkompanie zur See und half, den Handel aufrechtzuerhalten, der die einzig verbliebene Einkommensquelle der Familie war. Und Henry …

Kate hatte sich unter Antonys Fingern angespannt. Er drückte sie beruhigend, ehe er hinüberging und die Hand seines ältesten Sohns nahm. »Du siehst gut aus«, sagte er.

»Wie du, Vater«, sagte Henry steif und falsch. Er war glatt rasiert und sein Haar ordentlich gestutzt. Seine Kleidung war nüchtern, wie es zu jemandem mit seinen Idealen passte. Kein Puritaner, aber bis auf die Knochen ein Mann des Commonwealth – ganz egal, ob der Commonwealth von England, wie das Königreich vor ihm, diesen Jahren der Instabilität zum Opfer gefallen war.

Kate durchbrach das Schweigen, ehe es unangenehm wurde. »Wir wurden über dein Kommen informiert, also wartet das Abendessen. Ich lasse einen Diener Wasser bringen, damit du dich waschen kannst.«

Sauber und überraschend hungrig präsentierte Antony sich vor Elisabeth Murray, Gräfin von Dysart und Herrin des

Hauses, die, seit ihr Mann tot war, in einsamer Pracht regierte. Die ersten Worte aus ihrem Mund waren: »Ist es wahr?«

Er betrachtete die Frau mit einiger Neugier. Obwohl sie in ihren Dreißigern war und unattraktives rotblondes Haar hatte, war sie immer noch bemerkenswert hübsch – ein Detail, das jene, die ihre Freundschaft mit Oliver Cromwell bemerkt hatten, nicht übersehen hatten. Trotz seiner besten Anstrengungen hatte Antony es nie geschafft herauszufinden, wie echt diese Freundschaft wirklich war, zumindest von ihrer Seite. Wie echt *konnte* sie sein, wenn Elisabeth Murray heimlich mit ihrem königstreuen Vater daran arbeitete, die Herrschaft des Lordprotektors zu beenden und die Stuarts wieder auf den Thron zu setzen?

Nun war kaum der richtige Zeitpunkt zum Fragen. »Ja, meine Lady«, sagte er mit so viel Freundlichkeit, wie er aufbringen konnte. »Lordprotektor Cromwell ist tot.«

Henry machte ein zufriedenes Geräusch. »Vielleicht werden wir jetzt die Freiheit haben, die wir einst genossen, und keine einzelne Person, die England bis auf den Titel wie ein König beherrscht.«

Sein Sohn hatte zumindest mit Cromwell recht. Auf den Straßen von London nannte man ihn König Noll und feierte seinen Tod. Und das Oberhaus mit den Lords mochte zwar abgeschafft worden sein, doch früher im Jahr hatte der Lordprotektor ein neues Oberhaus geschaffen, um sein ungehorsames Parlament zu kontrollieren. Nur die Bischöfe waren nach der Abschaffung des Episkopats nicht ersetzt worden. Viele der Ideale des Commonwealth lagen dank Cromwells Etablierung des Protektorats in Scherben. Natürlich sah Henry seinen Tod als Gelegenheit, diese wiederherzustellen.

Antony wusste es besser, aber er wusste es auch besser, als gegenüber seinem Sohn das Thema Politik anzusprechen. Und

Kate und Lady Dysart halfen, indem sie das Gespräch beim Abendessen auf weniger gefährliche Themen ablenkten, sodass sie für eine Weile so tun konnten, als sei es nichts weiter als eine Mahlzeit in angenehmer Gesellschaft. Trotz ihrer schwierigen Position führte die Lady ein gutes Heim und damit gutes Essen.

Als sie jedoch fertig waren, lockte Kate Henry unter einem Vorwand nach unten, und Elisabeth führte Antony durch die lange Galerie zur Bibliothek, einem vollgestopften Raum, der bereits einen Gast enthielt. John Ellin stand auf, als sie eintraten, und begrüßte ihn mit all der Ehrlichkeit, die Henry weggelassen hatte. »Du siehst fürchterlich aus.«

Antony packte die Hand des jungen Mannes und sagte: »Zweifellos tue ich das. Und zweifellos wirst du eine Therapie aus Aderlässen oder so etwas verschreiben, um meinen Gesundheitszustand zu verbessern.«

»Aderlass? Keine Chance. Ein Übermaß an sanguiner Flüssigkeit ist wohl kaum dein Problem.« Ellins langes, kluges Gesicht wurde nachdenklich. »Schwarze Galle, kann ich mir vorstellen. In diesem Fall …«

»In diesem Fall, Mr. Ellin, sollt Ihr gar nichts tun.« Kate trat plötzlich zu ihnen in die Bibliothek und schloss die Tür hinter sich. Der Raum war voll, wenn vier Leute darin waren, aber zumindest waren sie unter sich. »Ihr habt Eure Ausbildung als Arzt *oder* Chirurg nicht beendet.«

Er gestand ihr Argument mit einer Verbeugung ein. »Ein Makel, den ich mich bemühe, so bald wie möglich zu beheben.«

Dazu würde er nicht lange brauchen. Obwohl er vier Jahre jünger war als Henry, war Ellin mit seinem Studium sowohl der intellektuellen als auch der praktischen Aspekte der Medizin schon weit fortgeschritten. Antony vermutete, dass seine Beteiligung an der royalistischen Sache mit jener Ausbildung einherging: John Ellin betrachtete den Körper der Politik als schwer krank, von den Unruhen, die er seit dem Bürgerkrieg über sich selbst gebracht hatte, geschwächt.

Ein weiterer solcher Umsturz stand ihnen nun bevor, doch dieser mochte eine Chance auf Heilung bieten. »Cromwell ist tot«, erklärte Lady Dysart Ellin, der nur nickte. Der Mann war seit Monaten in einem schlechten Gesundheitszustand gewesen, also kam es nicht überraschend. Obwohl sehr viel Ironie darin lag, weil es der Jahrestag seiner großen Siege in Dunbar und Worcester war. »Sir Antony – welche Neuigkeiten gibt es über seinen Nachfolger?«

Als Antwort zog Antony einen zerknüllten Brief aus seinem Wams. »Es wäre Fleetwood gewesen«, sagte er. »Aber das hier war der einzige Beweis dafür, und auf dem Sterbebett ernannte Cromwell seinen Sohn Richard.«

Kate nahm ihm den Brief mit einem Blick aus den Fingern, der besagte, dass sie nicht vorhatte zu fragen, wo er ihn herhatte. Ellin verzog das Gesicht und sagte: »Wir wären vielleicht mit Fleetwood besser dran gewesen. Er ist ein Weichling.«

»Und den Rat der Armeeoffiziere seine Macht über England konsolidieren lassen?«, fragte Antony scharf. »Lieber liege ich tot in einem Kanal, ehe ich das passieren lasse.«

»Aber Richard ist der *Sohn* des Protektors. Deren Loyalität zu Oliver …«

»Ist kein Erbe, das man in einem Testament weitergeben kann«, sagte Elisabeth. Ellin verstummte und gab ihrem größeren Wissen über die Familie nach. »Oliver war ein inspirierender Mann, der leidenschaftlich seine Überzeugungen vertrat, mit der Fähigkeit, alle anderen für seine Visionen zu begeistern, und darüber hinaus war er für die Soldaten ein Held. Richard ist für sie so gut wie ein Fremder.«

Antony nickte und setzte sich auf den Stuhl neben Ellin, während er hoffte, dass niemand vermuten würde, dass ihn seine schwachen Knie dazu zwangen. »Im besten Fall wird er sechs vom Staatsrat auf seiner Seite haben, vielleicht sieben – und sehr wenige von der Armee. Darüber hinaus wird es nicht lange dauern, ehe er ein Parlament einberufen muss.«

Verblüfft fragte Kate: »Warum?«

»Warum beruft irgendein Herrscher ein Parlament ein?«, fragte Ellin ironisch. »Weil er Geld braucht.«

Lady Dysart beanspruchte den verbliebenen Stuhl. Kate machte Anstalten, sich auf ein Kissen zu setzen, aber Ellin stand auf und überzeugte sie in einer Diskussion aus Gesten, seinen Stuhl zu nehmen. Der junge Mann lehnte sich stattdessen an den Schreibtisch und krümmte sich, um sie nicht zu überragen. Zu dem Zeitpunkt, als dieser Tanz beendet war, hatte Antony seine Kraft zurück und fragte ihre Gastgeberin: »Was meint Ihr, wie wird die Reaktion im Ausland aussehen?«

Er musste nicht spezifizieren, was er meinte, und tat das tatsächlich selten. Selbst hier, in diesem sicheren Haus, sprachen sie indirekt, wenn sie konnten. Die Reaktionen der europäischen Staaten wären wichtig, doch das, wovon sie wusste, war eine viel kleinere Gruppe: der Sealed Knot, das Bündnis aus exilierten englischen Adligen, die daran arbeiteten, Karl Stuart, den Zweiten dieses Namens, auf seinen Thron zu setzen.

Elisabeths Mund zuckte. »Wenn sie es hören? Dasselbe wie es jetzt ist, aber stärker. Mordaunt wird einen Aufstand wollen, und Hyde wird dagegen argumentieren.«

»Hyde hat recht«, sagte Antony. »Das Schlimmste, was wir gerade jetzt tun könnten, wäre es, der Armee einen Grund zum Kämpfen zu geben. Das Volk ist die militärische Kontrolle, die Besteuerung, um ein stehendes Heer zu finanzieren, und

Soldaten in freien Quartieren leid. Je länger wir ohne einen Krieg sind, desto unzufriedener werden sie.« Er hörte in seinen eigenen Worten ein Echo der Debatte über Nicneven und versuchte, nicht zu erschaudern. *Ich muss leben, als würde ich nicht vielleicht jeden Moment tot umfallen.*

Ellin hob ausdrucksstark eine Augenbraue. »Aber Karl wird seinen Thron nicht allein durch Untätigkeit erlangen. Er braucht Soldaten, die London und andere Schlüsselstellen kontrollieren - was bedeutet, er braucht einen Hafen, in dem sie landen können, und jemand muss diesen für ihn besorgen. Ganz zu schweigen von Schiffen, um die Streitmächte überzusetzen.«

Die Schiffe würden aus Frankreich oder Spanien kommen müssen, aber Antony stimmte Hyde zu, dass es die öffentliche Meinung gegen den König vergiften würde, wenn er von einer ausländischen Macht eingesetzt würde. Was eine philosophische Sorge war, die von einer praktischen übertrumpft wurde: Bis Europa aufhörte, gegen sich selbst zu kämpfen, von Portugal bis Schweden und überall dazwischen, würde niemand irgendwelche Zeit für einen König zu entbehren haben, der überhaupt nur im Exil regierte.

»Kein Aufstand war bis jetzt erfolgreich«, sagte Kate. »Und bevor Ihr mir erklärt, Mr. Ellin, dass nur der letzte je Erfolg hat – ja, Eure Gedanken sind so offensichtlich –, lasst mich Euch daran erinnern, dass sie grandios gescheitert sind, jeder einzelne. Sogar als Schottland dem jungen Karl seine Unterstützung schenkte, endete es damit, dass er sich in Staffordshire in einer Eiche vor Soldaten versteckte. Ich bezweifle, dass er es eilig damit hat, es erneut zu versuchen.«

Ellin breitete die Hände aus und gab theatralisch nach. »Was sollen wir dann Eurer Meinung nach tun?«

»Abwarten«, sagte Antony.

»Ich hatte auf etwas mehr als das gehofft.«

»Auf ein Parlament warten«, stellte Antony klar. »Ich kenne nicht alle, die hineingewählt würden, aber ich erwarte, dass Hesilrige, Vane und andere aus meiner eigenen Zeit dort sein werden. Ich habe Möglichkeiten, sie gegeneinander aufzuhetzen, und das Parlament gegen die Armee.«

Ellin runzelte die Stirn. »Zu welchem Zweck? Abgesehen von reinem Chaos, was du, wie ich sicher bin, wunderbar erreichen würdest.«

»Chaos ist genau das, was wir brauchen, zumindest für eine Weile. Das Protektorat ist nicht beliebt und wird es ohne Oliver Cromwell, der es zusammenhält, noch weniger sein. Die Armee wird gehasst. Die Männer des Commonwealth sind leidenschaftlich, aber sie haben das Volk verloren. Die Menschen sind es leid, dass fromme Reformer in jeden Winkel ihres Lebens spionieren und ihre Vergnügungen verbieten. Und sie können keine vereinte Front präsentieren, weil sie sich nicht halb so sehr einig sind, wie sie glauben, und kaum einer von hundert kann am leuchtenden Strahlen ihrer vorgeschlagenen Gemeinschaft aus Heiligen vorbei auf die praktischen Überlegungen sehen, wie man ein Land regiert. Was wir nicht passieren lassen *dürfen*, ist, dass die Armeeoffiziere das bisschen Macht beanspruchen, das noch nicht in ihren Händen liegt, und ganz England zu ihren Dienern machen. Zu diesem Zweck werde ich jedes Chaos anrichten, das ich muss, sodass sie, wenn sie ihre Hände ausstrecken, nichts in ihren Fingern finden als Rauch.«

Woher die Lebhaftigkeit für diese leidenschaftliche Rede kam, wusste er nicht. Es überraschte sogar ihn. Nach den Mienen zu urteilen, die ihn anstarrten, war er nicht der Einzige. Als er den Mund wieder zugemacht hatte, begann Ellin leise zu klatschen.

Antony errötete und sah weg. Kate legte eine Hand auf seine und behielt sie dort, bis er ihr in die Augen sah, woraufhin sie lächelte. Elisabeth sprach, vielleicht um seine peinliche Berührung zu überdecken. »Wenn Ihr mit dem Parlament recht habt, fallen mir andere ein, die vielleicht gewählt werden und von innen arbeiten können.«

»Nicht mein Mann«, sagte Kate, ehe Antony die widerstreitenden Emotionen identifizieren konnte, die bei diesem Gedanken in ihm aufstiegen. »Er kann sich nicht so offen bekennen.«

»Sie würden mich ohnehin nicht zulassen«, sagte er und nahm seine Hand aus ihrer. »Alle, die vor dem Gerichtsprozess hinausgeworfen wurden, werden immer noch davon abgehalten werden, ihren Platz einzunehmen.«

Elisabeth winkte ihre Sorgen ab. »Ich dachte nicht an Sir Antony. Aber ich werde tun, was ich kann, um andere zu fördern.«

»Und Mordaunt an der Leine zu halten«, fügte Ellin hinzu. »Ich habe keine Lust, die Knie vor der Armee zu beugen.«

Antony beobachtete ernst, wie sie die Details klärten. Dies war nichts, wofür er je ein Talent gehabt hatte, diese verschwörerische Arbeit – nicht wie Lune. Er hatte sich aus genau diesem Grund auf Ben Hipley verlassen. Doch es war das einzige Werkzeug, das ihm noch geblieben war. Wenn er entweder seinen König oder seine Königin wieder einsetzen wollte, musste er aus den Schatten heraus arbeiten.

Und für den Tag beten, wenn er wieder im Licht leben konnte.

WAYLANDS SCHMIEDE, BERKSHIRE
26. *April* 1659

In all den Zeitaltern ihres Lebens hatte Lune gesehen, wie ihre Pläne zerstört, ihre Leistungen vernichtet, ihre Hoffnungen im Dreck zertrampelt worden waren. Jedes Mal hatte sie sich wieder hochgekämpft, das wieder aufgebaut, was zerstört worden war, und sie war fest entschlossen, dies erneut zu tun.

Sie war fest entschlossen, aber sie konnte nicht sehen wie.

Jene, die in ihrem Exil bei ihr geblieben waren, waren treu, doch sie waren nicht genug, um Vidar zu stürzen. Lune hatte keine großen Zauber, die sie gegen ihn einsetzen konnte, keine ausreichende Armee, um ihn niederzumetzeln, und kein Mittel, um ihn von seinen Verbündeten zu trennen, außer zu warten und zu hoffen, dass Nicnevens wachsender Zorn dies für sie erreichte. Sie hatten Informationen über Vidars Beteiligung an der Hinrichtung der Königin der Schotten gestreut, und diese schienen einiges Gutes zu bewirken. Doch jeder Tag, den Lune mit Warten verbrachte, brachte Antonys Leben und die Sicherheit ihres Reichs in größere Gefahr.

Antony lenkte sich davon ab, indem er sich immer eifriger in die royalistische Sache stürzte, als sei er fest entschlossen, die Wiederherstellung jener Monarchie zu erreichen, ehe er starb. Lune wünschte ihm alles Glück der Welt, doch sie konnte nicht eher sehen, wie sie Karl Stuart auf seinen Thron setzen konnten, als sich selbst auf ihren eigenen. So viel hatten sie gemeinsam, sie und der sterbliche König: Trotz aller Spaltungen unter ihren Feinden konnte keiner von ihnen die notwendige Streitmacht aufbringen, um das zurückzuholen, was ihnen rechtmäßig gehörte.

Der Gedanke brachte ein bitteres Lächeln auf ihr Gesicht, als sie in der rustikalen Kammer auf und ab lief, die ihr Wayland überlassen hatte. Der Allmächtige konnte Karl als König salben, und der Onyxpalast konnte Lune als Königin anerkennen, doch jene rechtmäßigen Ansprüche brachten ihnen ohne die Stärke, sie durchzusetzen, nicht den winzigsten Vorteil.

Sie zerknüllte den Brief in ihrer Hand – Nachricht von Antony über die Auflösung von Richard Cromwells desaströsem Parlament – und schleuderte ihn weg, während sie sich so schwungvoll drehte, dass ihre Ferse in die weiche Erde auf dem Boden sank. Sie stellte fest, dass Irrith nur einen Schritt von ihr weg stand, und taumelte, vor Überraschung und vom unebenen Boden aus dem Gleichgewicht gebracht. *Diese wilden Fae bewegen sich zu verdammt leise.*

Irrith hatte wenigstens den Anstand, ihre Tollpatschigkeit zu ignorieren. In Leder gekleidet und mit einem kurzen Bogen in der Hand sagte der Irrwisch zögerlich: »Ich ... heute Nacht ist Vollmond und teilweise Mondfinsternis. Ich dachte, Ihr würdet vielleicht gern jagen und frische Luft atmen.«

Die Jagd war kein Zeitvertreib, an dem Lune sich oft beteiligte, aber ausgerechnet heute Nacht hatte sie Lust, etwas zu töten, und sei es nur für die kurze Illusion eines Siegs. Wenn sie schon nicht in London sein konnte, konnte sie wenigstens frei unter dem Mond wandern und versuchen, etwas Trost in dessen Schönheit zu finden.

Obwohl auch darin Schmerz zu finden wäre. Der Onyxpalast war unter einer Sonnenfinsternis geschaffen worden, von einem Sterblichen und einer Fee.

»Lu... äh, Eure Majestät?«

Irriths zögerliche Frage ließ Lune bewusst werden, dass sie den Irrwisch ohne zu blinzeln anstarrte. Lune zuckte zusammen und sprach den Gedanken aus, der sie ergriffen hatte. »Ich war so blind wie Vidar.«

»Was?«

»Nicneven hält mich wegen meiner Bindung an eine sterbliche Stadt für befleckt«, sagte Lune. Zum ersten Mal seit mehr Monaten, als sie sich erinnern wollte, sprudelte Gelächter in ihr hoch und trug mit sich den strahlenden Funken der Hoffnung. »Tja, wenn ich das bin, dann nehme ich es gerne an. Wenn Feenstärke meinen Thron nicht für mich zurückerobern kann, will ich sehen, was Sterbliche tun können. Wo ist Euer König?«

Irriths Miene war ein Muster an Verwirrung, als sie versuchte, mit Lunes sprunghafter Rede Schritt zu halten. »In seiner Schmiede …«

Lune war schon auf dem Weg aus ihrer Kammer, ehe der Irrwisch antwortete. Sie konnte ebenso wenig eine Armee an Sterblichen aufbringen, wie sie eine von Waylands Hof ausheben konnte, und so sehr sie Vidar auch hasste, sie würde nicht versuchen, den puritanischen Glauben gegen ihn zu entfesseln. Aber es gab andere Möglichkeiten.

Niemand bewachte die Tür zur Schmiede. Lune hastete hinein und fand Wayland dort, von der Taille aufwärts entkleidet, wie er seinen Hammer in einem stetigen Rhythmus schwang und ein halbkreisförmiges Ding heraushämmerte.

Er kann nicht gänzlich Fae sein. Das Stück in seiner Zange war ein metallenes Hufeisen, und sogar, als sie so nahe daran stand, drehte sich Lune der Magen um. Die Wunde in ihrer Schulter pochte im Gleichklang. Aus sicherer Entfernung hob sie die Stimme. »Ich bitte um einen Augenblick Eurer Zeit.«

Der Schmiedekönig kühlte das Hufeisen in einem dampfenden Zischen ab. »Ja?«

»Ihr habt mir erklärt, dass Ihr nicht genug Krieger stellen könnt, um ein Gleichgewicht herzustellen«, sagte Lune und trat so nahe an ihn heran, wie sie sich traute. »Wollt Ihr uns stattdessen Waffen liefern?«

Wayland legte das Eisen weg und sah sie nachdenklich an. »Das könnte ich.«

Lune unterdrückte mit Willenskraft ihr aufsteigendes Triumphgefühl und ließ nur ein wildes Lächeln durch. *Die Schlacht ist noch nicht gewonnen. Aber zum ersten Mal glaube ich, dass es passieren könnte.* »Dann hört Euch an, worum ich Euch bitten will.«

DAS *ANGEL INN*, ISLINGTON
7. *Mai* 1659

»Auf den Rumpf!«

Antony behielt als Reaktion auf Ellins Prosten seinen Bierkrug unten. Der junge Mann hob eine Augenbraue. »Das Protektorat taumelt auf einen wohlverdienten Tod zu, das Unterhaus, das vor sechs Jahren vertrieben wurde, tagt wieder, und dennoch trinkst du nicht. Ich weiß, du denkst, dass die Qualität des Biers hier gesunken ist, aber kannst du dich nicht einmal zu einem Schluck durchringen?«

»Nicht auf den Rumpf.« Einer von Prynnes Freunden hatte den verächtlichen Namen für das verkleinerte Unterhaus, das nach der Säuberung zurückgeblieben war, erfunden, und nun benutzte ihn halb London.

Ellin seufzte. »Es ist besser als die Alternative. Als die Armee unseren wenig geliebten Lordprotektor zwang, das Parlament aufzulösen, dachte ich, das würde sicherlich eine Herrschaft mit dem Schwert bedeuten.«

Also dieselbe Armee, die auf Cromwells Befehl den Rumpf sechs Jahre zuvor illegal aufgelöst hatte, was das Commonwealth beendet und das Protektorat begonnen hatte. Es war nur ein weiterer Umsturz gewesen, der von denselben Fanatikern begangen worden war, die seit vor der Hinrichtung des Königs England mit der Schwertspitze in Schach gehalten hatten.

Antony dachte, dass er seine Miene ungerührt gehalten hatte, doch Ellin wurde plötzlich blass und fasste über den Tisch. Der Gastraum des *Angel Inn* war vom Kerzenlicht heiß und voll mit Gästen. Schweiß stand in der stickigen Luft auf Antonys Stirn, aber ihm war kalt. Ellin schob seinen Ärmel zurück und tastete nach seinem Puls. »Dein Herz rast, und du hast Fieber. Sir Antony …«

Antony zog seine Hand zurück. »Ich brauche deine Quacksalberei nicht.«

»Du brauchst die von *irgendjemandem.* Ich bin noch nicht fertig ausgebildet, dann ist es eben so. Ich kann dir die besten Namen in London geben.« Ellin verzog den Mund. »Ich würde dich nach Frankreich schicken, wenn ich glaubte, dass du gehen würdest. Was dich quält, davon habe ich keine Ahnung, aber Mann … es *tötet* dich.«

Der Zorn in seinen Eingeweiden hatte sich in Übelkeit erregendes Verlangen verwandelt. *Zu lange fort.* Antony schob sich vom Tisch weg. »Ich kenne meine Medizin und werde jetzt zu ihr gehen.«

Das ironische Gesicht starrte zu ihm hoch, jetzt jedoch frei von jeglichem Humor. »Willst du nicht einen Freund helfen lassen?«

War John Ellin ein Freund? Lady Dysart hatte ihn vor zwei Jahren in ihren verschwörerischen Zirkel gebracht. Lang genug war das her, dass Antony ihn als mehr als nur einen weiteren hitzköpfigen jungen Mann erkannt hatte, der von royalistischen Ideen verzaubert war. Ellin hatte Leidenschaft, aber auch gesunden Menschenverstand. Antony vertraute ihm mehr als jedem anderen Mann, seit Ben Hipley gestorben war – aber das war nicht dasselbe wie ein Freund.

Eine Welle an Schwindel brach über ihn herein, und nur die Erfahrung bewahrte ihn vor einem Taumeln. »Du hilfst. Aber das hier ist etwas, um das ich mich allein kümmern muss.«

»Und du wirst mich dir nicht zu deinem Pferd helfen lassen – ich weiß es besser, als das anzubieten.« Ellin stand auf und packte seinen Arm. »Aber pass auf dich auf. Ich habe keine Lust, deine Frau im Nacken zu haben, weil ich dich irgendwo in einen Graben fallen lasse.«

Antony rang sich ein Lächeln ab. »Keine Gräben, das verspreche ich.«

Die kühle, dunkle Luft draußen machte seinen Kopf klar genug, dass er mehr oder weniger gerade hinter das Gasthaus gehen konnte. *Keine Gräben – sondern ein Loch im Boden.*

Nackte, skelettartige Stümpfe ragten vom Boden auf, wo einst ein blühender Rosenstrauch gestanden hatte, und die Erde um sie herum war zerfurcht. Doch die Zauber hielten, die die Aufmerksamkeit von dieser Stelle ablenkten, und so kniete Antony sich hin und legte die Fingerspitzen an einen der zersplitterten Zweige. »Der Mond steht in einer Finsternis.«

Der Satz war nicht seine Idee gewesen. Aber wegen des Talents, das einige Fae für Nachahmung hatten, reichte es nicht, seinen Namen anzugeben, und so hatte sich irgendein Wichtigtuer in Lunes Gefolge stattdessen eine Reihe kodierter Signale einfallen lassen.

Der verstümmelte Rest des Rosenstrauchs zitterte und teilte sich, sodass er zersplitterte Stufen freigab. Antony ging sie vorsichtig hinunter. Die abnehmende Sichel des Monds war noch nicht aufgegangen, aber genug Licht kam von der Kutschenstation, um ihn in den Raum darunter zu leiten.

Er war ganz froh, dass er seine Umgebung nicht sehen konnte. Laub und Schmutz waren hereingeweht worden, und Spinnennetze erstreckten sich zwischen den zerstörten Bruchstücken von Tischen und Bänken. Versengte Narben schwärzten die Mauern. *Wir haben ihn benutzt*, hatte Rosamund gesagt, und wie es schien, wusste Vidar das. Die wohlgeübte Unschuld der Hauselfen hatte nicht gereicht, um sie zu retten, als eine Streitmacht aus Kobolden und schottischen Goblins eingebrochen war.

Er ging erneut in die Knie und spürte, wie seine Finger zitterten. Bald würde er wieder den Onyxpalast riskieren müssen – aber noch nicht. Noch nicht.

»Bald wird sein Licht zurückkehren.«

Die zweite Hälfte des Satzes und der Schlüssel zur zweiten Tür. Die vernarbten Bretter rutschten zur Seite, und Licht schien von unten herauf.

Antony erschauderte erleichtert, als er in das willkommen heißende Leuchten hinabstieg. Es war nicht der Onyxpalast, aber das verborgene Refugium der Goodemeades half ihm, das zehrende Verlangen nach seiner Feenheimat zu bekämpfen.

Gertrude hastete herbei, um ihm den Mantel abzunehmen, ehe er überhaupt die Treppe hinunter war, und ein Stuhl erwartete ihn nahe am Feuer. *Diese* Hitze wärmte ihn und nahm das Zittern aus seinen Fingern. Nirgends sonst – nicht einmal in Berkshire – konnte er sich so entspannen wie hier. Überall sonst fürchtete er Spione, seien es Sterbliche oder Fae. Aber obwohl die Zweige des Rosenstrauchs gestutzt worden waren, liefen seine Wurzeln lebendig und tief und bogen sich über diesen versteckten Raum. Winzige Knospen und Blüten schmückten die Decke. Und unter diesem uralten Zeichen der Geheimhaltung wusste er, dass er in Sicherheit war. Selbst die Kobolde hatten diese Kammer nicht gefunden.

Ebenso wenig hatten sie die Goodemeades gefunden, die sich hier versteckten, seit Antony sie aus der Gefangenschaft unter dem Tower befreit hatte. Rosamund drückte ihm eine Tasse in die Hand. Wein, nicht ihr Met. Brauen war die eine Sache, dic sie hier unten nicht tun konnten. Aber Antony schluckte ihn dankbar hinunter.

Es tötet dich.

Er vertrieb Ellins Worte aus seinen Gedanken.

Gertrude knetete ihre Hände und sagte: »Antony …«

»Ich weiß«, fauchte er und zwang sich in die Aufrechte. »Ich treibe es zu weit, ja – aber was kann ich sonst tun? Ich kann mein Leben nicht in diesem Loch verbringen, in Sicherheit, aber nutzlos. Ich kann meine eigene Welt nicht verlassen, um ganz in eurer zu leben. Was soll ich eurer Meinung nach tun?«

Er sah auf und stellte fest, dass die Schwestern ihn mit offenem Mund anstarrten. Nie hatte er sie so angeblafft, und Schuldgefühle rangen mit seiner Verärgerung. Dann bekam Rosamund sich in den Griff. »Ich … wir haben eine Nachricht von Lune.«

Sein Zorn verstummte und hinterließ idiotische Beschämung. Antony verzog das Gesicht entschuldigend für seinen Wutausbruch und fragte: »Was für eine Nachricht?«

Feuerlicht tanzte in Gertrudes Augen. »Sie hat eine Idee, die, wie sie glaubt, unsere Chancen gegen Vidar verbessert. Falls sie recht hat … hofft sie, dass sie bald den Onyxpalast zurückerobern kann.«

»Wie bald?«

»Nun …« Rosamund nahm den Faden ihrer Schwester auf. Auch sie tanzte beinahe vor Aufregung. »Du hast uns erzählt, dass Mordaunt beim König in Brüssel ist und eine Art Aufstand plant?«

Antony zog eine Grimasse. »Ein närrischer Plan. Wenn die Royalisten versuchen, das Land zum Rebellieren zu bringen, werden sie scheitern. Blutig.«

»Lune hoffte, dass das nicht passieren würde.«

Hoffnung bedeutete gar nichts. Politische Realität diktierte den Ausgang. Doch die Art, wie Rosamund es sagte, legte etwas mehr nahe. Die Hauselfe hatte Mordaunt im Kontext von Lunes eigenen Plänen angesprochen – warum? »Hat sie vor, ihre Versuche mit denen von ihnen zeitlich zu koordinieren?«

Ihrem Gesichtsausdruck nach zu urteilen, ja. »Früher war es so«, sagte Gertrude, die sich auf einen Hocker neben ihn setzte, »dass das, was am Feenhof vorging, eine echte Wirkung auf den sterblichen Hof hatte, und wahrscheinlich andersherum ebenso. Das trifft nicht mehr zu – aber wir haben uns manchmal gefragt, ob nicht irgendeine kleine Verbindung andauert.«

Lune hatte schon früher Hinweise darauf fallen lassen, sich aber nie erklärt. Zugegeben, sie hatte ihren Thron am Hinrichtungstag des Königs verloren, doch gewöhnliche Gründe reichten aus, um diese und andere Ähnlichkeiten zu erklären. Vidar hatte einfach beschlossen, zuzuschlagen, als er wusste, dass sie abgelenkt sein würde. Dennoch …

Dennoch schlossen gewöhnliche und mystische Gründe einander nicht aus. Es war möglich, nahm er an, dass die Unsicherheit von Lunes Herrschaft die von Karl beeinflusst hatte oder dass seine die ihre geschwächt hatte. Sicherlich hatte Vidar die eine genutzt, um der anderen Schwierigkeiten zu machen. Antony konnte nicht beurteilen, ob irgendeine obskure

Macht die beiden immer noch verband. Es war unmöglich, eine derartige Wirkung von den praktischen Ereignissen, die sie umgaben, zu trennen. Doch falls das so war, dann würde es vielleicht die Chancen von beiden verbessern, wenn sie ihren eigenen Angriff ausführten, während die Getreuen des jungen Karl das Land in seinem Namen rebellieren ließen.

Die Hauselfen ließen ihn in Ruhe, ließen ihn dies durchdenken. Was konnten sie durch den Versuch verlieren? Leider sehr viel. Gescheiterte Gewalt würde der Armee in die Hände spielen und die royalistische Sache zurückwerfen. Und was auch immer Lune geplant hatte, es würde ein Risiko für ihr eigenes Volk bedeuten. Falls bei dem Versuch Fae starben und mit ihrem Tod nichts gewannen, wäre es umso schwieriger für sie, Fae zu überzeugen, es noch einmal zu versuchen.

Er konnte die Chancen von Lunes Plan nicht beurteilen, ohne mit ihr darüber zu sprechen. Aber er konnte die Chancen von dem von Mordaunt allzu gut beurteilen.

Antony schüttelte den Kopf. »Ich verstehe, worauf ihr hofft, aber nein. Falls es eine Verbindung *gibt*, wird diese die Fae nur behindern. Der Staatsrat hat zu viele Wege, um von royalistischen Plänen zu erfahren. Ein Aufstand wird ihn nie unvorbereitet erwischen. Egal welchen Plan Lune hat, wir müssen ihn allein ausführen.«

Die Schwestern wirkten enttäuscht. Und sie waren sehr gut darin. Antony verspürte sofort Schuldgefühle, weil er ihre Hoffnungen niedergeschmettert hatte. Aber er hatte nur die reine Wahrheit ausgesprochen. »Wenn ihr nicht glaubt, dass eure ›irgendeine kleine Verbindung‹ das puritanische Ganze der New Model Army handlungsunfähig machen kann, ist es nicht zu schaffen. Wenn Lunes Idee jedoch irgendein gewaltiger Zauber mit diesem Effekt ist – dann, bitte, erzählt es mir.«

Er kannte die Antwort, ehe Rosamund ein widerwilliges Nein murmelte. »Wir können dir die Details erklären«, sagte sie, »zumindest einige davon. Aber Lune hat darum gebeten, dass du nach Berkshire kommst. Sie braucht deinen Rat und deine Hilfe, um ihr Volk vorzubereiten.«

Antony versuchte, beim Gedanken an den Ritt seine Kraft zu sammeln, und scheiterte. Er würde den Onyxpalast besuchen müssen, ehe er aufbrach.

Was bedeutete, dass er Zeit für eine weitere Aufgabe haben würde. Antony hatte keine direkte Möglichkeit, Mordaunt aufzuhalten. Lady Dysart konnte an den Sealed Knot schreiben und ihnen von einer bewaffneten Revolte abraten, doch er hegte keine Illusionen, was das erreichen würde. Nein, die einzige Chance, einen gescheiterten Aufstand zu verhindern, wäre es, sicherzustellen, dass Mordaunt wüsste, dass er scheitern würde.

Was bedeutete, sicherzustellen, dass genau das passierte.

»Bevor ich gehe«, sagte Antony zu den Goodemeades, »gibt es eine Sache, um die ich euch bitten muss.«

Himmlischer Vater, vergib mir für das, was ich gleich tun werde.

»Es gibt einen Mann namens Sir Richard Willis«, sagte er gedehnt, »ein Mitglied des Sealed Knot – und ein Verräter. Er kommuniziert mit Thurloe aus dem Staatsrat. Ich werde euch erzählen, was ich über Mordaunts Pläne weiß. Ihr müsst im Gegenzug dafür sorgen, dass Willis das erfährt.«

Die kleinen Hauselfen erbleichten.

Er biss die Zähne zusammen, ehe er fortfuhr, und kämpfte gegen die Übelkeit in seiner Brust an. »Wenn der Rat weit genug im Voraus davon weiß, wird er eine ausreichend starke Reaktion vorbereiten, um den Aufstand zu verhindern. Es ist ein geringeres Übel, als ihn geschehen und scheitern zu lassen.«

Antony krümmte die Finger um die Armlehnen seines Stuhls. Glaubte er überhaupt selbst an seine nächsten Worte? »Wir *werden* den König wieder auf seinen Thron einsetzen. Aber noch nicht jetzt.«

Rosamund schluckte, dann nickte sie und verbarg ihr eigenes Zögern nicht ganz. »Das musst du beurteilen. Wir werden dir die Hilfe leisten, die du brauchst.«

Er war Prinz vom Stein, selbst wenn der Hof, dessen Prinz er war, sein Reich verloren hatte. Es war sein Recht, Feeneinmischung in sterbliche Angelegenheiten zu lenken. Lune vertraute seinem Urteil, und so taten es die Goodemeades ebenso.

Antony betete nur, dass sie nicht falsch lagen, wenn sie das taten.

TAL DES WEISSEN PFERDES, BERKSHIRE
31. *Juli* 1659

Die grasbewachsenen Erdwälle des Uffington Castle verbargen die Reihen der Invasionstruppe, und es war noch Platz übrig. Es waren nicht viele, sogar jetzt, mit exilierten Höflingen, Freiwilligen aus Berkshire und den Sterblichen, die Antony und andere von der Sache überzeugt hatten. Doch Vidar hatte ebenfalls nicht so viele. Die größten Feenarmeen zählten nicht ein Zehntel der Größe von denen, die Sterbliche aufbrachten.

Lune hoffte, dass es reichen würde. Sie hob ihre Stimme, sodass der Wind diese nicht forttragen würde, ehe sie Antony erreichte, und sagte: »Du hast sie gut ausgebildet.« Der Prinz stieg gerade den Hang zu ihrem Platz auf dem Erdwall hoch. Wayland folgte ihm auf dem Fuß. »Und Ihr, Vetter – Ihr habt

Tag und Nacht gearbeitet, um unser Volk auszurüsten. Nennt Eure Belohnung, und sie soll Euch gehören.«

Seine Schultern verdeckten die Sterne, als er sich neben sie stellte. »Ihr habt bei den Sterblichen Einfluss«, sagte der König des Tals.

Ihr Magen verkrampfte sich vor Nervosität darüber, worum er wohl bitten würde. »Ja.«

»Wenn Ihr wieder in Eurem Reich seid, nutzt diesen für uns. Erneuert die Pflichten, die uns die Bevölkerung in dieser Gegend einst schuldete, ehe die Puritaner mächtig wurden.«

Ihr Blick wanderte den Hang hinunter, zu der kaum sichtbaren Gestalt im Gras. »Das werden wir«, sagte Lune erleichtert. *Er bittet um nicht mehr, als ich ohnehin tun würde.*

Antony kommentierte es nicht. Er versuchte nach dem steilen Aufstieg immer noch, wieder zu Atem zu kommen. Sie schluckte den Drang hinunter, ihn vom Mitkommen abzubringen. Sie würde nur scheitern und ihn mit dem Versuch wütend machen. Er hatte ebenso viel Recht, um ihre Heimat zu kämpfen, wie sie, und mehr Bedarf. Außerdem war er ihr General.

Darin lag eine entschiedene Ironie in Anbetracht seines Hasses auf die Offiziere der New Model Army. Aber er wusste mehr über das Kämpfen als Lune – was heißen sollte, er wusste überhaupt irgendetwas darüber –, und während ihm taktische Erfahrung fehlte, war er gut darin, die Ratschläge von ihren beiden Truppenbefehlshabern zu koordinieren. Ein Schwarzer Hund namens Knochenbrecher, einer der Exilierten, würde mit Antony eine Gruppe anführen, und Irrith würde die andere mit Lune befehligen.

Diese beiden waren unten bei ihren Soldaten. *Ich betrachte sie jetzt als Soldaten – nicht Krieger.* Es war ein seltsamer

Gedanke für Lune und ein Anzeichen für die Veränderungen, die Antony und sie eingeführt hatten. Sie hoffte nur, dass diese reichen würden, um Vidar zu überraschen und die Oberhand zu gewinnen.

Antony atmete jetzt wieder normal, und so fragte sie ihn: »Was ist mit den anderen Aufständen?«

Seine Lautstärke war so gewählt, dass er nicht weiter als unter ihnen dreien zu hören war. »Vorerst abgeblasen. Der Staatsrat hat die entsprechenden Gegenden verstärkt. Es stehen sieben Regimenter allein um London, wenn man die Milizen nicht mitzählt. Die meisten Loyalisten – ich hoffe alle – haben die Mitteilung bekommen, dass sie nicht rebellieren sollen.« Seine Kiefer spannten sich an, sodass Muskeln sich unter seiner Haut wölbten. »Der Rat hat allerdings Haftbefehle gegen ein Dutzend royalistischer Anführer herausgegeben.«

Sie hätte ihm eine Hand auf den Arm gelegt, wenn sie nicht gewusst hätte, dass er sie abschütteln würde. Antony hatte seine Gründe erklärt, und sie waren vernünftig. Aber der Verrat fiel ihm trotz alledem nicht leichter.

Ihre Armee würde allein stehen – und hoffen, dass *sie* nicht auf jene Regimenter trafen.

»Die Sonne ist untergegangen«, sagte Wayland in seinem ruhigen Brummen.

Wie er sagen konnte, dass ihr letztes Stück untergegangen war, davon hatte Lune keine Ahnung. Schwere Wolken verschleierten den Himmel, und hier draußen gab es keine Glockentürme, die die Stunden einläuteten. Das graue Licht war vielleicht etwas düsterer, und der Wind trug eine kühlere Feuchte. Das schlechte Wetter maskierte ihren Marsch, aber es ergab einen grimmigen Hintergrund.

Sie nickte Antony zu. »Du solltest zu ihnen sprechen.«

Er schüttelte den Kopf, während ein schwaches Lächeln seine Miene erhellte, wenn auch nur kurz. »Ich bin kein großer Redner. Was sie von mir hören müssen, haben sie gehört.«

»Deine Bescheidenheit lässt die Aufgabe praktisch mir zufallen«, sagte sie verschmitzt. »Du hattest wenigstens einst eine Ausbildung in Rhetorik. Aber gut.«

Es war leicht genug, ihre Stimme so zu verzaubern, dass sie zu hören war. Angemessene Worte zu finden, war schwieriger. »Gute Leute«, sagte sie, als sie die wilde Mischung ihrer Armee betrachtete. »Als Ihr zum ersten Mal hierherkamt, wart Ihr einander fremd. Einige leben seit vor der Dämmerung der Erinnerung in diesem Tal, andere nennen London ihr Heim. Einige sind Fae, andere Sterbliche – und genau so sollte es sein, denn der Onyxhof empfängt beide in Brüderlichkeit.

Ifarren Vidar will sehen, wie Sterbliche nach einer Feenmusik tanzen. Wenn das scheitert, will er eines der größten Werke unserer beiden Arten zerstören: den Onyxpalast, Schatten von Englands gewaltigstem Juwel. Er würde sich an ausländische Mächte verkaufen, rein für seinen eigenen Gewinn.«

Sie balancierte damit auf einer gefährlichen Linie. Viele von den Leuten aus Berkshire waren so provinziell, dass sie sich selbst kaum als Engländer verstanden, und für solche Köpfe waren die Fae aus London beinahe ebenso fremd wie die Iren. Lune stürmte weiter, ehe sie zu genau darüber nachdenken konnten. »Aber mehr als das, wir sagen Euch dies: *In den neun Jahren, die er es versucht hat, hat Vidar sich selbst nicht zum König gemacht.* Er kann den Titel beanspruchen, so viel er will, aber der Onyxpalast erkennt ihn nicht als seinen Herrn an. Wir benennen ihn nun als das, was er ist: ein Heuchler, ein Thronräuber auf einem Thron, der ihm nicht gehört und nie gehören wird. Ich habe einst zugeschlagen, um eine Königin abzusetzen, die Macht beanspruchte, die ihr nicht zustand. Nun gehe ich erneut, um einen zweiten Makel zu beseitigen. Ich bin die rechtmäßige Königin des Onyxhofs, und Lord Antony ist sein Prinz. Alle, die auf unserer Seite kämpfen, werden eine angemessene Belohnung finden, wenn das Reich wieder unseres ist.«

Es war keine Rede, die ein episches Gedenken verdiente, aber sie erledigte ihre Aufgabe gut genug. Die versammelten Soldaten jubelten, von den Elfenrittern in ihren Rüstungen mit bunten Edelsteinen bis hinunter zu den verkrümmten Goblins und wilden Pucks, und der Himmel antwortete mit Donnergrollen.

Als sie sich umdrehte, um Wayland anzusehen, ertappte sie sich dabei, wie sie an ihm vorbeischaute, und eine Idee schoss ihr durch den Kopf. Große Gesten hatten an einem solchen Abend ihre Berechtigung. »Vetter, wenn ich Euch noch um einen weiteren Gefallen bitten dürfte.«

Er nickte.

»Ich würde mir gern Euer Pferd leihen.«

LONDON UND UMGEBUNG
1. *August* 1659

Die Feenpferde trugen sie schneller, als jeder Sterbliche laufen konnte, und der Boden rauschte in einer Geschwindigkeit unter ihnen dahin, die drohte, Antonys Magen zurückzulassen. Zum Glück sah er wenig davon. Die Wolken dienten als Abschirmung und verbargen das Feenheer, das wie ein Pfeilhagel durch den Himmel schoss.

Er ritt hinter Lune sitzend und hatte die Arme um ihre Taille geschlungen, denn das Weiße Pferd würde nicht auf die Hand eines Sterblichen reagieren. Ihr Reittier machte ihn nervöser als ihre Geschwindigkeit oder Höhe am Himmel. Er war nie in Berkshire gewesen, wenn das Pferd seinen Hügel verlassen hatte, um zu fressen, und obwohl er die Geschichte kannte, hatte er sich – närrisch – vorgestellt, dass es ein gewöhnliches weißes Pferd wäre.

Doch auf Waylands Ruf hatten sich die Kalklinien aus dem Gras gehoben, und genau dies ritten sie: eine unvollständige, längliche weiße Gestalt, mit Grün befleckt, weit größer als jedes natürliche Pferd und weit weniger fest. Wie sie überhaupt auf seinem Rücken sitzen konnten, verstand seine Vernunft nicht. Seine Jahrzehnte an Verbindung mit den Fae sagten ihm, dass er es nicht versuchen sollte. Antony hielt sich an Lune fest, schloss die Augen und wartete darauf, dass ihr Ritt endete.

Die kalte Feuchte, die seine Haut wie Nebel kühlte, verschwand plötzlich. Der Wind versuchte, ihm den Mantel vom Hals zu reißen. Er öffnete die Augen, sah dunkle Baumwipfel viel zu schnell heranrauschen und erstickte einen Aufschrei. Sie verfehlten die Äste um Haaresbreite und kamen mit einem dumpfen Schlag auf einem Feld zum Stehen, vor allen Blicken geschützt, während der Rest seiner Begleiter um sie herum landete. Ein Großteil der Pferde, die sie ritten, zerfiel und verwandelte sich in gewöhnliches Stroh zurück. Der Rest und die Schwarzen Hunde, die neben ihnen gerannt waren, nahmen ihre mehr oder weniger menschlichen Formen an.

Eine Truppe zu Pferde, die nach London ritt, hätte die Armee und Milizen wie einen Hammer auf sie herabgebracht. Von hier würden sie zu Fuß ihrer verschiedenen Wege gehen.

Einer der Sterblichen half ihm vom luftigen Rücken des Pferds hinunter. Lune zuckte, als wollte sie ihn berühren, ehe er sich löste, doch dann war er auf dem Boden außer Reichweite. »Gebt uns bis Sonnenaufgang«, sagte sie.

Antony nickte. Er konnte kein Brot an die Fae opfern, was nützlich gewesen wäre, aber die Menschen, die sich neu um ihre Sache gesammelt hatten, konnten das. Zum ersten Mal seit Ewigkeiten hatten sie genug, um all ihre Leute zu schützen.

Er blieb allein bei der Königin stehen, während ihre Soldaten – so viele es denn waren – sich zum Abmarsch bereit machten. Sie sprach leise, nur für seine Ohren, als sie von der Höhe ihres Pferdes herabblickte. »Wenn es eines gibt, was du mir beigebracht hast«, erklärte Lune ihm, »ist es Geduld. Sollte dies nicht so laufen, wie wir hoffen …«

»Zieh dich zurück und versuch es erneut.« Guter Rat – aber Antony wollte sich vor Ungeduld die Haut wegreißen. Der Onyxpalast rief nach ihm, weckte das Verlangen, gegen das er all diese langen Jahre angekämpft hatte. Dennoch wagte er es nicht, sich glauben zu lassen, dass sie es schaffen würden. Wenn er das täte und sie dann scheiterten …

Das wird *mich umbringen. Ich kann einen solchen Absturz nicht überleben.*

Er war auch nicht sicher, ob Lune es konnte. Körperlich ja, doch trotz all ihres Geredes über Geduld zeigte sie selbst wenig davon. Die Königin trug die Reitkleidung eines Mannes mit einer Rüstung, um sie zu schützen, und wirkte auf ihrem seltsamen Reittier sehr kriegerisch. Zorn brannte silbern in ihren Augen. Sie war niemand, der sich ungestüm in Gefahr brachte – doch käme ein Rückzug für sie infrage?

Antony hoffte es. »Mögen Sonne und Mond dich schützen«, sagte er anstelle des christlichen Segens, der ihm ungefragt auf die Lippen gekommen war.

»Und dich«, sagte Lune. Ein schwaches Lächeln sagte ihm, dass sie ihn nach seiner eigenen Art segnen wollte – doch selbst wenn es sie nicht verletzte, würde das Pferd es nicht freundlich aufnehmen.

Das gewaltige Tier scharrte in der Erde, und sie tätschelte seinen Hals. »Zurück in den Himmel, mein Freund.«

Es stieg, was zu einem Sprung wurde, der es in die Wolken trug. Lunes Begleiter waren mittlerweile verschwunden, weitergezogen, doch das Pferd würde sie schnell einholen.

Knochenbrecher trat zu ihm, dessen Augen im düsteren grauen Licht brannten. Mit seinen Hörnern und Klauen hätte man ihn leicht für einen Teufel halten können, und Antony biss die Zähne zusammen. »Warum seid Ihr nicht maskiert? Wollt Ihr, dass Euch irgendein vorbeikommender Bauer sieht und Alarm schlägt?«

Ungerührt zuckte der Schwarze Hund mit den Schultern. »Wir wollten nur nachsehen, wo wir sind.«

»Ungefähr eine halbe Meile von Tyburn, in dieser Richtung.« Antony deutete, ohne hinzusehen.

Knochenbrecher blinzelte. »Woher wisst Ihr das?«

Der Goblin lebte schon länger in London, als Antony auf der Welt war, und dennoch wusste er erschreckend wenig über alles außerhalb der Stadtmauern. Antony schüttelte den Kopf. »Tarnt Euch und macht Euch auf den Weg. Wir haben nicht viel Zeit.

DER TOWER VON LONDON
1. *August* 1659

Lunes Truppe schlug einen Bogen nördlich um die Stadt und näherte sich von Osten, wo sich die wachsenden Vorstädte noch nicht ganz so dicht und weit ausgebreitet hatten. Sie landeten auf einem freien Feld zwischen dem Tower und den Docks weiter flussabwärts, dann bauten sie schnell ihre Tarnzauber auf und machten sich bereit zum Weiterziehen.

Das Weiße Pferd zu reiten, war eine impulsive Entscheidung gewesen, die rein dazu gedacht gewesen war, ihr Gefolge zu beeindrucken und deshalb zu ermutigen. Nun, in Sichtweite von London, glitt Lune hinunter und legte ihre Hand an den Hals der Gestalt. »Irrith – wird er allein nach Hause zurückkehren?«

Der Irrwisch dachte darüber nach, dann trat sie näher und zog den riesigen Kopf herunter, bis sie ihm ins Ohr flüstern konnte. Das Pferd wieherte und stampfte. Irgendwie, ohne jegliche Veränderung, die das Auge erfassen konnte, schrumpfte es in sich zusammen, bis es nicht größer als ein gewöhnlicher Hengst war. Irrith zuckte vor Lune amüsiert mit den Schultern. »Ich glaube, er will bleiben. Vielleicht ist er so neugierig wie ich, wie dieses Reich von Euch so ist.«

»Es ist kein geeigneter Ort für Pferde.«

»Das habe ich mir schon gedacht, so wie Ihr reitet.« Grinsend tätschelte Irrith das Pferd am Hals und winkte ihre Truppe weiter.

Lune seufzte und stellte fest, dass der weiße Kreis des Pferdeauges sie undurchdringlich anstarrte. *Es heißt, ein Wunsch, den man ausspricht, während man in seinem Auge steht, wird wahr. Egal welches Schicksal wir heute Nacht haben, ich bin froh, dass ich das nicht versucht habe.*

Sie gingen zum nahen Ufer. Eine Spähtruppe aus Flussnymphen war einige Tage zuvor vorausgeeilt und hatte genug Boote für ihre Truppe organisiert. Sobald sie sie bestiegen hatten, trieben die Boote gleichmäßig gegen die Strömung, von unten gezogen, in völliger Stille auf der Themse.

Vor ihnen leuchtete London unter einer Mondsichel. Das blasse Licht zeigte die aufragenden Türme der vielen Kirchen in der Stadt und den abgestumpften Turm der St.-Pauls-Kathedrale. Die dicht gedrängten Häuser lagen im Schatten darunter. Die geliebte Silhouette erwischte Lune wie ein Schlag in den Bauch und raubte ihrem Körper den Atem. *Ich bin endlich daheim.*

Sie fühlte es in ihren Knochen ebenso wie im Herzen. Liebe und Verlangen, nach dem Ort, der nicht einfach ihr Reich, sondern ihre Heimat war. Lune konnte sich nicht vorstellen, sich wieder zurückzuziehen.

Und das bedeutete, dass sie siegen mussten. Lune riss ihren Blick von der Stadt los und widmete sich der bevorstehenden Aufgabe.

Dies war für ihre Gruppe das gefährlichste Stück. War man erst einmal innerhalb einer Befestigung, war es einfach, so zu wirken, als würde man dorthin gehören. Hineinzukommen, war der Trick. Die Fae duckten sich unter ihre Mäntel und atmeten kaum, als ihre Boote zum Wassertor am Tower kamen. Die Menschen nannten es das Verrätertor, wegen der Gefangenen, die durch es hindurchgebracht wurden. Lune versuchte, den Namen nicht als Omen zu betrachten.

Aus dem vordersten Boot half ein drahtiger Asrai einem Kobold ins Wasser und hielt ihn, während dieser die Kette, die das Tor geschlossen hielt, finster anstarrte. Er murmelte einen Fluch, und Wasser spritzte, während der Asrai ihm den Mund zuhielt. Wenn eine solche Streitmacht wie ihre direkt unter der Nase der Wachen trieb, wagten sie es nicht, irgendeinen Lärm zu riskieren, der vielleicht die zerbrechlichen Zauber heben würde, die sie verborgen hielten.

Doch das Klirren der Kette war eine süße Melodie, ebenso das leise Planschen, als die Tore aufschwangen.

Sir John Barkstead, Leutnant im Tower, diente dem Protektorat mit seinem Kommando beflissen und hielt die Wache aufmerksam genug, um jeglichen Eindringling zu bemerken, egal wie leise. Deshalb hatte Antony dafür gesorgt, dass das Rumpfparlament den Mann entließ und mit einem viel weniger pflichtbewussten ersetzte. So sehr London auch angespannt war und einen royalistischen Aufstand erwartete, die Wache *im* Tower war lasch, und die Fae konnten einfach durch die Bannmeile im Innenhof schleichen und zum Weißen Tower laufen.

Nun übernahm Lune die Führung, denn sie war die Einzige, die den Weg kannte. Antonys Männer kamen auf Umwegen in die Stadt, in Zweier- und Dreiergruppen, und mussten viel weniger befürchten, Aufmerksamkeit zu erregen: Ihre eigene Streitmacht musste sich schnell bewegen, damit ihre Anzahl nicht die Tarnzauber durchbrach. Und der Sonnenaufgang, hauchte Irrith ihr ins Ohr, war nicht mehr weit entfernt.

Sie erreichten den alten normannischen Zwinger im Herzen der Festung und schlüpften still wie Geister in den Keller. Dessen drei Räume waren mit Vorräten vollgestellt – Bierfässer hier, Schwarzpulver dort –, aber niemand hatte den Brunnen bedeckt, der ein Loch im Lehmboden bildete. Wasser glitzerte kühl und klar in seinen Tiefen.

Lune kniete sich an seinen Rand und setzte einen Dolch an ihre Handfläche.

Drei Blutstropfen fielen ins Wasser darunter. Jeder schlug eine tiefe Note an, wie das Läuten einer gewaltigen Bronzeglocke, nur hörbar für die Ohren, die wussten, dass sie danach lauschen sollten. In der Threadneedle Street konnte das Seil einen wissenden Reisenden in eine kleine Nebenkammer hinunterlassen. Hier bebten die Steine und veränderten ihren Bau. Das Wasser floss weg und hinterließ eine schwarze, finstere Grube, die schon hier gewesen war, ehe der normannische Eroberer seinen Turm gebaut hatte. Triefende Steine boten unsichere Trittstufen, die sich an der Seite der Grube entlang nach unten wendelten.

Irrith, die neben ihr wartete, warf ihr ein verschmitztes Grinsen zu. »Ihr wart jahrelang in meinem Heim. Ich freue mich darauf, Eures zu sehen.« Und ehe Lune irgendetwas sagen konnte, war der Irrwisch als Erste die Treppe hinunter.

DER ONYXPALAST, LONDON
1. *August* 1659

»Bleibt versteckt, so lange Ihr könnt«, flüsterte Antony seinen Männern zu, wobei er die Worte kaum mehr als hauchte. »Ihr habt nur eine Chance auf Überraschung. Verfehlt sie nicht.«

Knochenbrechers Miene legte nahe, dass er sich gerade so ein Schnauben verkneifen konnte. Sie waren dies ein Dutzend und mehr Male durchgegangen. Doch nun hockten sie unter dem zerbröckelnden Gewicht von St. Paul, und Antony stellte fest, dass seine Nerven so angespannt waren wie die eines jungen Grünschnabels, dem seine erste Schlacht bevorstand.

Es ist meine erste Schlacht. Obwohl ich ein alter Mann bin.

Alt mochte er zwar sein, doch nur hier zu stehen, verlieh ihm Kraft. »Und denkt daran«, sagte er, während er Knochenbrechers Ungeduld niederstarrte. »Verwundet sie nur, wenn Ihr könnt.«

Fröhliche Worte. Die meisten seiner angeblichen Soldaten hätten Glück, wenn sie ihr Ziel fanden. Er betete, dass die Überraschung reichen würde.

Sie bewegten sich jetzt schnell, schlichen aus der Kammer und durch den Onyxpalast. Jeder Fae oder Sterbliche aus Berkshire war mit einem Londoner zusammen. Lune hatte ihnen ihre Wege eingehämmert, doch ein Fremder konnte sich leicht verirren. Antony selbst wartete mit Knochenbrecher und einem schmächtigen, unbewaffneten Kobold namens Löwenzahn.

Ein kalter Schauer fuhr ihm in die Knochen, und er zuckte zusammen. »Was?«, knurrte Knochenbrecher und starrte ihn an.

»Lune ist hier.« Die Worte kamen, ohne dass er nachdenken musste. Hatte er ihre Anwesenheit immer fühlen können? Vielleicht – doch erst jetzt, wo sein Körper nach der Berührung des Onyxpalasts lechzte, war er sensibel genug, es zu bemerken.

Knochenbrecher nahm seine Enthüllung hin. »Dann legen wir los.«

Sie waren die Letzten, die aufbrachen, und nahmen die geheimste Route. Antonys Ziel war die Schatzkammer. Vidar würde deren Inhalt natürlich für sich selbst beansprucht haben, doch die Kammer war der am besten geschützte Ort, um die verzauberten Objekte aufzubewahren, die der Krone gehörten. Sie hofften, dass er dort nützliche Dinge zurückgelassen hatte.

Aber sie konnten nicht vollständig durch Geheimgänge laufen, nicht von dort aus, wo sie losliefen. Sie mussten einige derselben Kammern durchqueren, die die Palastbewohner nutzten. Antony hatte eine Route geplant, die sie durch den Saal der Statuen führte, eine lange, vertiefte Galerie, die mit Skulpturen gefüllt war. Sie wurde nicht oft benutzt. Aber als sie die Oberseite der Treppe erreichten, die zu ihrem Saalboden führte, sah Antony vor sich eine Bewegung.

Knochenbrecher reagierte, ehe Antony denken konnte. Er sank auf ein Knie und riss die Waffe hoch, die der Schmied Wayland für diesen Angriff geschmiedet hatte. Eine klauenbewehrte Hand am Lauf, eine am Griff, die flammenden Augen zusammengepresst …

Ein ohrenbetäubendes Krachen hallte von den Mauern, und eine Elfenstimme schrie.

Gott sei gepriesen – er hat ihn getroffen.

Selbst dieser Gedanke war eine Verzögerung, die er sich nicht erlauben konnte. Antony zog eine der Pistolen aus seinem Gürtel, und zum zweiten Mal in seiner langen Geschichte erklang im Onyxpalast der Knall einer Schusswaffe.

Er verfehlte. Pistolen waren weniger akkurat als die Steinschlossmuskete, die Knochenbrecher hielt. Doch die Waffen, die Wayland geschmiedet hatte, waren ebenso sehr Werkzeuge, um Schrecken zu verbreiten, wie Waffen. Fae hatten sie in sterblichen Händen gesehen – und waren gelegentlich sogar von ihnen beschossen worden –, aber sie in einen Feenkrieg zu bringen, war eine unvorstellbare Neuerung.

Zumindest für Vidar, der die Menschheit und ihre Werke als unter seiner Würde verachtete.

Zwei Fae hatten sich unter einer Statue eines Mannes, der von Schlangen umringt war, unterhalten. Einer floh. Der andere war zu Boden gestürzt. Knochenbrecher hielt lange genug an, um ihn mit einer Begeisterung, die Antony zusammenzucken ließ, bewusstlos zu schlagen – aber Fae starben selten an

Wunden, die sie nicht sofort töteten, und die Waffen feuerten Elfenschüsse statt des gewöhnlichen Bleis.

Sie waren noch nicht einmal ganz durch den Saal der Statuen, als Antony in der Entfernung weitere Schüsse hörte. Er betete, dass die Fae sich ihre Munition aufhoben. Musketen und Pistolen waren langsam zu laden, und er hatte Unterricht in Schnelligkeit weggelassen und ihnen stattdessen das Zielen beigebracht.

»Lauft weiter, mein Herr«, knurrte Knochenbrecher. »Euer Krieg ist noch nicht vorbei.«

Einige von Lunes Höflingen hatten sich Vidar angeschlossen, als er einmarschiert war. Andere waren an ihren exilierten Hof in Berkshire gekommen. Ein Großteil des Rests war anderswohin gezogen und hatte diesen Krieg gänzlich aufgegeben.

Ein halbes Dutzend schmorte in Zellen unter dem Weißen Tower, aus denen Antony sie nicht hatte befreien können.

Lunes Streitmacht – oder eher Irriths – streckte die Wachen nieder, ohne auf die Feuerwaffen zurückzugreifen, die sie dabeihatte. Die sechs Fae in den Zellen taumelten schwach und blinzelnd heraus. Vidar hatte sie in Finsternis gehalten und ihnen Nahrung und Wasser entzogen, was jeden Menschen, der so festgehalten wurde, getötet hätte.

Aber jene langen, schwarzen Jahre hatten ihren Hass verfestigt. Angrisla bleckte all ihre Zähne und nahm glücklich das Messer, das ihr jemand anbot. »Ich werde ihn Euch schreiend bringen«, versprach die Mara.

»Bleibt bei uns«, befahl Lune ihr. »Die Zeit für Rache wird kommen.«

Der Gehorsam der Mara für diesen Befehl wäre im besten Fall zweifelhaft, doch Lune konnte niemanden entbehren, um sie oder die anderen zu bewachen. Die Truppe im Tower teilte sich auf, jede Gruppe für ihre spezielle Aufgabe. Das Weiße Pferd war lange verschwunden, zu seiner eigenen undurchschaubaren Erkundung davongaloppiert, aber das mochte ein Vorteil sein. Seine Anwesenheit würde Vidars Leute verblüffen und Verwirrung verbreiten, die sie nutzen konnten.

Das plötzliche Klirren von Schwertern verkündete den Beginn der Schlacht kurz vor der Kammer, die Lune aufgesucht hatte. Sie vertraute darauf, dass Irrith und ihre Kameraden die Tür halten würden, und legte eine Hand auf einen Bodenstein, der sie in einen niedrigeren Gang führen würde, womit sie die königlichen Wohnräume umgehen konnten, die Vidar für sich beansprucht hatte.

Als ihre Finger Marmor berührten, verschwamm ihr Gesichtsfeld. Statt des Bodens sah sie ... »*Antony!*« Der Name entriss sich ihr. Er verließ gerade den Saal der Statuen, und hinter ihm ... Sie konnte die Details nicht erkennen, aber drei Gestalten kamen schnell näher, und sie waren nicht freundlich gesinnt.

Sie reagierte, ohne nachzudenken. Antony kam durch die Doppeltür am Ende des Saals, und sie warf sie hinter ihm zu.

Der Luftzug von den Türen zerzauste sein Haar, so nahe kam er, und die Bronzepaneele schlugen beinahe vor Löwenzahn zu, der mit einem Kreischen wegsprang. Knochenbrecher wirbelte herum und hob seine leere Muskete. »Was ...«

Schreie von hinter ihnen, auf der anderen Seite der Tür. »*Weiter*«, fauchte Antony, und sie rannten los und duckten sich seitlich in einen wenig genutzten Gang.

Sein erster Gedanke war, dass Vidar die Türen geschlossen hatte. Aber warum sollte der Thronräuber handeln, um

Antonys Gruppe zu schützen? Dem Hämmern auf der Bronze nach zu urteilen, waren jene auf der anderen Seite feindlich und versuchten durchzubrechen.

Und auf wen sonst würde der Onyxpalast reagieren außer auf Lune?

Auf wen sonst, in der Tat.

Antony hielt Knochenbrecher mit einer Hand auf der Schulter des Schwarzen Hundes auf. Die andere streckte sich zum verzierten Eckpfeiler an seiner Seite.

Er hatte es schon früher gespürt, beinahe wie ein Mensch wohl eine fehlende Gliedmaße halluzinieren mochte, dass der Onyxpalast eine Erweiterung seines Körpers war. Nun tastete er nach dieser Verbindung und fand sie brüchig, beinahe verschwunden vor: durch den fehlenden Kontakt ausgehungert.

Wie ein Mann, der vor Durst halb tot war, tauchte er in den wartenden See und ließ nicht zu, dass er sich fragte, ob er schwimmen konnte. Antony versenkte sich in der Macht des Feenpalasts und stellte fest, dass er … nicht *sah*, denn es hatte nichts mit den Augen zu tun. Aber er spürte Bewegungen durch die Kammern und Gänge und wusste, wenn er sich konzentrierte, wer in jedem Raum stand.

Oder zumindest, ob sie für ihn oder gegen ihn kämpften.

Mich. Für oder gegen mich. *Ich bin nicht dieser Ort …*

Sein Bewusstsein drohte sich in der Gewaltigkeit des Palasts aufzulösen. Knochenbrechers Klauen, die sich in seinen Nacken gruben, verankerten ihn in seinem Fleisch. Der Schwarze Hund hatte sich die empfindlichste Stelle gesucht, die nicht von Rüstung geschützt wurde. »Mein Herr …«

Klauen im Nacken, und Lune. Er spürte *sie* wie ein Leuchtfeuer aus kühlem Silber, das zu ihm passte und ihn ins Gleichgewicht brachte. Antonys Verstand wurde wieder klar. »Schickt nach Pollikin«, sagte er und schlug die Augen auf. »Da sind Fae – Ritter vom Roten Zweig, glaube ich –, die ihm in der Nähe des Amphitheaters auflauern.«

Knochenbrecher starrte ihn an.

»*Schickt die Nachricht!*«, knurrte Antony und griff nach Löwenzahn. Der Kobold kreischte wieder, dann fischte er in einem der Käfige an seinem Gürtel herum. Die Motte, die er herauszog, flatterte auf seinen Fingerspitzen, als er ihr etwas zuflüsterte, dann flog sie mit bemerkenswerter Geschwindigkeit und Entschlossenheit los, um Pollikin vor dem Hinterhalt zu warnen.

Irrith hatte Sir Peregrin Thorne als Lunes Führer eingeteilt. Weil sie in ihrem Bewusstsein für den Onyxpalast verloren war, konnte Lune kaum sehen, wohin sie ging. Doch es machte keinen Unterschied. Sie hatte eine unerwartete Waffe gefunden und nutzte sie völlig aus.

Sie konnte die Furcht von Vidars Leuten, besonders der Iren und Schotten, spüren, für die dieser Palast nie ein Heim geworden war. Nun erhob er sich, um gegen sie zu kämpfen. Indem sie zusammenarbeiteten, blockierten Antony und sie den verteidigenden Rittern den Weg, während sie ihren eigenen Leuten Wege öffneten, und ein wahrhafter Orkan aus Motten schwirrte durch die Gänge und überbrachte unterschiedlichen Gruppen Befehle. Jemand auf Vidars Seite hatte einen Salamander darauf angesetzt, die Motten zu jagen, und die Hälfte ihrer Nachrichten wurden gegrillt, doch Lune und Antony waren beide beinahe am großen Thronsaal, und sie würden siegen.

Nicht ohne einen Preis. Die Ritter vom Roten Zweig waren als Krieger unübertroffen, und einige aus der Invasionstruppe waren tot. Die Elfenschüsse aus den Musketen und Pistolen hatten direkt einige Leben gekostet, doch sie zerrissen Fleisch und brachen Knochen, wo sie trafen, und dies nicht immer am Feind. *Wir hätten sie länger ausbilden sollen.*

Ihre eigene Gruppe war auf etwa zehn Leute gewachsen und sammelte weitere Paare auf, die sich getrennt hatten und nun wieder anschlossen. Jetzt hasteten sie durch den Nachtgarten, eine chaotische, blutige Truppe in der Ruhe der Bäume.

Vor ihnen wölbte sich eine schmale Brücke elegant über den tänzelnden Walbrook – bis ein Brüllen und eine sich erhebende Form sie in Stücke springen ließen.

Lune wurde beim Anblick der Kreatur, die sie erwartete, schwer ums Herz. *Ich hatte gehofft, dass sie keinen haben würden …* Die Fuath waren Wassergeister und verließen ihre Heimat nicht gerne. Doch Vidar oder Nicneven hatten diesen hier nach Süden gelockt, und jetzt versperrte er ihnen den Weg, während er den Bach mit seiner Fäulnis verdarb.

Irrith starrte die verquere Mischung aus Ziege und menschlicher Gestalt an. »Was ist *das*?«

Lune konnte ihr nicht antworten. All ihre Aufmerksamkeit war auf den Thronsaal geheftet, das Herz des Onyxpalasts. Antony war beinahe an seiner Tür, und falls er ohne sie dort ankam …

»Ich muss gehen«, murmelte sie und hörte ihre eigene Stimme kaum. »Ich kann es mir nicht erlauben zu zögern …«

Es gab andere Wege über den Walbrook, aber der Fuath konnte sich im Wasser schneller bewegen, als sie rennen konnte. Irrith packte den Griff ihres Schwerts fester und nickte Angrisla zu. »Wir werden einen Weg durchhacken, so schnell wir können.«

Verzweiflung grub sich in Lunes Eingeweide. *Das wird zu lange dauern …*

Sie spürte die näherkommenden Hufschläge eher, als dass sie sie hörte. Lune riss sich von Sir Peregrins stützendem Arm los, streckte ihre Hand aus und erwischte eine substanzlose Mähne. Mit einer wilden Drehung ihres Körpers schwang sie sich nach oben und hinüber und setzte sich gerade auf den Rücken des Weißen Pferdes, als dieses seine Beine unter sich spannte und *sprang*.

Der Fuath brüllte und schlug mit den Klauen nach oben, doch der plötzliche Ansturm des Pferdes überrumpelte ihn, und er erwischte nichts vom halb materiellen Körper. Lune biss die Zähne fest genug zusammen, um sie zu brechen, als sie landeten. Dann waren sie außer Reichweite, am Walbrook vorbei, und rasten mit schreckenerregender Schnelligkeit zum gegenüberliegenden Ausgang.

Zum Glück war der Gang auf der anderen Seite geräumig, angemessen für die Riesen am Onyxhof, und das Weiße Pferd querte ohne Stolpern von Erde auf Marmor. Mit einer beinahe so wilden Drehung wie der, die sie auf den Rücken des Pferdes gebracht hatte, wandte Lune ihre Konzentration nach innen und vertrieb den gesamten Rest des Palasts aus ihrem Kopf. Der Thronsaal war gleich um die Ecke.

Genau wie Antony. Lune glitt an der Ecke vom Rücken des Pferdes, und das Tier stürmte ohne sie weiter. Ob es irgendeine Ahnung hatte, was vorging, konnte sie nicht sagen, aber es rannte mit voller Kraft auf die Tür des Thronsaals zu und brach sie mit all der Wucht eines heranstürmenden Hengsts, der den Hügel, der sein Bett war, im Rücken hatte. Die Türflügel wurden halb aus ihren Angeln gerissen, sodass Lune und Antony einen klaren Blick in den Saal hatten – und jeder Chance, sich vorzubereiten, beraubt wurden.

Die Invasion hatte Vidar überrascht. Das hatten sie daran erkannt, wie verstreut seine Streitkräfte gewesen waren, im Onyxpalast verteilt und relativ leichte Ziele für die schnell vorgehenden Späher aus ihren beiden Kompanien. Aber er war nicht dumm. Er hatte erraten, wer gekommen war, und wusste, dass sie ihn stellen würden.

Ein halbes Dutzend Ritter vom Roten Zweig wartete in einer blitzenden Reihe quer durch den Saal. So viel sah Lune, ehe sie sich angesichts des Ansturms des Weißen Pferdes wie Laub zerstreuten. Sie waren großartige Kutscher, behaupteten die Geschichten, aber der Onyxpalast war kein Ort für Streitwagen, und sie hatten keine Kavallerie erwartet.

Hinter den Rittern jedoch hielt eine andere Gestalt stand.

Eine Faust wie Granit krachte gegen die Seite des Pferdekopfs, und *dieser* Angriff zeigte Wirkung. Der Schrei des Pferds klang beinahe menschlich. All sein Tempo wurde plötzlich seitlich abgelenkt, und die weißen Linien seines Körpers flogen gegen eine der gefächerten schwarzen Säulen, die sich über die Seiten des Saals wölbten.

Kentigern Nellts antwortendes Knurren erschütterte die Decke.

Lune war ohne Verbündete außer dem Weißen Pferd an der Tür angekommen. Antony hatte einen blutbefleckten Knochenbrecher und einen Goblin aus Berkshire dabei. Sie trug das Londonschwert an ihrer Seite und hatte während ihres Exils einiges über dessen Nutzen gelernt, doch die vier hatten kaum eine Chance gegen den Riesen.

Sie zog das Schwert dennoch – und Antony trat vor sie.

Antony wollte Lune verteidigen, ohne nachzudenken, zog seine letzte verbliebene Pistole und feuerte. Der Riese griff sie an und kam wie ein Erdbeben über den Saalboden auf sie zu. Antony dachte, sein Schuss hätte getroffen, aber Kentigern taumelte nicht einmal. Die Ritter vom Roten Zweig erholten sich wieder. Vier gegen sieben, und diese vier umstellt. Ihre Verbündeten würden sie nicht rechtzeitig erreichen. Sie hatten sich verausgabt und würden nun den Preis bezahlen. Selbst wenn sie sich zurückzogen, würden die eingeschlagenen Türen Kentigern nicht mehr als einen Augenblick lang aufhalten.

Der Onyxpalast hatte zu ihrer Verteidigung eingegriffen, als sie ihn darum gebeten hatten.

Wie weit geht das?

Antony wirbelte herum und fasste nach dem Griff des Londonschwerts. Er erwischte Lunes Hand und den Griff und zwang die Spitze nach unten. Indem er sein volles Körpergewicht in den Schlag legte, stach er mit der Klinge nach unten in den Boden.

Ob es Intuition oder die Verbindung war, die sie durch den Onyxpalast teilten, machte keinen Unterschied. Lune machte seine Bewegung so geschmeidig wie Wasser mit, und als das Schwert den Marmor durchbohrte, gaben sie gemeinsam den Befehl.

Ohne weitere Vorwarnung gab die Decke des Thronsaals nach.

Der Einsturz fühlte sich an, als würde er Lunes eigene Wirbelsäule durchtrennen. Ihr Schrei und der von Antony verloren sich in ohrenbetäubendem Donnern, bis der Staub sie erstickte. Hustend und blind vor Schmerz kämpfte sie darum, das, was sie entfesselt hatte, zu kontrollieren. Der Regen aus Steinen hörte kurz vor dem Ort auf, an dem sie beide knieten und immer noch das Schwert gepackt hielten, doch es dauerte lange

Augenblicke, bis sie sich sicher genug fühlte, um ihre Hand vom Griff zu lösen und die Schulter zu lockern, die durch jenen Abwärtsstoß verrenkt worden war.

Das Schwert blieb aufrecht, zwischen zerbrochene Marmorblöcke eingeklemmt. Antony hatte es auch losgelassen, doch er blieb auf den Knien und japste nach Luft.

Vor Lune legte sich der Staub langsam. Das Hauptgewicht des Gesteins war, wie sie geplant hatten, auf Kentigern Nellt gefallen. Vom Riesen konnte sie gar nichts sehen, nur eine unbewegte Gesteinsmasse. Doch einige Bruchstücke hatten die Ritter vom Roten Zweig erwischt, die zerschmettert oder bewusstlos am Rand dessen, was der Thronsaal gewesen war, lagen.

Hinter ihnen konnte sie durch den Staub gerade so die silbernen Umrisse ihres Throns ausmachen.

Er war leer.

Sie schleuderte ihre Sinne nach außen, durch die Weiten des Onyxpalasts. Irrith und die anderen hatten den Fuath besiegt. Amadeas Gruppe hatte die königlichen Wohnräume gesichert. Eines nach dem anderen identifizierte sie die Bruchstücke ihrer Armee und der ihrer Feinde, doch nirgendwo in all diesen Kammern und Sälen fand sie die Präsenz, die sie suchte.

Die Invasion hatte Vidar überrascht. Weil er gewusst hatte, dass sie ihn stellen würden, hatte er so viele Streitkräfte, wie er konnte, in diesem Saal versammelt …

… und war dann geflohen.

Knochenbrecher stellte sicher, dass die niedergestreckten Ritter unten bleiben würden. Irrith kam gerade rechtzeitig herein, um Lune aufzufangen, als sie zusammensackte. »Eure Majestät!«

Sich aus dem Onyxpalast zu winden, schmerzte und hinterließ im Nachgang einen brüllenden Abgrund aus Erschöpfung.

Zu sprechen, brauchte alles auf, was Lune hatte. »Vidar ... geflohen. Jagt ihn. Nehmt andere fest. Kümmert E...« Ihre Knie gaben völlig nach, und Irrith rief um Hilfe. »Kümmert Euch um Antony.«

Denn während sie vergebens nach Vidar gesucht hatte, war der Prinz vom Stein auf den Boden gesunken, wo er so blass und schlaff lag wie eine Leiche.

DER ONYXPALAST, LONDON
1. *August* 1659

»Ihre Majestät darf nicht gestört werden.«

Amadeas ruhige Feststellung erzürnte Irrith viel mehr, als die Hofdame es verdiente. »Was ist mit ihr *passiert*?«

Die Kammerherrin nahm die diskrete, zum Verzweifeln höfliche Miene ein, hinter der sich so viele am Hof in London versteckten, statt ihre Gefühle offen zu zeigen. »Sie ist müde, nichts weiter.«

»Ich kenne *müde*. Das? Das war etwas mehr.« Die Königin war von Natur aus blass, doch als sie zusammengebrochen war, war sie schneeweiß gewesen. Und dieser Sterbliche ... Irrith war überrascht, dass er nicht schon tot war.

Sie würde eindeutig nicht an Amadea vorbeikommen, die sich wie ein in Seide gekleideter Wachhund vor die Tür der königlichen Schlafkammer gestellt hatte. Irrith zügelte ihr Temperament sorgsam und sagte: »Bitte lasst mich wissen, wenn sie erwacht. Knochenbrecher und ich haben Dinge, über die wir sie befragen müssen.«

Alles, was sie bekam, war ein Nicken – nicht einmal ein Versprechen. *Diese verdammten Londoner Fae*, dachte Irrith. *Jetzt, wo sie wieder daheim sind, wären sie froh, wenn Waylands Leute verschwinden.*

Stirnrunzelnd ging sie in den Korridor hinaus – und verirrte sich prompt. In dem Moment, als die Schlacht vorüber gewesen war, hatte ihr Kopf seinen Plan vom Onyxpalast entsorgt, als würde er nicht mehr gebraucht. Der Ort wirkte auf Irrith erstickend, von Gestein bedeckt, wohin auch immer sie sich wandte, und sie dachte ständig an die Sterblichen, die nicht weit über ihrem Kopf umherliefen. Sie wollte hinaufgehen und die Stadt ansehen, aber sie hatte nichts, mit dem sie sich schützen konnte, und Lune hatte überaus deutlich gemacht, wie gefährlich es war, herumzulaufen und ihr wahres Gesicht zu zeigen.

Außerdem war sie nicht sicher, wie man hinauskam.

Ihr Streifzug führte sie schließlich in eine Gegend, die sie erkannte. Irrith war zweimal hier gewesen, das erste Mal, als sie die Invasion begonnen hatten, dann wieder, als sie mit anderen Knochenbrecher geholfen hatte, ihre Gefangenen in die Zellen unter dem Tower von London zu treiben. Ein schwarzhaariger Elfenritter funkelte sie wortlos durch das Gitter an seiner Zellentür an, und sie erschauderte. Sie hatte keine Ahnung, was Lune mit diesen Gefangenen tun würde. Sie alle zu ermorden, kam ihr übertrieben vor – andererseits war es das auch, sie für alle Ewigkeit eingesperrt zu lassen.

Dieser eine Riese würde sich in der Zelle, die er praktisch allein ausfüllte, vielleicht zu Tode trauern. *Was der Königin einigen Ärger ersparen würde.*

Der Kerker war zu düster. Irrith wanderte entschlossen weiter, lief trotz ihres völligen Orientierungsverlusts dahin, kam an Goblins und Pucks und Höflingen vorbei, keiner davon von ihren Leuten, keiner davon mit einer besonders freundlichen Miene. Wenn Lune aufwachte, beschloss Irrith, würde sie das, was sie über die Gefangenen wusste, weitergeben und dann um ein Stück Brot bitten, das sie nach Hause bringen würde. Sobald sie aus der Stadt wäre, müsste sie sich keine Sorgen über sterbliche Zauber gegen Fae mehr machen – und sie gehörte zurück ins Tal.

Sie bog um eine Ecke und fand sich einem Paar beinahe identischer Hauselfen gegenüber wieder, die einen Korb schleppten, der beinahe so groß war wie sie selber. »Guten Tag«, japste eine von ihnen und lächelte trotz ihrer Atemlosigkeit. »Könntet Ihr so lieb sein und uns helfen, das zu tragen? In den Garten, würde ich meinen …«

»Für den Anfang«, stimmte die andere zu. »Wir können dort auspacken und Leute die Sachen hinbringen lassen, wo sie gebraucht werden. Kommt mit. Es ist nicht so schwer, nur zu groß für uns – das ist nett. Ihr seid stärker, als Ihr ausseht! Oh, Ihr tragt es allein, wie *wundervoll.* Folgt uns jetzt. Ihr wirkt etwas verirrt. Aus Berkshire, oder?«

Amüsiert und nicht ganz sicher, wie es gekommen war, dass sie unter ihrem Korb wie eine Schnecke gebückt ging, folgte Irrith den beiden Lockenköpfen zum Garten und fragte sich, wer sie waren.

DER ONYXPALAST, LONDON
3. *August* 1659

Polster und Kissen stützten Lune wie eine übergroße Puppe und erlaubten ihr jeden möglichen Anschein von Würde, während Gertrude ihr mit einem Löffel Rinderbrühe einflößte. Sie versuchte, die kindliche Hilflosigkeit in ihrem Zustand zu ignorieren, während sie Irriths Bericht lauschte.

Der Irrwisch aus Berkshire war hinter den Goodemeades hereinmarschiert wie ein Entenküken, das zwei Mutterhennen aufgegabelt hatten, kaum Minuten nachdem Lune erwacht war. Irgendeine Intuition der Hauselfen musste sie im richtigen Moment in ihre Richtung gesandt haben, denn sie war ausgehungert und sehnte sich nach Nahrung, trotz der lähmenden Schwäche, die das Essen zu einer Herkulesaufgabe machte.

Amadea war der Meinung, dass Lunes Pflichten warten sollten, und die Schwestern stimmten ihr zu. Aber Lune konnte sich keine Verzögerung erlauben. Sie war bereits zwei Tage lang bewusstlos gewesen und dankte nur dem Schicksal, dass ihre Feinde keinen Gegenangriff gestartet hatten, während sie handlungsunfähig gewesen war.

Sie schuldete Irrith und Knochenbrecher Dank, die die Dinge bewundernswert unter Kontrolle gebracht hatten. Einige Iren und Schotten waren entkommen, aber die verräterischen Höflinge saßen im Gefängnis, und sie waren diejenigen, die Lune die meisten Sorgen bereiteten – abgesehen von Vidar, der ihnen entwischt war.

»Da sind zwei, die darum bitten, Euch zu sehen«, schloss Irrith. »Ein Elfenritter und ein Riese, äh …«

»Sir Cerenel und Sir Prigurd«, half Rosamund, als Irrith die Namen suchte. »Sir Prigurd fleht um Eure Gnade.«

Die Rinderbrühe rumorte bei der Erinnerung an seinen Verrat unangenehm in Lunes Magen. Oder vielleicht nicht. Der Grund mochte sein, wie sie selbst Cerenel behandelt hatte.

Prigurd würde warten müssen. Sie musste stark wirken, wenn sie sich ihm entgegenstellte. Cerenel sollte vielleicht auch noch nicht vorgelassen werden – aber das war Zweckdienlichkeit, die aus ihr sprach, nicht Ehre. Sie hatte ihn schon zu lange warten lassen.

Selbst Irrith argumentierte dagegen, aber Lune bestand darauf. Am Ende gaben sie nach, weil dies der schnellste Weg war, sie dazu zu bringen, sich auszuruhen. Dann war da die Frage, wer bei dieser Audienz anwesend sein sollte. Lune wollte sie unter vier Augen halten, aber sie musste zugeben, dass sie nicht darauf vertrauen konnte, wie Cerenel reagieren würde. Und wenn er sich gegen sie wenden sollte, wäre sie hilflos.

Nicht die Goodemeades. Keine von ihnen war eine Kriegerin, und sie hatte zu viel von ihrer schweigenden Missbilligung aushalten müssen, als sie dem Ritter den Eid aufgezwungen hatte. Stattdessen wählte sie Irrith, die sich wenig über die Politik am Onyxhof scherte und bald nach Berkshire zurückgehen würde. »Haltet Euch hinter dem Wandteppich«, sagte Lune, »und seid so leise, wie Ihr könnt. Ihr dient nur der Sicherheit, falls es zum Schlimmsten kommen sollte.«

Irrith stellte, was sie ihr zugutehielt, keine Fragen. Und als sie versteckt war, konnte selbst Lune sie nicht mehr ausmachen. Bald eskortierte Sir Peregrin Thorne den gefangenen Ritter in die Kammer, verbeugte sich und ging hinaus.

Sodass Lune mit dem einen Fae, dem sie in diesem gesamten Krieg das schlimmste Unrecht getan hatte, allein zurückblieb.

Er war dünner als früher – oder vielleicht war es nur seine Haltung, die ihn verletzt und hart wirken ließ. Er stand wie ein Falke mit einer Kappe dort, blind gehorsam, doch zu Mord fähig, wenn er entfesselt würde.

»Sir Cerenel«, sagte Lune und verlieh ihrer Stimme so viel Kraft, wie sie konnte. »Im Namen der uralten Mab entbinde ich Euch von Eurem Eid.«

Er zuckte überrascht zusammen. Sie hatte sich in den langen Minuten, als sie darauf gewartet hatte, dass er gebracht würde, eine Anzahl Sätze überlegt, um diese Verkündung einzuleiten, doch am Ende war es nichts weiter als Furcht gewesen. Wenn er immer noch irgendwelches Mitgefühl für sie hegte, dann würde er warten und sich anhören, was sie zu sagen hatte, sogar wenn er entfesselt war. Wenn nicht, dann würde jeder Prolog auf der Welt dies nicht ändern.

Sein Blick brannte violett, als er das Kinn hob, als hätten ihre Worte die Ketten gesprengt, die seinen Zorn gezügelt hielten. Sie sah, wie sich seine Lippen teilten, wie er das Gewicht verlagerte, als würde er beinahe etwas sagen, sich beinahe bewegen. Doch anscheinend hatte er keine Worte und wusste nicht, was er tun wollte. Sie nutzte sein Zögern, um weiterzusprechen.

»Ihr habt Eure Buße an mich abgeleistet, als ich Euch zum ersten Mal nach Fife sandte. Euch dorthin zurückkehren zu lassen, war eine Entscheidung der Politik, nicht der Ehre. Ihr wart das Werkzeug, das ich zur Hand hatte, und deshalb benutzte ich Euch. Als Königin entschuldige ich mich nicht. Wärt Ihr nicht gegangen, hätte ich vielleicht nicht von der Identität des Schattenlords erfahren und wegen meiner Unwissenheit umso schlimmer gelitten. Doch als Privatperson … Ich habe Euch Unrecht getan und Eure Treue zu weit erzwungen.«

Cerenel fand endlich eine Stimme, angespannt und unmelodisch. »Ja. Das habt Ihr.«

Lune verbarg das Mitleid, das sie empfand. Er hätte es nur als Beleidigung aufgefasst. »Eure Stellung in der Onyxwache wird Euch zurückgegeben, wenn Ihr es wünscht. Darüber hinaus werde ich Euch eine Belohnung Eurer Wahl gewähren – Bezahlung für den Dienst, den Ihr geleistet habt. Ihr müsst sie nur nennen.«

Der Ritter stand bewegungslos und mit gesenktem Kopf da, während seine schwarzen Locken unordentlich nach vorn fielen. Schließlich sah er ihr wieder in die Augen und sagte: »Ich wünsche mir nur, diesen Ort zu verlassen und mir anderswo eine Heimat zu suchen.«

Trauer umfing ihr Herz. *Sei ehrlich – du hast gehofft, dass deine schöne Entschuldigung ihn mit dir versöhnen und alles wiedergutmachen würde.*

Aber manche Wunden können nicht so einfach ungeschehen gemacht werden.

»Ihr dürft gehen«, sagte Lune. Trotz ihrer Entschlossenheit lag ein Zaudern in ihren Worten. »Wartet nur noch einen Moment. Ich werde jemanden Eure Besitztümer und genug Brot bringen lassen, damit Ihr auf dem Weg sicher seid.«

Er versteifte sich, als hätte er sich beinahe verbeugt und sich dann davon abgehalten. Schweigend drehte er sich um und verließ die Kammer.

Lune schloss die Augen und ließ ihren Kopf wieder auf ein Kissen sinken. Sie war bis auf die Knochen erschöpft, konnte aber noch nicht ganz ruhen. »Irrith?«

Ein winziges Rascheln sagte ihr, dass der wachende Irrwisch herausgekommen war. »Ja?«

»Bitte berichtet Sir Peregrin von meinem Befehl. Und wenn Ihr das getan habt …«

Sie war keine Privatperson. Sie war die Königin und musste tun, was nötig war.

»Sagt den Goodemeades, dass sie einen ihrer Vögel Sir Cerenel folgen lassen sollen. Ich muss wissen, wo er hingeht.«

DER ONYXPALAST, LONDON
7. August 1659

Irrith musste nicht fragen, wo sie Lune finden sollte, als die irische Botschafterin sie auf die Suche schickte. Die Königin ruhte sich immer noch jeden Tag stundenlang aus und verbrachte den Großteil ihrer wachen Zeit damit, sich um die Myriaden an Aufgaben zu kümmern, die nötig waren, um ihren Hof wieder aufzubauen, doch wenn sie nicht in ihren Kammern oder öffentlichen Räumen zu finden war, war sie ohne Ausnahme an einem einzigen anderen Ort.

Die Wachen ließen den Irrwisch in Lord Antonys Kammer durch. Die Möblierung war während der Besatzung verwüstet worden. Die Hauselfen des Hofs hatten den Schutt weggekehrt und ein neues Bett hereingebracht, aber es war immer noch eines von wenigen Möbelstücken im Raum.

Das Bett und der Stuhl daneben, wo Lune wie eine Alabasterstatue saß. »Ich bitte um Verzeihung«, sagte Irrith leise, weil sie die Störung bedauerte, »aber Lady Feidelm schickt mich mit einer Nachricht.«

Ein schlanker Finger hob sich und zeigte an, dass sie fortfahren sollte.

»Sie hat Neuigkeiten aus Temair. Sie haben das Schwert – das *Claíomh Solais* – gefunden, und König Conchobar ist deshalb in großen Schwierigkeiten.« Feidelm hatte einen deftigeren Ausdruck benutzt, doch die feinen Manieren an diesem Hof fingen an, Irriths Zunge zu zügeln.

Außerdem wirkten Schimpfworte in diesem Raum fehl am Platz. Der Prinz vom Stein lag bewegungslos unter der Decke, wie er es die ganze letzte Woche getan hatte. Atmen war die einzige Bewegung, die Irrith diese ganze Zeit von ihm gesehen hatte, und selbst das war kaum zu erkennen. Er hätte ebenso gut tot sein können.

Lune sprach, und Irrith brauchte einen Moment, um zu verstehen, dass sie nicht auf Feidelms Nachricht reagierte. »Ich weiß nicht, was ich für ihn tun soll.«

Irrith blinzelte. Conchobar – nein, Antony. Welche Antwort konnte sie darauf geben? »Das Altern geschieht. Sterbliche werden das Leben leid. Ihr Fleisch zerfällt.«

»Es ist mehr als Alter.« Lune bewegte sich endlich. Sie beugte sich vor, um die reine Tagesdecke über dem Körper des Prinzen zu glätten. »Keiner von uns hat den Onyxpalast je so intensiv angerufen. Es hat ihn erschöpft, wie es mich erschöpft hat.«

Aber die Königin war eine unsterbliche Fee und konnte überleben, was einen Menschen tötete – besonders einen alten. *Sie will nicht zugeben, dass sie ihn gehen lassen muss.* »Vielleicht …«, setzte Irrith zögerlich an. *Wie kann ich es klarmachen – ohne unverzeihlich grausam zu sein?* »Vielleicht ist das, was er braucht, unter seinem eigenen Volk zu sein. Fort von all dem hier.«

Das würde ihn zweifellos töten, doch es wäre freundlicher als dieser lebende Tod. Und Lune riss die Augen auf, als hätte Irrith eine Kerze im dunklen Raum ihrer Gedanken entzündet.

»Er ist verloren«, flüsterte sie und hielt die Hände in die Luft. Dann stand sie in einer schnellen Bewegung auf und zeigte mehr Vitalität, als Irrith seit der Invasion in ihr gesehen hatte. »Geht die Goodemeades finden. Sie werden wissen, wo Antonys Frau ist. Lasst sie von irgendjemandem nach London holen – wir werden Antony in sein Haus bringen.« Lune winkte diese Worte mit einer scharfen Handbewegung ab, noch bevor sie sie ganz zu Ende gesprochen hatte. »Nein, sein Haus ist weg. Wir werden ein anderes arrangieren. *Aber findet Lady Ware.*«

ST.-MARTINS-LANE, LONDON
10. *August* 1659

Jack Ellin fasste nach Sir Antonys Handgelenk, weniger aus Bedarf, sondern eher aus einem Wunsch, irgendetwas zu *tun*. Die Frau ohne Lächeln, die in diesem Haus wohnte, hatte ihm verboten, dem bewusstlosen Baron irgendwelche Medikamente zu geben. Sie war strenger als Lady Ware.

Er glaubte nicht, dass sie tatsächlich hier lebte. Anne Montrose, wie sie sich nannte, zeigte nichts von der bequemen Vertrautheit, die eine Frau in ihrem Heim auszeichnete. Aber Jack war vertraut genug mit Verschwörungen, um es nicht infrage zu stellen. Die Frau wollte, dass Sir Antony gesund würde – trotz ihrer Befehle, die seine Behandlung betrafen –, und das reichte, um sie vorerst zu Jacks Freundin zu machen.

Mistress Montrose stand in der Ecke Wache, während sie die Hände vor der harten Vorderseite ihres Korsetts gefaltet hielt. Ihr stetiger, grauer Blick war Jack unangenehm: ein weiterer Grund, sich um Sir Antony zu kümmern. Er nahm eine Schüssel, befeuchtete ein Tuch und nutzte es, um dem Mann mehr Wasser in den Mund zu träufeln. Wie lange er schon in diesem Koma war, war noch etwas, das ihm niemand sagen wollte, ebenso wenig überhaupt den Grund für den Zustand des Barons.

Schritte auf der Treppe, die panischen Schritte einer Frau, die ihre Röcke nicht hoch genug heben konnte, um zwei Stufen auf einmal zu nehmen, wie es ein Mann tun würde. Jack stand gerade rechtzeitig von seinem Stuhl auf, um Lady Ware aus dem Weg zu gehen.

Sie nahm den Anblick für lange Momente in sich auf, während Jack still blieb. Er hatte in den letzten Wochen genug

Briefe von ihr ertragen, in denen sie hatte wissen wollen, wo ihr Mann war, um zu verstehen, wie viel es ihr bedeutete, ihn auch nur zu sehen. Erst als dieses Verlangen erfüllt war, begann sie zu *sehen*, die schlaffen Glieder, die grau gefärbte Haut, die trockenen, aufgesprungenen Lippen aufzunehmen.

Dann kam wie auf Kommando der Zorn.

Zuerst wirbelte sie zu Jack herum. »Was ist mit ihm passiert?«

Er nickte zu Mistress Montrose. *Ich würde darauf wetten, dass Lady Ware sie nicht einmal bemerkt hatte.* »Diese gute Frau hat ihn zu mir gebracht, wie Ihr ihn jetzt seht.«

Nachdem er sich einen ganzen Tag mit dieser unkommunikativen Präsenz herumgeschlagen hatte, hatte Jack ein gewisses Vergnügen daran, Antonys Frau auf sie loszulassen. »Was habt Ihr mit ihm gemacht?«

Katherine Ware brauchte keine Beobachtung, außer insofern, dass sie vielleicht ihre Krallen ausfahren würde. Jack heftete seine Aufmerksamkeit auf die Fremde. Deshalb erhaschte er die kurze Anspannung um ihre Augen. *Schuldgefühle? Ich glaube schon.*

Es ging aber nicht weiter als jenes flüchtige Anzeichen. Mistress Montrose antwortete in einem leisen, nicht bemerkenswerten Tonfall, der dennoch den aufbrausenden Zorn der Dame bremste. »Wenn Ihr schnell handelt, könnt Ihr die Antworten, die Ihr von Eurem Gatten wollt, vielleicht noch bekommen. Ich habe nach Euch geschickt, Lady Ware, weil Antony Euch braucht. In der Tat seid Ihr vielleicht die Einzige, die ihm helfen kann.«

Was Jacks Neugier genügend anregte, dass er beinahe ihre schlichte Benutzung von Sir Antonys Vornamen überhörte. *Ärztliche Versorgung jetzt, Fragen später.* »Ich weiß nicht, was ihn krank macht«, gab er zu und trat einen Schritt vor. »Er ist schwächer geworden, solange ich ihn kenne. Jetzt wirkt sein Körper kräftiger, und dennoch …«

»Sein Verstand ist verloren, fürchte ich.« Mistress Montrose verließ ebenfalls ihren Posten und hielt eine zarte Hand hoch, um Katherine Wares panische Reaktion zu dämpfen. »Ich meine nicht Wahnsinn. Ich meine, dass er weit weg ist und jemanden braucht, der ihn zurückruft. Das ist etwas, das kein Arzt für ihn tun kann. Ihr seid das Fundament seines Lebens, das Mittel, mit dem er auf dieser Welt verankert bleibt. Ihr habt, glaube ich, die Fähigkeit, ihn zurück zu sich selbst zu bringen.«

Katherine blickte unwillkürlich auf den bewegungslosen Körper auf dem Bett hinunter, als könne sie kaum glauben, dass er zu einem lebendigen Mann gehörte. »Wie?«

Die andere Frau schüttelte den Kopf. »Ich weiß es nicht. Eure Instinkte, nicht meine, müssen uns nun leiten.«

Lady Wares Hand senkte sich langsam, dann nahm sie Sir Antonys schlaffe Finger in ihre eigenen. Ihre andere Hand tastete durch die Luft hinter ihr, bis Jack klar wurde, dass sie nach dem Stuhl fasste. Er schob ihn vor, und sie ließ sich neben das Bett sinken. »Antony«, flüsterte sie, zögerlich aber entschlossen, »ich bin hier.«

Sie zogen sich aus dem Zimmer zurück, um den beiden etwas Privatsphäre zu geben. Jack schaute von Zeit zu Zeit hinein und brachte Wein, um Katherine die Kehle zu befeuchten, wenn ihre Stimme zu brechen begann. Aber er war sich nicht zu fein für diskretes Lauschen, und durch die Tür hörte er sie über alles sprechen, was ihr in den Sinn kam, von ihren Kindern bis zur Politik. *Auf dieser Welt,* hatte Mistress Montrose gesagt. Eine andere Ehefrau hätte Sir Antony vielleicht aus der Bibel vorgelesen, aber sie wollten nicht, dass er an Gott und den Himmel dachte – nicht, wenn das Ziel war, ihn hierzubehalten. Es war vielleicht nicht die beste Handlungsweise für seine Seele, doch Jack konnte ihre Taktik nicht verurteilen.

Außer dass sie keine Veränderung bewirkte. Sir Antonys Körper lebte, aber sein Geist hätte ebenso gut in ein anderes Reich weitergezogen sein können. Jack war da, als Katherine zu ihrer Gastgeberin aufblickte und erschüttert und verzweifelt sagte: »Ich glaube nicht, dass er mich hört.«

Die grauen Augen betrachteten sie, und Jack war sich sicherer denn je, dass sie eine Fülle an Gedanken und Gefühlen verbargen. Wer war diese Frau, der Antony wichtig genug war, um ihn zu retten – und deren Namen Jack doch nie gehört hatte? Er verstand, dass der Baron andere Verbündete hatte, aber er konnte diese hier mit keiner Stellung in Verbindung bringen, die er kannte, und das ärgerte ihn.

Genau wie die Worte, die sie schließlich aussprach. »Er muss von einer menschlichen Stimme gerufen werden. Was unterscheidet die Menschheit von den seelenlosen Tieren auf den Wiesen?«

»Liebe«, flüsterte Kate. »Aber ich habe es ein Dutzendmal gesagt, und er hört es nicht.«

»Dann *sagt* es nicht«, sagte Jack. Eine seltsame, unausgesprochene, gemeinschaftliche Dringlichkeit herrschte unter ihnen dreien in diesem von Kerzen erleuchteten Zimmer, wo der Lärm von den Mietwohnungen in der St.-Martins-Lane entfernt und schwach klang. *Wir wollen ihn alle zurück. Wir weigern uns, ihn auf diese Weise zu verlieren.*

Er kniete sich neben das Bett und nahm Antonys andere Hand. Ohne die zarte Berührung von zuvor packte er die Finger, die keinen Widerstand leisteten, so fest, dass er die Knochen darunter spürte. *Ein Freund kann ebenfalls lieben.* Als er Kates Blick erhaschte, sagte er: »Sprecht durch andere Mittel als Worte mit ihm.«

Plötzlich verstand sie. Kate beugte sich über ihren Mann, nahm sein Gesicht zwischen die Hände, umfing sein Kinn und strich mit einem Daumen sanft sein schütteres Haar zurück. Die Hingebung in ihrem Blick war unangenehm zu sehen. Solche Dinge waren einzig für das Privatleben gedacht. Jack fühlte sich wie ein unwillkommener Spion. Doch er hielt Antonys Hand fest und blieb, als Kate den Kopf senkte und ihren schlafenden Ehemann küsste.

Die Zeit blieb stehen. Oder vielleicht war es nur Jacks Atem, den er in der Brust festhielt, aus Angst, etwas Zerbrechliches zu zerstören. Schließlich zog sich Kate zurück und flüsterte den Namen ihres Mannes.

Antony schlug die Augen auf.

Seine Pupillen waren geweitet, sein Blick unfokussiert. Dann wurde er schärfer, und Antony schien an ihnen beiden vorbei auf die Gestalt zu blicken, die am Fußende seines Betts stand.

Doch als Jack sich drehte, um sie anzusehen, war Mistress Montrose verschwunden.

ST.-MARTINS-LANE, LONDON
11. *August* 1659

Kate blieb friedlich sitzen, während Jack Ellin Antony mit Rinderbrühe fütterte, während er aufstand und zittrig im Zimmer im Kreis ging, während er in die Umarmung des echten Schlafs sank, so erholsam, wie es sein vorheriges Koma nicht gewesen war.

Doch als er in den frühen Stunden vor der Dämmerung erwachte, saß sie immer noch auf dem Stuhl, und im Licht der einzigen Kerze sah er die Fragen, die sie seit so vielen Jahren unterdrückt hatte.

Als seine Frau bemerkte, dass er wach war, schenkte sie ihm einen Becher Wein ein und half ihm beim Trinken. Rotwein und Rinderbrühe – Fleisch, sobald er es schaffte –, denn Jack hatte ihm mit eindeutigen Worten gesagt, dass er sein Blut kräftigen musste. Wenigstens ersparte man ihm übelschmeckende Elixiere.

Als er fertig war, stellte Kate den Becher weg und fragte sehr kontrolliert: »Wer ist sie?«

»Eine Freundin«, sagte Antony. *Wie sonst kann ich sie nennen, ohne eine Büchse der Pandora aus Schwierigkeiten zu öffnen?* Einst war er sicher gewesen, dass Gott die Fae in die Welt gesetzt hatte, um der Menschheit zu zeigen, was sie ohne unsterbliche Seelen und das Heil durch Christus sein konnte. Fähig sowohl zu großem Guten als auch zu großem Bösen, doch ohne einen leuchtenden Stern, der ihre Wahl lenkte. Diese Sicherheit, wie so viele andere, war lange verschwunden. Und in ihrer Abwesenheit wusste er ehrlich nicht, ob er seine Verbindung Kate oder irgendeinem anderen auf eine Weise erklären konnte, sodass sie sinnvoll klang.

Kates Miene verbarg sich in den Schatten ihres Gesichts, gebrochen und undeutbar. »Wie lange … kennst du sie schon?«

Das kurze, aber vielsagende Zögern verletzte ihn. »Sie und ich dienen seit Jahren derselben Sache. Seit vor den Kriegen.« Ein gefährliches Eingeständnis. Das Gesicht, das Lune hier gezeigt hatte, war jung. Doch Antony wollte vermeiden, sich in weiteren Lügen zu verfangen.

»Und welche Sache ist das?«

Antony zuckte zusammen. Was konnte er ihr erzählen, um den Schmerz zu lindern, den sie hinter jenen Mauern hielt? »Kate …« Er streckte die Arme aus und nahm ihre Hände. »Der Sealed Knot dient Karl im Ausland. Sie operieren im Geheimen, arbeiten verdeckt, um die Stabilität in diesem Land wiederherzustellen, und es steht jenen, die ihnen helfen, nicht zu, frei mit anderen zu sprechen. Die Frau, die hier war … Sie ist Teil einer anderen Gruppe, einer, die schon länger existiert und zu einem simpleren Zweck: dem Wohl Englands. Als Karl seine persönliche Herrschaft verkündete, arbeiteten sie für die Einberufung eines neuen Parlaments. Als das Parlament sich selbst königliche Autorität zuwies, kämpften sie darum, das uralte Gleichgewicht wiederherzustellen. Und jetzt, wo die Armee mit blanker Klinge über England steht, tun sie das, was wir tun: Sie suchen die Vernunft, die dieses Land verloren hat.«

Seine Finger spannten sich um ihre. »Und ich schwöre dir, im Namen Gottes des Herrn und seines allerheiligsten Sohns, dass ihr nicht mein Herz gehört – oder mir ihres. Du bist die Einzige für mich, Kate, und ich war dir immer ein treuer Gatte.«

Ihr Kinn spannte sich an, ein sicheres Zeichen, dass sie sich bemühte, ihre Lippen vom Zittern abzuhalten. »Mir körperlich treu – vielleicht sogar im Herzen. Aber dieser Frau, dieser Mistress Montrose … Du hast ihr einen Teil von dir gegeben, den du vor mir zurückgehalten hast. Ich durfte nicht einmal sehen, dass er fort war.«

Er hatte es seit Jahren gewusst: Kate hasste Geheimnisse über alles. Indem er dieses bewahrt hatte, hatte er ihr Vertrauen missbraucht.

Alles, was er ihr nun anbieten konnte, war seine eigene Wahrheit, so simpel und ungenügend sie war. »Es tut mir leid.«

Sie starrte ihn an, und dann gab das harte Kinn nach. Kate vergrub ihr Gesicht an seiner Schulter, und Tränen durchtränkten sein Leinenhemd und kühlten die Haut darunter. Antony hielt sie fest und legte seine Lippen an die Locken in ihrem Nacken. *Vergib mir, Kate.*

Er konnte es nicht sagen. Es stand ihm nicht zu, um Vergebung zu bitten.

»Ich hätte dich beinahe verloren«, flüsterte sie.

Seine Arme drückten sich um ihren bebenden Körper. »Ich weiß. Ich ... ich habe so hart für meine Sache gekämpft, dass ich beinahe meinen Sinn, meine Gründe für den Kampf verloren habe. Ich war so müde ... Es wäre einfacher gewesen, loszulassen.«

Dann blickte sie hoch und drückte ihn fest. »Sag das nicht. Wenn es Ruhe ist, die du brauchst, dann sollst du sie haben – und wenn ich dich aus England tragen muss, um sie zu finden.«

Wie lange war es her, seit er gelacht hatte? Kate wusste so gut wie er, dass ein solches Exil sein Ende wäre, nicht wegen des Onyxpalasts, sondern weil er London nicht verlassen konnte. Doch er glaubte aus ganzem Herzen, dass sie ihn über eine Schulter werfen und mit Gewalt auf ein Schiff zerren würde, falls sie es für notwendig hielt. Seine Kate war temperamentvoll.

»Ich liebe dich«, sagte er und steckte eine lose Haarsträhne hinter ihr Ohr.

»Und ich dich«, antwortete sie.

Sie musste nicht sagen, dass sie ihm verzieh. Die Botschaft war da, unausgesprochen. Und damit konnte Antony sich wirklich ausruhen.

DER ONYXPALAST, LONDON
13. *August* 1659

Von Lunes erhöhtem Platz auf der Thronplattform bot der größere Thronsaal einen traurigen Anblick. Der Schutt von der Decke lag in Haufen unter den gewölbten Galerien an den Seiten, und nackte Erde zeigte sich darüber. Die komplizierten Einlegemuster am Boden waren beinahe zu Kieseln zerbröckelt und mit Sir Kentigerns Blut befleckt.

Die Schäden waren auch nicht hierauf begrenzt. Schlafkammern waren geplündert und Gärten verwüstet worden. Der Obelisk im Nachtgarten war zerbrochen, die Apfelbäume verbrannt – doch irgendeine Macht im Onyxpalast, die ihrer ehemaligen Herrin immer noch treu war, hielt stand. Der Boden hatte sich geweigert, die Gebeine von Michael Deven an entweihende Hände herauszugeben. Dieses eine Heil unter all der Zerstörung ließ Lune in Tränen ausbrechen.

Sie sind so nahe daran gekommen, es zu zerstören.

Nicht nur sein Grab, und nicht nur den Palast. Mithilfe ihrer Verbündeten hatte sie den Onyxpalast gerettet – aber was war mit dem Onyxhof?

Die mitgenommenen, verwundeten Reste davon standen ebenfalls vor ihr. Als Lune sie überblickte, konnte sie sich nicht vormachen, dass sie einen großen Sieg errungen hatte. Bestenfalls hatte sie den Boden wiedergewonnen, den sie vor zehn Jahren gehalten hatte: Herrin über ihr Reich, immer noch von Feinden außerhalb bedroht. Doch auf dem Weg hatte sie Freunde, Macht und das Königreich England selbst verloren.

Vidar war entkommen. Nicneven saß unberührt in Fife. Conchobar war unter Kontrolle und dem Zorn von Temair ausgesetzt, doch das war ein kleiner Trost für die Wunden, die er diesem Hof zugefügt hatte. Ihr Volk war jetzt zerbrochen, voneinander getrennt, nicht länger die Gemeinschaft, für die sie es einst gehalten hatte.

Aber das war immer eine Illusion gewesen. Verräter hatten die gesamte Zeit unter ihnen gelebt, und deren Verrat hatte Lücken gerissen, deren Flicken Jahre dauern würde.

Ihr gemeinsames Ziel hatte sie lange genug vereint, um den Palast zurückzuerobern. Aber es machte sie nicht heil.

Was kann das?

»Steht auf«, sagte Lune, und ihre Stimme hallte wie eine Glocke.

Ihre Untertanen standen auf. Dort die überlebenden Reste der loyalen Onyxwache unter Sir Peregrin Thornes Kommando. Um eine der zerbrochenen Säulen gedrängt die Fae aus Berkshire. Ein finster dreinschauender Haufen Goblins, Knochenbrechers Gefolgsleute – sie würde sie sorgfältig überwachen müssen. Diese hatten Blut geschmeckt und wollten mehr.

Lune schlang die Finger um die Armlehnen ihres Throns und sprach. »Wir werden heute drei Angelegenheiten ansprechen.

Erstens: die Nachfolge des Prinzen vom Stein.« Mehrere Fae zuckten bei ihren Worten zusammen. Einige besaßen die Unverschämtheit, begierig zu wirken. Lune benutzte ihre Verachtung wie eine Peitsche. »Jene, die sich begierig auf Lord Antonys Tod gefreut haben, werden enttäuscht sein, wenn sie hören, dass er noch lebt. Lasst es mich klar ausdrücken: Jene Aasgeier, die davon profitieren wollen, wenn er stirbt, werden an diesem Hof *keine Gunst* finden. Der Prinz ist kein Bauer, der von jenen, die einen Vorteil suchen, manipuliert werden kann. Wenn die Zeit für einen Nachfolger kommt, werden er und ich diesen Mann selbst aussuchen – oder ich allein, sollte er verstorben sein. *Kein anderer.*«

Einige wirkten schockiert. Nicht alle. Sie würden weiterhin dafür sorgen, dass Menschen ihren Pfad kreuzten, und hoffen, dass ihr einer ins Auge fallen würde. Bei der Aussicht drehte sich ihr der Magen um. Sie war fest entschlossen, keinen von deren Kandidaten zu nehmen, wenn der Zeitpunkt kommen würde.

Wie bald das wäre, hing von Antony ab.

»Zweitens«, sagte Lune, als das letzte flüsternde Echo im Saal verstummt war. »Wir werden eine Bitte vom Verräter Prigurd Nellt hören.«

Die Türen waren immer noch verbogen und unbenutzbar. Prigurd tauchte einfach in der Öffnung auf, von Knochenbrecher und einer Eskorte rauer Goblins flankiert. Sie hatte sie schicken müssen. Die Onyxwache, beinahe so schlimm verraten wie Lune selbst, hätte vielleicht beschlossen, ihr Versagen wiedergutzumachen, indem sie dessen Urheber ermordete.

Der Riese kam langsam näher, von Ketten aus Ebereschenholz gefesselt, die ihm kaum genug Freiraum ließen, seine Füße zu bewegen. Keine Kraft konnte jene Ketten zerreißen, nicht einmal seine. Sie waren eines der weniger angenehmen Objekte, die Vidar für seinen eigenen Nutzen aus der Schatzkammer geholt hatte – Dinge, die Lune zu ihrem Nachteil über Jahre ignoriert hatte.

Als er auf die Knie fiel, erschütterte der unelegante Aufprall den Boden.

Lune starrte mitleidslos auf seinen Kopf hinunter. »Ihr seid ein erwiesener Verräter an Eurer Königin. Seit Jahren habt Ihr daran gearbeitet, die Onyxwache zu unterminieren, indem Ihr auf Wunsch Eures exilierten Bruders Kentigern illoyale Ritter hineinbrachtet. Euer Verrat führte zum Tod unserer treuen Untertanen, sowohl Sterblicher als auch Fae.« Dessen war sich jeder bewusst, doch die Litanei seiner Sünden schürte den Zorn gegen den mitleidheischenden Anblick seiner hängenden Schultern. »Warum sollten wir Euch Gnade gewähren?«

Seine Stimme war ein gebrochenes Brummen, hörbar von Schuldgefühlen geplagt. »Eure Majestät – ich habe Euch bei der Flucht geholfen.«

Sie hob überrascht die Augenbrauen. »Das behauptet Ihr? Wären wir Euren Fängen in der King Street nicht entkommen, wären wir von der Hinrichtung an eine Gefangene gewesen. Später habt Ihr auf Befehl des Verräters Ifarren Vidar unsere Person und die von Lord Antony zu Zellen unter dem Tower geführt. Wäre Benjamin Hipleys Intervention nicht gewesen, hättet Ihr jenen Befehl ausgeführt. *Oder nicht?*«

Prigurds Schultern zuckten, und die Kette, die seine Handgelenke fesselte, rasselte. Er sank noch weiter in sich zusammen. »Eu... Euer Gnaden erinnert sich an die Hinrichtung. Ich war dort. Ich war geschützt. Als Hipley zu singen anfing ... verletzte es mich überhaupt nicht.«

Es kam so unerwartet, dass Lunes Zorn verflog. Erzählte er gerade die Wahrheit? Sie erinnerte sich daran, wie der Psalm über sie hinweggeströmt war, vom geopferten Brot abgelenkt.

Dass *alle* von ihnen gegessen hatten, ehe sie nach Westminster gegangen waren. Nicht Essain und Mellehan, die sie nicht begleitet hatten – aber Prigurd schon.

Sie hätte die Unstimmigkeit bemerken müssen. Hätte sie an jenem Tag überhaupt klar gedacht, hätte sie es bemerkt. Aber weil ihr der Tod des Königs in die Knochen gefahren war und Vidar auf ihrem Thron gesessen hatte, waren solche geringeren Überlegungen ihrem Verstand entgangen. Und später, als sie mehr Zeit gehabt hatte, hatte sie nicht mehr daran gedacht.

Doch warum hätte er eine solche Täuschung ausführen sollen?

Ihr Zorn flammte irrational auf. Sie hatte ihm diese Audienz im Glauben gewährt, dass sie wusste, welchem Pfad sie folgen würde. Nun konnte sie ihn dank seiner Enthüllung nicht einfach so verurteilen – egal, wie sehr sie das wollte. Weil sie beschlossen hatte, ihn öffentlich zu verhören, musste sie ihm die Frage stellen, die all ihre Untertanen, wie sie, beantwortet haben wollten. »Warum?«

Prigurd hob den Kopf nur um Haaresbreite, dann senkte er ihn noch tiefer. Hätte er versucht, ihr ins Gesicht zu schauen, hätte sie ihm befohlen, seinen Blick zu senken, und das wusste er. Er hatte das Recht verloren, sich so vertraut zu verhalten. »Ich wollte treu sein, Eure Majestät.«

Wenn sie das gnädig stimmen sollte, scheiterte es. Ihr Zorn erholte sich von seinem Stolpern. Lune stand von ihrem Thron auf und spie: »*Warum habt Ihr mich dann an Vidar verraten?*«

»Wegen Kentigern.« Das gepeinigte Flüstern, das sich aus der Brust des Riesen quälte, hallte trotzdem noch durch den Saal. »Majestät – er war mein *Bruder*. Er hat mich darum gebeten, er … er hat mir erklärt, dass wir es Halgresta schulden … er war alles, was ich noch an Familie hatte!«

Sie wollte ihn nicht bemitleiden. Prigurd war ein *Idiot*, ein blinder Narr, der sich zu leicht von anderen verleiten ließ. Sie hätte ihm nie das Kommando über die Onyxwache geben dürfen. Aber der Fehler war ihr eigenes Tun: Sie hatte immer gewusst, dass er der Einzige von den drei Nelltgeschwistern war, der durch echtes Pflichtgefühl und Loyalität getrieben wurde.

Was ihn aus zwei Richtungen band. Als seine Schwester tot und sein Bruder im Exil waren, musste Prigurd sein Versagen deutlich gespürt haben. Und Kentigern – weniger intrigant als Halgresta, aber genauso böswillig und völlig frei von Prinzipien – hatte dies benutzt, um Prigurd so zu manipulieren, dass er die Königin im Namen seiner Familie verriet.

Ein Fehler, den Prigurd auf seine armselige Weise wiedergutzumachen versucht hatte.

Lune deutete scharf auf Knochenbrecher. »Während der Rückeroberung des Palasts – was hat der Verräter getan?«

Der Schwarze Hund deutete mit einer gebogenen Klaue auf einen Geist in seiner Gruppe. »Er hat den Riesen hereingebracht. Hat gesagt, er hat ihn gefunden, als er sich in seinen Gemächern versteckte.«

»Ich habe nicht gekämpft«, beharrte Prigurd.

»Schweigt!« Lunes Schultern schmerzten vor Anspannung. Prigurd, der untertänig kniete und sein Urteil erwartete, machte sie rasend vor Wut, weil sie nun beschließen musste, was sie mit ihm tun sollte. Einen Sterblichen konnte man ins Gefängnis werfen und herauslassen, wenn er alt war, oder dort lassen, bis er tot war. Mit ihren unsterblichen Untertanen hatte Lune keinen solchen Luxus. Ihn zurück in den Kerker zu sperren, hätte das Problem nur vertagt.

Außer natürlich die Onyxwache ermordete ihn in seiner Zelle. Was sehr gut möglich war.

Ich muss ihn selbst hinrichten oder fortschicken. Er darf nicht hierbleiben. Und wenn sie ihn tötete, würde das jegliche Chance vernichten, den Bruch in ihrem Hofstaat zu heilen. Niemand konnte dann von ihr Gnade erwarten. Würde er jedoch ins Exil geschickt, wäre er ein bereitwilliger Bauer für ihre Feinde.

Einst hatte dieser Hof ein Juwel besessen, das jeden, Fae oder Sterblichen, an einen spezifischen Eid binden konnte und jenen, die ihn brachen, den Tod brachte. Und für einen kranken, schrecklichen Augenblick wünschte Lune, sie hätte es immer noch zur Hand.

Sie drehte sich fort, um ihr Gesicht vor den zusehenden Fae zu verbergen, und setzte sich wieder auf den Thron, als sie ihre furchterregende Widerwärtigkeit beherrschte. *Muss dies mein Schicksal sein? Bin ich, indem ich London regiere, dazu verdammt, zu werden wie Invidiana?*

Das durfte nicht sein. »Prigurd Nellt«, sagte sie, wieder kühl und ruhig. »Schwört Ihr Ifarren Vidar, Nicneven von Fife, Conchobar von Ulster und all ihren Verbündeten ab?«

Der Riese hob seinen Blick bis zu ihrem Rocksaum und legte eine gewaltige Faust auf sein Herz. »Eure Majestät – ich werde mich nie wieder gegen Euch, den Prinzen oder den Onyxhof stellen. Ich werde nicht gegen Euch handeln, und ich werde kein Geheimnis bewahren, das Euch bedrohen könnte. Ich werde nie wieder meine Hand gegen Euch oder einen Eurer Untertanen erheben. Dies schwöre ich im Namen der uralten Mab.«

Ihr Herz pochte schmerzhaft in ihrer Brust. Ein Eid war nicht ihre Intention gewesen – nicht nach Cerenel. Sie hatte eine gewisse Ahnung, wie sie Prigurd genug Angst machen konnte, um ihn von ihren Gegnern fernzuhalten. Und ein so breiter Schwur … Seine Wortwahl war nichts anderes als tölpelhaft. Diese machte den Eid *für* sie so nutzlos, wie er *gegen* sie war.

Doch wenn er auf solche Art gebunden war, konnte sie ihn ohne Furcht freilassen.

Sonne und Mond. Wären meine Höflinge halb so streng gebunden, müsste ich nie wieder eine Rebellion von innen befürchten.

Ein weiterer Gedanke, der ihr Übelkeit erregte. Das Parlament und die Armee hatten diese Handlungsweise versucht und unterschiedliche und wiederholte Eide von Mitgliedern des Marionettenunterhauses und anderen Beamten verlangt. Das Ergebnis war gewesen, dass sie zu reinen Worten herabgewürdigt worden waren. Sie würde hier nicht dasselbe riskieren.

Sie musste antworten. Lune sammelte sich und sagte: »Wir nehmen und erkennen Euren Eid an. Trotzdem ist jedoch Euer Gesicht eine unwillkommene Erinnerung an Euren Verrat und den Preis, den dieser Hof dafür bezahlt hat. Deshalb verbannen wir Euch aus London und seiner Umgebung, dem Ihr Euch unter Androhung von Gefängnis und weiterer Bestrafung nicht auf eine Tagesreise nähern dürft. Geht jetzt und lasst Euch nie wieder bei uns blicken.«

Prigurd stockte der Atem. Langsam und unbeholfen verbeugte er sich, bis sein Gesicht beinahe den Boden berührte. Dann stolperte er auf die Füße und stand mit hängenden Schultern auf, während Knochenbrecher seine Ketten aufsperrte. Niemand sagte ein Wort, als er sich umdrehte und sich mit schlurfenden Schritten auf den Weg aus dem Saal und durch die zerstörten Türen hinaus machte.

Als er fort war, sagte Lune: »Und nun zu unserer dritten Angelegenheit.«

Alle Blicke waren auf sie geheftet, als sie die Worte bildete und sie mit messerscharfer Präzision aussprach. »*Bringt mir Ifarren Vidar.*«

ST.-MARTINS-LANE, LONDON
14. *August* 1659

»Du hättest auf mich warten sollen«, sagte Antony.

»Das konnte ich nicht.« Lune trug heute eine andere Tarnung, eine jüngere Version der ernsten Frau, die er zur Hinrichtung des Königs begleitet hatte. Ob sie das Montrosegesicht nicht wieder zeigen wollte oder an jenen schrecklichen Tag zurückdachte, konnte er sich nicht denken. »Ich muss den Hofstaat so schnell ich kann wieder in Ordnung bringen, und das bedeutet, solche Angelegenheiten zu regeln.«

Ungeduld flammte am Rand seiner Laune auf. Das war auf gewisse Weise gut. Er hatte wieder die Kraft, Ungeduld zu verspüren. Was er zumindest teilweise der gewaltigen Mahlzeit verdankte, die er gerade hinunterschlang. Er war an jenem Morgen zum ersten Mal seit viel zu langer Zeit in die Kirche gegangen und hatte Gott für das Geschenk seines Lebens gedankt – und der Ehefrau, die es bewahrt hatte. »Ich bin nicht so weit weg. Du hättest mir einen Boten schicken können.«

Die Feenfrau schüttelte den Kopf. »Nein. Du musst oben bleiben und deine Wurzeln in dieser Welt wiederaufbauen.«

In ihren Worten lag eine groteske Ironie: dass er sich, nachdem er halb zu Tode gekommen war, weil er zu lange außerhalb des Onyxpalasts gewesen war, beinahe umgebracht hatte, indem er seinen Geist so tief in dessen Umarmung gestürzt hatte. In seinen wachen Momenten konnte Antony sich an wenig davon erinnern, was er empfunden hatte, nachdem er die Decke hatte einstürzen lassen, doch in seinen Träumen kam es als Spuk zurück.

Im Vergleich dazu war die Welt in diesem kleinen Haus herrlich solide und bunt. »Aber ich kann nicht ewig hierbleiben. Ich *muss* wieder nach unten kommen, und zwar bald.«

Lune zögerte. Er wünschte, sie würde ihr wahres Gesicht zeigen. Mit Menschlichkeit maskiert war sie für ihn schwerer zu deuten. »Antony ... willst du das?«

»Was?« Er legte den Fasanenknochen ab, den er gerade fast völlig abgenagt hatte. »Ob ich hierbleiben oder nach unten kommen will?«

»Willst du von uns befreit werden?«

Sie sprach die Worte mit einer Schroffheit aus, die nur aus innerer Aufgewühltheit, die sie unter Zwang im Griff hielt, stammen konnte. Mit weit aufgerissenen Augen tastete Antony nach einer Serviette, wischte sich die Finger ab und stand dann von seinem Stuhl auf. »Lune ...«

Er kam nicht weiter als zu ihrem Namen. Er war nicht sicher, was er sagen sollte.

Sie hob ihr Kinn und fuhr fort. »Ich weiß nicht, ob es möglich ist. Aber wir könnten es versuchen. Deine Verbindung zu meiner Welt hat dich mehr als einmal beinahe getötet, und ich weiß, dass sie dich beinahe deine Ehe gekostet hat. Ich wollte nie, dass dir das Schmerz bringt, doch das *hat* es. Ich will dir mehr ersparen, wenn ich kann.«

Vom Feenland befreit zu sein ... Er wusste nicht, was er darüber denken sollte. *Ich habe zwei Drittel meines Lebens mit ihnen verbracht.* Das Reich unter seinen Füßen war so sehr Teil seiner Welt wie dasjenige, in dem er jetzt stand.

Aber vielleicht gehörte er nicht so sehr zu *ihrer* Welt. »Ich habe also keinen Nutzen mehr für dich.«

»Nein!« Lune zügelte sich, aber dieser unbedachte Schrei dröhnte in seinen Ohren. »Wenn überhaupt, sind *wir* nicht mehr von Nutzen für *dich*.«

Das Gespräch stolperte immer weiter von der Vernunft weg. »Nicht von Nutzen? Wie kannst du das sagen?«

Sie lachte bitter. »Was haben wir für dich, für deine Welt getan, von dem du sagen kannst, dass es sie verbessert hat? Ich meine nicht die entfernte Vergangenheit. Seit dem Beginn dieser Kämpfe waren wir wie Blätter in einem Fluss und haben uns eingeredet, dass wir kontrollieren, wohin uns die Strömung tragen wird.

Als England aus einer Königin und ihrem Hof bestand, hatten wir – die Fae – einige Gelegenheiten, es auf einen gewissen Kurs zu steuern. Aber England ist uns über den Kopf gewachsen. Seine Probleme sind zu viele. Es ist eine Hydra mit tausend Köpfen. Das Parlament ist jetzt das Herz dieses Landes und widerspricht sich selbst, und ich kann es nicht mit ehrbaren Mitteln kontrollieren.«

Die Worte stachen wie Wespen. Antony hatte Lune nie so gehört, wie sie sich selbst mit ihrem Scheitern geißelte. Er konnte nicht sagen, dass sie im Grunde unrecht hatte – aber was hatte sie zu solchen Selbstvorwürfen provoziert?

Ich. Ich habe es getan. Er sah es an der Art, wie sie ihren Blick auf ihn geheftet hatte. Ihre Welt hatte ihn beinahe zerstört, und die Schuldgefühle darüber fraßen sich tief in sie hinein.

Keine andere Fae, die er kannte, würde sich so sehr sorgen, mit der möglichen Ausnahme der Goodemeades. Es war die Liebe einer Freundin, zu der ihre Art kaum fähig war, zumindest für *seine* Art.

Und diese blendete sie. »Vielleicht hast du recht«, sagte er ruhig und tat etwas, das er seit Jahren nicht mehr getan hatte. Er nahm sie an den Armen und grub die Finger in den Batist, der um ihre Schultern lag. »Ganz England ist zu viel für uns allein. Wir können es nicht besser kontrollieren, als Karl es konnte oder John Pym oder sogar Oliver Cromwell. Aber wir können helfen, wie es alle ihm treuen Leute aus Liebe zu ihrer Heimat tun. Es gibt kleinere Momente, und es gibt London. Das solltest du nicht aufgeben. Ich werde das sicher nicht tun.«

War es Zufall oder Absicht, dass ihr Blick sich veränderte? Als sie zu ihm aufsah, glänzten ihre Augen silbern – Lunes Augen im Gesicht einer Sterblichen. Und ihre Stimme, die sagte: »Du willst bleiben?«

»Ja«, bestätigte Antony. Selbst wenn der Zauber seiner Verbindung ihn entlassen hätte, wäre er nicht gegangen. »Und gemeinsam werden wir tun, was wir können, egal wie groß oder klein.«

DER ONYXPALAST, LONDON
25. Oktober 1659

Hastige Arbeiten hatten Sir Mellehans ehemaliges Zimmer in eine Rüstkammer verwandelt, während sein vorheriger Bewohner die Gastfreundlichkeit des Kerkers genoss. Regale enthielten das glänzende Messing der Musketen und Pistolen, die der Schmied Wayland für Lune und Antonys Armee geschmiedet hatte – vorerst weggesperrt, außer jene wenigen, die Sir Peregrin vertrauenswürdigen Händen erlaubte.

»Wir können Euch mit Mitteln ausstatten, um diese hier zurück nach Berkshire zu transportieren«, sagte Lune zu dem Irrwisch, der neben der Tür stand.

Sie hörte, wie Irrith das Gewicht verlagerte. »Das ist nicht nötig, Madam. Er ist der *Schmied Wayland*. Er macht Dinge. Er behält sie nicht.«

Lune unterdrückte bei der unbeholfenen Art von Irriths Ansprache ein Lächeln. Die wilde Fee lernte zwar Höflichkeit, benutzte sie aber noch nicht gut.

Die Feuerwaffen zu behalten, machte sie nervös, doch sie erkannte, dass nichts gelöst würde, wenn sie sie zu Wayland zurückschickte. Mit der Zeit nahmen die Fae jedes sterbliche Ding an, das sie interessierte. Früher oder später hätte *irgendjemand* eine Feuerwaffe benutzt. Und vielleicht würde sie sie noch einmal brauchen.

Sie nahm die Hand vom Griff einer Muskete und sah Irrith an. »Ihr könntet Eurem König erzählen, dass ich an der Erfüllung meines Versprechens arbeite. Die Armee hat das Parlament aufgelöst …«

»Schon *wieder?*«, fragte Irrith angeekelt. Sie lernte auch sterbliche Geschichte und fand diese unerklärlich.

»Schon wieder. Aber ich glaube, dass es nicht lange dauern wird. Ohne den Rumpf hat die Armee nichts, mit dem sie sich legitimieren kann, außer dem Schwert. In kurzer Zeit werden wir einen neuen Krieg oder ein neues Parlament haben. So oder so haben sie größere Sorgen als die Pflege Eures Pferds, aber es gibt andere Mittel, das zu erreichen. Das Volk ist es leid, dass ihnen puritanische Moral von außen aufgezwungen wird.«

Das Pferd war zurück zu seinem Hang gelaufen. Lune fragte sich, ob Irrith ihm bald folgen würde. Der Irrwisch stellte endlose Fragen über die Sterblichen von London, doch flüchtige Vernarrtheit war unter Fae normal. Vielleicht würde sie nicht zurückkehren.

Lune verbarg ihre Enttäuschung bei diesem Gedanken und sagte: »Und bitte berichtet Eurem König auch, was ich über Vidar gesagt habe. Ich werde jeden fürstlich belohnen, der mir eine Nachricht über ihn bringt.«

Die zarte Fae grinste wild. »Ich wäre nicht gern Eure Feindin, Madam. Ich werde Eure Botschaft überbringen und selbst nach Vidar suchen.«

DIE KÖNIGLICHE BÖRSE, LONDON
5. Dezember 1659

Dachziegel und Brocken aus schmutzigem Eis zu werfen, war ihnen anfangs wie eine gute Idee vorgekommen. Die Lehrlinge von London hatten dem Allgemeinen Stadtrat eine Petition vorgelegt. Sie wollten eine neue Parlamentswahl oder zumindest die Rückkehr des Rumpfs, der im Oktober vertrieben worden war. Als Dendy auftauchte, um eine Proklamation vom sogenannten Sicherheitskomitee der Armee aufzuhängen, die Petitionen verbot, brauchte es nicht viel Ermutigung von der Handvoll getarnter Pucks und Goblins unter ihnen, um die Lehrlinge zu provozieren, sich für ihre Forderungen aufzulehnen. Und der Saalmeister, der sich unter den Geschossen hatte wegducken müssen, hatte sich mit seinen Männern zurückgezogen.

Doch jetzt war ein Regiment mit Reitern als Verstärkung gekommen. Das hielt die Lehrlinge nicht auf. Ein Mob von ihnen umringte einen unglücklichen Soldaten, der nicht klug genug gewesen war, sich an seine Kameraden zu halten, und entwaffnete ihn mit Gewalt. Antony konnte nicht durch die Menge zu ihnen gelangen, als sie den Mann vor der Königlichen Börse auf den Boden traten.

Und was hätte er tun können, wenn er es geschafft hätte? Ihnen erklären, dass er ein adliger Ratsherr von London war? Der adlige Stadtrat wurde momentan nicht sehr geschätzt, obwohl Antony seit seiner Wiedereinsetzung daran gearbeitet hatte, das zu verbessern. Vielleicht würde er bei dem Soldaten am Boden enden.

Der Kommandeur des Regiments hatte vor, die Pflicht auszuführen, an der Dendy gescheitert war, und wenn die Mächte der Hölle selbst kämen. Hewson ignorierte Beleidigungen aus der Menge und den Fußball, den einige Lehrlinge umhertraten, beachtete nicht – oder erkannte vielleicht nicht – das Schicksal seines Soldaten und verlas die Proklamation in einem entschlossenen Brüllen.

Und dann warf jemand einen Stein.

Antony sah nicht, woher der erste kam. Er sah jedoch einige der folgenden, als andere Lehrlinge die Idee aufnahmen und anfingen, die Soldaten mit allem zu bombardieren, was ihnen in die Hände kam. Die Ladenbesitzer an der Börse hatten sich schon lange davongemacht, aber es lag reichlich Müll herum, und einige Lehrlinge hatten kräftige Arme.

Das geht zu weit. Er verrenkte sich den Hals und erhaschte den Blick eines hungernden Bettlerkinds auf dem Dach, das auf dem schattigen Balkon am Uhrturm hockte. Der Puck reagierte mit einer hilflosen Geste. Fae waren viel besser darin, Chaos zu säen, als es aufzuhalten. *Himmel. Ich habe einen Aufstand begonnen – genau wie Vidar früher.*

Dann kreischte das Kind eine Warnung, seine dünne Stimme über dem Lärm unverständlich.

Antony legte nutzlos eine Hand an sein Ohr. Das Kind schwenkte wild die Arme. *Was will er …*

Ein Schuss knallte durch die Luft, auf dem umbauten Innenhof ohrenbetäubend. Jemand schrie. Antony duckte sich und suchte instinktiv hinter den breitschultrigen Lehrlingen vor ihm Schutz.

Gott hilf uns allen. Die Soldaten feuerten jetzt in die Menge.

Die Masse aus Körpern wurde eine Flut aus Ratten, die sich ihren Weg auf den Torbogen zu erkämpften, der zur Straße führte. Antony wurde von allen Seiten bedrängt, stolperte und blieb nur auf den Beinen, weil ein Sturz in diesem Wahnsinn den Tod bedeutete. Hinaus nach Cornhill. Er lief mit der Strömung, die ihn nach links Richtung Gracechurch Street trieb. Überall um ihn herum trennten sich Lehrlinge in Gassen und Nebenstraßen. Er lief geradeaus weiter, weil er den vagen Gedanken hatte, sich im Markt von Leadenhall vor ihm zu verlieren und unter den Kunden dort zu verstecken – sollten die Soldaten ihnen so weit folgen.

Doch anscheinend verfolgte sie niemand. Antony kam am Eingang von Leadenhall taumelnd zum Stehen, während er röchelnd nach Luft schnappte und sich vor Husten beinahe vornüberbeugte. Einer von den jungen Männern war demselben Kurs gefolgt und legte ihm eine Hand auf die Schulter. »Vorsichtig, alter Mann.«

Nachdem sein Hustenanfall beendet war, zwang Antony sich in die Aufrechte. »Ich bin völlig ...«

Er verschluckte sich am letzten Wort und fing beinahe wieder an zu husten.

Wenn ein Soldat vorbeigeritten wäre und dabei Henry mit der Hellebarde erschlagen hätte, hätte Antonys Sohn nicht erschrockener wirken können. »Vater?«

Der Junge klang ungläubig, und das durfte er auch sein. Antony war so gekleidet, dass er sich unter die Lehrlinge mischen konnte. Der adlige Stadtrat musste glauben, dass sie die Wahrheit sagten, wenn sie der Armee schworen, dass sie mit dem Aufstand nichts zu tun hatten. Henrys Gesicht verzog sich zu einem sardonischen Grinsen. »Ich wusste nicht, dass du für die gute alte Sache kämpfst.«

Antony lachte beinahe. Gute alte Sache? Henry war kaum alt genug, um sich an die Tage zu erinnern, als dieser Ausdruck geprägt worden war, und er war kaum ein Mann von der Armee, um davon zu sprechen, für sie zu kämpfen. »Für den Commonwealth? Wohl kaum – und auch nicht für den Rumpf. Ich würde dafür kämpfen, meinen Sitz im Parlament zurückzubekommen, wenn ich glauben würde, dass es etwas nützt. Aber weil es das nicht tun wird, stelle ich mich auf die Seite deiner Lehrlingsfreunde: Unsere Soldatenherren sollten zumindest eine neue und freie Wahl organisieren.«

Was ihn dazu trieb, es zu sagen, wusste er nicht. Sogar angenommen, er wollte ihre Tradition brechen, nie über Politik zu diskutieren, war der Eingang von Leadenhall kaum der richtige Ort dafür. Doch Henry hatte ihn unvorbereitet erwischt.

Wie vorauszusehen war, wurde die Miene seines Sohns aufmüpfig. »Natürlich willst du deinen alten Platz zurück. Du und deine Freunde würdet für die Wiederherstellung der Monarchie stimmen, ehe die Eröffnungsgebete beendet wären.«

Henry hatte kein Gefühl für Diskretion – doch anscheinend hatte Antony ebenso keines, sonst hätte er die Diskussion gar nicht erst in der Öffentlichkeit begonnen. Er nahm seinen Sohn am Arm und zerrte ihn trotz dessen Protests um die Ecke des Markts in eine schmale Gasse, die nach Urin stank. Nach Jahren, in denen er sich in London herumgedrückt und vor Vidar und Cromwell gleichsam versteckt hatte, kannte er all die geheimen Passagen.

»Sprich nicht so offen«, knurrte er seinen Ältesten an, während seine Stimme an den überhängenden Balkonen der Häuser widerhallte. »Außer du willst, dass ich erneut aus dem Stadtrat verbannt und vielleicht ins Gefängnis geworfen werde.«

»Diese Gefahr hast du dir selbst zuzuschreiben«, sagte Henry und riss sich los. »Warum, Vater? Ich hatte dich einst für zu klug gehalten, um eine romantische Sicht auf die Vergangenheit zu haben, und doch klammerst du dich mit jedem Jahr, das verstreicht, mehr daran.«

»Romantik?« Diesmal lachte Antony tatsächlich. »Sag lieber ›kaltblütige Pragmatik‹. Ein Körper kann nicht ohne seinen Kopf leben.«

Henry starrte finster drein, wegen der Worte oder des Gelächters oder vielleicht beidem. »Bis jetzt lebt er. Und was, wenn jener Kopf krank ist? Bei aller Liebe – *du* erinnerst dich an diesen Mann aus Blut.«

Weitere Armeephrasen von den Lippen seines Sohns. War Henry bewusst, wie sehr er ihnen nach dem Mund redete? Antony bezweifelte es. Henry war bis auf die Knochen ein Mann des Commonwealth. Er hasste die Armee, verstand aber nicht, wie sie die einzige Macht war, die den Rumpf stützte – und auch das nur, wenn sie wollte. »Ich erinnere mich an wesentlich mehr als König Karl. Zumindest kannten wir in jenen Tagen die Werkzeuge, die wir in der Hand hielten. Wir kannten die Möglichkeiten, durch die König, Oberhaus und Unterhaus miteinander ins Gleichgewicht gebracht werden konnten. Wenn wir manchmal scheiterten, war wenigstens das Territorium, auf dem wir kämpften, vertraut.«

Wie alt war Henry gewesen, als Karl aus London geflohen war? Er hatte noch nicht einmal Hosen getragen. Er erinnerte sich nicht an eine Welt, in der jenes Muster wahr war. Er hatte nie einen König auf dem Thron gekannt.

Dem Abscheu in seinem Gesicht nach zu urteilen, wünschte er sich auch keinen. »Also willst du an dem festhalten, was du kennst, aus Furcht vor etwas anderem.«

»Wenn die Männer, die für das andere argumentieren, irgendeinen Plan hätten«, sagte Antony und beantwortete Verachtung mit Verachtung, »würde ich es vielleicht anders sehen. Aber frage dich selbst: Wann war das letzte Mal, als du jemanden für eine Republik argumentieren *und* einen Plan vorlegen gehört hast, wie man sie schaffen soll? Ich meine nicht irgendeinen utopischen Traum von einer Regierung. Ich meine ein praktisches, praktikables Schema, um von hier nach dort zu gelangen.«

Hitzköpfig mochte Henry sein, aber er hatte ein Hirn. Er machte den Mund auf, doch als er darin keine Antwort fand, machte er ihn wieder zu. Die Männer des Commonwealth glaubten weiterhin, dass der Weg zum Erfolg einfach darin läge, die richtige Regierungsform für England zu finden. Sie sahen die Hindernisse auf dem Weg nicht. Solange dies zutraf, würden sie das Reich nur immer wieder niederreißen und an seiner Stelle nie etwas Stabiles aufbauen.

»Gib uns Zeit«, sagte Henry schließlich.

Antony schüttelte den Kopf. »Es *gibt* keine Zeit mehr. Die Jagd nach diesem Traum hat einen schlimmeren Wolf hereingelassen als den, der vor zehn Jahren getötet wurde. Weißt du, dass das Protektorat Engländer in die Sklaverei nach Barbados verkauft hat? Weißt du, wie viele Männer ohne ordentlichen Prozess ins Gefängnis geworfen wurden? *Ich* weiß es nicht. Vielleicht könnte Gott selbst sie nicht zählen.«

»Aber die Monarchie ...«

»Ist das, was die Leute wollen.«

»Dann sind die Leute *Narren*«, rief Henry von jugendlichem Zorn erfüllt. »Blinde, verdammte Narren, die nicht sehen, wonach sie trachten!«

Die Mauer hinter Antony war von Kohlenruß verschmutzt, doch sein Wams war nicht wichtig. Er lehnte sich dagegen und verschränkte die Arme. »Dann musst du eine Wahl treffen«, sagte er bestimmt. »Eine Republik wird durch den Willen ihres Volks gelenkt, oder nicht? Und das Volk will die Welt, die es früher hatte. Sie mögen Narren sein, aber wenn du zu deinen Prinzipien stehst, dann musst du eine neue Wahl unterstützen und ihre Konsequenzen akzeptieren. Deine einzige Alternative ist eine Oligarchie unter dem falschen Namen Republik.«

Seine Feststellung enthielt eine gewisse notwendige Grausamkeit. Henry nannte das Volk von England blind, doch das war er auf seine eigene Weise auch. Und Antony konnte seinen Sohn nicht weitertappen lassen, ohne die komplizierte, blutige Wahrheit zu kennen. Eine Veränderung würde kommen. Henry musste vorbereitet sein.

Die Frage war, ob er, nachdem er seine eigenen Sympathien so offen dargelegt hatte, seinen ältesten Sohn verloren hatte.

Henry suchte nach Worten. Antony beschloss, eine letzte Karte auszuspielen. »General Monck macht Anstalten, ein Parlament zu unterstützen. Wenn die Armee nicht mitmacht, besteht eine gute Chance, dass er seine Truppen aus Schottland herunterführt und ein Parlament sicherstellt, das frei von deren Kontrolle ist. Paradox, ja, dass uns militärische Gewalt von militärischer Gewalt befreien sollte – aber möglicherweise ist er der einzige aufrichtige Anführer, den die Armee hat. Insofern, denke ich, können wir uns einigen: dass ein freies Parlament der nächste Schritt für England sein muss.«

Der Schritt danach mochte wohl tatsächlich die Wiederherstellung der Monarchie sein. Antony hoffte es. Auf dieses Ziel arbeiteten Lune und er nun hin, nicht durch Kontrolle, sondern einfach durch Unterstützung des Volks, wo immer sie konnten. Desselben Volks, über das Henry vor nur einem Augenblick geschimpft hatte. Doch Prinzipien siegten über Ideale. Henry nickte widerwillig. Das Recht des Volks, seine Repräsentanten zu wählen, war seine wichtigste Sorge.

»Dann komm«, sagte Antony und streckte den Arm zu seinem Sohn aus. »Diese Gasse stinkt, und ich habe Hunger. Lass uns gemeinsam zu Abend essen.«

DER ONYXPALAST, LONDON
9. Februar 1660

Ein Schaudern fuhr durch Lunes Körper. Sie brach mitten im Wort das, was sie sagte, ab und schloss die Augen, während sie nach der Quelle dieser Reaktion suchte. Etwas im Onyxpalast …

Nein. Nicht darin. Darüber.

»Lord Valentin«, sagte sie und hörte ihn als Antwort murmeln. »Schickt jemanden nach London. Findet heraus, was an den Toren vorgeht.«

»Welchen Toren, Madam?«

Wieder ein Schaudern, als würden Knochen in ihren Gelenken mahlen. »Allen.«

Sie schlug die Augen auf und bemerkte, dass Sir Peregrin sie mit einer seltsamen Mischung aus Ehrfurcht und Verstörung betrachtete. Ein Feenmonarch war an sein Reich gebunden, doch erst bei der Rückeroberung des Onyxpalasts war ihren Untertanen klar geworden, wie weit dies hier ging. Sie schienen zu fürchten, dass Lune die Decke als Nächstes auf sie herabstürzen lassen würde.

Sie konnte das nicht ohne den Prinzen vom Stein tun. Obwohl sie Dinge spüren konnte, wenn sie es versuchte, reagierte der Palast nur auf seinen Herrn und seine Herrin zusammen. Doch es brachte nichts, das zu erklären.

»Fahrt fort«, befahl sie dem Hauptmann, als sei die Unterbrechung nie passiert.

Er blinzelte und sammelte die verstreuten Fäden seiner Gedanken wieder ein. »Wir haben in England keine Spur von Vidar gefunden, Madam. Eure königlichen Vettern wollten ihm nach Invidianas Sturz keine Zuflucht gewähren. Es ist nicht wahrscheinlicher, dass sie das jetzt tun.«

»Und Irland?«

Peregrin zuckte hilflos mit den Schultern. »Er ist nicht in Temair und auch nicht in Connacht, teilt uns Lady Feidelm mit. Leinster und Munster behaupten, dass sie ihn nicht beherbergen, und ich sehe keinen Grund, das anzuzweifeln.«

»Und Ulster«, seufzte Lune, »wird wahrscheinlich nicht antworten, wenn wir fragen.«

»Nein, Madam.«

Sie brütete über dem Fächer, den sie hielt, und versuchte, die Gedanken ihres Feinds zu durchschauen. Würde er nach Irland fliehen? Conchobar war über Vidars Scheitern, die englische Regierung zu kontrollieren, enttäuscht, aber der verräterische Lord war für Ulster immer noch ein engerer Verbündeter, als Lune es je sein würde. Andererseits war Conchobar mit seinen eigenen Schwierigkeiten wegen des *Claíomh Solais* beschäftigt.

Ihr Herz sagte ihr, dass Vidar nicht in Irland war. Nein, er würde in dasselbe Loch zurückkriechen, aus dem er zuvor gekommen war, um sie zu schikanieren.

Fife.

Wohin Cerenel zurückgekehrt war, nachdem Lune ihn von seinem Eid entbunden hatte. Sein Bruder Cunobel war dort und lebte abseits all der Reibereien zwischen Nicneven und ihr selbst in relativem Frieden. Lune wünschte ihnen traurig alles Gute. *Cerenel ist keine Ressource, die ich benutzen kann. Nicht mehr.*

Was ihr keine Geheimdienstinformationen ließ über Nicnevens Züge und darüber, was Vidar vielleicht plante.

Wieder blind. Habe ich trotz all meiner Mühen gar nichts gewonnen?

Valentin Aspell kehrte zurück und lenkte sie kurz von dieser Frage ab. »Was ist mit der Schatzkammer?«, fragte sie ihn. Als Großsiegelbewahrer war das seine Domäne.

»Es hat nie eine gründliche Inventur gegeben, Madam«, gab er zu. »Was Vidar wohl mitgenommen hat, können wir nicht sagen. Aber wir finden momentan sehr viel, von dem wir nicht wussten, dass wir es hatten.«

Vidar war einst selbst Großsiegelbewahrer gewesen. Er musste genau gewusst haben, was er mitnehmen wollte. »Irgendetwas, mit dem wir ihn jagen können?«

Sie beobachtete Valentins Gesicht genau, als er eine bedauernde Miene machte. Aspell war mit dem verstorbenen Sir Leslic befreundet gewesen, doch eher, wie sie glaubte, aus einem Streben, seinen eigenen politischen Einfluss zu bewahren, als weil er irgendein Bündnis mit Nicneven und Vidar hatte. Er war während des Exils fortgegangen, statt unter Vidars Herrschaft zu bleiben. Doch er war gierig und ehrgeizig. Lune fragte sich, als er leugnete, dass er irgendeinen derartigen Zauber gefunden hatte, ob er ihr die Wahrheit sagen würde.

Ich sollte Ratgeber haben, denen ich vertrauen kann.

Aber sie konnte sich nicht erlauben, ihn zu ersetzen. Lune lauschte einem Bericht über die Dinge, die er gefunden hatte, dann traf sie mit Sir Peregrin Vorkehrungen, um sich Anträge von anderen Verrätern anzuhören, die ihre Zellen leid waren. »Aber erst, wenn ich eine gemeinsame Audienz mit Lord Antony arrangieren kann«, sagte sie, als sie sich im letzten Augenblick erinnerte, dass der Prinz daran beteiligt werden wollte.

Der Hauptmann der Onyxwache nickte, dann öffnete ihr Saaldiener die Tür zu dem Nebenraum, wo sie saßen. »Eure Majestät, die Mara Angrisla.«

»Ich hatte sie nach oben geschickt«, sagte Valentin, und Lune gab dem Saaldiener einen Wink, dass er sie hereinführen sollte.

Die schmalen Schlitzaugen des Nachtmahrs waren ungewöhnlich weit, als sie sich hinkniete. »Was habt Ihr entdeckt?«, fragte Lune.

»Euer Gnaden – diese Soldaten sind auf den Straßen. Die neuen, aus Schottland.«

»General Moncks Regimenter.« Hauptsächlich Engländer wie ihr General, doch jeder betrachtete sie als schottische Truppen, weil sie von dort her marschiert waren. Die Nachricht von seinem Vordringen nach Süden war eine ausreichende Bedrohung gewesen, dass der Rumpf kurz nach Weihnachten wieder getagt hatte, doch nach nur sechs Tagen in London mischten sich Moncks Männer anscheinend bereits ein. *Sie sind immerhin Teil der Armee. Hatte ich etwas anderes erwartet?*

Angrisla nickte bei dem Namen. »Sie sagen, dass das Parlament ihnen befohlen hat, die Tore auszuhängen und zu zerstören.«

»Was?« Lune schreckte auf ihrem Stuhl hoch. London war schon lange über seine Befestigungen hinausgewachsen. Während des Kriegs hatten parlamentarische Streitkräfte, die erkannt hatten, dass die Mauer nutzlos war, in einiger Entfernung einen riesigen Graben ausgehoben. Die Tore zu zerstören, bedeutete allerdings, dass sie die Stadt unfähig auch zum geringsten Widerstand machten.

Weshalb sie genau das befohlen haben mussten. Das Volk wollte ein Parlament, war den Rumpf aber leid. Besonders in der Stadt empfand man gegenüber Englands illegitimen Herren keine Zuneigung und hatte an den Toren Ketten gespannt, um seine Unzufriedenheit auszudrücken.

Sie war überrascht, dass Monck zustimmte, sie so zu verkrüppeln. Generell wirkte er, als sei er ehrlich darauf bedacht, die Freiheiten des Volks zu verteidigen, und würde nicht nur die Worte nachsprechen. Doch sie machte sich mehr Sorgen um die Auswirkungen auf den Onyxpalast …

Lune hielt die Luft an. Konnte es Vidar sein? Man musste nicht besonders klug sein, um zu erkennen, dass die Stadtmauer ein Teil des Feenpalasts war, weil sich der Palast nicht über jene Grenze hinaus erstreckte. Und Monck war von Schottland heruntermarschiert. Lune drückte ihre Fingerspitzen auf ihre Augen und bemühte sich, um jegliche Schwächung in den Zaubern zu spüren.

»Madam?«, fragte Sir Peregrin leise.

Lune seufzte. *Oder vielleicht ist Monck einfach dem Parlament gehorsam, das er wieder eingesetzt hat. Nicht alles hat einen Grund bei den Fae. Und ich könnte mich leicht selbst in den Wahnsinn treiben, wenn ich nach einem suche.*

Sie senkte die Hände und stellte fest, dass alle sie beobachteten. Was auch immer Angrisla auf ihren erschrockenen Schrei geantwortet hatte, sie hatte kein Wort davon gehört. Der Onyxpalast zerbröckelte jedoch nicht über ihrem Kopf und zeigte kein Anzeichen dafür, dass er das bald tun würde. Man öffnete die Tore, nichts weiter. Das würde den Palast nicht zerstören.

Trotzdem würde sie Antony über Moncks Beschluss befragen. Wenn es dabei irgendeinen verborgenen Einfluss *gab*, dann wollte sie gerne davon wissen.

»Danke«, sagte sie zu Angrisla und zwang sich zu einem Lächeln. »Die Nachricht hat mich verblüfft, nichts weiter. Sprecht weiter, meine Lords. Wir haben Geschäfte zu erledigen.«

GUILDHALL, LONDON
11. Februar 1660

Das ist also der Mann, in dessen Händen England nun liegt.

George Monck wirkte nicht bemerkenswert genug für die Schicksalsbürde, die auf ihm ruhte. Der General der Armeeregimenter in Schottland kleidete sich wie ein Soldat, und sein fleischiges Gesicht war phlegmatisch, als er Thomas Alleyn, dem Oberbürgermeister von London, zuhörte, der das Offensichtliche schilderte. »In Anbetracht der kürzlichen Unruhen in der Stadt, versteht Ihr, ist das Volk höchst verunsichert über Eure Pläne … wegen der Soldaten, die sich auf den Feldern von Finsbury versammeln …«

Monck ertrug es geduldig, hielt schließlich jedoch eine Hand hoch. »Herr Bürgermeister, ich versichere Euch, meine Intentionen sind die, die sie immer waren: die Freiheiten des Volks zu schützen. Ich habe heute Morgen einen Brief an das Parlament geschickt und es gebeten, so schnell wie möglich Anweisungen zu erlassen, um die leeren Plätze im Haus zu füllen. Damit hoffe ich, den Eindruck zu zerstreuen, dass sie vorhaben, diese Tagungsperiode ewig hinzuziehen.«

Hätte Antonys Herz weniger wild gepocht, hätte er vielleicht geschnaubt. Eindruck? Nein, es war Sicherheit: Der Rumpf verspürte keinen Wunsch, Platz zu machen und die Macht loszulassen, die er momentan in den Händen hielt. Es war dieselbe Seuche, die die Armee demontiert hatte, indem sie die Offiziere verführte, sich selbst zu befördern, bis ihre eigenen Soldaten ihnen davonliefen.

Der General *musste* das wissen, sonst wäre er nicht hier. Monck war nie ein politischer Mann gewesen, anders als seine Armeebrüder Ireton und Cromwell. Nur die riesige Besorgnis über die Lage von England hatte ihn zum Handeln überzeugt. Dennoch wirkten alle widerwillig, den Rumpf direkt zu verurteilen, als würde das Aussprechen seiner Fehler diese real machen.

Deshalb Antonys Herzpochen. Er fühlte sich, als hielte er einen Schmetterling in seinen Händen gefangen. Wenn er Monck nur überzeugen konnte …

Er räusperte sich, und alle Blicke zuckten zu ihm. Antony verriet nichts von seiner inneren Anspannung, als er sagte: »Versprechungen, die freien Sitze zu füllen, gehen nur so weit – besonders, wenn der Rumpf jegliche Einschränkungen, die er will, verabschieden kann, wer wählen und wer gewählt werden darf. Das hat man schon früher getan, Sir.«

Monck sagte sanft: »Wenn das die Gesetze sind, die das Parlament verabschiedet, dann soll es so sein.«

Frust stieg in Antonys Kehle auf. Monck war bis hierher gekommen, indem er vorsichtig einen Schritt nach dem anderen gemacht hatte. Wäre er weniger penibel gewesen, wäre er vielleicht in Schottland von seinen eigenen illoyalen Offizieren abgesetzt worden. Doch der General hatte sein eigenes Haus in Ordnung gebracht, eher er nach Süden marschiert war, und hatte sich seither an dieses Muster gehalten, indem er Probleme löste, wenn sie auftauchten.

Es war eine Stärke, aber zugleich eine Schwäche. Wenn er in die Zukunft blickte, endete seine Vision in der nächsten Woche. »Bitte erlaubt mir, Euch zu erinnern, dass sie kein Datum für ihre eigene Auflösung festgesetzt haben und dies auch nicht zu erwarten ist. Was sonst ist das, wenn kein permanentes Parlament? Wir müssen eine *Abfolge* an Parlamenten haben, so sollte es sein.«

»Und das habe ich ihnen geraten«, stimmte Monck zu.

»Aber was, wenn sie es ignorieren? Sie sind nicht repräsentativ, Sir. Sie sind der Rest, der nach der größten Missachtung von Privilegien und Freiheit übrig ist, die dieses Reich je gesehen hat.« Antony sah jetzt nicht nur Monck an, sondern auch den Oberbürgermeister und seine adligen Mitratsherren – einige von ihnen Opfer einer ähnlichen Einmischung in die Regierung von London. »Die *einzige* legitime Autorität in diesem Land ist jene, die vor zwanzig Jahren gewählt wurde: das volle Parlament, sofern die Abgeordneten inzwischen noch nicht verstorben sind.«

Entsprechend juristischer Feinheiten war es nie weg gewesen. Damals, in Pyms Tagen, hatten sie Karl dazu verleitet, ein Gesetz zu unterschreiben, dass das Parlament nur durch seinen eigenen Willen aufgelöst werden durfte. Von der ursprünglichen Säuberungsaktion bis zu Cromwells Vertreibung des Rumpfs zu Beginn des Protektorats über die unzähligen Aufstände seither hatte dieses längste Parlament im juristischen Sinn nie geendet.

Monck faltete die Hände vor sich auf dem Tisch. »Ihr meint die Wiederzulassung der ausgeschlossenen Abgeordneten.«

»Verzeiht mir, Sir Antony«, mischte Alleyn sich ein, »doch es scheint mir, dass Ihr aus Eigeninteresse sprecht – weil Ihr einer der Ausgeschlossenen wart.«

»Ich spreche im Interesse von England«, sagte Antony und funkelte den Oberbürgermeister finster an. »Wenn Ihr nicht argumentieren wollt, dass die Armee die rechtmäßige Autorität hatte, uns hinauszuzwingen, dann müsst Ihr zugeben, dass dieser Sitz nach dem Gesetz mir gehört – denn die Gesetze, die mich davon ausschließen, wurden *nach* meinem Ausschluss verabschiedet. Und wenn Ihr für die Armee argumentieren wollt, dann sagt das bitte.«

Alleyn errötete und murmelte etwas Unverständliches, aber eindeutig Negatives. Genug Männer im Raum hatten sich bei der Erwähnung der Armee empört, dass nur ein Wahnsinniger versucht hätte, gegen Antonys Argument zu sprechen.

Antony sprach wieder Monck an: »Sir, ich bitte Euch. Ihr seid ein Unterstützer des Parlaments – nicht des Rumpfs, sondern des frei gewählten Unterhauses von England. Das habt Ihr oftmals gesagt. Nutzt Euren Einfluss, um uns an unseren Platz zurückkehren zu lassen, und Ihr habt die Abfolge an Parlamenten, die Ihr wünscht. Aber ich sage Euch sicher: Der Rumpf wird nie für das Ende seiner eigenen Macht stimmen.«

Er hielt mit jedem Wort, das er aussprach, dem Blick des Mannes stand und betete, während er das tat. Antony war so nahe daran gekommen, Lune um Hilfe zu bitten. Wenige, gut gemachte Träume würden reichen, um die Sympathien des Mannes auf ihre Seite zu lenken. Aber Monck hatte sich gesträubt, die Tore abzureißen und auf den Rechten der Stadt herumzutrampeln. Obwohl er in diesen Angelegenheiten schließlich nachgegeben hatte, näherte sich seine Geduld für den Rumpf bereits ihrem Ende. Er musste seine Entscheidung frei treffen, nicht von Feenmagie gelenkt. Nichts anderes wäre aufrichtig.

Und Aufrichtigkeit musste ebenso wie die Monarchie in England wiederhergestellt werden.

»Ich werde über das, was Ihr gesagt habt, nachdenken, Sir Antony«, erklärte der General ihm. Damit musste Antony sich zufriedengeben. Aber er sah Zweifel im Blick des Mannes.

Vielleicht braucht er noch einige Tage – aber wir haben ihn.

ST.-STEPHENS-KAPELLE, WESTMINSTER
21. *Februar* 1660

Applaus und Jubel empfingen die Reihe an Männern, als einer von Moncks Hauptmännern sie durch die Lobby im Unterhaus führte. Ob die Zuschauer Antragssteller mit Angelegenheiten für das Parlament waren oder ob sich die Nachricht über Moncks Plan herumgesprochen hatte, wusste Antony nicht. Er hatte sich mit den anderen weit vor der Morgendämmerung in den Räumen des Generals in Whitehall versammelt. Doch so oder so, die Leute brüllten zustimmend, als die ausgeschlossenen Abgeordneten vorbeimarschierten.

Es fühlte sich an wie ein Triumphzug. Prynne trug ein Schwert mit Säbelkorb, das ebenso alt aussah wie er, und winkte eifrig Männern, die er kannte, bis sich die Klinge in ihrer Scheide zwischen den Beinen von Sir William Waller hinter ihm verfing und er das in Ordnung bringen musste.

Thomas Soame wich Wallers Stolpern aus, grinste Antony an und sagte: »Das Gebäude kommt mir kleiner vor als in meiner Erinnerung.«

»Das liegt daran, dass wir kaum Raum zum Atmen haben.« Vor ihnen hatten die Soldaten am Durchgang zum Parlament angehalten: eine freundliche Beachtung der Anstandsregeln. Die ausgeschlossenen Abgeordneten gingen an ihnen vorbei und fanden den Saal leer vor. »Meinst du, sie wissen, dass wir kommen?«

»Die Rumpfmänner? Ich hoffe nicht. Eine kleine Überraschung für sie, wenn sie es herausfinden, und ich muss gestehen, dass ich bei dem Gedanken etwas Schadenfreude empfinde.«

Zumindest Hesilrige wusste es. Seine Lakaien und er hatten eine unangenehme Überraschung erlebt, als sie an jenem Morgen Monck aufgesucht hatten. Doch als die aktuellen Abgeordneten langsam hereinkamen und feststellten, dass ihre alten Kameraden auf ihren Sitzen saßen, war ihre Reaktion mehr als ausreichend, um Soame zu unterhalten.

Antony ließ seinen Freund deren Schock genießen und setzte sich bequemer auf seinen Sitz. Monck mochte sich zwar einreden, dass sie gekommen waren, um England erneut als Commonwealth zu etablieren. Wenigstens bemühte er sich, einen Krieg zu verhindern. In Letzterem würde Antony ihm mehr als gern entgegenkommen. Aber die Zeit war reif, um zur alten Verfassung zurückzukehren.

Das Unterhaus. Das Oberhaus. Und der König auf seinem Thron.

England würde wieder ein Königreich werden.

DER ONYXPALAST, LONDON
19. *April* 1660

All ihre Hofdamen davon zu überzeugen, sie in Ruhe zu lassen, war ziemlich mühsam. Einige waren mit Lune im Exil gewesen und andere nicht, aber bis auf die letzte Lady waren sie alle fest entschlossen, sich so zu benehmen, als hätte sich nie eine Störung ereignet – was bedeutete, dass sie an ihr klebten wie Kletten, als könne die schiere Intensität ihres Dienstes die lange Leidenszeit ungeschehen machen. Lune musste ziemlich scharf sprechen, bis die Letzte von ihnen verstand, dass sie, wenn sie sagte, dass sie allein sein wollte, echte Einsamkeit meinte.

Als diese endlich erreicht war, saß sie in einem ihrer Salons und spielte mit den Händen auf den Tasten ihres Spinetts. Sie hatte kein Talent für das Instrument: keine Ausdrucksstärke, wie Sterbliche sie hervorrufen konnten, keinen Feenzauber, nicht einmal körperliches Geschick. Doch es war neu für sie, und die Herausforderung war eine Ablenkung.

Genug, dass sie, als sich die Tür unangekündigt öffnete und Antony in den Raum ließ, ihm ein lockeres Lächeln zuwarf. Er hielt ein gefaltetes Blatt in einer Hand – kein kleines Stück Papier, sondern feines Pergament, das mit Wachs versiegelt war. Lune konnte das Siegel von dort aus, wo sie saß, nicht sehen, aber an diesem baumelte eine Schleife. Es war etwas Förmliches. »Was ist das?«

»Ein Brief, der, wie ich befürchte, deiner guten Laune schaden wird«, sagte er und reichte ihn ihr. »Von Nicneven.«

Das Pergament lag locker auf ihrer schlaffen Hand, als Lune ihn anstarrte, völlig überrascht. Nicht *einmal* seit ihrer Thronbesteigung hatte sich die Königin von Fife dazu herabgelassen, direkt zu kommunizieren. Warum jetzt? Und warum hatte Antony ihn?

»Was das Zweite betrifft«, sagte er, als sie ihn fragte, »das liegt daran, dass ich Valentin Aspell vor deiner Tür auf und ab laufen sah, während er versuchte, sich einen Plan einfallen zu lassen, ihn dir zu präsentieren, der nicht darin enden würde, dass er um sein Leben rennen muss. Ich bot an, es stattdessen selbst zu riskieren. Aber warum sie dir geschrieben hat – um das zu erfahren, müssen wir ihn lesen.«

Sie *wollte* es nicht wissen. Sie wollte den Brief ungelesen ins Feuer werfen. Stattdessen setzte Lune sich auf einen Stuhl am offenen Kamin und brach das Siegel mit ihrem Daumen.

Die Nachricht war an Lune allein gerichtet, doch das war keine Überraschung. Nicneven würde wohl kaum einen Sterblichen als ihren Mitregenten anerkennen wollen. Sie drehte sich so, dass Antony von dem Stuhl aus, den er neben sie zog, mit ihr lesen konnte. Die Schrift im Inneren war scharf und schmucklos, und ihre Botschaft war unverkennbar deutlich.

»Himmel und Erde«, rief Antony. »Er ist nicht in Fife?«

Für seinen Verrat an unserem Vertrauen und guten Willen erheben wir Anspruch auf das Leben von Ifarren Vidar. Solltet Ihr oder irgendjemand aus Eurem Hofstaat ihn festnehmen, gebt ihn sofort an uns heraus, oder wir werden erneut Krieg gegen Euer Reich führen und es völlig zerstören.

Ein atemloses Lachen brach aus Lune hervor, eher aus Unglauben als Amüsiertheit geboren. »Offensichtlich nicht. Und zwar aus gutem Grund.«

Während der langen Jahre in Berkshire hatten sie versucht, Nicnevens Abkehr von Vidar anzustacheln. Anscheinend brauchte sie nicht länger eine Ermutigung. Vidar war nicht in Fife. Er hatte mit seinem Scheitern in London jedes Wohlwollen dort verspielt.

Wo *war* er dann?

Antony lehnte sich auf seinem Stuhl zurück und hob die Augenbrauen. »Gut, das ist eine Last, die dir von den Schultern fällt, könnte ich mir vorstellen. Soll sich die Gyre-Carling um ihn kümmern.«

»Dazu muss sie ihn zuerst finden«, murmelte Lune.

Der Prinz kannte sie zu gut. Er sah sie neugierig an und beugte sich wieder vor. »Du wirkst nicht zufrieden.«

Lune faltete den Brief sorgsam entlang der ursprünglichen Falze. Das Siegel war jetzt zu zerstört, um es zu erkennen – vorausgesetzt, es war überhaupt das von Nicneven. Schrieb die

Gyre-Carling oft Briefe? Oder hatte sie das Siegel eines anderen ausgeliehen, in einem Versuch, zivilisierten Standards zu folgen? »Es ist Erpressung, Antony.«

»Aber es würde die Sicherheit erkaufen, die du diese ganze Zeit gesucht hast.«

»Würde es das?« Die Worte kamen scharf heraus. »Nicneven verabscheut diesen Ort. Sie wird nicht aufhören, nur weil ich ihr helfe, Vidar zu töten. Aber das ist nicht der Punkt, Antony: Der Punkt ist die Drohung selbst.«

Er hielt inne, dann sagte er: »Du willst nicht aussehen, als würdest du dich ihr beugen. Das verstehe ich. Aber niemand weiß davon außer uns beiden. Aspell hat den Brief nicht gelesen. Wenn Vidar heimlich gefunden und nach Norden geschickt würde …«

»Du verstehst es *nicht.*« Lune sprang in einem Wutausbruch von ihrem Stuhl auf und zerknüllte den Brief in der Hand. »Sie bedroht *mein Reich.* Nicht mich selbst, nicht meine Untertanen. Den Onyxpalast selbst. Die absoluten Grundfesten meiner Herrschaft. Wenn ich mich dem beuge …« Schon die Worte auszusprechen, ließ ihre Knochen beben. Es war dieselbe Instabilität, die sie gefühlt hatte, als man Karl auf der King Street den Kopf abgeschlagen hatte, das Zittern, das dem Erdbeben vorausging.

»Wenn ich mich dem beuge«, wiederholte Lune, beinahe zu leise, als dass sie es selbst hören konnte, »dann bin ich nicht mehr Königin.«

Antony verlagerte hinter ihr nervös sein Gewicht. »Wie das?«

Sie schüttelte den Kopf. »Ich … Sonne und Mond. Ich kann es nicht erklären, aber ich *fühle* es. Keine Frage. Ich weiß, dass ich Vidar den Palast überlassen habe, als ich geflohen bin, aber das war nicht dasselbe …« Ihr stockte der Atem. Lune schluckte schmerzhaft. »Es wäre, wie wenn Karl in seinem Prozess Gott abgeschworen hätte, um sein Leben zu retten. Oder nein … Das ist es überhaupt nicht …« Frust schnürte ihr die Kehle zu. Sie war nie eine Philosophin gewesen, die nach den Gründen für Feenbräuche suchte, und konnte sie anderen noch viel weniger erklären. »Mir fehlen die Worte. Aber wenn ich Nicneven erlaube, mein Reich zu nutzen, um mich in die Knie zu zwingen, werde ich jenes Reich *verlieren.* Möglicherweise an sie.«

Lune drehte sich um und stellte fest, dass Antony nun ebenfalls stand, gleichsam verwirrt und besorgt. »Wir müssen ihn als Erste finden«, sagte sie und wirkte mit jedem Wort entschlossener. »Ihn als Erste finden und ihn heimlich loswerden, damit er uns nicht wieder bedrohen kann. Und wenn es Nicneven nicht gefällt – dann werden wir ihr antworten, wie es sich für eine Königin gehört.« Und sie schleuderte den Brief ins Feuer.

LONDON
29. *Mai* 1660

Die Stadt war aufgeblüht, weil die Sonne all die Farben und Fröhlichkeit hervorkitzelte, die der lange, kalte Winter unterdrückt hatte – ein Winter, der auf gewisse Weise über zehn Jahre gedauert hatte. Alle trugen ihre buntesten Sachen, und Banner hingen von jedem Erker und Balkon auf der Route der Prozession. Aus den Springbrunnen an den Straßen floss Wein. Das Gebrüll war ohrenbetäubend, doch über allem dröhnten Trompeten in einem festlichen Triumph, als sich die Prozession ihren Weg über die Brücke von London bahnte.

Im Herzen all des Prunks war ein großer, lächelnder Mann, dessen schwarzes Haar in dicken Locken über seine Schultern hing und der mit freundlicher Gutmütigkeit all die Huldigungen der Stadt annahm, aus der sein Vater beinahe zwanzig Jahre zuvor geflohen war. Antony wusste sehr wohl, dass Karl Stuart, der zweite dieses Namens, keine besonderen Illusionen über seine Wiedereinsetzung hegte, doch er war willens, die Fiktion anzunehmen, die man ihm so anbot. In der Tat lachte der König, dass es seine eigene Schuld sein musste, die ihn ferngehalten hatte, weil alle sich so eindeutig nach seiner Rückkehr sehnten. Dieses Lächeln und die Scherze waren die Verbände, die Englands Wunden schließen würden – damit sie mit der Zeit heilten, wie man hoffte.

»Gott schütze den König!«, hallte es aus jedem Fenster, wo nicht lange zuvor dieselben Stimmen geschworen hatten, niemals eine einzige Person als Staatsoberhaupt zu akzeptieren, sei sie König oder Lordprotektor. Doch hier kam dieser fröhliche Mann, der heute dreißig Jahre alt war, mit einer Zurschaustellung von Pracht, wie man sie nicht gesehen hatte, seit die puritanische Herrschaft begonnen hatte, und das war Ausrede genug, sich zu freuen. Die Probleme konnten später kommen.

Tränen kitzelten Antony in den Augen. So wenig davon ergab Sinn! Der Kampf, der nun beendet war, war nicht derjenige, den sie vor so langer Zeit begonnen hatten. Die Themen, die die Menschen damals beschäftigt hatten, waren jetzt so gut wie vergessen. Wenige sorgten sich noch um das anglikanische Episkopat oder Schiffsgeld oder Kontrolle über die Milizen. Obwohl die New Model Army eine weit gefährlichere Waffe war, hatte das Parlament sie ohne Diskussion dem König übertragen. Die Hälfte der Namen, die den Kampf vor zwanzig Jahren angeführt hatten, waren nun tot oder hatten sich vom politischen Schlachtfeld zurückgezogen. Nach so vielen Kriegen und Aufständen wurde die Restauration der Monarchie nicht mit Waffengewalt, sondern einigen simplen Abstimmungen im Unterhaus erreicht.

Es war die größte Ironie von allen. Der alte Karl hatte in seinem Prozess mit Recht gegen Bradshaw argumentiert, als der Anwalt versucht hatte, ihn »gewählten König« zu nennen. Ein Souverän wurde nicht vom Volk gewählt wie ein Parlamentsmitglied. Dennoch war dieses Fest heute ein Triumph für jene, die behaupteten, dass die Macht des Souveräns von unten kam, statt von oben verliehen zu werden. Obwohl das Volk von England seinen König nicht gewählt hatte, hatte es gewählt, einen König zu *haben*. Alles göttliche Recht der Welt hatte den jungen Karl nicht nach Hause gebracht, bis sein Volk es gewollt hatte.

Vielleicht hatte Henry recht. Karl der Zweite war ein lasterhafter Mann, der sich den Frauen und dem Trinken hingab, und vielleicht würde er ein schlechter König sein. Als Antony mit seinen adligen Mitratsherren in der strahlenden Maisonne ritt, konnte er sich nicht vorstellen, was die Zukunft bringen würde.

Doch zumindest für heute weigerte er sich, sich Sorgen über die Zukunft zu machen. Heute genoss der König wieder, was ihm zustand, und in England herrschte Frieden.

DIENSTAG
4. *September* 1666

DIE SCHLACHT UM DIE ST.-PAULS-KATHEDRALE

Die Steine von St. Paul flogen wie Granaten, das schmelzende Blei floss in einem Bach die Straßen hinunter, und das Pflaster selbst glühte feuerrot, sodass weder Pferd noch Mann darauf treten konnte, und die Abrisse hatten alle Durchgänge verstopft, sodass keine Hilfe durchkommen konnte, während der Ostwind die Flammen immer noch schlimmer weitertrieb. Nichts außer der allmächtigen Kraft Gottes war fähig, sie aufzuhalten, denn die Hilfe der Menschen war vergebens.

John Evelyn
Tagebuch, 4. September

Die ganze Nacht hindurch hat sich der Drache vorbereitet, die Macht, die er von unten gestohlen hat, genährt, und als die Dämmerung anbricht, beginnt er seinen Angriff.

Der Sturz der Glocken von Bow läutet den Ansturm ein. Das Inferno rauscht die südlichen Straßen von der Soper Lane zum Old Chance hinauf und zerquetscht die Kirche von St.-Mary-le-Bow in seinem Maul. Die riesigen Glocken, Symbole für Londons Seele, schlagen zum letzten Mal auf dem harten Boden. Im Osten und Westen, die ganze Hauptstraße entlang, brennt Cheapside.

Die wertvollen Arbeiten der Goldschmiede sind gestohlen und in Sicherheit gebracht worden, doch andere Schätze können nicht bewegt werden. Am Standard schlägt der Drache schnell zu, setzt die Wasserleitung außer Betrieb und lähmt die Verteidigung der Stadt noch mehr. Die Mermaid-Taverne mit ihren Geschichten und Liedern zerfällt zu Zunder und Asche.

In den schmalen Gassen im Norden, wo die Häuser so nah aneinander stehen, dass ihre überstehenden Obergeschosse sich beinahe berühren, fliehen die Menschen wie Ratten. Einige schleppen Betten, improvisierte Tragen für jene, die sich nicht selbst bewegen können. Auf einer drückt eine Mutter ihre kleine Tochter an die Brust, vor keinen zwei Tagen in der Kirche getauft, die nun so helllicht brennt.

Wäre die Verteidigung vorbereitet gewesen, hätte Cheapside die Bestie vielleicht aufhalten können. Die breiteste Straße in der Stadt bietet einen natürlichen Ort, um sie zu bremsen. Doch jene, die seit zwei Tagen ohne Unterlass gekämpft haben, zaudern jetzt vor Erschöpfung, und was ein Bollwerk hätte sein können, wird stattdessen zu einer Schnellstraße.

Der Drache reitet auf dem Wind und fliegt nach Westen in die Gässchen von Newgate und darüber hinaus.

DER ONYXPALAST, LONDON
acht Uhr früh

Jack zuckte zusammen, als Lune einen Hirschlederhandschuh über ihre zerstörte linke Hand zog. Er wusste, dass eine schlimme Verbrennung Fleisch gefühllos machen konnte, doch all seine medizinischen Instinkte schrien ihn an, dass er den Schaden verhindern sollte, den sie anrichten würde, wenn sie die verletzte Gliedmaße weiter benutzte. *Sie wird verfaulen und abfallen ...*

Aber Fae waren gegen solche Infektionen immun, und Lune hatte Arbeit zu erledigen. Genau wie er.

»Die Mauer«, sagte sie und streckte ihre Finger, um den Handschuh darübergleiten zu lassen. »Bald wird der Drache sie erreichen – zuerst am Aldersgate, vermute ich. Wir können uns dort verteidigen.«

Sie sprachen in ihrem Ratszimmer, von einem halben Dutzend anderen mit Wissen über die Kriegsführung umgeben, vom Schwarzen Hund Knochenbrecher bis zum noblen Hauptmann der Onyxwache. Bis auf den letzten Mann – *oder eher bis auf den letzten Fae* – standen sie aufrecht und stolz da, zum ersten Mal ungebeugt, seit der kalte Wind der Cailleach angefangen hatte zu wehen. Der Drache hatte Macht aus dem Onyxpalast gezogen, doch das Feuer, das Jack und Lune verwandelt hatten, verlieh den Fae neue Kraft. Und, so schien es Jack, es vereinte sie mit einem gemeinsamen Ziel: Sie waren mehr als bereit zu kämpfen.

Doch sie zur Stadtmauer zu schicken, würde wohl kaum viel erreichen. »Wir haben nicht genug Leute, um die gesamte Mauer abzudecken«, sagte Jack, »und selbst wenn ihr die Tore verteidigt – was könnt ihr tun, was die menschlichen

Verteidiger nicht können? Sie holen Seeleute und Hafenarbeiter mit Schwarzpulver, um Häuser zu sprengen und Feuerschneisen zu schlagen.« Samuel Pepys hätte dies vielleicht mit dem Schutz des Marineamts im Kopf östlich in der Seething Lane vorgeschlagen, doch es würde anderswo ebenfalls nützlich sein.

Lune lächelte schwach. Dieses seltsame Feuer brannte auch in ihr immer noch, obwohl sie nicht länger die überirdische Kreatur war, die er geküsst hatte. *Und ich kann immer noch nicht glauben, dass ich das getan habe.*

»Wir werden nicht an der Mauer sein«, sagte sie und bemerkte entweder sein Erröten nicht oder ignorierte es. »Nicht draußen. Wie oben, so unten: Wir können sie von hier stärken.«

Mehrere ihrer Leutnants wirkten verwirrt, doch Jack verstand, was sie meinte. Die Mauer war einer der physischen Anker des Onyxpalasts – allerdings keiner, Gott und jeglichen Mächten, die die Feen verehrten, sei Dank, der Zugang zum Palast gewährte. Weil dieser Ort das Land darüber auf verquere Art widerspiegelte, waren seine Ränder nicht die der Stadt. Jack bekam Kopfschmerzen, wenn er versuchte, den Pfad nachzuzeichnen, den die Mauer durch die Kammern und Galerien zog.

Den Befehlen nach zu urteilen, die Lune gab, konnte sie ihm folgen, ohne nachdenken zu müssen. Es würde tatsächlich eine seltsame Verteidigung, in der sich Fae in einer krummen Reihe durch den Palast verbanden, doch sie schien zu glauben, dass diese halten würde. Oder war das nur das Selbstbewusstsein, das man ausstrahlte, wenn die eigenen Untertanen es hören mussten?

Das glaubte er nicht. In ihr lag jetzt eine Gelassenheit, trotz der doppelten Gefahr, die sie bedrohte. Diese war schon seit dem Kuss da. Sie schien einen Zoll über dem Boden zu schweben, obwohl er hingesehen und festgestellt hatte, dass ihre Schuhe fest am Boden standen.

Jack selbst fühlte sich nicht so gelassen. Nicht mit den Worten, die ihm momentan ein Loch in die Kehle brannten, als er auf den richtigen Moment wartete, um sie auszusprechen.

Es gibt keinen richtigen Moment. Es gab jedoch falsche Momente, und in deren Zahl war jeder Moment eingeschlossen, in dem sie nicht unter vier Augen waren. Die Ratgeber bei Hof wussten, dass Nicneven Vidar wollte, aber nicht mehr. Lune würde ihm nicht dafür danken, wenn er den Rest öffentlich enthüllte. Und auch wenn er Lunes Dank nicht brauchte, war es für ihn nötig, dass sie zuhörte.

Also wartete er, während Lune ihre Befehle erteilte, und als sie sich umdrehte, um den Nachtmahr Angrisla über eine letzte Gruppe an der Oberfläche zu instruieren, sprach er Amadea leise an: »Bitte sorgt dafür, dass wir nicht gestört werden. Ich habe eine Angelegenheit, die ich mit der Königin besprechen muss.«

Die Kammerherrin hob die Augenbrauen, machte aber einen bejahenden Knicks. Sie ging gleich hinter Angrisla hinaus, und in dem Augenblick, als die Tür zuschlug, setzte Jack an: »Mein Titel ist mir noch neu, also verzeih mir, falls ich das missverstehe. Aber ich bin hier, um für das Wohl der Sterblichen in London zu sprechen, oder nicht?«

»Das bist du«, stimmte Lune zu.

»Wie ich mir gedacht habe. Dann sage ich in deren Namen: *Du musst verhandeln.*«

Lunes behandschuhte Hand krümmte sich zu einer Klaue, und sie hielt sie an ihre Brust, als würden die zerstörten Nerven sie schmerzen. Wäre sie eine sterbliche Frau, wäre er ein Monster, weil er etwas von ihr verlangte. Sie verdiente völlige

Ruhe und Erleichterung von der Bürde, die sie trug. Doch sie war eine Feenfrau und darüber hinaus eine Königin. Sie würde keine Ruhe finden, solange ihr Reich in Gefahr war.

Jack sprach absichtlich direkt. »Die halbe Stadt ist bereits verbrannt. Mit der Kraft, die der Drache aus diesem Palast gestohlen hat, sieht es so aus, als könnte er die andere Hälfte bis zum Ende des Tages verbrennen. Die Männer oben bremsen ihn auf jede erdenkliche Art, doch der Wind treibt die Flammen weiter wie eine Flotte Feuerschiffe und trägt sie über jede Schneise, dic wir schlagen. Wenn nächste Woche noch irgendetwas stehen soll, dann *muss* die Cailleach aufgehalten werden. Und das bedeutet, dass du irgendeine Übereinkunft mit Nicneven erreichen musst.«

Ihre Lippen wurden zu einer bleichen Linie. Lune war hier gewesen, in den eiskalten Kammern des Onyxpalasts gefangen, während er oben gegen das Feuer gekämpft hatte. Er vermutete, dass sie das Ausmaß der Zerstörung dort nicht verstand. Oh, sie konnte es durch ihr Band mit dem Palast verfolgen – aber sie hatte es nicht *gesehen.* Es war leicht zu vergessen, was man nicht gesehen hatte.

Lune biss die Zähne zusammen, dann fragte sie: »Du willst, dass ich ihr nachgebe?«

»Habe ich das gesagt? Verhandeln ist kein Nachgeben. Schick nach dem Botschafter«, sagte Jack. »Sag ihm ... ach, was auch immer du musst, selbst wenn es eine Lüge ist. Tu so, als würdest du über die Forderungen der Gyre-Carling nachdenken. Selbst wenn es uns nichts weiter als eine kurzzeitige Atempause erkauft, reicht das vielleicht, um die Stadt zu retten.«

»Ich habe um eine Atempause *gebeten* und wurde abgewiesen.«

»Das war eine Atempause für London«, erinnerte Jack sie.

»Ich rede hier von einem Waffenstillstand. Versprich ihnen irgendetwas, aber unter der Bedingung, dass die Cailleach ihren Angriff aufhört, während sie eine Nachricht an Nicneven in Fife schicken. Das gibt uns … Wie schnell können Fae reisen? Sicherlich mindestens eine Woche. Genug Zeit, um …«

Er verstummte, weil Lunes Augen plötzlich sehr weit geworden waren. »Was?«

Sie stand für einen Augenblick schweigend da, dann sagte sie: »Keine Woche.«

Jack blinzelte. »Warum nicht?«

»Die Cailleach.« Lune sprach jetzt lebhafter und schützte nicht länger ihre Hand. »Sie würde niemand Geringerem als einer Königin gehorchen. Wenn uns die Hexe nicht aus Schottland angreift – und ich glaube nicht, dass sie das tut –, dann muss Nicneven in der Nähe sein, um ihr zu befehlen, ihren Ansturm zu beginnen und zu beenden.«

»Dann müsste sie bei den Schotten vor der Stadt sein, nehme ich an«, sagte Jack. »Was hast du vor – ein Messer zwischen ihre Rippen?«

Lune erschauderte und wich vor ihm zurück. »Nein! Sonne und Mond – das würde Vidar tatsächlich recht geben, dass ich zum Spiegelbild von Invidiana geworden bin. Nein, aber wenn ich eine Nachricht schicken und verlangen würde, von Angesicht zu Angesicht mit ihr zu sprechen …«

Invidiana. Er hatte diesen Namen schon zuvor gehört, wenn es um die Tage vor Lunes Herrschaft gegangen war. Falls Jack in diesen Verhandlungen irgendwie von Nutzen sein sollte – wenn er irgendeine Chance haben wollte, Lune davon zu überzeugen, diesen Konflikt ein für alle Mal zu beenden –, würde er mehr darüber erfahren müssen, und zwar schnell. »Wird Nicneven kommen?«

»Ich glaube ja«, sagte Lune. »Und falls ich richtig liege, wird uns das etwas Zeit erkaufen.«

»Um den Drachen zu bekämpfen.«

Ihr antwortendes Lächeln war feurig. »Um ihn zu töten.«

FLEET STREET, LONDON
zehn Uhr vormittags

»Ich glaube nicht, dass es funktioniert!«, schrie Irrith Angrisla zu, und die Mara fauchte als Antwort.

Der Turm von St. Paul stand in Rauch gehüllt, eine seltene Insel aus Vernunft inmitten von Chaos. Die gedrungene, rechteckige Form verriet kein helles Flackern, und sicher würde sie das tun, wenn die Kathedrale Feuer gefangen hätte. Was bedeutete, dass die Truppe, die die Königin losgeschickt hatte, um ihr Grundstück zu verteidigen, erfolgreich war.

Diejenigen, die *nicht* erfolgreich waren, waren unter der Erde im Onyxpalast. Das Feuer hatte den Hügel des Ludgate erklommen und kam von Blackfriars und der Carter Lane nach oben, wo es die hohen Lagen beanspruchte, bis die gesamte Anhöhe wie ein Vulkan wirkte, der schwarze Wolken spuckte. Aus dieser Höhe schleuderte es Funken hinaus, die auf dem Wind auf die Mauer zu ritten.

Die sie nicht aufhielt.

Für eine Weile hatte es funktioniert. Irrith hatte mit angehaltenem Atem beobachtet, wie die leuchtenden Funken an einer unsichtbaren Barriere ausgelöscht wurden. Angrisla, die sich kaum die Mühe machte, ihr hässliches Gesicht zu verbergen, spie einen stetigen Strom aus Flüchen und Spekulationen und identifizierte für Irrith all die Gebäude und Straßen, die diese selbst nicht benennen konnte. Und es schien, als würden die kräftigen Ziegel der Stadtmauer, von den Fae gestärkt, die Bestie aufhalten.

Doch das Ludgate selbst, das lange ein deutliches Profil vor dem Leuchten dahinter gebildet hatte, verschwand abrupt in den Flammen. Die Schuldner, die für gewöhnlich innerhalb seiner Mauern gefangen gesetzt wurden, zerstreuten sich – ob sie von ihren Wächtern freigelassen worden waren oder sich selbst befreit hatten, wusste Irrith nicht –, und die stolzen Statuen des alten Lud und der Tudorkönigin Elisabeth waren irgendwo in der Feuersbrunst verloren. Der Drache war am Tor vorbei und kam schnell auf sie zu.

Angrisla fauchte einen schlimmen Fluch und rannte zur Brücke über den Fleet – nicht vom Feuer weg, sondern auf es zu. *Diese Leute aus London sind verrückt,* dachte Irrith ungläubig. *Sie* wäre nie losgerannt, um das Dorf in der Nähe von Waylands Schmiede zu retten. Die Sterblichen konnten es einfach wiederaufbauen und mehr von ihnen hervorbringen, um diejenigen zu ersetzen, die sie verloren.

Fae allerdings waren schwieriger nachzuzüchten. *Ich muss auch verrückt sein,* gestand Irrith sich ein und rannte Angrisla hinterher.

Die Mara war zumindest nicht direkt in die Flammen gestürmt. Sie blieb auf der Brücke über den Fleet stehen und beugte sich zwischen den Metallstangen hinaus, die sich an ihrem steinernen Rand aufreihten. Irrith schreckte davor zurück, sich neben sie zu stellen, aber ob es wegen des Eisens oder des puren Drecks im Fluss war, konnte der Irrwisch nicht sagen. Wenn die sengende Luft nicht jeden Geruchssinn in ihr verbrannt hätte, hätte sie beim Gestank des Wassers gewürgt.

Angrisla brüllte in das faulige Wasser hinunter. Irrith konnte sie über das orkanartige Rauschen des herannahenden Feuers nicht deutlich hören, und sie war sich nicht einmal sicher, ob die Goblinfrau gerade Englisch sprach.

Außer das letzte bisschen, als Angrisla schrie: »Tu es, du Hure, und ich füttere dich ein Jahr lang jeden Tag mit einer Leiche!«

Was beinahe reichte, um Irrith ganz von der Brücke zurückweichen zu lassen. Sie machte jedoch den Fehler, nach unten zu schauen, und was sie dort sah, ließ sie völlig erstarren.

Etwas bewegte sich in der erstickenden Kloake des Fleet. Das Ding, das träge zwischen den Pfeilern und dem bröckelnden Ufer floss, während seine Oberfläche mit Schutt übersät und von Asche bedeckt war, war kaum überhaupt ein Fluss – und Irrith hatte nie einen Flussgeist wie den gesehen, der sich nun daraus erhob.

Angrisla rannte von der Brücke wie um ihr Leben und zerrte Irrith mit, während sie sprintete. »Die schwarzzähnige Meg«, sagte sie, als sie wieder auf festem Boden zum Stehen kamen, und grinste sie wild an. »Die Hexe aus dem Fleet. Nicht so mächtig wie die Cailleach Bheur, aber mehr als du oder ich.«

»Hast du sie um Hilfe gebeten oder bedroht?«, fragte Irrith, unfähig, von der Monstrosität vor ihr wegzusehen.

Die Mara zuckte mit den Schultern. »Beides?«

Die ölglatte Haut hätte ebenso überhaupt keine Haut sein können, sondern eine Ansammlung an Dreck aus dem Fluss. Die Schultern waren riesig, aber uneben, mit Klumpen aus entweder Muskeln oder Müll übersät und verdreht. Flecken an strähnigem Haar standen aus der Kopfhaut, in deren Zöpfen Abfall verfangen war, und die klauenbewehrten Hände, die sich von der Wasseroberfläche hoben, hätten Irriths Gesicht zusammen oder allein zerquetschen können.

Irrith war *sehr* froh, dass sie das Gesicht der Hexe nicht sehen konnte.

Eine Stimme wie tausend verstümmelte Raben schrie dem Feuer irgendeine unverständliche Herausforderung zu. *Ich glaube nicht, dass sie mit Leichen bestochen werden muss,* dachte Irrith und wich noch einige Schritte zurück. *Das ist ihr Territorium, und sie mag keine Eindringlinge.*

Was sich heranschlängelte, um sich der Hexe zu stellen, war nicht der gesamte Drache. Irrith war sich nicht sicher, dass es ein solches Ding noch *gab.* Die Bestie war unter der ermutigenden Hand des Winds so riesig geworden, dass sie sich wahrscheinlich an einem halben Dutzend Orten gleichzeitig manifestieren konnte.

Es war nicht der gesamte Drache. Aber es war groß genug.

Die schwarzzähnige Meg zuckte nicht zurück. Sie heulte vor Zorn und warf ihre Klauenhände himmelwärts, wo sie sie in das geschmolzene Fleisch der Kreatur grub. Ein so schlimmer Gestank, der durch Irriths vernebelte Sinne drang, traf sie wie die Keule eines Riesen und schlug sie zu Boden. Der Irrwisch wand sich auf dem hart gebrannten Dreck, bis sie spürte, wie sich Angrislas knochige Finger um ihren Arm schlangen und sie in die Aufrechte zogen.

Die Flusshexe war aus dem Blickfeld verschwunden, in einer zuckenden, reißenden Masse aus Flammen begraben. Die Steine der Brücke neben dieser Schlacht begannen, vor Hitze zu glühen. Der Drache – dieser Teil von ihm – war festgesetzt.

Aber für wie lange?

Die Hexe war kein großer Geist, nicht wie der Alte Vater Themse. Funken flogen über ihre Köpfe und suchten nach den trockenen, dicht gedrängten Häusern der Fleet Street.

Und von innerhalb der tosenden Schlacht hörten der Irrwisch und die Mara die schwarzzähnige Meg brüllen.

»Ich glaube nicht, dass es funktioniert«, sagte Angrisla, und Irrith fluchte zustimmend.

ALDERSGATE, LONDON
vier Uhr nachmittags

Das plötzliche Krachen einer Explosion ließ den Mann neben Jack hochschrecken und sich panisch umsehen. Der Arzt packte ihn an der Schulter, ehe er wegrennen konnte. »Es sind keine Ausländer«, sagte er erschöpft, weil er es tausendmal wiederholen musste. »Die Männer des Herzogs sprengen Häuser um das Cripplegate, um die Ausbreitung des Feuers zu stoppen.« Ebenso am Tower, obwohl das meiste, wenn nicht alles an Schwarzpulver aus der Festung abtransportiert worden war. Jack hoffte, dass irgendjemand vernünftig genug war, auch Schneisen in den freien Distrikten westlich der Innenstadt zu schlagen – aber er hatte keinen Sinn für dieses Land, das außerhalb der Grenzen des Onyxpalasts lag.

Dieser seltsame, zusätzliche Sinn wurde jedoch beinahe über seine Lebensfähigkeit hinaus geplagt. Jack war gezwungen gewesen, um die halbe Stadt zu reiten, um diesen Ort zu erreichen. Von allen Eingängen zum Feenpalast waren nur noch die Türen bei den Crutched Friars und am Tower unbeschädigt. Die von St. Paul war noch intakt, aber auf allen Seiten von Flammen eingeschlossen.

Alles andere war an den Drachen gefallen.

Die westliche Mauer war früh eingestürzt – nicht physisch, aber in ihrer magischen Verstärkung. Hier, wo der nördliche

Ausläufer dieser Verteidigungslinie für eine Weile nach Osten bog, wurde die Linie durchbrochen, aber nicht weit. Die schmale Lücke am Aldersgate erstickte die Flammen, ließ nur einen schlanken Arm durch, und dem Wind fehlte es an ausreichender Stärke nach Norden, um die Funken über die Höhe der Ziegel zu tragen. Sie kämpften um jeden Zoll, den es beanspruchte, mit dem Feuer.

Zu viele Zoll jedoch. Die Botschaft war abgeschickt. Nun warteten sie darauf, ob Nicneven antworten würde, und verloren mit jeder Minute, die verstrich, mehr von London. Und Jack, der sich der Ironie sehr wohl bewusst war, betete zu Gott, dass Lune recht hatte – damit, dass die Gyre-Carling hier war, mit ihrer Willigkeit, sie zu treffen, mit dem Töten des Drachen, mit allem. Ansonsten würden sie alles verlieren, das zu retten sie hofften.

Er konnte nicht unten sitzen und warten. Es würde ihn in den Wahnsinn treiben. Also kam er wieder hier heraus, schloss sich den Männern an, die immer noch kämpften, und versuchte mit jedem verfügbaren Mittel, das Feuer zu verlangsamen.

Schreie erhoben sich an der Ecke gegenüber von Jack. Ein Funke hatte sich ins Holz gegraben, von den Männern unbemerkt, die eifrig darum kämpften, einen anderen Brand zu löschen, und nun stand eine ganze Mauer in Flammen. Taumelnd und erschöpfter, als er sagen konnte, packte Jack den nächstbesten Kerl am Ärmel – irgendeinen feinen Gentleman, dessen prächtige Kleidung nicht einmal mehr als Lumpen zu brauchen wäre, wenn das hier erledigt wäre – und zerrte ihn auf einen ungenutzten Feuerhaken zu. Irgendwie schafften die beiden es, das schwere Eisen nach oben zu richten. Dann kamen andere zu ihnen und halfen, den Haken in einen Ring unter den Dachbalken des brennenden Hauses zu manövrieren. »Wir haben ihn!«, rief Jack mit einer Stimme, die vor Rauch und Strapazierung heiser geworden war, und ein Dutzend Hände packten die Seile, die entlang der dreißig Fuß der Stange angebracht waren. Gemeinsam hievten sie alle brüllend, bis das Bauholz nachgab und die Vorderseite des Hauses einstürzte.

Funken flogen gen Himmel, aber andere standen mit Eimern bereit. Jack und der feine Gentleman positionierten sich so nahe an der Hitze, wie sie konnten, und schütteten Wasser auf den knisternden Schutt, bis das letzte bisschen davon verlosch. Ein kleiner Sieg: wieder ein Haus zerstört, in der Tat, doch es würde sich nicht auf andere ausbreiten.

Mit pochendem Herzen ließ Jack den letzten Eimer aus seiner von Blasen übersäten Hand fallen. Sein Begleiter warf ihm ein rußgeschwärztes Lächeln zu und schob die strähnige, verschwitzte Masse seines dunklen Haars zurück in die Schleife, aus der es gerutscht war.

Es gab andere Orte, an denen sie kämpfen konnten. Jack machte den Mund auf, um vorzuschlagen, dass sie sich einer Gruppe weiter unten an der Straße anschließen sollten, doch ließ ihn offenstehen, als ein Reiter herantrabte und neben ihnen anhielt.

Er erkannte den Mann auf jenem Pferd, der seit gestern früh überall in der Stadt gewesen war. Die hervorstehende Nase von Jakob Stuart, Herzog von York, wäre durch jede Rußschicht zu erkennen gewesen.

Jack konnte nur seiner völligen Erschöpfung die Schuld geben, dass er dieselbe Nase an dem feinen Gentleman neben ihm nicht erkannt hatte.

»Wir haben das Feuer hier unter Kontrolle«, sagte der Herzog zu seinem Bruder, während er Jack ignorierte. »Die

Männer, die in den freien Distrikten kämpfen, könnten aber Ermutigung gebrauchen.«

Karl Stuart nickte. »Aber belohne jene, die hier arbeiten. Durch ihre Anstrengungen sind die nördlichen Distrikte gerettet.« Der König von England fasste in eine Umhängetasche, zog eine glänzende Guinee heraus und bot sie Jack an.

Der sie nur mit offenem Mund anstarrte. Die Münze war so sauber und blitzte im Nachmittagslicht vor strahlendem Gold, dass er es nicht begreifen konnte. Ebenso wenig die Hand, die sie hielt. Der König und der Herzog waren den ganzen Tag in der Stadt und um sie herum unterwegs gewesen – so viel hatte Jack gehört –, und ja, sie arbeiteten neben den Bürgern von London mit ihren eigenen Händen, aber …

Aber der große Mann mit der langen Nase vor ihm war, so fein seine Kleidung auch gewesen war, so weit von dem trinkenden, hurenden, feiernden Herrscher von England entfernt, dass Jacks müder Verstand die beiden einfach nicht in denselben Körper setzen konnte. Und so starrte er, bis Karl sagte: »Nehmt sie. Ihr habt sie bei der Verteidigung meiner Stadt verdient.«

Jack fand genug Verstand wieder, um den Kopf zu schütteln. »Behaltet sie, Eure Majestät, für irgendeinen anderen Mann – einen, der sie dringender braucht.« Der Teil seines Kopfs, der noch einen Hauch Vernunft besaß, erinnerte ihn, dass sein Haus in der Monkwell Street fort war, ebenso wie das Königliche Kollegium der Ärzte und der Saal der Barbiere und Chirurgen.

Doch ich habe die Fae. Andere haben nicht so viel Glück.

Karl lächelte wieder. Es war freundlich und offen. Kein Wunder, dass so viele diesen Mann trotz seiner Fehler als König mochten. Er steckte die Münze wieder ein und bot Jack stattdessen seine Hand an. Sein kräftiger Griff verlieh Jack Stärke – nicht durch Magie, sondern den einfachen Charme seines Selbstbewusstseins und seiner Gutmütigkeit. »Euer Name?«

»Jack Ellin. Doktor.«

»Gott schicke mir mehr Untertanen, die so wohltätig sind wie Ihr, Dr. Ellin. Kämpft weiter. Wir werden diese Bestie noch töten.« Ein Gentleman führte ein weiteres Pferd herbei. Karl stieg auf und war verschwunden.

Wir werden diese Bestie noch töten. Jack betete, dass es so sein würde.

Aber der Wind wurde stärker.

DER ONYXPALAST, LONDON
acht Uhr abends

Sie hatten die Verteidigung der Mauer aufgegeben. Am Ende der Basinghall Street, etwas östlich des Cripplegate, hatte sich das Feuer selbst an den hohen Ziegeln erschöpft. Westlich, vom Tor selbst aus, hielt die Verstärkung ausreichend, dass die sterblichen Verteidiger die Flammen zum Stillstand bringen konnten, nur Schritte jenseits der Linie.

Jene entlang der entferntesten Ausläufer der Mauer jedoch, vom Newgate zum Fluss hinunter, lagen jetzt in einem erschöpften Stupor und wurden von Hauselfen mit trauriger Miene versorgt.

Jeden Fae, der noch einen Hauch Lebenskraft in sich übrighatte, hatte Lune nach oben geschickt, um einen Ring um St. Paul zu bilden. Der Drache griff die Kathedrale schwer an, und sie durften ihn nicht durchbrechen lassen. Wie der Stein war sie ein fundamentaler Teil des Onyxpalasts. Wenn der Drache sie eroberte, würde der Palast bald folgen.

Lune behielt nur ihre Ritter zurück, die jetzt in dünnen Reihen auf dem weißen Sand des Amphitheaters standen. Ihre Zahl hatte sich nie ganz vom Krieg und Prigurds Verrat erholt. Sie konnte nur hoffen, dass es genug wären.

Jack stand an ihrer Seite, nur von grimmiger Willensstärke aufrecht gehalten. Es würde keine Rede von ihm geben und auch keine von ihr. Die Onyxwache musste für diese Schlacht nicht überzeugt werden. »Der Drache will die Kathedrale«, sagte sie einfach. »Das bedeutet, dass er sich auf einen Ort konzentriert, und das bedeutet, dass wir ihn bekämpfen können. Nicht Bruchstücke seiner Macht, nicht die Salamander, die er geboren hat: den Drachen selbst. Und wir müssen ihn töten.«

Sie fügte nicht an: *zum Wohl von London.* Die erschreckende Wahrheit war, dass London verloren war. Ein Überrest davon überlebte im Nordosten und bildete einen Bogen zum Tower hinunter. Die Vorstädte, die außerhalb seiner Mauern lagen, waren größtenteils unberührt, bis auf die freien Distrikte unmittelbar im Westen. Doch die Stadt selbst war zerstört. Sie hatten am Sonntag und Montag schreckliche Verluste erlitten, und heute hatte der Drache, von seiner gestohlenen Macht genährt, noch einmal so viel verschlungen. Wenn man noch irgendetwas retten konnte, waren es die Strand, Covent Garden und Westminster.

Doch London war mehr als nur die Stadt innerhalb der Mauern. Sie würden ihre Verteidigung nicht aufgeben, solange auch nur ein Dorf außerhalb in Gefahr war.

Sir Peregrin räusperte sich. »Madam – wollt Ihr ihn in den Onyxpalast durchlassen?«

»Nein«, sagte Lune. »Ihr werdet außerhalb der Kathedrale gegen ihn kämpfen.«

In der sterblichen Stadt. Nicht unter Zaubern versteckt und vorgebend, dass das, was sie taten, etwas Weltliches wäre. Einen derartigen Kampf wie diesen konnte man nicht verbergen. Doch wer hätte es sehen sollen? Der Hügel mit der Kathedrale war eine Insel in einem Flammenmeer. Die Menschen waren geflohen. Ihre Kirchenglocken waren verstummt, deren Messingzungen nun geschmolzene Schlacke in einer Wüste aus Zunder. Wenn London auch nicht ganz sicher für ihr Volk war, war es, seit die Menschheit sich an den Themseufern niedergelassen hatten, nicht so nahe daran gekommen.

Der Hauptmann der Onyxwache legte eine Hand auf sein Herz. Lune kannte seine Zweifel so gut, als hätte er sie ausgesprochen: Seine Ritter waren tapfer, aber wenige, und der Drache ein schrecklicherer Feind, als sich ihnen je entgegengestellt hatte.

Sie würde einige von ihnen – vielleicht alle – in den Tod schicken.

Doch jeder, dem der Mut für diese Schlacht fehlte, war bereits geflohen.

»Lasst mich gegen ihn kämpfen.«

Die Stimme kam vom Eingang des Amphitheaters und dröhnte in Lunes Magengrube. Gebrochen und heiser, doch immer noch vertraut, und ihr schnürte es die Kehle zu.

Prigurd Nellt war in Lumpen gekleidet, und sein Haar war unter dem Helm, den er jetzt abnahm, lang und zottig gewachsen. Tiefe Falten überzogen die harte Haut in seinem Gesicht und zeigten die einsamen Jahre seines Exils. Doch seine Schultern waren aufrecht, und der Griff seines riesigen zweihändigen Schwerts ragte über eine davon, in abgetragenes Leder gewickelt.

Peregrins eigenes Schwert zischte aus seiner Scheide, und die Spitze blitzte flammend auf, als er sie auf den Riesen richtete. »Ihr seid verbannt worden. Warum seid Ihr hier?«

»Um London zu verteidigen.« Prigurd sagte es ohne Umschweife. Vorsichtig kam er näher, während Peregrins Klinge jedem seiner Schritte folgte, und hielt weit vor Lune an. Dann kniete er sich in den Sand. »Eure Majestät, Lord ...« Er verschluckte Antonys Namen, ehe dieser herauskam, und blinzelte Jack verwirrt an. »Äh ... Prinz. Lasst mich für Euch kämpfen.«

Jack starrte ihn voll eindeutiger Neugier an, doch Lune hatte keine Zeit für Erklärungen. Sie blickte finster auf den Exilanten hinunter. »Ihr gehört nicht länger zu unserer Garde.«

Die Zweifel des Riesen wurden deutlich, als er die Ritter beäugte. »Ich weiß. Ich ... ich habe das nicht vergessen. Aber ich hatte Zeit zum Nachdenken und zum ... Bereuen. Ich erwarte nicht, dass Ihr mich zurückkommen lasst, Euer Gnaden. Deshalb bin ich nicht hier. Ich will nur *irgendetwas* tun. Damit ich mich, wenn ich an diesen Ort denke, an etwas anderes erinnern kann als daran, wie ich Euch verraten habe.«

Der Kloß in ihrem Hals wurde größer. Gegen seine Scham, gegen die Drohung einer Strafe war er in dieser verzweifelten Stunde zu ihnen zurückgekehrt. Nicht für eine Belohnung – sie glaubte ihm, als er das sagte. Doch aus Ehre und Pflicht und Loyalität. Weil das hier seine Heimat war, selbst wenn sie ihn daraus vertrieben hatte.

Peregrins Körper surrte praktisch vor Misstrauen. Lune hob die Finger und winkte ihm, dass er zurückweichen sollte. »Madam ...«, setzte er an.

»Wir brauchen ihn«, sagte Lune. »Seine Größe, seine Stärke. Wollt Ihr Euch einem Feind stellen, dessen Kopf Ihr nicht erreichen könnt? Wir werden keinen Schwertarm abweisen, Peregrin – nicht, wenn unser Reich auf dem Spiel steht.«

Ein Aufatmen von Prigurd, das bei einer kleineren Kreatur vielleicht unbemerkt geblieben wäre. Seine dicken Finger gruben sich in den Sand.

Von Lunes Seite kam unerwartete Unterstützung. »Ich war nicht hier, als die Verbrechen dieses … Kerls begangen wurden«, sagte Jack. »Tatsächlich habe ich keine Ahnung, wer er ist. Was mich, denke ich, so nahe an einen Unbeteiligten bringt, wie wir in diesem Raum finden können. Ich treffe kein Urteil über seine vergangenen Taten, aber wenn er für uns kämpfen will, dann gehört ihm meine Gunst.«

Prigurd riss verblüfft den Kopf hoch. Reine Freude blitzte dort nur für einen Augenblick auf und traf Lune wie ein Schlag.

Zumindest das verdient er von mir.

»Für diese Schlacht«, sagte sie, »soll er meine ebenfalls haben.« Sie fingerte an der Diamantbrosche herum, die ihren Mantel geschlossen hielt, nahm sie ab und streckte sie dem Riesen hin. Der Stern, der in ihren Tiefen begraben war, funkelte im Licht. »Und wenn dies getan ist, soll er hier im Onyxpalast drei Tage und Nächte Sicherheit genießen, in denen keine Hand gegen ihn erhoben wird.« Konnte sie mehr als das gewähren? Das hing von seinen ehemaligen Waffenbrüdern ab – die, auch wenn sie ihm nicht direkt verziehen, mehr als erleichtert darüber wirkten, die Stärke des Riesen auf ihrer Seite zu haben. Nach der Schlacht würden sie ihn vielleicht mit erneuertem Wohlwollen betrachten.

Ungläubig stand Prigurd auf, legte die Entfernung zwischen ihnen mit zwei Schritten zurück und nahm ihr die Brosche aus der Hand. Seine schwielige Haut rieb gegen ihre – und dann japsten Jack und Lune gleichzeitig.

Sir Peregrin stürmte vor, bereit sie zu verteidigen, doch er hatte sich kaum bewegt, ehe ein winziger Irrwisch in die Luft über ihren Köpfen kreischte und schrie, was die Königin und der Prinz bereits wussten. »Die Kathedrale brennt!«

ST.-PAULS-KATHEDRALE, LONDON
acht Uhr abends

Der Drache fand seinen Halt genau auf dem Gerüst, das für die Reparaturen an der Kathedrale errichtet worden war. Acht Tage zuvor hatte sich der Architekt Dr. Christopher Wren mit anderen getroffen, um ihre Renovierung zu diskutieren: das Flicken ihres zerstörten Dachs, das Geraderücken der schiefen Mauern, das Abstützen einer Säule, die unter dem Gewicht des Mittelturms verrutscht war.

Nun entzündete sich ein Funke am Rand eines Bretts, das man bereitgelegt hatte, um ein Loch im Blei zu reparieren, und grub sich nach innen.

Die erschöpften Verteidiger im Höllenofen des Kirchhofs zogen sich besiegt zurück. Der Drache grub seine Klauen in das Brett, und Flammen züngelten über das ausgetrocknete Bauholz. Stein konnte nicht brennen, aber seine Beschläge schon, und voll gefräßigem Hunger drängte das Feuer nach innen und suchte nach der Macht darunter.

Im zerbrochenen, zersplitterten Boden des Kirchenschiffs öffnete sich der Eingang. Heraus marschierten in einer grimmigen Schlachtreihe die Ritter der Onyxwache und ihr ehemaliger Befehlshaber mit den Waffen in der Hand.

Sie reihten sich im südlichen Querschiff auf, wo Sir Peregrin Thorne ein Ende ihrer Linie und Dame Segraine das andere bildete. Die Grabmäler von Londons würdigen Vorvätern standen zwischen ihnen wie Schildkameraden. Die gewölbten Steinhöhen der Decke verbargen die Flammen vorerst, doch die Steinblöcke mahlten ominös gegeneinander, von der rauschenden Hitze verschoben. Das Holzdach über ihnen war zu hoch, als dass irgendjemand die Flammen löschen konnte, selbst wenn sie Wasser hätten bringen können. Alles, was sie tun konnten, war warten.

Warten, und sich bereit machen. Prigurd Nellt hielt den Griff seines Schwerts in beiden Händen gepackt, atmete langsam ein, ließ seine riesige Brust expandieren – und *wuchs.*

Die Tage, als ein Riese in seiner wahren Form durch das Land streifen konnte, waren vorbei. Um im Onyxpalast oder im Heim irgendeines anderen Feenmonarchen zu leben, schrumpfte er sich und verkleinerte seine Masse, bis er dort wohnen konnte – wenn auch nicht bequem. Doch hier, von Mauern aus Stein und Flammen versteckt, während die steinerne Decke so hoch über ihm war, konnte Prigurd sein, wie er einst gewesen war.

Die Schultern des Riesen schwollen nach oben und außen. Mit gesenktem Kopf wuchs Prigurd, streckte Arme, die so dick wie der Körper eines Ochsen waren, stand auf Beinen von der Größe mächtiger Bäume. In seinen Händen hielt das Schwert Schritt, bis drei Männer es zusammen nicht hätten führen können. Aus dem Stein seiner felsigen nördlichen Heimat gehauen, enthielt die Klinge einen Hauch jener Eiseskälte, und der Riese lächelte, als er daran dachte, was sie tun konnte.

Kein Drache würde sein Heim fressen. Nicht an diesem Tag und auch an keinem anderen.

Das Holzdach stand nun gut in Flammen, doch das Feuer hatte nicht die Geduld zu warten. Mit einem Brüllen stürzte sich seine Macht nach unten, und die Steine an der Decke zersprangen, als seien sie von Schwarzpulver gesprengt worden.

Eine flammende Säule schlug auf den Boden durch und zerschmetterte das liegende Monument eines lange verstorbenen Ritters in Stücke. Nach oben bogen sich die Flammen, ein dichtes Band, das sich um sich selbst schlängelte, bis die versammelten Fae es kaum ansehen oder die sengende Luft atmen konnten. Der Stein darunter glühte weiß und zerfiel zu Staub, der in einem heißen Wirbelwind strömte, der Herold des Drachen.

Prigurd, der die Augen gegen den Staub zugepresst hatte, musste ihn nicht sehen. Er wusste, welche Richtung vorwärts war, und der Feind war wie er zu groß, um ihn zu verfehlen.

Der Riese brüllte einen Kampfschrei, Lunes Brosche ein winziger Stern auf seiner Schulter, und stürzte sich in die Schlacht.

Die Spitze seines uralten Schwerts schnitzte eine breite Wunde in die sich drehende Masse der Flammen. Es war nicht, als würde man Fleisch treffen, aber auch kein masseloses Feuer. Der Körper des Drachen war halb fest und bot seiner Klinge einen gewissen Widerstand. Prigurd, der mehr erwartet hatte, hatte sich mit zu viel Schwung vorwärts gestürzt. Er fiel nach vorn, sodass eine Schulter gegen die Bestie krachte.

Haut wurde versengt, und Prigurd brüllte, doch der Drache spürte es ebenfalls. Der Strudel zuckte zurück und kollidierte mit der Wand des Querschiffs. Die Kathedrale bebte, und weitere Steine fielen von oben herab. Mehrere Ritter taumelten, doch sie kamen schnell genug wieder ins Gleichgewicht, als sie sahen, dass sie einen Feind zu bekämpfen hatten.

Denn Prigurds Schwert hatte eine sich windende Masse freigehackt, die auf den Boden darunter fiel, wo sie sich schnell neu zu einem monströsen Salamander, so hoch wie ein Kutschpferd, formierte. Zwei Ritter stürmten auf ihn los und trieben ihn von der Hauptschlacht zurück, während Dame Segraine eine Hand um ihren Mund legte und in das tosende Chaos der Schlacht über ihr schrie: »Prigurd! Hackt ihn klein – wir übernehmen den Rest!«

Prigurd, der unter einer erstickenden Flammenmauer gefangen war, hatte keinen Atem zum Antworten. Doch er war ein Kind der Erde, aus festem Stein geboren, und brannte nicht, wie es weicheres Fleisch wohl würde. Er legte seine Hände an das Feuer, *schob* und ließ den Drachen rückwärts wirbeln, aus dem Querschiff und in die lange Weite des Hauptschiffs hinunter. Seine Substanz teilte sich um die dicken Säulen und formierte sich auf der anderen Seite neu, doch bis dahin war Prigurd dort und schwang sein Schwert in einem beidhändigen Griff, der einen Klumpen nach dem anderen weghackte.

Er trieb ihn durch das Kirchenschiff hinunter und brüllte in wortloser Freude. Zum ersten Mal seit einem vergessenen Zeitalter war Prigurd wieder ein Riese und kämpfte gegen einen Feind, der seiner Stärke würdig war. Wenn Grabmäler unter seinen Hieben oder denen des Drachen zerschmettert wurden, wenn Säulen splitterten und Gestein durch die tosende Hitze dieses Kampfs nach außen explodierte, es kümmerte ihn nicht. Der göttliche Herr des himmlischen Hauses war nicht seine Sorge, und die verwesenden Leichen der sterblichen Toten waren es ebenfalls nicht. Diese Kreatur bedrohte sein Heim. Er würde die Bestie zu den westlichen Türen hinaustreiben und ihr die Säulenhalle auf den Kopf fallen lassen. Er würde sie den Ludgate Hill hinunter treten und in den stinkenden Wassern des Fleet ertränken. Er würde sie zerreißen, bis nichts mehr zum Zerreißen übrig wäre, und wenn das getan wäre …

Die gewölbten Rippen der Decke stürzten am westlichen Ende des Hauptschiffs ein und ließen unter dem Stein brennende Holzsplitter herabregnen. Der plötzliche Zustrom von Luft hauchte dem Drachen neues Leben ein, der mit einem betäubenden Hieb gegen Prigurd zustieß. Er wusste, wo der Eingang lag, obwohl sich der Boden hinter der Onyxwache geschlossen hatte, und wusste, dass der Riese ihn von seiner Beute wegtrieb.

Flammenzungen peitschten auf Prigurd ein, packten seine Arme und brachten die kalte Klinge, die immer wieder in das Fleisch des Drachen biss, zum Stillstand. Das Feuer hob seine Beute mit Gewalt und schleuderte sie das Kirchenschiff entlang, zweihundert Fuß, bis Prigurds Sturz von den mächtigen Säulen der Vierung aufgehalten wurde. In einem Augenblick legte es die gesamte Entfernung wieder zurück, die es verloren hatte, und beugte sich, um gegen den verwundbaren Stein darunter zuzuschlagen.

Doch der Rest der Onyxwache war dort, hängte sich an seine Seiten wie Ratten, rammte lange Speere in das kochende Herz der Flammen. Es wischte sie zur Seite wie Kegel, dann stellte es fest, dass sich Prigurd wieder gefangen hatte. Der Riese stellte die Füße weit auseinander, packte den Drachen im Griff eines Ringers und zerrte ihn zurück ins Chorseitenschiff, wo die Bänke sofort zu Asche zerfielen. Mit einer hebelartigen Drehung schmetterte das Feuer Prigurd gegen die südliche Mauer. Das aufragende Monument an den Lordkanzler der alten Elisabeth, Sir Christopher Hatton, zersplitterte und stürzte ein und zerschmetterte unter sich die einfachen Grabmäler von Sir Philip Sidney und Sir Francis Walsingham.

Peregrin brüllte. Mit einer gewaltigen Anstrengung hatten er und ein weiterer Ritter Prigurds Schwert nahe genug herangeschoben, dass er es packen konnte. Der Riese nahm es wieder in die Hand und stach es in die Flanke des Drachen. Damit als Hebel zwang er die Bestie von sich weg und kam wieder auf die Beine. Indem er arbeitete wie ein Bauer, der Holz hackte, schlug er immer wieder zu, ließ Hiebe auf die Bestie herabregnen und sandte ihre Salamander in alle Richtungen, wo die anderen Ritter sie niedermetzelten.

Doch jetzt war er am falschen Ort: Der Drache stand zwischen ihm und dem Eingang, nicht andersherum. Dies wurde Prigurd zu spät bewusst, als das Feuer plötzlich herumwirbelte, wieder in die Vierung.

Er sprang ihm mit einem verzweifelten Brüllen hinterher. Wenn es nur einen Augenblick hatte, um seine Macht zu sammeln, würde es durchbrechen. Nicht in die Kapelle darunter, die kleine Kammer, in der sich die Gemeindemitglieder von St. Faith versammelten, sondern in den Raum, der auf keinem weltlichen Weg erreicht werden konnte.

Er konnte das nicht zulassen. Und so griff Prigurd, der wenig davon wusste, was er tat, sondern nur, dass er seinen Feind mit jedem verfügbaren Mittel aufhalten musste, nach einer Stärke, die sogar noch größer war als seine eigene.

Sein Schwert schlug zu, nicht gegen den Drachen, sondern gegen die vier massiven Säulen, die sie umgaben.

Von langer Vernachlässigung geschwächt und durch das gewaltige Gewicht des Turms über ihnen aus dem Gleichgewicht gebracht, gaben sie nach wie Zweige. Die Säulen brachen, und die gesamte Höhe von St. Paul krachte auf die Vierung hinunter.

Der Drache verschwand unter dem Einsturz. Ebenso verschwand Prigurd. Und die Steinplatten am Boden, von unten durch die Bögen der Jesuskapelle gestützt, wurden zu Staub zerschmettert.

Der brennende Schutt stürzte in die kleine Kirche von St. Faith hinunter und explodierte in schrecklichem Licht. Denn in jenem Raum – von Stein umgeben, sorgfältig versiegelt, und von den Buchhändlern, die Gemeindemitglieder waren, für den sichersten Ort in ganz London gehalten – ruhten die dicht gedrängten Bände ihres gedruckten Wohlstands. Von billigen Balladen aus den Armenvierteln zu ledergebundenen Ausgaben von Vergil und den Kirchenvätern war es die gewaltigste Bibliothek in ganz England.

Fort, in einem Augenblick vernichtender Flammen.

Oben taumelten die Ritter der Onyxwache auf die Füße, hustend und blind. Segraine wischte sich die tränenden Augen und sah die infernalische Grube, wo Drache, Riese und Eingang gestanden hatten. Flammen tanzten überall um sie herum, und immer mehr von der Decke stürzte ein, doch dies waren kleine Kreaturen, kaum mehr als Aufflackern eines Geists, nicht die gewaltige Bestie, die es zuvor gewesen war.

Peregrin stolperte an den Rand der Grube und packte etwas. »Helft mir!«, würgte er hervor. Als sie an seine Seite rannte, stellte Segraine fest, dass er einen Arm hielt – geschrumpft und schwarz, doch er hatte immer noch den Griff eines Schwerts in der Hand. Es schenkte ihr kurz Hoffnung, und gemeinsam zogen sie … doch was aus dem Inferno kam, war nichts Lebendiges.

Sie hätte Prigurd niemals erkannt, wären da nicht Helm und Schwert gewesen. Die gesamte Größe des Riesen war geschrumpft und hatte einen zerstörten, verwitterten Körper hinterlassen, der ebenso einem uralten und lange toten Menschen hätte gehören können. Peregrin und sie zerrten ihn nach Osten in die relative Sicherheit des Chorschiffs, wo ein Teil der Decke noch hielt, und dort brachen sie zusammen, während die Ritter der Onyxwache nach und nach zu ihnen kamen.

»Wir müssen ihn zu Lune bringen«, sagte Segraine hustend. Wenn sie viel länger blieben, wären alle von ihnen tot, nicht nur der Riese.

Peregrin starrte mit einer gebrochenen und verlorenen Miene auf die Leiche hinunter. Vor ihm lag sein schrecklicher Feind, der Verräter an seiner Bruderschaft: in einen Heldentod gegangen. Das Feuer, das in der unterirdischen Kapelle brannte, war nur Feuer, nicht der Drache. Und *nichts* würde durch diesen Eingang gehen – vielleicht nie wieder. Prigurd hatte St. Paul zerstört, aber den Onyxpalast gerettet.

Schließlich schüttelte der Ritter den Kopf. Falls Tränen Spuren durch den Ruß an seinen Wangen zogen, so konnte niemand sie von Schweiß unterscheiden. »Wir müssen fliehen«, sagte er, »und wir können ihn nicht tragen.«

Gleichzeitig drehten sie sich alle um und blickten an der tosenden Grube von St. Faith vorbei zum westlichen Ende der Kathedrale. Die neue Säulenhalle dort stand noch, aber draußen war die ganze brennende Stadt ohne eindeutigen Weg in Sicherheit.

Peregrin hatte recht. Sie hätten Glück, wenn sie selbst hinauskämen.

Segraine faltete die Hände von Sir Prigurd Nellt über seiner Brust und steckte das nun geschrumpfte Schwert unter sie. »Wir werden uns an Euch erinnern«, flüsterte sie und machte einen letzten Salut vor ihrem ehemaligen Hauptmann.

Dann verließen die Ritter der Onyxwache die Ruine von St. Paul.

DER ONYXPALAST, LONDON
elf Uhr abends

Jack erkämpfte sich seinen Weg ins Bewusstsein einen Zoll nach dem anderen. Sein Kopf pochte, als sei er mit einer Axt gespalten worden. Lunes Hände stützten ihn, doch als seine Sicht klarer wurde, sah er, dass die Feenkönigin nicht besser aussah als er.

St. Paul. Jetzt erinnerte er sich.

Er wollte es ein Wunder nennen, dass der Onyxpalast überlebt hatte, doch er war nicht sicher, was, wenn überhaupt etwas, Gott mit Feenpalästen und deren Erhalt zu tun hatte. *Vielleicht hat der Allmächtige meine Gebete erhört.* Irgendwie bezweifelte er es.

Lunes Worte vertrieben alle Gedanken an Gott aus seinem Kopf. »Der Wind hat nachgelassen«, sagte sie, und ihre Stimme brach beim letzten Wort. »Nicneven ist gekommen.«

Die Stille dröhnte in seinen Ohren. Keine Stimme, die von Krankheit und Tod flüsterte, kein winterlicher Sturm, der den Onyxpalast zu Eis abkühlte. Gesegnete, gesegnete Ruhe und ein Hauch Wärme, der sie weitertrug.

Und die Gyre-Carling war gekommen.

Jack schob sich auf die Beine, wollte sich das Gesicht am Ärmel abwischen und stellte fest, dass beide gleich dreckig waren. Lune rang sich ein schwaches Lächeln ab. »Sie ist noch nicht hier drinnen«, sagte die Elfenfrau. »Wir haben Zeit, zu baden und uns anzukleiden.« Dieses eine Mal graute es Jack nicht vor der Pracht, die zweifellos angesagt war. Er verspürte nicht den Wunsch, Nicneven entgegenzutreten, solange er wie das Innere eines Ofens aussah.

Was das anging, was passieren würde, wenn sie das taten …

Eine Sache hatte er beschlossen, nachdem die Ritter nach oben marschiert waren, um ihre Schlacht zu schlagen, ehe der Einsturz der Kathedrale ihn wie einen Baum gefällt hatte.

Wir werden ihr Vidar geben, und wenn ich den Hurensohn selbst ausgraben muss.

Geschmolzenes Blei fließt wie Blut den Ludgate Hill hinunter, strömt vom sterbenden Körper von Londons gewaltiger Kathedrale. Im Norden glänzt das Holzdach der ehrwürdigen alten Guildhall in der Nacht wie Gold, ein zweiter Leuchtturm für jene, die von den Feldern im Norden beobachten, oder jene auf der anderen Flussseite. Die Pappmaché-Statuen von Gog und Magog sind vor ihre Füße gefallen. Im Herzen der Stadt raucht Glut, und hier und dort tanzen immer noch kleine Feuer, doch drei Tage der Zerstörung haben sie zu einer verwüsteten Ebene gemacht, die raucht wie die Hölle selbst und von den gebrochenen Fingern von Ziegelkaminen und Steinmauern, Überlebenden des Höllenfeuers, durchbrochen wird.

Jene, die davor geflohen sind, drängen sich unter Decken, wenn sie Glück haben, tragen nichts als ihre Hemden, wenn sie keines haben. Wachen beobachten sie, halten den Frieden des Königs und versuchen – wo sie können –, jene zu fangen, die andere in ihrem Unglück plündern wollen. Anderswo dauern die Schlachten an, denn mit dem Abflauen des Winds kommt zum ersten Mal Hoffnung, dass sie es vielleicht endlich schaffen können, das Feuer zu löschen.

Jeder Mann, der in diesen drei Tagen gekämpft hat, haucht dasselbe Gebet und hofft, dass es mit dem Rauch in den Himmel und an die Ohren des allmächtigen Herrn aufsteigt.

Lass den Wind abgeflaut bleiben und das, was noch übrig ist, gerettet werden.

TEIL VIER

Die wenigen Lebenden
1665–1666

»Es war ein Jahr an Katastrophen in dieser Nation gewesen: Pest, Feuer, Regen, Sturm und Komet.«
JOHN EVELYN
Tagebuch, 6. März 1667

LOMBARD STREET, LONDON

9. Mai 1665

Jack Ellin wartete kaum darauf, bis die Mietkutsche polternd zum Stehen kam, ehe er hinaussprang wie ein Schuljunge, der in die Ferien entlassen wird. Er warf dem Fahrer eine Münze zu, der sie geschickt fing, und quetschte sich durch das Gedränge an Körpern, Pferden und Karren, die die Lombard Street füllten, zu einer vertrauten Tür.

Zwei Sekretäre saßen im Vorzimmer und führten Konten über die Güter, die den Rest des Erdgeschosses füllten. Einst waren es mehr gewesen, doch Antonys Wohlstand hatte während des langen Exils des Königs fast so schlimm gelitten wie seine Gesundheit. Er hatte das Haus zurückgewonnen, aber nicht all seinen ehemaligen Status. Die Sekretäre nickten Jack zur Begrüßung zu, als er an ihnen vorbeiging und zu der Treppe lief, die zum Wohnbereich der Familie führte.

Der Diener Burnett empfing ihn oben. »Ist Sir Antony da?«, fragte Jack.

»Das ist er, Dr. Ellin, aber nicht gut gelaunt. Heute kamen schlechte Nachrichten, glaube ich, und Lady Ware ist abwesend – sie besucht Verwandte in Norfolk.«

Jack hatte das vergessen. Kates Abwesenheit war sehr schade. Sie konnte Antony besser als jeder andere aus seinen üblen Launen holen. *Tja, ich werde mein Bestes versuchen müssen.* Jack legte seinen Mantel ab. »Dann braucht er Ablenkung. Ist er in seinem Studierzimmer?«

Er fand Antony über einen Stapel Papiere gebeugt. Wahrscheinlich Arbeit für die Guildhall. Der Baron hatte sich kurz vor der Wiederherstellung der Monarchie vom parlamentarischen Leben zurückgezogen, doch er blieb eifrig in der Politik von London engagiert. Im letzten Jahr hatte er als einer der Sheriffs der Stadt gedient. Jack hätte Geld darauf gewettet, dass er eines Tages zum Oberbürgermeister gewählt werden würde.

Wenn er sich nicht vorher zu Tode arbeitete. »Jack. Entschuldige, dass ich so zerstreut bin – eine Angelegenheit bereitet mir heute Sorgen.«

Zweifellos die schlechten Nachrichten, die Burnett erwähnt hatte. »Ach?«

»Ein Pesttoter in meinem Wahlbezirk. An der Bearbinder Lane.«

Das dämpfte Jacks gute Laune und erklärte Antonys eigene Stimmung sehr gut. Die Pest hob ihr hässliches Haupt Jahr um Jahr, aber sie im Distrikt Langbourn zu finden, war tatsächlich besorgniserregend. Seine professionelle Neugier war geweckt. »Ich wusste, dass es Pestfälle in den schmutzigen Vorstädten, St.-Giles-in-the-Field und so weiter gibt – aber hier? Bist du sicher?«

»Die Stadtbeamten haben es bestätigt. Aber es gibt einige Hinweise, dass der Mann Ausländer war, ein Franzose, der erst vor Kurzem von St. Giles hergezogen war. Wir dürfen hoffen, dass sich die Krankheit hier nicht ausbreitet.« Antony rieb sich müde die Augen. »Aber du bist nicht deswegen hergekommen. Dem Schwung in deinen Schritten nach zu urteilen, bringt du gute Neuigkeiten.«

Sie wirkten weniger gut, nachdem sie über die Pest gesprochen hatten, aber Jack setzte sein breitestes Grinsen auf und machte vor Antony eine übertriebene, höfliche Verbeugung. »Das habe ich tatsächlich. Ihr seht vor Euch, guter Mann, das neueste Mitglied der Königlichen Gesellschaft von London.«

»Wundervoll!« Jetzt war das Lächeln aufrichtig. »Ich sollte dich dafür verspotten. Reicht es nicht, sowohl Arzt als auch

Chirurg zu sein? Jetzt musst du auch noch Naturwissenschaftler werden.«

Auf Antonys einladende Geste nahm Jack sich den zweiten Stuhl im Raum. »Meine Liebe wird immer der ärztlichen Versorgung der Bevölkerung gelten, das verspreche ich dir. Aber Theorien haben ihren Nutzen. Zum Beispiel Harveys Arbeit über das Blut …«

»Mein lieber Dr. Ellin, wenn du vorhast, mich irgendeiner abstrusen Vorlesung über Anatomie zu unterziehen, kannst du dir deine Puste sparen. Ich werde sie nicht verstehen.«

Jack winkte den Einwand ab. »Nichts Abstruses, das verspreche ich dir. Nur dies: dass Harvey gezeigt hat, dass das Herz eine Art Pumpe ist, die in ihrer Funktion Blut durch den Körper pumpt. Nun, das zu wissen, ändert nichts an der Tatsache, dass, wenn man ein Loch in einen Menschen macht, dessen Blut herauskommen und er sterben wird. Aber! Harveys Beobachtungen legen nahe, dass die Venen Blut nur *zum* Herz und die Arterien es *weg* davon transportieren.«

Die Miene des alten Mannes sagte deutlich, dass er den Sinn hinter diesen Ausführungen nicht verstand.

Jack seufzte. »Es hängt alles davon ab, wo ein Mensch verletzt wird. Was wurde beschädigt: eine Arterie oder eine Vene? Vielleicht fänden wir Möglichkeiten, um die Wirksamkeit von Aderlassen zu verbessern, wenn Harveys Ideen besser verstanden würden. Siehst du, genau darum geht es bei der Gesellschaft! Wissen zu teilen und es zu *prüfen* – Wissen aus der Beobachtung der Welt zu gewinnen, statt uns allein auf antike Autoritäten zu verlassen.«

Kichernd wandte Antony sich wieder seinen Papieren zu, glättete sie und wischte Splitter von einer neu geschnittenen Schreibfeder zur Seite. »Ich hege keine Zweifel, dass du zu ihnen passen wirst wie die Faust aufs Auge. Du hast jedenfalls die nötige Neugier.«

»Und den mangelnden Respekt für Autorität – nur dass du zu höflich bist, das zu sagen.« Jack sprang auf die Füße. Er platzte immer noch fast vor Aufregung. Sobald er eingeschworen wäre, hätte er die Patronage der Gesellschaft für seine Arbeit, und die Gesellschaft hatte die des Königs. Was konnte er damit nicht schaffen? »Komm! Lass uns zum Abendessen gehen, um das zu feiern. Wir könnten uns eine dieser Pantomimen im Covent Garden ansehen oder in die Gärten von Vauxhall gehen. Ich wünschte nur, Kate wäre hier und könnte mit uns kommen.«

Ein Schatten fiel über Antonys Gesichtszüge, der höchst unerwartet war. Was peinigte den Mann? Etwas mehr als ein einfacher Pesttoter oder sogar die größere Bedrohung in St. Giles?

Einfach Einsamkeit? Seine Kinder waren alle fort: Alice verheiratet, Robin auf See, und Henry hielt höflich Abstand, mit Briefen und einem gelegentlichen Besuch, aber nicht mehr. Der florierende Handel, über den Antony einst geherrscht hatte, stockte jetzt. Obwohl er immer noch ausreichend war, um Körper und Geist in angemessenem Komfort leben zu lassen, schien er dem Baron nicht mehr viel Lebensfreude zu schenken. Kates Reise nach Norfolk konnte die Gedanken ihres Mannes wohl um das leere Haus kreisen lassen.

Oder mehr als das. »Habt Kate und du gestritten?«

Antony stand auf und ging zum Fenster hinüber, wo er auf den bewölkten Tag hinausstarrte – und, wie es der Zufall wollte, seinen Gesichtsausdruck vor Jack verbarg. Er blieb einen langen Moment dort stehen, die Hände aufs Fensterbrett gestemmt, bis Jack beinahe aufgab und das Thema wechseln wollte. Doch dann sprach Antony. »Ich habe nicht gern Geheimnisse.«

Jack blinzelte. »Dann tu es nicht.«

Sein alter Freund schüttelte den Kopf. »Ich tue es nicht – in jeder Hinsicht, wie ich es kann. Aber es gibt einige wenige Dinge in meinem Leben, von denen ich ihr niemals erzählen kann.«

Was bedeutete, dass er auch nichts zu Jack sagen sollte. Das weckte nur die Neugier des Arztes. Zu fragen, hätte ihm allerdings gar nichts gebracht. Jack sagte: »Aus Furcht wovor? Dass sie sich gegen dich wendet? Antony, deine Frau liebt dich. Du könntest eine Kirche mit hundert Waisen aus dem Distrikt darin niederbrennen, und sie würde versuchen herauszufinden, welchen guten Grund du hattest, um das zu tun.«

»Nicht das hier.« Antony senkte den Kopf, und das graue Licht schien durch die grauen Haare auf seinem Kopf. »Ich kann einfach … mir selbst mein Handeln nicht erklären. Ich kann es sicher keinem anderen erklären.«

Obwohl Jack selten die Worte fehlten, hatte er keine Ahnung, was er darauf sagen sollte. Antony war nicht die Art Freund, der einem das Herz ausschüttete – und obwohl Jack zwar etwas über den Blutkreislauf wusste, hatte er kein Geschick darin, mit den weniger physischen Funktionen dieses Organs umzugehen. Er biss sich auf die Lippen, durchdachte es, dann fragte er: »Bereust du, was du getan hast?«

Antony erstarrte. »Nein.«

»Warum musst du es dann erklären, vor dir oder irgendjemand anderem?«

Nach einem Augenblick lachte der alte Baron reumütig. »Ich vermute, das muss ich nicht.«

»Ganz genau. Jetzt komm.« Jack trat vor und nahm seinen Freund am Arm. Antony erlaubte ihm überraschend die

Berührung. »Abendessen und gute Laune, und ich erzähle dir von diesem lächerlichen Chemiker-Arzt, der versucht, in die Königliche Gesellschaft aufgenommen zu werden.«

DAS *RED-BULL*-THEATER, CLERKENWELL
15. *Juni* 1665

Das Publikum brüllte vor Gelächter, während eine bunt bemalte Schauspielerin über die Bretter auf der Bühne stolperte. Die Luft im *Red Bull* war atemberaubend stickig und nicht zu süß, ihre Fäulnis kaum von dichten Wolken aus Tabakrauch überdeckt, doch Lune lachte mit dem Rest, so ungehobelt wie die rotbäckige Sterbliche, die zu sein sie vorgab. Carline hatte sie überredet, herzukommen und sich die neue Innovation weiblicher Schauspieler anzusehen, und während Lune die Dame im *Bull* für schrill und übertrieben hielt, freute sie sich über die Chance, sich ablenken zu lassen.

Die Entscheidung, herzukommen, war nicht einfach gewesen. An jenem Abend waren sechs Fae im Theater, was bedeutete, dass sechs Stücke Brot konsumiert werden mussten – oder eher vier Stücke Brot und zwei Schlucke Milch, obwohl man Letztere im Onyxpalast selten sah. Die Ressourcen waren in diesen Tagen knapp. Von den Sterblichen, die ihnen aus Berkshire gefolgt waren, hatten sich einige langsam, andere schneller entfernt, sobald die Pest in den Distrikten von London ausgebrochen war.

Doch Lune brauchte die Ablenkung. Ihre Boten – sie hätte diese auch Spione nennen können – waren wieder zurückgekehrt, mit schmerzenden Füßen und verärgert, aber ohne

Neuigkeiten über Vidar. Es besorgte sie, dass sie nicht wusste, wo er sich versteckte. Sie glaubte nicht, dass er so weit fliehen würde, dass sie ihn nicht finden konnte. Nicht, dass ihre Reichweite so groß war, aber sie kannte Vidar, und sie kannte seine Arroganz. In Italien Zuflucht zu suchen, hätte ein Eingeständnis bedeutet, dass er gescheitert war, und das würde er nicht tun.

Nicneven hatte ihn ebenfalls nicht gefunden. Was weniger überraschend war, da die Gyre-Carling eine kürzere Reichweite hatte als Lune selbst – doch das machte es ihr kein bisschen leichter ums Herz.

Das *Red-Bull*-Theater schenkte ihr gerne die Ablenkung, die sie brauchte. Warum genau der Mann, der jetzt auf der Bühne war, eine Holzwanne um den nackten Körper trug, wusste Lune nicht – sie hatte die Erklärung verpasst, falls es überhaupt eine gegeben hatte –, doch die reine Absurdität davon war ansteckend.

All ihr Vergnügen verflog jedoch, als sie eine Gestalt erblickte, die sich ihren Weg durch die Gäste im *Red Bull* zwängte. Antony gehörte nicht hierher. Sein Rücken war vor Missbilligung steif, und nicht wenige Männer, die er mit der Schulter wegdrängte, funkelten ihn finster an. Der Baron schenkte ihnen keine Beachtung.

Man brauchte keinen großen Weissager, um zu erkennen, dass ihn eine dringende Angelegenheit hergeführt hatte. Lune berührte Carline am Arm und murmelte ihr etwas ins Ohr, dann stand sie auf, um Antony zu begrüßen.

»Einen Moment Zeit für mich?«, murmelte er.

»Natürlich.« Ein Mann hinter ihr beschwerte sich schon, dass sie ihm den Blick versperrte. Sie schob sich weg und stolperte, als der Fuß von irgendjemandem sich in ihrem Saum verfing. *Ich bin hier keine Königin*, dachte sie verschmitzt. *Wäre ich sterblich und eine Christin, würde ich es eine Lektion in Bescheidenheit nennen.*

Weil sie weder das eine noch das andere war, schätzte sie Bescheidenheit nicht besonders und war froh, als sie in die frischere Luft auf der St. John's Street draußen kam. Lune glättete ihre unordentlichen Röcke und öffnete den Mund, um Antony zu fragen, was so dringend war, dass es keine paar Stunden bis zu ihrer Rückkehr warten konnte.

Er sprach, ehe sie ein Wort herausbrachte. »Was in Gottes Namen glaubst du, dass du da tust?«

Seine Härte ließ sie aufschrecken, denn sie rief die Schuldgefühle hervor, die sie spürte, wenn sie ihre knappen Ressourcen für einen vergnüglichen Abend verschwendete. »Ich habe kaum einen Augenblick draußen verbracht, seit ich aus Berkshire zurückgekehrt bin«, setzte sie an und machte sich bereit, ihre Entscheidung zu verteidigen.

Antony schnitt ihr mit einer abrupten Bewegung das Wort ab. »Dieses Theater soll *geschlossen* sein. Alle davon sind es auf Befehl des Königs und Oberbürgermeisters. Und ich finde dich mitten drin, ohne Achtung vor dem Gesetz!«

Lune zuckte zusammen. Sie konnte nicht vorgeben, dass sie es nicht gewusst hatte. Könige kamen und gingen, aber die Pestbefehle blieben dieselben: In Zeiten einer Seuche waren alle derartigen öffentlichen Veranstaltungen verboten, um die Verbreitung der Krankheit zu verhindern. Nach den erstickenden Regeln der puritanischen Ära allerdings waren Londons Einwohner, Sterbliche und Fae gleichsam, geradezu wild darauf, die zügellose Stimmung aufzusaugen, die König Karl der Zweite nährte – selbst im Angesicht der Gefahr.

»Fae sind durch die Seuche nicht gefährdet«, sagte sie als vergebliche Verteidigung. »Wir können uns weder anstecken noch sie verbreiten. Unsere Anwesenheit hier macht nichts schlimmer.«

»Sie macht auch nichts besser.« Antony riss seinen Hut herunter und zerknüllte die Krempe zwischen den Fingern. Das Haar darunter war dünner, als sie es in Erinnerung gehabt hatte, und brüchig. Ihr Exil hatte seine Gesundheit zerstört. Antony hatte sich nie ganz erholt. Doch es war noch Leben in ihm, und das meiste davon brannte derzeit vor Zorn. »Lune, die Pest *breitet sich aus,* und zwar in einer solchen Geschwindigkeit, dass es mir Angst macht. Es heißt, sie sei Gottes Strafe für unsere Zügellosigkeit. Ich weiß nichts darüber, doch sicher hilft ein solches Verhalten nicht.«

Lune breitete verblüfft die Arme aus. Sie hatte keine Schuld an den Leuten, die drinnen waren, und sie konnte nicht verstehen, warum Antony sich verhielt, als ob sie das hätte. »Was soll ich deiner Meinung nach tun? Knochenbrecher und seine Freunde ohne Tarnung hineinschicken, dass sie alle verängstigen und vertreiben?«

»Das wäre ein Anfang. Aber ich hatte wesentlich mehr als das im Sinn.«

Sie blinzelte. »Was zum Beispiel?«

Er trat näher, bis nur sein Hut sie noch trennte, sodass seine Stimme nicht weiter hörbar wäre. Die Leidenschaft war aus ihm gewichen und hatte etwas zurückgelassen, das weniger einfach zu deuten war. »Du hast mehr zur Verfügung als einfache Pestbefehle und Medizin.«

»Magie?« Auch Lune hielt ihre Stimme leise. »Antony … unsere Zauber haben keine Macht über diese Krankheit.«

»Gar keine?«

Sie ließ ihn das aufrichtige Bedauern in ihrem Blick sehen. »Krankheit ist nichts, was wir kennen. Wir können die Heilung von Wunden ein wenig beschleunigen. Es gibt Geschichten über größere Dinge, die mehr Heilkraft haben. Aber nichts davon ist in unserem Besitz. Und nichts kann, soweit ich weiß, die Pest vertreiben.«

Frust verhärtete seine Gesichtszüge von Neuem. Deven hatte auch einmal darum gebeten. Die Pest war ein häufiger Besucher in London. Lune hatte es während der letzten großen Seuche, einige Jahre vor dem Krieg, von Antony erwartet. Damals wäre es vielleicht für ihn leichter zu akzeptieren gewesen, ehe sein eigenes Alter ihm seinen unvermeidlichen Tod so bewusst gemacht hatte.

Oder auch nicht.

Der Prinz drehte sich halb weg und setzte sich ruppig den Hut wieder auf den Kopf. Dann sagte er: »Es gibt andere Möglichkeiten. Einige deiner heimlicher agierenden Leute könnten verbarrikadierte Häuser bewachen. Die Wächter, die eingeteilt sind, um sie geschlossen zu halten, werden auf Botengänge weggeschickt, und dann entkommen die Leute, oder andernfalls bedrohen sie ihre Wächter direkt, halten sie mit Pistolen oder Schwertern in Schach, während ihre Familien fliehen und die Pest mit sich tragen.«

»Antony …«

»Oder die freundlicheren, sie könnten jenen, die eingesperrt sind, Trost spenden und vielleicht jene, die noch nicht erkrankt sind, gesund halten.«

»Antony!«

Ihr Ruf brachte ihn nur für einen Augenblick zum Schweigen, und in diese Pause drang der Klang einer Glocke. Sie läutete nicht die Stunde, die erst vor einer kurzen Weile verstrichen war, sondern schlug sechsmal: der Tod einer Frau.

Vielleicht war es nicht die Pest, aber sie wusste, dass sie das beide dachten.

Als das heilige Geräusch harmlos über sie hinwegrauschte, sagte Lune: »Wie oft werden die Glocken gehört? Zu oft, um in Sicherheit zu sein. Du wirst mir erklären, dass ich kein Brot für diesen Theaterbesuch hätte verschwenden sollen, und damit wirst du recht haben. Aber selbst ohne dies – Antony, wir können es uns nicht erlauben, auf der Straße zu sein, nicht so, wie du es erbittest. Nicht, wenn die Leute ständig um Erlösung beten, nicht, wenn Kreuze auf die Türen der Kranken gemalt werden.«

»Wir haben gesagt, dass wir London schützen würden«, sagte er mit ruppiger Entschlossenheit. »Wenn nicht ganz England, dann wenigstens die Stadt. Lune, du musst es versuchen!«

Etwas Schwarzes und Verzweifeltes verkrampfte sich in ihrem Magen, raubte ihr den Atem und ließ all ihre Nerven prickeln. Die Glocke läutete immer noch und schlug das Alter der unbekannten toten Frau an. Irgendwo in der Nähe zog ein Gemeindediener am Seil und fürchtete, dass bald ein anderer die Glocke für *ihn* läuten würde.

»Ich kann nicht«, sagte sie über den Kloß, der ihre Zunge ins Straucheln brachte. »Das ist nichts, was ich beeinflussen kann, Antony. Es tut mir leid.« Und ohne auf seine Antwort zu warten, floh sie zurück in die verzweifelte Frivolität des Theaters.

ROSENHAUS, ISLINGTON
20. Juni 1665

»Oh weh!«, sagte Rosamund und kommunizierte mit dem kurzen Ausruf irgendwie eine ganze Welt an Besorgnis und Frust.

Der neue Rosenstrauch, der hinter dem *Angel* gepflanzt worden war, war noch ein mageres Ding, doch das Haus darunter war mehr als wiederaufgebaut. Eine von Lunes ersten Aktionen, nachdem sie den Onyxpalast zurückerobert hatte, war es gewesen, den Schwestern dabei zu helfen, ihr Haus zu verbessern. Die Schlafzimmer waren vergrößert worden, und jedes hatte seinen eigenen offenen Kamin, bis sich das Gebäude wie ein komfortables, kleines Gasthaus anfühlte, das nur zufällig unter der Erde lag. Die Höflinge nannten es nun »*Rosenhaus*« – ein Name, der Gertrude unendlich ärgerte.

Als Zugeständnis an sie war der gepolsterte Stuhl, auf dem Antony saß, mit Gänseblümchen statt der endlosen Rosen ihrer Schwester bestickt. Die beiden saßen auf ihren eigenen kleinen Stühlen. Sie hatten seinem frustrierten Bericht über den Streit mit Lune gelauscht, während sein Essen unangetastet vor ihm stand. Er hatte keinen Appetit darauf, nicht bei den Problemen, die er hatte.

Gertrude gab großmütig keinen Kommentar über seine Weigerung ab, obwohl ihr Blick der Schüssel folgte, als er sie beiseiteschob. »Sie hat recht, fürchte ich. Wir haben keinen Zauber, um eine Seuche einfach zu heilen. Nicht wenn sie einmal Halt im Körper gefunden hat, und keiner von uns gehört zu den großen Mächten des Feenlands, die die gesamte Stadt London segnen könnten.«

»Aber darum habe ich nicht gebeten!«, seufzte Antony und ballte die Fäuste. »Na gut, das habe ich schon – aber ich verstehe, warum ihr das nicht könnt. Was ist aber mit meinen anderen Vorschlägen? Warum will sie nicht einmal die in Betracht ziehen? Sie ist so gut wie vor mir *weggelaufen*, als ich sie gefragt habe!«

Die Schwestern tauschten einen Blick – eine tief verwurzelte Angewohnheit, die heute nur Antonys nutzlosen Zorn verschlimmerte. Seine üble Laune galt nicht ihnen, und nicht einmal, wie er dachte, Lune. Aber es war schwer, auch nur annähernd ruhig zu bleiben, wenn jeder Tag Nachrichten über neue verseuchte Distrikte brachte. Je weiter es sich ausbreitete, desto düsterer war seine Hoffnung, irgendetwas tun zu können, um es zu bekämpfen.

Ihre schweigende Zwiesprache schien die Verantwortung für eine Erklärung Gertrude zuzuschieben. »Sie hat Angst«, sagte die kleine Hauselfe.

»Vor Kirchenglocken, ja, und vor Kreuzen an den Türen, aber es gibt Möglichkeiten, sich zu schützen …«

»Nicht davor«, sagte Gertrude. »Vor dem Tod.«

Antony runzelte verwirrt die Stirn. »Tod? Durch die Pest? Sie hat mir selbst erklärt, dass sich Fae nicht damit anstecken können.«

»Das ist nicht der Punkt«, sagte Rosamund sanft. »Der Punkt ist der Tod selbst. Menschen in solch einem Zustand zu sehen – nicht nur einen oder zwei, sondern Dutzende, Hunderte, und den ganzen Rest, der in Angst lebt. *Sterblichkeit.* Einige von den grausameren Goblins finden das vergnüglich, aber nicht Lune.«

Gertrude nickte. »Sie hat die Sterblichkeit zu sehr berührt, mit all dem Brot, das sie gegessen hat, und weil sie einen von eurer Art geliebt hat. Sie versteht sie gerade gut genug, um sie mehr als die meisten anderen zu fürchten. Aber du wirst wenige Fae finden, denen der Gedanke, von den Toten und Sterbenden umgeben zu sein, gefallen würde.«

»*Niemandem* gefällt das«, sagte Antony und starrte sie an. »Niemandem mit einem Funken Mitleid in sich. Das hält uns nicht davon ab, uns um jene, die es brauchen, zu kümmern!« Außer, dass es das eben doch tat. Jene, die es sich leisten konnten, zogen sich bereits aus London zurück. Die Wohlhabenden reisten zu ihren Landsitzen oder drängten sich Verwandten auf. Er konnte verstehen, dass der König abgereist war. Sie konnten sich das Risiko nicht leisten, dass *er* starb. Aber andere flohen ebenfalls – sogar Ärzte, die erst recht bleiben und helfen sollten.

Die Leute flohen jedoch, weil sie die Gefahr für sie selbst fürchteten. Was die Hauselfen zu sagen versuchten, war, dass Fae das Ding selbst fürchteten: den Tod, endgültig und immer präsent, so unverständlich für sie wie Liebe.

Sie konnten lieben. Und sie konnten sterben. Aber beides kam selten vor, und wenige von ihnen verstanden irgendetwas davon.

Er versuchte mit wenig Erfolg, Mitleid zu haben. Er hatte größere Sorgen, als sich um die zerbrechlichen Gefühle unsterblicher Kreaturen zu scheren, die in keiner unmittelbaren Gefahr schwebten. Aber Mitleid oder nicht, nun verstand er zumindest die Quelle der Weigerung der Königin. Und wusste auch, dass diese über Lune hinausgehen würde, falls er versuchte, anderswo am Hof Hilfe zu bekommen.

Er würde einfach einen Weg finden müssen, um sie an dieser Weigerung vorbeizuführen.

Das konnte er hier, im *Rosenhaus*, anfangen. »Werdet *ihr* wenigstens tun, was ihr könnt, um zu helfen?«

»Das tun wir immer«, antwortete Gertrude ihm ruhig. »Obwohl es recht wenig ist, wie ich befürchte.«

Antony seufzte. »Es wird nicht schlimmer sein als das, was bloße Sterbliche tun können.«

DER ONYXPALAST, LONDON
16. Juli 1665

Irgendjemand stahl Irriths Brot.

Die Erkenntnis verärgerte sie. Dann, einige Momente später, überraschte ihr Ärger sie. Die sterbliche Nahrung war ein Geschenk der Königin – eher wie ein Gehalt eigentlich, das über die Jahre sowohl als Belohnung als auch für seinen praktischen Nutzen gegeben worden war, weil Irrith den Boten zum Tal und anderen Feenhöfen spielte. Trotz der sieben Jahre in Berkshire, wo ein solcher Schutz selten nötig war, war Lune bald zu der Annahme zurückgekehrt, dass man keinen Fuß in die sterbliche Welt setzen konnte, ohne durch deren Nahrung geschützt zu sein.

Jetzt, wo sie die Erfahrung aus London hatte, verstand Irrith das. Die Fae vom Onyxhof lebten mit *einhundertneun* Kirchen über dem Kopf und mehr Eisen, als jegliche vernünftige Fae in ihrer Nähe haben sollte. Doch sobald sie aus der Stadt war, hatte Irrith auf ihren Reisen keinen Bedarf an Brot, und so hatte sie viel von ihrer Zuteilung gehortet. Manchmal tauschte sie es gegen Gefallen ein und benutzte die kleinen Bröckchen wie eine Währung, doch öfter aß sie es, damit sie sicher nach draußen gehen konnte.

Eigentlich ein Beweis für ihren Wahnsinn. Wegen der Pest hatte sie das zuletzt nicht oft getan. In diesen Tagen war London kein freundlicher Ort. Sie dachte sogar daran, nach Berkshire zurückzukehren, wo sie sich über solche Schrecken keine Sorgen machen müsste. Wenn sie jedoch fortging, wusste Irrith, dass sie zurückkehren würde. Die Sterblichen hier *veränderten* sich ständig! Neue Theaterstücke und neue Bänkellieder, und an der Männerkleidung sprießten seit Kurzem Massen an Schleifen wie bunt gefärbte Pilze. Sie konnte die Chance nicht aufgeben, sie anzustarren.

Aber das konnte sie nur tun, wenn sie Brot hatte, das sie schützte, und irgendjemand hatte angefangen, es zu klauen.

Als ihr das bewusst wurde, dachte sie daran, die Wachen zu informieren – nicht die Onyxwache, die die Königin schützte, sondern die niedriger gestellten Krieger. Sie zog es jedoch vor, diese nicht zu belästigen, und so verließ Irrith eines Tages, nachdem sie ihre Ration von Lune erhalten hatte, ihre Schlafkammer und spazierte sehr offensichtlich durch einen öffentlichen Bereich, wo sich andere Fae versammelt hatten, dann schlug sie den Rückweg über eine geheimere Route ein.

So sehr sie das Leben umgeben von Gestein auch belastete, sie mochte die Schlafkammer, die Amadea für sie gefunden hatte. Die Kammerherrin, die nach etwas gesucht hatte, das Irriths Heimat ähneln würde, hatte ihr einen Raum zugewiesen, in dem Säulen aus silbrigem Marmor behauen worden waren, um wie Birken zu wirken, aus denen entlang der gewölbten Äste, die die Decke stützten, Blätter aus grünem Achat sprossen. Genau im Schatten einer solchen Säule verbarg Irrith sich, um den Dieb zu ertappen.

Sie war eine geduldige Kreatur, wenn sie es sein musste. Fae aßen, wenn ihnen danach war, und so konnte Irrith tagelang dort sitzen, falls nötig. Und sie war bereit, das zu tun.

Geduld war leider eine langweilige Sache. Irrith war nicht einmal bewusst gewesen, dass sie eingenickt war, bis sie ein

Klacken hörte – den Deckel des Kästchens, in dem sie ihr Brot aufbewahrte. Zu dem Zeitpunkt, als sie wieder ganz bei Sinnen war, schloss sich gerade die Tür zu ihrer Kammer.

Irrith war sofort auf den Beinen, aber nicht schnell genug. Der Korridor draußen war leer, und es waren keine Schritte zu hören. Stillezauber waren allerdings einfach. Sie beschwor selbst einen und stahl sich mit schnellen, lautlosen Schritten zur Ecke.

Eine schattenhafte Gestalt verschwand in einem anderen Gang, gerade als sie um die Ecke schaute.

Unwillkürlich grinste der Irrwisch. *Na dann, gut.* Dies waren nicht die Wälder von Berkshire, und ihr fehlte ihr Bogen, aber es war trotzdem eine Jagd. Sie würde ihrer Beute folgen und sehen, wohin die Kreatur lief.

Er – sie glaubte, dass die undeutliche Gestalt männlich war – kannte den Onyxpalast gut, wer auch immer er war. Die Türen und Seitengänge, die er wählte, waren Irrith nur deswegen vertraut, weil Lune sie sich diese vor sechs Jahren ins Gedächtnis hatte einprägen lassen. Das Labyrinth, in das sie lief, lag nahe dem Kathedraleneingang, den Lord Antony genutzt hatte, obwohl sein eigener Durchgang zur Oberfläche in Billingsgate nahe dem Tower herauskam.

Sie vermutete allerdings, dass ihre Beute nicht vorhatte, nach oben zu gehen. Ihr Verdacht wurde bestätigt, als sie einen Blick um eine weitere Ecke warf und feststellte, dass niemand zu sehen war.

In einer Mauer gab es jedoch eine Tür, die zu Mab wusste, was, führte. Und das Gestein in der Nähe war verdächtig staubfrei – entweder das Werk irgendeiner Hauselfe mit einzigartigem Sauberkeitssinn oder von jemandem, der seine Fußabdrücke nicht auf dem Boden hinterlassen wollte.

Irrith hatte angenommen, dass der Dieb einfach irgendein Höfling sei, der die Nahrung hortete, damit er eine Geliebte in der Stadt besuchen oder es einhandeln konnte, um einen politischen Vorteil gegen einen Feind zu bekommen. Das war genau die Art von Zeug, die die Höflinge taten.

Jetzt war sie sich nicht mehr so sicher.

Gegen ihr besseres Urteilsvermögen schlich Irrith vorwärts, bereit, loszurennen, sollte ihre Beute herauskommen, und legte ein Ohr an die Tür. Leises Scharren kam von innen – er hatte seinen Zauber abgelegt – und ein Klirren, als würde ein schweres Objekt auf einen Tisch gestellt. Irrith biss sich auf die Lippen und fragte sich, ob sie sich gut genug an den Weg zu diesem Raum erinnerte, um irgendjemand anderen hierher zurück zu führen.

Eine Wache zum Beispiel, oder drei.

Sie bekam keine Chance, diese Frage zu beantworten. Eine lähmende Welle an Übelkeit schwoll ohne Vorwarnung in ihr an und ließ sie auf den Steinboden sinken. Sie verflog einen Augenblick später, und Irrith floh wie ein Wildtier zurück um die Ecke in relative Sicherheit, ehe sie überhaupt darüber nachdenken konnte.

Eisen.

Ihr eigener Stillezauber war fort, von der kalten Aura zerschmettert. Eisen, und zwar viel davon. Irrith würgte und schluckte ihre Übelkeit hinunter. Dann hielt sie zitternd die Luft an, als sie hörte, wie sich die Tür erneut öffnete.

Sie drückte sich in einen anderen Durchgang und versuchte verzweifelt, ihre Bewegung lautlos zu halten. Die Feenlichter, die durch den Palast schwebten, waren hier selten und weit verstreut, und die Schatten waren tief. Sie reichten, um Irrith zu verbergen, als die Gestalt vorbeilief. Diese hielt etwas vor sich.

Irrith fühlte kein Eisen aus der Kiste, die er hielt, und der Fae, den sie sah, war nicht derjenige, den sie verfolgt hatte. Doch falls er das Brot gegessen hatte, um sich vor dem Eisen in jenem Raum zu schützen, konnte er ebenfalls eine Tarnung tragen, die kein Fae leicht brechen konnte.

Irrith hatte nicht genug Zeit, um irgendjemand anderen zu rufen. Sie musste ihm folgen und hoffen, dass sie wusste, was sie da gerade tat.

Antony nutzte die Schlafkammer im Onyxpalast selten. Seit er zum ersten Mal an diesen Ort gekommen war, war es ihm wichtig gewesen, dass er den Feenpalast nicht als sein Heim behandelte. Sein Platz war in der Welt darüber. Und Lune hatte ihn gewarnt, dass zu viel Zeit unten seinen Verstand verzerren konnte. Doch die anderen Gemächer, die man ihm zugewiesen hatte, nutzte er häufiger, besonders das Büro, denn er verstand auch, dass er als Prinz Präsenz bei Hof zeigen musste.

In letzter Zeit war er jedoch immer seltener in jenen Kammern, weil seine Arbeit oben mehr und mehr von seiner Zeit beanspruchte. Die Papiere, die auf dem Tisch vor ihm ausgebreitet waren, erzählten die Geschichte: die Sterblichkeitslisten, Zahlen, die in jedem Distrikt gesammelt worden waren, nach Todesursachen geordnet. Jede Woche starben Hunderte mehr. In den Gemeinden außerhalb der Stadtmauern hatte man angefangen, große Gruben auszuheben, in welche die Leichen ohne auch nur die Würde eines Sargs geworfen wurden.

Und in seiner Hand lag eine weitere Liste, die ihm sagte, wie wenig er tun konnte, um es aufzuhalten. Auf seine Bitte hin hatte Amadea eine Schätzung des Brots zusammengestellt, das im Onyxpalast verfügbar war. Es war schockierend wenig. Nur wenige Sterbliche waren am Hof geblieben, und was die Stadt betraf ... die Leute würden den Feen kein Brot opfern, wenn ihre eigenen hungernden Kinder es dringender brauchten.

Dies war die Arbeit, die ihn beinahe jede wache Minute vereinnahmte: London auf den Beinen zu halten. Die Hälfte der Guildhall war fort, ihre wohlhabenderen Männer waren in sicherere Heime geflohen, doch Antony mühte sich mit seinem Stellvertreter und Ratsherren und den Distriktbeamten seines Wahlbezirks weiter ab – mit jenen von ihnen, die geblieben waren. Feenlondon hatte Frieden, zumindest für den Augenblick. Das sterbliche London jedoch geriet aus den Angeln. Waisen und Witwen ohne irgendjemanden, der sie ernährte. Kaufleute ohne irgendjemanden, dem sie ihre Waren verkaufen konnten, denn der Handel war zum Erliegen gekommen. Es gab keine großen Gesten, die jene Probleme wegwischen konnten, nur eine Kleinigkeit nach der anderen, die so viel Not linderte, wie sie konnte.

Was nicht viel war.

Das Klopfen an seiner Tür erschreckte ihn. Wenige Fae hatten ihren sterblichen Prinzen irgendetwas zu fragen, wenn sie so unwillig waren, nach oben zu gehen. Antony hatte nicht einmal einen Diener, der sich um ihn kümmerte. Er saß in einem Kreis aus warmem Kerzenlicht, das er dem kühlen Schein der Feenlichter vorzog, und hatte wenig Zeitgefühl. Es war leicht, hier den Überblick über die Zeit zu verlieren. Die Kerzen und die Finsternis dahinter ließen ihn immer denken, dass es sehr spät war.

Antony schüttelte den Kopf, um ihn von düsteren Gedanken freizumachen, und stand auf, um die Tür zu öffnen.

Der Fae draußen war einer von Valentin Aspells Lakaien, obwohl Antony sich nicht an seinen Namen erinnern konnte. Er verbeugte sich, so gut er trotz der Last, die er trug, konnte, und sagte: »Mein Herr Prinz, wenn ich um einen Augenblick Eurer Zeit bitten dürfte.«

Antony winkte ihn neugierig herein. Die Kiste in den Händen des Kerls war ein simples Ding, aus unbearbeitetem Weißdornholz gebaut, doch für ihre Größe wirkte sie sehr schwer. »Ich nehme an, Eure Bitte hat damit zu tun?«

Der Fae nickte. Er war ein breitschultriger Hauself, größer als die meisten, aber so hässlich, wie es männliche Hauselfen gewöhnlich waren. Er hielt sich steif – obwohl das vielleicht nur seine penible Sorgfalt war, mit der er die Kiste auf Antonys Tisch stellte und zwei Sterblichkeitslisten zudeckte. »Bitte Euch um Verzeihung, aber … man sagt mir, Ihr sucht nach einer Möglichkeit, um denen oben zu helfen.«

Er hatte Antonys volle Aufmerksamkeit. »Habt Ihr irgendetwas gefunden?«

»In der Schatzkammer. Viele Dinge da drin, und bei der Hälfte davon wissen wir nicht, was sie tun, also hat mein Lord Valentin, er hat das hier zunächst auf die Seite gestellt. Aber ich habe eine Idee.« Der Hauself nahm den Deckel ab und winkte Antony näher. Er fasste hinein, als der Prinz nähertrat, verschob etwas, und Antony kam es so vor, als würde kalte Luft herausströmen, sodass sich seine Nackenhaare aufstellten. Schaudernd erreichte er den Tisch und sah hinein …

Eine quadratische Eisenkiste stand darin, ihr Inneres übernatürlich schwarz und tief, als führte es ins Nichts selbst.

Der Anblick schockierte ihn so sehr, dass er nicht sah, wie sich der Hauself bewegte. Und er war jetzt ein alter Mann und langsam, während Fae nicht alterten. Ehe er erkannte, was gerade passierte, hatte der Hauself sein Handgelenk in einem schraubstockartigen Griff und stach mit einem Messer nach seiner Hand.

Schmerz pochte in seinen Fingern, und Blut floss heraus. Nicht viel, der Schnitt war nicht tief, doch ein Tropfen fiel in die Schwärze, und etwas packte Antony im Kern seiner Seele und zerrte ihn auf jenen Abgrund zu.

Es lähmte seine Zunge und ließ all seine Muskeln fest erstarren. Antony kämpfte darum zu sprechen, doch seine Kehle wollte kein Geräusch machen, nicht einmal den Namen Christi. Und konnte dieser ihn vor dem Zauber, der in *Eisen* residieren konnte, retten?

Ein zweiter Tropfen floss an seinen Fingern hinunter. Als er versuchte, sich loszureißen, fiel auch dieser, und der schreckliche Druck steigerte sich.

Ein dritter Tropfen bildete sich und hing am Rand seiner Handfläche ...

Durch das Rauschen in seinen Ohren hörte er einen kreischenden Schrei, und dann wurde der Hauself aus dem Gleichgewicht geschubst. Der dritte Tropfen von Antonys Blut spritzte auf das Weißdornholz. Der Griff des Hauselfs löste sich, und halb blind fand Antony den heruntergeschobenen Deckel und drückte ihn auf die Holzkiste hinab. Sofort konnte er wieder atmen und sah das Chaos vor ihm.

Irrith richtete sich mit erneuertem Kampfgeist auf und rammte den Hauself ein zweites Mal, schlug und biss ihn, blockierte seine Füße mit ihren eigenen, sodass er zu Boden stürzte, wo sie auf ihn eintrat, bis seine wild um sich schlagende Verteidigung sie aus dem Gleichgewicht brachte. Doch sie stürzte planvoll, ihr Knie krachte gegen seinen Kopf, und plötzlich erschlaffte er.

Sie stolperte fast sofort auf die Füße und wich vor dem Tisch zurück, obwohl der Weißdorn sie vom Eisen im Inneren abschirmte. Antonys Kerzenhalter war im Kampf umgekippt. Er richtete ihn auf und schlug die brennenden Papiere mit seinem Hut aus.

Dann, und erst dann, blickte er auf die Gestalt am Boden.

Ifarren Vidar.

Wir hätten es wissen müssen.

Die Anschuldigung ließ sich nicht aus Lunes Kopf vertreiben. Doch wie hätten sie es wissen *können*? Wer hätte sich träumen lassen, dass Ifarren Vidar seine letzte Zuflucht direkt unter ihrer Nase finden würde?

Sie fanden genug Beweise dafür im Labyrinth unter Billingsgate. Vidar hatte dort gelebt wie eine Ratte – der Anblick schenkte ihr einige rachsüchtige Genugtuung –, doch er war lange Zeit dort gewesen. Vielleicht jahrelang. Für ihn gab es in Schottland oder anderswo in England keine Sicherheit, und so hatte er sich an dem einen Ort versteckt, an dem niemand ihn vermutet hätte. Lune hatte ihn dort nicht gesucht, seit die Schlacht geendet hatte, und zu wissen, wer im Onyxpalast war, benötigte eine Anstrengung, die aufzubringen sie nicht länger einen Grund hatte. Er konnte gleich am nächsten Tag in den Palast zurückgekehrt sein.

Und irgendwo in jenem Chaos hatte er die Eisenkiste und ihre schützende Schale aus der Schatzkammer gestohlen. Lune hätte die Objekte dort viel früher beachten sollen, doch zu viele von ihnen waren Geschenke an Invidiana gewesen. Sie wollte nicht sehen, was die alte Königin besessen hatte. Antonys Beschreibung nach war das Ding offensichtlich ein Gefängnis – eines, das sogar einen Fae festhalten würde.

»Ich vermute, dass es ein Friedensangebot an Nicneven sein sollte«, sagte der Prinz mit mehr Gelassenheit, als die Situation

Lunes Meinung nach verdiente. »Sie hat schon früher damit gedroht, mich zu töten.«

»Vielleicht.« Lune versuchte, über ihren instinktiven Ekel und das Pochen der alten Wunde an ihrer Schulter hinauszudenken. Irrith war, verständlicherweise, grün im Gesicht gewesen, als einige tapfere Leute angerannt gekommen waren, um nachzusehen, warum Eisen in den Gemächern des Prinzen war. Der Irrwisch war jetzt im Bett, mit einem Trank von den Goodemeades, um sie wiederherzustellen, und Lune hatte fest vor, sie mit einem Ritterschlag zu belohnen. Irrith würde wahrscheinlich den Sinn eines solchen Titels nicht verstehen, aber Lune wollte ihre Tapferkeit anerkennen. »Oder vielleicht hatte Vidar etwas Schlimmeres vor.«

Antony erbleichte, was zeigte, dass er über sein knappes Entkommen nicht so gelassen war, wie er gewirkt hatte. »Schlimmer?«

Sie lief durch die Kammer und stach mit den Absätzen ihrer Schuhe in den türkischen Teppich. Sie wollte Stein unter ihren Füßen, den harten Aufschlag und klirrenden Lärm. »Es ist nicht länger ein Geheimnis, dass du ein entscheidender Teil meiner Verbindung zu meinem Reich bist. Was, wenn du durch Eisen von mir getrennt wärst?« Trotz ihrer Kontrolliertheit brach ihre Stimme bei ihren letzten Worten.

Er antwortete nicht. Wie sie konnte er es sich nur ausmalen – aber die Möglichkeiten reichten von schlimm bis schrecklich. Lune bezweifelte, dass es den Palast auf der Stelle zerstört hätte, doch es hätte vielleicht die Zauber entscheidend geschwächt und sie zumindest verwundbar gemacht, wenn ihr die Hälfte ihrer Macht fehlte.

Sie war einen Tropfen Blut davon entfernt gewesen, es herauszufinden.

Vidar war jetzt unter dem Tower weggesperrt und die Weißdornkiste mit ihrem furchtbaren Inhalt gesichert. Doch zu viele Fae wussten, was passiert war. Sie wussten, dass Vidar gefunden worden war.

Früher oder später würde Nicneven davon hören.

Antony wusste das so gut wie sie. Er ließ die Frage des Plans des Verräters außen vor und fragte: »Was willst du tun?«

Das war keine sicherere oder fröhlichere Richtung für ihre Gedanken. Lune war keine Feenphilosophin, doch sie hatte in allgemeiner Weise mit einigen über Nicnevens Drohung gesprochen. Sie fing mit dem Tod der sterblichen Souveränität in England an, die wiedergeboren worden war, als Karl der Zweite seinen Thron zurückbeansprucht hatte, und die Philosophen fanden darin viel von Interesse. Doch wenn sie sie bat, die Feensouveränität zu betrachten, war ihre Spekulation viel düsterer geworden.

Ihr Instinkt war richtig. Wenn sie Nicneven erlaubte, den Onyxpalast zu erpressen – wenn sich Lune, eine souveräne Königin, dem Willen einer anderen beugte –, dann gab sie damit ihr Reich auf. Der Drohung nachzugeben, würde bedeuten, die Gyre-Carling als größere Autorität als Lune selbst anzuerkennen, eine mit Macht über den Onyxpalast, der sie nicht standhalten konnte.

Und wenn sie das tat, wäre sie nicht mehr Königin.

Was danach kommen würde, konnten selbst die Philosophen nicht sagen. Entweder wäre Nicneven Königin in London, oder niemand wäre das – doch keiner dieser beiden Ausgänge war akzeptabel.

Sie hatte dies widerwillig Antony mitgeteilt und sogar tief in ihrem Herzen zu hoffen begonnen, dass die Gyre-Carling Vidar vor ihr finden würde. Es war egal, ob die Königin von

Fife bekommen würde, was sie sich wünschte. Es war nur wichtig, dass Lune nicht ihr Reich dazu genutzt werden ließ, sie zu zwingen, ihn herauszugeben.

Doch Vidars Anschlag auf Antony und Irriths Tapferkeit, die ihn aufgehalten hatte, hatten ihr nur eine Option gelassen. »Ich muss ihn hinrichten«, sagte Lune.

Antony nickte. »Das habe ich vermutet. Ich habe aber noch etwas anderes gemeint. Was willst du *davor* tun?«

Lune runzelte die Stirn. »Meinen gesamten Hofstaat zusammenrufen ... Meinst du, ich sollte eine Nachricht nach Berkshire schicken und auf alle warten, die dabei sein wollen?«

»Wenn du willst. Lass es mich direkter ausdrücken: Wirst du ihn vor Gericht stellen?«

Er hätte ebenso gut Französisch sprechen können, so wenig hatte Lune seine Worte erwartet. »Vor Gericht? Antony, du kannst nicht an seiner Schuld zweifeln. Selbst wenn seine früheren Verbrechen infrage stehen würden, du hast gesehen, was er versucht hat, dir anzutun!«

»Ich bezweifle es nicht«, sagte Antony. »Aber wenn es sicher ist, dann ist es leicht zu beweisen – und warum nicht genau das tun? Führe einen ordentlichen Prozess.«

»Ordentlich?« Es kam als ungläubiges Gelächter heraus. »Wir sind keine Sterblichen, Antony.«

Was ließ ihn das so ernsthaft vorschlagen? »Nein, das seid ihr nicht«, stimmte er zu. »Aber das bedeutet nicht, dass ihr keinen Sinn für Gerechtigkeit habt.«

»*Gerechtigkeit* wird sein Tod sein.«

»Weil du das willst?« Die Frage ließ Lune verblüfft verstummen. »Das ist dein königliches Vorrecht, Lune. Aber du kennst meine Meinung über solche Dinge. Sie hat sich in diesen vielen Jahren nicht geändert. Ich war mit Pym in zu vielen

Punkten uneins, um sie aufzuzählen, all seinen endlosen Versuchen, dem König die Macht zu nehmen und sie in die Hände des Parlaments zu legen, doch in einer Angelegenheit waren er und ich uns einig: Wir verabscheuten Karls geheime Gerichte. Gerechtigkeit muss eine geregelte Sache sein, nicht die Laune einer einzelnen Person.«

»Du hältst das für eine *Laune*?« Schmerz stach Lune ins Herz. »Antony, das Schicksal eines Verräters ist der Tod, unter Fae ebenso wie unter Sterblichen.«

Er nickte wieder, doch diesmal lag darin Ironie. »Ich verstehe. Und deshalb hast du natürlich all die anderen Verräter hingerichtet – wie Sir Prigurd.«

Ein Dutzend Antworten, die alle gleichzeitig herauskommen wollten, erstickten Lunes Versuch einer Erwiderung. Prigurd hatte auf seine verspätete Art zu helfen versucht. Was die anderen betraf, wäre es ein Akt von undenkbarem Morden gewesen, sie alle zu töten. Sie hatte ihre Gründe …

Doch das war Antonys Argument. Sie hatte ihre Entscheidungen allein getroffen, nach ihrem eigenen Urteil, ohne Zurückgreifen auf irgendeinen Standard, außer auf den, den sie sich selbst gesetzt hatte.

Ruhig und nicht anklagend sagte Antony: »Willkürliches Verhalten wird nicht attraktiver, wenn es von einer Fee kommt.«

Lune zuckte zusammen. »Du warst verärgert, weil ich mich in deiner Abwesenheit mit Prigurd befasst habe. Das verstehe ich. Ich werde dich kein zweites Mal ausschließen. Das Exil hat dich beinahe umgebracht, Antony, und es war Vidars Tun. Du hast jedes Recht, an seiner Verurteilung teilzunehmen.«

Er lächelte, als hätte sie genau das gesagt, was er sich erhofft hatte. »Gut. Dann verlange ich für meinen Teil, dass du Ifarren Vidar vor Gericht stellst und vor allen seine Schuld beweist.«

Lune schloss verzweifelt die Augen. »Du wirst das nicht aufgeben, oder?«

»Das werde ich tatsächlich nicht.«

Sie biss die Zähne zusammen. »Seine Schuld wird bewiesen werden.«

»Daran hege ich keine Zweifel.«

Was war dann der Sinn? Ein Prozedere zu etablieren. Die Verurteilung eines Verräters zu einer ordentlichen Sache zu machen. Und, wie Lune vermutete, den Leuten an ihrem Hof eine Stimme bei der Bestrafung des Verursachers ihres Leids zu geben.

Antony hatte mehr von den Ideen des Commonwealth aufgenommen, als ihm bewusst war.

»Also gut«, sagte Lune durch ihre zusammengebissenen Zähne. »Du sollst deinen Prozess haben.«

DER ONYXPALAST, LONDON
28. *Juli* 1665

Sie hatte Grund, dieses Zugeständnis zu bedauern, als die nächsten beiden Wochen verstrichen. Einen Prozess zu versprechen, war eine Sache. Zu beschließen, wie man ihn führen sollte, war eine ganz andere. Während Vidar in einer Zelle schmorte, so gründlich eingemauert, dass nur ein winziger Irrwisch, nicht größer als eine Libelle, hineinkam, um regelmäßig seine Anwesenheit festzustellen, versuchte sie, eine Grundlage für das Ereignis festzulegen.

Das Problem, das Antony zweifellos vorausgesehen hatte, war, dass Prozesse eine Sache des Gesetzes waren, und die Fae hatten keines. Sie führten ihre Welt mit gesundem

Feenverstand und königlichem Vorrecht: Wenn die Königin etwas für ein Verbrechen hielt, dann war es eins, und sie hatte das Recht, ein Urteil zu fällen. Sie vermutete, dass Antonys eigentliche Hoffnung war, dass sie ein ordentliches Gesetz für sich selbst schreiben würden – doch *dafür* würde sie Vidars Hinrichtung sicherlich nicht aufschieben.

Wir sind keine Menschen, dachte sie, fragte sich allerdings, wie viel Kraft in jener Verteidigung lag. Zugegeben, ihr Reich war kleiner, ihre Untertanen weniger, ihre Gesellschaft viel einfacher als die obige. Brauchten sie wirklich Gesetze und Prozesse? Doch obwohl sie sich selbst versichern konnte, dass sie eine bessere Königin war als der alte Karl als König gewesen war, hatte sie genug Perspektive, um zu verstehen, wie wenig das bedeutete. Königliches Vorrecht war königliches Vorrecht, ob es nun mit gutem Urteilsvermögen oder mit schlechtem ausgeübt wurde. Die Gerechtigkeit in dieser Sache war separat von ihrer Persönlichkeit.

Sie verdammte Antony, weil er ihr solche Gedanken in den Kopf gesetzt hatte, wo sie wie Bienen herumschwirrten und ihr keinen Moment Frieden schenkten.

Am Ende bereitete sie den Prozess vor, indem sie ihren Hofstaat in Gruppen einteilte: die Onyxwache, die hier lebenden Fae aus Berkshire, ihren Kronrat und so weiter, und jeder erlaubte, eine einzige Persönlichkeit auszuwählen, die als Geschworener diente. Am Ende hatte sie neun, nicht die zwölf, die die Sterblichen gerne hatten, aber egal. Neun oder zwölf, sie hegte keine Befürchtungen, dass irgendeiner von ihnen Vidar für unschuldig an seinen Verbrechen befinden würde.

Das letzte Problem tauchte auf, als sie sich den Sterblichen zuwandte, und feststellte, wie wenige von ihnen tatsächlich geblieben waren. Sie wusste, dass die Pest ihre Reihen ausgedünnt hatte, indem sie sie entweder getötet oder in die Flucht geschlagen hatte, doch sie war verstört, als sie herausfand, dass nur zwei übrig waren, wenn sie Antony nicht mitzählte.

Während sie abgelenkt gewesen war, war ein entscheidender Teil ihres Hofs so gut wie weggeschmolzen.

Ich werde das reparieren, versprach Lune sich selbst. Doch wie mit so vielen Dingen würde es warten müssen. Die Sterblichen trafen sich, um ihren Geschworenen auszuwählen, und wählten in einer Abstimmung zwei zu eins Antony. »Das hier ist eine Feenangelegenheit«, sagte er, als sie ihre Zweifel ausdrückte. »Du bist in diesem Fall die Richterin, nicht ich. Es wäre besser, wenn einer von ihnen der Geschworene wäre, aber ich werde es tun.«

Er spielte das Spiel eines Anwalts, betonte seine Autorität, wenn es ihm passte, und legte sie ab, wenn es das nicht tat, doch mittlerweile war Lunes Geduldsfaden so dünn, dass sie nicht mit ihm diskutierte. Sie wollte den Prozess nur hinter sich bringen.

Sie versammelten sich unter der reparierten Decke des großen Thronsaals. Die Geschworenen saßen in einer Reihe an beiden Seiten von Lunes Thron, vier zu ihrer Linken, fünf zu ihrer Rechten. Antonys eigenen Stuhl hatte man entfernt, und er saß am anderen Ende der Reihe, um den Eindruck zu vermeiden, dass er als Prinz urteilte. Ein Stuhl stand ihnen gegenüber, der auf den Angeklagten wartete, und von dahinter beobachteten ihre Untertanen schweigend.

»Hiermit eröffnen wir den Prozess gegen Ifarren Vidar«, sagte sie in die Stille, »ehemals Untertan dieses Reichs, der den Titel Großsiegelbewahrer führte, der ihm entzogen wurde, als er nach unserer Thronbesteigung in fremde Länder floh. Seine Schuld wird von dieser Versammlung von neun beurteilt, die aus den Gruppen ausgewählt wurden, die von den kürzlichen Rebellionen und Invasionen am meisten betroffen waren, die diesem Reich passiert sind. Bringt den …« *Nenn ihn nicht Verräter, noch nicht.* »Bringt den Angeklagten herein.«

Man hatte ihm einen Weg freigelassen, den ihn ein Paar Goblins unter Bewachung entlangführte. Die Ketten aus Ebereschenholz, die einst Prigurd gefesselt hatten, lagen um seine Knöchel und Handgelenke, obwohl einfache Ketten gereicht hätten, um seine knochigen Gliedmaßen zu halten. Vidar trug sie verächtlich und schenkte niemandem sonst im Saal Beachtung. Seine schwarzen Augen waren ohne zu blinzeln auf Lune geheftet.

Nun waren ihre Positionen umgekehrt. Sie saß auf dem Thron, von dem aus er seine Invasion in ihr Reich verkündet hatte. Auf dem Thron, der Invidiana gehört hatte.

Sie hatte es nicht gewagt, ihn zu zerstören. Die große silberne Wölbung an seiner Hinterseite verbarg den Londonstein, und sie konnte nicht riskieren, dass dieses Geheimnis enthüllt wurde. Doch Vidars Blick machte ihr die Geschichte des Throns und der Krone auf ihrem Kopf unangenehm bewusst. Er warf ihr ein kurzes Nicken, ein schwaches Lächeln zu – als würde er ihre Leistungen gutheißen. Als wolle er sagen: *Du hast das Spiel, das ich einst gespielt habe, gewonnen.*

Aber für sie war es nie ein Spiel gewesen. Sie war nicht wie Vidar.

Der Kontakt zwischen ihnen brach ab, als er sich hinsetzte, wobei er sich elegant auf dem zur Verfügung stehenden Stuhl breitmachte. Lune sprach wieder. Sie hatte sich ihre Worte sorgsam zurechtgelegt. »Ifarren Vidar, Ihr werdet angeklagt, Euch mit zwei ausländischen Mächten zum Sturz unserer Autorität verschworen zu haben, die Anstrengungen des verstorbenen

Kentigern Nellt, unsere königliche Leibgarde zu untergraben, angestiftet zu haben, unseren Feinden Informationen gegeben zu haben, sodass sie Mörder und andere Angreifer gegen unser Leib und Leben schicken konnten, einen Anschlag auf den Prinzen vom Stein und die endgültige Zerstörung dieses Palasts, der uns jetzt beherbergt, versucht zu haben. Ihr werdet außerdem angeklagt, Aufstände und Konflikte unter den Sterblichen oben genährt zu haben, um unser Reich unten zu stören. Wie antwortet Ihr auf diese Vorwürfe?«

Vidars knochenweiße Haut war ungezeichnet, und seine schwarze Kleidung war sauber. Jemand hatte ihm Wasser gegeben, um sich zu waschen. Vielleicht Antony. Es hätte dem Prinzen ähnlichgesehen, dass er darauf bestand, dem Angeklagten trotz allem seine Würde zu lassen. Wenn es einen Prozess geben musste, musste er legitim wirken – legitim *sein.*

Doch Prozesse waren nichts, was Fae taten. Lune hatte das spöttische Grinsen, das sich über Vidars Gesicht zog, erwartet. Er mochte Sterbliche verachten und sie Bauern nennen, aber er musste zumindest genug aufgepasst haben, um von der Farce zu wissen, die Karl aus seinem eigenen Prozess gemacht hatte, indem er die Autorität des Gerichts, das ihm gegenüberstand, leugnete. Doch anders als der Lordpräsident damals war Lune darauf vorbereitet. Es war ihr Vorrecht, sich eines Verräters zu entledigen, wie es ihr gefiel. Wenn es ihr gefiel, diese Autorität an andere zu delegieren, hatte sie das Recht dazu.

»Ich bin schuldig«, sagte Vidar.

Was?

Er lachte über ihre verblüffte Miene. »Was, soll ich zu Eurem Vergnügen tanzen? Meine Unschuld beteuern, wenn nicht eine Feenseele hier mich etwas anderes als schuldig nennen würde?« Seine Stimme triefte bei *Feen* vor giftiger Betonung, als er die Sterblichen als bedeutungslos verwarf. »Ich könnte diesen *Prozess* von Euch scheitern lassen, doch es scheint mir kaum die Mühe wert zu sein. Ich bin überrascht, dass Ihr Euch nicht von Menschen Weihwasser auf den Kopf schütten und Euch von der Unsterblichkeit reinwaschen lasst, so sehr liebt Ihr deren Welt.«

Lune kämpfte darum, ihre Atmung wieder unter Kontrolle zu bekommen, ehe sie ihm antwortete. Gemurmel hallte durch den Saal, und die Geschworenen rutschten auf ihren Stühlen umher. Antony war so verblüfft wie sie – aber sie konnte von ihm keine Hilfe erwarten. Das hätte Vidars Worten nur Glaubwürdigkeit verliehen.

»Nach Eurem eigenen Geständnis seid Ihr schuldig«, sagte Lune und versuchte, weder überrascht noch unerfreut zu klingen. »Deshalb besteht kein Bedarf für einen Prozess.«

Vidar bleckte in einem schrecklichen Lächeln die Zähne vor ihr. »In der Tat. Dies ist mein Gefallen für Euch, Lune. Immerhin habt Ihr schon nach meinem Blut gedürstet, bevor Ihr den Thron gestohlen habt, auf dem Ihr nun sitzt. Ich bin Euer Feind, und ich bedrohe die Sicherheit Eurer Macht. Klingt das vertraut? Sprecht die Worte! Befehlt meinen Tod. *Genau das hätte Invidiana getan.*«

Galle verätzte ihr die Kehle. *Sonne und Mond …*

Wie viele hatte Invidiana genau von diesem Thron aus in den Tod geschickt? Aus einer Laune heraus, als Abendunterhaltung – Lune war nicht so. Doch Unterhaltung war nur die sekundäre Kraft, die das Handeln der ehemaligen Königin angetrieben hatte. Hauptsächlich war es immer die Sicherung ihrer eigenen Macht gewesen.

Invidiana hatte jene, die eine Bedrohung darstellten, nicht immer getötet. Wenn sie auf andere Weise bestraft werden konnten – in Ungnade gefallen, ins Exil verbannt, zur Buße gezwungen und dabei benutzt, um in irgendeinem größeren Plan zu dienen –, dann überlebten sie.

Lune versuchte und scheiterte daran, Cerenels Stimme aus ihrem Gedächtnis zu vertreiben, die den Eid schwor, den sie ihm aufgezwungen hatte.

Doch wenn ein Höfling keinen weiteren Wert für Invidiana gehabt hatte, wenn die Gefahr, die er darstellte, seinen Nutzen überwogen hatte ... dann hatte sie ihn unter ihrem Absatz zermalmt, um den Rest gehorsam zu halten.

Ich bin nicht wie sie.

Oder doch? Wie oft hatte sie von Vidars Tod geträumt? Mit jeder Macht, die ihr zur Verfügung stand, danach getrachtet? Sie zögerte zu töten – außer bei ihm. Nicht weil er ihre unmittelbare Sicherheit bedrohte, wie Kentigern es getan hatte, als sie die Steine herabgerufen hatten, um ihn zu zerschmettern, sondern einfach, weil er keinem Zweck dienen konnte, außer ihre Macht zu bedrohen.

Schweigen herrschte im Saal. Wenige schienen auch nur zu atmen. Vidar wartete schmunzelnd. *Warum würde er das tun? Er gewinnt mit seinem Schuldeingeständnis gar nichts außer seinen eigenen Tod!*

Doch sein Tod hatte von vorneherein festgestanden. Indem er vorpreschte, um sich ihm zu stellen, errang er den einen Sieg, der ihm noch übrig blieb: Er verletzte Lune, stach sie mitten ins Herz ihres Selbstverständnisses auf dem Thron.

Und wenn sie ihn hinrichtete, würde jede Fee, die sich an Invidiana erinnerte, für immer an seine Worte denken.

Doch sie konnte ihn nicht am Leben lassen. Lune sah sich verzweifelt nach irgendeinem Ausweg aus dieser Falle um. Dann fühlte sie, wie sich ein Lächeln über ihr eigenes Gesicht zog, das aus dem rachsüchtigen Triumphgefühl erwuchs, das in ihrer Seele aufstieg. Er hatte vor, einen letzten Sieg zu beanspruchen, doch diesen würde sie ihm verweigern.

»Lord Valentin«, rief sie, während sie den Blick nicht von Vidar nahm, und hörte eine überraschte Antwort aus dem Publikum. »Wir benötigen das Objekt, das wir Euch kürzlich anvertraut haben, um es in Sicherheit zu bringen.«

»Die K…« Die Antwort des Großsiegelbewahrers brach abrupt ab. »Eure Majestät …«

»Wir warten, Lord Valentin.«

Am Rand ihres Gesichtsfelds sah sie, wie er sich verbeugte, aus dem Saal lief und einen der übrigen Sterblichen mitzerrte. Gemurmel erhob sich im Saal, als Fae einander fragten, worauf sich die Königin bezog.

»Ruhe!«, befahl Lune und bekam sie. »Wir haben unsere Autorität, diese Verbrechen abzuurteilen, delegiert. Deshalb bitten wir die Geschworenen, ihr Urteil zu sprechen.« Wie lange würde es dauern, bis Valentin zurückkehrte? Sobald er aus ihrem Gesichtsfeld verschwunden war, würde er sehr schnell laufen. »Ifarren Vidar hat seine Schuld an allen genannten Verbrechen gestanden. Erkennt und bestätigt Ihr diese Schuld?«

Ein bloßes Schauspiel, das einen grandioseren Anlass aus diesem abgekürzten Prozess machte und Valentin Zeit gab, zurückzukommen. Vidar wartete mit der geduldigen Selbstgefälligkeit eines bevorstehenden Märtyrers. Einer nach dem anderen standen die neun Geschworenen auf und verkündeten, dass sie seine Schuld erkannten. *Wir stellen sie über jeden Zweifel hinaus fest.*

Und als sie fertig waren, fragte Lune: »Welches Urteil ratet Ihr für solch einen Verräter?«

Fae waren oft unwillig zu töten, aber nicht jetzt. Jede Gruppe hatte die Person gewählt, die am begierigsten darauf war, sich an der Bestrafung von Nicnevens oberstem Leutnant in den langen Kämpfen zwischen London und Fife zu beteiligen. Einer nach dem anderen standen die Geschworenen auf und verlangten die Todesstrafe, Antony als Letzter.

Dem Prinzen würde nicht gefallen, was sie gleich tun würde. Doch am Ende war sie die Königin. Sie mochte zwar auf Ratschläge hören, aber letztlich war es ihre Entscheidung zum Wohl ihres Reichs. Antony war nicht als Prinz hier, und in dieser Feenangelegenheit stand ihm kein Urteil zu.

Vidar hielt den Prozess für nichts weiter als ein Mittel Lunes, um sich von der Schuld an seinem Tod reinzuwaschen. Sein Schmunzeln wurde immer breiter. Doch als Aspell und sein Begleiter wieder am anderen Ende des Saals eintraten und Lune die Geschworenen von der Plattform entließ, kroch ein Hauch Verwirrung in die Miene des Verräters.

Die Fae im Publikum drehten sich um und sahen die Weißdornkiste in den Händen des Sterblichen.

Im Saal erklang ein so lautes erschrockenes Japsen, dass es beinahe ein Schrei war, und alle wichen zurück, wobei sie vergaßen, wie ernst der Anlass war. So blieb ein breiter Gang, durch den Valentin gefolgt vom sterblichen Träger kam.

Während alle Blicke im Saal auf diese beiden geheftet waren, nahm Lune heimlich ein Stück Brot aus ihrer Tasche und schluckte es hinunter. Sie trug jetzt immer etwas davon bei sich, zur Sicherheit, und war froh darüber.

Die beiden erreichten die Plattform. Alle anderen waren weit zurückgewichen, außer Lune, Vidar und Angrisla, die den Verräter gewaltsam auf seinem Stuhl hielt. Auf Lunes Wink hin stellte der Sterbliche die Kiste vor ihre Füße und zog sich dann erleichtert gemeinsam mit Valentin zurück.

»Ifarren Vidar, für Eure Verbrechen«, erklärte Lune, »verdient Ihr den Tod. Doch der Mord an Fae ist für uns abscheulich, und so gewähren wir Euch dieses Maß an Gnade. Wir verurteilen Euch zu ewiger Gefangenschaft – nicht von Schlüssel und Schloss bewacht, die gebrochen werden können, und auch nicht von Wächtern, die bestochen werden können, sondern von den elementaren Mächten, die alle Fae binden.«

Sie nahm den Deckel von der Weißdornkiste.

Das Ding im Inneren war klein, nicht breiter als die Spannweite von Lunes Hand. Doch es strahlte eine kalte Aura weit jenseits seiner Größe aus, die sie sogar trotz des Schutzes durch ihr Brot frieren ließ. Eisen hatte von ihrem Fleisch gekostet. Sein Makel war in ihrem Blut, hinter der Verteidigungslinie, die das sterbliche Opfer gezogen hatte. Lune hatte das nicht erwartet. Ihr Plan war gewesen, das Kästchen selbst herauszuheben, doch sie konnte sich nicht dazu bringen, es so festzuhalten. Sie musste den Sterblichen wieder nach vorn winken und es von ihm auf den zurückgelegten Weißdorndeckel stellen lassen.

Nun konnten es alle sehen. Die schwarzen Seiten waren ungeschmückt. Sein Deckel zeigte nur einen blanken Schild. Doch es war das einzige Gefängnis, aus dem sich nichts befreien konnte, nicht einmal ein Feengeist – und sie hatte eine Möglichkeit im Sinn, um sicherzustellen, dass ihn niemals jemand hinauslassen würde.

Vidar wusste das auch. All die Selbstgefälligkeit war verschwunden, und an ihren Platz war panischer Schrecken getreten. Aber dies war das Schicksal, zu dem er Antony verdammt hätte. Lune erinnerte sich und nutzte ihren Zorn gleichzeitig als Rüstung und Anreiz. *Es ist keine Gnade, aber andererseits verdient er auch keine.* Sie zwang sich, die Hand auszustrecken.

Das Eisen zu berühren, war wie das heißeste Feuer und das kälteste Eis, und es rief eine quälende Antwort von der halb verheilten Wunde an ihrer Schulter hervor. Lune war sich vage eines Handgemenges bewusst, konnte aber keine Konzentration darauf verschwenden. Sie biss die Zähne zusammen, bis sie dachte, ihr Kiefer würde brechen, hob den Deckel und riss ihre Hand in dem Moment, als es getan war, zurück.

Das Handgemenge war, wie es schien, Vidars Fluchtversuch gewesen. Nun lag er mit dem Gesicht nach unten drei Schritte vor seinem Stuhl auf dem Boden, während Angrisla auf seinem Rücken saß und ihm mit festem Griff die Hände verdrehte. Er mochte zwar seinen Tod gelassen hinnehmen, aber nicht das hier.

Lune war mehr als begierig danach, dass die Kiste verschwand. »Bringt mir das Blut des Gefangenen«, sagte sie, und die Mara grinste breit. Ein wahnsinniges Licht glänzte in ihren Augen, als sie sich der Eisenaura stellte und ihre Position allein durch Willensstärke hielt. Knochenbrecher wollte nicht in die Nähe kommen, ließ aber über den polierten Boden ein Messer zu ihr rutschen. Angrisla machte einen langen Schnitt an Vidars Arm entlang, dann funkelte sie den Sterblichen an, bis er das blutige Messer holte und zu Lune brachte.

Sie nahm den Dolch und hielt ihn über das schwarze Innere der Kiste. »So führen wir das Urteil für den Verräter aus«, sagte sie über ihre Übelkeit und Schmerzen hinweg. Sie tippte dreimal mit ihrem Finger und ließ drei Tropfen von der Spitze fallen, die von der undurchdringlichen Finsternis verschluckt wurden.

Vidar *heulte.* Er wand sich mit abrupter Kraft und schleuderte Angrisla von seinem Rücken, doch dann erstarrte sein Körper in einem Krampf. Still, auf dem Stein verzerrt, war er ein Bild absoluter Qual. Dann verlor er an Festigkeit, wurde durchscheinend wie ein Geist, dann war er verschwunden und hinterließ blanken Marmor und leere Ketten, wo sein Körper gewesen war.

Ein neues Licht leuchtete in der Kiste, blutrot und mörderisch.

Lune schlug den Deckel zu. Nun starrte sie von dem ehemals blanken Schild eine Spinne an. Sie erschauderte bei dem Anblick und gab dem Sterblichen einen Wink, dass er sich zurückziehen durfte. Er tat dies sichtlich erleichtert.

Niemand sonst wirkte erleichtert. Doch sie würden nicht viel länger durchhalten müssen. »Lord Antony, wenn du dich mir anschließen würdest? Lass uns gemeinsam Vidars Gefängnis dort platzieren, wo es niemandes Ruhe stören wird.«

Eine tiefe Falte zog sich über seine Stirn, als er nähertrat. Sie glaubte, dass er verstand, was sie meinte, aber bezweifelte, ob es funktionieren würde. *Ich hoffe es. Mir fällt kein besserer Weg ein.* Er nahm die Kiste und stellte sie auf Lunes Nicken hin zurück in ihre Weißdornumhüllung.

Ihre Untertanen atmeten auf, als das Eisen so abgeschirmt war, doch als Lune nach dem Onyxpalast tastete, fühlte sie immer noch den Makel innerhalb des Holzes, wie Gift unter einem Zuckerguss. Oder war das ihre Fantasie? Ihre Hand spannte sich um die von Antony, und sie hörte ihn durch die Zähne zischen, als würde er es auch spüren. Aber der Palast antwortete, als sie riefen. Der Marmor öffnete sich, als sei er Sand, der von unter der Kiste wegfiel. Sie fiel nach unten. Hinunter und hinunter, tiefer in die Grundfesten des Palasts, als Lune je gegangen war, bis sie schließlich irgendeine undefinierbare Grenze erreichte. Der Palast lag *unter* London, aber nur auf eine mystische Art. Man konnte ihn nicht mit einer Schaufel erreichen. Dennoch gab es einen Punkt, an dem der Palast wieder gewöhnlicher Erde Platz machte, dem Fels, auf dem London stand.

Sie ließen das Eisenkästchen dort und versiegelten das Gestein über ihm.

Jedes einzelne Augenpaar im Saal war auf den Boden geheftet, der Vidars Gefängnis ohne eine Spur verschluckt hatte. Lune löste ihre Hand aus der von Antony und warf ihm einen Seitenblick zu. Er erwiderte ihn mit einem schwachen Lächeln, weil er ihre Besorgnis erkannte. Doch sein Blick war klar, und er zeigte kein Anzeichen von Schwäche.

»Es ist vollendet«, sagte Lune. »Möge Ifarren Vidar vergessen werden.«

GUILDHALL, LONDON
12. *August* 1665

Die Hufschläge von Antonys Pferd hallten von den Mauern und überstehenden Erkern in der Ketton Street wider. Er hätte ganz allein auf der Welt sein können. Auf der Straße waren keine von den üblichen Händlern und Hausfrauen. London hätte ebenso in ein anderes Reich entführt worden sein und seine Bevölkerung zurückgelassen haben können. Selbst der Onyxpalast wirkte in diesen Tagen voller als die Stadt darüber.

Antony schwitzte unter dem Halstuch, das er über Nase und Mund gelegt hatte, und fragte sich, wie gut es ihn gegen die infizierte Luft schützte. Aber es wegzulassen, würde sicher *nicht* helfen, und so ließ er es dran – genauso, wie er ritt, statt eine

Mietkutsche zu nehmen, deren vorheriger Benutzer vielleicht an der Pest erkrankt war. Seine eigene Kutsche fing Staub, weil er niemanden hatte, der sie fahren konnte. Antonys Haushalt war auf Burnett und ihn selbst reduziert, und Burnett hatte genug zu tun, um seinen Herrn satt und bekleidet zu halten. Er hatte Glück, dass er noch ein Pferd hatte, so viele waren gestohlen worden.

Ein Müllhaufen blockierte halb die Abzweigung in die schmale Gasse zwischen der Kirche von St. Laurence Jewry und der Blackwell Hall – der Überrest der Mühen irgendeines Ladenbesitzers, die Straße vor seinem Haus entsprechend der Pestbefehle zu kehren. Doch niemand hatte den Abfall weggebracht, und der Ladenbesitzer hatte seine Anstrengungen eindeutig vor Wochen aufgegeben. Antony lenkte sein Pferd vorbei und kam einen Augenblick später im winzigen Innenhof der Guildhall heraus. An einem gewöhnlichen Tag hätten sich dort die Menschen dicht gedrängt und Regierungsgeschäfte und Handel betrieben. Nun war er unter dem Blick der Statuen, die die Terrasse der Guildhall schmückten, so gut wie leer. Christus und die Tugenden, ihre Mienen steinern und streng. Die einzig lebende Gestalt, die zu sehen war, war ein einsamer Wächter, der am Triple Tun stand, dessen Tür mit dem vertrauten roten Kreuz und der Aufschrift *Herr, hab Gnade mit uns* markiert war.

Antony hatte schon lange aufgegeben, bei dem Anblick zu erschaudern. Man konnte in London kaum eine Straße finden, die nicht mindestens ein infiziertes Haus hatte.

Die Guildhall selbst stand verloren da, beinahe so leer wie der Hof draußen. Oberbürgermeister Lawrence hatte seit Wochen kein Treffen der adligen Ratsherren einberufen, der halbe Stadtrat war geflohen. Doch Antony hoffte, dass genau diese Einsamkeit ihm heute helfen würde. Die Menschen fürchteten sich davor, sich an öffentlichen Orten zu versammeln, wo sich die Pest ausbreiten konnte. Hier jedoch wären ihre einzige Gesellschaft Spinnen, die ihre Netze ungestört spannen.

Er zündete im Haus der adligen Ratsherren Talgkerzen an und wischte Staub von seinem eigenen Stuhl. Wie viele würden heute kommen? Ganz sicher Sir William Turner. *Er* verstand, dass seine Stadt ihn brauchte. Andere waren ebenfalls geblieben. Mit der Hilfe von Distriktbeamten führten sie die Pestbefehle aus, die Karl erlassen hatte, ehe er sich mit seinem Hofstaat zurückgezogen hatte, und hofften vergebens, dass dies irgendwie die steigende Flut der Seuche aufhalten würde. Beinahe dreitausend Tote allein in der letzten Woche, und kein Anzeichen für eine Ebbe.

Lune war mit den Gedanken anderswo, während sie darauf wartete, ob Vidars grausame Strafe Nicneven zufriedenstellen und einen Krieg verhindern würde. Doch Antony hatte es aufgegeben, die Fee für ihre Untätigkeit anzuklagen. In der finsteren Nacht, wenn er allein in seinem Bett lag, glaubte er nicht, dass irgendwelche Anstrengungen, von Fae oder anderen, einen Unterschied machen konnten.

Und dann kam der Morgen, und er stand auf und machte trotzdem weiter.

Schritte vor der Tür. Antony richtete sich auf, konnte aber nicht verhindern, dass er enttäuscht die Schultern hängen ließ, als er Jack Ellin sah. »Ich hatte gehofft, du seist ein adliger Ratsherr.«

»Dann tut es mir noch mehr leid, dass ich dir diese Nachricht bringe.«

Der düstere Tonfall drang durch Antonys Müdigkeit, und er sah im Kerzenlicht, dass Jacks ironisches Gesicht bleich und erschöpft war. »Du … bist nicht *krank*?«

Sein Verstand zog ohne Aufforderung voreilige Schlüsse. Diese waren heutzutage offensichtlich. Bei Jack mehr als offensichtlich: Der Mann bot in seinem Wahnsinn seine Dienste als Arzt in der Gemeinde St. Giles Cripplegate an, die nun unter den am schlimmsten betroffenen war. Über dreihundert Tote dort letzte Woche, und das waren nur diejenigen, die als Pesttote gemeldet wurden. Das war kaum die Hälfte der Gesamtzahl. Antonys Kopf ging reflexartig die Zahlen durch.

Der Doktor schüttelte den Kopf. »Nicht ich. Aber Burnett, ja.«

Es hätte Antony aufregen sollen. Vielleicht tat es das irgendwo, weit jenseits seiner Erschöpfung. Im Augenblick war es wie ein Schlag gegen gefühlloses Fleisch. Ein Einschlag ohne Bedeutung. »Wie ...«

»Ich habe heute Morgen dein Haus besucht. Er hat die Tür mit Fieber aufgemacht.« Jack biss die Zähne zusammen, ehe er seine nächsten Worte einleitete. »Ich habe ihn untersucht und die Anzeichen gefunden.«

Harte rote Flecken am Körper, wie Flohbisse. Zusammen mit Fieber ein unverkennbares Anzeichen der Pest.

»Antony.« Der Name durchbrach seine vernebelte Leere. Jack durchquerte den Raum mit schnellen Schritten, hielt aber inne, ehe er Antony am Arm packen konnte. Zweifellos hatte der Doktor Handschuhe und den ganzen Rest seiner üblichen Tracht getragen, als er Burnett untersucht hatte, doch selbst so nahe bei ihm zu stehen, konnte gefährlich sein, falls Jack die verseuchten Dämpfe eingeatmet hatte. Wie viel länger konnte der Mann überleben, wenn er so oft unter die Kranken ging?

»Antony«, sagte Jack sanft. »Du musst ihn in ein Pesthaus schicken.«

Er schüttelte sich und streckte sich. »Ihn unter den Sterbenden einsperren? Da könnte ich ihn gleich selbst erschießen.«

»Er wird wahrscheinlich sowieso sterben«, sagte Jack. Das Thema war zu vertraut für Taktgefühl. »Das Pesthaus wird seine Chancen nicht verbessern – aber es wird *deine* verbessern. Antony, wenn du ihn nicht wegschickst, werden sie dein Haus verbarrikadieren. *Mit dir darin.*«

Das Rückgrat all ihrer Versuche, die Pest zu bekämpfen. Ein Mann konnte die Seuche übertragen, ohne es zu wissen. Alle, die unter demselben Dach wie ein Opfer lebten, mussten eingesperrt werden, bis genug Zeit vergangen war, um zu beweisen, dass sie nicht krank waren.

Oder bis alle im Inneren tot waren.

Antony schluckte und wandte sich ab. »Du hast es selbst gesagt – die Pesthäuser sind überfüllt.« Sie hatten es geschafft, drei zu bauen, die die beiden ergänzten, die von der letzten großen Heimsuchung übrig waren, doch diese reichten kaum, um einige Hundert, ganz zu schweigen von den erkrankten Tausenden zu beherbergen.

Jack wollte ihn der Frage nicht ausweichen lassen. »Wenn du ihn nicht wegschicken willst, dann musst du fortgehen. Entferne dich aus dem Haus, *heute*, und reise aufs Land. Fahr zu Kate. Wenn du dich mit ihm einsperrst … dann könntest du jene Pistole ebenso gut an deinen *eigenen* Kopf halten.«

Sie hatten schon früher über diesen Punkt gesprochen. Jack hasste diesen Befehl und befürwortete die Pesthäuser. Was er jetzt riet, war nichts weniger als eine wissentliche Umgehung des Gesetzes. Falls Antony sich bereits mit der Pest angesteckt hatte, würde er sie mit sich aufs Land tragen, wie es andere vor ihm getan hatten: Genau diese Situation sollte der Pestbefehl vermeiden.

Dieses Argument würde in Jacks Kopf keinen Eindruck hinterlassen. Stattdessen sagte Antony: »Ich kann nicht fortgehen.

Wir treffen uns heute, um Hilfe zu organisieren. Wir haben eine Möglichkeit gefunden, um Geld von den Gemeinden, die es entbehren können, in jene zu verlagern, die es nicht können, und die Bezahlung von gewissen Schulden zu verzögern. Die Hälfte von London kann sich kaum selbst ernähren, Jack, und der Handel ist zum Erliegen gekommen. Willst du, dass ich meine Stadt dem Hunger und Zusammenbruch überlasse?«

»Nein.« Eine Spur des alten, verschmitzten Lächelns zog sich über Jacks Gesicht. »Ich kenne dich besser als das. Aber du kannst diese Arbeit auch nicht tun, wenn du mit einem roten Kreuz an der Tür in deinem Haus eingesperrt bist. Du *musst* Burnett wegschicken.«

Schon der Gedanke daran schmerzte. Burnett war loyal und verdiente im Gegenzug Loyalität. Antony hätte ihn gerne daheim behalten und irgendeine Frau angestellt, um ihn zu pflegen – eine, die die Infektion bereits überlebt hatte. Viel besser, als ihn in dieses schwärende Höllenreich in St. Giles Cripplegate zu schicken, wo man eine Leiche beinahe aus einem Fenster werfen und in einer Pestgrube landen lassen konnte.

Wo Burnett allein sterben würde.

Aber ihn zu behalten, würde das Ende für Antonys eigene Fähigkeit zu helfen bedeuten.

Wieder Schritte draußen. Sir William Turner erschien in der Tür, und jemand anderer kam hinter ihm. Mindestens zwei adlige Ratsherren, mit Antony drei. Vielleicht würden noch mehr kommen. Und zusammen konnten sie London vielleicht auf den Beinen halten.

Das würden sie. Das mussten sie.

Antony senkte die Stimme und hoffte, dass dies die Beschämung darin verbarg. »Also gut. Tu alles für ihn, was du kannst, Jack.«

Der Doktor packte seinen Arm und ignorierte das Risiko. »Ich schwöre bei Gott, ich werde ihn retten, wenn ich kann.«

CHEAP WARD, LONDON
13. *September* 1665

Trotz der drückenden Hitze erschauderte Antony, als er sich zu Fuß seinen Weg durch Cheapside suchte. Verkohlte Holzscheite lagen immer noch an der Kreuzung mit dem Old Change, obwohl der plötzliche Schauer, der das Feuer letzte Woche gelöscht hatte, spurlos verschwunden war und die schreckliche Trockenheit des Sommers zurückgekommen war.

Drei Tage an Feuern, die in der gesamten Stadt gebrannt hatten, vom König von seinem Hof in Salisbury aus befohlen. Drei Tage an Flammen, um die Luft zu reinigen.

Siebentausend Tote, in derselben Woche.

Er machte einen Schlenker nach links, um einer Leiche, die an die Wand der *Mermaid*-Taverne gelehnt saß, in großem Bogen auszuweichen. Tot oder sterbend, es machte kaum einen Unterschied. Der Gestank des Todes lag in der Luft, die Friedhöfe waren bis zum Rand und darüber hinaus gefüllt, trotz der Befehle, die darauf bestanden, dass alle Leichen mindestens sechs Fuß tief beerdigt werden sollten.

Seine Kursänderung brachte ihn zu dicht an einen anderen Mann, der knochige Hände ausstreckte und Antony vorn an seiner Weste packte, sodass der verschwitzte Stoff zwischen seinen Fingern Falten schlug. »Sie bestehen darauf, dass wir unseren Körper mit Tränken reinigen«, japste der Mann, während sein fauliger Atem Antony ins Gesicht schlug. »Sie bestehen darauf, dass wir die Luft mit Feuer reinigen. Aber reinigen wir unsere *Seele*? Büßen wir unsere Sünden, die diese Heimsuchung über uns gebracht haben?«

Ein Augenblick gelähmter Starre. Dann schubste Antony den Mann und kämpfte darum, ihn wegzudrängen. Die Knöpfe an seiner Weste gaben vor dem Fremden nach. »Geht weg! Kommt nicht in meine Nähe.«

Der Mann lachte ihn an, zeigte seine abgebrochenen Zähne, als hätte man ihn ins Gesicht geschlagen. »Ihr habt nichts zu befürchten – wenn Ihr ein frommer Mann seid. Dies ist der Wille des Herrn, seine göttliche Strafe für eine Nation, die vom Weg der Heiligkeit abgekommen ist.«

Ein dreckiger, verdammter Puritaner. Zorn durchströmte Antony bis in die Wurzeln seines schütteren Haars. »Gott«, fauchte er dem Mann ins Gesicht, »hat nichts damit zu tun. Das hier? Das ist ein verdammter *Zufall*. Es ist unser weltlicher Schmutz, der Müll auf den Straßen, die faulige Luft, die wir einatmen. Die verseuchten Vorstädte, die wir um unsere Mauern wachsen lassen. *Gott ist nicht hier.* Er beobachtet von oben, wie wir in unserer Qual schreien und sterben, um seine Gnade flehen oder seinen Namen verfluchen, und er hat *nichts* mit irgendetwas davon zu tun!«

Die letzten, gebrüllten Worte gellten in seinen Ohren und wurden von den rußgeschwärzten Mauern der Läden, die sich in dieser einst hübschen Straße aufreihten, zurückgeworfen. Der Puritaner rannte mittlerweile, taumelte die Bow Lane hinunter und versuchte verzweifelt zu fliehen. Antony japste nach Luft, sein Kopf dröhnte. Wann hatte er zuletzt gegessen? Er konnte sich nicht erinnern. Weil Burnett fort war, ins Maul des Pesthauses verschwunden und mittlerweile zweifellos tot, versorgte er sich, so gut er konnte, selbst.

Daheim sollte immer noch eine kalte Fleischpastete für ihn sein – falls er sie nicht bereits gegessen hatte. Antony konnte sich nicht erinnern. Sie konnten ihn unten versorgen, aber er würde nicht hingehen. Er ertrug den Anblick der Fae nicht mehr, sauber und heil und sicher vor der Katastrophe oben. Wenn diese Hitze nicht endete, wenn die Seuche nicht nachließ, dann wären sogar die wenigen Lebenden bald fort, und London bliebe den Geistern und den Feen in den Schatten überlassen.

Er ging wieder los, wobei er sich eher aus der Macht der Gewohnheit als irgendetwas anderem bewegte, die Lombard Street hinunter zu der vertrauten Tür. Er fummelte einen Klumpen Weinraute aus der Tasche und atmete deren scharfen Duft tief ein, weil er hoffte, jegliche Infektion, die er von jenem Mann eingeatmet haben konnte, auszumerzen. Gab es in seinem Haus noch irgendetwas, das diese Kopfschmerzen kurieren konnte? Er konnte durch deren Dröhnen kaum denken.

Die Tür ging auf. Das Innere des Hauses war angenehm kühl, weil auf dem Herd seit Tagen kein Feuer gebrannt hatte, und Antony zog sein Wams und seine Weste aus, sodass sein schweißgetränktes Unterhemd frei lag. Beim Gedanken an Essen drehte sich ihm der Magen um. Er würde später essen, nachdem er sich ausgeruht hatte. Antony ließ die Kleidung auf den Boden fallen und ging ins Bett, wo er zitternd und ruhelos lag und wartete, bis sein Schüttelfrost aufhören würde.

DER ONYXPALAST, LONDON
14. *September* 1665

»Das Problem«, sagte Valentin Aspell geduldig, »ist, dass es *verbleicht*, Eure Majestät.«

Lune widerstand dem Drang, ihn anzufauchen. Stattdessen lenkte sie ihren Ärger in eine schärfere, kühlere Art von Herablassung. »Ich bin mir der Eigenschaften von Feengold bewusst, Lord Valentin. Doch mit exakter Zeitplanung schaffen wir es vielleicht, Lord Antony auf eine Weise zu helfen, die uns nicht den Bedrohungen oben aussetzt. Wenn wir schon nichts für die Kranken tun können, können wir wohl wenigstens jenen helfen, denen es noch gut geht, indem wir ihnen das Geld geben, mit dem sie Nahrungsmittel und andere Notwendigkeiten kaufen können.«

Wie ihr Großsiegelbewahrer sie erinnerte, würde sich Feengold am Ende wieder in Laub zurückverwandeln, und das konnte ungewollte Aufmerksamkeit erregen. Doch nach dem, was Antony sagte, hatte das Chaos oben eine solche Stufe erreicht, dass ihre Einmischung wohl unbemerkt bleiben würde. Er hatte sogar einige Kerle genannt, die vielleicht passende Ziele wären. Einer hatte damit geprahlt, wie er seinen persönlichen Reichtum vergrößerte, indem er durch ganz London und Westminster eilte, um Vorräte für die Marine in ihren Kriegen gegen die Holländer zu besorgen, spendete jedoch nur wenige Pfund, um den Betroffenen zu helfen.

»Samuel Pepys«, schlug sie Valentin vor. »In der Seething Lane. Ersetzt etwas von seinem eigenen Gold mit Feengold, und ich werde Antony die echten Münzen geben, damit er sie anderswo verteilen kann.«

Der Großsiegelbewahrer verbeugte sich. Er verstand den Sinn hiervon nicht, wie Lune wusste. Nach seiner Denkweise war die Pest eine notwendige Reinigung der schmutzigen, übervölkerten Straßen von London und dessen Vorstädten. Menschen sollten nicht wie Maden leben, die über die verwesende Leiche ihrer Heimat krochen und ihre Häuser mit ihrem eigenen Rauch und Müll verschmutzten. Er hatte wenig Verständnis für sie als Leute und kein Mitgefühl für ihr Leid.

Doch Lune hatte das. Das Gemetzel oben verursachte ihr Übelkeit und erinnerte sie an den fürchterlichen Geist der Sterblichkeit. Sie erschauderte beim Gedanken, nach oben unter die vernagelten Fenster und gemalten Kreuze und verzweifelten Gebete der Sterbenden zu gehen. Doch diese Kleinigkeit konnte sie tun. Sie wusste, dass Antony glaubte, sie sei völlig mit Feenangelegenheiten beschäftigt, dem atemlosen Warten auf Nicnevens nächsten Zug, doch das Warten drohte, sie in den Wahnsinn zu treiben. Und es würde es ihm leichter ums Herz machen, wenn er wusste, dass sie irgendetwas getan hatte, so gering es auch war. Wenn er zurückkehren würde, würde sie eine Überraschung für ihn haben: einen unerwarteten Gewinn von den Männern, die ihre eigenen Truhen vergoldeten, während andere aus Mangel an Wohltätigkeit verhungerten.

»Warum seid Ihr noch hier?«, fragte sie Valentin, der zusammenzuckte. »Findet jemanden, der das hier ausführt – oder ich schicke *Euch.*«

»Ja, Madam«, murmelte er und floh.

LOMBARD STREET, LONDON
15. September 1665

Antony brauchte Wasser. Ein sengender Durst quälte ihn schon seit Stunden, trocknete seine Kehle und seinen Mund und seine Eingeweide aus, während Schweiß von seiner Haut tropfte und die nasse Bettwäsche tränkte. Er hatte wässrigen Wein aus dem Keller geholt ... Er konnte sich nicht erinnern, wie lange das her war. Der Krug war jetzt leer, auf die Seite gefallen, obwohl er sich nicht erinnern konnte, dass er daraus getrunken hatte. Vielleicht hatte er alles verschüttet.

Er rief schwach nach Burnett, in einer Stimme, die nicht weiter als über seinem Bett zu hören war, ehe er daran dachte, dass der Diener fort war. Im Pesthaus. Mittlerweile tot.

Schmerz pochte von seiner Lende hoch und ließ ihn seinen Körper protestierend winden. Medizin. Gab es im Haus nichts gegen Schmerzen? Gegen die Kopfschmerzen, die drohten, ihm den Schädel entzweizureißen? Antony wusste vage, dass er Fieber hatte und es senken musste – kalte Wickel, in Wasser getränkt, auf seine Stirn legen. Kate würde das tun. Sie hatte sanfte Hände.

Nein. Kate war auch nicht hier. Tot? Gott bewahre ... nein, sie war immer noch in Norfolk. Sie schrieben sich Briefe, aber nur selten, weil wenige Männer tapfer genug waren, um die Post zu überbringen. Er betete, dass die Pest sie nicht dort heimgesucht hatte. Sie war sicher, wie Jack es auch für Antony wollte.

Die Treppe knarzte. Endlich Burnett. Der Diener musste ihn rufen gehört haben. Nein, seine Stimme war weg. Aber Burnett war ein guter Mann und kam ohnehin, um nach ihm zu sehen.

»*Gott, hab Gnade ...*«

Nicht Burnett. Antony zwang seine Augen auf, und Jack Ellins Gesicht kam verschwommen ins Blickfeld. Er krächzte den Namen, unsicher, ob es eine weitere Fieberhalluzination war.

Jack hatte nichts vor dem Mund. Er sollte ein Halstuch oder eine von jenen lächerlichen Schnabelmasken tragen, die einige Doktoren aufsetzten und die Vorderseite mit kräftigen Kräutern vollstopften, um die Luft zu reinigen, die sie einatmeten. Die Hände des Mannes fühlten sich durch Antonys nasses Leinenhemd wie Eis an. Er zitterte unkontrollierbar und versuchte, sie wegzuschieben, doch Jack wich ihm mit Leichtigkeit aus und riss die Schnürung auf. Antony japste vor Schmerz, als der Arzt seinen Kopf auf eine und dann die andere Seite rollte und seinen Nacken und seine Achseln kontrollierte. Dann zuckten wieder Qualen durch ihn, als Jack seine Unterhose wegzog, um seine Oberschenkel zu untersuchen.

Der Doktor knurrte einen Fluch, und das zwang Antony, sich der Wahrheit zu stellen, die er die ganze Zeit geleugnet hatte. Er hatte sich gesagt, dass es nur ein Fieber sei. Kopfschmerzen. Sie würden vergehen.

»Ich sterbe«, flüsterte er.

Der Schmerz war unverkennbar. Jetzt schlimm, würde er nur schlimmer werden, bis Antony verrückt würde und daran dachte, sein eigenes Leben zu beenden und damit sein Leid. Er konnte die Schwellungen an seinen Lenden fühlen, nicht einfach Anzeichen, sondern sogar das Markenzeichen der Pest.

»Du wirst *nicht* sterben«, sagte Jack ruppig und verlagerte sein Gewicht nach hinten. Er machte sich für hektische Aktivität bereit, die all seine medizinische Kunst für die Aufgabe aufwenden würde, Antonys Leben zu retten.

Antony packte ihn am Arm, ehe er aufstehen konnte, und grub seine Finger fest hinein. »Hör zu. Du musst etwas für mich tun. Du *musst.*«

Jack bedeckte die Hand mit seiner eigenen. »Sag es mir.«

»Du musst es tun. Deinen Eid darauf. Schwör es mir, bei Gott, dass du *genau* das tun wirst, worum ich dich bitte. Egal – egal, wie seltsam es dir vorkommt. Egal, was du siehst.«

Die Miene des Arztes wurde zögerlich. »Antony ... ich muss meine Medizin holen, die Schwellungen aufstechen ...«

»*Später*«, röchelte Antony. Er wusste nicht, ob es Schweiß oder Tränen waren, die seine Wangen hinunterströmten. »Schwör es!«

Jack schluckte, dann nickte er einmal. »Wie Gott mein Zeuge ist, werde ich tun, worum du mich bittest. Wenn es dich dazu bringt, zu kooperieren, werde ich alles tun.«

Antony sank zurück auf sein Kissen, vor Erleichterung geschwächt. Seine Hand zitterte an Jacks Arm, ihr Griff jetzt erschlafft. »Danke. Gott segne dich, John Ellin. Vielleicht rettest du mir wirklich das Leben.«

DAS *ANGEL INN*, ISLINGTON
15. September 1665

Was im Namen des Teufels unheiligen Arschlochs tue ich hier?

Seinen Schwur an Antony erfüllen. Jeder Schritt, den Jacks Pferd nach Norden machte, fühlte sich an, als würde ihm ein weiteres Stück aus dem Herzen geschnitten. Er sollte wieder in der Lombard Street sein, Kalk und Gewürze verbrennen, um den Raum zu reinigen, Opium und hoffentlich etwas Nahrung in seinen kranken Freund bekommen.

Aber Antony hatte nicht ruhen wollen. Er hatte immer wieder seine fieberhaften Worte wiederholt. Und so ritt Jack nach Norden nach Islington, auf das Wort eines sterbenden …

Sag nicht »sterbenden«.

Auf das Wort eines sehr kranken Mannes.

Je schneller Jack seine Pflicht ausführte, desto früher konnte er mit seiner Behandlung weitermachen. Das hatte einige Patienten gerettet, wie er glaubte. Keiner von ihnen so alt wie Antony, zugegeben …

Er knurrte den Gedanken weg und stieg hinter dem *Angel Inn* ab.

Geh zum Rosenstrauch, hatte Antony gesagt, *und sag ihm deinen Namen.*

Jack fühlte sich wie ein Idiot, aber er vermutete eine geheime Bedeutung in der Anweisung. Antony hatte Freunde, wie er wusste, von vor der Wiedereinsetzung des Königs, und subtile Mittel, um Informationen weiterzugeben. Jack glaubte schon lange, dass einige davon mit dem *Angel Inn* zu tun hatten. In den Rosenstrauch zu sprechen, war zweifellos ein Signal. Aber er teilte Antonys offensichtliche Überzeugung nicht, dass irgendjemand Wache halten würde, der bereit wäre, seine Botschaft zu erhalten.

Trotzdem hatte er es geschworen. Also holte Jack tief Luft, bückte sich zu der einen verwelkten, mangels Regen verdursteten Blüte und sagte: »Mein Name ist Dr. John Ellin. Sir Antony Ware hat mich geschickt, um zu sagen, dass er an der Pest erkrankt ist. Er ist in seinem Haus in der Lombard Street und bittet …«

Er kam nicht weiter, weil der Rosenstrauch anfing, sich zu bewegen. Die Zweige streckten sich nach oben und bildeten einen eleganten Bogen. Jack taumelte überrascht zurück, dann fiel er würdelos auf den Hintern, als eine Frau in dem Bogen erschien. »Lord Antony? Krank? Oh, *nein* …«

Dann verstummte sie, weil ein vertrautes Geräusch über die Wiese hallte: die Kirchenglocke von Islington, die den Tod eines Gemeindemitglieds verkündete.

Die Augen der Frau rollten nach oben, und sie sank zu Boden.

Jack saß im Gras und starrte sie an. *Ist gerade eine drei Fuß große Frau aus einem Rosenstrauch gekommen und vor meinen Füßen ohnmächtig geworden?*

Er hatte seine Antwort einen Augenblick später, als eine zweite Frau von ebenso kleiner Statur aus dem Bogen trat, die erschrocken wirkte und eine winzige Tasse in einer Hand hielt. Sie machte ein genervtes Geräusch, als sie die Gestalt auf dem Boden sah. »Also ehrlich, wenn sie einfach nur zugehört hätte … Ich habe sie gewarnt, dass sie nicht unvorbereitet hinausgehen soll.«

Reflexe übernahmen. Jack krabbelte vor und stützte die bewusstlose Frau – ein Mädchen? Nein, sie war erwachsen, aber von zwergenhafter Größe – und half der anderen, etwas, das wie ein Schluck Milch aussah, in ihre Kehle zu kippen. »Sie ist ohnmächtig geworden …«

»Ja, die Glocke. Ich habe sie gehört.« Die Frau steckte die Tasse in ihre mit Rosen bestickte Schürze. »Komm schon, Gertrude, wach auf – so bist du ein braves Mädchen.«

Honigbraune Augen wurden aufgeschlagen. Sie blinzelte zweimal verwirrt, ehe ihr offenbar bewusst wurde, dass sie an Jacks Knien lag. Dann schreckte sie hoch. »Antony!«

Er stand auf, wich einen Schritt zurück und wischte den Schmutz und das trockene Gras von den Knien seiner Hosenbeine. Die beiden Frauen waren sich so ähnlich, sie konnten nur Schwestern sein. Wären ihre unterschiedlichen Schürzen nicht gewesen, hätte er Schwierigkeiten gehabt, sie auseinanderzuhalten. Antony hatte ihm gesagt, er sollte diese Botschaft an »die Schwestern« überbringen, und noch eine Sache, an einen spezifischen Namen. Wenn die Frau mit den Gänseblümchen Gertrude hieß, dann war die andere … »Seid Ihr Lune?«

Die Frau mit den Rosen blinzelte. »Was? Nein, natürlich nicht. Sie ist nicht hier. Warum …«

»Für sie habe ich auch eine Nachricht.«

Sich auf diese Aufgabe zu konzentrieren, half. Solange er das tat, konnte er den Rest seines Versprechens an Antony auch halten: seinen Auftrag auszuführen, egal was er sah.

Beide Frauen standen jetzt. »Erzählt es uns«, sagte Gertrude.

Ihre Mienen waren voll erschrockener Sorge. Wer auch immer sonst – *was auch immer* sonst – sie waren, Jack glaubte, dass sie echte Freundinnen von Antony waren. Aber sein Eid war das Einzige, was ihn jetzt noch zusammenhielt. »Nein. Die Worte sind für Lune allein. Ich werde sie nur ihr sagen.«

»Junger Mann«, setzte die Rosenfrau an, doch ihre Schwester schnitt ihr das Wort ab. »Rosamund, wir haben keine Zeit. Lord Antony hat ihn geschickt. Wir müssen ihm vertrauen. Und die Königin wird es ohnehin wissen wollen.«

Katharina von Braganza? Sie war mit dem König in Salisbury. *Lass es sein.* Rosamund starrte ihn durchdringend an und sagte: »Dann also für Lord Antonys Wohl – folgt uns, und tut, was wir Euch sagen, ohne zu fragen.«

Er hatte das bereits geschworen, doch es hatte keinen Sinn, Zeit damit zu verschwenden, ihr das zu erklären. Jack nickte, und sie seufzten beide erleichtert. »Ich werde die Pferde bereit machen«, sagte Gertrude, »dann brechen wir auf.«

DER ONYXPALAST, LONDON

15. September 1665

Er machte alles mit. Er fragte nicht, warum Rosamund und Gertrude plötzlich größer waren, als sie für den Ritt aufstiegen. Er blinzelte nicht, als sie an der St. Martin's Lane an einer Erle anhielten und die Pferde der Schwestern in leere Luft zu verschwinden schienen, während Strohhalme auf den Boden fielen, wo sie gewesen waren.

Er schaffte es sogar, sich vom Schreien abzuhalten, als die Erle ihn komplett verschluckte.

Ein entfernter, pervers ruhiger Teil seines Verstands legte nahe, dass sein Gehirn zu verwirrt für Fragen oder sogar Angst war, doch dass er, wenn er einen Moment zum Nachdenken hätte, wirklich sehr stark reagieren würde. Das war wahrscheinlich zutreffend. Für den Moment starrte Jack einfach alles mit offenem Mund an, wie ein tölpeliger Bauer, der zum ersten Mal nach London kam.

Glatte schwarze Mauern ragten um ihn herum auf, von kühlen Lichtern erleuchtet, die ohne Befestigung zu schweben schienen. Kreaturen starrten ihn an, als er vorbeiging – Wesen, die Rosamund und Gertrude im Vergleich völlig normal aussehen ließen. Sogar die *Luft* fühlte sich anders an, geheimnisvoll und still, als würde er in einem fest gewordenen Schatten wandern.

Jeder Zweifel, den er über die Natur dieses Palasts und seiner Bewohner gehegt haben mochte, zerfiel zu Staub, als er in einen gewaltigen, gewölbten Saal trat und die Frau auf dem Thron sah.

Sie saß unter einem glitzernden Thronbaldachin, dessen Kauf Karl arm gemacht hätte, eingerahmt von einem riesigen

Bogen aus Silber, der die Rückenlehne des Throns bildete. Ihr eigenes Haar glänzte unter der fächerförmigen Krone, die darauf saß, ebenso strahlend, während die mitternachtsblaue Seide ihres Kleids einen Funken juwelenbunter Farbe hinzugab. Die hohen Wangenknochen in ihrem Gesicht konnten niemals zu etwas Menschlichem gehören.

Die elfenhafte Frau sprach in einem recht schneidenden Tonfall zu einem schlangenhaften Mann, doch sie verstummte, als die Schwestern an einem erschrockenen und dürren Saaldiener vorbeihasteten, sodass ihre Schuhe einen schnellen Rhythmus auf dem Marmorboden schlugen. »Gertrude? Rosamund?«, sagte sie mit klarer, hallender Stimme. »Stimmt etwas nicht?«

Sie knicksten beiläufig, als würden sie selbst diesen Augenblick der Verzögerung bereuen. »Eure Majestät«, sagte Rosamund, »dieser Mann bringt Euch eine Botschaft von Lord Antony.«

Sofort wanderten alle Blicke im Saal zu Jack. Er war den Schwestern auf dem Fuß gefolgt, hatte aber vor Überwältigung vergessen, sich zu verbeugen. Er tat das jetzt, unbeholfener als je zuvor, und spürte die Amüsiertheit einiger der zusehenden Höflinge. Das resultierende Aufflammen von Zorn fokussierte ihn, und als er sich aufrichtete, erwiderte er den Blick der Feenkönigin, ohne zurückzuweichen. »Seid Ihr Lune?«

»Ja«, sagte sie und ignorierte das Japsen bei seiner unverfrorenen Anrede.

»Dann bittet mich Sir Antony, Euch dies zu fragen: Wenn Ihr schon London nicht retten wollt, wollt Ihr wenigstens ihn retten?«

Totenstille. Niemand atmete auch nur, ganz zu schweigen von Gelächter. Als er Lunes erschrockenes Gesicht sah, wunderte sich Jack zum ersten Mal über den Inhalt von Antonys Botschaft. Er hatte sie ohne nachzudenken angenommen, weil er vermutet hatte, dass alles ein Teil des Fieberwahns des Mannes war – aber nein. Sie hatte ganz klar eine Bedeutung.

Eine Bedeutung, die diese elfenhafte Königin verletzte, sie tief ins Herz traf. Als er hergekommen war, war ihm nicht bewusst gewesen, dass seine ersten Worte an sie so furchtbar grausam sein würden.

»Madam«, flüsterte Gertrude in dieses schreckliche Schweigen hinein, »er hat die Pest.«

Die Königin sprang in einer so schnellen Bewegung auf die Beine, dass seine Augen sie verpassten. »Bringt mich zu ihm.«

LOMBARD STREET, LONDON
15. *September* 1665

Der Gestank nach Eiter und Tod erfüllte das Haus, ein fauliges Miasma, das Lune den Atem raubte. Der Doktor hielt sich seltsam widerwillig zurück und nickte zur Treppe. Sie bedeckte ihren Mund und hastete die Stufen hinauf, panisch davor, was sie wohl finden würde.

Seine Haut war leichenblass und mit Schweißperlen überzogen, und er zuckte nicht einmal, als sie die Tür aufriss. Lune zögerte auf der Schwelle, während ihr gesamter Körper zitterte. Sterblichkeit in ihrer schrecklichsten Form: das langsame Verrotten des Fleischs, mit Höllenqual als seiner grausamen Dienerin. Eitrige schwarze Flecken zeichneten seinen Hals, mit roten Streifen, wo er sie mit den Fingernägeln aufgerissen hatte. Die Pest war schon früher nach London gekommen, viele Male. Sie wusste genug, um zu erkennen, was sie sah.

Und um für einen furchtbaren Augenblick zu hoffen, dass er bereits tot und von seinem Leid erlöst war.

Der Arzt stand hinter ihr. Lune zwang sich weiter, einen unwilligen Schritt nach dem anderen. »Ist er …«

Der Mann kniete sich neben Antony. John Ellin. Das war sein Name. Jack. Die Erinnerung trieb durch ihren Schrecken nach oben. Ellin bedeckte seine Hand mit einem Tuch und drückte die Finger an Antonys Hals. »Sein Puls ist schwach, aber er lebt.«

Sie atmete japsend aus. Ellin untersuchte Antony mit sanfter Sorgfalt, dann hielt er inne. Ohne sie anzusehen, sagte er: »Er hat mir erklärt, dass Ihr ihn retten würdet.«

Das Japsen wurde beinahe zu einem Schluchzen. *Es ist wie der Krieg, wieder ganz von vorne. Hätte ich entschiedener und früher gehandelt …*

Sie hätte die Ausbreitung dieser Seuche nicht aufhalten können. Die Sterblichen glaubten, dass sie Gottes Strafe für das liederliche Verhalten der Stadt und ihres Königs war. Ob das wahr war oder nicht, Lune hatte keine Macht, um sie aufzuhalten. *Aber ich hätte ihn unten behalten können.*

Er wäre nie dortgeblieben, nicht, wenn London ihn brauchte. Wenn er jedoch Schutz im Onyxpalast gesucht hätte, wo die Luft nicht faulig war, wo es keinen Dreck gab, der Seuchen nährte … oder wenn sie getan hätte, worum er gebeten hatte, den Sterblichen in ihrer Not geholfen hätte, damit er sich nicht in einer Schlacht verausgaben musste, die er nicht gewinnen konnte …

Ellin drehte sich auf den Knien, sein bleiches Gesicht verzweifelt. »Wenn Ihr irgendeinen Zauber habt, der ihn retten kann, *nutzt ihn.* Ich weiß nicht, wie lange er noch hat.«

Lune vertrieb ihre panischen Gedanken. Später wäre noch genug Zeit dafür. Die Antwort schmerzte in ihrer Kehle. »Ich … Krankheit ist nichts, was wir kennen. Ich kann ihn nicht heilen.«

Sie sah, wie das Leuchten in seinen Augen erstarb. »Aber er hat geglaubt …«

»Er hat *gehofft.*« Lune trat vor und stellte sich an Ellins Schulter, unfähig, von ihrem sterbenden Prinzen wegzusehen. »Hätten wir irgendeinen Zauber, um die Pest aus dem Körper eines Menschen zu vertreiben, hätte ich ihn schon früher genutzt. Aber das haben wir nicht. Das Beste, was ich ihm geben kann …«

Sie verstummte verloren. Ellin schoss hoch und packte sie an den Schultern. »*Was?*«

Die reine Dreistigkeit seines Benehmens riss endlich ihre Aufmerksamkeit von Antony weg. »Wir könnten ihn vielleicht stärken«, sagte sie. »Ein Trank – etwas, um ihm in diesem Kampf zu helfen.« Ob das irgendetwas nützen würde, wusste sie nicht.

»Dann holt ihn«, sagte Ellin. »An diesem Punkt kann nichts mehr schaden.«

LOMBARD STREET, LONDON
16. *September* 1665

Krämpfe zogen Antonys Beine hoch an seine Brust und entfesselten ein quälendes Feuer in seinen Hüften und Oberschenkeln. Er schrie auf, aus einer vernebelten, gepeinigten Bewusstlosigkeit in einen Wachzustand getrieben, von dem er nicht gedacht hatte, dass er ihn noch einmal sehen würde.

Zarte Hände berührten sein Gesicht und wuschen seine Stirn mit angenehm kühlem Wasser. Er schluchzte vor Schmerz, und eine Stimme tröstete ihn, flüsterte Beruhigungen, die sie nicht glaubte. *Ich träume,* dachte er. *Das Fieber hat mich wahnsinnig gemacht.*

Falls ja, war sein Wahnsinn grausam. Er hätte ihm sowohl Kate als auch Lune bringen sollen – obwohl es für Kate nicht sicher war, hier zu sein. Er wollte nicht, dass sie mit ihm eingesperrt würde.

Lune konnte nicht hier sein, nicht, wie er sie sah, indem sie ihr eigenes Gesicht zeigte. Doch dann läutete eine Glocke, die schwarze Botin eines weiteren Todes, und sie erschauderte. Das überzeugte ihn. Dies war keine Fantasie seines fiebrigen Gehirns. Sie war wirklich da, ohne Tarnung, ohne Schutz, und tröstete ihn in seinen letzten Stunden.

»Du bist wach«, sagte sie: eine Belanglosigkeit, um eine Leere zu füllen, die nicht gefüllt werden konnte.

Irgendwie fand ein Lächeln seinen Weg auf sein Gesicht, obwohl er vermutete, dass es eher wie ein Krampf wirkte. »Jack hat dich gefunden.«

Sie nickte. »Und er ist jetzt hier und braut irgendeinen seltsamen Trank für dich. Ich habe so etwas noch nie gesehen.«

Antony lachte, als sei der Gedanke überaus witzig. Gott im Himmel – hatte er Jack schließlich in die Arme der chemischen Ärzte getrieben, mit ihren unerklärlichen Mitteln, um den Lebensgeist des Körpers zu stärken? Salze und Quecksilber und der Himmel wusste was noch. Lune lächelte zuerst, doch es wandelte sich in Besorgnis, als er weiter lachte, lange nachdem er hätte aufhören sollen. Sobald er zu röcheln begann, sagte sie: »Du musst dich besser fühlen, wenn du solchen Humor zeigst.«

Die Luft blieb ihm im Hals stecken, und er hustete, halb an seinem eigenen Speichel erstickt. Als er endlich sprechen konnte, antwortete er ihr direkt: »Ich liege im Sterben.«

Das hatte er auch Jack erklärt, und der Doktor hatte es geleugnet. Lune war in den höflichen Lügen eines Arztes nicht so geübt. Ihre Augen verrieten die Wahrheit.

»Verzeih mir«, flüsterte sie. Ihre Hände suchten die seinen und packten sie fest. »Ich *würde* dich retten, wenn ich nur könnte.«

Antony zischte und zerquetschte beinahe ihre Finger. Die Schwellungen waren extrem schmerzhaft, genug, um einen Mann in den Wahnsinn zu treiben. Er wollte rennen, schreien, irgendetwas tun, um sich vom Schmerz abzulenken. Sich vielleicht in eine Pestgrube stürzen und darauf warten, dass die Erde seinen Blick auf die Sonne verdeckte. »Das kannst du nicht. Ich verstehe das. Und ich … ich verzeihe dir.«

Die Worte kosteten ihn viel. So viele Jahre hatte er ihr zur Seite gestanden, immer in dem Wissen, dass er sterben und sie weitermachen würde. Doch es war wirklich bitter, jetzt, da es so weit war. *Ich werde bald genug vergessen sein. Ein einzelner Name in einer Litanei, die sich weit über meine Zeit hinaus erstrecken wird.*

Doch er wollte nicht, dass sein Name in Erinnerung blieb, wenn die Sache, der er sein Leben gewidmet hatte, zerstört wurde. »Lune«, flüsterte er, halb erstickt, aber fest entschlossen, es herauszubekommen. »Ich bin verloren. Lass nicht zu, dass London mit mir verloren geht.« Was davon übrig war, nachdem die Sichel des Todes in diesen langen Monaten über es hinweggeglitten war.

»Das werde ich nicht«, versprach Lune. Alles, ohne Zweifel, um ihm Frieden zu schenken.

Seine Hände waren schweißnass, obwohl sein Körper vor Durst ausgetrocknet war. »Das Volk ist das wichtige. Deines und auch meines. *Sie brauchen dich.* Sie brauchen alle, die diese Stadt lieben, um sie vor ihrem Untergang zu bewahren.«

Ihre Silberaugen wurden vor Scham feucht. Er hasste sie nicht für ihre Schwäche, für die Panik, die sie lähmte – doch sie hasste dies an ihr selbst. Und abrupt sprach Lune, mit einer Stimme, die von wilder Entschlossenheit gestärkt wurde. »In Mabs Namen, ich schwöre dir, dass ich alles tun werde, was ich kann, um London und sein Volk vor Katastrophen zu schützen – und möge mich Furcht nie mehr hindern.«

Er atmete scharf ein. Nicht die leeren Versicherungen, die sie zuvor abgegeben hatte: ein Eid. Immer noch bindend für Fae, obwohl Sterbliche ihre Schwüre ungestraft brachen.

Dies wäre also sein Erbe am Onyxhof: dass er dessen Königin so beschämt hatte, dass sie ihre Verpflichtung an die sterbliche Welt gefestigt hatte. Nicht nur an den einen Sterblichen an ihrer Seite, sondern all die Sterblichen oben.

Seine Zeit unter den Fae war eine gewesen, in der Erfolg und Scheitern so fest miteinander verwoben waren, dass man wenige Fäden herauspicken konnte, doch dieser hier, der letzte Faden, glänzte unter ihnen allen golden.

Es half nichts, um die Pein seines verschwollenen Körpers, die deliriöse Hitze seines Fiebers zu lindern. Es half nichts, dass Jacks Behandlungen weniger schmerzten, wenn der Arzt die Pusteln aufstach und ihm Medizin einflößte, die in seiner Kehle brannte. Nichts konnte am Ende seine verbleibende Lebensspanne zu einer geringeren Tortur machen – nicht einmal Gott. Er bat Lune beinahe, es für ihn zu beenden. Auf ihrer unmenschlichen Seele würde es keinen Makel geben, und ein weiterer konnte seine nicht viel schwärzen.

Doch er hatte zuvor immer gekämpft, und so kämpfte er jetzt, bis das letzte bisschen seiner Kraft nachließ und die Schwärze den Schmerz für immer wegnahm.

LOMBARD STREET, LONDON
18. *September* 1665

Die Stille dauerte seit über einer Stunde an, und sie sagte Jack alles. Er wartete in der verlassenen Küche, Mörser und Stößel vergessen in seinen Händen, und starrte auf den Boden, ohne zu sehen, während gelegentlich seine Sicht vor Tränen verschwamm.

Schuldgefühle nagten in seinem Inneren, unentrinnbar und grausam. Nicht nur hatte er hier versagt. Wie viele andere hatte er vernachlässigt, während er versucht hatte, Antony zu retten? Wie hoch wäre diese Woche die Zahl der Todesopfer gewesen? Hätte er irgendjemanden davon retten können, wenn er diesen Ort verlassen und ihnen zu Hilfe gekommen wäre?

Eine Frage, die es nicht wert war, sie zu stellen, denn keine Macht der Welt hätte ihn aus diesem Haus zerren können.

Doch die Schritte auf der Treppe bestätigten, was er bereits wusste: dass sein Nutzen hier geendet hatte. Er stellte Mörser und Stößel ab, wischte sich das Gesicht an einem Ärmel trocken und stand auf, um zur Tür zu sehen.

Die Feenfrau wirkte so ausgemergelt wie er, als sei jeder Tropfen Lebenskraft aus ihr gewichen. Sie erwiderte sein Starren, ohne zu zucken, und nickte einmal.

Er biss die Zähne zusammen und senkte den Blick. *Doch nicht so gut darauf vorbereitet.* Und wie würde er es Kate sagen?

Lune dachte gerade anscheinend an sogar noch dringendere Angelegenheiten. »Seine Gemeinde war St. Nicholas, oder nicht?«

Die Erinnerung schmerzte Jack. Antony hatte am Ende einen Priester verweigert, mit bitteren Worten, die den Arzt erschreckt und Lune wimmernd zu Boden hatten stürzen lassen. Doch was auch immer den Zorn des Mannes auf Gott verursacht hatte, er musste beerdigt werden. »Der Friedhof von St. Nicholas ist voll. So wie überall.«

Ihre Augen hätten stählern statt silbern sein können. »Ich werde nicht zulassen, dass er vor den Mauern in eine Pestgrube geworfen wird. Antony *wird* in geweihter Erde ruhen.«

Ihre Sorge für solche Angelegenheiten überraschte ihn. Jack seufzte müde. Die Wohlhabenden konnten es sich leisten, solche Zugeständnisse zu erkaufen, und trotz seiner Wohltätigkeit in diesen vergangenen Monaten hatte Antony zweifellos immer noch genug übrig. »Ich werde dafür sorgen.«

»Danke, Dr. Ellin.« Die Worte kamen abgehackt, aber elegant. Lune klang viel zu gelassen. War sie zu Trauer überhaupt fähig? Etwas hatte sie während jener langen Stunden an der Seite des sterbenden Mannes gepeinigt, aber er glaubte nicht, dass sie geweint hatte.

Er fing an, die verstreuten Überbleibsel seiner wirkungslosen Medikamente aufzuräumen. »Ich habe wenig genug getan.«

»Ihr seid bei ihm geblieben«, sagte Lune. »Das ist alles, was irgendjemand tun kann.«

Das ließ seine Hände bei ihrer Aufgabe innehalten. Ein anderes Bett, in dem Antony bewusstlos lag. Eine andere Frau, die ihm damals geholfen hatte. Jack hatte den Schwestern seinen Namen gesagt, aber nicht dieser Frau, und doch sprach sie, als ob sie ihn kannte – als seien sie sich schon früher begegnet.

»Ihr wart Mistress Montrose«, sagte er.

Ein leises Einatmen, in der völligen Stille im Haus hörbar. »Ihr habt einen guten Blick.«

Ein Heer an weiteren Fragen wollte dieser einen auf den Fersen folgen, doch er hatte nicht den Mumm, sie zu stellen. Antony hatte von Geheimnissen gesprochen. Anscheinend hatte Jack sie gefunden. Er leerte den Mörser in einen Eimer und fragte sich, was er jetzt tun sollte.

Lune verlagerte ihr Gewicht. »Dr. Ellin, Ihr habt sehr viel gesehen, was wenige andere gesehen haben. Ich weiß, dass Ihr recht wenig Grund habt, mich anzuhören – doch ich möchte einen Austausch zwischen uns vorschlagen.«

Seine Finger spannten sich um das steinerne Schüsselchen. Ihr ins Gesicht zu sehen, war schwierig. Ihre unmenschliche Präsenz machte ihn zu nervös in einer Zeit, wo er nicht viel Stabilität entbehren konnte. Doch ihre Worte ließen all seine Nerven wach werden, und er konnte nicht mit ihr im Rücken dastehen. »Was könnte ich Euch geben, das Ihr ersehnen würdet?«

Die vollen Lippen verzogen sich zu einem schmerzlichen, ironischen Lächeln. »Nicht Eure Seele, Dr. Ellin. Sagt mir: Wie groß ist ein Laib Brot für einen Penny in diesen Tagen?«

»Neuneinhalb Unzen.« Was hatte das mit irgendetwas zu tun?

»Könntet Ihr Euch jeden Tag einen zusätzlichen leisten?«

Mit dem Geld, das ihm die Stadt für seine Dienste zahlte, nicht. Die verdammten *Apotheker* wurden besser bezahlt, wegen der Medikamente, die sie mischten. Er sollte seinen Platz im Ärztekollegium aufgeben und sich stattdessen als Medikamentenverkäufer verdingen. Doch Jack trieb sich bereits sinnlos in den Bankrott, indem er die Pest bekämpfte. Wenn ihm das hier im Gegenzug irgendetwas einbringen konnte, würde er es ohne Zögern tun. »Zu welchem Zweck?«

»Unser größtes Hindernis«, sagte Lune, »ist ein M…« Eine Glocke läutete in der Nähe, und sie taumelte. Jack war da, ehe er es sich besser überlegen konnte, nahm sie am Arm und ließ sie auf einen Hocker sinken. Trotz ihrer Größe wog sie weniger als ein Vogel. Sie war ohnmächtig geworden, dachte er, doch sie erholte sich einen Moment später und lachte atemlos. »Genau mein Punkt. Uns mangelt es an Schutz, wie Ihr sehen könnt. Wenn Ihr willens seid, jeden Abend einen Laib Brot an die Fae zu opfern, dann werden wir Euch helfen.«

Das klang simpel – weshalb Jack misstrauisch wurde. »Hat Antony das getan?«

»Er konnte nicht. Er war … uns zu nahe.«

Ein Satz mit verstörenden Implikationen. »Welche Hilfe bietet Ihr an?«

Lune hob ihr Kinn. »Was braucht Ihr?«

Die Silberaugen ließen es ihm kalt den Rücken hinunterlaufen, aber Jack zwang sich, über ihre unmenschliche Berührung hinauszudenken. »Assistenten – solche, die nicht befürchten müssen, sich mit der Pest anzustecken. Geld für Medikamente. Einen Ort, wo man die Kranken beherbergen kann, *getrennt* von den Gesunden, statt sie gemeinsam einzusperren, sodass alle sterben. Saubere Plätze, um die Toten zu begraben. Ein Ende der Streitereien zwischen den galenischen Ärzten und den chemischen Ärzten und den Chirurgen und den Apothekern. Und all die Quacksalber, die sich die Verzweifelten zur Beute machen, sollen mit einer Peitsche aus der Stadt vertrieben werden. Regen, um die Luft zu reinigen und diese Hitze zu beenden, die die Seuche nährt.« Wie viel davon in ihrer Macht lag, davon hatte er keine Ahnung – aber sie hatte gefragt.

Die Elfenfrau nickte langsam und nachdenklich. »Ich kann Euch nicht alles davon geben. Doch wenn Ihr uns das Brot gebt, das wir brauchen … Ich bettle ungern so offen um das Opfer, aber wir haben einen Punkt erreicht, wo es notwendig ist. Mit Brot kann ich mein Volk in den Dienst befehlen.«

Jack dachte an die verächtlichen Blicke, die er von ihren Höflingen bekommen hatte. Sein Mund zuckte. »Solang Ihr mir die am wenigsten Gehässigen als Krankenpfleger gebt, Lady, haben wir eine Übereinkunft.«

DER ONYXPALAST, LONDON
9. Dezember 1665

Dame Segraine trat vor, um die bronzebeschlagene Tür zu öffnen, was bedeutete, dass sie das unwillkürliche Schaudern nicht sah, das durch Lunes Schultern fuhr. Die meisten ihrer Untertanen bemerkten es ebenso nicht – nicht, wenn sie nicht in die Nähe dieses Ortes kamen, und wenig genug taten das ohne explizite Befehle. Sie spürte es, egal, wo sie war.

Obwohl sie allein war.

Der Totengräber hatte Antony in seinem Gemeindefriedhof zur Ruhe gebettet. Spät in der Nacht, entsprechend der Pestbefehle, und niemand war dort gewesen, um zu trauern. Doch Lune und John Ellin hatten aus den Schatten zugesehen, von einem Zauber verborgen und durch etwas von dem Brot, das er dem Hofstaat gegeben hatte, geschützt. Der Boden war mit Knochen und Bruchstücken von Särgen vollgestopft, vergangenen Gräbern, die wegen des Bedarfs, Raum für mehr zu schaffen, aufgebrochen worden waren. Es war kaum das würdige Ende, das Antony Ware verdiente.

Aber er hatte auch viel Besseres verdient als den Tod, den er gestorben war.

Seine Abwesenheit hinterließ eine Lücke in Lunes Leben. So seltsam es klang, sie vermisste ihre Diskussionen. Sie vermisste es, jemanden zu haben, der sich ihr entgegenstellte, wenn sie es brauchte, sogar vor ihren eigenen Höflingen. Seine Bodenständigkeit war ein Fundament gewesen, auf das sie sich verlassen hatte.

Und ohne ihn war da ebenfalls eine Lücke in ihrer Macht. Lune hoffte, dass niemand erraten hatte, wie verwundbar sie wirklich war, wenn sie allein herrschte. Zumindest war sie noch fähig, Gehorsam zu befehlen – egal wie sehr ihre Höflinge das missbilligten.

Die Tür ging knarzend auf, und geisterhaftes Stöhnen drang durch den Spalt. Lune ging schnell durch, und Segraine schloss das Portal hinter ihnen, sodass sie sie mit dem Gestank des Todes einsperrte.

Sie hatte dieses Areal sorgfältig ausgewählt. Die Kreuzungen und Gänge des Onyxpalasts hatten keine innere Logik. Einige Teile waren offen und luftig, während andere enge Labyrinthe waren. Dieser Teil war nur von drei Punkten aus zugänglich, von denen einer nach oben nach Billingsgate führte. Die anderen beiden konnten abgesperrt werden, was einen Raum schuf, den Dr. Ellin als sein Pesthaus nutzen konnte.

Die Idee hatte anfangs absurd gewirkt. Sterbliche in den Onyxpalast bringen? Gut genug, wenn sie vertrauenswürdige Freunde oder vorbeiziehende Ablenkungen waren, die für kurze Augenblicke hinuntergebracht wurden, und wenige an der Zahl. Über hundert lagen in diesen Kammern auf Klappbetten und blieben, bis sie sich erholten oder starben. Sie waren die Armen, die Vergessenen, jene, deren Familien sich nicht um sie kümmern konnten. Ellin brachte sie nach unten und separierte sie so, sodass sie ihre Infektion nicht auf die Gesunden übertragen würden. Weil aus den Kammern alle Möbel außer denen, die für die Versorgung notwendig waren, weggeräumt worden waren und die Türen bewacht wurden, damit sie nicht herumwandern konnten, gab es recht wenig, was den Patienten verriet, wo sie waren. Und falls die übernatürliche Atmosphäre des Orts ihnen seltsam vorkam ... Nun, hohes Fieber konnte viel erklären.

Wie viel Unterschied machte es? Lune fragte sich, ob sie sich etwas vormachte, wenn sie ihn für größer hielt, als er war, und ihre eigenen Schuldgefühle milderte, indem sie so handelte. Antony hatte sie gebeten, die Menschen von London zu beschützen, und so tat sie, was sie konnte. Ellin, der sich in diesen Dingen viel besser auskannte als sie, sagte, dass es etwas half.

Fae liefen durch den Raum, trugen Wasser, Medikamente und Nahrung, die von oben gebracht worden waren. Hauselfen stellten den größten Anteil an ihnen, die ihr hilfsbereiter Charakter zu diesem Dienst motivierte, aber es waren auch andere da. Einige von den Goblins kamen aus einem perversen Interesse am Leid und eitrigen Fleisch. Ellin hasste sie, doch solange sie seinen Befehlen gehorchten, durften sie bleiben.

Ein verzweifelter Schrei durchbrach die ruhige Atmosphäre. »Gott hilf mir – bitte, ich flehe dich an, beende meine Schmerzen ...« Mehrere Fae zuckten rein aus Reflex zusammen. Sie waren alle geschützt. Keiner von ihnen mochte es jedoch, wenn die Sterblichen in ihrer höchsten Not aufschrien. Und die Steine des Onyxpalasts bebten, hielten aber.

Lune atmete langsam aus. Isolierte Stimmen, die im Delirium aufschrien, konnten diesen Ort nicht zerstören – aber sie spannte sich jedes Mal an, wenn es passierte.

Sie sah Ellin weiter vorn, der sich trotz der kühlen Luft Schweiß von der Stirn wischte. Lune berührte Segraine am Arm und deutete auf einen hässlichen kleinen Hauself, der sich mühte, einen Wassereimer zu schleppen. »Helft ihm. Ich werde nicht weit weggehen.«

Alleine trat sie zum Doktor, der ihr ein müdes Lächeln schenkte. »Haben die Goodemeades Euch geschickt?«

»Niemand ›schickt mich‹ irgendwohin«, sagte Lune schroff. Das geteilte Leid, Antony seine letzten Stunden zu erleichtern, hatte eine seltsame Verbindung zwischen ihnen geschaffen, eine, die über die Ehrfurcht vor ihrem Rang hinausging. Sie hatten sich irgendwie ohne Zwischenstufen von Fremden zu engen Verbündeten verwandelt, als hätten sie einander seit Jahren gekannt. »Ich habe selbst ein Auge auf Euch, Dr. Ellin.«

»Sie sind vor nicht einmal einer Stunde hier aufgebrochen«, sagte er und ließ sein durchnässtes Halstuch auf ein Tablett fallen, das ein Puck trug, der gerade vorbeilief. »Um mehr Essen zu kaufen, glaube ich.«

Lune hob eine Augenbraue. »Sie sind vor beinahe einem halben Tag gegangen, und das Essen ist kurz danach gekommen. *Sie* ruhen sich jetzt aus. Wie Ihr es auch solltet.«

Seine Überraschung wirkte aufrichtig. Lune lächelte verschmitzt. »Die Zeit verläuft an diesem Ort seltsam. Ihr seid noch nicht daran gewöhnt.«

»Offensichtlich nicht.« Ellin ließ sich auf eine Kiste sinken und lehnte sich mit dem Rücken an die Mauer. Er beherrschte Höflichkeit, wenn er es wollte, aber hier, wo er in seinem Element arbeitete, verfiel er in eine gelassenere Art und sparte sich seine Energie für jene, die er zu retten versuchte. »Ich werde mich ausruhen, Ihr habt mein Wort. Tatsächlich …«

Während er gedankenverloren verstummte, schnippte Lune mit den Fingern, um einen Hauself zu sich zu rufen. Das Exil in Berkshire hatte sie die Namen all ihrer Untertanen, die ihr dorthin gefolgt waren, gelehrt, doch jene, die fortgeblieben waren, waren ihr oft nicht vertraut. Sie kannte ihre Höflinge, aber nicht jene, die jenseits der glitzernden Schönheit ihres Hofs lebten und die eleganten Vergnügungen der Privilegierten mieden. »Met für Dr. Ellin«, sagte sie. Die Goodemeades stellten ganze Fässer davon zur Verfügung, obwohl sic sich nicht denken konnte, wann sie die Zeit hatten, diese zu brauen.

Ellin nahm die Tasse an, als sie kam. Anfangs hatte er die Auswirkungen des Getränks auf ihn gefürchtet, aber Gertrude hatte ihn überzeugt, dass Sterbliche den Met sicher trinken konnten. Nach einem herzhaften Schluck sagte er: »Ich glaube, es ist wohl Zeit, diese Einrichtung zu schließen.«

»Ach?«

Er nickte und deutete um sich herum. »Wenn Ihr Euch umschaut, seht Ihr, dass es leerer ist als zuvor. Die Pest schwächt sich in den Wintermonaten ab. Ich glaube nicht, dass diese Epidemie schon ihren Lauf zu Ende genommen hat, aber ich bin mir der Gefahren bewusst, die es verursacht, Menschen hier zu behalten. G…« Er erstickte beinahe an dem Namen. »Äh, das heißt … *Jemand* bewahre, dass der nächste Sommer so schlimm wird wie der letzte, aber falls doch, können wir dieses kleine Pesthaus vielleicht wieder in Betracht ziehen. Für den Augenblick können wir diese Leute in das London zurückbringen, das sie verlassen haben.«

Ich will beinahe mit ihm diskutieren. Nachdem sie so spät zur Verteidigung der Stadt gekommen war, wollte Lune diesen Dienst ungern beenden. Doch wenn sie am Anfang bei der

Schaffung des Pesthauses auf Ellin gehört hatte, konnte sie ihm kaum widersprechen, wenn er beschloss, es zu schließen. »Ich habe selbst bemerkt, dass der Handel wieder auflebt.«

»Ja, und der König kehrt wohl bald zurück. Er ist auch nicht der Einzige.« Ellin betrachtete für einen Augenblick seine Mettasse, dann murmelte er, beinahe zu leise, um gehört zu werden: »Lady Ware ist zurückgekehrt.«

Lune erstarrte. Dann fragte sie: »Ist das sicher?«

Er schnaubte. »Sicherheit war selten ihre wichtigste Sorge.«

Antonys Kinder waren erwachsen und fort. Der Segen, den sie in der Wiege erhalten hatten, würde sie so gut schützen wie möglich. Darüber hinaus hatte Lune kein Interesse an ihnen. Manche Fae nahmen an, dass sie den Ältesten als den nächsten Prinzen vom Stein ins Auge fassen würde, aber Lune hatte keinen derartigen Plan. Henrys Einstellung wäre ihr gegenüber viel zu feindlich, sowohl als Fee als auch als Königin. Antony allerdings hatte Katherine Ware geliebt und würde wollen, dass sie versorgt wurde.

»Danke, dass Ihr mir das erzählt habt«, murmelte Lune. Dann sprach sie kräftiger. »Gut. Wenn Ihr sicher seid, dass es Zeit für Veränderung ist, dann lasst uns die Rückkehr Eurer Patienten in ihre Heime arrangieren.«

LOMBARD STREET, LONDON
31. *Dezember* 1665

Der Gottesdienst war lang. Man betete für die Seelen derer, die der Pest zum Opfer gefallen waren, und flehte Gott den Herrn an, jene zu schützen, die noch da waren. Viele, die danach aus St. Nicholas kamen, trugen Trauer. Es war eine wohlhabende

Gemeinde, deren Mitglieder sich den schwarzen Stoff leisten konnten, der so teuer geworden war.

Vom geopferten Brot gestärkt hätte Lune hineingehen können. Es fühlte sich aber wie zu großer Hohn an, und so wartete sie draußen in der Winterluft und beobachtete, bis sie das hagere Gesicht und weiße Haar von Lady Ware unter den Trauernden sah. Dann folgte sie ihr in einem diskreten Abstand von der Kirche zum Haus in der Lombard Street. Sobald genug Zeit verstrichen war, damit es schien, als sei sic ihr *nicht* gefolgt, überquerte sie die Straße und klopfte an die Tür.

Lady Ware machte selbst auf. Ihr müder Blick verhärtete sich, als sie das Gesicht sah, das Lune trug: Anne Montrose, eine vertraute Tarnung für sie und die einzige, die Antonys Witwe erkennen würde. Sie hatte sie wegen der Jahre, die seit ihrer letzten Begegnung vergangen waren, verändert, aber nicht sehr viel.

»Was wollt Ihr?«, fragte Lady Ware.

Lune knickste respektvoll vor ihr. »Wenn Ihr einverstanden seid – ich möchte um einen Moment Eurer Zeit bitten. Nicht mehr.«

Katherine Ware zögerte, dann trat sie widerwillig zurück. »Kommt herein.«

Der Salon im Obergeschoss war ein spartanischer Raum. Wie so viele andere Königstreue war Antony vom bankrotten König bei dessen Thronbesteigung nur armselig belohnt worden. Alles, was er durch den Handel wieder verdient hatte, hatte er während des langen, schrecklichen Sommers für Hilfen in der Gemeinde ausgegeben. Die steife Haltung seiner Witwe legte ihre Beschämung über die spartanische Ausstattung nahe – oder vielleicht war das Feindseligkeit.

Lune setzte sich auf einen harten Stuhl und zweifelte am Sinn ihres Kommens. Was konnten sie beide über den Abgrund, der sie trennte, zueinander sagen?

Lune glättete die verknitterten Schichten ihrer Röcke. Sie musste *irgendetwas* sagen. »Der Tod Eures Gatten tut mir sehr leid.«

Die alternde Frau gegenüber von ihr schloss vor Trauer kurz die Augen. »Dr. Ellin erzählte mir, dass Ihr hier wart.«

»Ja. Ich … kann mich nicht mit der Pest anstecken. Ich habe sie bereits überlebt.« Das passierte. Antonys alter Leibdiener Burnett war jetzt einer von Ellins Assistenten, nachdem er lebendig aus dem Pesthaus gekommen war. »Wenn ich irgendetwas hätte tun können, um ihn zu retten, dann hätte ich das getan.«

Lady Wares braunäugiger Blick war jetzt ruhig. »Ich verstehe. Standet Ihr meinem Gatten nahe?«

Zumindest darauf war Lune vorbereitet. Sie sagte: »Er war ein geschätzter Freund. Nicht weniger und nicht mehr.«

»Ja«, sagte die Witwe. »Das hat mir Antony erklärt.«

Eine unausgesprochene Welt flüsterte in dem Namen mit. Dies war ihre Brücke über den Abgrund: der Mann, der ein solch entscheidender Teil ihrer beider Leben gewesen war. Und auch wenn Lunes eigenes Leben noch über kommende Zeitalter andauern würde, anders als das von Katherine Ware, würde sie dennoch nie die vierzig Jahre vergessen, die sie miteinander geteilt hatten.

Und auch nicht die Prinzipien, für die er gekämpft hatte, oder das Versprechen, das er ihr am Ende abgerungen hatte.

Sie starrte ihre Handschuhe an und rang mit sich. Als Lune aufblickte, sah sie ein schwaches Lächeln Kates Lippen umspielen. »Ihr fragt Euch, ob Ihr mir mehr erzählen sollt«, sagte die Witwe. »Ich werde Euch die Mühe ersparen: Tut es nicht. Ich weiß etwas darüber, wer Ihr seid und was Ihr mit meinem Mann gemacht habt. Etwas von dem, was ich weiß, hat er mir erzählt, und einiges habe ich mir selbst zusammengereimt. Ich vermute zum Beispiel, dass die Druckerpresse, die wir während des Kriegs nutzten, Eurer geheimen Gesellschaft gehörte.«

Lune riss die Augen auf. Das Lächeln wurde kurz breiter. Dann verflog die Fröhlichkeit, und Kates Kinn zitterte, ehe sie die Kontrolle wiedererlangte. »Ich hatte gehofft«, fuhr die Frau fort, »dass er mit der Zeit den Mut finden würde, mir zu erzählen, welches Geheimnis er bewahrt hat. Die Pest hat uns dieser Gelegenheit beraubt. Aber wenn ich den Rest davon nicht von meinem Gatten hören kann, dann möchte ich ihn nicht von Euch hören. Lasst es gut sein, Mistress Montrose.«

Die Rede überraschte Lune, und sie fragte sich, ob Lady Ware diese für die Möglichkeit dieses Tages geprobt hatte, sodass die Vertrautheit mit dem Thema die schmerzhaftesten Kanten ihrer Erklärung entschärfte und ihr erlaubte, sie ohne Stocken auszusprechen.

Doch es lag keine Feindseligkeit darin, nur Trauer und Bedauern. Lune bückte sich und nahm das Kästchen vor ihren Füßen auf. »Ihr wollt dies vielleicht ablehnen«, sagte sie, »und ich werde nicht beleidigt sein. Aber ich möchte gerne, dass Ihr es behaltet. Ich habe keine Familie, der ich es vermachen kann, und mir scheint es, ein solches Ding sollte als Geschenk weitergegeben werden.«

Neugierig nahm Kate das Kästchen an und strich mit den Fingern über das polierte Stechpalmenholz seines Deckels. Dann öffnete sie es und nahm eine kleine Schüssel heraus, die aus zartem Glas geblasen war und im Licht smaragdgrün leuchtete.

»Es ist ein Glücksbringer«, sagte Lune. »Seine Geschichte besagt, dass eine Feenfrau es einem Urgroßvater von mir im Tausch für irgendeine Tat von seiner Seite gab. Solange es nicht verloren geht oder zerbrochen wird, wird es der Familie, die es besitzt, Glück bringen.« Sie gestattete sich ein kurzes Zögern, dann sagte sie: »Es ist, wie ich annehme, nicht das frömmste Objekt, das ich anbieten könnte …«

Kate lachte leise. »Ich habe von frommen Leuten für den Rest meines Lebens genug. Aber ist es für Euch nicht unklug, es wegzugeben?«

Lune schüttelte den Kopf. Die Schüssel war für Lady Ware selbst auf Lunes Befehl hergestellt worden. Sie hatte Antonys drei Kinder gesegnet. Nun würde sie tun, was sie konnte, um sich um seine Frau zu kümmern.

Und nicht nur seine Familie, sondern natürlich die ganze Stadt, die er unter ihre Verantwortung gestellt hatte.

»Ich würde lieber sehen, dass es an einen Freund weitergegeben wird«, sagte sie. »Oder zumindest an die Familie eines Freunds.«

Kate antwortete ihr mit einem zögerlichen, aber aufrichtigen Lächeln. »Sagt ›Freundin‹«, antwortete sie und streckte Lune ihre Hand hin. »Ihr dürft dieses Wort ohne Angst benutzen.«

DER ONYXPALAST, LONDON
19. *Dezember* 1665

Irrith mochte den schlangenartigen Großsiegelbewahrer Valentin Aspell nicht. Er war einer von jenen Fae, die eine gewisse Freude an Grausamkeit zu haben schienen, obwohl er dies hinter gut geölter Höflichkeit verbarg. Er verbeugte sich oft, als er der Königin seine schlechten Nachrichten überbrachte, doch das ging nie tiefer als an die Oberfläche. »Die Forderung der Gyre-Carling ist natürlich unvernünftig, Madam. Eure eigene Justiz hat sich bereits mit Ifarren Vidar befasst, und es steht einer anderen Königin nicht zu, seine Herausgabe zu verlangen – ganz besonders, wenn seine Verbrechen gegen diesen Hof so groß waren. Aber ihre Botschaft war höchst … drängend.«

Lune starrte finster und wirbelte von Aspell weg, sodass ihre Röcke in einem saphirblauen Nebel flogen. Sie war während seines gesamten Vortrags im Ratszimmer auf und ab gelaufen und zeigte kein Anzeichen, damit aufzuhören. »Sie kann so drängend sein, wie sie will. Wir werden ihr Ifarren Vidar nicht geben.«

Irrith wünschte, sie *würde* es tun. Zumindest wäre diese verdammte Kiste dann aus dem Onyxpalast weg.

Der Irrwisch verbarg ein Schaudern. Als sie im Tal gelebt hatte, hatte sie von den Onyxhöflingen und ihren genau geplanten Intrigen gehört, den giftigen Fallen, die sie einander stellten. Das war natürlich unter der alten Königin gewesen, und zu Lunes Zeit waren die Geschichten nicht so übel, doch alle waren sich einig, dass die Fae von London all die verräterischen, manipulativen Lektionen von ihren sterblichen Gegenstücken gelernt hatten. Wenn zwei Fae im Tal einander hassten, veranstalteten sie ein Duell und beendeten die Sache. Hier dachten sie sich weitaus kompliziertere Möglichkeiten aus, ihre Feinde leiden zu lassen. *Nichts,* was sie gesehen hatte, ließ sich jedoch mit dem schrecklichen Schicksal vergleichen, zu dem Lune Ifarren Vidar verurteilt hatte.

Sie hatte es Gnade genannt, doch es war nichts Derartiges.

Aspell hustete elegant. »Madam – obwohl die Gyre-Carling keinen zweiten Angriff starten kann, nachdem sie ihre irischen

Verbündeten verloren hat, wird sie dennoch andere Möglichkeiten finden, uns Probleme zu machen. Und wegen des … äh … prekären Zustands dieses Hofs …«

Das ließ Lune ihr Auf-und-ab-Laufen beenden. Sie funkelte den Großsiegelbewahrer an. »Sprecht offen, Valentin. Ich habe keine Geduld für Euer Zögern.«

»Eure Majestät hat uns zuvor verboten, über solche Themen zu sprechen.«

»Ich habe Euch verboten, darüber zu mutmaßen. Sprecht, ehe ich Euch diese gespaltene Zunge herausreißen lasse.«

Irrith schlich rückwärts und wünschte, sie hätte irgendeine Ausrede, um den Raum zu verlassen. Die Laune der Königin war schon seit dem Tod ihres sterblichen Günstlings unausgeglichen – und sie hatte diesen nicht einmal geliebt.

Der Großsiegelbewahrer verbeugte sich tief. »Ohne einen Prinzen, Madam, ist dieser Hof verwundbar. Ich weiß, dass Lord Antony mehr als ein Symbol für die Prinzipien von Euer Gnaden war. Er war essenziell für die Stabilität Eurer Krone. Weil uns die Gyre-Carling nun erneut bedroht, muss ich Eure Hoheit darum bitten, Möglichkeiten für seinen Nachfolger in Betracht zu ziehen.«

Lune runzelte die Stirn und winkte scharf nach Wein. Irrith war leider am nächsten daran. Sie musste mit dem Kelch nach vorne hasten. Doch Lune nahm ihn bloß und trank, ohne Irrith auch nur finster anzustarren. »Wir werden darüber nachdenken, Lord Valentin. Aber unser vorheriger Befehl ist immer noch gültig: Dies ist eine Angelegenheit, in der wir entscheiden. Jeder, der versucht, sich einzumischen, wird in der Tat feststellen, dass unser Missfallen groß ist.«

MONKWELL STREET, LONDON
3. *Januar* 1666

Sie tauchte am zehnten Tag nach Weihnachten auf, trug das Montrosegesicht und erschreckte Jack so, dass er beinahe den Verstand verlor.

Es mochte zwar Weihnachtszeit sein, doch Krankheit wartete weder für Menschen noch für den Sohn Gottes. Es gab immer noch neue Ansteckungen, in völliger Respektlosigkeit vor der heiligen Jahreszeit. Jack arbeitete jeden Vormittag in seinem Laden nahe dem Cripplegate und ging jeden Nachmittag zu den Häusern jener, die nicht zu ihm kommen konnten. Obwohl die Pest von der Winterkälte größtenteils in Schach gehalten wurde, gab es andere Beschwerden, deren Anzahl mehr als ausreichend war, um ihn beschäftigt zu halten.

Er war seit Wochen nicht mehr unten gewesen, und vielleicht hatte irgendein Teil seines Verstands die Neugier aufgegeben und die ganze Sache als Halluzination abgetan.

Mistress Montrose wirkte so absolut gewöhnlich, einfach eine weitere Landadlige, die hergekommen war, um einen Arzt zu konsultieren, dass er sie nie mit der Feenkönigin von London in Verbindung gebracht hätte, hätte sie es an jenem Tag in Antonys Haus nicht zugegeben. Er fragte sich sogar kurz, ob es jemand anders sein konnte. Er wusste mittlerweile gut genug, dass die Fae jedes Gesicht aufsetzen konnten, das sie wollten. Doch sie nickte ihm ernst zu, als sie eintrat, und er wusste, dass sie es war.

Jack wurde seinen Patienten los, so schnell er konnte. Der Mann war erkältet, nichts weiter, was seine Panik zu Pest und Fleckfieber und der alten Schwitzkrankheit, alle auf einmal, gesteigert hatte. Dann verbeugte er sich vor der getarnten Königin. »Ich … hatte nicht erwartet, Euch hier zu sehen.«

Sie lächelte sanft über seine Zurückhaltung. »Entschuldigung. Ich hatte nicht vor, Euch zu stören. Wir haben Euch jedoch nicht in unseren Hallen gesehen, und ich habe eine Frage, die ich Euch stellen will – ehe Ihr Euch zu weit von uns entfernt und Euch selbst einredet, dass es alles ein Traum war.«

Nah dran. Sie war klug, diese elfenhafte Frau. Er vermutete, dass sie ungekannte Zeitalter gehabt hatte, in denen sie hatte üben können. »Dann kommt bitte ins Hinterzimmer. Ein recht armseliges Haus, verglichen mit Eurem Heim …«

Lune winkte das mit einer behandschuhten Hand ab. »So schwer es auch zu glauben sein mag, Dr. Ellin, ein Verschlag ist auf seine eigene Weise so interessant für mich wie ein Palast. Beide sind Spiegelbilder der Menschheit.«

Und das wiederum interessierte *ihn.* Jack führte sie ins Hinterzimmer, wo ein Feuer die Luft wärmte, und bot ihr Wein, den sie annahm.

Während er sich mit solch kleinen Aufgaben beschäftigte, wartete Lune mit der geduldigen Miene von jemandem, der eine nervöse Verzögerung erkennt, wenn er sie sieht. Welche Frage war dringend genug, um sie in sein Heim zu führen? Erst als er sich gesetzt hatte, sprach sie. »Erzählt mir, Dr. Ellin – seid Ihr in London geboren?«

Er blinzelte. »In der Gracechurch Street. Seid Ihr hergekommen, um das zu fragen?«

Sie lachte leise. Er hörte den winzigsten Unterton von Anspannung darin. War sie auch nervös? *Irgendetwas* hatte die Feenfrau unter der Maske ihres sterblichen Gesichts aus der Fassung gebracht. »Nein. Aber es ist ein notwendiges Vorgeplänkel. Genau wie dies: Wie viel wisst Ihr über Antonys Beziehung zu meinem Hof?«

»Bruchstücke«, sagte Jack aufrichtig und nahm einen Schluck Wein, während er nachdachte. »Ich habe gehört, wie ihn einige ›den Prinzen‹ nannten.« Obwohl er sich schwer einen Mann vorstellen konnte, der weniger wie ein Feenprinz wirkte. *Ein Puritaner vielleicht.*

»Prinz vom Stein«, sagte Lune. »Ihr werdet hören, dass einige dies den Titel meines sterblichen Gefährten nennen, aber die ... intime Beziehung, die das Wort *Gefährte* nahelegt, war nie Teil meines Umgangs mit Antony. Ich habe vor Jahren geschworen, am Onyxhof immer mit einem Sterblichen an meiner Seite zu herrschen, und der Prinz ist der Mann, der jene Rolle erfüllt.«

Jack lauschte mit einem halben Ohr. Der Rest seiner Aufmerksamkeit wurde von dem Licht eingenommen, das das auf Antonys Verhalten, besonders im Hinblick auf Kate, warf. Gefährte und doch nicht einer Feenkönigin – kein Wunder, dass er fürchtete, dies seiner Ehefrau zu beichten.

»Wenn Ihr es wünscht«, sagte genau diese Feenkönigin, »gehört der Titel Euch.«

Er blinzelte. Dann blinzelte er noch einmal. Dann kämpfte er gegen den Drang an, seine Ohren zu reinigen, als könne man deren physischem Zustand die Schuld an dem geben, was er gerade gehört hatte. »Wie bitte?«

Lune erwiderte sein Starren, ohne zu zucken, obwohl ihre Hände sich fest an den Wein klammerten. »Seit Antonys Tod gibt es keinen Prinzen. Einige meiner Höflinge flüstern bereits, dass mein Eid nur eine kurzfristige Laune war und dass ich von nun an regieren werde, wie es unsere Art gewöhnlich tut – allein oder mit einem Gefährten, der besser zu meiner Natur passt. Einige hätten das gern so. Aber ich habe Antony, ehe er starb, versprochen, dass ich alles in meiner Macht

Stehende tun würde, um London und seiner Bevölkerung zu helfen, und das kann ich nicht ohne jemanden tun, der für sie spricht.«

Worte entflohen ihm wie erschrockene Katzen, wenn er nach ihnen fasste. Jack wurde sich bewusst, dass er mit offenem Mund starrte, und er versuchte, damit aufzuhören. »Also …« Er verstummte, unsicher, wo er anfangen sollte. »Ihr braucht einen Gefährten, und so kommt Ihr zu mir.«

»Ich brauche einen *Prinzen*«, sagte sie. »Ich biete Euch das nicht aus Verzweiflung an. Wärt Ihr nicht angemessen, würde ich suchen, bis ich einen anderen fände.«

»*Angemessen?*« Das Wort kam mit einem unwürdigen Lachen heraus. »Ich bin kein Prinz. Meine unfeine Angewohnheit, mich mit Chirurgie und anderen derartigen Themen zu beschäftigen, beschmutzt sogar meinen Namen als Gentleman. Und ich weiß nichts über Eure Welt.«

Sie lächelte mit mehr als einem Hauch Traurigkeit. »Eure Vorgänger haben das gelernt. Ich hege keinen Zweifel, dass Ihr das auch tun werdet.«

Hatte sie diese Antwort wegen ihres Effekts auf ihn kalkuliert oder sie ohne Nachdenken ausgesprochen? So oder so, ihre Wirkung war nicht zu leugnen. Die Fremdheit jener Welt wirkte so entfernt, wenn er hier saß und Patienten zu ihren Krankheiten beriet, doch sie verfolgte ihn immer wieder in Träumen, und jeden Morgen wachte er auf und hatte den Kopf voller unbeantworteter Fragen. Jetzt saß Lune vor ihm und bot die Antworten auf alle von ihnen an – oder zumindest die unbeschränkte Möglichkeit, sie zu stellen.

Das plötzliche Leuchten in seinen Augen musste ihn verraten haben. Entweder das, oder er hatte bei dem Gedanken angefangen, sichtbar zu sabbern. Lune hob fragend eine

Augenbraue, und er reagierte mit einem schiefen Grinsen. »Seid Ihr mit der Königlichen Gesellschaft vertraut?«

»Ich habe den Namen gehört«, sagte sie vorsichtig. »Irgendeine Gruppe von gelehrten Männern.«

»Eine Gruppe von Männern, die lernen *wollen*. Ihren Wissensschatz vergrößern, ihn an der Welt um sie herum prüfen und jenes Wissen mit anderen teilen. Ich könnte Euch solche Geschichten erzählen …«

Doch sein eifriges Plaudern verstummte, als er ihren Gesichtsausdruck sah.

Lune fragte, nur etwas verunsichert: »Habt Ihr denen von uns erzählt?«

»Was? Natürlich nicht. Wann hätte ich die Gelegenheit gehabt?«

Sie atmete auf, doch nicht alle Anspannung wich aus ihr. »Dann muss ich Euch bitten, das nicht zu tun. Wir leben hier im *Geheimen*, Dr. Ellin. Ich wünschte, es wäre nicht so. Es wäre wahrlich ein großartiger Sieg, wenn wir in Sicherheit auf den Straßen laufen könnten. Doch Eure Welt ist eine von Eisen und Glauben, und diese Waffen kann man leicht gegen uns wenden. Menschen, einige von ihnen, sind zufrieden, wenn sie wissen, dass die Fae in hohlen Hügeln und schattigen Tälern, alten Befestigungstürmen und anderen entfernten Orten leben. Dieselben Menschen würden wahrscheinlich nicht gut schlafen, wenn sie wüssten, dass wir direkt unter ihren Füßen herumlaufen.«

Er hatte nie innegehalten, um speziell darüber nachzudenken. Jetzt, wo er das tat …

Sie sprach von einer Bedrohung für ihre Art, doch das war nicht die einzige Gefahr, die im Spiel war. Obwohl Lune wie eine gewöhnliche Landadlige aussehen mochte, war sie das nicht. Sie war eine Königin, und wenn er ihr Reich bedrohte, dann hegte er keine Zweifel, dass sich diese theoretische Befürchtung allzu schnell in Handeln ändern würde. Er glaubte nicht, dass die Fae ihn vor der Königlichen Gesellschaft sprechen lassen würden.

Selbst wenn ich das täte, würde ich mit Gelächter aus dem Raum gejagt.

Feen in London – schon der Gedanke war lächerlich. Und doch waren sie hier. Und mit diesem Wissen konnte Jack kaum von ihnen weggehen. Nicht, wenn Lune diese Gelegenheit anbot, mehr zu erfahren. »Ich hoffe, Ihr würdet mir nicht verbieten, zumindest meine persönliche Neugier zu stillen.«

Ihr Blick wog ihn bis auf die letzte Unze ab, aber sie schüttelte den Kopf.

Neugier war zuerst gekommen, ihrem Angebot direkt auf den Fersen. Nun holte der vernünftigere Teil seines Verstands auf und brachte eine Frage mit, die nicht ausreichend beantwortet war. »Aber warum ich? Ich bin kein wichtiger Bürger von London, wie Antony es war. Bis ich in Euer Reich kam, hatte ich nie einen Fuß an einen Königshof gesetzt. Ich weiß wenig über solch hochgestellte Dinge – oder solche Intrigen.« Er nahm an, dass sie Intrigen hatten. Jeder Hof hatte das.

Lune akzeptierte den Protest unbesorgt. »Ich könnte Euch ausführlicher antworten, und das werde ich, wenn Ihr Euch entscheidet, Euch mir anzuschließen. Doch für den Augenblick werde ich es simpel ausdrücken, denn das ist das Mächtigste, was ich sagen kann: *Ihr liebt London.* Ihr seid ihm sogar im Angesicht einer Katastrophe, die jede seit Menschengedenken übertroffen hat, fest zur Seite gestanden. Wenn ich mein Versprechen, dasselbe zu tun, erfüllen will, werde ich Unterstützung brauchen.« Ein stiller Schatten verdunkelte ihren Blick, und für einen kurzen Moment sah sie weg. »Jeder Prinz lehrt mich etwas Neues. Ich möchte von Euch gerne diese Hingabe lernen.«

Was hatte sie von Antony gelernt? Jack hatte nicht vor zu fragen. Für seinen Teil fühlte er sich überaus unqualifiziert, eine Feenkönigin irgendetwas zu lehren, aber er glaubte, dass ihre Worte aufrichtig waren.

Sie wollte lernen. Genau wie er. Ihre Neugier war simpel, seine weitaus hungriger – doch sie zeigten beide Offenheit an, und das war kein schlechtes Fundament, auf das man aufbauen konnte.

Und eine ganze Welt lag unter seinen Füßen, die darauf wartete, dass er sie erkundete.

Ein unbezähmbares Lächeln breitete sich in seinem Gesicht aus, ebenso reumütig wie amüsiert. *Es hat keinen Sinn, gegen mich anzukämpfen, wenn ich mich in dem Punkt eindeutig schon entschieden habe.*

Jack leerte seinen Wein und sagte: »Dann erklärt mir – was würde das beinhalten?«

DER ONYXPALAST, LONDON
1. *Mai* 1666

Warum er erwartet hatte, dass die Schaffung eines Feenprinzen viel weniger kompliziert sein sollte als die Krönung eines Königs, wusste Jack nicht. Einfältige Hoffnung vielleicht. Lunes Besuch bei ihm in der Monkwell Street, als ihr auch nicht ein einziger Diener wie ein Schatten gefolgt war, hatte es wirken lassen, als sei alles, was nötig war, das Angebot und die Annahme.

Natürlich nicht.

Das Vorzimmer, in dem er jetzt stand, war zu klein, um darin zufriedenstellend auf und ab laufen zu können. Er konnte kaum drei Schritte machen, ehe er eine Wand erreichte. Wenigstens quietschten seine Stiefel nicht, obwohl sie ganz neu waren. Welcher Schuhmacherelf auch immer sie hergestellt hatte, er beherrschte sein Handwerk. Das geschmeidige Leder umhüllte seine Beine wie ein Handschuh und war noch bei Weitem nicht der prächtigste Teil seiner Kleidung.

Zum Glück hatte Jack den Kampf um den Stil seiner Kleidung gewonnen. Der Lord-Schönling, der dafür verantwortlich war, ihn anzukleiden, war den Auswüchsen von Karls Hof verfallen und hätte Jack in eine rüschenbesetzte Bonbonverpackung aus bunten Schleifen, Hosen mit Jupons, Rosetten auf den Schuhen, parfümierten Locken und Schlimmerem gesteckt. Jack konnte sich nicht vorstellen, dass jemals irgendjemand Antony in solchen Blödsinn gezwungen hatte, und blieb standhaft. Drei Schreiduelle später befahl Lune Lewan Erle, Jack so zu kleiden, wie es dem Arzt gefiel, solange das Material prächtig wäre.

Und das war es. Jack strich nervös mit einer Hand über den smaragdgrünen Moiré seines Wamses, sodass seine Fingerkuppen die silbernen Spitzen streiften, die es säumten. Die Knöpfe an seiner Weste waren Diamanten – *Diamanten*, die die Fae nicht zu den wertvollsten ihrer Juwelen zählten. Die Brosche an seinem Hut glitzerte vor Sternenlicht selbst, das irgendwie in kristalliner Form eingefangen worden war. Und die Seide seines Hemds war so fein, sie hätte wohl aus Wind gewoben sein können.

Er hoffte, die prächtige Kleidung würde ihm heute einen guten Stand geben. Jack wusste sehr wohl, dass viele von Lunes

Untertanen wenig glücklich über den Gedanken an seine Erhebung waren.

Irgendwie habe ich es geschafft, mir einzureden, dass es keine Politik geben würde. Willentliche Blindheit von seiner Seite. Wie konnte ein Prinz sich *nicht* in der Politik verfangen? Abgesehen von der simplen Tatsache seiner Sterblichkeit war er nicht wohlgeboren genug für die Höflinge, die Antonys Baronie kaum als akzeptabel betrachtet hatten. Sie hätten einen Hochadligen vorgezogen. Jack versuchte, sich vorzustellen, wie Lune ihr Angebot dem Herzog von Albemarle machte, und schnaubte vor unterdrücktem Gelächter.

Lewan Erle sah ihn tadelnd an. Die Locken des Elfs hingen in goldener Perfektion, und seine Kleidung war sogar geschmackvoll. Es wäre nicht angemessen für ihn, den zukünftigen Prinzen an Extravaganz zu überstrahlen. Er nahm solche Angelegenheiten sehr ernst, selbst wenn Jack das nicht tat.

Ein funkelndes Licht glitt unter der Tür hindurch und schwebte in die Mitte des Raums, wo es dreimal dunkler und wieder heller wurde. *Unser Signal.* Die Zeremonie hatte eine Weile zuvor begonnen, indem Lune im Gedächtnis an ihre verstorbenen Prinzen – Antony und dessen Vorgänger – sprach, aber nun war die Zeit für ihre Finalszene gekommen.

Erle verbeugte sich und öffnete die Tür. Jack holte tief Luft, machte sich bereit, dann ging er hinaus.

Das Vorzimmer lag neben dem Eingang zum großen Thronsaal, wo ein Paar hünenhafter Kreaturen, wie sehr kleine Riesen, an den bronzenen Türflügeln stand. Auf sein Nicken packten sie die Klinken und zerrten das gewaltige Gewicht auf sie zu, was einen beeindruckenden Rahmen schuf, in dem Jack einen Augenblick stehen blieb und sich von allen sehen ließ.

Ich bin zweifellos völlig verrückt.

Alle waren drinnen versammelt. Nicht nur Lunes Höflinge, sondern auch all ihre niedriger gestellten Untertanen und Botschafter aus jedem Reich, das sich die Mühe machte, Beziehungen mit dem Onyxhof zu unterhalten. Für die Hälfte der Kreaturen dort hatte Jack keinen Namen. Sie kamen von überall in England, aus Wales und Irland und Schottland und sogar vom Kontinent. Der Raum war randvoll, und es gab respektvolles Nicken, als er durch den schmalen Gang lief, den man ihm in der Mitte freigelassen hatte. Nicken, nichts weiter. Er war noch kein Prinz.

Um dies zu ändern, wartete Lune auf der Plattform am gegenüberliegenden Ende. Sie bot einen prachtvollen Anblick, in eine mitternachtsblaue Robe gekleidet, die wunderschön mit seinem eigenen Grün harmonierte, und mit ihrer formellen Krone auf dem Kopf. Silber, überraschend – er hatte ein teureres Metall erwartet –, doch es hätte vom Mond selbst gegossen sein können. Vielleicht war es das. In dieser Welt konnte Jack nichts sicher ausschließen.

Während er sich fühlte wie ein Abenteurer, der irgendeinen ausländischen Machthaber begrüßt, stieg Jack die Plattform hinauf zu einer Stelle eine Stufe unter der Königin, wo er sich hinkniete. Ihre Stimme klang in der Stille im Saal klar. »John Ellin, gebt Ihr Euer geschworenes Wort, dass Ihr ein sterblicher Mann seid, der in London in Hörweite der Glocken von Bow geboren ist?«

»Das schwöre ich bei Eiche und Esche und Dorn.« Hier nicht Gott anrufen, dafür würden sie ihm nicht danken. Und die »uralte Mab«, bei der die Fae schworen, war offensichtlich nichts für ihn.

»John Ellin, gebt Ihr Euer geschworenes Wort, dass Ihr nicht vorhabt, das Feenvolk an diesem Hof zu schädigen?«

»Das schwöre ich bei Eiche und Esche und Dorn.«

»John Ellin, gebt Ihr Euer geschworenes Wort, dass Ihr treu den Interessen des Onyxhofs dienen, nach Harmonie zwischen den Rassen von London, sterblich und unsterblich gleichsam, trachten, für die Menschen dieser Stadt sprechen und an meiner Seite herrschen werdet?«

Im Leben jedes Mannes kam ein Zeitpunkt, wo er sich fragen musste, was er gerade tat, wenn er an einem Feenhof kniete und schwor, ein seltsames Doppelleben im Auftrag von Kreaturen zu führen, für die seine gesamte Lebensspanne nicht mehr als ein Blinzeln war.

Meine Neugier befriedigen, dachte Jack verschmitzt. *Und nicht ihnen, sondern den gewöhnlichen Menschen dienen, die keine Ahnung haben, dass sie hier sind.*

»Das schwöre ich bei Eiche und Esche und Dorn.«

Bildete er sich das winzige, erleichterte Seufzen von oben ein? »Dann seid in unseren Hallen willkommen, John Ellin, als Ritter unseres Hofs«, sagte Lune, und ein schweres Gewicht traf jede seiner Schultern und schmerzte ihn trotz der Stoffschichten. Er hatte das Schwert gesehen, das in den Händen des Hauptmanns ihrer Leibgarde gewartet hatte, aber er hatte nicht gedacht, dass Lune es gar so kräftig führen würde. Anscheinend wollte sie, dass diese Eide Eindruck hinterließen.

Jetzt war er also ein Feenritter. Jack fühlte sich nicht anders, als er aufstand. Aber sie waren noch nicht fertig. Lunes Großsiegelbewahrer, ein schlangenartiger Kerl, brachte seine Bürde nach vorn, ohne dass Lune winken musste. Der Kelch, den er hielt, musste irgendeine Bedeutung haben, sonst hätte jemand, wie Jack sich vorstellte, seinen eingedellten Rand repariert – oder von Anfang an ein teureres Objekt gewählt.

Lune nahm den Kelch vom Großsiegelbewahrer entgegen, so sanft, dass der Wein darin kaum schwappte. »Kein Mann kann dem Feenland dienen, ohne dessen Natur zu kennen«, sagte sie. »Wenn Ihr Euch an meine Seite stellen, hiervon trinken und Euch selbst aus Eurem eigenen freien Willen an uns binden wollt.«

Bis zu diesem Punkt hatte ihre gesamte Zeremonie Jack, der an solche Rituale nicht gewöhnt war, vage amüsiert. Jetzt erschauderte er, als er in den dunklen Wein blickte. Die Monate, die er damit verbracht hatte, über seine Erhebung zu grübeln, hatten ihm Zeit zum Lesen gegeben, und all die Geschichten sagten ihm, was für eine erschreckend schlechte Idee dies war. Männer, die von dieser anderen Welt kosteten, konnten sie nie wieder verlassen. Lune schwor ihm, dass er trotzdem nach oben gehen konnte, dass er nicht zu Staub zerfallen würde – aber die Bindung war real. Sie hatte Antony während des Protektorats und des Exils dieses Hofs beinahe umgebracht.

Er konnte von diesen Eiden, die er gerade geschworen hatte, weglaufen, wenn er es musste. Doch sobald er getrunken hatte, war er für immer gefangen.

Die vielen Blicke auf ihm übten spürbaren Druck aus und wägten jeden Augenblick seines Zögerns ab. Jack zwang sich, den Arm zu strecken und den Kelch anzunehmen, sodass die dunkle Oberfläche aufgewühlt wurde.

Wissen um welchen Preis?

Ach, zur Hölle. Auf meine Gesundheit …

Jack legte den eingedellten Rand an seine Lippen und trank.

Es schmeckte nach Schatten und Geheimnissen, verborgenem Wissen, das den Verstand faszinierte. Er zitterte und schwitzte gleichzeitig und spürte den Wein, als würde er nicht in seinen Magen, sondern direkt in sein Knochenmark strömen.

Wunderschön und schrecklich, irgendwie gleichzeitig bitter und süß. Zu viel für einen sterblichen Gaumen, doch vom ersten Tropfen an begehrte er ihn, kippte den Kelch, schluckte gierig, wie ein Ertrinkender, der nach Luft japste, und füllte seinen Mund, bis er beinahe husten musste.

Und dann war der Kelch leer, und er atmete schwer, während sein Herz in seinen Ohren pochte.

Ich würde meine Seele für einen weiteren Schluck von jenem Wein verkaufen.

Vielleicht habe ich das gerade getan.

Lune nahm den Kelch zurück und überreichte ihn dem Großsiegelbewahrer, der sich verbeugte und zurücktrat. Sie hatte ihn davor gewarnt, als sie zugegeben hatte, dass er sich an sie binden musste, um Prinz vom Stein zu werden. Nur ein Kelch. Ab jetzt würden all seine Nahrung und seine Getränke von oben geholt oder auf eine Weise hergestellt, die sie sicher machte. Zu viel zerstörte einen Mann, hatte sie gesagt. Jack konnte das glauben.

»Ihr tragt nun einen Hauch des Feenlands in Euch«, sagte Lune. Er wurde sich der beobachtenden Blicke wieder bewusst, des Publikums, das verschwunden war, als der Wein seine Lippen erreicht hatte. Sie lächelten jetzt auf eine Weise, die ihm nicht ganz gefiel. »Wir ernennen Euch zum Prinzen vom Stein und Mitregenten unseres Reichs. Ein Hoch auf Lord John Ellin!«

Wie ein Mann knieten sich die zusehenden Fae hin und wiederholten ihre letzten Worte. Lune trat näher und küsste ihn einmal züchtig, wobei ihre Lippen auf seinen kühl blieben. Sie schmeckte auch nach dem Feenland, und Jack musste sich zusammenreißen, um seinen Mund ihrem nicht gierig zu öffnen. Dies würde mehr Willenskraft benötigen, als ihm klar gewesen war.

Dann nahm sie seine Hand und drehte ihn, sodass sie gemeinsam in den Saal blickten. »Unser Reich ist wieder heil«, sagte Lune, und die Fae jubelten pflichtgemäß.

Der Prinz ist tot, wurde Jack klar, der immer noch um seinen gefallenen Freund trauerte. *Lang lebe der Prinz.*

DER ONYXPALAST, LONDON
1. *Mai* 1666

Der vernebelte Blick in Ellins Augen, das hektische Erröten seiner Wangen ... Oh ja, er war jetzt an sie gebunden. Das rief einen scharfen Schmerz in Lunes Herz hervor, eine Mischung aus Zuneigung und Trauer, als sie sich an die Männer erinnerte, die vor ihm gekommen waren. Michael Deven war aus Liebe in dieses Leben gestolpert, aber Antony Ware hatte es wissentlich gewählt – oder zumindest so wissentlich, wie es irgendein Mann konnte. Und John Ellin hatte dasselbe getan. Das machte ihre eigene Wahl real, die Präsenz eines Sterblichen an ihrer Seite: Einer konnte ein Zufall sein, oder sogar zwei, doch heute Nacht wandelte ein dritter Prinz im Reich, und was wie eine Laune gewirkt haben mochte, war zu einer Tradition geworden.

Natürlich waren nicht all ihre Untertanen glücklich, doch vorerst schluckten sie ihre Widersprüche hinunter. Das rauschende Fest lief, sowohl hier als auch auf den Moorfeldern nördlich der Londoner Stadtmauer, wo die Fae die Wiesen und schützenden Bäume für ihre Feier zum ersten Mai übernommen hatten. Die Morgendämmerung war noch einige Stunden entfernt, nachdem Ellins Krönung kurz nach Mitternacht durchgeführt worden war. Bald genug würden sie gemeinsam nach oben gehen und sich ihren Höflingen anschließen, die vorgaben, dass ihnen ihre Wahl gefiel.

Zuerst aber gab es eine weitere Aufgabe zu erfüllen.

Sie standen allein im großen Thronsaal, die Bronzetüren geschlossen und versperrt. Um sie herum warf das Gestein jedes winzige Geräusch zurück, geisterhaft und leise. »Nun«, sagte Lune, »machen wir dich tatsächlich zum Prinzen vom Stein.«

Ellin hob die Augenbrauen. »Wie dumm von mir – ich hatte angenommen, dass all diese Rituale eine Bedeutung hatten.«

»Hatten sie«, bestätigte sie. Seine scharfe Zunge würde ihre gemeinsamen Jahre interessant machen, egal wie viele es am Ende wären. »Alles davon war notwendig, das versichere ich dir. Aber wir sind noch nicht fertig. Was ich zurückgehalten habe, habe ich aus gutem Grund getan – denn das hier ist das bestgehütete Geheimnis in unserem Reich.« Und deshalb nichts, was sie mit ihm hatte teilen können, bis sie sicher gewesen war, dass er nicht fliehen würde.

Sie gab ihm einen Wink, ihr über die hallende Weite aus Marmor zu folgen. Sobald sie auf der Plattform waren, deutete Lune Ellin, sich auf einer Seite ihres Throns zu positionieren, während sie sich auf die andere stellte. Er warf einen extrem zweifelnden Blick auf das massive Silber, und sie lächelte. »Es ist nicht so schwer, wie es aussieht.«

Was nicht heißen sollte, dass es leicht war. Er grunzte, als sie es nach vorn schoben. Doch das Grunzen wurde zu einem neugierigen Schnaufen, als er die Öffnung hinter der Rückenlehne des Throns sah. »Ich hatte mich gewundert, warum er an der Wand steht.«

»Komm und schau«, sagte Lune und ging hinein.

Der Alkoven dahinter war kaum groß genug für die beiden und die Holzplattform, die einen Großteil des Bodens bedeckte.

Darüber hing von der ungeschmückten Decke ein vernarbter und löchriger Kalksteinblock, in dessen Oberfläche tiefe Ritzen gehauen waren.

Ellin lachte kurz. »Ist das …«

»Der Londonstein. Oder eher ein Spiegelbild davon. Ich würde dir seine Präsenz hier erklären, aber es dir zu zeigen, ist einfacher. Komm.« Lune stieg die Treppe hinauf. Die Plattform brachte sie hoch genug, dass der Stein knapp über ihrem Kopf hing und leicht zu erreichen war.

Ihr Begleiter war größer. Er konnte sich den Kopf am Stein stoßen, wenn er nicht vorsichtig war. »Bitte sag mir, dass ich ihn nicht küssen muss. Ich befürchte zu sehr, dass er auch ein Spiegelbild des Drecks oben in sich haben könnte.«

Sie lächelte wieder. Eine scharfe Zunge, aber eine amüsante. »Überhaupt nicht. Gib mir einfach deine linke Hand und leg deine Rechte auf den Stein.«

Er neigte den Kopf und sah sie misstrauisch an. »Das ist alles?«

»Das ist alles.«

Nachdem er einen Augenblick nachgedacht hatte, zuckte Ellin mit den Schultern. »Ich sollte kaum vor einer simplen Sache wie dieser zurückschrecken, wenn man betrachtet, was ich in dieser Nacht schon getan habe.« Ihre linken Hände kreuzten sich vor dem Stein. Seine Handfläche war trocken und hatte wenig Schwielen, wie es sich für einen Gentleman gehörte, und er hielt ihre mit behutsamer Vorsicht.

Lune tat es ihm nach, als er seine rechte Hand hob, und sie legten ihre Finger gemeinsam an den Stein.

CANNON STREET, LONDON
1. *Mai* 1666

»*Was im Namen von ...*«

Der Ausruf reichte, um die uninteressierte Aufmerksamkeit eines Wachtmeisters auf sie zu ziehen, der dort stand, wo Walbrook und Dowgate sich mit der Cannon Street kreuzten, doch nach einem Augenblick ging der Mann wieder weiter und schwang dabei seine Laterne. Abgesehen davon war die Gasse verlassen. Und der Londonstein verbarg wie alle Eingänge zum Onyxpalast in gewissem Maß jene, die durch ihn hindurchkamen.

Lune unterdrückte ein Lachen, als Jack Ellin seine Hand von dem Kalkstein löste wie von einem Eisblock. »Ich ...«

Sie ließ ihn das für einen Moment in sich aufnehmen. Der Londonstein war die Achse des Onyxpalasts, und ihn zu berühren, verriet einem sehr viel über die Struktur und Natur des Palasts. Sie hätten unten bleiben können, doch Lune wollte, dass er diese Verbindung ebenso sah wie fühlte, die Art, wie sich der Stein in der Erde verankerte und dann nach unten reflektiert wurde. Hier sah er nicht nach viel aus – ein wenig bemerkenswerter Steinblock an der Südseite der Straße, halb im Schmutz begraben –, doch er war der Schlüssel zu allem. Der Onyxpalast würde Jack nicht als seinen Herrn anerkennen, bis der Stein seine Berührung kannte.

Schließlich sagte Jack atemlos: »Du hättest mich warnen können.«

»Aber Worte würden es abwerten«, sagte Lune und ließ seine andere Hand los. »Die Überraschung tut mir leid.«

»Nein, tut sie nicht. Dir hat das Spaß gemacht.«

Sie konnte jetzt die Lockerheit zwischen ihnen fühlen, die Verbindung, die sie durch ihr gemeinsames Reich verband. Sie war anders als das, was sie mit Antony geteilt hatte, ebenso, wie sie anders als ihr Band mit seinem Nachfolger sein würde, wer auch immer dieser sein mochte. Jeder Sterbliche fühlte sich ein wenig anders an, wie dieselbe Note, die auf einer Vielzahl von Instrumenten angeschlagen wurde.

Jack schüttelte den Kopf, wie um ihn klar zu bekommen, machte den Mund auf und verschluckte sich an einem Ton. Lune nickte. »Es wird vergehen. Du hast mein Wort. Mit der Zeit wirst du wieder fähig, deinen göttlichen Herrn anzurufen.«

Er würgte kurz wie ein Mann, der seine eigene Zunge verschluckt. Als er sprechen konnte, sagte er: »Ich nehme an, dann bin ich dankbar, dass heute Dienstag ist. Das gibt mir Zeit.«

Die Erinnerung an die Religion machte Lune nervös. Sie war hier draußen verwundbar. Sie hatte die Krönung und dieses Ritual nicht durchführen wollen, während sie gegen die Sterblichkeit abgeschirmt war. Bald jedoch konnte wohl eine Glocke läuten, und es gab hier genug Eisen, um sie ohnehin zittern zu lassen. Außerdem erwartete man sie auf den Moorfeldern.

Sie streckte wieder die Hand aus und sagte: »Sollen wir zurück nach unten gehen? Unsere Eskorte erwartet uns dort.«

DER ONYXPALAST, LONDON
30. *August* 1666

»Eure Majestät«, sagte Valentin Aspell, »ein Botschafter ist angekommen und bittet um eine Sicherheitsgarantie, während er Euch seine Nachricht überbringt.«

Sicherheit? Lunes Neugier war geweckt. *Ich kann mir wenige vorstellen, die mich an das sichere Geleit, das man einer diplomatischen Abordnung schuldet, erinnern müssten. Und Valentin sieht aus, als hätte er eine Wespe verschluckt.* »Ein Botschafter woher?«

Der Großsiegelbewahrer verbeugte sich, als hätte er Angst, dass sie ihn für seine Antwort schlagen würde. »Von der Gyre-Carling in Fife.«

Das verblüffte sie eher, als dass es sie erzürnte. Und es ermutigte sie auf gewisse Weise: Seit wann schickte Nicneven Botschafter? Außer dies war ein Vorwand, der sie von einem Angriff anderswo ablenken sollte – doch das war die Art von Aktion, die Vidar geplant hätte, und er war definitiv außerhalb der Reichweite der Unseligen Königin. »Ist der Botschafter *hier*?«

Valentin schüttelte den Kopf. »Er wartet jenseits der Grenze Eures Reichs und hat einen Gruagach an seiner Stelle geschickt.«

Sogar Höflichkeit – oder vielleicht nur Klugheit. So oder so, die Überraschungen gingen weiter. »Gewährt ihm Einlass«, sagt sie, »und sagt ihm, er trifft mich …« Wo? Der große Thronsaal wäre der beste Ort, um ihn zu beeindrucken, doch das würde die Sache auch viel öffentlicher machen, als sie wollte. »Im kleineren Thronsaal. Lasst ihn räumen. Wir werden uns ungestört unterhalten. Es hat keinen Sinn, mehr Gerüchte zu wecken, als wir müssen.«

Mit einer Verbeugung begann Aspell seinen Rückzug. »Außerdem«, sagte Lune, ehe er zur Tür hinaus verschwinden konnte, »benachrichtigt Jack Ellin und verlangt seine Anwesenheit.« Er brauchte mehr Erfahrung in der Politik, und sie hatte fest vor, den Botschafter aus Fife zu zwingen, die Existenz des Prinzen anzuerkennen. Nur weil Nicneven zivilisierte Gespräche gewählt hatte, war das kein Grund für Lune, von jenen Dingen abzuweichen, die die Gyre-Carling am meisten hasste.

Als der Großsiegelbewahrer fort war, machte sich Lune hastig an die Vorbereitungen. Sie rief ihre Hofdamen, um ihr dabei zu helfen, ein formelleres Kleid anzuziehen und ihre Locken mit einer Krone zu schmücken. *Sonne und Mond, ich hoffe, Aspells Bote erklärt Jack, was vorgeht, und der Mann hat den Verstand, sich entsprechend zu kleiden.* Sicher hatte er so viel bereits gelernt.

Sie kannte die Zeit, die ein Reisender brauchen würde, um die Mauer von jeglicher Route aus dem Norden her zu erreichen, und die Entfernung zu allen Eingängen in der Nähe ganz genau. Lune hätte darauf bestehen können, den Botschafter oben zu treffen, doch mit einer Beleidigung anzufangen, wäre kaum vielversprechend – und außerdem gab es wenig zu gewinnen, wenn sie die Eingänge in ihr Reich verbarg. Nicneven kannte sie mittlerweile alle.

Als Lune ihre eigenen Gedanken untersuchte, fand sie darin keine kleine Menge an Furcht. Angriffe verstand sie und sah sie voraus. Die Gyre-Carling versuchte nun etwas Neues. Sie hatte keine Ahnung, was sie dabei erwarten sollte.

Jack wartete im Saal schon auf sie, und sie atmete erleichtert auf. Vielleicht hatte jemand Kleidung zu ihm gebracht, denn er hatte sich erstaunlich schnell umgezogen. »Erinnerst du dich, was ich dir über Nicneven erzählt habe?«, fragte sie und setzte sich auf ihren Thron.

Er rezitierte vor ihr die grundlegenden Fakten in einem kühlen Tonfall, der jegliche Nervosität verbarg, die er vielleicht fühlte. Das Gedächtnis des Mannes war gut geübt. Er ließ nichts aus. »Zögere nicht zu sprechen, falls dieser Botschafter irgendetwas sagt, das die Menschen von London betrifft«, sagte

Lune, als er fertig war, »aber darüber hinaus erwarte ich, diese Sache selbst zu regeln. Der Botschafter *wird* deine Anwesenheit anerkennen, selbst wenn ich ihn dazu zwingen muss, aber ich bezweifle, dass er sich dazu herablassen wird, mit dir zu sprechen.«

Ein Hauch Erleichterung lag in seinem Lächeln. Und das war alles, wofür sie Zeit hatten. Aspell trat ein, wartete auf Lunes Nicken und riss die Tür auf. »Von der Gyre-Carling in Fife, ihr Botschafter, Sir Cerenel.«

Nur ihre schon zuvor gefestigte Entschlossenheit, eine ruhige Haltung zu bewahren, egal was passieren würde, verhinderte, dass Lune ihn anstarrte. Es war kein Trick: Ihr ehemaliger Ritter kam herein, trat vor die Plattform und machte seine formelle Verbeugung. Vor ihnen beiden, wie sie sah. Ob es zu seinen Anweisungen gehörte oder nicht, Cerenel schloss Jack in die Ehrerbietung mit ein.

»Seid willkommen im Onyxpalast, Sir Cerenel«, rang sie sich ab und stand auf. »Wir hoffen, es geht Euch gut?«

»Ja, Eure Majestät.« Auch er musste sich vor seinem Kommen eingebläut haben, dass er die gesamte Begegnung höflich halten würde. Empfand er ihr gegenüber Feindseligkeit? Verbitterung? Furcht? Die violetten Augen zeigten keinen Hinweis.

Er hatte sich vor Jack verbeugt. Lune beschloss, damit weiterzumachen. »Ihr habt John Ellin noch nicht getroffen, der jetzt Prinz vom Stein ist.«

Cerenel presste die Lippen ein winziges Stück zusammen, doch er blieb ärgerlich undeutbar. »Ich hatte gehört, dass Lord Antony gestorben sei. Bitte erlaubt mir, Euch mein herzliches Beileid für Euren Verlust auszudrücken.«

Sein Beileid, nicht *deren.* Also war Nicneven nicht durch irgendeinen weichherzigen menschlichen Wechselbalg ersetzt worden. Seltsamerweise fand Lune das beruhigend. Sie gab die erwartete Antwort auf seine Worte und deutete für Jack subtil an, dass er dasselbe tun sollte. Der Arzt tauschte mit dem Ritter leere Höflichkeitsfloskeln aus, während Lune versuchte, irgendwelche weiteren Hinweise aus Cerenels Verhalten zu lesen. Er kleidete sich wieder wie ein Schotte, aber das musste nicht viel bedeuten.

Oder vielleicht bedeutete es sehr viel. Warum war *er*, von allen Fae, Nicnevens Botschafter?

Zumindest ließ Cerenel sie nicht lange grübeln. »Madam«, sagte er, »mein Lord – ich wurde hierhergeschickt, um Euch eine Botschaft von meiner Königin zu überbringen.«

Der Satz schmerzte, obwohl sie ihn erwartete. *Nicneven ist jetzt seine Königin.* »Wir freuen uns, sie zu erhalten«, sagte Lune und wartete.

»Sie befiehlt mir, dies zu sagen: dass sie, obwohl es zwischen Euren beiden Reichen viel Streit gegeben hat, diesen beiseiteschieben und Euch im simplen Austausch gegen die Person von Ifarren Vidar Frieden anbieten möchte.«

Keine Forderung. Ein Angebot. Austausch. Jack brannte offensichtlich vor Neugier. Er kannte Vidars Namen, aber nicht all die schlimmen Details jenes Krieges. Der Wissensdurst dieses Mannes endete nie, doch jetzt war nicht der richtige Zeitpunkt, um diesen zu stillen. Lune sagte zu Cerenel: »Ihr versteht die zynische Reaktion, die dies hervorruft, vermute ich. Nicnevens Hass ging Vidars Ankunft an ihrem Hof voraus. Warum sollte sie ihn jetzt aufgeben?«

Ein schwaches Lächeln umspielte Cerenels Lippen. »Wenn ich offen sprechen darf, Madam – genau dieses Thema ist es, weshalb ich Ihre Majestät gebeten habe, mich als ihren Gesandten zu schicken. Ich verstehe Euren Verdacht. Aber die

Gyre-Carling ist eine Kreatur von Leidenschaft, nicht Politik. Ihr Hass wurde an dem Tag geboren, als die Königin der Schotten starb, die teilweise durch die Manipulationen dieses Hofs auf das Schafott gebracht wurde. Doch Karl Stuart ist ebenfalls tot und ihre Rache vollendet. Was kümmert sie sich noch um solche Angelegenheiten? Ihr Hass ist nun einem anderen vorbehalten.«

»Ifarren Vidar.«

»Er hat sie verraten, und das verzeiht sie nicht leichthin. Auf sein Drängen hin gab sie das Schwert von Nuada an die Iren heraus, weil sie glaubte, dass es ihr helfen würde, diesen Ort zu zerstören. Und in der Eroberung und Rückeroberung des Onyxpalasts verlor sie Krieger – Fae, um die sie sich sorgte, wie es jede Königin muss.«

Die Verbitterung, die Lune in jenem letzten Satz hätte erwarten können, war nicht da. Sie stellte zu ihrer Überraschung fest, dass sie ehrlich diese Gesandtschaft beiseiteschieben und mit Cerenel als ihm selbst sprechen wollte. Vielleicht konnten sie den Bruch heilen, den sie geschaffen hatte. Aber Nicneven konnte nicht beiseitegeschoben werden, und so antwortete Lune auf sein Argument. »Ich hege keinen Zweifel über ihren Hass auf Ifarren Vidar. Doch die Substanz der Worte der Gyre-Carling an mich hat sich nicht verändert, oder? Sie mag es in den Anschein eines Friedensangebots kleiden, doch das ist einfach die andere Seite der ursprünglichen Münze. Wenn ich ihr den Verräter nicht ausliefere, dann herrscht zwischen uns erneut Krieg, und sie droht mit der Zerstörung des Onyxpalasts.«

Widerwillig nickte Cerenel.

»Dann ist meine Antwort unverändert«, sagte Lune. »Ich habe Vidar zu ewiger Gefangenschaft verurteilt, und dort soll er bleiben.«

Sie konnte Jacks Verunsicherung fühlen. Zweifellos konnte Cerenel das ebenfalls. Ihr neuer Prinz verstand diese Angelegenheiten noch nicht, obwohl er so schnell lernte, wie er konnte. Dies war ein schlechter Zeitpunkt für ihn, zu ihnen zu kommen, wie er es für jeden Mann gewesen wäre. Cerenels Reaktion war diejenige, die sie überraschte: Enttäuschung und Besorgnis. Sogar Angst? *Er ist gekommen, weil er wollte, dass das hier erfolgreich ist, und keinem anderen dabei vertraute. Und jetzt ist er gescheitert.*

»Madam«, sagte Cerenel und fiel unerwartet auf ein Knie. »Ich möchte diese Worte nicht überbringen, doch die Anweisungen meiner Königin waren eindeutig. Ich soll Euch sagen, dass die Gyre-Carling ihn haben *wird*, über das eine Mittel oder ein anderes.«

Die Drohung war immerhin nie so tief verborgen gewesen. »Hat sie also noch mehr Soldaten?«, fragte Lune mit verächtlicher Courage. »Welche anderen Schätze hat sie den Iren gegen deren Hilfe verkauft? Es macht keinen Unterschied. Der Onyxpalast hat sich einmal im Kampf gegen sie erhoben, und er kann es wieder tun. Soll sie deren Leben verschwenden, wenn sie will.«

»Keine Soldaten, Madam.« Cerenels Finger wurden am Teppich weiß, und Verzweiflung klang in seinem Tonfall mit. »Sie hat eine weitere Verbündete – eine, gegen die Ihr nicht kämpfen könnt. Und sogar jetzt schon ist sie auf dem Weg. Überstellt Vidar, und Euer Reich bleibt unbeschadet. Blockt weiter ab, und alle werden leiden, von Euch bis zu Eurem bescheidensten Untertanen.«

Sie konnte sich überhaupt nicht vorstellen, was er meinte, aber sie wollte auch nicht fragen. Sie durfte Cerenel nicht erlauben, zu wissen, dass ihr das Sorgen bereitete. Jack zeigte bereits zu viel davon, während sein Blick zwischen dem knienden Botschafter und der Königin an seiner Seite hin und her schoss und sich seine Hände in die Armlehnen seines Stuhls gruben. Doch Lune spürte das Gewicht des Onyxpalasts auf ihren Schultern, die Grundfeste ihrer Herrschaft, und wusste, dass sie vor einem Abgrund stand. Egal welche Verbündete Nicneven gefunden hatte, Lune konnte sie nicht als ihr überlegen anerkennen, als eine Kraft, die Macht über ihr Reich hatte.

Wenn mir Nicneven nur nicht gedroht hätte, dachte sie voll grimmiger Resignation. *Wenn ich diese Entscheidung aus irgendeinem anderen Grund als Zwang treffen könnte.*

Aber selbst dann, nein. Sie erinnerte sich an Vidars Worte: *Genau das hätte Invidiana getan.* Sie würde nicht zulassen, dass die Gyre-Carling ihn tötete, nur um ihre eigene Macht zu schützen.

Lune stand auf, sodass sie über Cerenel aufragte. Einen verspäteten Augenblick darauf tat Jack es ihr nach, der dem Wink folgte, den sie ihm hinter dem Rücken gab. »Wir fürchten die Gyre-Carling oder ihre Lakaien nicht«, sprach Lune mit rasiermesserscharfer Deutlichkeit aus. »Bringt diese Botschaft zu ihr. Sagt Ihr, dass Vidar im Gefängnis bleibt, bis es uns gefällt, ihn zu entlassen. Sagt ihr, dass, wenn unsere Anwesenheit hier oder unser Umgang mit Sterblichen sie so sehr stört, wir sie dann einladen, sich aus dieser Welt in die tiefsten Weiten des Feenlands zurückzuziehen, wo sie sich nicht mit solchen Angelegenheiten befassen muss. Keine Drohung von ihr wird uns von unserem Kurs abbringen.«

Mit vor Enttäuschung düsterer Miene, obwohl er darum kämpfte, es nicht zu zeigen, senkte Cerenel den Kopf, stand auf und ging rückwärts aus dem Saal, sodass Lune und Jack allein zurückblieben.

»Was …«, sagte der Prinz nach einem Augenblick schweigenden Starrens.

»Ein anderes Mal«, schnitt Lune ihm das Wort ab, ließ sich erschöpft auf ihren Thron sinken und rieb sich mit einer Hand über die Stirn. *Es* muss *irgendeine Möglichkeit geben, diese Bedrohung zu beenden, ohne mich selbst und den Onyxpalast an die Gyre-Carling von Fife zu opfern.* »Da ist noch mehr, was du hören solltest, aber dafür habe ich jetzt nicht den Willen. Bitte.«

Er zauderte einen Moment, offensichtlich von allem, was er fragen wollte, frustriert, aber schließlich nickte er. »Wie du willst.« Dann ließ auch er sie allein, und Lune sackte müde auf ihrem Thron zusammen und lauschte der schattenhaften Stille in ihrem Heim.

Zuerst dachte sie, dass sie es sich eingebildet hätte – das Flattern einer Locke an ihrer Wange. Dann kam es wieder, diesmal länger, und brachte ein erschreckendes Flüstern von Alter und Tod mit sich.

Wind, in der unbewegten Luft des Onyxpalasts.

MITTWOCH
5. September 1666

DIE SCHLACHT UM LONDON

»Lasst Wasser aus jedem Auge fließen,
von allen guten Untertanen im Land.
Berge aus Feuer wurden hoch errichtet,
die Londons Stadt befehligte.
In Ruinen liegen jene Häuser, die so gut waren,
und Asche liegt, wo London stand.«

»Das Klagelied der Londoner«

Die Stadt brennt immer noch.

Der Wind ist zu tödlicher Ruhe abgeflaut, doch in seiner Abwesenheit verlöschen die Flammen nicht einfach. Dennoch strecken die Männer in Temple Bar, an der Holborn Bridge und überall am Rand von London den Rücken mit erneuerter Willenskraft, fest entschlossen, die Bestie endlich zu übertrumpfen, die sie so weit getrieben hat.

Schwarzpulver knallt mit seinen Explosionen immer noch durch die Luft und schlägt Schneisen, die die Funken, ihres verbündeten Winds beraubt, nicht überspringen können. Obwohl am Cripplegate die Schlacht immer noch heftig tobt – vom Oberbürgermeister angeführt, der begierig ist, seine frühere Schande wiedergutzumachen –, liegt viel vom zerstörten Boden jetzt rauchend da, sodass die Menschen, wenn der Tag anbricht, über die Asche laufen und sehen können, was sie verloren haben.

Wenige Unglückliche sehen mehr als das.

Auf den Anhöhen um die Kathedrale, wo die Asche der Bücher immer noch glüht, rasen kleine Flammenzungen über den Boden.

Sie suchen einander, vermischen sich wie Wassertropfen, schließen sich zu einem größeren Ganzen zusammen. Salamander kriechen übereinander, die größeren verschlingen die kleineren und wachsen immer weiter, bis ein gewundener Körper Form annimmt, mit schwarzem Zunder wie Schuppen überkrustet, die aufbrechen, um das feurige Fleisch darunter zu enthüllen.

Es ist eine Heerschar und zu mächtig, um so einfach niedergemetzelt zu werden. Der Drache ruft all seine Kinder aus der ganzen Stadt, hebt seinen Kopf aus der Asche und erschnüffelt erneut seine Beute.

DER ONYXPALAST, LONDON
ein Uhr früh

Mit der feinen Kleidung gerüstet, die er für seine Erhebung zum Prinzen vom Stein getragen hatte, marschierte Jack Ellin los, um eine Schlacht zu schlagen.

Erst jetzt, wo der Hauch der Cailleach Bheur endlich nachgelassen hatte, wurde ihm bewusst, wie sehr die Berührung der Blauen Hexe auch *ihn* erschöpft hatte. Selbst wenn Alter und der langsame Verfall des Fleischs für seine Art natürlich waren, wurde niemand gerne tagelang endlos daran erinnert, dass er mit der Zeit zu Staub zerfallen würde. Nachdem er jetzt von diesem ominösen Flüstern befreit war, spürte er ein winziges Aufflammen von Leben, das in seine müden Glieder strömte. Genug, wie er hoffte, um ihn durch diese Konfrontation mit der Gyre-Carling zu leiten.

Und davor durch eine Konfrontation mit Lune.

Er fand sie in ihrem Ankleidezimmer, wo sie sich immer noch anzog. Ihre Hofdamen zupften an ihr herum, glätteten den modisch breiten Ausschnitt ihrer Robe, knieten sich hin, um Silberschuhe an ihre Füße zu stecken. Zwei Miniaturirrwische schwebten in der Luft und versteckten die versengten Haarspitzen, bis ihre Frisur wie das polierte Metall unter den Feenlichtern in der Kammer glitzerte. Der schmelzende Frost an den Mauern dampfte in der wärmeren Luft.

»Gut, du bist vorbereitet«, sagte Lune, als sie ihn sah. Nianna malte zwischen den Worten Farbe auf ihre Lippen und versuchte und scheiterte daran, ihren Ärger über das beharrliche Sprechen der Königin zu verbergen. »Nicneven sollte bald am Aldersgate sein.«

»Was sollte ich von ihr erwarten?«

Sie zuckte minimal mit den Schultern, um Carline nicht zu stören, die einen Ohrring an ihr Ohrläppchen hängte. »So viel, wie es vielleicht eine Maus könnte. Du bist zu gering, um von ihr bemerkt zu werden. Ich würde sagen, dass du sie dazu bringen sollst, dich anzuerkennen, falls du das kannst, aber ausgerechnet heute Nacht dient es uns wohl besser, wenn wir sie nicht verärgern.«

Wenn er sich, um das zu retten, was von London übrig war, auf den Boden des Thronsaals legen und Nicneven über sein Gesicht trampeln lassen musste, dann würde er es tun. Doch Jack hatte etwas weitaus Nützlicheres im Sinn. »Wenn Ihr gestattet«, sagte er und nahm Amadea Lunes Ringe ab, ohne darauf zu warten, was die Kammerherrin antwortete. »Ich würde gerne allein mit Ihrer Majestät sprechen.«

Amadea hob wieder die Augenbrauen vor ihm. Er fragte sich, ob Antony nicht so oft private Audienzen beansprucht hatte. Vielleicht hatten den alten Prinzen öffentliche Konfrontationen nicht gestört.

Die Hofdamen knicksten und gingen hinaus. Als sich die Tür schloss, trat Jack vor und fing an, die Ringe auf Lunes Finger gleiten zu lassen. Sie hatte die Knochen eines Vogels, und ihre Haut fühlte sich kühl an. »Hast du vor, ihr Vidar zu geben?«, fragte er.

»Nein.«

»Warum?«

Ihre Finger schlossen sich um seine. Jack erwiderte den silbernen Blick frei heraus, während er die Ringe in der freien Hand festhielt. Lune starrte ihn einen Augenblick an, dann schüttelte sie den Kopf, sodass ihre Locken tanzten. »Ich habe keine Zeit, das zu erklären.«

»Du hast Zeit für nichts sonst. Dies ist der Faden, an dem dein Königreich hängt, Lune. Dein Volk hält keinen weiteren Angriff der Cailleach aus – und warum sollte es? Zum Wohl einer Kreatur, von der ich *weiß*, dass sie dein Feind ist?«

Der Saum ihres Ärmels zitterte kurz. Dann riss sie sich aus seinem Griff los. »Nicht zu seinem Wohl«, sagte Lune. »Zum Wohl des Onyxpalasts.«

Nun war Jack an der Reihe, die Augenbrauen zu heben. »Desselben Onyxpalasts, der zweimal beinahe eine Mahlzeit für einen Drachen geworden ist? So schützt du ihn also?«

Lune zuckte zusammen. »Das hatte ich nie vorausgesehen. Wäre es nur die Cailleach gewesen …«

»Dann hätte London nicht gebrannt. Aber das *hat* es, und der Onyxpalast beinahe mit. Also erklär mir, Lune, wie genau du *irgendetwas* beschützt, indem du Ifarren Vidar beschützt.«

Sie senkte den Kopf und schloss die halb mit Ringen besetzte Hand um jene, die noch im Handschuh steckte. »Weil Feensouveränität genau so funktioniert«, sagte sie wehmütig und leise. »Ich kann mich nicht Nicnevens Willen beugen und trotzdem Königin bleiben. Wenn sie etwas anderem als meinem Reich gedroht hätte, dann vielleicht. Wenn sie *mir* gedroht hätte. Aber der Onyxpalast ist der Hebel, den sie nutzen will, um mich zu bewegen. Und wenn ich nachgebe, dann erkenne ich ihre Macht über ihn an. Ich gebe zu, dass sie ihn zerstören könnte, und gebe nach, um das zu verhindern. Was bedeutet, dass ich mich ihr unterwerfe.«

Lune hob endlich ihren Blick, und er sah zu seinem großen Entsetzen, dass Tränen an ihren Augenlidern hingen. *Ich hätte nicht gedacht, dass sie weinen kann.* »Sie würde diesen Ort vernichten. Aber Widerstand führt anscheinend dasselbe Ende herbei.«

Eines Tages, wenn sie beide friedlich vor einem angenehmen Kaminfeuer saßen, würde Jack sie genauer befragen. Lunes Erklärung eröffnete ihm einen Reigen an Ideen, die er nie zuvor in Betracht gezogen hatte. Aber er wollte, dass dieses angenehme Kaminfeuer im Onyxpalast war, und das bedeutete, dass er einen Ausweg aus dieser Falle finden musste.

»Lass mich es tun«, sagte er, plötzlich inspiriert. »Lass *mich* ihr Vidar überstellen. Dann erkennst du gar nichts an – es ist alles mein Handeln!« Und wenn es ihn seinen Titel kostete, dann sollte es so sein. Es machte ihm nichts, solange er immer noch zu den Fae kommen konnte.

Aber Lune zuckte wieder zusammen, wie sie es getan hatte, als er vorgeschlagen hatte, Mörder zu Nicneven zu schicken. »Nein! Sie würde ihn töten.«

Jack breitete verblüfft die Arme aus. »Er ist ein verurteilter Verräter, Lune! Nach dem, was ich gehört habe, hast du selbst kurz davor gestanden, ihn zum Tode zu verurteilen, ehe du beschlossen hast, dass es irgendwie *gnädiger* wäre, ihn für alle Ewigkeit in eine Eisenkiste zu stecken. Du wolltest ihn damals nicht töten. Du willst ihn jetzt nicht töten. *Warum?*«

Lune drehte ihm den Rücken zu – um, wie Jack glaubte, die Emotionen zu verbergen, die hinter ihrer üblichen Maske zu verstecken sie zu erschöpft war. Die lange, steife Linie ihres Korsetts hielt ihren Rücken gerade. Darüber waren ihre Schultern vor unausgesprochener Anspannung fest. »Du hast von Invidiana gehört?«

»Etwas, ja.«

»Sie zögerte nicht, jeden zu töten, den sie nicht benutzen konnte. Jeden, der die Sicherung ihrer Macht bedrohte. Vidar zu töten …« Lunes Atem zitterte, als sie ausatmete. »Er hat es selbst zu mir gesagt, während seines Prozesses. Genau das hätte sie getan.«

Jack öffnete die Lippen, doch kein Ton kam heraus. Er blinzelte mehrmals, während er versuchte, zu erfassen, was sie gesagt hatte, und eine Antwort darauf zu finden, die sie nicht wütend aus dem Raum stürmen lassen würde. Schließlich senkte er den Kopf und steckte die vergessenen Ringe in seine Tasche, damit er sie nicht fallen ließ. »Lass mich sehen, ob ich das verstehe. Wir haben hier einen Kerl, der jeden Herrscher, dem er gedient hat, verraten hat. Er hat Invidiana an ihre Feinde verraten und Nicneven an die Iren verkauft. Tatsächlich würde er jeden an jeden verkaufen, wenn es ihm vielleicht Macht einbrächte. Er hat während seines Prozesses seine Schuld gestanden. Dein eigenes *Volk* will ihn tot sehen. Und du kannst Frieden für dein ganzes Reich erkaufen, indem du einfach Nicneven das Urteil vollziehen lässt, das du selbst sprechen wolltest – hätte er nicht das eine gesagt, was dich überzeugen konnte, dass es falsch gewesen wäre. Aber weil er es gesagt hat, willst du nicht tun, was du solltest.«

Lune versteifte sich noch mehr. »Invidiana ...«

»Ist *weg*! Willst du dir von ihrem Schatten deine Entscheidungen diktieren lassen?« Jack vergrub seine Hände in seinem Haar und bemerkte zu spät, dass er gerade Lewan Erles sorgfältiges Arrangement zerstört hatte. *Zur Hölle mit der Eleganz.* »Bist du Lune oder bloß *nicht* Invidiana?«

Sie wirbelte herum, um ihn mit aufgerissenen Augen anzustarren. Aber Jack erfuhr nie, welche Antwort sie gegeben hätte, denn in diesem Moment trat Valentin Aspell mit einer Verbeugung in den Raum. Jack hätte den Großsiegelbewahrer erwürgen können.

Die Worte des schlangenartigen Kerls jedoch erklärten sein Eindringen allzu schnell. »Euer Ehren, mein Lord – die Gyre-Carling ist angekommen.«

Lune hatte Stunden mit der Planung zugebracht, was sie zu Nicneven sagen würde, und jetzt hatte sie all die Worte vergessen.

Bist du Lune oder bloß nicht Invidiana?

Keine Pause, keine Zeit, ihr Gleichgewicht wiederzuerlangen. Sie konnten es sich nicht leisten, Nicneven warten zu lassen. Seite an Seite hasteten Lune und Jack Ellin durch den Onyxpalast zum großen Thronsaal, wo sie die Gyre-Carling von Fife empfangen würden.

Ihre Untertanen strömten ebenfalls zum Saal, die niedriger gestellten und höher gestellten gleichsam. Lune glaubte sogar, dass sie einen Blick auf die Goodemeades erhaschte, ehe größere Gestalten den Blick auf sie verdeckten. »Wir müssen alle zurückhalten«, murmelte sie Aspell zu, als sie eine Menge rachsüchtiger Mienen bemerkte. *Ich sollte sie hinausbefehlen und diese Audienz im Privaten halten.* Aber das hätte nur zu Fragen geführt und das Vertrauen in sie untergraben. *Falls sie mir überhaupt vertrauen, nach dem, was sie erlitten haben.*

Ich weiß nicht einmal, ob sie das sollten.

Sie atmete zu schnell. »Wo ist die Onyxwache?«, wollte sie wissen, als ihr zum ersten Mal deren Abwesenheit auffiel.

Valentin schüttelte den Kopf. »Madam, sie sind nicht zurückgekehrt.«

Vor Sorge krampften sich ihre Eingeweide zusammen. Sie hatte den Einsturz von St. Paul gespürt, wusste aber sonst nichts. Prigurd und ihre treuen Ritter – sie konnten alle gefallen sein, und Lune wusste nichts.

Weiteren Sorgen konnte sie nicht nachgehen. Für den Augenblick waren die Gyre-Carling und die Drohung durch die Cailleach Bheur alles. Vor ihnen ragten die Bronzetüren auf und dahinter der große Thronsaal, wo Ifarren Vidars Geist unter dem Stein in Eisen gefangen war.

Willst du dir von ihrem Schatten deine Entscheidungen diktieren lassen?

So schnell sie auch liefen, sie kamen gerade noch rechtzeitig. Einer von Aspells Gehilfen hastete zu seinem Herrn und sagte: »Mein Lord, die Gesandtschaft nähert sich.« Lune strich mit einem Daumen über die beinahe nackten Finger ihrer heilen Hand und sprintete mit Jack an ihrer Seite auf die Plattform. Wie Schauspieler auf einer Bühne eilten ihre Höflinge an ihre Plätze. Der letzte blieb gerade stehen, als ihr Herold brüllte: »Die Gesandtschaft aus Fife: Ihre Majestät, die Gyre-Carling Nicneven!«

Zum ersten Mal in einem jahrzehntelangen Konflikt sah Lune das Gesicht ihrer Feindin.

Nicneven wäre nicht einmal als Onyxhöfling durchgegangen. Ihr Gesicht – weder ansehnlich noch unansehnlich – hatte eine Wildheit an sich, die Irrith zahm wirken ließ, von ihren hohen Wangenknochen bis zu der Biegung ihrer Brauen. Die Kleidung, die sie trug, hätte in Schottland vor tausend oder mehr Jahren nicht fehl am Platz gewirkt, eine Tunika aus tiefem Waidblau und Lederschuhe, die um die Beine über Kreuz verschnürt waren. Doch trotz all ihrer ländlichen Kleidung hielt sie sich mit der Präsenz einer Königin.

Lune erwiderte den feurigen Blick der Gyre-Carling und verstand die Wahrheit in Cerenels Worten. Dies war nicht die kühle, leidenschaftslose Teufelei von Invidiana. Nicneven hielt einfach an den alten Sitten der Fae fest – und hasste den Lord, der sie verraten hatte.

So konzentriert war Lune auf die andere Herrscherin, dass sie etwas anderes nicht bemerkte, bis Jack leise japste und ihre Hand drückte.

Die Diener hinter der Unseligen Königin waren eine überraschende Menge, weit zahlreicher, als sie erwartet hatte. Lune erkannte natürlich Sir Cerenel, aber sie brauchte einen Moment länger, um sich bewusst zu werden, dass sie auch andere erkannte. Das waren überhaupt keine Diener. Vorwärts taumelten, von den Goblins, die ihnen folgten, geschubst, die in Fetzen gekleideten und rußbefleckten Gestalten ihrer fehlenden Ritter.

Ihre Aufmerksamkeit schoss gerade rechtzeitig zurück auf Nicneven, um die Gyre-Carling lächeln zu sehen. »Wir fanden sie, als sie aus der Asche Eurer Stadt entkamen«, sagte sie mit ihrem breiten schottischen Akzent, sodass die Worte bis in die entfernten Ecken des Saals hallten. Hinter ihr kamen Peregrin und der ganze Rest zuckend zum Stehen – aber nicht Prigurd. Lune konnte den Riesen nirgendwo unter ihnen sehen. »Und ich dachte mir, diese Onyxkönigin weigert sich, Vidar aufzugeben. Vielleicht sollten wir ihr mehr Gründe dazu anbieten.«

Die Drohung traf sie zutiefst. Wie Nicneven die Gefangenen hereingebracht hatte, ohne dass irgendjemand es bemerkt hatte, konnte Lune sich nicht denken. Aspell wirkte ehrlich schockiert. Vielleicht irgendein Zauber. Denn Gefangene waren sie ganz sicher: Feste Grasflechten fesselten ihre Hände und knebelten ihre Münder, in die Laub gestopft worden war. All ihre stolze Würde war erschöpft und gebrochen, verloren in den Mühen ihrer Schlacht oben – doch hätte Segraine mit ihrem Blick töten können, hätte die Gyre-Carling auf dem Steinboden gelegen.

Stattdessen stand jene Unselige Königin im Herzen von Lunes eigenem Reich und schmunzelte. Und dieser Schlag, der ohne Vorwarnung gekommen war, zerschmetterte Lunes letzten Versuch kühler Gelassenheit. Weil Jacks Worte noch in ihren Ohren dröhnten, kam sie zu einem harten Schluss, diamantscharf und klar.

Ifarren Vidar war nicht das Leben dieser treuen Untertanen wert.

Tatsächlich war er überhaupt sehr wenig wert. Die hier, die so hart gekämpft hatten, um ihre Heimat zu retten, waren weitaus mehr wert. Wenn Lune den Onyxpalast und sein Volk retten konnte, indem sie ihren Thron aufgab, hätte sie es getan. Besser das, als den Dienst zu verraten, den jene geleistet hatten, und all die Treue, die sie von ihren eigenen Untertanen sowohl während des Exils als auch danach erhalten hatte. Sie verdienten Besseres von ihr.

Was ihr, ganz simpel, sagte, wo Ifarren Vidar falsch lag.

Nicht meine Macht. Mein Volk. Sie *sind es, die ich beschützen möchte.*

Lune kämpfte darum, ihre Miene unter Kontrolle zu halten. Obwohl ihre Hände auf den Armlehnen ihres Throns zitterten, konnte sie Vidar nicht einfach an Nicneven ausliefern. Nicht um ihm das Leben zu retten, sondern um den Onyxpalast zu retten. Er würde in schottischer Hand nicht länger überleben als die Gyre-Carling brauchte, um die Zauber zu brechen. Doch würde es reichen, Jack an ihrer Stelle kapitulieren zu lassen?

»Meine Güte«, sagte Jack gedehnt in das Schweigen, das durch ihr Zögern entstand. »Und da dachte ich, sie kämen unter dem Vorwand sicheren Geleits.«

Möge all die Macht des Feenlands John Ellin segnen. »In der Tat«, antwortete Lune und kniff die Augen zusammen. »Ich glaube, dass dies die Bedingungen brechen würde, unter denen die Gyre-Carling an unseren Hof eingeladen wurde. Aber ich kann nicht glauben, dass sie einen so närrischen Fehler machen würde, unsere Untertanen zu bedrohen. Wenn sie das täte, könnte sie im Gegenzug nicht erwarten, dass wir *unser* Wort, das wir gegeben haben, halten.«

Die Onyxwache mochte zwar in Nicnevens Händen sein, doch es waren andere Ritter und reichlich Goblins im Saal. Nun diente all dieses zähnefletschende Grinsen Lune gut. Die Schotten waren zu gut ausgewählt worden, um offensichtlich zusammenzuzucken, doch sie sah, wie diese ihre Chancen abwägten, die ihnen nicht gefielen. Cerenel wirkte, was sie ihm hoch anrechnete, mit der gesamten Situation unglücklich.

Was er auch sein durfte. Wenn es wirklich zu einer Schlacht kommen sollte, würde er mit den Schotten fallen. Und das verdiente er nicht.

Aber Nicneven lachte einfach. »So wäre es. Unsere Wege haben sich gekreuzt, wie ich sagte, und jetzt bringen wir sie Euch zurück, wie Schoßhunde, die beim Streunen erwischt wurden. Außerdem haben sie Euch etwas zu sagen.« Sie nickte, und Cerenel beeilte sich, Peregrins Fesseln zu lösen, wobei er sich nicht die Mühe machte, seine Erleichterung zu verbergen.

Der erschöpfte Ritter spuckte das Laub aus, das seinen Mund füllte. Ehe seine Hände überhaupt frei waren, japste er: »Euer Gnaden – der Drache ist nicht tot!«

Lunes Herz hätte stehen bleiben können. All ihre Gedanken waren darauf ausgerichtet, wie sie mit Nicneven klarkommen sollte, ohne zu viel nachzugeben. Sein Ausruf ergab anfangs keinen Sinn. Dann drang er durch, und all ihr Blut erstarrte. »Was?«

»Wir haben ihn gesehen«, röchelte Segraine, die sich die befreiten Handgelenke rieb. »In der Asche der Stadt. Prigurd hat ihn in Stücke gehackt, bevor er starb, und wir hielten *ihn* auch für tot. Aber er hat sich neu gebildet.«

Prigurd tot. Die Tränen, die drohten, überraschten sie. Lune hatte sich nicht für fähig gehalten, um den Ritter zu trauern, der sie verraten hatte. Doch am Ende war er treu gewesen – bis an die Grenzen der Vernunft und darüber hinaus –, und die große Grausamkeit war, dass sie nicht um ihn trauern konnte, wie er es verdiente.

Nicht mit dem Eid, der ihre Seele plötzlich fest band.

In Mabs Namen, ich schwöre dir, dass ich alles tun werde, was ich kann, um London und seine Bewohner vor Katastrophen zu schützen – und möge die Furcht mich nicht mehr hindern.

Das Lächeln der Gyre-Carling wurde breiter, als würde sie Blut riechen. »Also steht Ihr wieder vor der Wahl, wie ich sie Euch zuvor gestellt habe. Gebt mir Ifarren Vidar – oder Euer Reich wird zerstört.«

Nicht nur der Onyxpalast, sondern auch die Stadt. Die Cailleach allein war keine Bedrohung für die Sterblichen oben, aber wenn der Drache noch lebte ... Lune war den Fängen ihres Eids bisher entkommen, indem sie um Verhandlungen gebeten hatte, indem sie ihn am Stein bekämpft hatte, indem sie plante, die Bestie zu töten. Jedes Mittel, London zu retten, das nicht bedeutete, Nicneven nachzugeben. Wenn sie gescheitert war, hatte sie zumindest gekämpft, hatte alles getan, was sie konnte.

Nun blieb ihr nur noch dies übrig: ihr Reich und ihren Thron aufzugeben. Den Onyxhof für die Sterblichen oben zu opfern.

Der Eid packte sie fester, zwang die Worte auf ihre Lippen. Lune biss die Zähne zusammen, bis ihre Kiefer schmerzten, die Fingerknöchel steif und weiß waren. Jack Ellins Blick bohrte sich in sie hinein, doch er konnte sie jetzt nicht retten. Sie saß in der Falle. Es war zu spät für jegliche weiteren Ausweichmanöver.

Sie hätte ebenso gut vor Tagen nachgeben können, als jene erste Straße zu brennen angefangen hatte. Lune wünschte, sie hätte das getan. Aber sie hatte den schrecklichen Preis ihres Widerstands nicht vorhergesehen – und jetzt musste sie ihr Reich in die Hände von Nicneven legen, die sich freute, wenn sie London brennen sah.

Und bei diesem Gedanken verflog der Druck.

Atem strömte zurück in ihre Lungen. Lune ließ die Armlehnen ihres Throns los, atmete tief durch und sagte dann: »Und wenn wir Euch den Verräter gegeben haben – nun, dann haben wir immer noch einen Drachen vor unserer Tür und die Cailleach unter Eurem Befehl. Ihr, Madam, trachtet nach der Zerstörung unseres Reichs, seit Ihr damals einen Mann zum Baum am Aldersgate geschickt habt, mit Feuerstein und Zunder in der Hand. Welchen Grund haben wir, in dieser Welt oder der anderen, zu glauben, dass Ihr einfach Eure Beute nehmt und nach Hause geht?«

Jene, die am Onyxhof lebten, lernten schnell, sehr gut zu lügen. Nicneven, Königin in einem einfacheren und ehrlicheren Land, hatte kein solches Geschick. Zorn entbrannte in ihren wilden Gesichtszügen, der sogar für die naivsten Hauselfen offensichtlich war.

Lune hob ihr Kinn und wandte ihre Aufmerksamkeit diesen Hauselfen und den Goblins und Pucks, den Irrwischen und Elfen und jenen wenigen Fae aus der natürlichen Welt zu, die in ihre steinernen Hallen gekommen waren. »Ihr seht ihr die Wahrheit an«, sagte sie mit lauterer Stimme. »Sie würde uns ausbrennen, mit Ifarren Vidar oder ohne ihn. London liegt in Schutt und Asche, weil sie, als sie sah, dass das Feuer vom Wind angetrieben wurde, sich weigerte, die Stadt zu verschonen, die Ihr liebt. Wir sind verdorben, denkt sie, jeder Einzelne von uns durch den sterblichen Schatten, in dem wir wohnen, korrumpiert. Nichts Geringeres wird ihr reichen als die völlige Vernichtung unseres Heims – unten *und* oben.«

Dann ließ sie ihren Blick zurück auf Nicneven schweifen und zog Stärke aus dem Thron, auf dem sie saß, während der Londonstein hinter ihrem Rücken versteckt lag. Lune war als Bettlerkönigin, als Flüchtling an den Höfen, an denen sie gewohnt hatte, durch ganz England gereist. Nun stand sie zum ersten Mal einer anderen Herrscherin als gleichgestellt gegenüber, vom Sitz ihrer eigenen Macht aus.

Dies ist mein Thron. Nicht der von Invidiana, nicht der von irgendjemand anderem.

Ihr Thron, ihr Reich – und ihr Volk. Lune ließ ein feuriges Lächeln ihre Lippen umspielen und richtete eine Frage an ihre Untertanen, noch während sie ohne zu blinzeln in die wilden Augen der Gyre-Carling starrte. »Mein Lord Prinz – meine Lords und Ladys meines Rats und Hofstaats, meine treuen Ritter, meine hingebungsvollen Diener, Ihr, die Ihr meine bescheidensten Untertanen seid – nun frage ich Euch, welche Antwort soll ich auf diese Drohung aus dem Norden geben?«

Sie hatte das rhetorisch gemeint, eine bloße Floskel, ehe sie Nicneven ihren Trotz ins Gesicht schleuderte. Doch eine heisere Stimme antwortete ihr aus den armseligen Resten der Onyxwache. Segraine, die mit dem letzten, traurigen Rest ihrer Willensstärke aufrecht dastand. »Sagt Ihr, dass sie heimgehen soll. Sie wird hier keinen Sieg finden. Wir werden diesen Drachen für Euch töten, Madam, und alles andere, was sie gegen uns schickt.«

»Ich und meine hübschen sterblichen Pistolen werden Euch helfen«, knurrte Knochenbrecher. »Sie sind eine Verderbtheit, die ich gerne mag.«

Nicneven hatte die Antworten auch nicht erwartet. Bisher hatte sie nur Lune angesprochen und nicht einmal mit einem Blick gewürdigt, dass irgendjemand sonst im Saal stand. Nun flog ihr Haar wie Schlangen, als sie herumwirbelte, um den Goblin und die Ritterin anzustarren. »Ihr seid wahnsinnig«, sagte die Gyre-Carling frei heraus. »Warum hier leben, in Stein eingesperrt, mit hundert Kirchen über Euren Köpfen? Diese verrückte Königin, die Ihr die Eure nennt, hat Euch Eures Verstands beraubt.«

Wütendes Murmeln empfing ihre Worte. Keine Drohungen, sondern Argumente: Fae, die sich zur Verteidigung ihres Heims aussprachen, und dann eine hellere Stimme, die sich über alle erhob. »Warum?«, fragte Irrith. »*Wegen* der Sterblichen. Niemand hat mich irgendetwas beraubt. Ich bin aus eigenem Antrieb hergekommen, weil ich neugierig war.« Dem Irrwisch gelang ein unkluges Lächeln, als sei sie sich bewusst, wie sehr das Nicneven erzürnen würde. »Ich fürchte, London ist momentan nicht im besten Zustand – Tavernen verbrannt, Leute, die auf Feldern außerhalb der Mauern kampieren –, aber wenn Ihr nächstes Jahr zurückkommt, könnte ich Euch herumführen. Vielleicht stellt Ihr fest, dass es Euch hier gefällt.«

Eine Handvoll Pucks nahmen diesen Scherz auf und schmückten ihn aus, sodass sie den Zorn in spöttisches Gelächter verwandelten. Wie Giftpfeile durchbohrte es die Haut der Unseligen Königin und setzte sich dort fest, machte sie rasend vor Wut wie einen wilden Eber, der eingesperrt wird. Ihre Diener drängten sich näher, weil sie wieder einen Gewaltausbruch befürchteten – alle außer Cerenel, der mit undurchdringlicher Miene abseits stand und beobachtete, wie Nicnevens Rage wuchs und schließlich herausbrach.

»Diese *Stadt* von Euch«, brüllte sie über das Gelächter und spie die Worte, als seien sie eine Obszönität, »ist weg! Und bald ist das auch Euer Palast.«

Das Gelächter verstummte. Und in diesem Schweigen trat Jack Ellin vor.

Für einen verblendeten Augenblick befürchtete Lune, dass er die Gepflogenheiten des sicheren Geleits in den Wind schießen und ihre Untertanen dazu aufwiegeln würde, die schottische Abordnung anzugreifen. Das würden diese auch tun. Lune hatte nicht gewollt, dass das passierte, dass die Konfrontation zwischen ihr und der anderen Königin so plötzlich außer Kontrolle geriet.

Aber es war Jack. Er war kein Soldat, doch er benutzte Worte wie eine Waffe.

»Die Häuser sind verbrannt«, sagte er, als sei es keine große Sache. »Einige Kirchen sind weg, Tavernen, Läden – aber nicht die Stadt. London, Madam, ist mehr als seine Mauern und Dächer. Solange es Londoner gibt, wird es ein London geben.«

Dann drehte er sich zu Lune und verbeugte sich höflich vor ihr. »Ich würde sagen, unsere Untertanen sind aus gleichsam hartem Stoff gemacht. Vielleicht würdet Ihr mich gerne im Bau eines Feenpalasts instruieren?«

Sie starrte ihn an und versuchte, nicht das ungläubige Lachen, das in ihrer Kehle zitterte, herauszulassen. *Er ist wahnsinnig.* Aber er war nicht der Einzige. Von unten im Saal hörte sie Rosamund Goodemeade sagen: »Wir können Euch dabei helfen, mein Herr.«

»Ich weiß nicht, ob wir alle ins Rosenhaus bekommen«, sagte Gertrude mit kunstvollem Zweifeln, »aber ich bin mir sicher, dass wir eine Unterkunft für den Rest finden, während wir wieder aufbauen.«

»Könnten wohl einige Eingänge neu gestalten, wenn wir schon dabei sind«, überlegte ihre Schwester.

»Und etwas Fröhlicheres als all dieses schwarze Gestein versuchen.«

»Macht meine Schlafkammer größer!«, rief einer der Pucks aus, und ein anderer scherzte als Antwort: »Wozu? Du bist der Einzige, der sie benutzt.« Als hätten sich Schleusen geöffnet, füllten hundert andere Vorschläge für die verbesserte Gestaltung eines neuen Onyxpalasts die Luft.

Sie waren wahnsinnig, jeder Einzelne von ihnen. Lune wusste nicht, ob es die Belastung des Lebens unter dem Ansturm der Cailleach oder das verwandelte Feuer war, das Jack und sie in ihre Untertanen hatten fließen lassen, das strahlende Herz von London. Doch deren Wahnsinn machte *ihr* Mut, weil er bedeutete, dass sie hinter ihr standen, sogar im Angesicht eines Drachen.

Ohne sie war Lune Königin über gar nichts. Mit ihnen gab es keine Tiefe, in die sie stürzen konnte, aus der sie nicht wieder heraufklettern konnte.

Brennender Stolz strömte in ihr Herz. Lune wartete, ließ ihre Untertanen ihr Sagen haben, und dann, als das Geschrei leiser wurde, sprach sie wieder zu der verstörten und wütenden Nicneven.

»Ihr könnt den Onyxpalast zerstören«, gab sie zu und imitierte Jacks beiläufigen Tonfall. »Aber nicht den Onyxhof. Solange diese Leute London ihr Heim nennen, könnt Ihr uns nicht zerstören. Nicht ohne die Fae, die sich entschieden haben, in dieser Stadt zu leben, und jeden Sterblichen, der zu uns steht, bis auf den Letzten zu töten. Und das würde einen Krieg beginnen, den Ihr *nicht* gewinnen könnt.

Also ist *dies* Eure Wahl, Gyre-Carling. Ihr könnt die Cailleach erneut angreifen lassen und hoffen, dass der Drache uns ausbrennt. Wenn er das tut, verliert Ihr Ifarren Vidar, denn er wird mit dem Palast zerstört. Danach werden wir unser Heim wieder aufbauen, und Ihr habt nichts als die rachsüchtige Genugtuung, dass Ihr uns diese Arbeit gemacht habt.

Oder Ihr könnt beiseitetreten und uns diese Bestie zerstören lassen. Wenn wir fertig sind, könnt Ihr Ifarren Vidar haben – aber im Gegenzug werdet Ihr nach Fife zurückkehren und kcinen weiteren Krieg gegen uns führen.«

Nichts erschauderte in ihr. Ihr Reich war mehr als Stein. Es war ihr Volk. Und dieses lag außerhalb Nicnevens Kontrolle. Es konnte nicht – *wollte* nicht – benutzt werden, um Lune in die Knie zu zwingen.

Nicneven verstand das nicht. Lune bezweifelte, ob sie dazu fähig war. Dass Fae Sterbliche interessant fanden, *das* war verständlich. Das Feenvolk war immer von deren endloser Leidenschaft und Fähigkeit zur Veränderung angezogen worden. Doch so nahe bei ihnen zu leben und so stolz zur Verteidigung einer solchen Heimat zu stehen …

Die Gyre-Carling würde jene Wahl nie verstehen. Aber genauso wenig konnte sie dagegen gewinnen. Kein Sieg war möglich gegen jene, die keine Niederlage eingestehen wollten.

Sie stand erstarrt mitten im Saal, ihrer Beute beraubt. Sie konnte sie immer noch vertreiben, den Onyxpalast zerstören und mit ihrem leeren Triumph nach Fife zurückkehren. Aber das würde sie Ifarren Vidar kosten.

Leidenschaft, nicht Politik, hatte Cerenel gesagt. Vidars Verrat hatte sie viel tiefer verletzt, als es der Onyxpalast je konnte.

Mit fest zusammengebissenen Zähnen zischte die Gyre-Carling: »Woher weiß ich, dass Ihr ihn mir geben werdet?«

Ein Eid war die einfache Antwort. Aber Lune war jene leid, war es leid, Mabs Namen zu entwürdigen, indem sie auf dies und das schwor. Sie sah sich nach einer anderen Lösung um, und dann trat Rosamund vor. »Madam, wenn es für Euch akzeptabel wäre, würden Gertrude und ich als Garantie für Euer Wort stehen.«

Geiseln. Furcht regte sich in Lunes Herz, doch Cerenel verbeugte sich vor ihr und den Goodemeades. »Und ich werde ihre Sicherheit garantieren, wenn es der Gyre-Carling gefällt.«

Der Gyre-Carling gefiel, ihrem Gesichtsausdruck nach zu urteilen, überhaupt nur wenig, aber das zu sagen, hätte ihr gar nichts eingebracht. »Geht Euren Drachen töten«, fauchte sie schließlich. »Wenn Ihr das könnt.«

DER ONYXPALAST, LONDON
zwei Uhr früh

»Madam – es ist nicht machbar.«

Jack hielt inne, als er sein steifes Wams halb abgeschüttelt hatte, und starrte Sir Peregrin Thorne an. Der Ritter war müde und von Kopf bis Fuß mit Schmutz überzogen. Er hatte während der hübschen kleinen Vorführung im Thronsaal, als die Fae des Onyxhofs Nicneven getrotzt hatten, nicht gesprochen. Als Jack jetzt näher bei ihm stand, sah er die Verzweiflung in seinem Blick. »Wenn irgendjemand den Drachen töten könnte, hätte Prigurd es geschafft. Ich habe nie solche Kraft gesehen. Aber er hat so viel verschlungen …« Verfilztes Haar wippte, als er den Kopf schüttelte, außer dort, wo es auf einer Seite weggesengt worden war. »Er ist zu riesig geworden. Nicht einmal all Eure Ritter zusammen könnten ihn jetzt noch töten.«

Seine nüchterne Erklärung sorgte für eine unangenehme Pause. Gute Laune hatte sich unter Lunes Ratgebern ausgebreitet, die sich für diesen dringenden Kriegsrat versammelt hatten, doch während Peregrins Worten verflog sie schnell. Jack zog sein Wams fertig aus und legte es über die Rückenlehne eines Stuhls, weniger zuversichtlich als zuvor.

»Schusswaffen?«, schlug Knochenbrecher hoffnungsvoll vor. Der Schwarze Hund mochte die Waffen etwas zu gern. Aber Peregrin schüttelte den Kopf.

»Wenn wir Eisenmunition hätten, vielleicht«, sagte Segraine und ließ sich auf einen Stuhl sinken. Niemand missgönnte ihr die Bequemlichkeit – oder Peregrin, obwohl der sich weigerte, sich zu setzen. »Er ist ein mystisches Wesen, genau wie wir. Doch zu dem Zeitpunkt, wo wir uns so bewaffnet haben, wird es zu spät sein.«

Lune legte die Hände flach auf die Tischplatte des Ratstischs und richtete sie mit übertriebener Sorgfalt entlang des in bunten Mosaiken gefertigten Blumenmusters aus. »Eisen«, sagte sie.

Alle außer Jack erschauderten.

Sie hob den Kopf und lächelte freudlos. »Keine Eisenmunition. Wie es scheint, hat uns Nicneven trotz allem einen Gefallen getan.«

Indem sie sie gezwungen hatte, Vidar aufzugeben. Jack sagte: »Diese Eisenkiste, in die du ihn gesperrt hast.«

Die Königin nickte.

»Wird sie das Ding *halten*?«, fragte er zweifelnd. »Du hast den Drachen nicht gesehen, Lune. Er ist gewaltig.«

»So funktioniert die Kiste nicht. Sie ist klein. Was sie festhält, ist der Geist. Aber ja, sie wird den Drachen halten.«

Du glaubst, *dass sie das wird.* Jack wollte jedoch die Zweifel, die sie verschwieg, nicht aussprechen. Er krempelte seine Ärmel hoch und sagte: »Dann brauchen wir zwei Dinge, sobald wir Vidar wieder herausholen: eine Möglichkeit, den Drachen hineinzuzwingen, und einen Köder, um ihn in die Nähe zu locken.«

Knochenbrecher schnaubte. »Bietet einfach das an, was noch von der Stadt übrig ist.«

Jack funkelte den Goblin an. Zum Glück antwortete Lune, ehe er ihm die Meinung sagen konnte. »Der Drache will nicht die Stadt. Oder doch, er will – aber mehr als das ersehnt er die Macht, die wir hier haben. Den Onyxpalast. Das hat er bereits zweimal versucht.«

Ihre Gedanken galten Taktik. Jack sah im Gegensatz zu ihr das Schaudern, das durch den Raum fuhr. Sie wussten von der Schlacht in der Kathedrale, und Gerüchte hatten sich über Lunes Verteidigung am Stein verbreitet. Sie sahen ihre verkrüppelte Hand und verstanden, was das bedeutete. Jetzt wollte sie den Drachen erneut anlocken?

Aber sie hatten den Stein gegen ihren Feind versperrt, und Prigurd hatte selbst den Eingang an der Kathedrale verschlossen. »Wir brauchen einen neuen Köder«, sagte die Königin.

Jack hasste, was er vorschlug, aber sie hätte ohnehin daran gedacht. »Den Tower?«

Er war sowohl erleichtert als auch enttäuscht, als er sie den Kopf schütteln sah. »Sie haben all die Häuser in der Nähe gesprengt. Das Feuer kann dort nicht heran. Und während eine Bestie aus Flammen vielleicht in einem riesigen Inferno übersehen wird, können wir sie nicht im Tower von London bekämpfen, ohne viel zu viele Blicke auf uns zu ziehen.«

Segraines Kopf war gesenkt, und Jack hatte gedacht, sie sei eingeschlafen. Jetzt hob sie ihn und sagte: »Er besteht nicht mehr aus Flammen. Schwarzer Zunder wie Teer, der Fleisch verkrustet – aber darunter ist geschmolzenes Fleisch.«

»Wir haben ihn gesehen«, sagte Peregrin, obwohl niemand das vergessen hatte. »Er hat in der Nachbarschaft des Newgate gelauert.«

Was Lunes Argument nur mehr Gewicht verlieh. Die Menschen würden sich vielleicht einreden, dass sie keine Gestalt in den Flammen sahen, aber eine gewaltige schwarze Bestie war ziemlich schwierig zu übersehen. Jack drückte seine Handflächen auf die Augen und dachte nach. *Wir können ihn nicht nach unten bringen. Zwei der Schlüsselstellen sind ihm versperrt, die dritte nicht zu benutzen – die Themse und die Mauer werden nicht funktionieren …*

Aber es gab ein weiteres Element des Onyxpalasts, nach dem sich der Drache wohl verzehrte.

»Wir bieten ihm uns selbst an«, sagte Jack ruhig.

Seine Hände verdeckten immer noch seine Augen. Als er nur Schweigen hörte, senkte er sie und rang sich ein schiefes Grinsen ab. »Ich weiß. In einem Moment wird jemand seine Sprache wiederfinden und mich daran erinnern, dass man eine Königin nicht als Köder nutzen sollte. Aber wenn das, was der Drache ersehnt, ein Weg hinein in den Onyxpalast ist … Nun, zumindest kann sich dieser Weg wehren.«

Die Gesichter, die ihn umgaben, hätten die Studie eines Malers in siebzehn Arten von Entsetzen sein können. Siebzehnmal Entsetzen und einmal ruhiges Verständnis. Lune wusste genauso gut wie er, dass sie die leckersten Happen waren, die sie ihrem Feind vor die Nase halten konnten – und dass es beide von ihnen zusammen sein mussten.

Sie ließ ihre Ratgeber einen Augenblick darüber diskutieren. Dann lenkte sie sie auf eine sekundäre Möglichkeit ab und ließ den Gedanken in ihren Köpfen reifen. Zu dem Zeitpunkt, wenn sie darauf zurückkäme, wären sie bei der Idee resignierter. Oder zumindest nahm Jack an, dass das ihr Plan war. Inzwischen ...

»Wir müssen ihn außerhalb Londons erwischen, denke ich«, sagte sie. »Außerhalb der Mauern. Wer weiß, was passiert, wenn wir ihn fangen, sowohl oben als auch unten. Aber nirgends, wo es nicht bereits gebrannt hat.«

»Dann die freien Bezirke im Westen«, sagte Jack. »Wir finden den Drachen, ziehen seine Aufmerksamkeit auf uns, dann rasen wir zum Ludgate oder Newgate, als sei uns der Teufel selbst auf den Fersen.« *Insgesamt würde ich den Teufel wohl vorziehen.*

Aber das ließ die Frage unbeantwortet, wie sie ihn in die Falle zwingen sollten, die ihn, wie sie hofften, halten würde. Lune legte es ganz simpel dar. »Wir brauchen irgendein Stück von demjenigen, der gefangen werden soll. Bei Vidar war es Blut, aber der Drache hat keines. Ich denke, es muss Fleisch sein – sofern er welches hat. Und für ein so mächtiges Wesen wie dieses würde ich nichts Geringerem als seinem Herzen zutrauen, dass es reicht.«

»*Hat* er denn ein Herz?«, fragte Irrith.

Aus irgendeinem Grund sahen alle zu Jack, als wüsste ein sterblicher Arzt irgendetwas über die Organe elementarer Bestien. »Er hat *irgendetwas* in seinem Kern«, sagte er, »das wir ebenso gut das Herz nennen können.« Das klang gut, und er betete, dass es zutraf.

Was die Vorgehensweise anging ... »Wie hat St. Georg *seinen* Drachen getötet?«, fragte Amadea.

Jack stieß die Luft in einem tonlosen Lachen aus. »Die Prinzessin, die er retten wollte, warf ihm ihren Gürtel zu, der, als er um den Hals der Bestie gelegt wurde, diese sanft wie ein Lamm machte. Dann führte er ihn für eine Weile herum, ehe er ihn tötete.«

»Ich glaube nicht, dass wir das versuchen werden«, sagte Lune trocken. »Wir brauchen ein Werkzeug, um seine Brust zu spalten.«

Jack tippte sich nachdenklich an die Lippen. »Er ist im Inneren geschmolzen, sagt Ihr. Heißes Glas zersplittert, wenn es schnell abgekühlt wird. Könnte das nicht hier auch funktionieren?«

»Habt Ihr einen Eisberg, den wir auf ihn schleudern können?«, knurrte Knochenbrecher.

»Ich kann Euch etwas Besseres anbieten.«

Diese Stimme kam aus der Nähe der Tür. Wann hatte sich jener Botschafter von Nicneven zu ihnen gesellt? Cerenel machte die kürzeste Verbeugung, die Schultern steif unter dem missbilligenden Starren um ihn herum. *Ja – er war früher ein Ritter an diesem Hof. Kommt er deshalb nun zu uns?*

»Euer Gnaden, mein Lord«, sagte der Ritter mit den violetten Augen und drehte sich von Lune zu Jack, »was Ihr braucht, ist der Stab der Cailleach Bheur.«

Nachdem sie tagelang unter ihrem Hauch gelitten hatten, wirkte niemand glücklich über den Vorschlag. Die Cailleach jedoch *war* der Winter, und dieses Mal konnte das wohl zu ihrem Vorteil gereichen. »Ihr Stab überzieht den Boden mit hartem Frost«, murmelte Lune grüblerisch. »Das würde tatsächlich sehr gut funktionieren. Aber wir haben ihn nicht.«

»Ich werde ihn für Euch holen.«

Er sprach voll Zuversicht, genug, um Knochenbrecher wieder schnauben zu lassen. »Nicneven wird ihn einfach herausgeben, ja?«

Jack hatte nicht geglaubt, dass ein schlanker Elfenritter einen Schwarzen Hund niederstarren konnte, doch Cerenel schaffte das. »Ich werde ihn holen«, wiederholte er.

»Ihre Majestät weiß, dass sie sich auf mein Wort verlassen kann.«

Aus irgendeinem Grund ließ dies Lune zusammenzucken. Aber die harte Linie ihres Kinns wurde weicher, als Cerenel sich ihr wieder zuwandte. Sie schenkte ihm sogar ein schmerzliches, dankbares Lächeln. »So soll es sein. Wenn Ihr uns den Stab der Cailleach Bheur bringen könnt, dann werden wir uns endlich unserem Feind stellen.«

NEWGATE, LONDON
sechs Uhr früh

Wirbelnde Asche machte die Morgenluft stickig und verlieh allem Licht ein gedämpftes, rotes Glühen wie vom Feuer. Die aufgehende Sonne war durch den Nebel eine düstere Scheibe, mit nacktem Auge angenehm zu betrachten, obwohl Lune für sie herzlich wenig Aufmerksamkeit verschwenden konnte. Sie musste sich vorsichtig ihren Weg durch den rauchenden Schutt suchen, während die Glut die Sohlen ihrer Stiefel versengte, bis sie sich fragte, wie Jack das aushalten konnte. Er hielt sich dicht an ihrer Seite, eine Hand immer bereit, um sie am Ellbogen zu stützen, obwohl sie sich erneut die Kleidung angezogen hatte, die sie bei der Rückeroberung des Onyxpalasts getragen hatte.

Nicht die Rüstung allerdings. Diese würde ihr gegen den Drachen nicht helfen und das Laufen viel, viel schwieriger machen.

Laufen würden sie wahrscheinlich müssen. Sie hatte sich in ihrem Leben nie so körperlich verwundbar gefühlt. Nicht einmal, als sie beim Stein Stellung bezogen hatte – vielleicht, weil sie sich in jene Konfrontation gestürzt hatte, ehe sie Zeit zum Nachdenken gehabt hatte. Nun spürte sie, als sie durch die Ruinen ihrer Stadt marschierte, die Macht des Palasts in ihr Fleisch strömen. Ihres und das von Jack, als sie beide hier draußen waren und sich dem Drachen anboten.

Zumindest nicht allein. Überall um sie herum schlichen ihre Begleiter wie Geister durch die graue Luft und verteilten sich auf der Suche nach ihrem Feind. Wenn die Beute gesichtet war, würden sie das Zeichen geben, und dann würden alle versuchen, die Bestie auf das nächste Tor zuzutreiben. Feuer wütete immer noch in den freien Distrikten und anderswo, aber auf dieser Seite des Fleet war es zum größten Teil ausgebrannt. Sie hofften, dass sie an diesem Flussufer Stellung beziehen konnten.

»Welche Art von Geräusch macht man, um einen Drachen zu rufen?«, murmelte Jack an ihrer Seite. »Ich höre Gerede, dass es verschiedene Rufe für Kühe und Schweine und Schafe gibt …«

Lunes Hände spannten sich um den Stab. Sie genoss seine Lockerheit oft, aber nicht jetzt. Nicht wenn der Winter selbst stechende Kälte in ihre Knochen sandte.

Der Stab der Cailleach war aus knorrigem schwarzem Holz, kalt und hart genug, um für Eisen gehalten zu werden. Er war für Lune auch nicht weniger unangenehm: All die Wirkung des Winds war nichts verglichen mit dem hier. Jack konnte ihn nicht für sie tragen. Eine Berührung, und er hatte ihn schreiend fallen gelassen. »Ich habe meinen Tod gesehen«, flüsterte er mit aufgerissenen Augen, wollte ihr aber nicht sagen, was genau es gewesen war.

Also musste Lune den Stab tragen und mit ihm tausend Träume, was ihr eigener Tod sein mochte. Man hätte erwarten können, dass neunzehn von zwanzig darunter dem Drachen eine prominente Rolle geben würden, doch in Wahrheit waren sie von jeglicher Art, was beinahe ein Trost war. Jedes Mal, wenn sie sich vorstellte, zu ertrinken oder einen Dolch durchs Herz zu bekommen, lenkte sie das von dem sehr realen Tod ab, der vielleicht nur Augenblicke entfernt war.

Denn so sehr Jack damit auch recht hatte, sie beide als Köder vorzuschlagen: Lune kannte das Risiko, das dies beinhaltete, genau. Einer oder beide von ihnen würden diese Begegnung vielleicht nicht überleben.

Ihr eigener Tod war nicht der einzige, der vor ihren Augen tanzte.

»Meinst du, das wird ihn vielleicht töten?«

In ihren furchtbaren Gedanken verloren verstand Lune ihn anfangs nicht. *Konzentrier dich. Du kannst es dir nicht erlauben, abgelenkt zu sein.* Sie folgte Jacks Nicken und blickte auf den Stab hinunter. Die Cailleach war mächtig – vielleicht sogar noch mehr als der Drache –, doch nur die Waffe war hier, nicht die Hexe selbst. »Ich weiß es nicht.«

Er zuckte mit den Schultern, als sei es nicht besonders wichtig. »Falls ja, wunderbar – dann gehen wir uns betrinken. Falls nicht, haben wir immer noch das hier.« Jack tätschelte die leere Kiste, die er in den Armen hielt. Er trug sie, als seien die eisernen Seitenteile so zerbrechlich wie die Schale eines ausgeblasenen Eis, als würde zu viel Druck seiner Hände vielleicht ihre einzige echte Hoffnung zerstören. Lune hatte freigiebig Brot verteilt, sich selbst und alle anderen, die nach oben gekommen waren, gerüstet, bis ihre Truhen so gut wie leer gewesen waren, doch sie erinnerte sich, was beim letzten Mal passiert war, als sie Eisen berührt hatte.

Also habe ich stattdessen die Waffe, von der ich kaum weiß, wie man sie benutzt.

Die Handschuhe an ihren Händen brachten überhaupt nichts. Das verbrannte Fleisch an der Linken schmerzte durch die Kälte, und die nicht verheilte Wunde an ihrer Schulter pochte als Reaktion. Doch der Stab bedeutete Hoffnung, und so klammerte sie sich daran.

Durch die treibende Asche hörte sie Flüstern. »Siehst du ihn?« »Nein.« »Vielleicht ist er weitergezogen.«

Er konnte überall sein. Die Onyxwache hatte in der Nähe des Newgate einen Blick auf ihn erhascht, aber seitdem konnte der Drache die Stadt durchquert haben. Er konnte am Stein sein. Oder in den freien Distrikten, wo das Feuer immer noch wütete. Oder irgendeinen Angriff auf den Tower planen.

Hier, in der Stadt, die sie so gut kannte, war Lune verloren. Die Straßen waren unter eingestürztem Bauholz und Ziegeln verschwunden. Nur gelegentlich stolperte man über ein Stück freies Pflaster, selbst dieses mit einer Schicht aus Zunder und Asche bestäubt. Doch vor ihr sah sie die Überreste eines Torbogens über die Straße, und jenseits davon die Ecke, wo die Stadtmauer von ihrem östlichen Verlauf nach Norden bog. Sie mussten auf der Foster Lane – so viel davon übrig war – sein, und die schwarze, rauchende Ruine zu ihrer Rechten war die Goldsmith's Hall, wo Generationen der Familie Ware ihr Handwerk gelernt und weitere Generationen, Mitglieder durch ihre Abstammung, ihren Einfluss auf das Leben in London ausgeübt hatten. Lune fühlte bei dem Anblick einen Kloß im Hals. *Ich habe versucht, mein Versprechen zu erfüllen – aber ohne viel Erfolg.*

Die verkohlten Holzbalken verrutschten und ließen Funken durch die Luft fliegen.

Jack brachte sie mit einer Hand auf dem Arm zum Stehen. Die wackligen Kamine würden vielleicht noch auf ihrem Weg einstürzen. Doch der Anspannung seiner Finger nach zu urteilen, wurde ihm im selben Augenblick wie ihr bewusst, dass der Schutt nicht einstürzte.

Er hob sich.

Die schwarze, sengende Masse des Drachen stieg aus ihrer Lauer auf.

Flüssiges Gold und Silber, die verlorenen Schätze der Zunfthalle, trieften von seinen Seiten wie Blut. Der kantige Kopf schwang herum, sodass die Haut knisterte, wo sie gedehnt wurde und die feurige Substanz darunter freilegte. Höllischer Wind versengte sie beide, als die Bestie ausatmete, und dann öffnete sie ihre Augen.

Unter diesem Blick erstarrt wie Mäuse unter einem Falken fand keiner von ihnen seine Stimme, um zu sprechen. Sie brauchten keine Worte: In dem Augenblick, als ihre Muskeln reagieren konnten, flohen sie.

Doch die Flucht, die Lune sich vorgestellt hatte, war überhaupt nicht wie das, was ihnen bevorstand. Es gab keine Straßen, die sie entlangrennen konnten. Stattdessen taumelten sie durch eine trügerische Wüste, verknacksten ihre Knöchel bei jedem dritten Schritt. Lune stemmte den Stab auf den Boden, um Halt zu finden, und die Erde knisterte unter dem plötzlichen Frost. Jack packte ihre Schulter, um sein eigenes Gleichgewicht zu halten. Sie bogen um einen Kamin, dann hörten sie einen Moment später die Ziegel hinter ihnen herunterkrachen. All ihrer Orientierungspunkte und Wege beraubt, suchten Jack und Lune das Tor nach Instinkt, und hinter ihnen holte der Drache auf.

Gebrüll in der stickigen Luft. Die anderen hatten ihre Flucht bemerkt und griffen die Flanken der Bestie an, als bräuchte diese eine Aufforderung, um sie zu verfolgen. Ein Schrei: Vielleicht war jemand zu nahe gekommen. Lune wagte es nicht, sich umzudrehen und es herauszufinden. Sie waren in ihrer Panik am Aldersgate vorbei, doch die unverbrannten Häuser lagen zu nahe außerhalb jener Mauer. Das Newgate wäre sicherer.

Falls sie es rechtzeitig erreichen konnten.

Das zerstörte Gebäude ragte vor ihnen auf, alle Gefangenen aus seinem Kerker geflohen. Lune röchelte, weil es ihr an klarer Luft fehlte, und stürzte darauf zu. Jack hustete etwas hoch, was ein Fluch sein mochte. Sie liefen durch den Schatten des Torbogens, und Lune dachte: *Wir haben es geschafft.*

Ein Fauchen kam von oben.

Der Drache rollte sich auf dem versengten und bröckelnden Bauwerk des Tors zusammen. Sein langer Hals schoss nach unten, das Maul weit aufgerissen, um das Inferno in seinem Inneren zu entfesseln. Lune schrie, dann hatte Jack ihren Ärmel und riss sie zur Seite. Die scharfen Zähne schlugen zusammen, wo sie beide gewesen waren.

Sie hatten geplant, den Snow Hill hinunterzulaufen und ihre Stellung an der Brücke über den Fleet in Holborn zu beziehen, wo sich die schwarzzähnige Meg vielleicht noch herumdrückte. Doch in ihrer Panik rannten sie nach Norden, entlang des Mauerverlaufs, während die Masse des Drachen vom Tor herunterdonnerte und die Erde mit ihrer Landung erschütterte. Vor ihnen – viel zu nahe – stand eine heil gebliebene Häuserreihe, die mit schrecklichen Mühen vor der Katastrophe bewahrt worden war, die gerade jetzt Lune und Jack verfolgte.

Sie zerrte ihn in der Asche zu einem Halt. »Wir können nicht weiter laufen! Es muss hier passieren!«

Jack wirbelte herum, um sich dem herannahenden Drachen zu stellen. Lune schloss ihre schmerzenden Hände um den Stab und tat es ihm nach. Aber nicht schnell genug, denn der Drache war schon über ihnen, und eine Klaue aus schwarzer Hitze krallte sich fest um ihren Körper.

PIE CORNER, LONDON
sieben Uhr früh

Jack sprang ohne nachzudenken und packte Lunes Bein. Die Eisenkiste fiel klirrend in die Asche, und für einen Augenblick schaukelten Königin und Prinz gemeinsam in der Luft, während sie an der Klaue des Drachen baumelten. Dann riss etwas, und sie stürzten. Jack schlug mit der Hüfte schwer gegen die Kiste, doch noch schlimmer, er hörte, wie der Stab scheppernd davonflog.

Er holte Luft, atmete eine Lunge voll Staub ein und verkrampfte sich hustend. Nur sein Instinkt ließ ihn weiterrollen, und einen Augenblick später krachte etwas auf den Boden, wo er gewesen war. Blind und hustend krabbelte er weg und murmelte vor sich hin: *Das ist nicht der Tod, den ich gesehen habe. Das ist nicht der Tod, den ich gesehen habe.* Aber war die Vision, die er gehabt hatte, als er den Stab der Cailleach berührt hatte, eine Prophezeiung gewesen oder bloß eine Möglichkeit unter vielen?

Über sein eigenes Husten hinweg hörte er weitere Stimmen. Sie waren nicht allein. Als seine tränenden Augen klarer wurden, sah er jedoch, dass niemand am peitschenden Schwanz des Drachen vorbeikommen konnte. Lune und er waren die einzige Beute für seine Klauen und Zähne. *Wir Glücklichen.*

Sein Rücken stieß an einen Mauerrest, und Jack fasste nach einem Halt, der ihm auf die Beine helfen konnte. Doch ehe er irgendetwas fand, erstarrte sein Körper erneut wie gelähmt.

Über ihm erhob sich das sengende Gesicht des Drachen.

Es war Schrecken jenseits von Feuer, jenseits von Pest, jenseits von Krieg. *Jene* hatten keine Augen, die einen Mann durchbohrten, die auf ihn hinunterbrannten und nach der Macht lechzten, die sein Fleisch enthielt. Jack konnte nicht atmen. Seine Lungen verkrampften sich, unfähig, Luft an dem Kloß in seinem Hals vorbei zu holen.

Dann kam ein Schrei, anders als alles, was er je gehört hatte. Lune – die elegante Feenkönigin des Onyxhofs, die Silberstatue, die Politik wie Schach spielte, aber nichts über das Kämpfen wusste – hielt den Stab wieder in den Händen und schwang ihn mit voller Wucht in Richtung des Drachen, ihr fehlendes Geschick durch Zorn ersetzt. »Ich werde *nicht* zwei verlieren!«

Der Drache zischte, als der Stab sein Bein traf, nicht aus seiner Kehle, sondern aus dem dampfenden Fleisch selbst. Die Winterkälte der Cailleach schwärzte die Oberfläche und versteifte das Gelenk. Doch sie verlangsamte die anderen Glieder der Bestie nicht. Die unbeschädigte Klaue schlug Lune nieder und schleuderte sie über den Boden, ehe sie sie erneut in einem unzerstörbaren Griff packte.

Der Stab, der ihr aus der Hand geschlagen worden war, rollte in Jacks Reichweite.

Für einen schrecklichen Augenblick wollten seine Arme sich nicht bewegen. Sie weigerten sich, weil sie den Schmerz kannten, der sie erwartete. Aber Lune schrie von oben, und es stellte sich heraus, dass Treue über Selbstschutz triumphierte.

Er biss die Zähne so fest zusammen, dass einer splitterte, und packte den Stab der Cailleach Bheur.

Ich weiß, wie ich sterben werde.

Brüllend stieß Jack das Ende des Stabs in die Unterseite des Drachenbauchs, an der Stelle, wo das Herz sein würde, wenn das hier eine gewöhnliche Kreatur wäre. Der Einschlag hinterließ in seinen tauben, gefühllosen Händen keine Spuren, doch die Wucht lief durch seine Arme und in seine Wirbelsäule, sodass er einen Schritt rückwärts taumelte.

Und diesmal schrie der Drache.

Ein Spalt riss über die Brust und den Bauch des Drachen auf, wie Stein, der sich unter einem kälteren Frost, als die Welt je gekannt hatte, zusammenzog. Genau an der Wurzel dieses Risses brannte eine winzige Sonne, Licht und Hitze jenseits der Fähigkeit des menschlichen Auges, sie zu ertragen. Das Herz des Drachen war dort, um gepackt werden zu können – doch es würde sterbliches Fleisch bei jeder Berührung vernichten.

Er hatte seinen Tod zweimal gesehen, und das hier war er nicht.

Ein Schatten verdeckte jenes schreckliche Licht. Lune stieß ihre linke Hand in den Riss, versenkte ihren Arm bis zur Schulter, und als sie ihn wieder herauszog, lag die Sonne in ihrer Hand.

Die Kiste!

Jack tauchte in die Asche. Er spürte, wie sein Körper auf dem Boden aufschlug, hörte es aber nicht. Er konnte nicht sagen, ob die ganze Welt im schrecklichen, unhörbaren Klang des gequälten Brüllens des Drachen in Lärm oder Stille versunken war. *Die Kiste, wo ist die Kiste – Lune wird überhaupt keine Hand mehr übrig haben …*

Er stieß sich die Finger am Eisen, dann fand er eine Ecke und zog.

Weitere Asche flog hoch und brachte ihn zum Husten, als er sich auf die Beine stemmte und dabei den Deckel aufriss. Über ihnen wand sich die schwarze Masse des Drachen. Verwundet, aber nicht tot. Er konnte ohne sein Herz leben. Jack duckte sich, als eine Klaue blind über seinen Kopf wischte, und rannte zur Königin.

Lune brannte, als hätte die Sonne dem Mond all ihre Pracht verliehen. Keine Zeit für eine Verwandlung jetzt. Jack schob das Gefängnis auf sie zu. *Allmächtiger Jesus, ich kann die Knochen an ihrer Hand sehen.* Sie verkrampften sich direkt über der schwarzen Öffnung, als könne Lune ihre Finger nicht zum Loslassen bringen. Ihr Gesicht war schmerzverzerrt.

Verzeih mir …

Jack schob das Eisen an ihr Handgelenk.

Schwärze verschlang die Sonne. So gewaltig war die Helligkeit des Herzens gewesen, dass Jack für einen Augenblick glaubte, alles Licht am Himmel sei verloschen. Doch er brauchte seine Augen nicht, um das Metall in seinen Händen zu fühlen, und schleuderte den Deckel zu.

Stille.

Seine Ohren knisterten davon. Als Jack in das jetzt gedämpfte Licht blinzelte, wurde ihm bewusst, dass sich im Staub um sie herum nichts regte. Er konnte die Mauer und die unbeschädigten Häuser in der Nähe sehen und die Fae, die in einiger Entfernung wieder auf die Beine kamen, aber wo die schwarze Masse des Drachen gewesen war, war gar nichts. Nur wirbelnde Asche, die sich erneut über den Boden legte.

Das Eisen in seinen Händen war warm. Der Schild am Deckel zeigte, wie er sah, eine Flammenzunge.

Lune taumelte. Er ließ die Kiste beinahe wieder fallen, hielt sich aber rechtzeitig davon ab, um sie mit hastiger Sorgfalt abzustellen. Ihre Hand ragte immer noch in die Luft. Wo mit Blasen überzogenes Fleisch gewesen war, war jetzt nichts mehr als eine geschwärzte Klaue und ein verkohlter Lederring, der einst ihre Handschuhkrempe gewesen war. Sie starrte ihn mit aufgerissenen Augen an, als könne sie nicht glauben, dass er vor ihr stand.

Jack rang sich ein Lächeln ab, obwohl er, als er sprach, feststellte, dass er sehr viel gebrüllt haben musste, denn seine Stimme antwortete beinahe nicht. »Du hättest nichts befürchten müssen«, sagte er. »So sterbe ich nicht.«

Dann sanken sie beide in die Asche hinab und warteten, bis die anderen kamen und ihnen nach Hause halfen.

LONDON UND ISLINGTON
zehn Uhr abends

Sie erwachte nur deswegen so früh, weil sie keine Wahl hatte, weil sie sich noch der Gyre-Carling stellen musste.

Lune, die überhaupt kaum Schlaf brauchte, hätte einen Monat lang in ihrem Bett bleiben können. Sie war durch das Licht des Drachenherzens immer noch halb blind, weil sich ihre Augen nur langsam an die Düsternis ihres Heims gewöhnten, und was ihre Hand betraf …

Ich hatte sie davor *schon für zerstört gehalten. Vielleicht sollte ich Nuada von Temair fragen, wer seine Silberhand hergestellt hat.*

Doch hätte Jack das Herz berührt, wäre er jetzt tot. Sie hatte sich zu sehr davor gefürchtet, um es auszusprechen. Der Gedanke, einen weiteren Prinzen so bald nach dem letzten zu verlieren, war mehr, als sie ertragen konnte. Jack wollte ihr nicht sagen, welchen Tod er in dem schwarzen Holzstab gesehen hatte. Sie war so sicher gewesen, dass es der Kampf gegen den Drachen gewesen war.

Michael Deven. Antony Ware. Jack Ellin würde ihnen eines Tages folgen – aber noch nicht.

Amadea half ihr, sich aufzusetzen, und stützte sie an der linken Seite, wo ihre Hand es nicht länger vermochte. Sobald Lune gut mit Kissen versehen war, reichte ihr die Kammerherrin eine Tasse, die bis zum Rand mit dem besten Gebräu der Goodemeades gefüllt war. »Wir haben dem Prinzen auch eine Tasse gebracht«, erklärte Amadea ihr. »Dafür, wenn er aufwacht.«

»Weckt ihn jetzt.« Lunes Stimme war ein kratziger Geist ihrer normalen Tonlage. »Er muss an meiner Seite sein, wenn wir uns Nicneven entgegenstellen.«

Mit Hilfe mühte sie sich in Kleidung und zog einen neuen Handschuh über ihre Hand. Das war schwierig, weil sie die Finger jetzt nicht mehr beugen konnte. Lune sah, wie die zarten Knochen an den Gelenken miteinander verschmolzen waren, ehe sie das schwarze Skelett vor ihrem Blick verbarg. Der Handschuh passte schlecht, weil ihn weder Haut noch Fleisch ausfüllten. Doch er würde reichen müssen.

Sonne und Mond. Wir müssen den Stab der Cailleach zurückgeben.

Sie hatte nicht gefragt, wie Cerenel ihn bekommen hatte. Sie hatte Angst vor dem Wissen. Doch für den Nutzen, den sie von ihm gehabt hatten, würde sie beinahe jeden Preis zahlen. Er hatte sie alle gerettet. Irrith erstattete einen Bericht, während Lune sich ankleidete, mit Neuigkeiten, dass überall Feuer gelöscht wurden. Einige wenige brannten noch hier und dort, doch die große Gefahr war gebannt. Morgen würde der König auf den Moorfeldern zum Volk sprechen und die Arbeit beginnen, seine riesige Stadt wiederaufzubauen.

Lune konnte trotz aller mutigen Worte von Jack kaum glauben, dass es zu schaffen war. Von der Zerstörung zu hören, war eine Sache, deren Fortschreiten über ihr zu spüren, eine ganz andere. Persönlich durch die rauchende Asche zu laufen, war noch einmal eine völlig andere. Als die Brise Lücken in den Staub geweht hatte, hatte sie vom Aldersgate zum Fluss hinuntergeblickt, an den zerstörten Ruinen von St. Paul vorbei. Und die Verwüstung auf jeder Seite erstreckte sich weiter, als sie sehen konnte.

Genug. Nicneven wartet.

Genau wie Jack Ellin. Lune traf ihn vor ihrem Schlafgemach. Der Mann wirkte ausgezehrt, aber heil. Sie fragte sich, wie viel Met sein Diener ihm in die Kehle geschüttet hatte. Nun, wenn dessen Wirkung verflog, konnte er ein Jahr schlafen, wenn er wollte. »Sollen wir?«, fragte er und hielt ihr seinen Arm hin. Lune schlang die gelähmte Klaue ihrer Hand darum, und gemeinsam gingen sie nach oben, in die Asche von London.

Die Goodemeades hatten das Rosenhaus für die Verhandlungen angeboten, vielleicht mit dem klugen Plan, Nicneven mit Gastfreundschaft sanfter zu stimmen, während sie auf den Ausgang der Schlacht warteten. Jedenfalls wirkten die Schwestern nicht wie Geiseln, als Lune und Jack zu ihnen kamen – obwohl es, Gertrudes Drängen nach zu urteilen, so schien, als hätte sie die Gyre-Carling nicht davon überzeugen können, irgendwelches Essen anzunehmen. Die beiden Königinnen saßen auf bequemen Stühlen einander gegenüber, beide von Wachen umringt, mit Jack an Lunes Seite und Cerenel an der von Nicneven.

»Als Erstes«, sagte die Gyre-Carling und überging all die üblichen Höflichkeitsfloskeln eines solchen Treffens, »werdet Ihr den Stab der Cailleach Bheur zurückgeben.«

Weil kein Drache mehr zu bekämpfen war, hatte Lune keinen Bedarf, ihn selbst zu tragen. Die Onyxwache hatte Strohhalme gezogen, und Segraine hatte verloren. Die Ritterin präsentierte ihn mit einer Verbeugung, und entweder störte seine Berührung Nicneven nicht, oder sie war zu stolz, um das zuzugeben, denn sie nahm den Stab ohne Handschuh in die Hand, ehe sie ihn an einen ihrer eigenen Diener weitergab.

»Wir sind dankbar, dass wir ihn benutzen durften«, sagte Lune, und die Gyre-Carling verzog giftig den Mund. »Darüber hinaus müssen wir Eurem Ritter Sir Cerenel danken, denn ohne seine Hilfe wäre unsere Schlacht gegen den Drachen viel schwieriger gewesen.«

Nicneven funkelte Cerenel finster an. *Was geht hier vor?* Der Ritter verbeugte sich vor seiner Königin, dann vor Lune und sagte: »Für einen vergangenen Dienst, den ich dem Hof von Fife geleistet habe, hat Ihre Hoheit mir gestattet, mir eine Belohnung von ihr auszusuchen. Ich habe den Stab der Cailleach gewählt. Sie war höchst ... gnädig, mir meinen Wunsch zu gewähren, aber mit der Übereinkunft, dass ich ihren Dienst und ihr Reich verlassen würde, sobald er zurückgegeben wäre.«

Lune hörte die unausgesprochene Andeutung. Er war eine Geisel für dessen sichere Rückgabe gewesen, genau wie die Goodemeades Geiseln für Vidar waren. Zum ersten Mal fragte sie sich, ob der Kontakt mit dem Drachen sogar jenes uralte Holz hätte brechen können.

Dann bemerkte sie die allzu unschuldigen Mienen der Goodemeades. Sie hatten etwas geplant, wie es schien – mit Cerenel. Dessen Exil die Schwestern auch nie gebilligt hatten, als Lune es ihm aufgezwungen hatte, oder später, als er in verbitterter Freiheit dorthin zurückgekehrt war.

Cerenel, der nicht länger Nicnevens Ritter war.

»Ich glaube«, sagte Lune, als würde sie sich gerade daran erinnern, »dass wir Euch auch noch eine Belohnung schulden.«

Cerenel verbeugte sich wieder. »Eure Majestät ist ebenfalls höchst gnädig. Ich wäre dankbar für die Gastfreundschaft Eures Hofs, weil ich mich ohne Heim finde.«

All der andauernde Schmerz verschwand kurz aus ihren Händen und der Schulter, und Lune lächelte ihn an. Cerenel hatte ein Heim, wie er ihr vor Jahren erklärt hatte: London. Und nun, nach zu vielen Jahren in der Ferne, würde er endlich dorthin zurückkehren.

Nicneven zeigte keine solche Freude in ihrem Gesicht. Sie starrte wieder finster, blinzelte nicht, als Cerenel seine letzte Verbeugung vor ihr machte, und wartete, bis er von ihrer Seite verschwunden war, ehe sie wieder sprach. »Also. Der Verräter. Damit ich von diesem Ort verschwinden kann.«

Lune war mehr als bereit, sie gehen zu sehen. Sie wandte sich an Sir Peregrin und sagte: »Bringt uns Ifarren Vidar.«

Er kam mit unsicheren Schritten die Treppe herunter, wieder mit den Ebereschenholzhandschellen gefesselt und durch sein Eisengefängnis ausgezehrt wie ein Skelett. Vidar war bewusstlos aus der Kiste gekommen, wofür Lune dankbar gewesen war. Das hatte ihr erlaubt, sich dem Drachen ohne Ablenkung zu stellen. Die schottischen und englischen Fae, die ihn im Gefängnis bewacht hatten, sagten, dass er allerdings bald genug zu Sinnen gekommen war und sie alle mit feiner Kreativität verflucht hatte. Nun wartete er nur, düster und verächtlich.

»Ich möchte, dass er leidet«, sagte Nicneven ohne Umschweife.

Lune versuchte, sich an die schottische Vorgehensweise bei Folter zu erinnern – nicht, dass Nicneven sich darum scheren würde, was sterbliche Könige und Königinnen als legal betrachteten. »Er gehört Euch, wie versprochen. Was Ihr darüber hinaus mit ihm macht, geht uns nichts an, außer festzustellen, dass er ein verurteilter Verräter ist und den Tod verdient hat.«

Vidar stieß ein hässliches Lachen aus. »Also sind Eure feinen Prinzipien doch noch der Zweckdienlichkeit zum Opfer gefallen. Oder war Euer Herz zu weich, um mich in dieser Kiste zu halten?«

Sie hatten ihn zum Eingang bei den Crutched Friars hinausgebracht und außen um die Stadt transportiert. Obwohl er den Rauch gerochen haben musste, hatte er in der Dunkelheit nicht die Rauchsäulen sehen können, die immer noch über London standen. In Eisen gesperrt wusste Vidar nichts von den gewaltigen Veränderungen, denen die Außenwelt unterzogen worden war.

Lune sah ihn ruhig an. Sie musste Vidar nicht von ihren Prinzipien überzeugen. Es reichte, dass sie sie ebenso wie ihr Umfeld kannte. »Der Prinz und ich übergeben Euch nur als Geste unseres guten Willens an die Rechtsprechung der Gyre-Carling.«

Das brachte Nicneven dazu, die Lippen zu schürzen, die keinen besonderen Hinweis auf guten Willen zeigten. Doch sie überraschte Lune, indem sie sagte: »Ihr sollt Euren Anteil haben. Vidar wird sterben, aber nicht von meiner Hand.«

Lune blinzelte. »Ihr wünscht, dass wir ihn hinrichten?«

»Nicht Ihr.« Nun lächelte die andere Königin tatsächlich, und es enthielt all den Hass, der im Onyxpalast vereitelt worden war. »Lasst ihn von den Sterblichen töten.«

»Was?«, fauchte Vidar.

Diesmal war der wölfische Blick der Gyre-Carling nicht gegen Lune gerichtet. »Ich empfinde keine Liebe für solche Angelegenheiten – doch es ist ein passendes Ende für Euch. Sollen jene, die Ihr verachtet, Eure Henker sein. Der Onyxhof kann das arrangieren, da bin ich sicher. Eine Steinigung vielleicht. Ich kann mir vorstellen, dass Ihr genug Leute habt, die Hexen und unheimliche Wesen fürchten.«

Zorn und Furcht mischten sich in Vidars Miene gleichermaßen. Die Gyre-Carling hätte sich kein grausameres Urteil für ihn ausdenken können, wenn sie es versucht hätte. Ihr leidenschaftlicher Hass war in der Tat brennend.

Das machte Lune nervös. Obwohl sie tun konnte, worum Nicneven gebeten hatte, roch es zu sehr nach Rache statt nach Gerechtigkeit. *Antonys feine Prinzipien haben doch einen Eindruck bei mir hinterlassen.*

Doch es war, wie Nicneven sagte, angemessen. Vidar hatte, um selbst an Macht zu gewinnen, immer Sterbliche benutzt, ohne Rücksicht auf deren Wohlergehen. Und während ihrer eigenen Kriegsjahre war er über die gewöhnliche Grausamkeit aus Invidianas Tagen hinausgegangen: Er hatte Aufstände angezettelt, den Wahnsinn der Armee ermutigt, all die schlimmsten Impulse des englischen Volks genährt. Er war nicht der einzige Urheber dessen Leids, doch er hatte seine Rolle dabei gespielt.

Vielleicht konnte sie es auch als Gerechtigkeit für *das Volk* betrachten.

Doch Sterbliche in den Prozess einzubinden, bedeutete, den Prinzen vom Stein einzubinden. Lune wandte sich an Jack, und er zuckte mit den Schultern. Für ihn war Ifarren Vidar ein Name, der von einem Fluch begleitet wurde, und jetzt ein gefesselter Gefangener, der Hass geweckt hatte, der lange vor seiner Geburt begonnen hatte. Was auch immer er für eine Meinung hatte, sie wäre unvoreingenommener als die von Lune.

»Sterbliche Angelegenheiten sind von dir zu entscheiden, Lord«, sagte Lune und genoss Nicnevens angeekelten

Gesichtsausdruck. »Die Fae dieses Hofs stimmen dem Vorhaben der Gyre-Carling zu. Kann man eine passende Möglichkeit finden?«

Jack dachte einen Augenblick darüber nach. Dann zog sich ein Lächeln über sein Gesicht – ein seltsames, zu gleichen Teilen amüsiert und gepeinigt. »Ja. Ich glaube, das kann man.«

TYBURN, LONDON
27. Oktober 1666

Feierlaune herrschte um die Galgen von Tyburn. Es machte wenig Unterschied, ob vier Fünftel der Stadt nicht weit entfernt in Ruinen lagen und dazu ein Gebiet außerhalb der Mauern, das so groß wie das verbleibende Fünftel war, oder ob dreizehntausend Häuser zu Schutt und Asche verbrannt waren, zusammen mit Kirchen, Hallen der Handwerkszünfte und dem Großteil von Londons Handelszentren. Der Urheber von alledem würde bald hängen.

»Sie glauben es nicht«, murmelte Jack der Frau an seiner Seite zu. »Und doch tun sie es. Sie *beschließen,* es zu glauben, weil es genau das ist, was sie von jemandem hören wollten. Jetzt haben sie jemanden, dem sie die Schuld geben können.«

»Und den sie bestrafen können.« Mistress Montrose stand aufrecht und ernst da, die Hände vor ihrer einfachen Corsage gefaltet. »Weil keine solche Katastrophe reiner Zufall sein kann.«

Und doch war es ein Zufall gewesen. Das Komitee, das das Unterhaus eingesetzt hatte, wusste dies trotz der Dutzenden von Anschuldigungen, die es erreicht hatten, ganz genau. Aber wenn es nicht das Werk papistischer Verschwörer war, dann musste es ein Akt Gottes gewesen sein: eine zweite Strafe für das sündige Leben in London. Sie hatten von der Pest nichts gelernt, also hatte es der Allmächtige jetzt mit Feuer versucht.

Die Frommen glaubten das gern. Andere – jene, die ihr sündiges Leben zu sehr genossen, um es aufzugeben – beharrten auf einer papistischen Verschwörung. Und Robert Hubert war deren passender Urheber.

Der Mann schwor blind vor den Richtern, immer wieder, dass er einen Feuerball durch das Fenster von Farynors Bäckerei geworfen hatte. Farynor bestätigte das leidenschaftlich, denn sicherlich konnte eine derartige Katastrophe nicht an *seiner* Nachlässigkeit, der schlampigen Führung seiner Küche liegen. Ganz egal, dass Hubert Details verwechselte und sich manchmal widersprach. Als er durch die Asche geführt wurde, konnte er auf die Stelle deuten, wo die Bäckerei gewesen war, und das war belastend genug.

Die Richter hielten ihn für dumm. Sie wussten, dass Hubert nicht schuldig war. Sie versuchten, ihn dazu zu bekommen, es zuzugeben. Eine seltsame Art von Befragung, wenn die Kerkermeister des Gefangenen wollten, dass er sein Geständnis *zurückzog* – aber sie wollten keinen unschuldigen Mann hängen. Die Bevölkerung von London allerdings wollte Blut, und Hubert schien fest entschlossen, es ihnen zu geben. Was konnten die Richter am Ende tun, als sein Märtyrertum anzunehmen?

Durch diese unlauteren Mittel leistete Jack London seine Dienste.

Nun führte man Hubert auf das Schafott. In seinem Körper oder seiner Art gab es keine Spur von Vidar. Die Zauber, die seinen Verstand banden, verwirrten sein Verhalten zwar manchmal, doch es gab nichts, was ihn als Feenlord auswies.

Und obwohl Lune Nicneven versprochen hatte, dass der Verräter innerlich schreien würde, sich des Schicksals, das er erlitt, gänzlich bewusst, hatten sie in Wahrheit getan, was sie konnten, um auch seine Gedanken zu verwirren. Es lag nicht in Lunes Natur, ihn so zu foltern, obwohl er zweifellos ihr Feind war.

Für den Onyxhof Gerechtigkeit. Für die Gyre-Carling Rache. Und für London ein Anschein von Frieden: Wenn der Schuldige bestraft war, konnten sie ihre Gedanken davon abwenden, ihre Nachbarn zu beschuldigen, und stattdessen die Straßen, die sie teilten, wieder aufbauen.

Bald genug würde das Aufräumen beginnen. Karl hatte bereits Regeln für den Wiederaufbau der Stadt ausgegeben. Die Straßen sollten verbreitert und alle Häuser aus Ziegeln gebaut werden, damit sich diese Katastrophe nicht wiederholen konnte. Ein halbes Dutzend Männer hatte Pläne für eine grundlegende Veränderung vorgelegt, weil sie eine Gelegenheit sahen, den Schutt von Londons uralter Vergangenheit wegzufegen und es zu einer Stadt zu machen, die würdig war, neben den strahlendsten Juwelen des Kontinents zu stehen. Jack wusste nicht, ob irgendetwas davon Früchte tragen würde. Zu viel von London war an seine Form gebunden, die Gemeinden und Distriktgrenzen und die es umgebende Mauer.

Doch selbst wenn keine solchen Veränderungen eintraten, war die Stadt, die er gekannt hatte, fort. Die Fachwerkhäuser, die überstehenden Erker, die jahrhundertealten Kirchen. Alles würde neu gebaut.

Was das für den Onyxpalast bedeutete, würden sie einfach abwarten und sehen müssen.

Das Seil wurde straff gezogen. Hubert schaukelte zappelnd. Jack verschloss die Ohren vor dem Gebrüll der Menge und nahm Lunes Hand. Von ihrer Tarnung überdeckt fühlte sie sich wie gesundes Fleisch an.

Sie konnte ihre Finger immer noch nicht um seine legen, aber sie bedeckte sie mit ihrer anderen Hand. »Wir werden uns hiervon erholen«, sagte sie, und er nickte. Ein Jahr an Katastrophen hatte ihm einen schwierigen Anfang am Onyxhof beschert, doch er hatte nicht vor, fortzugehen. Sie hatten viel zu viel zu tun.

EPILOG

Der Phönix

ST.-PAULS-KATHEDRALE, LONDON
21. *Juni* 1675

Beinahe sieben Jahre lang blieb der Boden hier leer und ausgehöhlt, nachdem der letzte Schutt weggeräumt war. Die Leichen, die so ruppig aus ihren Ruhestätten gerissen worden waren, wurden an einen respektvolleren Ort gebracht, und die unbekannte Leiche, die man am Ostende fand, bekam ein angemessenes Begräbnis. Stück um Stück wurden die zerschmetterten Überreste abgerissen. Gelbe Blumen überzogen die Erde jetzt, als würde eine winzige Wiese im Herzen der Stadt erblühen.

Andere Lücken blieben noch, hier und dort entlang der neu ausgelegten Straßen und Gassen verteilt. Aber London war schnell aus dem nackten Boden hochgewachsen, und ein beiläufiger Blick konnte die leeren Grundstücke, die entkernten Kirchen, die immer noch auf ihre Renovierung warteten, leicht übersehen. Die Feuerverwaltungen machten ihre Arbeit gut, mit einer Gerechtigkeit, die viele ärgerte, aber wenige betrog: Jene, die logen oder versuchten, die Grenzmarkierungen ihrer Grundstücke zu verlegen, wurden bestraft, und zwischen Mietern und ihren Vermietern wurden Ausgleiche geschaffen, damit niemand mehr verlor, als er musste. Für jene, die mit Ziegeln oder Stein arbeiteten, die Vermesser und Fuhrmänner und besonders die Architekten, war dies wahrlich ein goldenes Zeitalter voller Chancen und Reichtum.

Viele von den Zunfthallen wurden ersetzt und auch eine Anzahl Kirchen, obwohl einige verschwunden waren und nie wieder aufgebaut wurden. Eine neue Börse stand am Cornhill, über die die Statue ihres Gründers Gresham wachte, die man wundersam erhalten unter der Asche gefunden hatte. Das neue Zollhaus war viel schöner als das alte, ein prächtiger Anblick am Themseufer.

Und nun hallten die Schreie von Arbeitern durch die Luft auf dem Ludgate Hill, als ein Stein schwerfällig über den Boden glitt.

Das Loch, das die Zerstörung der alten Kathedrale hinterlassen hatte und das einst mit Regenwasser und Schutt gefüllt gewesen war, war seither neu ausgegraben worden. Nicht in derselben Form: Sir Christopher Wren, der unter den Architekten des Königs das Kommando über den Wiederaufbau übernommen hatte, sehnte sich verzweifelt danach, eine frische Eleganz nach London zu bringen. Sein Plan für eine neue Stadt war zusammen mit mehreren ungewöhnlicheren Vorschlägen für die Kathedrale verworfen worden, doch hier hatte er so etwas wie einen Sieg errungen.

Der Architekt beobachtete, wie die Arbeiter den ersten Grundstein an seinen Platz hievten und fluchten. Ein Stein war gesetzt, viele Tausend sollten noch kommen.

Es wäre eine andere Kathedrale als die, die London seit Jahrhunderten gekannt hatte. Doch es war immer noch St. Paul, das stolz auf dem westlichen Hügel der Stadt stand – genau wie die Straßen immer noch die Straßen Londons waren, von der breiten Cheapside bis hinunter zu vielen der kleinen Gassen und Durchgänge und Höfe. Sie waren jetzt in Ziegel statt das vertraute Holz und den Putz gekleidet, doch selbst eine so große Katastrophe wie das schreckliche Feuer konnte London nicht von sich selbst entfernen.

Und wie oben, so war es unten. Solange eine Kathedrale auf dem Ludgate Hill stand, solange der Tower von London es im Osten begrenzte – solange die Mauer ihren Bogen hielt und der Londonstein im Herzen der Stadt den Boden durchstieß –, so würde Londons Schatten überdauern.

Und als schönerer Phönix aus seiner Asche aufsteigen.